사랑스러운 푸른 잿빛 밤

— 볼프강 보르헤르트 전집

Das Gesamtwerk

Wolfgang Borchert

대산세계문학총서 157

사랑스러운 푸른 잿빛 밤

—볼프강 보르헤르트 전집

Das Gesamtwerk

볼프강 보르헤르트 지음 ― 박규호 옮김

문학과지성사

대산세계문학총서 157_전집

사랑스러운 푸른 잿빛 밤
—— 볼프강 보르헤르트 전집

지은이   볼프강 보르헤르트
옮긴이   박규호
펴낸이   이광호
주간   이근혜
편집   김필균 김은주
펴낸곳   ㈜**문학과지성사**
등록번호   제1993-000098호
주소   04034 서울 마포구 잔다리로7길 18(377-20)
전화   02) 338-7224
팩스   02) 323-4180(편집) 02) 338-7221(영업)
전자우편   moonji@moonji.com
홈페이지   www.moonji.com

제1판 제2쇄 2023년 1월 19일

ISBN 978-89-320-3618-2 04850
ISBN 978-89-320-1246-9 (세트)

이 도서의 국립중앙도서관 출판예정도서목록(CIP)은 서지정보유통지원시스템 홈페이지(http://seoji.nl.go.kr)와
국가자료공동목록시스템(http://www.nl.go.kr/kolisnet)에서 이용하실 수 있습니다.
(CIP제어번호: CIP2020012127)

이 책은 대산문화재단의 외국문학 번역지원사업을 통해 발간되었습니다.
대산문화재단은 大山 愼鏞虎 선생의 뜻에 따라 교보생명의 출연으로 창립되어
우리 문학의 창달과 세계화를 위해 다양한 공익문화사업을 펼치고 있습니다.

차례

일러두기

1. 이 책은 Wolfgang Borchert의 *Das Gesamtwerk*(Hamburg: Rowohlt Taschen-buch Verlag GmbH, 2007, 2. Auflage 2011)를 우리말로 옮긴 것이다.
2. 본문의 각주는 옮긴이의 것이다.
3. 원문에서 이탤릭과 대문자로 강조한 것은 고딕체로 옮겼다.

가로등과 밤 그리고 별
—함부르크 시집

등대가 되고 싶어라
바람 부는 밤
대구와 빙어를 위해
모든 선박을 위해—
그러나 나 자신이
위기에 처한 배이니!

가로등의 꿈

나 죽으면
가로등이라도 되리.
그리하여,
너의 문 앞에서
창백한 저녁을 환희 비추리.

아니면 항구에서,
커다란 증기선들이 잠자고
아가씨들이 웃는
그곳에서 불침번 서며,
비좁고 더러운 운하 곁
홀로 걷는 이에게 깜빡이리.

좁은 골목
어느 선술집 앞에서
빨간 양철등으로 매달려,
상념에 잠기고
밤바람에 흔들리며
그네들의 노래가 되리.

아니면, 창틈으로
바람은 비명을 지르고
바깥 꿈들이 유령을 토해낼 때,
혼자 남은 걸 알고 놀라
휘둥그레진 아이의 눈망울에 번지는
등불이 되리.

그래, 나 죽으면
가로등이라도 되리.
그리하여,
모두가 잠든 세상에서
밤마다 홀로 저 달과
이야기를 나누리.
아주 사이좋게.

저녁 노래

아, 말해줘요 왜죠?
왜 지금 해가 지는 거죠?
잠들어라 내 아이,
평온히 꿈꾸렴.
그것은 어두운 밤 때문이겠지
그래서 해는 지는 거야.

아, 말해줘요 왜죠?
왜 도시는 이리도 고요하죠?
잠들어라 내 아이,
평온히 꿈꾸렴.
그것은 어두운 밤 때문이겠지
그래야 도시가 잠들고 싶을 테니.

아, 말해줘요 왜죠?
왜 가로등은 이리도 타오르죠?
잠들어라 내 아이,
평온히 꿈꾸렴.
그것은 어두운 밤 때문이겠지
그래서 가로등은 활활 타오르는 거야.

아, 말해줘요 왜죠?
왜 사람들은 손을 맞잡고 가죠?
잠들어라 내 아이,
평온히 꿈꾸렴.
그것은 어두운 밤 때문이겠지
그래서 사람들이 손을 맞잡고 갈 테지.

아, 말해줘요 왜죠?
왜 우리 가슴은 이리도 조그맣죠?
잠들어라 내 아이,
평온히 꿈꾸렴.
그것은 어두운 밤 때문이겠지
그래서 우리는 외톨이인 거야.

함부르크에서

함부르크의 밤은
다른 도시처럼 보드라운
푸른색 여인이 아니다.
함부르크의 밤은 잿빛,
기도하지 않는 사람들 곁에서
빗속에 보초를 선다.

함부르크의 밤은
항구의 모든 술집에 깃든다.
가벼운 치마를 걸치고
좁은 벤치에서
그이들이 사랑을 나누며 웃을 때
유령처럼 살며시 다가가 맺어준다.

함부르크의 밤은
밤꾀꼬리의 음성으로
달콤한 멜로디를 지저귀지 않는다.
도시를 향해 울려대는
항구의 뱃고동 가락도
우리를 행복하게 해주는 걸 안다.

전설

매일 저녁 그녀는 잿빛 고독 속에
행복을 기다린다, 그리워한다.
아아, 그녀의 두 눈에 슬픔이 깃든다,
그는 다시 돌아오지 않기에.

어느 밤 시커먼 바람의 마법으로
그녀는 가로등이 되었다.
그녀의 불빛 아래 행복해진 사람들
나지막이 속삭인다, 사랑해……

비

비는 늙은 여인이 되어
소리 없는 슬픔으로 대지를 누빈다.
젖은 머리카락 잿빛 외투,
여인은 때때로 손을 치켜들어

은밀히 속삭이는 커튼의 유리창을
조심스레 두드린다.
소녀는 집에 머물러야 하리
그러나 오늘, 생의 탐욕이 요동친다!

바람은 늙은 여인의 머리카락을 움켜쥐고
눈물이 사나운 얼룩으로 번진다.
여인은 겁 없이 치마를 휘날리며
마녀처럼 귀신 춤을 춘다!

입맞춤

비가 내려도— 알지 못하네,
행복에 겨워 떨리는 가슴 때문에.
입맞춤 속에 세상은 꿈속으로 잠기고
옷은 젖어 엉망으로 구겨지네.

함부로 추켜올린 치마 아래로
모두를 위한 것인 양 드러난 무릎.
빗방울 하나 흔적 없이 사라지며
아직 아무도 못 본 걸 보네.

한 번도 맛보지 못한 깊은 느낌,
동물인 양 만끽하는 몰아의 희열!
성스러운 후광처럼 헝클어진 머리 위로
가로등 불빛이 스미네.

아란카

너의 무릎을 내 무릎에서 느낀다,
찡그린 너의 코는
내 머리카락 속 어디쯤에서 울고 있겠지.
너는 파란 화병 같구나,
과꽃처럼 피어난 네 두 손은
내맡길 설렘에 벌써 떨고 있다.
뇌우 아래 미소 짓는 우리 두 사람
사랑으로, 고통으로― 그리고 죄악으로.

이별

부두에서 나눈 마지막 입맞춤을—
뒤로하고.

물길 따라 아래로 그리고 바다로
너는 간다.

붉은빛과 초록빛이
서로 멀어진다……

폭풍의 서막

바다가 짙푸르게
차가운 잿빛 웃음을 히죽인다,
고기 떼는 물속 깊이 달아난다.
늙은 대구마저 심란하다.

겁에 질린 해마는 서둘러 마구간을 찾는다.
오징어는 온갖 기교를 부려
설백의 산호 궁전 주위를
잉크빛 안개로 덮는다.

어부들이 그물을 끌어올린다
풀이 죽어 투덜거리며
누군가 성을 낸다,
해신이 언짢은 모양이라고.

조개껍데기, 조개껍데기

조개껍데기, 조개껍데기,
어린 시절 좋아하던
알록달록 반짝이는 조개껍데기.
안에서 바람 소리가 나는
갸름하고 둥근 조개껍데기.

안에서는 대양이 노래하는데—
박물관에서는 그저 반짝일 뿐,
항구의 낡은 선술집에서도
아이들의 방에서도.

조개껍데기, 조개껍데기,
바람이 뭐라고 노래하나 들어봐,
길고 둥그런 조개껍데기.
어린 시절 한때 좋아했던
매끄럽고 알록달록한 조개껍데기!

바람과 장미

작고 창백한 장미!
뱃머리에서 불어온 고삐 풀린 바람이
네 속살을 파헤쳤구나,
선창가 여인네의 옷자락처럼
네 꽃잎에
사납게도, 끔찍이도 불어댔구나!

지친 마음에 잠시
너의 어두운 주름 안에서
쉬어가려 했을지 몰라.
그때 네 향기가 유혹을 했어,
취하게 했어,
솟구치고 부풀어 올라
욕정에 너를 파괴하도록
겁먹은 들풀을 스칠 때
네 키스에 더욱 기세등등해지도록.

잿빛 빨강 초록의 대도시 연가

빨간 입술들, 잿빛 그늘 아래 불타오르며
달콤한 현기증을 속삭인다.
달은 안개 뭉치를 뚫고
금빛 초록으로 히죽인다.

잿빛 거리들 빨간 지붕들
가운데 초록 불빛 하나,
밤늦은 취객 소리쳐 노래하며
구겨진 얼굴로 집으로 간다.

잿빛 돌과 빨간 피,
내일 아침이면 만사 오케이.
내일이면 초록 잎 하나
잿빛 도시 위로 흩날린다.

대도시

대도시라는 여신은 우리를 뱉어냈다.
이 황량한 돌의 바다 속으로
우리는 그녀의 숨결을 집어삼키고
그렇게 홀로 남겨졌다.

대도시라는 창녀는 우리에게 눈을 찡긋했다.
그 연약하고 타락한 팔에 안겨 우리는
절뚝이며 쾌락과 고통을 통과했고
연민을 바라지 않았다.

대도시라는 어머니는 상냥하고 관대하다.
우리가 공허하고 피곤할 때면
그 잿빛 품 안에 우리를 받아들인다.
머리 위로 영원한 바람이 풍금 소리를 낸다!

골동품
—호에 블나이헨 거리를 생각하며

거대한 현재의 소음에서 멀리 떨어져,
쇠락을 두르고, 명예롭고 고독하게,
무언의 것들에 둘러싸여, 먼지 속에, 매혹적으로,
요염한 비더마이어* 찻잔이 몇 개 놓여 있다.

그 위에 창백하게 우뚝 선 황제,
그러나 근엄한 가슴엔 석고를 발랐다.
박제된 남쪽 바다 악어 한 마리
초록빛 유리 눈으로 취한 듯 히죽인다.

현왕(賢王) 샤를**의 청동 불쏘시개 걸이
부처의 배와 주름살 위에서 반짝인다.
곱슬머리 가발은 아직도
은은한 유혹의 분향을 담고 있다.

말레이시아 목제의 완고한 자태로 멍하니 바라보는 신.
물라토***의 납빛으로 반짝이는 이빨들.

---

   * Biedermeier: 19세기 전반 독일과 오스트리아에서 유행한 가구와 실내장식의 양식.
  ** 프랑스 국왕 샤를 5세(1338~1380)를 가리킨다.
*** 라틴아메리카의 백인과 흑인 사이의 혼혈 인종.

녹슨 무기들은 전쟁을 꿈꾸며
렘브란트의 매끄러운 그늘 속에서 나지막이 잘그락거린다.

바로크 장롱 속 죽음의 벌레는
바싹 마른 벽 속에서 끝없이 똑딱인다.
파리 한 마리 구슬피 앵앵거리는 건—
쇼펜하우어 전집 13권에 내려앉은 탓이로다.

민들레
—우리 시대의 이야기들

그런데 누가 우리를 붙잡아주지?

신?

넘겨진 자들

민들레

문이 내 뒤에서 닫혔다. 이렇게 뒤에서 문이 닫히는 일을 우리는 종종 겪는다. 생각건대 문은 또한 굳게 잠길 것이다. 예를 들어 집의 대문이 그렇다. 그러면 우리는 안에 있거나 아니면 밖에 있게 된다. 대문도 그렇게 최종적으로 걸어 닫고 넘겨주는 일을 한다. 그리고 지금 내 뒤에서 문은 힘겹게 밀쳐져 닫혔다. 그래, 이건 믿을 수 없이 두꺼운 문이어서 간단히 쾅 닫아버릴 수가 없다. 432라는 번호가 달린 흉악스러운 문. 번호가 붙고 철판을 때려 박은 게 이 문의 특징이다. 그래서 한껏 기세등등하고 접근 불가다. 아무것에도 꿈쩍도 안 하며, 간절한 기도도 소용이 없다.

이제 나는 이런 놈과 홀로 남겨진 것이다. 아니, 홀로 남겨진 것만은 아니다. 내가 가장 두려워하는, 바로 나 자신이라는 놈과 함께 갇혔으니까.

네가 전적으로 네 자신에게 내맡겨진다는 게 어떤 건지 알아? 네가 네 자신과 홀로 남게 되는 것, 네 자신에게 넘겨지는 것 말이다. 꼭 무섭다고 말할 수는 없겠지만 우리가 이 세상에서 해볼 수 있는 가장 끔찍한 모험 중 하나이긴 하다. 여기 432호실에서처럼 벌거벗은 채 속수무책으로, 오직 자신에게만 집중하면서, 꾸밀 수도 없고 눈을 돌릴 수도 없고 어떠한 행동도 불가능한 상태에서 자기 자신과 만나야 하니까. 그리고 그것은 더없이 품위가 떨어지는 일이기도 하다. 아무런 행동도 가능하지 않은 채로 살아가야 한다는 것은 말이다. 마시거나 깨뜨려버릴 병도 없고, 목을 매달 손수건도 탈옥하거나 동맥을 끊을 데 쓸 칼도 글을 쓸 펜도 없다. 아무것도 없다. 오직 자기 자신밖에는.

벌거벗은 벽면 네 개뿐인 텅 빈 공간 안에서 이건 모자라도 너무 모자란다. 거미보다도 가진 게 적다. 거미란 놈은 꽁무니에서 밀어낸 실로 거미줄을 엮고, 거기에 매달려 추락이냐 안착이냐의 목숨을 건 모험을 감행할 수나 있지. 그런데 우리에겐 아래로 추락할 때 그렇게 매달릴 수 있는 어떤 실이 있지?

우리 자신의 힘? 아니면 어떤 신이 우리를 붙잡아줄까? 신, 그게 뭐지? 나무를 자라게 하고 새를 날게 하는 힘인가? 신이 바로 생명인가? 그렇다면 신은 우리를 붙잡아줄 수도 있을 터. 우리가 원한다면 말이다.

태양이 창살에서 손가락을 거두고 밤이 사방 귀퉁이에서 기어 나왔을 때 어둠 속에서 무언가가 내게 다가왔다. 나는 그게 신일 거라고 생각했다. 누가 문을 열어놓은 건가? 나는 더 이상 혼자가 아닌 건가? 나는 저기 뭔가가 있다고 느꼈다. 그것은 숨을 쉬고 또 자라기도 했다. 감방이 더욱 비좁아졌다. 저기에 있는, 내가 신이라고 부른 그것 앞에서는 담벼락마저 자리를 내어줄 수밖에 없다고 나는 느꼈다.

너, 432번, 조그만 인간아. 밤에 취해 정신을 잃지 마라! 감방 안에 너와 함께 있는 건 네 불안일 뿐, 다른 건 없어! 불안과 밤. 하지만 불안은 엄청난 괴물이다. 그리고 밤은 우리가 자기와 단둘이 남겨지면 유령처럼 무시무시해진다.

달이 지붕 위를 구르다 벽면을 비추었다. 멍청이 같으니! 그래봤자 벽은 여전히 비좁고 감방은 오렌지 껍질처럼 공허하잖아. 저들이 선한 분이라고 부르는 신은 여기 없어. 저기 있던 것, 저기서 뭐라고 떠들던 것은 네 안에 있는 거였어. 아마 네게서 나온 신이었겠지. 그래 너였어! 왜냐하면 너도 신이니까. 모두 다, 거미도 고등어도 다 신이야. 산목숨이 신이야, 그게 전부라고. 그것들이 너무 많아서 신은 더 이상 있을 데가 없어. 그 밖에는 무(無)뿐이거든. 그런데 이 무란 놈이 자주 우리를 엄습하지.

감방 문은 호두알처럼 굳게 닫혀 있었다. 마치 한 번도 열린 적이 없는 듯이. 우리는 그것이 결코 저 혼자 열리지 않으리란 걸, 부숴버려야 한다는 걸 알고 있었다. 그렇게 굳게 닫혀 있었다, 저 문은. 나는 나와 홀로 남겨진 채 바닥 모를 심연으로 추락했다. 그런데 그때 거미가 상사처럼 내게 소리를 질렀다. 약해빠진 놈! 바람에 거미줄이 찢기자 거미는 재빨리 새 거미줄을 토해내어 123파운드나 나가는 나를 숨결처럼 가냘픈 그 줄로 붙잡아주었다(나는 거미에게 고맙다고 했지만 거미는 본 척도 하지 않았다).

그렇게 나는 천천히 나에게 익숙해진다. 사람들은 남에게는 쉽사리 무리한 요구를 하면서도 정작 자신은 잘 참지 못한다. 나는 점점 내가 재미있어졌다. 밤낮으로 내게서 기이한 것들을 발견했고 내가 진짜 요술 주머니처럼 느껴졌다.

그러나 오랜 시간이 지나면서 나는 모든 것들과의 관계를 잃어버렸다. 삶과도, 활동하는 세계와도. 나날들은 내게서 빠르게 그리고 규칙적으로 방울방울 떨어져 내렸다. 나는 조금씩 현실 세계로부터 비워져

가고 오로지 나 자신으로만 채워지는 느낌이었다. 그렇게 이제 막 발을 들여놓은 이 세계로부터 점점 더 밀어지는 것 같았다.

벽은 너무도 차갑고 또 죽어 있었다. 나는 절망감에, 아무런 희망도 없음에 병들었다. 사람들은 처음 며칠은 비참한 자기 처지를 소리쳐 알린다. 그러나 계속 아무 대답이 없으면 금세 지치고 만다. 몇 시간이고 벽과 문을 두드려대지만 문은 열리지 않고, 두 주먹에는 곧 상처가 난다. 그런데 이 삭막한 곳에서는 그런 작은 고통이 유일한 쾌락이다.

하지만 이 세상에 영원히 변치 않는 것이란 없다. 저 거만한 문이 마침내 열렸던 것이다. 다른 문들도 모두. 문들은 면도도 제대로 못 한 겁먹은 사내들을 한 명씩 길게 늘어선 대열 속으로 밀어냈다. 회색 담장으로 둘러싸이고 한가운데 녹색 풀밭이 있는 마당으로.

사방에서 우리를 향해 폭탄이 터지듯 개 짖는 소리가 쏟아졌다. 배에 가죽 끈을 두른 푸른색 개들이 쇳소리를 내며 짖어대고 있었다. 개들은 우리를 한시도 가만히 있지 못하게 했고, 자기들도 부지런히 움직이며 무섭게 짖어댔다. 하지만 한껏 겁을 집어먹고 나서 어느 정도 진정이 되자 그게 창백한 푸른색 제복을 입은 인간들이란 걸 알 수 있었다.

마당에서는 원을 그리며 걸었다. 하늘과의 떨리는 첫 재회를 극복하고 햇살에 다시 익숙해지자 곧 자신처럼 느릿느릿 무의미한 발걸음을 옮기며 깊은 숨을 뱉어내는 수많은 사람이 눈에 들어왔다. 7, 80명은 족히 되었다.

언제나 원을 그리며 걸었다. 나무 슬리퍼의 리듬에 맞추어. 턱없이 위축되긴 했어도 그 30분가량은 평소보다 즐거웠다. 짖어대는 면상의 푸른 제복들만 없다면 한없이 그렇게 느릿느릿 돌 수 있을 것 같았다.

과거도 미래도 없이 오로지 현재만을 만끽하면서. 숨 쉬고, 보고, 걷고!

처음에는 그랬다. 거의 축제였다. 작은 행복. 그러나 시간이 흐르면, 몇 달이 지나도록 계속 아무런 싸움도 없이 만끽하기만 하면, 사람들은 가던 길에서 벗어나기 시작한다. 작은 행복으로는 더 이상 충분치 않다. 물리고 싫증이 난다. 그러면 우리가 내맡겨진 저 세계의 칙칙한 물방울들이 우리의 잔에 담긴다. 그리고 마침내 원을 그리며 도는 게 고통으로 바뀌는 날이 온다. 드높은 하늘 아래에서 조롱당하는 기분이 들고, 앞사람과 뒷사람이 더 이상 형제나 함께 고통 받는 동료가 아니라 걸어 다니는 시체로 느껴지는 그런 날이. 그저 우리에게 혐오감이나 불러일으키려 존재하는 시체들. 그들 사이에 나는 끼어 있다. 끝없이 이어진 목책에 박혀 있는 얼굴 없는 하나의 말뚝처럼. 아아, 그들은 정말 세상 그 무엇보다도 구역질이 난다. 몇 달이 넘도록 회색 담장 안을 빙글빙글 돌며 창백한 푸른 제복들의 짖어대는 소리에 너덜너덜해지면, 그런 날이 온다.

내 앞에서 걷는 남자는 벌써 오래전에 죽었다. 아니면 진열장에서 튀어나온 밀랍 인형인데 어떤 한심한 악령이 진짜 사람처럼 보이게 만든 놈인지도 모른다. 어쨌든 이놈은 이미 오래전에 죽은 게 틀림없다. 그래 맞아! 듬성듬성 지저분하게 뭉친 흰머리들이 덮인 그 대머리에는 살아 있는 대머리에서 나는 기름진 광채가 없다. 살아 있는 대머리에서 해가 나든 비가 오든 희미하게나마 발산하기 마련인 그런 기름진 광채 말이다. 아니, 이 대머리는 아예 광채가 없다. 천 쪼가리처럼 흐릿하고 칙칙하다. 도무지 인간이라고 부를 수 없는 이런 모조 인간 같은 놈이 꼼짝도 않고 있을 때면 우리는 이 대머리를 생명이 없는 가발이라고 여기게 된다. 학자나 대단한 술꾼의 가발은 못 되고 기껏해야 하찮은 글쟁이나 서커스 광대의 가발 정도가 고작이다. 하지만 이 가발은 아주 질기다. 이놈은 심보가 워낙 고약해서 조금도 물러설 기미가 없다. 내가, 자기 뒷사람인 내가 자기를 미워하는 줄 알기 때문이다. 그렇다. 나는 이놈을 미워한다. 도대체 왜 이런 가발이—이제 나는 이 사내를 아예 그렇게 부르려 한다. 그게 훨씬 편하니까—도대체 왜 이런 것이 내 앞에서 걸어가고 또 살아 있어야 하는가? 아직 날아가는 법조차 모르던 어린 참새들은 지붕 추녀에서 떨어져 죽고 있는데 말이다. 또 나는 이 가발이 비겁해서 미워한다. 얼마나 비겁하냐! 이놈은 내 미움을 잘 느끼고 있다. 그러면서도 아무렇지도 않게 내 앞에서 느릿느릿 걷는다. 항상 원을 그리며, 회색 담장들 사이에서 아주 조그만 원을 그리며 걷는다. 저 담장들도 우리에 대해 자비심이라곤 눈곱만큼도 없다. 그렇지 않다면 어느 밤엔가 몰래 나가서 우리 장관님들이 살고 있는 궁전을 둘러쌌을 테니까.

나는 벌써 오래전부터 사람들이 왜 가발을 감옥에 가두었는지 궁금했다. 이자가 도대체 무슨 짓을 했다고. 내가 끊임없이 괴롭히는데도 나를 향해 한 번 몸을 돌리지도 못할 만큼 비겁한 녀석인데. 나는 계속해서 녀석의 뒤를 바짝 쫓으며 가발을 괴롭힌다. 물론 의도적이다. 그리고 폐 속에 든 걸쭉한 것을 녀석의 등짝에 한 무더기 내뱉기라도 할 듯이 지저분한 소음을 입 밖에 낸다. 그럴 때마다 가발은 기분이 상해 몸을 움찔거린다. 이렇게 하는데도 녀석은 자기를 괴롭히는 사람을 똑바로 돌아볼 엄두도 내지 못한다. 그러기에 가발은 너무 비겁하다. 기껏해야 내가 있는 뒤쪽으로 몇 도 정도 목을 비스듬히 돌리는 게 전부다. 우리의 두 눈이 마주치도록 몸을 완전히 돌리는 건 감히 생각도 못한다.

가발은 무슨 짓을 한 걸까? 돈을 횡령했을까? 아니면 도둑질? 혹시 성욕을 주체하지 못해 패가망신을 한 건 아닐까? 그래, 그럴지도 몰라. 곱사등이 에로스에 취해 가까스로 비겁함을 떨쳐내고 어리석은 욕정에 몸을 내맡겼던 거야. 자, 이런 작자가 지금 내 앞에서 어기적거리며 걷고 있다. 한때 자기도 무언가 용기를 냈던 것에 숨죽여 만족하고 또 경악하면서.

하지만 나는 지금 가발이 속으로 떨고 있다고 믿는다. 내가 자기 뒤에서 걷고 있다는 걸 가발은 알기 때문이다. 놈의 살인자인 내가 말이다! 오, 놈을 살해하는 건 내게 아주 쉬운 일이 될 터이며, 나는 쥐도 새도 모르게 그 일을 해치울 것이다. 그냥 다리만 걸면 끝이다. 그러면 뻣뻣하기 짝이 없는 놈의 다리는 곧장 앞으로 고꾸라지고 아마도 대갈통에 구멍이 날 테니까. 놈의 몸에서는 푸시시 하고 자전거 튜브에서 바람 빠지는 둔한 소리가 날 것이다. 놈의 머리, 그 거창한 가발은 누르스름한 밀랍처럼 한가운데가 터져버릴 게 분명하고, 거기서 흘러나온 몇 방울 안 되는 붉은 잉크는 단검에 찔린 희극 배우의 푸르스름한 비단 블라우스 위로 번져가는 딸기주스처럼 우스꽝스러운 효과를 낼 것이다.

나는 그렇게 가발을 미워했다. 낯짝 한 번 본 적 없고 목소리도 들은 적이 없는, 오직 곰팡내와 살충제 냄새로만 알던 녀석을 말이다. 가발은 열정이라곤 조금도 찾아볼 수 없는 지치고 약해빠진 목소리를 지녔을 게 틀림없다. 놈의 희멀건 손가락만큼이나 맥 빠진 소리를 낼 것이다. 송아지처럼 툭 튀어나온 두 눈에, 아래로 처진 두툼한 아랫입술은 끊임없이 초콜릿을 탐했을 것이다. 도락가의 면상이지만 대단한 면모는 없다. 희멀건 산파의 손으로 하루 종일 하는 일이라고는 구멍가게에서 공책 한 권 살 돈 17페니히를 버는 게 고작인 글쟁이의 용기가 전부다.

아니, 가발에 대해서는 더 이상 말하지 않겠다! 나는 이자를 정말 너무도 미워해서 말만 나오면 금세 화를 참지 못하고 속내를 다 드러내게 된다. 그러니 그만 끝내련다. 이제 다시는 가발 얘기를 꺼내지 않겠다. 다시는!

하지만 전혀 입에 올리고 싶지 않은 어떤 자가 네 앞에서 무릎이 꺾인 채 멜로드라마의 선율로 계속 걷고 있다면 너는 그 사람을 도무지 떨쳐버릴 수가 없다. 등이 몹시 가려운데 아무리 해도 손이 닿지 않을 때처럼 그자는 쉴 새 없이 너를 자극해서 항상 그를 떠올리고 의식하고 미워하도록 만들 테니까.

나는 가발을 살해해야 한다고 생각한다. 그러나 죽은 놈이 내게 끔찍한 장난을 칠까 봐 겁난다. 놈은 갑자기 천박하게 웃으면서 예전에 서커스 광대였다는 걸 기억해내고는 자기가 흘린 핏물 속에서 재주넘기로 벌떡 솟구칠지도 모른다. 다른 사람들이 물을 무서워하듯 피를 견딜 수 없어 당혹스러워하면서 말이다. 그런 다음 물구나무를 선 채 다리를 버둥거리며 형무소 마당을 가로지를 것이다. 놈은 간수들을 고집불통 당나귀 취급을 하며 있는 대로 약을 올린 다음 짐짓 무서운 척 그 서슬에 훌쩍 담장 위로 뛰어오를 것이다. 그리고 담장 위에서 우리를 향해 놈의 걸레 조각 같은 혀를 날름거린 뒤 영원히 사라져버릴 것이다.

놈의 정체를 갑자기 모두가 다 알게 되었을 때 어떤 일이 벌어질지는 상상조차 할 수 없다.

내 앞사람인 가발에 대한 나의 미움이 사실무근이라고 생각지 마

라. 아, 그러나 미움이 차올라 홍수처럼 흘러넘치면 더 이상 자기 자신에게로 돌아갈 수 없는 지경에 이르게 된다. 그렇게 미움은 사람을 파괴한다.

내 말에 귀를 기울이고 내게 공감하기가 쉽지 않으리란 걸 안다. 누가 네게 고트프리트 켈러*나 디킨스**의 글을 읽어줄 때처럼 열심히 귀 기울여 들을 필요도 없다. 너는 무자비한 담장들 사이에서 조그만 원을 그리며 나와 함께 걸어보아야 한다. 아니, 그냥 머릿속으로 내 곁에서 함께 걷는 게 아니라 온몸으로 내 뒤에서 내 뒷사람이 되어 걸어보아야 한다. 그러면 네가 얼마나 빨리 나를 미워하게 되는지 보게 될 것이다. 우리와 함께(이제 우리가 모두 함께 공유하는 것이 하나 있으므로 '우리'라는 말을 쓰겠다) 우리의 허약한 원을 비틀거리며 걸어보면 네 사랑은 텅 비어버리고 미움이 네 안에서 샴페인처럼 부글거리며 끓어오르게 될 것이다. 너는 오직 그 끔찍한 공허를 느끼지 않기 위해 미움이 끓어오르도록 놔둘 것이다. 하지만 텅 빈 배 속과 텅 빈 가슴으로 네가 이웃 사랑이라는 특별한 행위를 할 수 있으리라고 믿지는 마라!

그렇게 너는 선한 구석이라곤 하나도 남김없이 다 빠져나가고 텅 비어버린 자가 되어 내 뒤에서 저주를 퍼부으면서 몇 달이 넘도록 오로지 나에게만, 나의 좁은 등짝과 지나치게 보들보들한 목덜미와 해부학적으로 엉덩이가 있어야 하는 헐렁한 바지에만 예속될 것이다. 그러나 네가 가장 많이 봐야 하는 건 나의 두 다리다. 모든 뒷사람들은 자기 앞사람의 다리를 본다. 그리고 앞사람의 걷는 리듬은 그것이 아무리 낯설고 불쾌하더라도 그들을 강요하고 따라 하도록 만든다. 그런데 나는 일

---

* Gottfried Keller(1819~1890): 스위스의 소설가.
** Charles J. H. Dickens(1812~1870): 영국의 소설가.

정한 걸음걸이가 없다. 그리고 이 사실을 알아차리는 순간 너는 마치 질투하는 여자처럼 미움에 사로잡히게 된다. 그렇다. 내겐 일정한 하나의 걸음걸이가 없다. 실제로 일정한 걸음걸이를 갖지 않은 사람들이 있다. 그들은 하나의 멜로디로 통일되지 못하는 여러 가지 방식의 걸음걸이를 가지고 있다. 내가 그런 사람이다. 너는 그 때문에 나를 미워할 것이다. 내가 단지 가발의 뒷사람이기 때문에 가발을 미워해야 하는 것처럼 근거 없고 무의미하게 말이다. 하지만 나의 다소 불안하고 경박한 발걸음에 적응이 되고 나면 너는 어느 순간 문득 내가 지극히 단정하고 기운차게 걷는다는 사실을 발견하고 혼란스러워질 것이다. 그리고 네가 이런 내 발걸음의 새로운 유형을 미처 머리에 담아두기도 전에 나는 앞으로 몇 발짝 의기소침하고 불안정한 걸음을 내딛기 시작한다. 그래, 너는 내게서 아무런 기쁨이나 우정을 느낄 수 없을 것이다. 너는 나를 미워해야 한다. 모든 뒷사람들은 자기 앞사람을 미워한다.

그래, 앞사람들이 한번쯤 자기 뒷사람을 돌아보고 서로 소통한다면 어쩌면 모든 게 달라질지도 모른다. 그러나 뒷사람은 누구나 다 그런 식이다. 오직 자기 앞사람만 보면서 미워한다. 반면에 자기 뒷사람은 부정한다. 앞사람만을 자각한다. 이것이 회색 담장 뒤편 우리의 원 안에서 벌어지는 일이다. 하지만 다른 곳도 마찬가지일 것이다. 아마 천지 사방이 다 그럴 거다.

그래도 나는 가발을 죽였어야 했다. 언젠가 가발은 피가 거꾸로 솟을 정도로 나를 열 받게 했다. 내가 그것을 발견했을 때였다. 사실 별것도 아니었다. 그냥 아주 사소한 발견이었을 뿐이다.

우리가 아침마다 30분씩 좁고 지저분한 녹색 풀밭 주위를 돌았다는 말을 이미 했던가? 이 기묘한 서커스장의 마당 한가운데에는 한 무리의 빛바랜 풀들이 모여 있었다. 창백하고 하나하나 아무 특징도 없는 이 잡풀들 신세가 마치 지긋지긋한 목책 안에 갇힌 우리 같았다. 내 눈은 별 기대 없이 무언가 살아 있는, 알록달록한 색을 찾아 움직이다가 우연히 몇 가닥 풀줄기로 향했다. 그러자 내 시선을 느낀 풀줄기들이 반사적으로 몸을 움츠리며 내게 끄덕였다. 바로 그때 그 풀줄기들 가운데서 별로 눈에 띄지 않는 노란 점 하나를 발견했다. 그것은 마치 너른 들판 위에 놓아둔 작은 게이샤* 인형 같았다. 나는 이 발견에 너무 놀랐다. 내 눈이 그 노란 무언가를 뚫어져라 응시하는 것을 모두가 다 보고 있을 거라고 생각했다. 그래서 재빨리 그리고 아주 흥미로운 듯이 내 앞사람의 슬리퍼로 눈을 돌렸다. 하지만 대화 상대의 코에 난 점에 계속 시선이 가서 상대를 당혹스럽게 만들 때가 있듯이 그렇게 내 두 눈은 계속 노란 점을 갈망했다.

좀더 가까이 그 곁을 지나게 되었을 때 나는 최대한 아무렇지 않은 듯이 행동했다. 그리고 나는 꽃 한 송이를 보았다. 노란색 꽃. 민들레였다. 조그맣고 노란 민들레.

꽃은 우리가 원을 그리며 도는 길에서 왼편으로 50센티미터 정도 떨어진 곳에 피어 있었다. 우리가 아침마다 돌면서 신선한 공기에 경의를 표하는 그 길이다. 나는 더럭 겁이 났다. 푸른 제복 하나가 벌써 올빼미 눈을 하고서 내 눈이 가는 방향을 뒤쫓는 것 같은 생각이 들었기 때문이다. 평소 우리의 파수견들은 이 인간 목책 안에서 벌어지는 작은 동요 하나도 놓치지 않고 미친 듯이 짖어대며 반응하곤 했다. 하지만 나의 이 발견은 아무도 눈치채지 못했다. 작은 민들레는 오직 나 혼자

---

*　일본의 기녀(妓女).

만의 것이었다.

그러나 그 꽃을 보며 마음껏 기뻐힐 수 있었던 건 고작 며칠뿐이었다. 꽃은 이제 온전히 내 차지가 되어야 했다. 마당 돌기 시간이 끝날 때마다 나는 강제로 꽃과 헤어져야 했다. 꽃을 소유할 수만 있다면 나는 일용할 양식인 빵 배급도 포기할 수 있었다(이건 정말 엄청난 일이다!). 감방 안에 무언가 살아 있는 것을 두고픈 갈망이 내 안에 너무나 강력했던 나머지 꽃은, 그 작고 수줍은 민들레는 곧 나에게 사람 못지않게 소중한, 은밀한 연인처럼 되어버렸다. 그 꽃 없이는 저 죽은 담장들 사이에서 더 이상 살아갈 수가 없었다!

그러고 나서 가발과의 일이 벌어졌다. 처음에 나는 아주 영리하게 시작했다. 내 꽃의 곁을 지날 때마다 나는 최대한 눈에 띄지 않게 발자국 하나 너비만큼씩 풀밭 쪽으로 다가갔다. 우리 모두가 내면에 상당한 군집 본능을 지니고 있다는 점에 착안했다. 내 생각은 빗나가지 않았다. 내 뒷사람과 그 뒷사람, 또 그 뒷사람…… 모두가 착실하게 내 발자국을 뒤따라 밟으며 걸었다. 이런 식으로 나는 나흘 만에 우리가 도는 길을 나의 민들레 옆에 바짝 붙일 수 있었다. 민들레는 이제 허리만 굽히면 손이 닿을 수 있었다(나의 이런 노력 탓에 창백한 풀줄기 스무 가닥 정도가 매번 우리의 나무 슬리퍼 아래에서 지저분한 죽음을 맞이해야 했다. 하지만 꽃을 꺾으려는 자가 몇 가닥의 짓밟힌 풀줄기 따위를 생각하랴!).

나는 소망의 실현에 점점 다가섰다. 시험 삼아 몇 번 왼쪽 양말을 일부러 흘러내리게 한 다음 양미간을 찡그리며 아무렇지 않게 허리를 굽혀 양말을 다시 추켜올려보았다. 무슨 낌새를 알아채는 사람은 아무도 없었다. 됐어, 그럼 내일이다!

다음 날 마당에 들어섰을 때 가슴이 쿵쾅거리고 땀에 젖은 손이 덜덜 떨렸다고 말한다고 굳이 나를 비웃을 필요는 없다. 몇 달간의 고독과 사랑 없는 생활 끝에 예기치 않게 연인과 한방에 있게 되리라는 전망은 정말 굉장한 것이었으니까.

매일 똑같이 슬리퍼를 끌며 걷는 단조로운 마당 돌기도 거의 끝났다. 마지막에서 두번째 바퀴를 돌 때 일을 해치워야 했다. 그런데 그때 가발이 끼어들었다. 그것도 매우 교활하고 비열한 방식으로 말이다.

우리는 마지막에서 두번째 바퀴로 접어들었고, 푸른 제복들은 벌써 거들먹거리며 커다란 열쇠 꾸러미를 짤랑거렸다. 나는 내 꽃이 불안한 표정으로 나를 바라보는 사건 현장으로 점점 다가가고 있었다. 평생 그 순간만큼 흥분되었던 적은 아마 한 번도 없었을 거다. 이제 스무 걸음 남았다. 열다섯 걸음, 열 걸음, 다섯……

바로 그 순간 아주 끔찍한 일이 벌어졌다. 갑자기 가발이 마치 타란텔라* 춤이라도 추려는 듯이 가느다란 두 팔로 공중을 휘휘 저으며 오른쪽 다리를 우아하게 배꼽까지 들어 올리더니 왼발로 빙그르르 돌아 뒤로 돌아섰다. 놈이 어디서 그런 용기가 났는지 도무지 알 수가 없었다. 가발은 모든 걸 다 안다는 듯이 승리에 찬 눈길로 나를 노려보더니 송아지 같은 눈을 하얗게 까뒤집으며 꼭두각시 인형처럼 고꾸라졌다(오, 이젠 의심할 여지가 없다. 놈은 예전에 서커스 광대였던 게 틀림없다. 이렇게 모두가 웃음을 터뜨리게 만들다니!).

하지만 그때 푸른 제복들이 짖어대기 시작했고 웃음은 언제 그랬느냐는 듯이 흔적도 없이 사라졌다. 누군가 바닥에 드러누운 자에게로 다

---

* tarantella: 3박자 또는 6박자의 아주 빠른 이탈리아 춤곡.

가갔다. 그러고는 마치 비가 온다는 말을 하듯이 아무렇지도 않게 말했다. 그는 죽었어!

더 고백할 게 있다. 나 자신에게 솔직하고 싶어서다. 내가 가발이라고 부른 사내와 정면으로 눈이 마주치고 그가 졌음을 느낀 순간, 나에 대한 패배가 아닌 생에 대한 그의 패배를 느낀 바로 그 순간 미움은 해변의 파도처럼 순식간에 사라졌다. 그리고 내겐 텅 빈 공허감만이 남았다. 목책에서 말뚝 하나가 꺾어진 것이다. 죽음이 휘익, 스치듯 내 곁을 지나갔다. 그래서 그렇게들 착해지려 조바심을 내었나 보다. 이제 나에 대한 가발의 승리를 인정했다.

다음 날 아침 내겐 다른 앞사람이 생겼고, 그는 나로 하여금 금세 가발을 잊게 만들었다. 그는 신학자만큼이나 정직하지 못해 보였다. 아니, 내가 꽃 따는 걸 아예 불가능하게 만들려고 특별히 지옥에서 휴가 나온 자라는 생각도 들었다.

이자는 낯가죽이 몹시 두꺼웠다. 모두들 녀석을 비웃었다. 심지어 창백한 낯짝의 푸른 개들조차도 터져 나오는 웃음을 참지 못하고 마치 사람처럼 히죽거렸다. 정말 기이하기 짝이 없는 광경이었다. 어엿한, 그러나 흐리멍덩한 직업군인 상판대기를 지닌 저 국가관리들의 천박한 품위는 형편없이 일그러졌다. 놈들은 기를 쓰고 웃지 않으려 했다. 정말이다! 하지만 어쩔 도리가 없었다. 네가 누군가와 몹시 사이가 틀어져서 둘 다 화난 얼굴을 하고 한껏 거만한 감정을 품고 있는데 갑자기 우스꽝스러운 일이 벌어져서 웃음을 강요당한다면, 그럴 때 너희는 정말 웃고 싶지 않을 거다. 맹세코! 하지만 어느새 얼굴은 옆으로 벌어지고 소위 '화난 웃음'이란 것을 짓고 마는 것이다. 푸른 제복들이 딱 그랬다. 그리고 그것은 우리가 놈들에게서 본 유일하게 인간적인 감정의 동요였다. 그래, 그 신학자, 아무튼 놀라운 녀석이었다! 녀석은 미친놈이 되기에 충분할 정도로 교활했지만 그렇다고 자신의 교활함을 갉아먹을 만큼 미친놈인 건 또 아니었다.

형무소 마당에서 우리는 모두 일흔일곱 명이었고 제복에 권총을 착용한 사냥개 열두 마리가 우리를 둘러싸고 짖어댔다. 그중 몇몇은 이 개 노릇을 20년도 넘게 해온 듯했다. 오랜 세월 수많은 수감자에게 그렇게 짖어대느라 입이 정말 개 주둥이가 된 걸 보면 말이다. 하지만 그렇게 동물과 비슷해졌다고 놈들의 망상이 조금이라도 줄어든 건 아니었다. 놈들 하나하나는 당장에 '짐이 곧 국가다'*라는 딱지를 붙여 동상으로 세워놓기에도 전혀 손색이 없었으니까.

그래, 그 신학자 녀석은(나중에 듣기로 이자는 원래 철물공이었는데 교회에서 일하다가 사고를 당해 죽을 뻔했단다. 정말 하느님이 돌보셨다!) 제복들의 품위를 온전히 존중해줄 정도로 미쳤거나 또는 교활했다. 내가 뭐라는 거지, 존중해준다고? 녀석은 푸른 제복들의 품위를 한껏 부풀려 상상하기조차 어려운 크기의 풍선으로 키워주었다. 심지어 놈들 자신도 그 크기를 알 수 없을 정도로 말이다. 놈들은 녀석의 멍청함에 터져 나오는 웃음을 참을 수 없을 때조차도 은밀한 자부심으로 배때기가 부풀어 가죽 허리띠가 팽팽해졌다.

이 파수견들이 두 다리를 널찍하게 벌리고 서서 자기 권력을 한껏 과시하고, 틈만 나면 이빨을 드러내며 우리를 향해 달려드는 와중에도 신학자 녀석은 그 곁을 지날 때마다 매번 진심에서 우러나온 듯이 머리를 숙이고 지극히 공손하고 친밀한 목소리로 선량하게 이렇게 말했다.

---

*   L'état c'est moi : 프랑스의 절대군주 루이 14세(1638~1715)가 한 말.

축복을 빕니다, 간수 나리! 하느님이라도 녀석에게는 화를 낼 수 없을 것이다. 하물며 헛배 부른 세복 풍선쯤이야. 녀석의 인사는 너무도 깍듯해서 언제나 따귀를 피해 몸을 숙이는 것처럼 보였다.

악마는 이런 익살쟁이 신학자 녀석을 내 앞사람으로 만들었던 것이다. 놈의 황당한 짓거리에 정신을 빼앗긴 나머지 나는 내 조그만 새 연인, 나의 민들레를 거의 잊을 지경이었다. 온통 곤두선 내 신경들과 미친 듯이 싸우느라 내 꽃에게 부드러운 눈길 한번 제대로 줄 수가 없었다. 그 때문에 내 구멍이란 구멍에선 온통 식은땀이 흘러나왔다. 신학자 녀석이 그렇게 인사를 하면서 "축복을 빕니다, 간수 나리"를 혀에 문은 꿀방울처럼 내뱉을 때마다 나는 녀석을 따라 하지 않으려고 매번 온몸에 잔뜩 힘을 주어야 했다. 유혹은 너무도 강했다. 나는 몇 번이나 그 국가 기념비 놈들에게 다정하게 고갯짓을 했으며, 그것이 공손한 인사로 이어지는 걸 마지막 순간에야 간신히 저지하고 입을 다물 수 있었다.

우리는 날마다 30분 정도 형무소 마당을 돌았다. 매일 스무 바퀴였고, 푸른 제복 열두 명이 우리를 빙 둘러 지키고 서 있었다. 그러니까 신학자 녀석은 하루에 그 인사를 240번을 한 셈이고, 나는 미쳐버리지 않기 위해 240번이나 온 힘을 집중해야 했다. 이 짓도 사흘만 계속되면 형편이 좀 나아지리라는 건 알았지만 그래도 견디기가 너무 힘들었다. 나는 완전히 녹초가 되어 감방으로 돌아왔다. 하지만 밤새 꿈속에서도 끝없이 늘어선 푸른 제복들을 따라 걸었다. 모두 비스마르크*처럼 생긴 놈들이었다. 밤새도록 수백만의 창백하고 푸른 비스마르크에게 깊이

---

* Otto von Bismarck(1815~1898): 프로이센의 정치가로 1871년 최초로 독일 통일을 이루었다.

허리 숙여 "축복을 빕니다, 간수 나리!" 하고 인사를 건넸다.

다음 날 나는 대열에서 슬쩍 벗어나 앞사람이 다른 사람으로 바뀌도록 수를 썼다. 슬리퍼를 잃어버려서 분주하게 이리저리 찾다가 절뚝이며 다시 목책으로 돌아오는 수법이었다. 성공이었다! 내 앞에는 이제 태양이 떠올랐다. 그런데 이 태양은 오히려 사방을 어둡게 만들었다. 새 앞사람은 키가 엄청나게 컸다. 180센티미터인 내가 완전히 그의 그늘 아래로 사라졌다. 그래도 신의 섭리는 있는 모양이었다. 슬리퍼로 섭리의 실현을 조금 도와야 했지만 말이다. 새 앞사람은 비인간적이리만치 기다란 사지를 아무렇게나 무의미하게 휘저어댔다. 특이한 점은 자기 팔다리에 대해 아무런 제어 능력이 없었음에도 불구하고 그가 어쨌든 앞으로 나아갔다는 사실이다. 나는 그를 거의 사랑할 지경이었다. 정말이지 나는 기도를 했다. 그가 가발처럼 갑자기 죽어 자빠지거나 머리가 휙 돌아서 비겁하게 고개 숙여 인사를 하기 시작하는 일이 생기지 않게 해달라고, 그가 오래오래 건강한 삶을 살아가게 해달라고 말이다. 그의 그늘 아래에서 나는 너무도 안전한 느낌을 받았다. 나의 시선은 전혀 들킬 염려 없이 아주 오래도록 내 작은 민들레에 머물 수 있었다. 나는 심지어 이 거룩한 앞사람의 혐오스러운 코에서 울려 나오는 코맹맹이 소리마저도 용서를 했다. 그래, 나는 그에게 오보에니 문어니 사마귀니 따위의 별명을 선사하고픈 충동을 너무나도 너그럽게 참아냈다. 오직 내 꽃만 바라보았다. 앞사람이 아무리 길고 아무리 멍청해도 개의치 않았다!

그날도 다른 모든 날들과 똑같았다. 다만 432호 감방의 수감자가 30분의 끝 무렵에 미친 듯이 맥박이 빨라지더니, 두 눈에 거짓으로 꾸민 천연덕스러움과 엉성하게 감춘 불안이 드러나고 있었다는 것만이 달랐다.

우리는 마지막에서 두번째 바퀴로 접어들었다. 열쇠 꾸러미들이 다시 생기를 띠었고, 목책의 말뚝들은 끝없는 창살 뒤에서처럼 빈약한 햇살을 받으며 졸고 있었다.

하지만 저게 뭐지? 말뚝 하나는 전혀 졸지 않았다! 말짱하게 깨어 잔뜩 흥분한 채 몇 미터마다 걸음걸이를 바꾸고 있었다. 누구 보는 사람은 없었을까? 없었다. 말뚝 432호는 갑자기 허리를 숙이며 흘러내린 양말을 만지작거렸다. 그러고는 번개처럼 잽싸게 한 손을 뻗어 깜짝 놀란 작은 꽃을 꺾었다. 일흔일곱의 목책들은 늘 하던 대로 마지막 바퀴를 돌기 시작했다.

무엇이 그리 우스운가. 그라모폰 음반과 우주 탐구 시대의 한 심드렁하고 회한에 찬 젊은이가 432호 감방의 높이 난 창 아래에서 고독한 두 손으로 작고 노란 꽃 한 송이를 가녀린 햇살 속에 보듬고 있다. 지극히 평범한 민들레 한 송이. 이윽고 그는 민들레를 화약, 향수와 휘발유, 독주와 립스틱 냄새에 익숙한 자신의 굶주린 코로 가져간다. 벌써 몇 달째 간이침대의 나무와 먼지와 식은땀 냄새밖에 맡지 못한 코였다. 그는 작고 노란 꽃으로부터 그 정수를 탐욕스럽게 자기 안으로 빨아들인다. 그에겐 오직 코밖에 없는 듯하다.

그때 그에게서 무언가가 열리더니 빛이 쏟아지듯 좁은 공간 안으로 흘러들었다. 그것은 그가 지금껏 한 번도 알지 못했던 것이었다. 비할 바 없는 애정과 의지와 온기가 꽃과 더불어 온통 그를 휘감으며 충만하게 해주었다.

그는 더 이상 이 공간을 견딜 수 없어 두 눈을 감으며 놀라워했다. 네게선 흙냄새가 나는구나. 태양과 바다와 꿀 냄새가 나는구나, 너 어

50

여쁜 생명아! 민들레의 순결한 냉기는 그에게 지금껏 한 번도 특별히 신경을 쓴 적은 없었지만 이제는 그 침묵이 오히려 큰 위안이 되는 아버지의 음성처럼 느껴졌다. 그는 민들레가 검은 여인의 환한 어깨처럼 느껴졌다. 그는 꽃에게 이름을 주고 가만히 불러보았다. 알리네.

그러고는 마치 사랑하는 사람을 대하듯 조심스럽게 꽃을 자기 물그릇으로 가져가 기진맥진한 작은 생명을 그 안에 넣었다. 그런 다음 그는 몇 분에 걸쳐, 아주 천천히 자리에 앉으며 자기 꽃과 얼굴을 맞대었다.

그는 모든 근심 걱정이 사라지며 행복해졌다. 자신을 짓누르던 모든 것들을 떨쳐버렸다. 구속된 처지, 고독, 사랑의 굶주림, 속수무책으로 살아온 스물두 해의 세월, 현재와 미래, 이 세상, 그리고 기독교—그래 그것마저도!

그는 갈색 피부의 발리인이었다. 바다와 번개와 나무를 두려워하고 숭배하는 '야만' 종족의 한 '야만인'이었다. 야자열매와 대구와 벌새를 신성시하고 경외하고 먹어치우고 하나도 이해하지 못하는 야만인이었다. 그래, 그는 그토록 행복했다. 꽃에게 속삭일 때만큼 그렇게 선해지고픈 마음이 든 적은 한 번도 없었다…… 너처럼 되는 거야……

밤새도록 그의 행복한 두 손은 익숙한 자신의 양철 물그릇을 감싸 안고 있었다. 잠결에 그는 그들이 자기 몸 위에 흙을, 검고 좋은 흙을 부어주고, 그 자신이 흙 속에서 편안해지며 흙과 같이 변해가는 걸 느꼈다. 그에게서 꽃들이 피어나고 있었다. 아네모네, 매발톱, 민들레—눈에 잘 띄지도 않는 아주 조그만 해님들이.

까마귀는 밤이면 집으로 날아간다

그들은 차디찬 돌다리 난간 위에 웅크리고 있다. 보랏빛 악취를 풍기는 수로를 따라 놓인 얼음장 같은 철제 울타리 위에, 닳아서 움푹 파인 지하실 계단에, 은박지와 낙엽이 나뒹구는 길가에, 공원의 죄 많은 벤치 위에 웅크리고 있다. 문 없는 집 담벼락에 비스듬히 기대어 웅크리고 있고, 먼 동경에 찬 부두의 방파제와 방벽 위에 웅크리고 있다.

그들은 까마귀 얼굴을 하고 검은 잿빛 슬픔에 잠겨 목쉰 소리로 까악거리며 외롭게 웅크리고 있다. 이렇게 웅크리고 있는 그들에게 온갖 버림받은 것들이 너덜너덜하게 쥐어뜯긴 깃털처럼 달라붙어 있다. 마음에게 버림받고, 여자에게 버림받고, 별에게 버림받은 것들이.

그들은 대로를 피해 건물 그림자의 땅거미 속 흐릿한 어둠에 타르처럼 시커멓고 아스팔트처럼 피곤하게 웅크리고 있다. 그들은 세상 오후의 이른 연무 속에서 얇게 닳은 밑창으로, 잿빛 먼지를 뒤집어쓴 채, 때늦게, 비몽사몽 단조로움에 빠져 웅크리고 있다. 그들은 바닥없는 심연 위에 헤어날 길 없이, 굶주림과 향수에 지쳐 자는 듯 흔들거리며 웅크리고 있다.

까마귀 얼굴을 하고(어찌 다를 수 있겠는가?) 그들은 웅크리고 있다. 웅크리고, 웅크리고, 웅크리고. 누구라고? 까마귀? 그래 어쩌면 까마귀도 그렇겠지. 하지만 무엇보다도 사람들이 그렇다. 사람들이.

6시 무렵의 태양은 수증기와 연기가 뒤섞인 도시의 구름을 붉은 금빛으로 물들인다. 그리고 집들은 은은한 초저녁 불빛 아래 우단 같은 푸른빛을 띠며 한결 부드러워진 윤곽을 드러낸다.

하지만 까마귀 얼굴을 한 이들은 자신들의 가망 없음에, 그 피할 길 없는 인간 신세에 하얗고 창백하게 얼어 누더기 같은 잠바 속으로 잔뜩 웅크린다.

한 사람은 어제부터 줄곧 부두에 웅크리고 앉아 한껏 항구 냄새를 맡으며 허물어진 방파제의 돌조각으로 바닷물에 물수제비를 뜨고 있었다. 남자의 눈썹이 의기소침하면서도 왠지 익살스럽게, 마치 소파에 달린 술 장식처럼 그렇게 이마에 매달려 있었다. 얼마 뒤 한 젊은이가 남자 쪽으로 왔다. 두 팔은 팔뚝까지 깊숙이 바지 주머니에 찔러 넣고, 잠바 옷깃을 높이 세워 여윈 목덜미를 덮고 있었다. 나이 든 남자는 고개를 들지 않은 채 옆에 멈춰 선 단화 한 켤레의 처량한 구두코를 물끄러미 바라보았다. 수면 위로 슬픔에 잠긴 한 남자의 형상이 물결에 이리저리 흔들리며 그를 향해 떨고 있었다. 그는 팀이 다시 왔다는 걸 알았다.

어이, 팀, 다시 왔네. 벌써 끝났어? 그가 말했다.

팀은 아무 말이 없었다. 그는 방파제에 올라 다른 남자의 옆자리에 웅크리고 앉으며 기다란 두 손으로 목덜미를 감쌌다. 추웠던 것이다.

그녀의 침대 크기가 충분치 않았나 보지? 다른 남자가 한참 뒤에 느린 목소리로 다시 물었다.

침대라뇨! 침대는 무슨! 팀이 화를 내며 말했다. 전 그녀를 사랑한다고요.

물론 자넨 그녀를 사랑하지. 하지만 오늘 저녁에도 그녀는 자네를 금방 다시 문밖으로 내쳤군. 잠자리 제공은 고사하고 말이야. 자네 꼴이 말쑥하지 못해서 그런 게 분명해, 팀. 그렇게 밤에 찾아가려면 말쑥해야 하거든. 사랑만 갖고는 안 될 때가 많지. 아무려나 자넨 어차피 침대에 익숙한 신세도 아니니 차라리 그냥 여기 있지그래. 아니면 아직도 그녀가 너무 사랑스러운 거야? 그래?

팀은 기다란 두 손으로 목덜미를 비비고는 옷깃 속으로 몸을 움츠렸다. 돈을 원해요, 그녀는. 한참 뒤에 그가 말했다. 아니면 실크 스타킹이라도. 그래야 거기 머물 수 있었어요.

오호라, 그러니까 아직도 그녀가 사랑스러운 거로군. 나이 든 남자가 말했다. 하지만 돈이 한 푼도 없으니 어쩌누!

팀은 아직도 그녀를 사랑한다고 말하지는 않았다. 하지만 잠시 후에 낮은 소리로 이렇게 중얼거렸다. 그녀에게 목도리를 줬어요. 제 빨간 목도리 말이에요. 달리 줄 만한 게 없었거든요. 하지만 한 시간 뒤에 그녀는 갑자기 시간이 없다더군요.

그 빨간 목도리를? 다른 남자가 물었다. 아, 이 녀석은 그녀를 사랑하는군. 남자는 속으로 생각했다. 정말로 그녀를 사랑하고 있어! 그는 같은 말을 되풀이했다. 우와, 그 빨간 목도리를! 그래놓고 이제 다시 여기로 오다니, 곧 밤이 될 텐데.

네, 다시 밤이 되겠죠. 팀이 말했다. 그리고 전 이제 목도리도 없으니 목이 끔찍하게 시릴 거예요. 끔찍하게 추울 거라고요.

두 사람은 코앞의 바닷물을 물끄러미 바라보았다. 그들의 다리가 방파제에 처량하게 매달려 있었다. 통통배 한 척이 하얀 연기를 휘날리며 시끄럽게 지나가자 두툼한 파도가 촐싹거리며 뒤를 쫓았다. 잠시 후 다시 조용해졌다. 도시만이 하늘과 땅 사이에서 단조롭게 웅웅거리는 소리를 냈다. 까마귀 얼굴을 하고 검푸른 슬픔에 잠겨 웅크린 채 두 남자는 오후를 보내고 있었다. 한 시간쯤 뒤 빨간 종이 한 장이 희뿌연 납빛 파도에 실려 흥겹게 출렁이며 흘러갔다. 그러자 팀이 다른 남자에게 말했다. 하지만 제겐 그것밖에 아무것도 없었어요. 그 목도리밖에는.

다른 남자가 대답했다. 참 고운 빨간색이었어, 팀, 안 그래? 이 친구야, 정말 고운 빨간색이었어.

네, 네, 정말 그랬죠. 팀이 낙심하여 투덜거렸다. 그리고 이제 전 아주 끔찍이 목이 시리고요, 아저씨.

웬 불평이람. 다른 남자는 생각했다. 그는 그녀를 사랑하고 있잖은 가, 게다가 한 시간이나 그녀 곁에 있었고. 그런데도 이제 와서 목이 시리다고 투덜거리다니. 그는 하품을 하며 말했다. 그리고 밤을 보낼 잠자리도 물 건너갔고 말이지.

릴로예요, 그 여자 이름이. 팀이 말했다. 실크 스타킹을 아주 좋아하죠. 하지만 전 그런 게 없어요.

릴로? 다른 남자는 깜짝 놀랐다. 거짓말 마. 릴로일 리가 없어, 이 친구야.

릴로가 맞다니까요. 팀이 골을 내며 대답했다. 제가 릴로라는 이름의 여자를 알면 안 되기라도 하나요? 게다가 전 그녀를 사랑한다고요.

팀은 화가 나서 자기 친구로부터 떨어져 앉으며 턱을 무릎에 괴었다. 그리고 기다란 두 손으로 여윈 목덜미를 감쌌다. 이른 어둠의 그물이 낮 시간 위로 드리우자 마지막 햇살이 길을 잃고 격자 창살처럼 군데군데 하늘에 비쳤다. 두 남자는 다가오는 밤의 불안 위에 외롭게 웅크리고 있었고, 도시는 거대하게 그리고 유혹적으로 웅웅거렸다. 도시는 돈이나 실크 스타킹을 원했다. 그리고 밤의 침대는 말쑥한 방문자를 원했다.

이봐, 팀. 다른 남자가 말을 꺼내다 말고 다시 입을 닫았다.

왜요? 팀이 물었다.

그녀 이름이 정말 릴로 맞아?

릴로 맞다니까요. 팀이 자기 친구에게 소리쳤다. 릴로 맞아요. 그리고 뭐가 좀 생기면 그때 다시 오라고 했어요. 그녀가 말이에요, 아저씨.

이봐 팀. 나이 든 친구는 잠시 뜸을 들이다 말을 꺼냈다. 그녀가 정말 릴로가 맞다면 자네는 어차피 그 빨간 목도리를 줄 수밖에 없었어. 그녀가 릴로라면 그 빨간 목도리를 가질 자격이 있으니까. 비록 잠자리를 얻지 못하더라도 말이야. 그래 팀, 그녀가 정말 릴로라면 목도리 따위는 잊어버려.

두 남자는 물안개 낀 수면 너머로 타오르는 저녁노을을 겁 없이, 그러나 용기도 없이 무덤덤하게 바라보았다. 방파제도, 성문 앞 거리도, 고향 잃은 신세도, 얇게 닳은 밑창도, 텅 빈 지갑도 모두 무덤덤하게. 그렇게 아무 대책도 없이 무료하게 시간을 보내고 있었다.

어디선가 바람에 떠밀려온 듯 까마귀들이 느닷없이 수평선 위로 솟아올라 비틀거리며 날아갔다. 맑고 깨끗한 습자지에 번지는 잉크 자국처럼 그렇게 까마귀들은 밤의 예감 가득한 울음소리와 어두운 깃털로 저녁 하늘에 갈지자를 수놓았다. 삶에 지쳐 목쉰 소리로 까악거리며. 그러다 문득 멀어지는 것 같더니 어느새 노을에 삼켜져버렸다.

그들은 까마귀들을 바라보았다. 팀과 다른 남자는. 까마귀 얼굴을 하고 검푸른 슬픔에 잠겨. 물에서는 지독한 냄새가 났다. 주사위들을 아무렇게나 쌓아올린 듯한 도시에서는 눈알 같은 창문으로 수천 개의 전등이 반짝이기 시작했다. 그들은 까마귀들을 바라보았다. 이미 오래전에 삼켜져버린 까마귀들을 초라하고 늙은 얼굴로 바라보았다. 그리고 릴로를 사랑하는 팀이, 스무 살인 팀이 말했다. 까마귀들은요, 아저씨, 저것들은 행복해요.

다른 남자가 하늘에서 눈을 돌려 희미한 어둠 속에서 창백하게 얼어 있는 팀의 넓적한 얼굴을 빤히 쳐다보았다. 팀의 얇은 입술이 넓적한 얼굴에 처량하고 외로운 선을 그리고 있었다. 일찌감치 맛본 많은 쓰라린 경험에 가냘프고 허기진 스무 살짜리의 얼굴에.

까마귀들은요, 팀의 넓적한 얼굴이 낮은 목소리로 말했다. 스무 해의 풍상이 빚어낸 그 얼굴이 말했다. 까마귀들은, 저것들은 행복해요. 밤이면 집으로 날아가니까요. 그냥 집으로 가면 되니까요.

두 남자는 세상에서 길을 잃고 웅크리고 있었다. 새 밤이 올 때마다 작아지고 풀이 죽은 채, 하지만 겁 없이 자신들의 무시무시한 암흑에 기대어 그렇게 웅크리고 있었다. 도시의 불빛은 부드럽고 따뜻한 커튼 사이로 수백만 개의 졸린 눈알을 껌뻑이며 인적이 끊긴 적막한 밤거리를 비추고 있었다. 거기에 그들은 지쳐 허물어져가는 말뚝처럼 바닥 없는 심연에 힘겹게 기댄 채 웅크리고 있었다. 그리고 팀, 그 스무 살짜리가 말했다. 까마귀들은 행복하다고. 까마귀들은 밤이면 집으로 날아간다고. 다른 남자는 바보같이 혼잣말로 주절거렸다. 까마귀야, 팀, 빌어먹을, 그냥 까마귀라고.

그곳에 그들은 웅크리고 있었다. 비루한 삶의 유혹을 물리치지 못해 반쯤 누운 듯 그렇게 웅크리고 있었다. 부두의 돌길 귀퉁이에. 방파제와 움푹 파인 지하실 계단에. 교각과 부교 위에. 지저분한 잿빛 거리 인생의 나뒹구는 낙엽과 은박지 사이에. 거기에 그렇게 반쯤 누운 듯 웅크리고 있었다. 까마귀라고? 천만에, 인간이다! 알아들어? 인간이란 말이다! 그중 한 사람은 이름이 팀이고, 자신의 빨간 목도리를 건네준 릴로를 사랑한다. 그리고 지금, 지금 그는 그녀를 잊을 수가 없다. 그리고 까마귀들은, 까마귀들은 까악거리며 집으로 날아간다. 그리고 까마귀들의 까악거리는 울음소리는 을씨년스럽게 저녁 하늘에 걸려 있다.

히지만 잠시 후 통통배 한 척이 입에 거품을 물고 털털거리며 지나가고, 배의 반짝이는 빨간 불빛이 항구의 칙칙한 안개 속에서 덜덜 떨며 흩어졌다. 순간 안개가 붉게 물들었다. 내 목도리처럼 빨갛다고 팀은 생각했다. 아득히 멀리서 통통배의 털털거리는 소리가 들려왔다. 팀이 나지막이 읊조렸다. 릴로. 그칠 줄 모르고 계속 중얼거렸다. 릴로 릴로 릴로 릴로 릴로—

밤에 허공에서 들리는 소리

전차는 안개에 젖은 오후를 뚫고 달리고 있었다. 우중충한 잿빛 오후, 노란색 전차는 그 오후 속으로 사라졌다. 11월, 거리는 텅 비었다. 소음도 없고 흥취도 없다. 전차의 노란 빛깔만이 안개 낀 오후 속에서 외롭게 어른거렸다.

하지만 전차 안에는 그들이 앉아 있었다. 따뜻하게, 숨을 들이쉬고 내쉬며, 상기된 표정으로 다섯 혹은 여섯 사람이 11월의 오후에 길을 잃고서 쓸쓸하게 앉아 있었다. 하지만 안개는 피할 수 있었다. 그들은 그렇게 위안이 되는 흐릿한 불빛 아래 서로 멀리 떨어져 앉아 있었다. 젖은 안개를 피해. 전차 안은 텅 비었다. 오직 다섯 사람만이 서로 멀리 떨어져서 숨을 쉬고 있었다. 차장은 이 안개 낀 늦은 오후의 여섯번째 사람이다. 그는 은은한 빛깔의 놋쇠 단추가 달린 제복 차림으로 차창에 입김을 불어 큼지막하게 일그러진 얼굴들을 그렸다. 전차는 덜컹덜컹 요동치며 11월을 노란빛으로 통과하고 있었다.

전차 안에는 다섯 명의 도피자와 차장이 있었다. 눈 밑에 여러 겹 주름이 잡힌 노신사가 또다시 말을 시작했다. 낮은 목소리로 또 그 이야기를 했다.

"허공에 그들이 있어. 밤에, 맙소사, 밤에 그들이 거기 있어. 그래서 잠을 잘 수가 없다고. 그래서 말이야. 그건 그들이 내는 소리야. 내 말을 믿으라고. 그건 분명히 그들이 내는 소리야."

노신사가 앞으로 깊이 허리를 굽혔다. 눈 밑 주름이 가볍게 씰룩대더니 유난히 희멀건 그의 집게손가락이 맞은편에 앉은 노부인의 펑퍼짐한 가슴을 찔렀다. 노부인은 요란하게 코로 숨을 들이마시고는 상기된 표정으로 그의 희멀건 집게손가락을 응시했다. 노부인은 연신 큰 소리로 숨을 들이마셨다. 그럴 수밖에 없는 것이 그녀는 11월의 환절기 코감기를 몹시 심하게, 폐 속 깊숙이까지 퍼진 듯이 심하게 앓고 있었던 것이다. 그럼에도 불구하고 그의 손가락은 그녀를 흥분시켰다. 다른 쪽 구석에 앉은 두 소녀가 킥킥거렸다. 하지만 그들은 밤에 들리는 소리에 대한 이야기를 들을 때 서로 눈을 마주치지 않았다. 밤에 어떤 소리가 들린다는 건 이미 알고 있었다. 그것도 아주 잘 알고 있었다. 하지만 서로 부끄러워 킥킥거렸다. 그리고 차장은 김이 서린 유리창에 큼지막이 일그러진 얼굴들을 그렸다. 거기에는 젊은 남자 한 명도 앉아 있었다. 눈을 감은 채 창백한 얼굴로. 흐릿한 불빛 아래 몹시 창백하게 마치 잠을 자는 듯 눈을 감고서 앉아 있었다. 전차는 안개 낀 고독한 오후를 뚫고 헤엄치듯 노란 빛깔로 질주했다. 차장이 유리창에 일그러진 얼굴을 하나 그리고는 눈 밑 주름이 가볍게 씰룩대는 노신사에게 말했다. "네, 그래요. 소리가 나는 건 분명해요. 온갖 소리가 다 나죠. 특히 밤에는."

두 소녀는 남몰래 부끄러워하며 신경질적으로 킥킥거렸다. 그리고 그중 하나는 속으로 생각했다. 맞아 밤에는 그래, 특히 밤에는.

눈 밑 주름이 씰룩대는 노신사는 희멀건 손가락을 코감기에 걸린 노부인의 가슴에서 거두더니 이번에는 차장을 향해 찔렀다.

"이봐요," 그가 소리 죽여 말했다. "내 말을 들어봐요. 내 말을 들어보라고! 정말 소리가 들린다니까. 허공에서, 밤에 말이지. 그리고 여보시오들—" 그는 차장을 향했던 집게손가락을 이제 가파르게 위쪽으로 찔러댔다. "그게 누구 소리인지 아시오? 허공에서 나는 그 소리가?

밤중에 들리는 그 소리가? 대체 그게 누구 소린지 아냐고, 응?"

그의 눈 밑 주름이 가볍게 씰룩거렸다. 객실 다른 쪽 끝에 앉은 젊은 남자는 몹시 창백했고 마치 잠을 자는 듯 두 눈을 감고 있었다.

"죽은 자들이 그러는 거야, 수없이 많은 죽은 자들이." 눈 밑 주름의 노신사가 소리 죽여 말했다. "여보시오들, 죽은 자들이 너무 많다고. 그들이 밤에 허공에서 몰려드는 거야. 너무나도 많은 죽은 자들이 죄다 몰려드는 거야. 그것들은 갈 데가 없어. 사람들의 마음이 이미 만원이거든. 구석구석까지 넘치도록 가득 찼으니까. 죽은 자들은 마음속에만 머물 수 있는데 말이야. 그렇게 갈 곳 몰라 헤매는 죽은 자들이 너무나도 많아!"

그 오후의 전차 안에 있는 다른 사람들은 모두 숨을 멈추었다. 창백한 젊은 남자만 두 눈을 감은 채 깊이 그리고 힘겹게 숨을 쉬고 있었다. 마치 잠을 자듯이.

노신사는 희멀건 손가락으로 자신의 청중을 한 사람씩 차례로 찔러댔다. 두 소녀와 차장과 노부인을. 그런 다음 다시 말했다. "그래서 잠을 잘 수가 없어, 그래서. 허공에 죽은 자들이 너무 많이 떠돌아다니거든. 그것들은 갈 데가 없어. 그러고는 밤이면 서로 말을 하면서 따뜻한 마음을 찾아다니지. 그래서 잠을 잘 수가 없어. 죽은 자들이 밤에 잠을 안 자니까. 그것들이 너무 많아. 특히 밤에는. 밤에 사방이 고요해지면 그것들이 서로 말을 하지. 밤에 다른 것들이 다 사라지고 나면 그것들이 나타나는 거야. 밤이 되면 그것들이 소리를 낸다니까. 그래서 그렇게 잠을 자기가 힘든 거라고." 코감기에 걸린 노부인이 휘파람 소리를 내며 한껏 숨을 들이마시더니 소리 죽여 말하는 노신사의 연신 씰룩대는 눈 밑 주름을 상기된 표정으로 응시했다. 하지만 두 소녀는 킥킥거렸다. 그들은 밤에 들리는 또 다른 소리를 알고 있었다. 마치 따뜻한 남자의 손길인 양 벌거벗은 살갗에 닿는 살아 있는 소리, 침대 속으로 밀고 들어오는 나지막하고 폭력적인, 특히 밤에 나는 또 다른 소리를. 그들은 킥킥거리며 서로 부끄러워했다. 하지만 그들은 자기 말고 다른 소녀도 밤에 꿈에서 그 소리를 듣는 줄은 몰랐다.

차장은 축축하게 김이 서린 유리창에 큼지막이 일그러진 얼굴들을 그리고 나서 말했다.

"그래요, 죽은 자들이 그러는 겁니다. 그들이 허공에서 말하는 거예요. 한밤중에요. 분명해요. 죽은 자들이 그러는 거예요. 그들이 밤에 허공에, 침대 위에 매달려 있는 겁니다. 그래서 잠을 이룰 수가 없는 거예요. 분명해요."

노부인이 코를 들이마시고는 고개를 끄덕였다. "죽은 자들, 그래요, 죽은 자들이에요. 그들이 내는 소리예요. 침대 위에서. 맙소사, 언제나 침대 위에 있어요."

두 소녀는 낯선 남자의 손길을 은밀하게 살갗에 느꼈고, 잿빛 오후의 전차 안에서 얼굴이 빨개졌다. 하지만 젊은 남자는 창백하고 몹시 외롭게 구석 자리에 앉아 있었고, 마치 잠을 자는 듯 두 눈을 감고 있었다. 그때 눈 밑 주름의 노신사가 그의 희멀건 손가락으로 창백한 남자가 앉아 있는 어두운 구석을 찌르며 말했다.

"그래, 저 젊은 놈들! 저놈들은 잠을 잘만 자지. 오후에도. 밤에도. 11월에도. 언제나 말이야. 저놈들한텐 죽은 자들 소리가 들리지 않으니까. 저 젊은 놈들은 자빠져 자느라고 은밀히 들려오는 소리를 죄다 놓쳐버려. 오직 우리 나이 든 사람들만이 속 깊은 귀가 있지. 저 젊은 놈들은 밤에 나는 소리를 들을 귀가 아예 없어. 그저 잠만 쿨쿨 자는 놈들."

그의 집게손가락이 멀리서 창백한 젊은 남자를 경멸하듯 찔러댔다. 다른 사람들은 상기된 얼굴로 숨을 들이마셨다. 그때 그가 눈을 떴다. 그 창백한 남자가. 그러고는 갑자기 자리에서 일어나 비틀거리며 노신 사에게 다가갔다. 집게손가락이 깜짝 놀라 손바닥 안으로 움츠러들었고, 눈 밑 주름도 순간 씰룩대기를 멈추었다. 창백한 젊은 남자는 노신 사의 얼굴을 향해 손을 뻗으며 말했다.

"아, 제발. 그 담배꽁초 그냥 버리지 마시고 제게 주세요. 전 지금 몸이 안 좋아요. 배가 고프거든요. 그걸 제게 주세요. 그럼 한결 나아요. 전 지금 상태가 좀 안 좋아요."

그러자 눈 밑 주름이 촉촉해지며 씰룩대기 시작했다. 깜짝 놀라 애처롭고 희미하게. 노신사가 말했다. "그래, 자네는 몹시 창백하군. 상태가 몹시 안 좋아 보여. 외투도 없나? 벌써 11월이라고."

"저도 알아요, 저도 알아요." 창백한 남자가 말했다. "어머니가 아침마다 제게 외투를 입고 나가라고 말씀하시니까요, 11월이 되면 말이죠. 네, 저도 알아요. 하지만 어머니는 벌써 3년 전에 돌아가셨어요. 어머니는 더 이상 제게 외투가 없는지도 모르시죠. 아침마다 제 어머니도 그렇게 말씀하셨어요. 벌써 11월이라고 말이죠. 하지만 어머니는 이제 외투가 있는지 없는지 아실 수가 없어요. 돌아가셨으니까요."

젊은 남자는 아직 불씨가 남아 있는 담배꽁초를 받아 들고는 비틀거리며 전차에서 내렸다. 바깥은 안개가 자욱한 11월의 오후였다. 쓸쓸한 늦은 오후 속으로 몹시 창백한 젊은 남자가 담배꽁초를 들고 걸어갔다. 그는 배가 고팠고, 외투가 없었다. 그의 어머니는 죽었고, 때는 11월이었다. 전차 안에는 다른 사람들이 숨을 죽인 채 앉아 있었다. 눈 밑 주름이 조용히 그리고 애처롭게 씰룩거렸다. 차장은 유리창에 큼지막하게 일그러진 얼굴들을 그렸다. 커다란, 일그러진 얼굴들을.

지붕 위의 대화

베른하르트 마이어–마르비츠*를 위하여

저 밖에 도시가 있다. 거리에는 가로등이 서서 감시하고 있다. 아무 일도 일어나지 않도록. 거리에는 보리수나무와 쓰레기통 그리고 여자들이 있다. 그들의 냄새는 밤의 냄새다. 고약하고 씁쓸하고 달콤하다. 가느다란 연기가 반짝이는 지붕들 위에 수직으로 걸려 있다. 한바탕 두들겨대던 비가 퍼붓기를 그치더니 자취를 감추었다. 하지만 지붕들은 아직 빗물로 반짝이고, 검게 젖은 기와 위로 별들이 하얗게 누워 있다. 가끔씩 고양이 울음소리가 암내를 풍기며 달까지 치솟는다. 아니면 사람이 우는 소리일지도. 도시 초입의 공원과 유원지에서 빈혈기 완연한 안개가 피어오르더니 거리를 헤매며 소용돌이친다. 기관차 한 대가 향수에 찬 비명을 흐느끼며 수많은 잠든 이의 꿈결 속으로 깊이 파고든다. 끝없는 창문들이 거기 있다. 밤마다 끝없는 창문들이 있다. 비가 달아나버린 지붕들이 반짝인다.

저 밖에 도시가 있다. 그 도시에는 집이 한 채 있다. 다른 집들처럼 아무 말이 없는 돌로 된 잿빛 집이다. 그 집에는 방이 하나 있다. 다른 방들처럼 비좁고 회칠을 한 평범한 방이다. 그리고 그 방에는 두 남자가 있다. 한 남자는 금발이고 부드럽게 숨을 쉰다. 그의 삶도 숨결처럼 부드럽게 그의 안팎을 들락날락한다. 두 다리는 나무처럼 무겁게 양탄자 위에 놓여 있고, 앉아 있는 의자는 남몰래 이음매가 삐걱댄다. 그렇게 그는 방 한가운데에 앉아 있다. 또 한 남자는 창가에 서 있다. 여

---

* Bernhard Meyer-Marwitz: 독일의 작가로 보르헤르트의 친구였다.

위고 크고 구부정하고 어깨가 삐딱하다. 그의 귓가 관자놀이 부위가 희뿌연 잿빛 가루처럼 방 안에서 동요한다. 그의 눈에서 정원의 전등 불빛이 소심하게 깜빡인다. 하지만 정원이 밖에 있는 탓에 불빛은 아주 희미하다. 그의 숨소리는 창가에서 톱질하는 소리를 낸다. 이따금씩 그 숨결에서 나온 흐릿하고 따뜻한 입김이 유리창을 때린다. 창가에서는 마치 살인마라도 나타난 듯 경악스럽고, 숨 가쁘고, 허둥대고, 과장되고, 흥분된 소리가 들려온다.

"너 그걸 모르겠어? 정말 모르겠느냐고! 우리가 저 아득한 것에, 말로 표현할 수 없는 저 불확실한 어둠에 내맡겨진 걸 모르겠어? 우리가 그런 웃음에, 슬픔의 눈물에, 울부짖음에 내맡겨진 신세란 걸 못 느끼겠어? 이봐, 우리 안에서조차 우리 자신에 대한 웃음이 터져 나온다면 그건 정말 끔찍한 일이야. 우리의 아버지, 친구, 아내의 무덤 앞에 섰는데 웃음이 나온다면 말이야. 고통의 순간을 노리는 이 세상의 웃음, 슬피 울 때 우리 안에서 슬픔을 덮고 터져 나오는 웃음. 우리는 그런 웃음에 내맡겨졌어.

끔찍해, 오, 정말 끔찍해. 자식들의 요람에 섰을 때 슬픔이 엄습하면서 눈물이 할퀸 상처로 스며든다면 얼마나 끔찍하겠어. 사랑스러운 신부의 침대 앞에 섰을 때 역청을 바른 유령 같은 슬픔이 얼음장처럼 차갑고 쓸쓸하게 우리 안에 번진다면, 웃고 있을 때 그런 슬픔이 솟아오른다면 얼마나 끔찍하겠느냐고. 우리는 그런 슬픔에 내맡겨졌어.

너 그걸 모르겠어? 이 세상에 번지는 울부짖음이 얼마나 끔찍한지 모르겠어? 잔뜩 겁에 질려 이 세상에 울려 퍼지는, 네 속에서 치밀어 올라 포효하는 저 울부짖음 말이야. 밤의 적막 속에서 울부짖고, 사랑의 침묵 속에서 울부짖고, 말없는 고독 속에서 울부짖고 있어. 이 울부짖음이 의미하는 건 바로 비웃음이야! 그건 바로 신이야! 그건 바로 삶이야! 그건 바로 두려움이야! 우리는 그런 울부짖음에 내맡겨졌어, 우리 몸속에 흐르는 모든 피와 함께 말이야.

우리가 웃고 있어도 우리의 죽음은 처음부터 계획되었어.

우리가 웃고 있어도 우리가 썩어 문드러지는 건 피할 수 없어.

우리가 웃고 있어도 우리의 몰락은 코앞에 닥쳤어.

오늘 저녁이든. 내일모레든.

9천 년 뒤에든. 언제든.

우리는 웃고 있지만 우리의 삶은 우연에 내던져지고, 내맡겨졌어, 피할 수 없이. 우연히 벌어지는 일들에 내맡겨졌다고, 알아듣겠어? 이 세상에서 우연히 무슨 일이 벌어지든 그것은 네게 닥칠 수 있어, 너를 짓눌러버릴 수도 일으켜 세울 수도 있어. 그런 우연이 얼마나 우연히 발생하는지 몰라. 우리는 그런 우연에 내맡겨져 있는 거야, 그 앞에 먹이로 내던져진 거야.

그런데도 우리는 웃고 있어. 곁에 서서 웃고 있다고. 우리의 삶, 우리의 사랑, 우리의 삶과 사랑이 빚어낸 고통—— 이것들은 모두 불확실하고 우연적이야. 물결처럼, 바람처럼. 제멋대로라고. 알겠어? 알겠느냐고!"

하지만 다른 남자는 아무 말이 없다. 창가에 선 남자가 다시 목쉰 소리로 악을 쓴다. "그리고 우리는 여기 도시에 있어. 더없이 고독한 이 깊고 깊은 숲속에, 이 숨 막히는 돌무더기 한가운데에, 이 도시에 말이야. 아무도 우리에게 말 거는 사람 없고, 귀 기울여주는 사람 없고, 보아주는 사람 없어. 이 도시에서는 얼굴 없는 얼굴들이 부리나케 우리 곁을 헤엄쳐 다니지. 이름도 없고, 헤아릴 수도 없고, 선택의 여지도 없어. 관심도 없고, 마음도 없어. 머무름도 없고, 출발도 없고, 항구도 없어. 해초들이야. 시간의 조류에 떠밀려 다니는 해초들. 심연에서 떠올랐다 다시 자취도 없이 이 세상 물속으로 가라앉는 초록색, 회색, 노란색, 암백색의 해초들, 얼굴들, 인간들.

이런 도시에서, 고향도 없고 나무도 새도 물고기도 없는 이곳에서 우리는 고립되고, 길을 잃고, 파멸하는 신세가 되었어. 담장의 바다, 콘크리트와 먼지와 시멘트의 바다에서 길을 잃고 내맡겨졌어. 계단에, 양탄자에, 첨탑에, 문짝에 내던져졌어. 우리는 여기 이 도시에 팔려 온 거야. 우리의 치유할 수도 피할 수도 없는 사랑과 더불어. 도시라는 고독한 숲에서, 담장과 건물과 철과 콘크리트와 가로등으로 이루어진 이 숲에서 길을 잃은 거야. 자신이 어디서 왔는지 어디로 돌아가야 하는지도 모른 채 이 세상에서 길을 잃은 거야. 아무 대답 없는 고독한 거리의 밤에 바쳐진 거야. 수백만 가지 소리로 울부짖는 수백만 개의 얼굴을 지닌 나날에 내맡겨진 거야. 우리의 무방비 상태인 연약한 마음 한 조각에, 무분별한 용기와 하찮은 이해력에 내맡겨진 거야. 아스팔트에 결박된 거야. 돌, 타르, 수문, 부교, 운하 따위에 우리의 심장박동이, 코가, 눈이, 귀가 사로잡힌 거야. 도망치려는 목표도 없이, 지붕 아래에서 기가 죽은 채, 지하실에 담요에 골방에 내맡겨진 거야. 알아들어? 그게 우리야, 우리 처지라고. 이런 신세를 내일까지는 견딜 수 있을 것 같아? 아니면 크리스마스 때까지는 어때? 내년 3월까지는?"

창가의 살인마는 양철 두드리는 소리를 내며 어두워진 방 안 구석구석을 휘젓는다. 하지만 금발은 부드럽고 고르게 숨을 쉬면서 굳게 다문 입술을 열지 않는다. 창가의 남자가 또다시 그의 음성으로 늦은 저녁의 고요함을 찌른다. 가차 없이, 고통스럽게, 쫓기듯이.

"그런데 우리는 그걸 그냥 견디지. 어떻게 생각해, 응? 우린 그걸 그냥 견디고 있어. 웃으면서. 우리 내부와 주변에 있는 짐승들한테 내 맡겨진 채로 웃고 있단 말이야. 맙소사. 우리가 여자들한테, 자기 여편네들한테 빠져 있는 꼴이라니. 립스틱 바른 입술에, 속눈썹에, 목덜미에, 살내음에 푹 빠져 있지. 사랑놀음에 빠져 다 망각하고, 연정의 마법에 빠져 파멸하면서 미소 짓고 있어. 하지만 이별은 추위에 떨며 히죽대면서 문고리에 웅크리고 있고, 시계 속에서 째깍거리고 있어. 우리는 마치 영원을 약속받은 양 미소 짓지만 작별은, 모든 작별들은 벌써 우리 안에서 기다리고 있어. 우리의 골수에서, 폐에서, 심장에서, 간에서, 핏속에서 기다리고 있어. 우리는 항상 우리 자신의 죽음과 함께 돌아다니는 거야. 애무의 짜릿한 전율 속에 우리를, 우리의 죽음을 망각하고 있는 거야. 아니면 손길이 너무 가녀리고, 살갗이 너무 고와서 그런지도 몰라. 하지만 죽음은, 죽음은, 죽음은 우리의 신음 소리와 더듬거리는 말소리를 들으며 웃고 있어!"

창가에 선 남자는 자신의 당혹스러운 숨소리로 방 안의 공기를 모두 빨아들여 집어삼킨 다음 뜨겁고 거친 말을 다시 토해낸다. 방 안에 더 이상 숨 쉴 공기가 남아 있지 않자 그는 창문을 활짝 열어젖힌다. 밤벌레의 딱딱한 각질이 유리창에 부딪히며 탁탁하고 불안한 소리를 낸다. 무언가가 낮은 소리로 딸랑거리며 지나간다. 한바탕 폭소 뒤에 이어지는 여자의 킥킥대는 웃음처럼 새된 소리도 슬며시 들려온다.

"오리들이로군." 방 안의 남자가 부드럽고 둥글둥글한 목소리로 말한다. 그의 말이 곧바로 이어지지 않자 창가의 남자가 다시 말을 쏟아낸다.

"저 오리들이 꽥꽥대는 소리 들었어? 다들 우리에 대해 웃고 있어.

오리들도, 여자들도, 삐걱대는 문짝들도 모두. 사방에 그런 웃음이 도사리고 있어. 맙소사, 이 세상에는 그런 웃음이 있어! 그리고 슬픔도 있고, 우연이라는 신도 있어. 있는 대로 아가리를 벌리고 으르렁대는 울부짖음도 있어! 그런데도 우리는 용감하게 살아가고 있어. 그런데도 우리는 용감하게 앞날을 계획하고, 웃고, 사랑을 하고 있어. 삶을, 죽음 없는 삶을 살아가고 있다고! 우리의 죽음은 처음부터 결정되었는데 말이야. 처음부터 그렇게 되기로 되어 있는데 말이야. 하지만 우리는 용감해. 우리는 죽음을 짊어지고 다니면서도 자식을 낳고 여행을 하고 잠을 자. 지나간 시간은 단 한 순간도 돌이킬 수가 없고, 다가오는 시간은 한순간도 미리 내다볼 수가 없지만, 그렇지만 우리 용감한 자들은, 이미 파멸이 결정된 우리는 배를 타고 나가고 비행기 여행을 하고 도로와 다리를 건너다니고 있어. 배의 갑판 위를 흔들거리며 돌아다니고 있어. 우리의 침몰이 배의 난간 뒤에서 히죽거리고, 자동차 아래에서 도사리고, 다리 교각에서 바스락거리고 있는데도 말이야. 우리의 파멸은 피할 수 없어.

그런데도 우리는, 직립보행자인 우리 인간이라는 짐승들은 한 줌의 붉은 체액과 한 줌의 온기와 뼈와 살과 근육을 갖고서 그 모든 것을 견뎌내고 있어. 우리가 썩어 문드러지는 건 결정되었어, 확고부동하게. 그런데도 우리는 씨를 뿌려. 우리의 파멸은 되돌릴 수 없이 예고되었어. 그런데도 우리는 경작을 해. 우리가 소멸되고 해체되고 존재하지 않게 되는 건 확실해. 지울 수 없는 사실이야. 우리가 더 이상 여기에 존재할 수 없게 되리란 건 바로 코앞에 닥친 사실이야. 그런데도 우리는 살아가고 있어. 여전히 살아가고 있어. 우리는 정말 도저히 이해할 수 없는 용기를 지니고서 살아가고 있어.

그리고 우리 머리 위에는 우연이라는 저 종잡을 수 없이 제멋대로인 신이 군림하고 있지. 잔인하고 폭력적인 이 우연이란 놈은 잔뜩 술에 취한 채 세계의 지붕 위에서 아슬아슬하게 균형을 잡고 있어. 그런데도 우리는 그 지붕 아래에서 태평하게 우리의 이해할 수 없는 믿음에 기대어 살아가고 있어.

뇌 몇 그램, 척수 몇 그램만 작동을 거부해도 우리는 당장 불구가 되고 바보가 되어버리지만 그래도 우리는 웃어.

심장의 박동이 몇 번만 뛰기를 멈추어도 우리는 깨어나지 못하고 내일을 볼 수 없는 신세가 되고 말지만 그래도 우리는 잠을 자. 느긋하게, 짐승처럼 마음 편히 쿨쿨 잠을 자.

근육 하나, 신경 하나, 힘줄 하나만 손상되어도 우리는 추락하고 말아. 나락으로 끝없이 말이야. 하지만 그래도 우리는 차를 타고, 비행기를 타고 여행을 해. 배의 갑판 위에서 마음껏 갈지자로 비틀거려.

우리는 그런 존재야. 넌 이걸 어떻게 생각해? 우리가 그런 존재일 수 있다는 거, 우리가 그런 존재일 수밖에 없다는 거 말이야. 아무도 우리를 이런 신세에서 벗어나게 해줄 수 없어. 여기에는 해결도 없고 이유도 없고 형태도 없어. 어둠뿐이야. 그런데 우리는 어때? 우리는 살고 있어. 그럼에도 불구하고 여전히 말이야. 맙소사, 우리는 여전히 살고 있어. 여전히. 여전히."

방 안의 두 남자가 숨을 쉰다. 한 사람은 부드럽고 차분하게 숨을 쉬고, 창가의 남자는 숨 가쁘게 그르렁댄다. 저 밖에는 도시가 있다. 달은 푸르스름한 빛깔의 수프에 떠 있는 지저분한 달걀노른자처럼 밤하늘을 헤엄치고 있다. 썩은 듯이 보여 악취가 풍기는 느낌이다. 달은 그처럼 병든 모습이다. 그러나 실제로 악취는 수로에서 나고 있다. 거칠고 조잡한 주사위들을 무더기로 모아놓은 듯, 어둠 속에서 수백만 개의 유리 눈깔을 번득이는 집들의 바다에서 풍겨나고 있다. 하지만 달이 워낙 건강이 나빠 보이는 탓에 악취는 꼭 거기서 나는 것만 같다. 그렇지만 달은 너무 멀리 떨어져 있으니 수로에서 나는 냄새가 맞을 것이다. 그래, 그건 수로에서 나는 냄새다. 거무스름한 잿빛 건물, 검푸른빛으로 반짝이는 자동차, 쇳소리를 내며 달리는 노란색 전차, 시커멓게 그을린 검붉은 화물열차, 수문에 줄지어 난 연보라색 구멍, 젖은 초록빛 묘비, 사랑, 두려움 따위가 이 밤을 악취로 가득 채우고 있다. 아무리 썩고 병든 모습으로 곪아 터져서 죽같이 흐물흐물하게 과꽃색 하늘에 걸려 있더라도 그것이 달에서 나는 냄새일 수는 없다. 달은 과꽃 같은 자줏빛 하늘에 너무 노랗게 떠 있다.

창가에 있는 남자, 목이 쉬고 성질 급하고 깡마른 남자가 그 달을 보고 있다. 그리고 그 달 아래 있는 도시를 보고 있다. 그는 두 팔을 창밖으로 뻗어 도시를 움켜잡는다. 그의 음성이 줄칼처럼 밤 공간을 할퀸다.

"그리고 이 도시!" 창에서 줄 긁는 소리가 난다. "이놈의 도시. 이것이 우리야. 고무 타이어, 사과 껍질, 종이, 유리 조각, 횟가루, 자갈, 먼지, 도로, 집, 항구. 이 모든 게 우리야. 사방 천지가 다 우리라고! 우리 자신이 바로 이 위압적이고 뜨겁고 차갑고 흥분되는 도시란 말이야. 우리. 오직 우리만이 이 도시야. 신도 없고, 은총도 없어. 오직 우리뿐이야. 우리가 이 도시야.

우리는 이 도시의 삶을, 우리 내부와 우리 주변의 삶을 견뎌내고 있어. 우리는 항구의 삶을 견뎌내고 있어. 떠나가고 돌아오는 걸 견뎌내고 있어, 우리 항구 도시들은 말이지. 우리는 도저히 이해할 수 없는

것을, 밤의 나날들 속에서 살아가는 것을 견뎌내고 있어. 울긋불긋한
화려함과 죽음의 암흑이 팔짱을 끼고 다니는 항구의 밤을, 다 해진 실
크 속옷과 여인의 뜨거운 살갗 가득한 이 도시의 밤을 건뎌내고 있어.
우리는 그런 고독한 밤, 폭풍의 밤, 열기의 밤, 고래고래 소리치며 진을
빼는 회전목마 같은 술 취한 밤을 견뎌내고 있어. 글이 빼곡하게 적힌
종잇장 위에서, 그리고 입에 피를 흘려가며 그런 만취의 밤을 견뎌내고
있어. 그 모든 밤을 견뎌내고 있다고, 알아들어? 우리는 그런 밤을 지
내고서 살아남은 거야.

그리고 사랑이 있어. 핏빛 사랑이 그 밤에 있어. 그것은 때로 고통
을 안겨주기도 해. 그리고 거짓말을 하지, 언제나, 그 사랑은 말이야.
하지만 우리는 우리가 가진 모든 것을 다 바쳐서 사랑을 하지.

그리고 두려움, 근심, 절망, 가망 없음이 그 밤에 있어. 우리의 술
에 젖은 식탁에, 꽃이 피어나는 침대에, 고래고래 노래를 불러대는 거
리에 말이야. 하지만 우리는 웃고 있지. 우리는 할 수 있는 모든 것을
다 바쳐서 살아가고 있어. 우리의 전 존재를 다 바쳐서.

우리 믿음 없는 자들은, 속고 밟히고 어찌할 바를 모르는 포기한
자들인 우리는, 신과 선량함과 사랑에 실망한, 쓴맛을 아는 우리는, 우
리는 그 모든 밤을 해를 기다리며 보내고 있어. 그 모든 거짓 안에서 진
실을 기다리고 있어. 우리는 그 밤에 이루어지는 모든 새로운 맹세를
믿고 있어, 우리 밤의 인간들은 말이야. 우리는 3월을 믿어. 11월의 한
가운데에서 3월을 믿어. 우리는 우리의 육신을 믿어, 이 기계 덩어리를
믿어, 이것이 내일도 여전히 존재함을, 내일도 여전히 작동함을 믿어.
우리는 눈보라 속에 있으면서도 뜨겁게 열기를 내뿜는 태양을 믿어. 삶
을 믿어, 죽음 한가운데에서도 말이야. 그것이 우리야. 우리는 원대하

고 불가능한 상념을 품고 있지만 환상에 빠진 자들은 아니야.

우리는 신이 없는 삶을 살아가고 있어. 머물 곳도, 미래의 약속도, 아무런 확실성도 없는 삶을 살아가고 있어. 우리는 내맡겨졌어. 내던 져졌어. 길을 잃었어. 우리는 안개 속에 갈 길 없이 서 있어. 코와 귀와 눈의 홍수 속에 얼굴 없이 서 있어. 아무런 메아리 없이 어두운 밤 속에, 돛대도 갑판도 없이 바람 속에, 우리를 들여보내줄 창도 문도 없이 밖에 서 있어. 달도 별도 없는 어둠 속에, 폐결핵에 걸린 궁색한 가로 등 불빛에 속은 채 서 있어. 우리에겐 아무런 대답도 긍정도 없어. 고향 도 손길도 따뜻한 마음도 없어. 주위엔 음산한 어둠뿐이야. 어둠에, 안 개에, 가차 없는 대낮에, 문도 창도 없는 암흑에 내맡겨졌어. 우리 내 부에, 우리 주변에 내맡겨졌어. 벗어날 수도 해결할 수도 없어. 그런데 도 우리는 웃고 있어. 내일을 믿고 있어. 알지도 못하면서 내일을 신뢰 하고 의지하고 있어. 하지만 우리에게 내일을 약속하는 이는 아무도 없 어. 우리는 내일을 향해 외치고 애걸하고 울부짖지만 우리에게 대답하 는 이는 아무도 없어."

창가에 있는 깡마르고 길쭉하고 구부정한 괴수 같은 남자가 유리창 을 두드려대며 소리친다.

"저기! 저기! 저기! 저 도시. 가로등. 여자. 달. 항구. 고양이. 밤. 창문을 열어젖히고 밖으로 소리쳐봐. 소리치고 맹세하고 흐느껴봐. 널 괴롭히고 소진시키는 모든 것들을 향해 한껏 울부짖어봐. 그래도 대답 은 없어. 기도해봐! 대답은 없어. 저주해봐! 대답은 없어. 창문을 열고 세상을 향해 네 고통을 소리쳐봐. 대답은 없어. 안타깝게도 아무런 대 답이 없다고!"

저 밖에 도시가 있다. 저 밖에 여자 냄새와 쓰레기 냄새가 뒤섞인 거리의 밤이 있다. 그리고 도시의 거리에 집이 있다. 방이 있고 남자들이 있는 집이 있다. 방 안에는 두 남자가 있다. 한 사람은 창가에 서서 어두컴컴한 방 안에 있는 친구를 향해 소리를 지른다. 그는 길쭉하고 여윈 모습으로 불같이 타오른다. 괴수처럼 목쉰 소리로, 멀리서, 어깨를 삐딱하게 하고서, 소모적이고 황폐하게 감정을 불태운다. 그의 관자놀이가 마치 바깥 달빛 아래의 지붕들처럼 습기에 젖은 듯 푸르스름하게 반짝인다. 다른 남자는 방이 주는 아늑함에 깊이 잠겨 있다. 떡 벌어진 어깨, 금발에 창백한 얼굴, 곰 같은 목소리. 그는 벽에 기댄 채 창가의 괴수가 들이붓는 말의 홍수에 압도되고 있다. 하지만 곧 그의 부드럽고 둥글둥글한 목소리가 창가의 친구를 공격하기 시작한다.

"맙소사, 대체 왜 그만 포기하지 않는 거지? 이 대책 없이 정신 나간 말라깽이 뺀질이 쥐새끼 같은 녀석아! 불평만 늘어놓는 성질 더러운 풋내기 쥐새끼 같은 놈아! 닥치는 대로 갉아서 가루로 만들어버리는 좀벌레 같은 놈. 째깍째깍 경고를 울려대는 송장벌레 같은 놈. 너같이 냄새나는 걸레 같은 놈은 석유에 담가놓아야 해. 차라리 목을 매달아 죽어버려, 이 술독에 빠져 사는 어리석은 인간아. 네 녀석의 그 길 잃고 버림받은 한 줌의 구제불능 인생을 왜 아직도 매달아버리지 않는 거야? 응?"

온갖 저주를 퍼붓는 그의 목소리는 그러나 근심으로 가득 차고 선량하고 따뜻하다.

하지만 창가의 키다리는 벽에 기대어 말하는 친구를 향해 거칠게 갈라진 나뭇조각 같은 소리를 날린다. 거칠고 갈라진 음성이 벽에 기댄 남자를 향해 달려들어 한껏 비웃으며 놀라게 한다. "목을 매달아? 내가? 내가 목을 매단다고? 맙소사. 너 모르겠어? 내가 이 삶을 그래도 사랑하고 있다는 걸 정말 모르겠어? 맙소사, 나더러 가로등에 목을 매달라니!

이 멋지고 화끈하고 무의미하고 정신 나간, 도저히 이해할 수 없는 삶이란 놈을 난 끝까지 퍼먹고 들이마시고 핥고 맛볼 거야. 마지막 한 방울까지 모두 짜낼 거야. 나더러 이걸 포기하라고? 목을 매달라고? 내 목을? 나더러 지금 당장 목매달러 가로등으로 가라고? 그래?"

벽에 조용히 기대선 창백한 금발의 남자가 둥글둥글한 목소리로 창가의 남자에게 반박한다.

"그렇다면 도대체 네놈은 왜 사는 건데?"

말라깽이가 목쉰 소리로 기침하듯 캑캑거리며 대답한다.

"왜냐고? 내가 왜 사냐고? 반항심 때문이 아니겠어? 순전히 반항심에서 말이야. 반항심에서 웃고, 반항심에서 먹고, 반항심에서 자고 다시 일어나고 말이지. 오로지 반항심에서 자식을 이 세상에 싸지르는 거라고, 이런 세상에다! 거짓말로 여자들의 가슴에, 엉덩이에 사랑을 속삭이고 나서 나중에 진실을 느끼게 하는 거야, 반항심에서, 끔찍하고 무시무시한 진실을. 가슴은 처지고 허벅지는 밋밋한 잿빛의 핏기 없는 닳고 닳은 창녀들한테 말이야!

배를 건조하고, 삽질을 하고, 책을 만들고, 기관차를 몰고, 독주를 내리는 게 모두 반항을 위한 짓들이야! 반항심에서 그러는 거라고! 그래, 우리는 반항심 때문에 살아가는 거야! 반항하기 위해서 그러는 거야. 포기하라고? 목을 매달아? 내가? 내일은 어쩌면 그런 일이 벌어질지도 모르지. 내일이면 그럴 수도 있을 거야, 당장에라도 그 일이 실현될지도 몰라."

십자형 창문 앞에 있는, 모두 다 알지는 못하지만 그러나 모든 걸 예감하는 흑발의 남자는 이제 아주 낮은 소리로 그르렁거린다. 방 안에 있는 금발이, 둥글둥글하고 안정되고 술 취하지 않은 남자가 묻는다.

"뭐라고? 무슨 일이 벌어진다고? 무엇이 실현된다고? 누가? 어디서? 아직 아무 일도 벌어지지 않았잖아, 아직 아무 일도!"

다른 남자가 대답한다.

"그래, 아무 일도 벌어지지 않았어. 아무 일도. 우리는 여전히 뼈다귀를 물어뜯고 있고, 나무와 돌로 된 굴 속에서 살고 있어. 아무 일도 벌어지지 않았지. 아무 일도 닥치지 않았어. 난 알아. 하지만 그런 일은 언제든지 찾아올 수 있지 않을까? 오늘 저녁에라도? 아니면 내일모레? 다음 길모퉁이에 벌써 와 있는지도 몰라. 다음번 잠자리에서는, 길 건너편에서는 벌써 벌어지고 있는지도 몰라. 언젠가 한번은 닥쳐야 할 일이니까. 예기치 못했지만 예감하던 거대하고 새로운 그 일이, 모험이고 비밀이고 해결인 그 일이, 물음에 대한 답이 한번쯤은 찾아올 거야. 그런데 그 대답을 나더러 놓쳐버리라고? 안 돼, 절대로 안 돼! 무언가 오고 있는 게 느껴지지 않아? 그게 뭐냐고 묻지는 마. 그게 느껴지지 않아? 네 안에, 네 바깥에 있는 그것을 예감할 수 있지 않아? 그것은 분명히 오고 있어. 어쩌면 벌써 와 있을지도 몰라. 저기 어딘가에. 알려지지 않게. 은밀하게. 우리는 그것을 오늘 밤이나 내일 낮에 아니면 다음 주에 알게 될지 몰라, 아니면 임종을 맞을 때나 알게 될지도 모르지. 아니면 혹시 우리는 아무 의미도 없이 살아가고 있는 건가? 우리 내부에, 그리고 우리 머리 위에 쏟아지는 웃음들에 내맡겨진 채. 슬픔에, 눈물에, 두려움의 울부짖음에, 밤의 울부짖음에 내맡겨진 채로 말이야. 정말로 그렇게 내맡겨진 거야? 내던져진 거야? 길을 잃은 거야? 아무런 대답도 없는 채 살아가고 있는 거야? 아니면 우리 자신이 그 대답인 걸까? 아니면, 대답 좀 해봐. 말 좀 해보라고. 마지막에는 결국 우리 자신이 대답인 걸까? 우리 안에 마치 죽음처럼 대답을 가지고 있는 걸까? 처음부터? 우리 안에 죽음과 대답을 지니고 다닌 걸까? 우리에게 대답이 되든 안 되든 상관없이 아무튼 우리가 지니고 있는 걸까? 그렇다면 우리는 결국 우리 자신에게 내맡겨져 있는 거야? 오직 우리 자신에게? 말해봐. 우리 자신이 대답인 거야? 오직 우리 자신에게만 내맡겨져 있는 거야? 그래? 그런 거냐고!"

구부정하고 가늘고 기다란 두 팔이 달린 키다리, 열 받은 괴수, 흑발, 목쉰 소리로 지껄여대는 그 남자는 이제 십자형 창문 옆에서 말이 없다. 금발은 둥글둥글하고 배부른 목소리를 배 속 깊이 도로 감춘다. 질문을 던진 창가의 남자는 질문을 통해 스스로 대답했다. 두 남자의 숨결이 따뜻하게 교차한다. 그들의 대단히 좋은 냄새가, 말과 담배와 가죽과 땀의 냄새가 방을 가득 채운다.

회칠을 한 높은 천장이 한 부분씩 서서히 밝아진다. 밖에 있는 달과 가로등과 별이 초라하게 희미해진다. 광채도 의미도 없이 흐려진다.

그리고 저 밖에 도시가 있다. 음습하고 어둡고 위협적인 도시. 거대하고 무자비하고 선량한 도시. 말없고 거만하고 돌로 된 불사의 도시.

그리고 저 밖에, 도시 외곽에, 서리처럼 순수하고 투명한 새벽이 있다.

길 위에서

이별 없는 세대

우리는 애착도 없고 깊이도 없는 세대다. 우리에게 깊이란 끝 모를 나락이다. 우리는 행복도 없고 고향도 없고 이별도 없는 세대다. 우리의 태양은 희미하고 사랑은 잔혹하고 젊음은 젊음을 잃었다. 우리는 경계도 제약도 보호막도 없는 세대다. 그런 세대라고 우리를 경멸하는 사람들이 있는 세상으로 어린 시절의 울타리에서 내쫓긴 세대다.

하지만 그들은 세상 풍파가 휘몰아칠 때 우리의 마음을 잡아줄 신을 우리에게 주지 않았다. 그리하여 우리는 신이 없는 세대다. 우리는 애착도 없고 과거도 없고 인정받지도 못하는 세대다.

우리의 두 발과 마음을, 뜨겁게 작열하는 거리와 한 길 넘게 눈 쌓인 거리를 헤매는 집시로 만들어버린 이 세상의 풍파가 우리를 이별 없는 세대로 만들었다.

우리는 이별 없는 세대다. 우리는 이별의 삶을 살 수 없다. 우리에겐 그런 삶이 허락되지 않는다. 두 발이 비틀거리며 방황할 때 집시처럼 떠도는 우리 마음에 끝없는 이별들이 생겨나기 때문이다. 아니면 아침의 이별을 간직한 단 하룻밤에 우리 마음을 묶어놓아야 하나? 우리는 그 이별을 참아내려는가? 우리와 달리 이별의 모든 순간을 만끽했던 너희들처럼 우리도 이별의 삶을 살고자 한다면, 우리가 흘리는 눈물은 그 어떤 둑으로도 막을 수 없는 커다란 물줄기로 불어나게 될 것이다. 그것이 비록 우리의 태곳적 조상들이 쌓은 둑일지라도.

너희들이 길가에 1킬로미터마다 놓인 이별을 살아낸 것처럼 그렇게 살아낼 힘이 우리에게는 결코 없으리라.

우리 마음이 침묵한다고 우리 마음에 할 말이 없다고 말하지 말라. 우리 마음은 애착도 이별도 모두 입에 담지 않을 뿐이다. 우리가 겪는 모든 이별에 우리 마음이 애타고 슬퍼하고 위로하며 피를 흘린다면, 우리는 너희에 비할 수 없이 많은 이별을 해야 할 터이니, 우리의 예민한 마음이 내지르는 비명이 너무도 커서 너희들은 밤마다 침대 밑에 앉아 우리를 위해 신에게 기도해야 하리라.

그러므로 우리는 이별 없는 세대다. 우리는 이별을 부인한다. 아침에 잠든 이별을 놔두고 떠난다, 이별을 만류한다, 이별을 아낀다. 우리를 위해, 헤어지는 이들을 위해 이별의 수고를 아낀다. 우리는 도둑놈처럼 몰래 도망친다. 배은망덕한 고마움을 품고 사랑은 챙기고 이별은 놔둔 채 떠난다.

우리의 삶은 만남으로 가득하다. 지속됨 없는 만남, 이별 없는 만남이 별처럼 가득하다. 그들은 서로 다가가 빛이 한줄기 스치고 지나갈 동안 함께 있다가 다시 헤어진다. 자취도 애착도 이별도 없이.

우리는 스몰렌스크*의 대성당 아래에서 한 남자와 한 여자로 만난다. 그러고는 서로에게서 몰래 도망친다.

우리는 노르망디에서 부모와 자식처럼 만난다. 그러고는 몰래 도망

---

* 나폴레옹 전쟁과 제2차 세계대전의 격전지였던 러시아의 도시.

친다.

우리는 핀란드 호숫가에서 밤에 연인으로 만난다. 그러고는 몰래 도망친다.

우리는 베스트팔렌*의 농장에서 휴양객과 요양객으로 만난다. 그러고는 몰래 도망친다.

우리는 도시의 지하실에서 굶주리고 지친 사람으로 만나 아무 대가도 치르지 않고 실컷 잠을 잔다. 그러고는 몰래 도망친다.

우리는 이 세상에서 인간과 인간으로 만난다. 그러고는 몰래 도망친다. 우리는 애착도, 머무를 집도, 이별도 없는 존재이기 때문이다. 우리는 이별 없는 세대다. 마음이 내지르는 비명이 두려워 도둑놈처럼 몰래 도망친다. 우리는 귀향 없는 세대다. 돌아갈 곳도 없고 마음 둘 곳도 없다. 그리하여 우리는 이별 없는 세대, 귀향 없는 세대가 되었다.

그러나 우리는 도착하는 세대다. 어쩌면 우리는 새로운 별에, 새로운 삶에 고스란히 도착하는 세대다. 새로운 태양 아래, 새로운 마음에 고스란히 도착하는 세대다. 어쩌면 우리는 새로운 사랑에, 새로운 웃음에, 새로운 신에게 고스란히 도착하는 세대다.

우리는 이별 없는 세대다. 그러나 모든 새로운 도착이 우리의 것임을 알고 있다.

---

* 독일 서북부에 위치한 지역.

오후와 밤의 열차

강과 도로는 우리에게 너무 느리다. 우리에게 너무 구불구불하다. 우리는 집에 가고 싶은데 그곳이, 집이 어디인지 모른다. 하지만 우리는 그리로 가고 싶다. 그런데 도로와 강은 우리에게 너무 구불구불하다.

다리와 철둑 위로 기차의 굉음이 울린다. 검푸르게 숨을 쉬는 숲과 별들이 수놓아진 비단 같고 우단 같은 밤을 뚫고 화물열차들이 씩씩거리며 나타나서는 끝없이 이어지는 바퀴들의 행렬과 함께 다시 사라진다. 수백만 개의 못이 박힌 침목 위로 덜컹거리며 나아간다. 멈춤이 없다. 쉴 새 없이 기차들이 지나간다. 철둑 위에서 쿵쾅거리고, 다리 위에서 으르렁댄다. 안개 속에서 천둥소리를 내고 어둠 속에서 어슴푸레 번쩍인다. 웅웅거리고 으르렁대는 기차들. 중얼거리고 서두르고 굼뜨면서도 초조하게 오가는 화물열차들이 꼭 우리 같다.

그들은 꼭 우리 같다. 그들은 요란하고 거창하게 그리고 아득히 멀리서부터 벌써 외마디 외침 소리로 자신을 알린다. 그러고는 기적처럼, 온 세상을 뒤집어엎을 기세로 뇌우가 몰아치듯 다가온다. 이럴 때 그들은 모두 닮은꼴이다. 볼 때마다 놀랍고 흥분된다. 하지만 아주 순식간에, 미처 뭘 하려는지 알아차리기도 전에 그들은 지나가버린다. 그러고 나면 모든 것은 마치 그들이 있지도 않았던 것처럼 되어버린다. 기껏해야 검은 매연과 철로변의 그을린 풀잎들만이 그들이 지나간 흔적을 보여준다. 그런 다음 조금은 우울하게 아득히 멀리서 외마디 외침 소리로 작별을 고한다. 우리처럼.

그중 몇몇은 노래를 부른다. 웅웅 윙윙 흥얼거리며 우리의 행복한 밤을 관통한다. 우리는 그들의 단조로운 노래를 사랑한다. 집으로— 집으로— 집으로 하고 읊조리는 그들의 기대와 갈망에 찬 리듬을 사랑한다. 또 그들은 앞날을 약속하며 잠든 시골길을 서둘러 달린다. 졸리고 겁먹은 불빛이 비치는 외로운 소도시의 기차역에서 내일은 브뤼셀— 내일은 브뤼셀 하며 공허한 흐느낌을 쏟아낸다. 또 그들은 아주 많은 걸 알고 있다. 낮은 소리로, 너만 들리게, 네 옆에 앉은 사람들이 듣지 못하게, 낮은 소리로 속삭인다. 울라가 널 기다려— 울라가 널 기다려— 울라가 널 기다려—

하지만 그중에는 침착하게 달리는 기차들도 있다. 그들은 끝없이 길고 노련한 낡은 화물열차들의 여유로운 리듬을 지니고 있다. 그들은 온갖 소리로 중얼거리고 투덜거린다. 그들은 한 번도 본 적이 없는 목걸이처럼 달빛 아래 풍경 속에 누워 있다. 목걸이처럼, 한없이 화려하게, 매혹적으로, 창백한 달빛 아래 갖가지 색깔로 누워 있다. 적갈색, 검은색, 회색, 하늘색, 흰색. 사람 20명과 말 40마리가 탄 화물열차— 동화처럼 동물 냄새와 향수 냄새가 나는 석탄열차— 숲처럼 숨을 쉬는 목재 운반 열차— 코를 골며 자는 곡예사와 어찌할 바를 모르는 동물들을 태운 하늘색 서커스 열차— 그린란드처럼 차갑고 하얀, 생선 비린내가 나는 얼음 운반 열차. 그들은 한없이 풍요롭다. 그들은 철길 위에 값비싼 목걸이처럼 누워 화려하고 희귀한 뱀처럼 달빛 속을 미끄러져 간다. 그들은 밤마다 귀를 쫑긋 세우고 살아가는 사람들에게, 귀를 쫑긋 세우고 돌아다니는 사람들에게, 병자들과 감금된 자들에게 머나먼 미지의 세계에 대해, 그곳의 보물들에 대해, 그곳의 달콤함에 대해, 그곳의 종말과 끝없음에 대해 이야기해준다. 그리고 그렇게 중얼중얼 속삭이며 잠 못 드는 이들을 좋은 꿈나라로 데려간다.

하지만 무자비하고 가차 없이, 포악하게, 아무 선율도 없이 밤새 쿵쾅거리며 달리는 기차들도 있다. 그들의 박동 소리는 좀처럼 너의 귀를 떠나지 않는다. 네 뒤를 쫓아오는 지독한 천식에 걸린 개의 숨소리처럼 거칠고 추하게, 계속 앞으로— 돌이킴 없이— 끝까지— 끝까지 하고 소리친다. 혹은 천둥 치는 바퀴들과 더불어 더욱 무시무시하게, 모두 다 끝났어— 모두 다 끝났어 하고 말한다. 그들이 부르는 노래는 우리에게 잠을 선사하기는커녕 좌우로 늘어선 마을들을 무참히 꿈에서 내쫓고, 분노에 찬 개들의 목을 쉬게 만든다. 그들은, 무자비하고 가차 없는 그 기차들은 고함을 지르고 흐느껴 울며 광채 잃은 성좌 아래를 달린다. 빗줄기조차도 그들을 누그러뜨리지 못한다. 그들의 외침 속에서 향수가, 상실이, 버림받은 아픔이 소리친다. 피할 수 없음이, 헤어짐이, 돌이킬 수 없음이, 막연함이 흐느껴 운다. 그렇게 그들은 천둥처럼 둔탁한 선율로 달빛 비추는 선로 위를 불행하게 슬픔에 잠겨 달린다. 그리고 너는 그들을 잊지 못한다.

그들은 꼭 우리 같다. 아무도 그들에게 고향에서 맞는 죽음을 보장해주지 않는다. 그들은 휴식도 밤의 안식도 없다. 그들이 쉬는 건 병들었을 때뿐. 그들은 목적지도 없다. 어쩌면 슈테틴이나 소피아나 피렌체에 집이 있을지도 모른다. 하지만 그들은 코펜하겐과 알토나 사이에서 혹은 파리 외곽에서 갈래갈래 찢긴다. 혹은 드레스덴에서 아예 운행을 멈춘다. 혹은 노년의 몫으로 몇 년 정도 더 기만적인 쓰임을 얻는다. 선로 노동자들의 막사로, 시민들의 주말 별장으로.

그들은 꼭 우리 같다. 그들은 다들 믿었던 것보다 훨씬 더 잘 견딘다. 그러나 언젠가는 선로에서 쓰러지거나 멈춰 서거나 중요한 기관을 잃고 만다. 언제나 그들은 어디론가 달리고 싶어 한다. 절대로 어디에 머무는 법이 없다. 그렇지 않다면 그들의 삶은 무엇이란 말인가? 길 위의 삶. 그러나 멋지고 가혹하고 끝이 없다.

오후와 밤의 열차. 철둑길에 핀 그을린 머리의 꽃들, 전깃줄에 앉은 그을린 목소리의 새들이 그들의 친구이며 오래도록 그들을 잊지 않는다.

기대에 찬 외침 소리가 아득히 멀리서 들려올 때면 놀라 휘둥그레진 눈으로 우리도 멈춰 선다. 기적처럼 온 세상을 뒤집어엎을 기세로 뇌우가 몰아치듯 다가올 때 우리는 머리카락을 휘날리며 서 있다. 아득히 멀리 사라지며 소리칠 때도 우리는 그을린 뺨으로 여전히 서 있다. 멀리 사라지며 소리친다. 소리친다. 사실 그건 아무것도 아니었다. 아니면 그게 전부였다. 꼭 우리처럼.

그들은 감옥 창문 앞에서 달콤하고 위험하고 기대에 찬 리듬을 두드려댄다. 그러면 마음 빈곤한 너는 귀가 된다. 문 두드리며 달려오는 밤의 열차에 너는 끝없이 귀 기울인다. 그들의 외침과 호각 소리는 네 감방의 부드러운 어둠을 고통과 욕망으로 떨게 한다.

밤에 네가 그 열기를 집에 들일 때면 그들은 으르렁대며 침대로 돌진한다. 달빛처럼 푸른 혈관들이 파르르 떨며 그 노래를, 화물열차들의 노래를 받아들인다. 길 떠나네― 길 떠나네― 길 떠나네― 그리고 네 귀는 끝 모를 심연이 되어 이 세상을 집어삼킨다.

길 떠나네. 그러나 너는 언제나 거듭하여 기차역에 내뱉어지고 이별과 떠남에 내맡겨진다.

정거장들은 너의 어두운 길가에서 빛바랜 표지판을 마치 이마처럼 치켜들고 있다. 그들은 이름이 있다. 주름 잡힌 이마 표지판들, 이름들, 그것들은 이 세상이다. 그들은 침대라고 불린다. 굶주림과 여자라고 불린다. 울라 혹은 카롤라라고 불린다. 동상 걸린 발과 눈물이라고 불린다. 담배라고 불린다, 그 정거장들은. 혹은 립스틱이나 독주라고 불린다. 혹은 신이나 빵이라고 불린다. 정거장의 빛바랜 이마들, 그 표지판들은 이름이 있다. 그들은 여자라고 불린다.

너는 다름 아닌 철로다. 녹슬고 더럽고 은색으로 반짝이고 아름답고 불확실한 철로다. 너는 정거장들로 나뉘고, 역과 역 사이에 매여 있다. 정거장들에는 표지판이 있고, 여자 혹은 달 혹은 살인이 있다. 그것은 이 세상이다.

너는 열차다. 덜컹거리며 소리치며 지나다니는― 너는 철로. 모든 일은 네 위에서 벌어진다. 그리고 너를 녹슨 장님으로, 은빛 벌거숭이로 만든다.

너는 인간이다. 너의 뇌는 끝도 없이 긴 목 위 어디선가 기린처럼 외롭다. 그리고 네 마음은 아무도 정확히 알지 못한다.

가지 말아요, 기린

그는 온통 회색으로 그을리고 달빛 고독한, 거대한 역사(驛舍) 안에서 바람 소리 요란한 밤의 텅 빈 플랫폼에 서 있었다. 밤이면 텅 빈 기차역은 세상의 끝이 된다. 황량하고 무의미해져버린, 그리고 텅 빈. 텅 빈, 텅 빈. 텅 빈. 그런데도 계속 가려 한다면 너는 길을 잃는다.

그러면 너는 길을 잃는다. 어둠은 무시무시한 목소리를 지녔으므로. 너는 어둠에서 벗어나지 못하고 어둠은 너를 순식간에 제압한다. 기억으로 너를 습격한다— 어제 네가 저지른 살인에 대한 기억으로. 예감으로 너를 습격한다— 내일 네가 저지를 살인에 대한 예감으로. 그리고 어둠은 네 안에 비명을 키운다. 제 바다에 제압된 고독한 짐승이 내지르는, 한 번도 들어본 적 없는 물고기 비명을 네 안에 키운다. 그 비명 소리는 네 얼굴을 찢고 그 안에 두려움과 거기서 흘러내린 위험으로 가득 찬 구덩이를 만들어 다른 사람들을 경악케 한다. 제 바다에서 고독한 짐승이 내지르는 무시무시한 어둠의 비명은 그토록 적막하다. 밀물처럼 차오르고 파도처럼 어둡게 요동치며 위협적으로 철썩인다. 거품처럼 파괴되며 솨솨거린다.

그는 세상 끝에 서 있었다. 차갑고 새하얀 아크등은 무자비하게 모든 걸 발가벗겨 애처롭게 만든다. 하지만 그 뒤에서는 무시무시한 어둠이 자란다. 어떤 검은색도 텅 빈 밤의 플랫폼에 밝힌 새하얀 등불 주변의 어둠처럼 그토록 검을 수는 없었다.

당신이 담배를 가진 걸 보았어요. 창백한 얼굴에 입술을 매우 빨갛게 칠한 여자가 말했다.

그래, 그가 말했다, 내겐 담배가 있지.

나와 함께 갈래요? 그녀가 가까이 속삭였다.

아니, 그가 말했다, 싫은데.

당신은 날 잘 몰라서 그러는 거예요. 그녀는 코를 빌름거리며 그의 곁을 서성였다.

천만에, 그가 대답했다, 누구나 다 똑같아.

당신은 기린이에요, 키다리 씨, 고집 센 기린! 내 모습이 어떤지 알기나 해요, 당신?

배고프고, 벌거벗었고, 화장을 했지. 그가 말했다. 누구나 다 똑같아.

당신은 기다랗고 멍청해요, 기린 씨. 그녀가 가까이서 킥킥거렸다. 하지만 나쁜 사람 같지는 않군요. 담배도 있고. 그러니 자, 함께 가요. 밤이잖아요.

그러자 그가 그녀를 쳐다보았다. 좋아, 그가 웃었다, 담배를 주지, 키스도 하고. 하지만 내가 당신 옷에 손을 댄다면?

그러면 나는 얼굴이 빨개질 거예요, 그녀가 말했다. 그는 그녀가 히죽대며 웃는 모습이 천박하다고 느꼈다.

화물열차 한 대가 큰 소리로 으르렁대며 역사를 통과했다. 그러고는 순식간에 잠잠해졌다. 희미하게 멀어지는 화물열차의 미등이 어둠 속에서 당혹스럽게 소멸되었다. 부딪히고, 신음하고, 삐걱대고, 덜컹거리며— 사라졌다. 그러자 그는 그녀와 함께 갔다.

그러고는 손과 얼굴과 입술이 이어졌다. 그런데 다들 얼굴에서 피를 흘리는군, 하고 그는 생각했다. 입에서 피가 흐르고 있어, 손에 수류탄을 들고서. 하지만 그 순간 그는 그녀의 화장을 맛보았다. 그녀의 손이 그의 여윈 팔을 움켜쥐었다. 그러자 신음 소리가 나고 철모가 흘러내리고 눈이 찢어졌다.

당신은 죽고 있어. 그가 소리쳤다.

죽는다, 그거 괜찮네요. 그녀가 기뻐하며 소리쳤다.

그녀는 철모를 다시 이마로 밀어 올렸다. 그녀의 검은 머리가 흐릿하게 반짝였다.

아, 당신 머리카락. 그가 속삭였다.

여기 있을래요? 그녀가 조용히 물었다.

응.

오래?

응.

언제까지나?

당신 머리카락에서 젖은 나뭇가지 냄새가 나. 그가 말했다.

언제까지나? 그녀가 다시 물었다.

그러자 멀리서 다가오는 굵고 커다란 비명이 들렸다. 물고기 비명, 박쥐 비명, 풍뎅이 비명. 한 번도 들어본 적 없는 기관차의 짐승 울음소리가 들렸다. 기차는 그 소리에 잔뜩 겁을 먹어 선로 위에서 그렇게 동요했던 걸까? 빛바랜 성좌 아래서 울리는 한 번도 들어본 적 없는 새로운 연노랑 비명. 그 비명 소리에 별들이 동요했던 걸까?

그가 창문을 열었다. 그러자 밤이 차가운 두 손으로 벌거벗은 가슴을 움켜쥐며 말했다. 난 가야 해.

가지 말아요, 기린 씨! 그녀의 입이 하얀 얼굴 속에서 병든 빨간색으로 반짝였다.

하지만 기린은 의족으로 공허한 울림을 남기며 아스팔트를 건너 사라졌다. 그의 뒤로 달빛 우울한 거리가 다시 돌 같은 고독 속으로 말없이 가라앉았다. 창문들은 희뿌연 우윳빛 유리를 끼운 듯 파충류의 눈동자처럼 죽어 보였다. 잠에 겨워 몰래몰래 숨 쉬는 눈꺼풀 같은 커튼이 바람에 가볍게 나부꼈다. 이리저리 흔들렸다. 희고 부드럽게 흔들거리며 그의 뒤에서 애처롭게 손짓했다.

창문 날개가 야옹거리며 울었다. 그녀는 가슴이 시렸다. 그가 돌아보았을 때 유리창 뒤로 너무 새빨간 입 하나가 기린 씨, 하며 울고 있었다.

지나가버렸다

가끔씩 그는 자기 자신과 만났다. 그는 어깨를 비딱하게 한 채 부드러운 발걸음으로 자기 자신에게로 다가갔다. 그의 머리는 너무 길어서 한쪽 귀를 가렸다. 그는 가볍게 악수를 하며 말했다.

안녕.

안녕. 넌 누구지?

너.

나?

그래.

그러고 나서 그는 자기 자신에게 말했다. 넌 왜 가끔씩 비명을 지르는 거지?

짐승이 그러는 거야.

짐승?

굶주림이라는 짐승.

그러고 나서 그는 물었다. 넌 왜 자주 우는 거지?

짐승이야! 짐승!

짐승?

향수(鄕愁)라는 짐승. 그 짐승이 우는 거야. 굶주림이라는 짐승은 비명을 지르고, 그리고 나라는 짐승은 달아나지.

어디로?

없는 곳으로. 도망칠 골짜기가 하나도 없어. 사방에서 나를 만나거든. 대부분 밤에. 하지만 달아나기를 멈추지는 않아. 사랑이라는 짐승은 나를 붙잡지만 두려움이라는 짐승이 창문 앞에서 짖어대고 그 뒤에 여자와 침대가 있어. 잠시 후 삐걱하고 문고리 소리가 나고 나는 달아나지. 그리고 나는 계속해서 나를 뒤쫓는 거야. 배 속에 있는 굶주림이라는 짐승과 마음에 있는 향수라는 짐승과 함께. 하지만 도망칠 골짜기는 하나도 없어. 언제나 나 자신과 만나게 돼. 사방에서. 벗어날 수가 없어.

가끔씩 그는 자기 자신과 만났다. 하지만 그러고 나서는 다시 달아났다. 창문들 아래로 휘파람을 불며 지나가고, 대문들을 따라 기침을 콜록대며 지나갔다. 그리고 가끔씩 마음이 하룻밤 그의 발길을 붙잡았다. 손길이. 혹은 여인의 어깨에서, 가슴에서 흘러내린 속옷이. 가끔씩 여인이 하룻밤 그의 발길을 붙잡았다. 그러면 그는 키스와 키스 사이에서 또 다른 이를, 자기 자신을 잊어버렸다. 여인이 온전히 그의 차지가 될 때면 그랬다. 그리고 웃었다. 그리고 괴로워했다. 여인을 제 곁에 두는 건 좋았다. 긴 머리에 밝은색 속옷을, 혹은 밝은색 바탕에 꽃무늬가 있는 속옷을 입은 여인. 그녀에게 립스틱도 한 개쯤 있는 게 좋았다. 그러면 좀더 다채로워졌다. 캄캄할 때는 곁에 여인이 있는 게 더 좋았다. 그러면 어둠이 그리 크지 않았다. 그러면 어둠이 그리 차갑지 않았다. 립스틱을 바르면 그녀의 입은 작은 난로가 되었다. 그러면 그 난로는 활활 타올랐다. 이것은 캄캄할 때 좋았다. 그리고 눈에 보이지는 않지만 속옷도 마찬가지다. 하지만 그는 난로 하나를 곁에 두고 있었다.

그는 한 여인을 알고 있었다. 피부가 여름이면 들장미처럼 구릿빛이었다. 머리는 집시처럼 검은색보다 푸른색이 더 많았다. 그리고 숲처럼 헝클어져 있었다. 팔에는 병아리 솜털 같은 여린 색 털들이 나 있고, 목소리는 항구의 창녀들처럼 빈정거리는 투였다. 아무것도 모르면서도 그랬다. 이름은 카린이었다.

다른 여자는 이름이 알려졌다. 그녀의 버터 색 금발은 해변의 모래처럼 환했다. 웃을 때 그녀는 코를 심하게 찡그렸고 잘 깨물었다. 하지만 어떤 사내가 나타났는데, 그녀의 남편이었다.

문 앞에 한 남자가 점점 더 몸을 움츠리며 서 있었다. 여위고 늙은 남자였다. 그러고는 이렇게 말했다. 괜찮다, 애야. 그는 나중에 알았다. 그게 자기 아버지였다는 걸.

그리고 북채처럼 다리를 안절부절못하는 여자의 이름은 카롤라였다. 비쩍 마른 노루 다리에 신경질쟁이였다. 눈이 아주 매력적이었고 앞니가 조금 벌어져 있었다. 그런 여자를 그는 알고 있었다.

늙은 남자는 가끔씩 밤에 그렇게 말했다. 괜찮다, 애야.

그가 함께 살았던 한 여자는 엉덩이가 펑퍼짐했다. 그녀에게선 우유 냄새가 났다. 그녀는 이름이 고왔는데— 그는 그녀의 이름을 잊었다. 지나가버렸다. 아침에 이따금씩 노랑멧새들이 놀라 지저귀었다— 하지만 그의 어머니는 아주 멀리 가버렸고, 늙고 여윈 그 남자는 아무 말도 하지 않았다. 왜냐하면 아무도 지나가는 사람이 없었기 때문이다.

그의 아래로 다리들이 저 혼자 걸어서 지나갔다 지나갔다.

노랑멧새들은 아침부터 벌써 알고서 지나갔네 지나갔네, 하고 지저귀었다.

전신줄이 지나간다 지나간다, 하며 윙윙거렸다. 늙은 남자는 더 이상 아무 말도 하지 않았다. 지나가버렸다 지나가버렸다.

여인들은 저녁이면 그리움에 사무치는 살갗에 손을 얹었다. 지나갔네 지나갔네.

다리들이 저 혼자 걸어서 지나갔다 지나갔다.

한때 그에겐 형제가 한 명 있었다. 그와는 친구 사이였다. 그런데 쇳조각 하나가 독살스러운 곤충처럼 윙윙 공기를 가르며 그에게로 날아왔다. 전쟁이 났다. 그 쇳조각은 빗방울처럼 사람의 살갗을 때렸다. 그러자 피가 양귀비꽃처럼 눈에서 피어올랐다. 하늘은 온통 청금석 빛이었지만 비명 소리를 받아주지는 않았다. 그가 지른 마지막 비명은 조국이 아니었다. 어머니도 아니고 신도 아니었다. 마지막으로 외친 비명은 시고 아린 식초였다. 그것도 낮은 소리로만 터져 나왔다. 에씨히(식초),* 하고서. 그리고 그의 입은 닫혔다. 영원히. 지나가버렸다.

그의 아버지였던 여위고 늙은 남자는 더 이상 괜찮다 애야, 하고 말하지 않았다. 더 이상. 이제 모든 것이, 모든 것이 지나가버렸다.

---

*　최후의 순간 흘러나온 신음 소리가 독일어 '식초Essig'와 유사했기에 나온 표현이다.

도시

밤길을 나선 사람이 철로 위를 걷고 있었다. 달 아래 누운 철로는 은빛으로 아름답게 반짝였다. 차갑군, 밤길을 나선 사람은 생각했다, 철로가 아주 차. 왼편으로 멀리 외로운 불빛이 하나 보였다. 농장의 불빛이었다. 요란스레 짖어대는 개도 한 마리 있었다. 불빛과 개는 밤을 더욱 밤으로 만들었다. 그리고 그는 다시 혼자가 되었다. 바람만이 우, 하고 긴 숨소리로 귓전을 스치며 지나갔다. 철로 위에는 점점이 찍힌 얼룩들, 달 위에는 구름.

그때 등불을 든 남자가 나타났다. 치켜든 등불이 두 얼굴 사이에서 흔들거렸다.

등불을 든 남자가 말했다. 여보시우 젊은이, 어디로 가시우?

밤길을 나선 사람은 팔을 들어 뒤편의 환한 하늘 쪽을 가리켰다.

함부르크? 등불을 든 남자가 물었다.

네, 함부르크요. 밤길을 나선 사람이 대답했다.

그들의 발걸음 아래에서 자갈들이 나지막이 잘그락거렸다. 킥킥대며 서로 부딪쳤다. 등불의 철사 줄이 이리저리 흔들리며 삐걱거렸다. 그들 앞에 철로가 달빛을 받으며 누워 있었다. 철로는 환한 쪽을 향해 은색으로 달려가고 있었다. 이런 밤중에 하늘의 환한 곳, 그곳은 함부르크였다.

하지만 이젠 그렇지도 않다우, 등불을 든 남자가 말했다. 도시도 이젠 그렇지도 않아. 저기가 저렇게 환해도, 저곳의 환한 가로등 밑에는 온통 굶주린 사람들만 돌아다니니 말이우. 참말이라니까.

함부르크가요? 밤길을 나선 사람이 웃었다. 그러면 다른 곳도 똑같아요. 하지만 다시 그리로 가야 해요. 그곳에서 왔으니 다시 그리로 가야만 해요. 그런 것이 인생이죠! 그는 마치 그 문제를 많이 생각해본 사람처럼 말했다. 하나뿐인 인생!

등불이 이리저리 흔들리며 삐걱거렸다. 바람이 단조음으로 우, 하고 귓전을 스치며 지나갔다. 철로는 달빛을 받아 반짝이며 차갑게 누워 있었다.

흔들거리는 등불을 든 남자가 말했다. 인생이라! 맙소사, 냄새를 기억하고 문고리를 잡아야 하는 게 어떤 건지나 아는지 원. 얼굴들을 못 본 채 그냥 지나쳐 다니고 밤이면 머리에서 빗방울 떨어지는 걸 느낀다우. 고생스럽기 짝이 없지.

그때 그들 뒤에서 기관차 한 대가 집에 가고 싶어 못 견디는 거인 아이처럼 울음을 터뜨렸다. 기관차는 밤을 더욱 밤으로 만들었다. 그다음은 화물열차가 몹시 덜컹거리며 두 남자 옆을 지나쳐 갔다. 화물열차는 별들이 수놓아진 비단 같은 밤을 뚫고서 위협적으로 쿵쾅거렸다. 두 남자는 그에 맞서 용감하게 숨을 쉬었다. 둥글게 회전하는 바퀴들이 붉게 녹슨 차량들 아래에서 덜거덕덜거덕 굴러갔다. 쉴 새 없이 덜컹거리며 멀어져 갔다. 덜컹— 덜컹— 덜컹. 아주 멀리서도 낮은 소리로 계속 덜컹거렸다. 덜컹— 덜컹—

그러자 밤길을 나선 사람이 말했다. 아니, 인생은 그 이상이에요. 빗속을 걷고 문고리를 잡는 것 이상이에요. 얼굴들을 못 본 채 그냥 지나쳐 가고 냄새를 기억하는 것 이상이에요. 인생은 두려움을 갖는 것이에요. 기쁨을 갖는 것이에요. 기차에 깔릴까 봐 두려워하고 기차에 깔리지 않아서 기뻐하는 것이에요. 계속 걸어갈 수 있어서 기뻐하는 것이에요.

이윽고 철로변에 초라한 집 한 채가 나타났다. 남자는 등불을 줄이고 젊은이에게 손을 내밀었다. 자 그럼, 함부르크!

네, 함부르크! 젊은이도 그렇게 인사를 하고 길을 나섰다.

철로가 달빛 아래에서 아름답게 반짝였다.

뒤편 하늘의 환한 곳, 그곳은 도시였다.

도시, 도시: 하늘과 땅 사이의 어머니

함부르크

함부르크!

그것은 한 무더기의 돌, 지붕, 창문, 벽장식, 침대, 도로, 다리, 가로등 그 이상이다. 그것은 공장 굴뚝과 자동차 경적 소리 그 이상이고, 갈매기 웃음소리와 전차의 비명 소리와 기차의 천둥소리 그 이상이고, 선박의 고동 소리와 기중기 삐걱대는 소리와 욕설과 댄스 음악 소리 그 이상이다. 오, 그것은 한없이 그 이상이다.

그것은 존재하고자 하는 우리의 의지다. 아무 데서나 아무렇게나 존재하는 게 아니라 여기서, 오직 알스터강과 엘베강 사이의 이곳에서, 오직 있는 그대로의 우리로, 함부르크의 우리로 존재하고자 하는 우리의 의지다.

우리는 부끄러움 없이 고백한다. 바닷바람과 강 안개가 머물도록, 여기 머물도록, 이곳에 머물도록 우리의 마음을 빼앗고 매혹시켰노라고! 알스터 호수가 우리의 집을 그 둘레에 풍요롭게 짓도록 유혹했노라고. 강이, 드넓은 잿빛 강이 바다를 향한 우리의 동경에 돛을 달고 출항해 바람에 몸을 싣고 멀리 떠돌도록 유혹했노라고. 다시 돌아오기 위한, 꼭대기가 동그스름한 푸른 탑들과 적회색 지붕들 한가운데에 있는 우리의 작고 파란 호수에 대한 그리움으로 병들고 왜소해진 채 다시 돌아오기 위한 항해를 떠나도록 우리를 유혹했노라고.

함부르크, 도시: 탑과 가로등과 6층짜리 건물들로 이루어진 돌 숲. 아직도 밤이면 이따금씩 죽은 자들의 발걸음 소리를 너의 귀로 직접 들을 수 있는 땅바닥을 거리의 포석들이 순식간에 노래하는 리듬으로 바꾸어놓은 돌 숲.

도시: 치고받고 싸우며 헐떡거리는 원시동물. 저택들, 유리와 한숨, 눈물, 공원과 환희의 외침으로 이루어진 원시동물. 기름투성이 은빛 수로라는 햇빛 반짝이는 눈을 지닌 원시동물! 바르르 떨며 어슴푸레 빛을 던지는 가로등이라는 달빛 반짝이는 눈을 지닌 원시동물!

도시: 고향, 하늘, 귀향. 천국과 지옥, 바다와 바다 사이에 있는 애인. 들판과 모래톱, 호수와 강물 사이에 있는 어머니. 깨어남과 잠듦, 안개와 바람 사이에 있는 천사. 함부르크!

그래서 우리는 할렘, 마르세유, 샌프란시스코, 봄베이, 리버풀, 케이프타운에 있는 다른 사람들과 동족이다. 우리의 거리, 우리의 강과 항구, 우리의 갈매기, 안개, 밤, 우리의 여인들을 사랑하듯 우리는 할렘, 마르세유, 샌프란시스코, 케이프타운을 사랑한다.

아, 우리의 여인들. 그네들의 곱슬머리를 갈매기들의 날갯짓이 미친 듯이 헝클어놓는다. 아니면 바람이 한 짓인가? 그래, 여인들에게서 안식을 빼앗는 건 바람이다. 치마에도 곱슬머리에도 바람이 들어 그렇다. 저 바람이 바다에서 항구에서 뱃사람들의 모험을 엿보며 기다리다 우리의 여인들을 유혹한다. 먼 이국의 노래로, 향수의 노래로, 출항과 눈물의 노래로. 귀향과, 부드럽고 달콤하고 격정적인 포옹의 노래로.

우리 함부르크의 여인들. 우리 할렘, 마르세유, 샌프란시스코, 봄베이, 리버풀, 케이프타운의 여인들. 그리고 함부르크, 우리 함부르크의 여인들! 바람이 그들의 무릎을 무례한 휘파람과 더불어 2초 정도 우리에게 선사할 때, 바람이 뜻밖의 다정함으로 부드러운 곱슬머리 한 가닥을 우리의 코로 불어다 줄 때, 우리는 그들을 사귀고 또 사랑한다. 더할 나위 없이 좋은, 사랑하는 함부르크의 바람이여!

함부르크!

그것은 한 무더기의 돌 그 이상이다, 말로 표현할 수 없을 만큼 훨씬 더 그 이상이다! 그것은 엘베강 변에 펼쳐진 딸기로 뒤덮이고 사과들 주렁주렁 열린 초원이다. 그것은 알스터 호숫가 주택들의 꽃들로 뒤덮이고 계집아이들 화사한 정원이다.

그것은 수로안내인과 선장들이 모여 사는 블랑케네제 언덕의 흰색, 노란색, 모래색, 연두색 납작한 둥지들이다. 하지만 그것은 또한 더럽고 너저분하고 시끄러운 공장과 조선소가 기름 냄새, 타르 냄새, 생선 썩는 냄새, 땀 냄새를 풍기며 모여 있는 구역이기도 하다. 아, 그것은 알스터와 도시 외곽의 수많은 공원이 만들어내는 밤의 달콤함이다. 그곳의 축복받은 동경에 찬 사랑의 밤을 통해서 함부르크인들이, 좌초하지 않고 항상 올바른 항로를 찾아가는 진정한 함부르크인들이 빚어지는 것이다. 달빛 가득한 알스터 호수의, 널빤지 냄새 풍기고 개구리 울어대는 보트 위에서 이리저리 흔들리며 위대한 행운아들이 그 불멸의 생명을 얻는 것이다!

함부르크!

그것은 거대한 공동묘지, 즉 온갖 새들이 지저귀는 세상에서 가장 잘 손질된 저 원시림의 근사한 열대 수목이며 덤불이며 꽃이다. 그곳에서 죽은 자들은 내내 그들의 죽음을 꿈꾸고, 그들의 전 죽음을 관통하여 갈매기를, 여인을, 돛과 방벽을, 5월의 저녁과 바닷바람을 상상한다. 그것은 (대열을 맞추어 쥐똥나무 울타리 안에 갇힌 채 앵초와 장미를 훈장처럼 달고 있는) 죽은 자들이 살아 있는 자들을 돌보며 노동하는 이의 땀방울을 지켜보고 출산하는 이의 비명을 들어야 하는 그런 초라한 병사들의 묘지가 아니다. 아, 산 자들은 자신들의 죽음을 즐길 수 없으니! 하지만 올스도르프*에서는, 거기서는 죽은 자들이, 저 불멸의 죽은 자들이 불멸의 삶에 대해 수다를 떤다! 왜냐하면 죽은 자들은 삶을 잊지 않기 때문이다. 그리고 그들은 도시를, 그들의 도시를 잊을 수가 없기 때문이다!

함부르크!

그것은 잿빛으로 물든, 벗어날 수도 피할 수도 없이 한없이 늘어선 서러운 거리다. 그곳에서 우리 모두는 태어났고, 그곳에서 우리 모두는 언젠가는 죽어야 한다. 그리고 그것은 그저 한 무더기의 돌 그 이상, 훨씬 그 이상이다!

그곳을 걸어가며 너의 두 콧구멍을 말 콧구멍처럼 한껏 벌려보라. 그것이 삶의 냄새다! 기저귀, 양배추, 소파, 양파, 휘발유, 처녀들의 꿈, 목수의 아교, 곡물 커피, 고양이, 제라늄, 독주, 자동차 타이어, 립스틱, 피와 땀, 도시의 냄새, 삶의 숨결. 그것은 한 무더기의 돌 그 이상, 훨씬 그 이상이다! 그것은 죽음과 삶이고, 노동이고, 잠이고, 바람과 사랑이고, 눈물과 안개다!

존재하고자 하는 우리의 의지, 그것이 함부르크다!

---

* Ohlsdorf: 독일 함부르크에 있는 공원 묘지.

빌브로크

저녁 늦게 함부르크에 도착한 캐나다인 공군 상사는 무거운 가방을 기차역 대합실의 석재 타일 바닥에 내려놓았다. 그는 두 볼을 잔뜩 부풀리며 가쁜 숨을 내쉬었다. 그는 다시 한번 길게 가쁜 숨을 내뱉었는데 그게 공기가 너무 나빠서인지 아니면 땀이 뻘뻘 나도록 힘이 들어서인지 스스로도 구분이 되지 않았다. 오른손과 왼손이 모두 바지 주머니 속으로 사라지더니 담뱃갑과 라이터를 쥐고서 다시 햇빛 아래 모습을 드러냈다. 아니 햇빛이 아니라 등불이다. 흐릿하고 답답하고 침침하고 음습한 밤의 정거장을 비추는 등불. 그는 종이 담뱃갑에서 이로 담배 한 개비를 깨물어 꺼내며 라이터 뚜껑을 열었다. 라이터에서 귀에 익은 찰칵 소리가 나지막이 들리더니 불꽃의 노랗고 여린 혓바닥이 상사의 검붉고 가녀린 콧수염을 태웠다. 콧수염이 불에 심하게 타지는 않았지만 그래도 타는 냄새가 그의 코로 들어간 건 분명했다. 고무 타는 냄새가 났다. 웬 고무지? 그는 털이 탈 때도 똑같은 냄새가 난다는 생각은 미처 하지 못했다. 하지만 '고무'도 무심결에 든 생각일 뿐이었다. 담배는 조금도 타들어간 흔적 없이 새것 그대로, 눈에 띄게 희고 깨끗한 상태로 시커먼 바닥에 놓여 있었다. 그가 입에 물고 있다가 떨어뜨렸던 것이다. 그는 입술이 조금 벌어져 있었고, 라이터 뚜껑을 다시 닫는 것도 잊고 있었다. 라이터의 불꽃은 그렇게 잊히고 무시당한 채 심지 속으로 다시 기어들어갔다. 그는 손거울을 꺼내 콧수염 상태를 확인하는 것도 잊었다. 그을리고 손상된 자신의 가녀린 붉은 콧수염을 정말로 까맣게 잊었다. 그가 이 사실을 알았다면 스스로 몹시 놀랐을 만한 일이었다. 왜냐하면 그는 검붉은색에 가녀린 모습이 일품인 자기 수염을 대단히 자랑스럽게 여겼기 때문이다. 가장 소중히 여기는 것이라고 해도 과언은 아니었다. 그런데 지금 그것이 훼손되었는데도 거울 한번 들여다볼 생각조차 안 하고 있었다. 그 대신 입술과 라이터는 열린 채로 그대로 두고, 하얀 새 담배도 땅바닥에 방치하고 있었다. 입술과 라이터와 담배를 깨끗이 잊고 있었다. 가방도 캐나다도 수염 타는 냄새도 모두 잊고 있었다. 다 잊은 채 입을 헤벌리고서 알아볼 수 없는 시커먼 글자들이 잔뜩 적힌 커다란 에나멜 표지판을 정신없이 들여다보고 있었다. 검정색으로 쓴 아홉 개의 글자로 된 단어를 정신없이 쳐다보고 있었다. 왜냐하면 그 단어는, 아홉 개의 그 글자는, 아홉 개의 검정색 글씨로 쓰여 있는 그 단어는 다름 아닌 그의 이름이었기 때문이다. 그는 두 눈을 아주 작게 실눈을 만들었다가 다시 크게 떠보았다. 여전히 그의 이름이었다. 이해할 수 없는 다른 검은 글씨들이 잔뜩 적힌 커다란 흰색 에나멜 표지판에 검정색 라크 칠이 되어 반짝이는 아홉 개의 글자. 그는 그 표지판을 보고 있었다. 내 이름이잖아. 그는 생각했다. 분명해. 아무리 봐도 틀림없어. 라크와 에나멜 칠까지. 미치겠군! 말도 안 돼! 완전히 미쳤어! 그는 지금까지 스물여섯 해를 살아오면서 함부르크는 생전 처음이었다. 이 기차역도 대합실도 처음이었고, 이런 대합실의 침침한 불빛을 받으며 석재 타일 바닥에 서 있는 것도 모두 처음이었다. 그런데 여기에, 전에 한 번도 와본 적이 없는 바로 이곳에 그의 이름이 있었다. 그것도 라크 칠과 에나멜 칠까지 된 그의 이름이 느닷없이 이곳에 나타난 것이다. 물론 느닷없이 나타난 건 아니다. 그의 이름은 이미 오래전부터 여기에 있었던 게 틀림없었으니까. 다만 그에게는 매우 느닷없었다. 검정색 글씨로, 흰색 바탕에, 라크와 에나멜 칠까지 된 것이 그에게는 매우 느닷없었다. 그렇게 흰색 바탕에 검정색 글씨로 쓰여 있었다. 그 이름이, 그의 이름인 그 이름이. 아주 간단히 빌브로크Billbrook,라고 적혀 있었다. 이곳에 또렷하게 적혀 있었다. 그것은 아무튼 그의 이름이었다. 낯선 나라 한가운데에, 라크와 에나멜 칠까지 된 빌브로크. 금방 알아볼 수 있고 아주 또렷하게 읽을 수 있게 적혀 있었다.

담뱃갑에서 다시 새 담배를 이로 깨물어 꺼내려고 했을 때 그는 자기 손이 떨리는 걸 보았다. 씨익 웃음이 나왔다. 그렇다, 이제는 씨익 웃음이 나왔다. 조금 전까지 그는 그렇게도 놀랐던 것이다.

호텔 방에 도착했을 때도 그는 여전히 흥분된 상태였다. 방 동료 두 사람과 큰 소리로 인사와 자기소개를 나눈 뒤에 그는 곧장 그들에게 자신이 겪은 모험을 말해주었다. 그는 그것을 모험이라고 불렀다. 그에게 그것은 하나의 모험일 만큼 강렬한 체험이었으니까. 그는 동료들에게 자기 이름을 아주 천천히 그리고 분명하게 말해주었고, 그들은 그것을 '아주 주의 깊게' 들어야 했다. 그의 이름인 그 이름이, 그가 아메리카 대륙에서, 캐나다에서, 호프데일에서 가져온 바로 그 자신의 이름이 에나멜 칠이 된 또렷하고 대문짝만 한 글씨로 기차역에 적혀 있었던 것이다. 이곳 함부르크 기차역에. 그는 두 동료에게 그건 절대로 어떤 기념패 같은 것이 아니었다고 거듭 맹세했다. 아니, 아니다. 절대로 그렇지 않았다. 그는 단 한 줄의 시도 쓴 적이 없었고, 눈가에 주름을 없애는 어떤 약이나 싸구려 기름 따위를 발명한 적도 없었다. 또 권투 챔피언이 된 적도, 수배를 당한 적도 없었다. 정말이다. 함부르크는 오늘 저녁이 처음이다. 정말 처음이다.

그의 흥분된 설명이 여기쯤 이르렀을 때 두 동료가 갑자기 웃음을 터뜨렸다. 정말 미친 듯이 웃어댔다. 창가에 있던 키 작은 흑인 동료는 심술궂고 고약하게 양철판 두드리는 소리를 내며 웃었고, 똥색 금발의 근육질은 주먹으로 탁자를 내려치며 아주 기운차게 천박하기 짝이 없는 웃음을 터뜨렸다. 그렇게 웃고 두드려대는 가운데 그들은 그에게 빌브로크가 지명이라는 것을, 함부르크의 한 도시 구역이라는 사실을 알려주었다. 그렇다니까, 함부르크의 한 도시 구역 이름이 빌브로크라고! 그들은 벌써 1년이나 함부르크에서 살고 있었다. 거의 함부르크 토박이가 다 된 그들로서는 당연히 모를 리가 없었다. 그러니 호프데일 출신의 공군 상사 빌 브로크Bill Brook는 그들의 말을 믿을 수밖에 없었다. 그들이 탁자 위에 지도를 펼치고 빌브로크라고 적힌 함부르크 도시 구역을 파란 색연필로 두툼하고 거칠게 표시한 다음 동그라미까지 쳐서 그의 코밑에 들이미니, 아무리 웃음소리가 거슬려도 믿지 않을 도리가 없었다. 지도를 보고 확인했을 때 그는 거의 자랑스럽기까지 했다. 물론 그럴 이유는 없었지만 그런 건 생각하지도 않았다. 그는 자기 이름에 은근한 자부심을 느꼈다. 그리고 그걸 굳이 나쁘게 여기지 않았다. 아무튼 이런 건 아무 때나 볼 수 있는 일은 아니었다. 대양을 건너온 호프데일 출신이 이곳 함부르크에서 하얀 에나멜 표지판에 반짝이는 검정색으로 멋지게 쓰인 자기 이름을 발견한다는 것은 말이다. 이에 대해 그는 약간의 자부심을 느끼면서 기분이 한결 좋아지고 너그러워졌다. 자부심에 사로잡혀 처음에 놀랐던 일을 까맣게 잊었다는 사실을 문득 깨달았을 때 뜻밖에도 그런 좋은 기분이 찾아왔다. 호프데일의 자기 집 부엌에서 우쭐한 기분에 깔깔거리며 어머니의 머리카락을 마구 헝클어 놓을 자신의 모습이 눈에 선했다. 이곳에 빌브로크라는 이름의 도시 구역이 있다는 그의 이야기에 호프데일의 자기 집은 물론이고 호프데일 항구에서도 연신 웃음이 터져 나오는 소리가 벌써 귓전에 들리는 듯했다. 웃음소리, 놀라는 사람들, 헝클어진 머리. 그들의 암소들 갈빗대를 주먹으로 톡톡 두드려주면서 마음껏 자랑스러워하라고 말하리라. 아아, 반드시 그렇게 하리라. 그런 생각에 그는 밤이 깊어지도록 잠들지 못했다.

들뜬 기분과 자부심은 다음 날까지 이어졌다. 오전에 상사는 자신의 그런 상태가 신기했다. 오후가 되자 그는 남몰래 도시 지도를 하나 호주머니에 챙겨 넣으려 했다. 하지만 양철판 두드리는 소리로 웃는 동료에게 그만 들키고 말았다. 그는 바람에 흔들리는 통조림 깡통처럼 달그락거리는 소리로 말했다. "소풍을 가려는 모양이지? 빌 브로크가 빌 브로크로 소풍을 가는 거로군. 잘 다녀오게, 친구. 어쩌면 그들이 자넬 명예시민으로 추대할지도 몰라. 왜, 안 가려고? 자네 구역인데도? 응? 아마 그들은 자넬 시장으로 삼으려 할걸. 빌브로크의 빌 브로크 시장. 재미 많이 보게, 친구. 이건 진심이야!" 그는 예의 짓궂은 통조림 깡통 웃음을 온 방이 떠나가라고 큰 소리로 웃어댔다. 그 바람에 금발의 동료가 내지르는 오르간 울림 같은 웃음은 힘없이 바닥에서 그르렁거리는 데 그쳤다. 빌 브로크는 두 동료에게 씨익 하고 웃어 보였다. 그는 가운뎃손가락으로 검붉은색의 가녀린 콧수염을 쓰다듬고는 웃느라고 흘린 눈물을 짧은 속눈썹에서 닦아내며 말했다. "자, 그럼 오늘 저녁까지 안녕. 난 내 도시 구역을 잠시 시찰하고 올 테니까. 그럼 나중에 보자고." 그는 한껏 자부심을 느끼며 기분 좋게 문을 나섰다.

잠시 그는 즐거운 마음으로 도시 한가운데에 있는 호수를 바라보았다. 캐나다 호프데일의 어엿한 가문과 똑같은 이름을 지닌 구역이 이 희한한 도시 어딘가에 있었다. 그와 똑같은 이름을 지닌 구역이, 그것도 한복판에 이렇게 멋진 호수를 두고 있는 도시에 있는 것이다. 그는 코를 킁킁거렸다. 아, 물 냄새가 났다. 소금물의 짠맛이 느껴졌다. 놀라워, 이 도시는. 그는 이렇게 생각하며 몸을 돌렸다. 구름에 가려진 해가 보였다. 함부르크의 잿빛 태양이었다. 그는 걷기 시작했다. 방향은 동 – 남 – 동으로. 그는 이렇게 말하며 유쾌하고 힘찬 발걸음을 내디뎠다.

오후는 덥고 흐린 금회색이었다. 함부르크의 회색 구름이 하늘에 걸려 있었다. 빌 브로크는 금회색 태양을 등지고 기분 좋게 남동쪽 방향으로 나아갔다. 한 시간쯤 뒤에 주머니에서 지도를 꺼내 지금까지 온 길과 아직 남은 길을 비교해보았다. 아직 두 시간은 더 걸어야 했다. 그는 잘못 생각했던 것이다. 낯선 도시에서는 생각처럼 빨리 갈 수가 없었다. 지도를 주머니에 넣은 다음 다시 남동쪽을 바라보았다. 그는 함부르크 여름의 멋진 금회색 대기를 한껏 호흡했다.

하지만 잠시 후 그는 자신의 자부심이 격추된 비행기처럼 나선형을 그리며 추락하는 느낌을 받았다. 갑작스러운 추락은 아니었다. 천천히 빙글빙글 커다란 원을 그리며 아래로 떨어져 내렸다. 한껏 부풀었던 기분도 마른 과자처럼 부스러지기 시작했다. 그는 눈을 찡그리며 해를 쳐다보았다. 해는 여전히 금회색을 띠고 있었다. 고민스러웠다. 피곤하다는 생각이 들었다. 그는 담배를 한 대 피워 물었다. 피곤한 게 당연해. 그냥 그뿐이야. 게다가 이렇게 오래 걷는 건 내게 익숙지 않아. 마지막으로 한 시간 이상 걸어본 게 대체 언제였지? 아마 집에 있을 때였을 거야. 그래, 그때 이후론 없어. 벌써 몇 년 전 일이야. 그는 타다 남은 담배를 불타는 작은 축구공처럼 발끝으로 차서 아스팔트 위로 날렸다.

하지만 *그건* 피곤한 탓이 아니었다. 아니, 정말 그렇지 않았다. 이유는 다른 데 있었다. 조금 전까지 그는 사람들이 살고 있는 거리를 지나왔다. 군데군데 건물 귀퉁이가 사라지고, 한 블록이 통째로 불에 타거나 허물어지고, 정원이 온통 파헤쳐지고, 발코니가 엉뚱한 데 붙어 있고, 지붕이 벗겨졌지만, 그래도 그 구역의 거리들은 여전히 거리 모습을 하고 있었다. 조금 훼손되고 약간 흔들거리고 삐거덕거렸지만 양편에 줄지어 사람들이 살고 있는 엄연한 거리였다. 가로수 사이로 난 길에서 개들이 짖어댔고, 성문 앞 거리와 건물 계단에서, 앞마당과 뒤뜰에서 환성을 지르거나 우는 아이들 소리도 들렸다. 아낙네들은 길가에서 양탄자를 두드리거나 창문 밖으로 소리를 질렀고, 운전사들은 욕을 했고, 길가의 쓰레기통에선 악취가 풍겼다. 젊은 여자들은 킥킥거렸고 젊은 남자들은 휘파람을 불었다. 대서양 저편 호프데일 출신의 공군 상사 빌 브로크는 그런 거리를 지나왔다. 거리 양편에는 사람들이 살았다. 젊은 여자들은 창문을 닦으며 노래 부르고, 카나리아들은 구르는 듯한 목청을 길게 뽑으며 지저귀고, 우유병을 실은 자전거는 따르릉거리고, 자동차는 끼익거리며 브레이크를 밟고 경적을 울리고, 어느 집에선가는 누군가가 피아노 위에서 모차르트를 난도질하고 있었다. 무언가 딱딱한 물건으로 두드리며 박자를 세는 늙은 여인의 날 선 음성이 거리에까지 다 들렸다. 그때까지는 거리 양편에 사람들이 살았고, 아직 제대로 된 거리였다. 호프데일에도 있는 제대로 된 거리. 오타와에도, 퀘벡에도 있는 그런 거리. 하지만 반시간쯤 전부터 점점 조용해졌다. 거리 좌우의 집들도 점점 적어졌고, 그곳에 사는 사람들도 점점 줄어들었다. 아이들과 개와 자동차도 드물어졌다. 점점 더 드물어졌다. 오직 난도질당하는 모차르트만이 꿋꿋하게 이 갑작스러운 적막을 뚫고

서 바람결에 실려 왔다. 삶은 점점 그 수가 줄어들고, 드물어지고, 희미해졌다. 그러더니 완전히 끊어졌다. 몇백 미터가 지나서야 겨우 인적이 보이는가 싶더니 다시 그 두 배의 길이만큼 아무것도 없었고, 그러다가 다시 거리를 따라 길가에서 몇 걸음 떨어진 곳에 집 몇 채가 드문드문 눈에 띄는 식으로 점점 더 줄어들고 드물어졌다. 점점 더 희미해졌다. 삶은 점점 더 희미해졌다.

그는 커다란 교차로에 서서 뒤를 돌아다보았다. 아이들은? 개는? 자동차는? 아무도 없다. 왼쪽을 보았다. 아이도 없고, 개도 없고, 차도 없다. 오른쪽과 앞쪽을 보았다. 역시 아이도 없고 개도 없고 차도 없다! 그는 네 방향으로 끝없이 뻗은 길들을 바라보았다. 집이 없다. 집이 없어! 조그만 집 한 채 없었다. 오두막 한 채도 없었다. 홀로 외롭게 서서 떨고 있는 흔들거리는 담벼락 한 개조차도 없었다. 단지 굴뚝들만이 시체의 손가락처럼 늦은 오후의 하늘을 찌르고 있었다. 거대한 해골의 뼈다귀들처럼. 묘비처럼. 신을 가리키는, 하늘을 위협하는 시체 손가락들. 털이 다 빠지고 말라비틀어진 채 썩어가는 시체 손가락들. 사거리의 네 방향 어디를 보아도—어느 방향으로든 몇 킬로미터 이상 훤히 내다보이는 느낌이었다—살아 있는 것은 하나도 눈에 띄지 않았다. 하나도, 살아 있는 것은 하나도 없었다. 수십억 개의 돌 파편, 수십억 개의 돌 조각, 수십억 개의 돌 부스러기. 무자비한 전쟁에 의해 경솔하게 산산조각 난 도시. 수십억 개의 부스러기와 수백 개의 시체 손가락. 그 밖에는 집도, 여자도, 나무도 아무것도 없었다. 죽은 것들뿐. 파괴되고 무너지고 터지고 파헤쳐지고 산산조각 난 죽은 것들뿐. 죽은 것들, 사방 몇 킬로미터가 온통 죽은 것들뿐이었다. 그는 죽은 도시에 서서 죽은 것들의 김빠지고 역겨운 맛을 혀에 느끼고 있었다. 그는 더 이상 우쭐해하지 않았다. 들떴던 기분도 먼 곳에, 아주 먼 곳에, 아이들과 개와 자동차를 마지막으로 보았던 곳에 머물러 있었다. 이곳은 공기도 죽어버렸다는 생각이 들었다. 그는 시체 손가락들이 자기 가슴에 달라붙은 것 같은 느낌이었다. 사방이 너무나 고요해서 숨도 크게 쉴 수가 없었다.

그는 도시 지도를 꺼내서 손에 꼭 쥐었다. 마치 자신이 지도에 꽉 달라붙은 느낌이었다. 그는 멀리 도시의 연무 속에서 밋밋한 금빛 먼지가 되어 있는 해를 바라보았다. 눈을 가늘게 뜨고 교회의 첨탑들을 쳐다보았다. 그것들은 진짜가 아니라고, 가짜라고 생각했다. 시체 손가락들은 너무나 가까이 있었다. 아주 가까이서 그의 주위를 둘러싸고 있었다. 오직 시체 손가락만이, 부스러기들만이 진짜다. 이것들은 가짜가 아니다.

그는 아직 남은 시간 동안은 두 배로 빨리 걷기로 했다. 그는 도로 한가운데로 걸었다. 사실은 도로 한가운데로 걸을 수밖에 없었다. 허물어지고 찢긴 건물 가운데 다수가 앞쪽으로 무너져 있어서 널찍한 도로가 간신히 걸어 다닐 수 있는 가늘고 구불구불한, 야생동물 통로 같은 작은 오솔길로 변해 있었던 것이다. 그는 고집스럽게 앞쪽 땅바닥을 바라보았다. 하지만 이미 잃어버린 성급한 자부심과 우쭐한 기분은 더 이상 되찾을 수 없었다. 이미 잃어버렸으며 산산이 부서졌고 죽었다.

그 순간 그는 집도 없고 소음도 없는 시체 손가락 같은 이 죽은 도시에 무언가 살아 있는 걸 보았다. 풀, 녹색 풀이었다. 호프데일에 있는 것과 같은 풀. 평범한 풀. 수백만 개의 풀줄기. 초라하고 볼품없지만 초록빛을 띤 살아 있는 풀. 죽은 자의 머리카락처럼 살아 있는, 소름 끼치

게 살아 있는 풀. 세상 어디에나 있는 풀. 섬뜩하고 질척거리고 바스러
지고 먼지투성이였지만 엄연히 초록빛을 띠고 살아 있었다. 사방에 온
통 살아 있는 풀들이 있었다. 그는 씨익 웃었다. 하지만 웃음은 곧 얼
어붙었다. 그의 뇌가 어떤 단어 하나를 생각해냈기 때문이다. 그의 웃
음은 어떤 특정한 곳에 자라는 풀처럼 섬뜩하고 먼지 덮인, 하지만 얼
음같이 찬 서리가 내린 웃음으로 변했다. 공동묘지에 자라는 풀 같다
고 그의 뇌는 생각했던 것이다. 풀? 그래, 풀 맞아. 하지만 공동묘지에
자라는 풀 같군. 묘지 위로 자라난 풀. 폐허에 난 풀. 섬뜩하고 소름 끼
치면서도 자비로운 회녹색 풀. 공동묘지의 풀. 무덤 위로 자라난, 과거
와 추억으로 가득 찬 영원히 잊히지 않을 풀. 잊히지 않을 초라하고 보
잘것없는 풀. 세상이라는 묘지를 뒤덮은 잊히지 않을 거대한 풀의 양
탄자.

풀. 그러나 그 밖에 그와 마주친 건 아무것도 없었다. 아니, 있기는
했다. 가로등 기둥이 그와 마주쳤고, 전화박스와 광고탑도 마주쳤다.
애처롭게 구부러지고 휘어진 가로등 기둥이 그에게 다가와서는 눈물을
삼키며 킥킥거렸다. 난 더 이상 불을 밝힐 수가 없어. 난 망가졌어. 해
체되었어. 망했어. 완전히 망했어. 난 더 이상 빛을 만들어내지 못해.
더 이상 빛을 비추지 못해. 내 삶의 의미를 잃었어. 더 이상 불을 밝히
지 못해.

길모퉁이에서는 비참하게 구멍이 숭숭 뚫린 전화박스가 그를 기다
리고 있다가 눈물을 삼키며 속삭였다. 사람들이 내 오장육부를 찢어발
기고 뇌를 훔쳐가버렸어. 수많은 번호와 이름이 담긴 나의 예쁜 빨간색
새 전화번호부도 가져갔어. 모두 사라졌어. 이제 아무도 더 이상 내 안
에서 전화를 걸지 않아. 이런 천한 풀들만 내 안에 떡하니 자리 잡고 있

어. 그다음은 비스듬히 기울어진 수다쟁이 광고탑이 그에게 손짓을 하고는 굵고 미련한 목소리로 눈물을 삼키며 말했다. 들어봐요, 이거 정말 창피스러운 일 아닌가요? 포스터 한 장 없다니 말이에요. 안 그래요? 성명서 한 장, 극장 광고 한 장, 명령서 한 장 붙어 있지 않아요. 포스터 한 장도 없어요. 아무것도. 정말 창피스러운 일이죠, 안 그래요? 게다가 이렇게 완전히 기울어지고 벌거벗은 채로 서 있다니요. 이게 다 그놈의 폭탄 때문이에요. 이렇게 비스듬히 기울어진 거랑 다른 것들도 모두 다 그놈의 폭탄이 그런 거예요. 그래도 그 폭탄들은 정말 굉장히 인상적이었어요. 끔찍하고 치욕스럽게 인상적이었어요.

가로등과 전화박스와 광고탑은 모두 하나같이 슬프게 눈물을 삼키고 있었다. 그리고 캐나다인 조종사이자 래브라도 출신의 농사꾼인 빌 브로크도 그들처럼 슬펐다. 그는 자신이 그들과 똑같다고 느꼈다. 구부러지고 구멍이 숭숭 뚫리고 비스듬히 기운 느낌이었다. 그는 발걸음을 몇 센티미터 정도 더 멀리 내디디며 걸었다. 해는 그의 등 뒤에서 반쯤 감은 졸린 눈으로 도시의 그림자 너머 저편을 바라보고 있었다. 그토록 자랑스럽게 좋은 기분으로 출발했던 빌 브로크 상사는 이제 거인처럼 성큼성큼 걷고 있었다. 그의 발걸음 소리는 납작하게 죽어버린 황량한 도시에서 메아리도 없이 사라졌다. 도시는 더 이상 도시가 아니었다. 사막이었다. 평야, 황무지, 벌판, 돌밭이었다. 회녹색 풀들이 무성한 안식 없는 안식처, 음산하고 섬뜩한 말라빠진 시체 손가락 같은 굴뚝들이 놀랍게도 수백 개나 솟아 있는 거대한 공동묘지였다.

빌 브로크는 불쾌한 감정을 느꼈다. 그래서 갑자기 다리 위에 섰을 때 무척이나 기뻤다. 삐걱거리고 난간도 없는 그 다리는 은초록빛으로 거무튀튀하게 반짝이는 조그만 운하 앞에 놓여 있었다. 그는 기뻐서 자기 주변 수 킬로미터가 온통 사막이라는 사실조차 잊었다. 갑자기 아주 행복했다. 운하 가장자리에 늘어선 알록달록 생기 넘치는 정원들과 빨랫줄과 피어오르는 연기를 보았을 때 스물여섯 살의 사내는 마치 생일상을 받은 아이처럼 손뼉까지 칠 뻔했다. 야, 저것 좀 봐! 그는 하얀 이를 한껏 드러내며 미소 지었다. 거기에는 아이들이 소리치고, 웬 여자는 노래를 부르고, 남자들 몇이 욕을 하며 카드놀이를 하고, 물뿌리개가 쉿쉿 소리를 내고, 개 한 마리가 짖고 있었다. 그리고 빨랫줄에는 팬티, 스타킹, 하늘색 브래지어와 빛바랜 빨간색의 브래지어가 흔들거리고 일렁거리며 자극적으로 손짓하고 있었다. 이봐요 상사 양반, 겁내지 말고 이리 가까이 와요. 그냥 이리로 건너오면 돼요, 상사 양반, 부끄러워하지 말고, 어서 이리 오라니까.

래브라도에서 온 사내 빌 브로크는 마음이 한결 가벼워지는 걸 느끼며 아직 무너지지 않고 조금 남아 있던 다리 난간을 두 주먹으로 내리쳤다. 그러고는 행복해하며 속으로 생각했다. 저것 좀 봐! 저기 저 작고 예쁜 판잣집들! 귀여운 궁전 같잖아! 창문과 지붕 들에선 더없이 사랑스럽고 멋진 난로 연통들이 구불구불 휘어진 채 뒤틀리며 나오고 있어. 그리고 화려하고 시커먼 연통 주둥이에서는 짙은 연기가 시퍼렇게 꿈틀대며 피어오르고. 나무 타는 연기, 종이 타는 연기, 훔친 판자와 울타리 타는 연기. 진짜로 살아 있는 생명력 넘치는, 순수하게 파란 하늘빛을 띤 구불구불한 연기! 잠깐만 기다려라, 너 우악스럽고 친근한 연기야. 잠깐만 기다려라, 너 콜록거리는 늙은 개야. 잠깐만 기다려라, 그림같이 아름다운 너희 브래지어들아. 잠깐만 기다려라, 내가 간다! 괜찮다면 지금 당장 너희들에게로 내려가마.

캐나다인은 다리 난간을 떠나 밋밋해진 돌 부스러기 담장을 넘은 다음 경사면을 따라 작고 노란 모랫길까지 내려갔다. 작고 노란 모랫길은 꼬불꼬불 오두막 몇 채가 있는 곳으로 이어져 있었다. 아낙네 두 명이 서서 앞치마에 두 손을 문지르며 낯선 남자를 호기심 어린 눈으로 바라보았다. 무언가 새로운 것을, 사람을, 변화를 갈망하는 눈이었다. 한창 쉿쉿거리며 물을 내뿜던 물뿌리개가 멈추었다. 젊은 여자 하나가 기대에 차서 혓바닥으로 코끝을 핥았다. 하지만 두 아낙네와 물뿌리개와 젊은 여자는 실망을 맛보아야 했다. 낯선 남자는, 이 새로운 사건은, 그들이 있는 쪽으로 오지 않았다. 그들은, 아낙네들과 물뿌리개와 젊은 여자는 목을 빼고 기다렸지만 남자는 가까이 다가오지 않았다.

낯선 남자는 그전에 멈춰 섰다. 그가 멈춰 선 이유는 그의 앞에, 작고 노란 모랫길 옆 방파제 위에 남자 두 명과 고양이 한 마리가 앉아서 낚시질을 하고 있었기 때문이다. 두 남자는 막대기와 줄과 벌레를 가지고 낚시질을 했고, 고양이는 눈으로 낚시질을 했다. 그 앞에 낯선 남자는 멈춰 섰다. 아낙네들과 물뿌리개와 젊은 여자는 그것을 보고는 다시 하던 일을 계속했다.

두 남자는 방파제 위에 앉아 다리 세 개를 물 위로 늘어뜨리고 있었다. 다리 세 개? 그렇다. 다리 세 개였다. 한 남자는 머리가 하얗게 세고 기력이 다 빠진 늙은이로 약삭빠르고 유쾌했다. 다른 사람은 새파랗게 젊은 신출내기로 상하고 꺾이고 파괴되고, 그리고 아주 젊었다. 그리고 그는 방파제 위에서 늘어뜨릴 수 있는 다리가 한 짝밖에 없었다. 그리고 또 고양이가 있었다. 고양이는 완전히 무관심하게 세상을 등진 듯이 있었다. 하지만 빌 브로크는 고양이의 표정에서 생선을 갈망하고 있음을 보았다. 호프데일의 고양이들도 딱 저런 표정을 지었다. 그들 앞에 멈춰 섰을 때 빌 브로크는 웃으며 두 남자에게 (그리고 속으로는 고양이에게도) 인사를 했다. 그들은 고개를 들어 쳐다보았다. 그들은 마치 그가 10킬로미터나 멀리 떨어진 곳에서 인사를 건네기라도 한 양 먼발치를 바라보듯 그를 보았다. 늙은 남자가 고개를 끄덕여 인사했다. 그는 조금 전까지 기분이 좋았던 게 틀림없는 표정이었다. 아래로 늘어뜨릴 다리가 한 짝밖에 없는 젊은 사내는 고개를 끄덕이지 않았다. 사내는 다시 한번 그를 쳐다보더니 100킬로미터는 더 멀리 밀어냈다. 그렇게 한 번의 시선으로 사내는 그를 캐나다로 되돌려보냈다. 태양도 없고 사랑도 없고 소통도 없는 그런 캐나다로, 물뿌리개도 없고 개도 없고 젊은 여자의 바라보는 눈도 없는 그런 나라로 보내버렸다. 그러고는 그를 그냥 세워두었다. 더 이상 그에게 시선을 낭비하지 않았다. 사내는 하던 일을 계속했다. 조심스럽게 담배 부스러기를 종이 위에 올려놓고는 고르게 펼친 다음 손으로 굴려서 말았다. 캐나다인은 100킬로미터의 거리를 느꼈다. 의사소통이 안 되는 나라로 쫓겨난 기분이었다. 그는 너무나 먼 거리를 줄여보려고 늙은 남자 옆에 주저앉았다. 이제 물 위에는 다리 다섯 개가 흔들거렸다. 그는 담뱃갑을 꺼내 늙은 남자에게 건네면서 그냥 다 가지라고, 젊은 사내와 나눠 피우라고 했다. 늙은 남자는 갑자기 그를 아주 가까이 쳐다보더니 고맙다고 말했다. 그 표정이 마치 이렇게 말하는 듯했다. 그것 봐, 자넨 괜찮은 녀석이야. 난 금방 알아봤지. 담배가 아니더라도 말이야. 그러고 나서 늙은 남자는 옆에 앉은 젊은 사내에게 담뱃갑을 건네주었다. 젊은 사내는 담뱃갑에서 담배를 천천히, 마치 일부러 그러는 양 조심조심 꺼내더니 대수롭지 않은 듯이 무료한 표정을 지으며 두 손가락으로 튕겨서 물 위로 날렸다. 운하 저 멀리까지 한 개비씩 즐기듯 그렇게 했다. 그는 담배 여덟 개비를 하나씩 손가락으로 튕겨서 시커먼 초록빛 운하로 날렸다. 고양이는 날아가는 담배들을 흥미로운 듯 바라보았다.

빌 브로크는 이맛살을 찌푸리다가 방파제에 늘어뜨린 다리 한 짝을 생각했다.

늙은 남자는 눈이 덮인 듯 새하얀 눈썹을 이마 꼭대기까지 추켜세우며 젊은 사내에게 호통을 쳤다. "웬 심통이야? 사람 볼 줄도 모르면서." 젊은 사내는 자기 담배를 혀로 핥아서 붙인 다음 혀에 묻은 담배 가루를 운하에 뱉으며 말했다. "불이나 좀 주세요."

그러고 나서 세 사람은 모두 거무튀튀한 은초록빛 구정물을 바라보았다. 빌 브로크는 태양도 없고 물뿌리개도 없는 나라에서 꽁꽁 얼어붙었다. 그는 지도를 꺼내 손에 꼭 쥐고는 늙은 남자에게 지금 빌브로크까지 갈 수 있을지 물었다. 그는 도시 구역 빌브로크를 거듭 강조했다. 마치 다리가 셋인 이 낚시꾼들이 또 다른 빌 브로크의 존재를 알기라도 하듯이 말이다. 늙은 남자는 고개를 끄덕이고는 지렁이를 잡느라 온통 시커먼 흙이 묻은 자신의 짤막한 손가락 열 개를 여섯 번이나 치켜들면서 '분'이라고 말했다. 그는 다시 한번 짤막하고 시커먼 손가락으로 60번을 가리키며 '60분'이라고 했다. 빌 브로크는 금회색 해가 어디쯤 걸려 있는지 찾아보았다. 하지만 해가 이미 사라지고 없는 걸 보고는 생각했다. 이제 빌브로크는 갈 수 없겠군. 내 이름과 똑같은 도시 구역 빌브로크는 안 되겠어. 그냥 갔다간 한밤중에나 집에 들어가겠으니 말이야. 그는 발걸음을 돌려야 한다는 사실에 거의 기쁠 지경이었다. 애처롭게 구부러진 가로등이 생각났다. 비참한 전화박스와 불행한 광고탑도 생각났다. 그는 자리에서 일어섰다. 늙은 남자가 푸른색 제복을 입은 기다란 그의 두 다리를 올려다보았다. 늙은 남자는 엄지손가락과 집게손가락을 입으로 빨아 깨끗이 한 다음, 제복의 푸른색 옷감을 두 손가락으로 조심스럽게 진지한 표정으로 비벼보고는 아랫입술을 내밀며 전문가다운 판단을 내렸다. "좋아, 좋아." 빌 브로크는 아래를 내려다보았다. 조금 부끄러웠다. 하지만 그는 "그래요, 좋아요" 하고 말했다. 그러고는 사방을 가리키며 물었다. "전부 다 파괴됐나요?" 상대는 아주 낮은 목소리로 대답했다. "전부 다." 그러곤 고개를 끄덕였다. "왼쪽으로 세 시간, 오른쪽으로 세 시간. 저리로도, 뒤로도 똑같아. 전부 다." 그는 계속 말했다. "바름베크, 아일베크, 반츠베크," 그리고 말했다. "함과 호른." "하셀브로크," 그리고 "상트게오르크와 보르크펠데." "로텐부르크스오르트와 빌베르더." "함머브로크," 그리고 "빌브로크." 그러고 나서 그는 "함부르크"라고 말하고 "항구"라고 말하더니 다시 "함부르크"라고 말했다. 빌 브로크는 그가 캐나다라고 말하고 호프데일이라고 말하는 것 같은 생각이 들었다. 그렇게 그는 "항구"를 말하고 "함부르크"를 말했다! 그런 다음 짤막하고 흙이 묻은 손가락들을 다시 위로 치켜들면서 낯선 남자에게 숫자를 세어주려 두 팔을 휘휘 내젓고는 그냥 이렇게만 말했다. "어휴! 이틀 밤 만에. 겨우 이틀 밤 만에 전부 다 파괴돼버렸어. 전부 다." 그의 두 팔이 커다란 원을 그렸다. 이 세상이 다 들어갈 만큼 커다란 원을.

빌 브로크는 손가락 두 개를 들어 올렸다. "이틀 밤요? 말도 안 돼! 이틀 밤? 이틀 밤 만에요?" 그는 큰 소리로 웃으며 경악했다. 그는 비명을 지르듯이 큰 소리로 경악하며 웃었다. 이렇게 엄청나게 큰 도시 전체가— 단 이틀 밤 만에? 그는 웃는 것 말고는 달리 어찌할 바를 몰랐다. 그는 호프데일을 생각했고, 또 이틀 밤을 생각했다. 호프데일이 거짓처럼 느껴졌다. 이틀 밤이 지나고 나면 호프데일이 더 이상 사실이 아니게 될 것 같았다. 거짓이 될 것 같았다. 삭제되고 없어질 것 같았다. 납작해진 이 도시 밑에 수만 명의 사람이 묻혀 있으리라는 생각이 들었다. 그는 웃었다. 수만 명의 죽은 자들. 납작하고 밋밋하게 깔려 죽었다. 이틀 밤에 수만 명이, 도시 전체가 말이다! 단 이틀 만에. 납작하고 밋밋하게 깔려 죽었다.

캐나다인은 도무지 웃음을 그칠 수가 없었다. 그는 웃고 또 웃었다. 기뻐서 웃는 것이 아니었다. 즐거워서 웃는 것이 아니었다. 믿을 수가 없어서, 경악스러워서, 놀라워서, 못 미더워서 웃었다. 도저히 상상할 수가 없어서 웃었다. 너무도 불가능해 보여서 웃었다. 터무니없어서 웃었다. 그것이 그를 꽁꽁 얼게 만들어서, 딱딱하게 굳어버리게 만들어서, 소름 끼치게 만들어서 웃었다. 그것은 그를 소름 끼치게 만들었고, 그는 웃었다. 캐나다인은 깨끗한 푸른색 제복을 입은 채 한도 끝도 없고 믿을 수도 없는 돌과 죽음의 사막에 서서 그렇게 웃었다. 깨끗하고 반질반질한 얼굴로 저녁에 운하에서 낚시하는 두 사내 옆에 서서. 그들은 먼지투성이에 주름진 얼굴이었고 다리는 세 개밖에 없었다. 그렇게 캐나다인은 저녁에 운하에 서서 웃고 있었다. 그때 외다리가 입을 움직이지도 않은 채 한마디 말을 시키먼 은초록빛 물에 떨구었다. 그 말이 따귀처럼 그를 때렸다. "개새끼!" 외다리는 이렇게 말하며 웃고 있는 군인을 쳐다보았다. 웃음이 마치 살려달라는 비명 소리처럼 목에 걸렸다. 그는 "개새끼"라고 말했다. 그 말은 따귀처럼 고요하고 흐린 저녁 무렵의 운하를 때렸다.

늙은 남자는 낯선 남자가 웃는 것 말고 달리 아무것도 할 수 없었으리란 걸 알았다. 그리고 그것이 전율에서 나오는 웃음이란 걸 느꼈다. 너무 끔찍해서, 소름이 끼쳐서 그런다는 걸. 그들 두 사람에게만 끔찍한 게 아니라 웃는 사람에게도 끔찍하다는 걸 느꼈다. 늙은 남자는 외다리에게 말했다. "넌 사람 볼 줄 모른다니까. 내가 말했잖아." 하지만 젊은 사내는 지지 않고 대꾸했다. "개새끼 맞아요. 아주 개새끼라고요." 그는 몸까지 부르르 떨었다. 늙은 남자는 다시 한번 말했다. "내 말하지만 넌 통 사람 볼 줄 몰라. 그래서 그런 거야."

빌 브로크는 두 사람이 무슨 말을 하는지 알아들을 수가 없었다. 하지만 외다리의 눈에서 증오를 느꼈다. "개새끼"라는 말에 따귀라도 맞은 듯한 느낌이 들었다. 그는 늙은 남자가 눈짓으로 그만 가달라고 부탁하는 걸 보았다. 그는 발로 고양이의 털을 부드럽게 문지르며 말했다. "네, 그럼 안녕히 계세요." "잘 가시우. 잘 가." 늙은 남자가 서둘러 대답했다. 빌 브로크는 몸을 돌려 그곳을 떠났다.

"개새끼라고요! 개새끼!" "넌 사람 볼 줄 모른다고 내가 말했잖아……"

캐나다인은 그들의 말을 더 이상 듣지 않았고 무슨 말을 하는지 이해할 수도 없었다. 하지만 그만 가는 게 좋겠다는 생각이 들었다.

다시 거리로 나섰을 때 하늘에 펼쳐진 붉은 얼룩이 그의 마음을 심란하게 했다. 아직 남아 있는 햇살 때문이었다. 꼭 핏자국 같다고 생각하면서 그는 핏물에 잠긴 태양 쪽으로 성큼성큼 걸음을 옮겼다. 영락없이 시뻘건 핏자국이었다. 기분이 좋지 않았다. 그때 갑자기 밤바람이 불었다. 바람은 쾌적하고 시원하게 그에게로 다가왔고 아주 부드러웠다. 도시로부터 조용히 불어오고 있었다. 조용히 부드럽게 쾌적하고 기분 좋게 바람은 남자의 얼굴을 스쳤다. 마치 캐나다에서 옛 지인이라도 찾아온 듯 친근하고 시원했다. 바람. 함부르크의 바람. 호프데일의 바람. 밤바람. 온 세계의 바람. 그런 바람이 시원하고 조용하게 도시로부터 불어왔다. 온 세계의 밤바람. 캐나다인은 단추를 풀어 셔츠를 활짝 열어젖혔다. 바람, 밤바람, 탄식하는, 납작해진 도시에서 불어오는 바람, 밋밋한 도시에서, 죽은 자들의 도시에서 불어오는 바람. 숨결, 납작하게 깔린 채 잠든 수만 명이 내쉬는 밤의 숨결. 캐나다인은 빨리 걸었다. 빠르게 걸으며 큰 소리로 노래를 불렀다. 그사이 날이 몹시 어두워진 탓에 몇 걸음마다 벽돌이며 타다 남은 대들보며 부서진 담장 부스러기들에 몸이 부딪혔다. 그래도 그는 욕을 하지 않았다. 단 한 번도. 그는 큰 소리로 노래하며 어둠 속으로 들어갔다. 큰 소리로 유쾌하게 노래를 불렀다. 아마도 몸이 무언가에 부딪혔을 때 욕을 하지 않으려고, 그래서 그는 노래를 불렀을 것이다. 아마도 죽은 자들을 생각하지 않으려고, 그래서 노래를 불렀을 것이다. 밤의 숨결과 더불어, 조용히 애처롭게 불어오는 바람과 더불어 납작하게 깔린 수만 명을 생각하게 되는 것이 싫어서. 아니면 너무 어두워서 그랬는지도 모른다. 그래, 아마도 날이 너무 어두워서, 그래서 그는 큰 소리로 노래를 불렀을 것이다. 그는 빨리 걸었고, 노래를 불렀다. 그의 앞에는 흐릿한 빛의 연무 속에 도시가 누워 있었다. 저 미쳐버린 도시, 그 한 구역의 이름은 빌브로크였다. 그 한가운데에는 하얀 돛단배들이 떠 있는 회녹색 호수가 있었다. 그리고 수만 명의 죽은 자가 죽음의 도시 안에 있었다. 정말 미친 도시라고 그는 생각했다. 미친 도시, 살아 있지만 죽은 도시! 그는 노래를 부르며 빨리 걸었다. 그리고 기뻤다. 볼 수 있고 들을 수 있고 냄새 맡을 수 있는, 밤의 삶에서 피어오르는 빛의 연무 속에 있는, 희미하고 기대에 찬, 한가운데 호수가 있는 이 미친 도시가 자기 앞에 놓여 있는 게 기뻤다. 그는 빨리 걸었고, 큰 소리로 저 혼자 어둠 속을 향해 노래를 불렀다. 곁에서 그의 그림자가 함께 걸었다. 옆에 있는 자기 그림자를 보고서 그는 생각했다. 맙소사, 저 녀석 지금 뛰어가는 거야? 그

120

러고는 억지로 최소한 열 걸음 정도는 아주 천천히 걷도록 했다. 노래는 부르지 않았다. 호프데일에서 보았던 별을 찾고 싶어서 자리에 멈춰서서 시커먼 잉크 색 하늘을 쳐다보았다. 그때 그것이 그를 불렀다. 하계에서 부르는 듯 비현실적이고 외면할 수 없는 귀신 같은 소리로 그렇게 불렀다. "이봐요, 빌 브로크 씨, 여기 좀 보지 않을래요? 저의 최신 포스터를 한번 읽어보시죠?" 낮은 베이스음으로 위협적으로 그를 부르는 것은 기울어진 광고탑이었다. 자신이 맡은 일을 다 하느라 땅바닥으로 더욱 심하게 기울어져 있었다. 털이 다 빠진 벌거벗은 유령 같은 몰골의 광고탑은 창백하게 볼록 튀어나온 배처럼 희뿌연 잿빛으로 지저분한 우단 같은 이른 어둠을 뚫고 깜빡였다. 캐나다인은 걸음을 재촉했다. "헤이! 빌 브로크! 잠깐 전화 한 통화 어때? 캐나다로 짧게 장거리 전화, 좋을 것 같지 않아? 어때? 가령 이렇게 말이야. 죽은 도시를 봤어! 수만 명의 죽은 자 냄새가 코를 찔러! 부스러기, 부스러기, 온통 부스러기 천지야. 사람 부스러기, 돌 부스러기, 도시 부스러기, 세계 부스러기. 어럽쇼, 그냥 가지 마, 빌 브로크, 이봐, 헤이!" 유리가 하나도 없이 뼈대만 남은 검붉은색의 뚱뚱한 전화박스는 신경질적으로 문짝을 흔들어댔고, 끊어진 철사 줄들이 바람에 뱀처럼 꿈틀거렸다. 캐나다인은 빨리 걸었고 노래를 불렀다. 그리고 자기 그림자가 뛰는 것처럼 보인다는 걸 알았다. 그는 천천히 걸어야겠다고 마음먹었다. 하지만 캐나다인은 빨리 걸었다. 그때 멍청해지고 눈도 멀고 몸도 구부러진 가로등 기둥이 킥킥거리며 앞에 나타나더니 흥분된 목소리로 떠들거렸다. "어이쿠 이게 누구야, 안녕, 빌리 보이! 내가 불을 좀 밝혀줄까? 고향 집에 있는 것처럼? 난 굉장히 멋진 등불이라고, 친구. 이봐, 빌리, 가지 마, 빌리!" 캐나다인은 빨리 걸었다. 그리고 큰 소리로 노래를 불렀다. 그는 셔츠를 풀어헤쳤다. 그는 눈앞에 있는 함부르크를 보며 호프데일을 생각했다. 그리고 빨리 걸었다. 그는 발걸음을 성큼성큼 내디뎠고 그림자가 그 뒤를 쫓았다. 마치 뛰는 것처럼 보였다. 밤바람이 시원했다. 빌 브로크는 맨가슴과 뜨거운 이마로 바람을 거스르며 걸었다. 어둠은 무언가를 토해내는 입이었다. 갑자기 노랗게 불타며 미끄러지는 눈 두 개를 토해냈다. 눈들은 그를 향해 마주 다가왔다. 눈이 점점 커졌다. 노랗게 불타며 독살스럽게 그를 향해 다가왔다. 저건 자동차일 거라고 그는 혼잣말로 중얼거렸다. 아무렴, 아니면 뭐겠어? 그런데 저게 진짜 자동차가 아니면? 하지만 자동차가 분명해. 어쩌면 자동차가 아닐 수도 있다고 생각했을 때 불타는 두 개의 눈이 갑자기 멈춰 섰다. 그는 끼익 하는 소리를 들었다. 브레이크를 밟는 소리 같았다. 그런 다음 괴물의 눈이 멀고 불길이 꺼졌다. 캐나다인은 가까이 다가갔다. 자동차였다. 빌어먹을. 그는 이렇게 말하고는 웃었다. 사실 그렇게 빨리 걸을 필요가 없다는 생각이 들었다. 그래서 좀더 천천히 걸었다. 문득 자신이 땀으로 흠뻑 젖은 게 느껴졌다. 그렇게 뛰다시피 걸었으니. 너무 빨리 걸었어. 미친놈처럼 말이지. 납작하게 깔린 수만 명의 주민이 거주하는 이 죽은 도시가 내게 영 불편했던 거야. 겁을 먹었던 것 같아. 그래 겁을 먹었던 거라고. 당연해. 그는 자신이 겁을 먹었던 거라고 스스로 인정했다. 뭐, 심하진 않았지만 아무튼 겁을 먹었어. 하지만 겁먹으면 안 될 건 또 뭐지? 겁을 먹을 수 있다는 건 좋은 일이야. 아무튼 좋을 때가 있어. 겁이 없는 사람들이 권투 선수가 되는 건데 그러면 코와 영혼이 얻어터지고 일그러져서 추해지는 거야. 그래도 그들은 겁을 먹어서는 안 되거든. 불쌍한 권투 선수들. 수만 명의 죽은 자도 그들에게 겁을 주지 못한다면 그건 좋은 일이 아니야. 그런데 세상에는 그런 권투 선수가 많지.

어쨌든 나는 수만의 납작해진 머리와 가슴이 겁이 나. 하지만 이제는 밝고 따뜻한 창문과 동글동글한 머리가 달린 살아 있는 인간들이 있는 그런 집들이 나를 향해 다가오고 있어. 빌 브로크는 멈춰 섰다. 그러고는 마치 몇 시간은 숨을 참고 있었던 듯이 헉헉거리며 숨을 깊이 들이쉬고 내쉬었다. 죽은 자들의 숨결처럼 그를 스치고 지나가던 밤바람은 거대한 회색 짐승의 숨결로 따뜻하고 친근하게 바뀌었다. 그런 숨결을 내보내는 짐승은 함부르크였다. 이 짐승의 숨결에서는 화분 속 꽃 냄새, 막 물을 뿌린 정원 냄새, 저녁 식사 하는 냄새, 열린 창문 냄새, 인간들 냄새가 났다. 저녁때 축사에서 풍기는 암소나 말의 숨결 냄새처럼 따뜻하고 살아 있는 냄새가 났다.

어느 집 모퉁이에는 개도 한 마리 앉아 있었다. 앞은 닥스훈트 뒤는 테리어인 그 개는 꼬리를 열심히 좌우로 흔들며 돌로 된 바닥을 쓸고 있었다. 캐나다인은 개가 있는 모퉁이 쪽으로 다가갔다. 그러자 개가 그렇게 신이 난 이유를 확인할 수 있었다. 열세 살쯤 된 여자아이가 공을 가지고 놀고 있었던 것이다. 여자아이는 공을 등 뒤로 벽을 향해 던진 다음 튕겨져 나오는 공을 가슴으로 다시 받았다. 개는 저녁 어둠 속에서 그 공을 어떤 알 수 없는 짐승으로 여기고 흥분하는 듯했다. 공은 담벼락과 열세 살 소녀의 가슴 사이를 밝은 소리를 내며 가볍게 오락가락했다. 개의 꼬리도 함께. 벽-가슴. 벽-가슴. 벽-가슴.

귀엽군. 죽은 도시에서 돌아온 남자는 생각했다. 귀여워. 하지만 5년 뒤면 저 소녀는 더 이상 저런 놀이를 하지 못할 거야. 가슴이 너무 커져서. 그땐 열여덟 살일 테니까. 아니면 스무 살이거나.

그는 자신의 이런 생각이 우스워 큰 소리로 웃었다. 그리고 계속해서 걸었다. 크고 안정된 걸음으로 성큼성큼 살아 있는 도시로 들어 갔다.

한 시간 뒤 빌 브로크가 자기 호텔의 욕조에서 얼음처럼 찬 물을 등으로 받으며 서 있을 때, 키 작은 흑인이 통조림 깡통 같은 웃음을 웃으며 나타나더니 두 팔로 문짝을 짚은 채 양철판 두드리는 소리로 시끄럽게 소리쳤다. "오 예, 친구, 늙은 술주정뱅이처럼 곧장 물속으로 직행해야 할 정도로 엉망이 된 거야? 뭔가 지저분한 사건이라도 있었던 거야, 친구? 아니면 자네 구역에 사는 자들이 자네한테 오물이라도 던지던가? 그래?" 그는 질 나쁜 독주가 속을 뒤집어놓기라도 한 듯이 배를 움켜잡으며 웃어댔다. 빌 브로크는 그에게 비누를 집어던지며 씨익 웃었다. "아니, 그냥 죽은 도시를 잠깐 둘러봤어. 죽은 자들 수만 명하고 권투 시합을 좀 했지. 그런데 다들 다리를 절단했더군. 생각해보라고, 전부 다 외다리야!"

양철 웃음을 웃는 검은 머리 사내는 두 눈을 휘둥그레 치켜뜨고 입을 멍청할 정도로 크게 벌렸다. "아하." 그는 후두에서 울려나오는 듯한 소리로 말했다. "여럿이서 진탕 퍼마셨다는 얘기로군!" 그러고는 하품을 하며 조용히 옆방으로 사라졌다. 잠시 후 빌 브로크는 두 동료가 우렁차게 코 고는 소리를 들었다.

그는 탁자에 가서 앉았다. 그리고 옆에서 코를 골며 자고 있는 동료들이 깨지 않도록 탁자 덮개를 벗겨 전등에 씌운 다음 편지지를 꺼냈다. 그는 빈 종이를 앞에 놓고 앉아 전등을 응시했다. 그는 빌브로크에 대해서 쓰고 싶었다. 도시 구역 빌브로크에 대해서, 전화박스와 광고탑과 가로등에 대해서 쓰고 싶었다. 다리가 세 개인 두 명의 낚시꾼과 물 위로 날아간 담배들과 대도시에 무성하게 자라난 회녹색 풀들에 대해서 쓰고 싶었다. 시체의 손가락과 죽은 도시와 납작하게 깔린 수만 명의 주민에 대해서 쓰고 싶었다. 죽은 도시에 대해서, 공놀이를 하던 소녀에 대해서 그는 쓰고 싶었다. 그런 것들에 대해서 쓰고 싶었다. 집에 있는 사람들에게, 캐나다에, 래브라도에 있는 사람들에게 쓰고 싶었다. 하지만 그는 그런 것들에 대해 한마디도 쓰지 않았다. 죽은 도시에 대해 한마디도 쓰지 않았다. 그리고는 그냥 호프데일에 대해서 썼다. 호프데일에 불던 바람에 대해서, 호프데일의 항구와 호프데일의 바닷물에 대해서 썼다. 그는 전등을 바라보았다.

이윽고 편지 끝에 한 줄 덧붙였다. "암소 두 마리가 죽은 건 그리 대수로운 일이 아니라고 생각해." 그는 그렇게 썼다. 그리고 한마디 더. "그래, 그건 분명히 대수로운 일이 아니야." 그는 편지를 봉하며 말했다. "암소 두 마리는 정말로 그렇게 중요하지 않아."

그는 자리에서 일어나 전등을 껐다. 그리고는 창가로 가서 어두운 밤을 바라보았다. 저편 알스터 호수 위로 별들이 반짝거렸다. 도시 한가운데 시커멓게 알스터 호수가 있었다. 갑자기 창문이 덜컹거렸다. 창밖으로 육중한 트럭들이 줄지어 지나갔다. 트럭의 노랗고 커다란 눈들이 밤안개를 뚫고 깜빡였다. 엔진 소리가 마치 성난 코끼리 떼처럼 그르렁거렸다. 창문이 살며시 흥분해 덜컹거렸다.

"다행이야, 다행이야!" 캐나다인은 뜨거운 이마를 차가운 유리창에 대고 누르며 중얼거렸다.

"여기 모든 게 이렇게 살아 있어서 다행이야. 여기에. 그리고 호프데일에." 그는 조용히 방으로 돌아갔다. 창문이 살며시 흥분해 덜컹거렸다.

엘베강

블랑케네제에서 바라봄

왼쪽에 함부르크가 있다. 연무 가득하다. 그곳의, 함부르크의 많은 소음 탓이다. 사람들과 그들의 노동 탓이다.

맞은편에는 핀켄베르더가 있다. 하지만 핀켄베르더는 조그맣다. 맞은편 멀리에 있기 때문이다. 그 사이로 강이 흐른다. 거기까지는 꽤 멀다.

오른쪽에도 집이 몇 채 있고, 이따금씩 도로나 무덤이 나온다. 그걸 지나면 곧바로 북해다. 그곳엔 안개가 많이 낀다. 그쪽에 물이 많아서 그렇다.

왼쪽, 맞은편, 오른쪽에는 그렇게 함부르크와 핀켄베르더와 북해가 있다. 그러면 뒤편에는?

뒤편에는 드문드문 초원과 숲이 있다. 초원과 숲에는 소와 소똥과 안개와 밤이 있다. 토끼와 태양과 잡초와 버섯이 있다. 그 사이로 여기저기에 초가지붕들이 보이고, 거름 더미와 여우 굴과 빗물 웅덩이와 울타리 길이 보인다. 하지만 그런 것들 말고는 별로 없다. 거기를 지나면 또 금방 덴마크다.

위에는 하늘이 있고 그 속엔 별들이 있다.

아래엔 엘베강이 있다. 그리고 그 속에도 별들이 있다. 하늘에 있는 것과 똑같은 별들이 엘베강에도 있다. 어쩌면 우리는 하늘에서 그리 멀리 떨어져 있는 게 아닌지도 모른다. 블랑케네제의 우리는. 바름베크, 브레멘, 브리스톨, 보스턴과 브루클린의 우리는. 그리고 이곳 블랑케네제의 우리는. 하지만 물론 여기 아래에서, 엘베강에서, 드네프르강에서, 센강에서, 황하강과 미시시피강에서 헤엄치는 별들을 볼 수 있어야 한다.

그런데 엘베강은? 이곳은 악취가 난다. 대도시의 하숫물에서 나는 냄새를 풍긴다. 감자 껍질, 비누, 화병의 썩은 물, 순무, 요강, 염소鹽素, 맥주, 생선, 쥐똥의 냄새를 풍긴다. 그런 악취가 난다, 엘베강은. 수백만 인간의 설거지물에서 나는 악취를 풍긴다. 그렇게 고약한 악취를 엘베강은 풍긴다. 세상에서 생겨나는 그 어떤 악취도 빠뜨리지 않는다.

하지만 엘베강을 사랑하는 사람들은, 멀리 떠나 그리워하는 사람들은 말한다. 엘베강에선 냄새가, 삶의 냄새가 난다고. 여기 이 버림받은 지구상에서 고향의 냄새, 독일의 냄새를 맡게 해준다고. 아아, 엘베강에선 함부르크의 냄새와 거대한 세상 전체의 냄새가 난다고 말한다. 그리고 그들은 엘베, 하고 부른다. 처녀의 이름을 부르듯 부드럽고 애틋하고 도발적으로 그렇게, 엘베! 하고 부른다.

예전에는 거대한 배들이 있었다. 증기선, 화물선, 궁전 같은 배들이 거만하게 눈물 없는 작별을 감행하곤 했다. 그들은 저녁이면 마치 커다란 아파트처럼, 과감한 설계로 가늘고 길게 건축한 환상적인 거대한 빌딩처럼 물 위에 누워 게으르게, 세상사에 물리고 바다에 지친 듯 느릿느릿 밤의 들뜬 부두로 움직였다. 예전에는 그런 배들이 있었다. 헤엄치는 거대한 개밋둑 같은 그런 배들, 수백만 마리의 반딧불이가 불을 밝힌 듯 편안하고 여유롭고 아늑하게 반짝이는, 초록으로 빨강으로 그리고 분주한 백색으로 환히 불타오르는 그런 배들이 있었다. 그들은 관악대의 시끄러운 연주와 함께 떠들썩하게 눈물 없는 근사한 귀항을 감행하곤 했다. 귀항과 출항 그리고 관악대의 대담한 연주. 그때는 그랬다. 예전에는.

먼 동경과 힘과 용기를 가득 싣고서 세상의 광활한 바다를 향해 출항하든, 세상의 숨결과 재화와 지혜를 가득 싣고서 대륙과 대륙 사이의 호수에서 집으로 돌아오든 언제나 그들은 늠름하게 엘베강에 누워 있었다. 콜록콜록 기침을 토해내는 예인선들을 앞세운 거인들. 기선들의 자욱한 연기 사이로 모습을 드러내는 범접할 수 없는, 태산같이 크고 거만한 성채들.

황소 눈알같이 둥그런 수천 개의 창문에서는 언제나 넘치는 용기의 불꽃이 번쩍인다. 관악대의 놋쇠 주둥이에서는 언제나 넘치는 환희가 몸을 떤다. 당당하게 우뚝 선 굴뚝에서는 언제나 넘치는 힘이 흩날리고 헐떡이고 두드리고 증발한다. 잉어 주둥이 같은 뱃고동에서 하얗게 울려 나오는 힘. 기쁨에 차서 웃음 짓는 살아 있는 엘베강!

그랬다. 그때는. 예전에는.

하지만 다른 시절도 있다. 그 시절은 함부르크의 잿빛 연무보다 더한 잿빛으로 태곳적의 영원한 젊음을 간직한 엘베강 위에 누워 있다. 그러면 용기와 환희와 힘은 바다 위에 머문다. 차고 황량한 낯선 해안에서 실종된다. 환희와 용기와 힘은 때늦게 도착한다.

그것은 잿빛 연무의 시절이다, 잿빛 안개의 시절이다, 잿빛 세상의 시절이다. 그런 시절에는 하얗게 불어터진 조그만 인간 폐선들이 블랑케네제 혹은 토이펠스브뤼케의 싯누런 잿빛 모래사장에 내던져진다. 그러면 생선 비린내를 풍기며 팅팅 불은, 더 이상 인간의 모습이 아닌 죽은 자들이 핀켄베르더나 모르부르크의 갈대숲에서 바스락거리며 소곤대는 일이 벌어진다. 그러면 그런 잿빛 나날에는 더 이상 살아갈 용기가 없는 연인들, 사랑받지 못한 이들, 절망한 이들, 지친 이들, 죽도록 슬픈 이들, 자살을 마음먹은 이들이— 오로지 엘베강 물에서만 기

뺨을 얻는, 힘이라고는 죽을 힘밖에 없는 이들, 기쁨을 잃은 이들, 친구 없는 이들, 무력한 이들이— 엘베강 물에 만취한 자들, 엘베강 물에 죽도록 취한 자들이 잿빛 밤이면 둔탁하게, 위협적으로, 텅텅 소리를 내며 알토나의 부교에 그리고 잔교에 부딪히는 일이 벌어진다. 리드미컬하게, 숨을 쉬듯 단조롭고 고르게 둔탁한 소리를 낸다. 엘베강의 물결, 강물의 호흡이 이제 그들의 리듬이기 때문이다. 엘베강 물은 이제 그들의 핏물이기 때문이다. 그런 잿빛 밤에는 차갑고 창백한 시체들이 퀼브란트와 아타바스카회프트의 방파제에서 서럽게 찰싹거린다. 그들을 위한 관악대의 연주라고는 탐욕스럽게 인간 물고기들 위로 날아드는 갈매기들의 공허한 울음소리가 고작이다. 잿빛 시절에는 그랬다.

바다에 굶주린 거대한 빌딩, 대양을 갈망하는 아파트, 바람에 정통한 궁전들이 배불뚝이 놋쇠 관악대의 시끄러운 연주와 함께 쉴 새 없이 출항하고 귀항한다.

바다에 중독된 인간 폐선들, 죽음을 동경하는 산 자들, 파도와 친하고 파도와 사랑에 빠진 익사체들이 날개 날렵한 갈매기 관악대의 고독한 울음소리와 함께 끊임없이 이별하며 마지막 결단을 내린다.

기쁨과 고통 가득한 엘베! 기쁨과 고통 가득한 인생!

하지만 그러고 나면 소멸시킬 수 없는, 지울 수 없는, 잊을 수 없는 시간이 찾아온다. 밤이면 젊은이들이 모험을 향한 동경에 사로잡혀 부교라는 비밀스러운 이름을 지닌 비밀스러운 목선 위에 올라서는 시간. 부교라는 이름은 벌써 강물의 숨결을 받으며 머뭇거리고 꿀꺽대는 그들의 모든 매혹적인 오르내림을 드러내고 있다. 언제나 우리는 확실하게 요동치는 부교 위에 올라서서 솟아오르는 환희를 느끼고, 우리 안에 자리 잡은 용기와 힘을 알아차린다. 언제나 우리는 부교 위에 올라서서, 삶의 모험에 뛰어들 용기와 더불어, 세상의 숨결을 우리의 두 발 아래 느낀다.

우리 위에는 북두칠성이 깜빡인다. 우리 아래에서는 강물이 중얼거린다. 우리는 그 사이에 서 있다. 웃는 별빛 속에, 밤의 잿빛 안개 속에. 우리는 굶주림과 희망에 허덕이고 있다. 우리는 사랑의 굶주림에 허덕이고, 삶의 희망에 허덕인다. 우리는 빵의 굶주림에 허덕이고, 만남의 희망에 허덕인다. 우리는 출항의 굶주림에 허덕이고 귀항의 희망에 허덕인다.

언제나 잿빛 시절이면 우리는 지친 냄새를 풍기며 잠자듯 흔들거리는, 살아 숨 쉬는 부교 위에 올라선다. 우리의 뜨거운 굶주림과 성스러운 희망을 품고서.

잿빛 시절에, 헤엄치는 궁전들이 더 이상 없는 시절에 우리는 용기를 다해 작은 통통배를, 해안을 기어 다니는 고기잡이배를 소망한다. 화끈한 싸구려 독주를 배 속에 털어 넣기를, 부드럽고 따듯한 털옷으로 가슴을 감싸기를, 심장에 모험을 선사하기를 소망한다. 용기를 다해 출항을 소망하고, 용기를 다해 이별을 소망하고, 용기를 다해 바다로, 폭풍 속으로 나아가기를 소망한다.

우리는 (더 이상 거대한 화물선이 존재하지 않는 그런 잿빛 시절에), 지친 몸으로 집으로 귀항하는 작은 고기잡이배를 소망한다. 짐과 경험을 가득 실은 만선의 귀향을 위해, 향수의 도시, 귀향의 도시를 혈관에 담기 위해, 멋지고 고통스럽게 함부르크를 외치며 훌쩍거리기 위해, 온전히 집으로 돌아가기 위해 가쁜 숨을 헐떡이며 엘베강으로 들어서는 작은 고기잡이배를 소망한다. 우리는, 바람에 지치고 깨진 우리는 소란스럽게 떠들며, 박박 문지르며, 욕을 하며, 혹은 침묵하며 작은 고기잡이배를 소망한다. 항구 도시로 돌아온 귀향자가 되고픈 욕구를, 눈물을 흘리게 만드는 저 이해할 수 없는 욕구를 소망한다.

저녁에 흔들거리는 부교 위에 올라서면 우리는—잿빛 나날들에는—엘베! 하고 부른다. 그리고 그것은 인생이여!라는 뜻이다. 그것은 너와 나,라는 뜻이다. 우리는 엘베, 하고 말하고 부르짖고 한숨짓는다. 그리고 그것은 세상이여!라는 뜻이다. 엘베, 하고 우리는 부른다, 우리 소망하는 자들, 굶주린 자들은. 우리는 용감한, 애처로운, 내던져진, 충실한 작은 배의 무쇠 심장이 통통거리는 소리를 듣는다. 하지만 은밀하게 우리는 다시 대형 선박의, 거대하고 강력한 거인들의 고동 소리를 듣는다. 우리는 저녁이면 빨간 눈과 초록 눈으로 강물에서 덜덜 떨고 있는 작은 배를 본다. 하지만 은밀하게 우리는, 우리 살아 있는 자들, 굶주린 자들, 소망하는 자들은 다시 황소 눈알 같은 현창(舷窓)에서 휘황찬란한 관악대 연주가 울려 퍼지는 거대한 조형물을, 거인을, 궁전을 본다.

우리는 저녁이면 흔들거리는 부교 위에 서서 침묵을 느낀다. 공동묘지를, 죽음을 느낀다. 하지만 마음속 깊은 곳에서는 다시 폭풍우를, 천둥을, 조선소의 굉음을 듣는다. 마음속 깊은 곳에서는 삶을 느낀다. 강물 위의 침묵은 거짓말처럼 다시 깨진다, 소음에 의해, 시끄러운 삶의 욕구에 의해! 그것을 우리는 느낀다. 마음속 깊은 곳에서, 저녁에, 소곤대는 부교 위에서.

엘베, 도시의 악취 풍기는 엘베, 부두에 철썩이는, 갈대들 흔들거리는, 모래 서걱대는, 갈매기 끼룩대는 엘베, 잿빛 푸르른 커다랗고 착한 엘베!

왼쪽은 함부르크, 오른쪽은 북해, 앞은 핀켄베르더, 그리고 뒤편은 금세 덴마크. 주변을 빙 둘러 블랑케네제. 위는 하늘. 아래는 엘베. 그리고 우리, 우리는 그 한가운데!

문밖에서
─공연하려는 극장도, 보려는 관객도 없는 작품

한스 크베스트*에게 바침

---

*   Hans Quest(1915~1997): 독일의 배우이자 영화감독.

등장인물

베크만 – 그들 중 한 사람

그의 아내 – 그를 잊었다

그녀의 남자친구 – 그녀를 사랑한다

여인 – 남편이 외발로 돌아왔다

그녀의 남편 – 수없이 많은 밤 아내의 꿈을 꾸었다

연대장 – 매우 유쾌하다

그의 아내 – 따뜻한 자기 집 거실에서 덜덜 떨고 있다

딸 – 막 저녁 식사 중이다

그녀의 자신만만한 남편

카바레 극단 단장 – 용감하기를 바라지만 실제로는 비겁하다

크라머 부인 – 그냥 크라머 부인일 뿐인 여자인데 바로 그 점이 너무 끔
찍하다

늙은 남자 – 아무도 더 이상 그를 믿지 않는다

장의사 – 트림이 심하다

거리 청소부가 아닌 거리 청소부

타자(他者) – 누구나 다 그를 안다

엘베강

한 남자가 독일로 온다.

그는, 그 남자는 오래 떠나 있었다. 아주 오래. 아마도 너무 오래. 그리고 떠날 때와 전혀 다른 모습으로 다시 온다. 겉모습은 들판에 서서 새들을 (그리고 저녁에는 간혹 사람들도) 경악하게 만드는 저 허수아비 형상들과 아주 비슷하다. 내면도 마찬가지다. 그는 헤아릴 수 없이 많은 날을 밖에서 추위에 떨며 기다렸다. 입장료로 자기 무릎뼈를 지불해야 했다. 수많은 밤을 밖에서 추위 속에 기다린 끝에 그는 마침내 집으로 온다.

한 남자가 독일로 온다.

그리고 거기서 아주 놀라운 영화를 한 편 경험한다. 영화가 상영되는 동안 그는 꿈인지 생시인지 알 수가 없어 여러 번 자기 팔을 꼬집어야 한다. 하지만 이윽고 자신의 양옆에 많은 사람이 있는 걸 본다. 그 사람들 모두 그와 똑같은 영화를 경험하고 있다. 그는 아마 그것이 진실일 거라고 생각한다. 정말이다. 그리고 막판에 주린 배와 꽁꽁 언 발로 다시 거리에 설 때 그는 그것이 완전히 일상을 다룬 영화였음을 알아차린다. 독일로 오는 한 남자에 관한, 그들 중 하나에 관한 영화. 집으로 오지만 더 이상 자신을 위한 집은 없기에 집으로 오지 못하는 그들 중 한 사람에 관한 이야기. 그러므로 그들의 집은 저기 문밖이다. 그들의 독일은 저 바깥, 비 내리는 밤, 길거리다.

이게 그들의 독일이다.

서막

(바람이 신음 소리를 낸다. 엘베강은 부교에 부딪치며 찰랑거린다. 때는 저녁. 장의사. 저녁 하늘을 배경으로 한 남자의 실루엣.)

장의사   (자주 트림을 하고 그때마다 말을 한다.) 꺼억! 꺼억! 영락없이— 꺼억! 파리 꼴이야! 파리 꼴이라니까.

아, 저기 하나 있네. 저기 부교 위에. 군복 차림 같은데. 그래, 낡은 군용 외투를 걸쳤어. 모자도 안 쓰고. 머리카락은 솔처럼 짧잖아. 저자는 물가에 꽤나 가까이 있군. 너무 가까울 지경이야. 저런 건 의심스러워. 저녁 어스름에 물가에 있는 자들은 대개 연인이거나 시인이지. 아니면 더 이상 아무 의욕도 없는 수많은 회색 무리 중 하나거나. 아예 일도 내팽개치고 더 이상 세상 살 생각이 없는 자들 말이야. 저기 부교 위에 서 있는 녀석도 그런 자들 중 하나 같아. 물가에 너무 가까이 있는 게 아주 위험해 보이는걸. 완전히 혼자로군. 연인은 아닌 게 분명해. 걔네들은 늘 둘이니까. 시인도 아니야. 시인들은 머리가 저렇게 짧지 않거든. 부교 위에 있는 저 녀석은 머리에 솔을 얹어놓은 꼴이잖아. 수상해, 저기 부교 위에 있는 녀석, 정말 수상해. (출렁하고 묵직하고 둔탁한 소리가 한 번 나더니 실루엣이 사라졌다.) 꺼억! 저 봐! 녀석이 없어졌어. 물에 뛰어든 거야. 물가에 너무 가까이 서 있더라니. 녀석을 삼켜버린 거야. 이제 녀석은 없다고. 꺼억. 한 사람이 죽어가는군. 그래서? 그냥 그뿐이야. 바람은 계속 쌩쌩 불고, 엘베강도 계속 조잘거리고. 전차는 계속 종을 울리며 달리고, 창녀들은 계속 희고 보드랍게 창가에 누워 있고. 크라머 씨는 다른 쪽으로 돌아누워서 계속 코를 골아대고 말이야. 절대로, 시간은 절대로 멈춰 서지 않아. 꺼억! 한 사람이 죽어버렸군. 그래서? 그냥 그뿐이야. 녀석이 저기 있었다는 걸 말해주는 건 물결의 동그란 파문이 전부라고. 하긴 저것도 금방 다시 가라앉을 테지만. 저 물결이 사라지고 나면 녀석도 잊히고 사라지는 거야, 흔적도 없이. 아예 이 세상에 있었던 적도 없는 것처럼. 여보슈, 거기 울고 있는 사람. 이상하네. 저기 늙은 남자 하나가 서서 울고 있어. 안녕하슈?

늙은 남자   (비탄에 빠져 있다기보다 놀라서 충격을 받은 상태다.) 애들아! 애들아! 내 자식들아!

장의사   노인장, 왜 울어요?

늙은 남자   달리 아무것도 할 수가 없어서, 아아, 어찌해볼 도리가 없어서 그런다네.

장의사   꺼억! 실례! 거참 안됐구려. 하지만 그렇다고 이렇게 버림받은 새색시처럼 난리를 칠 필요는 없잖아요. 꺼억! 실례!

늙은 남자   아아, 내 자식들아! 전부 내 자식들이야!

장의사   오호, 대체 누구신데?

늙은 남자   신이라네. 더는 아무도 믿지 않는 신.

장의사   그런데 왜 우는 거유? 꺼억! 실례!

신	달리 아무것도 할 수가 없어서 그래. 내 아이들이 서로 총을 쏘고 목을 매달고 물에 빠져 죽고 있어. 오늘은 수백 명 내일은 수십만 명이 그렇게 학살당하고 있는데 나는, 나는 아무것도 바꿀 수가 없거든.
장의사	암담하군, 암담해. 노인장, 아주 암담해요. 아무도 더 이상 당신을 믿지 않으니, 그것참.
신	아주 암담해. 나는 아무도 더 이상 믿지 않는 신이니까. 아주 암담해. 게다가 난 달리 아무것도 할 수가 없어. 내 아이들아, 아무것도 바꿀 수가 없어. 암담해. 암담해.
장의사	꺼억! 실례! 영락없이 파리 꼴이야! 꺼억! 빌어먹을!
신	그런데 자네는 왜 그렇게 구역질 나게 계속 트림을 하지? 정말 못 견디겠는걸!
장의사	그래요, 그래. 끔찍하지! 아주 끔찍해! 직업병이유. 난 장의사거든.
신	죽음이란 말인가? 자넨 좋겠군! 자네가 이제 새로운 신일세. 모두들 자네를 믿잖아. 자네를 좋아하고 자네를 두려워하지. 자네는 반박할 수 없는 존재야. 아무도 자넬 부인하지 못해. 모독할 수도 없고. 그래, 자넨 좋겠어. 자네가 새로운 신이야. 아무도 자네를 모르는 체할 수 없지. 죽음, 자네가 새로운 신이야. 하지만 너무 뚱뚱해졌군. 내 기억에 자넨 전혀 다른 모습이었어. 훨씬 여위고 깡말랐었지. 그런데 지금은 피둥피둥 살이 찌고 기분도 좋아 보여. 예전에 죽음 자네는 늘 굶주려 보였는데 말이야.
죽음	뭐 그냥, 요번 세기에 기름이 조금 끼기는 했수다. 사업이

좀 잘돼야 말이지. 전쟁이 꼬리를 무니 어쩌겠소. 영락없이 파리 떼 꼴이야! 파리처럼 이번 세기의 담벼락에 죽은 자들이 다닥다닥 달라붙어 있어. 파리처럼 바싹 말라비틀어진 채 시간의 창턱에 아예 드러누웠지.

신   그런데 그 트림은? 왜 그렇게 소름 끼치는 트림을 해대지?

죽음   과식. 너무 많이 처먹으니까. 그게 다유. 요즘 같은 때는 도무지 트림을 어떻게 할 수가 없다니까. 꺼억! 실례!

신   애들아, 애들아. 나는 아무것도 바꿀 수가 없구나. 애들아, 내 자식들아! (퇴장한다.)

죽음   자, 그럼 안녕히 가시유, 노인장! 잘 주무시구려. 물에 빠지지 않게 조심하시고. 조금 전에도 거기서 한 녀석이 뛰어들었으니까. 잘 살피슈, 노인장. 어두워, 너무 어두워. 꺼억! 집으로 가슈, 노인장. 당신이 어찌해볼 도리는 없으니까. 방금 여기서 '풍덩' 한 녀석 때문에 너무 울지는 마시고. 군용 외투에 솔 머리를 한 녀석 말이외다. 울다 돌아가시겠구려. 오늘 저녁에 물가에 있는 자들은 더 이상 연인이나 시인이 아니외다. 방금 그 녀석도 그들 중 하나일 뿐이었어. 더 이상 살아갈 의욕도, 살고 싶은 마음도 없는 자들. 그냥 더 이상 살아갈 수가 없는 자들. 저녁이면 어디선가 슬그머니 물속으로 들어가는 자들. 풍덩! 뛰어들면 그걸로 끝이지. 그러니 녀석을 내버려둬요, 노인장, 그렇게 질질 짜지 말고. 그렇게 울부짖다간 당신이 죽는다니까. 녀석은 단지 더 이상 살아갈 수 없는 자들 중 한 사람이었을 뿐이외다. 수없이 많은 회색 무리 중 하나…… 단지…… 한 사람……

꿈

(엘베강 물속. 잔물결이 단조롭게 찰싹인다. 엘베강. 베크만.)

베크만   여기가 어디지? 맙소사, 대체 여기가 어디야?

엘베강   내 집.

베크만   네 집이라고? 그런데— 너는 누군데?

엘베강   내가 누구겠어, 요 어린놈아, 네 녀석이 장크트파울리 부교
       에서 물에 뛰어들었다면 말이다.

베크만   엘베강?

엘베강   그래, 맞아. 엘베강.

베크만   (놀라며) 네가 엘베강이라고!

엘베강   어휴, 네 그 어린애 같은 눈을 크게 뜨고 잘 봐, 응? 내가 무
       슨 창백한 안색의 낭만적인 소녀라도 되는 줄 알았나 보지?
       풀어헤친 머리에 수련꽃을 꽂은 오필리어* 타입? 달콤한 향
       내 나는 백합 같은 내 품 안에서 영원히 머물 수 있을 거라
       고 생각했구나. 천만에, 애야. 그건 네 착각이었어. 나는 낭
       만적이지도 않고 달콤한 향내가 나지도 않아. 얌전히 흐르
       는 강에선 고약한 악취가 나거든. 아무렴. 기름 냄새와 생선
       비린내가 진동하지. 이런 곳에서 넌 뭘 원하는 거야?

---

*   셰익스피어의 비극 「햄릿」에 나오는 햄릿의 연인.

베크만	자고 싶어. 저기 위에서 벌어지는 일들은 더 이상 견딜 수가 없어. 난 그만둘래. 그냥 자고 싶어. 죽었으면 좋겠어. 평생 동안 죽어 있었으면 좋겠어. 자고 싶어. 이제 좀 조용히 자고 싶어. 밤이 만 번도 더 바뀌도록 계속 자고 싶어.
엘베강	겁이 나서 슬그머니 도망치고 싶은 게로구나, 요 애송아, 안 그래? 정말 더 이상 견딜 수 없다고 믿는 거야? 응? 저기 위에서? 꼬마야, 넌 네가 이미 할 만큼 했다고 착각하고 있구나. 지금 대체 몇 살인데, 이 겁쟁이 신출내기야.
베크만	스물다섯. 이제 그만 자고 싶어.
엘베강	이것 봐, 스물다섯이래. 그래놓고 나머지는 자면서 보내겠대. 겨우 스물다섯 살짜리가 더 이상 견딜 수 없다고 한밤중 안개 속에서 물로 뛰어들다니. 그래 무엇이 그렇게 견딜 수가 없던, 이 영감탱이야?
베크만	모두 다, 저 위의 모든 게 다 견딜 수가 없어. 배고픈 것도 못 참겠고, 절뚝거리며 돌아다니는 것도 더 이상 못 하겠어. 그리고 내 침대 앞에 물끄러미 서 있다가 다시 절뚝거리며 집밖으로 나오는 것도. 침대는 벌써 딴 놈 차지가 됐거든. 침대도, 다리도, 빵도 다— 난 더 이상 견딜 수가 없다고, 알겠어?
엘베강	아니, 그렇지 않아, 자살이나 하려는 요 코흘리개 녀석아. 알아듣겠어? 네 아내가 더 이상 너와 놀지 않겠다고 하고, 절뚝거리며 돌아다니는 게 싫고, 배에서는 꼬르륵 소리가 나고, 뭐 그런 것들 때문에 네가 여기서 내 치마 속으로 기어들어도 된다고 생각해? 그냥 간단히 물속으로 다이빙하면

다 되는 거야? 배고픈 사람들이 죄다 물에 뛰어들겠다고 나서면 이 멋진 땅덩어리가 어떻게 될 것 같아? 아마 대머리 이삿짐꾼의 대갈통처럼 앙상하고 황량해질걸. 그러니 그럴 수는 없단다, 애야. 그따위 핑계는 나한테는 안 통해. 내 집에서 추방이야. 넌 몽둥이 좀 맞아야겠어, 애송아. 그렇고말고! 아무리 네가 6년을 군대에서 보냈어도 그래. 그건 다들 마찬가지야. 그리고 누구나 다 어딘가는 절뚝거리고 있다고. 네 침대에 자리가 없어졌으면 다른 침대를 찾아봐. 난 너의 그 보잘것없는 목숨 따위는 원하지 않아. 애야, 넌 내게 너무 초라해. 이 나이 든 여자의 말을 새겨들어. 일단 살아봐! 발걸음을 내디뎌. 다시 내디디라고! 그러다 사는 게 여기 이 꼭대기까지 치받으면, 더 이상 옴짝달싹도 못한 채 허우적거리면서 심장이 네발로 꼬물꼬물 기어 다니는 지경이 되면 그때 다시 함께 이 문제를 얘기해보자고. 하지만 지금은 어리석은 짓 말아, 알겠어? 그러니 요 귀여운 녀석아, 이제 여기서 꺼져. 네 한 줌도 안 되는 목숨은 내게 정말 너무 보잘것없으니 그냥 네가 가지렴. 너 같은 신출내기의 것은 원하지 않아. 쓸데없는 소리도 지껄이지 말고! 너한테 해줄 말이 있어, 아주 조용히, 귀에 대고. 그러니 이리 와봐. 너의 그 자살 따윈 똥이나 싸라고 해! 젖비린내 나는 녀석. 그리고 이제 내가 너한테 어떻게 하는지 잘 봐. (큰 소리로) 이봐 젊은이들! 여기 이 애송이를 블랑케네제 모래사장에다 다시 내던져줘. 녀석이 다시 노력해보겠다니까. 방금 나한테 약속했거든. 하지만 이 풋내기 철부지가 다리가 안 좋다니까 살살 해!

1막

(저녁. 블랑케네제. 바람 소리와 물소리가 들린다. 베크만, 타자.)

베크만   거기 누구지? 이 한밤중에. 이렇게 물가에. 이봐. 거기 누구
냐고?

타자   나야.

베크만   고마워. 그런데 그게 누구지? 나라니?

타자   나는 타자(他者)야.

베크만   타자? 어떤 타자?

타자   어제도 있었고, 예전에도 있었고, 언제나 있는 타자. 긍정하
는 자. 대답하는 자.

베크만   예전에 있었던 타자? 언제나 있는 타자? 그럼 넌 어린 시절
학교에도 있었고 열차에도 있었고 집 안 층계에도 있었던
타자야?

타자   스몰렌스크의 눈보라 속에도 있었고, 고로도크의 벙커에도
있었지.

베크만   그리고 스탈린그라드에도? 거기에도 있었어, 타자 양반?

타자   거기에도 있었지. 그리고 오늘 저녁에도 있고. 또 내일도 있
는 타자야, 나는.

베크만   내일. 내일은 없어. 내일 너는 없다고. 꺼져. 넌 얼굴이 없어.

타자   너는 내게서 벗어나지 못해. 나는 언제나 함께 있는 타자니

까. 아침에도. 오후에도. 침대에도. 밤에도.

베크만 꺼져. 난 침대가 없어. 나는 여기 더러운 바닥에 그냥 누울래.

타자 나는 더러운 바닥에도 있는 타자야. 난 언제나 있지. 넌 내
게서 벗어나지 못해.

베크만 넌 얼굴이 없어. 꺼져버려.

타자 너는 내게서 벗어나지 못해. 나는 얼굴이 천 개도 넘어. 나
는 누구나 다 아는 목소리야. 나는 언제나 함께 있는 타자
야. 다른 인간. 대답하는 자. 네가 울 때 웃는 자. 네가 지치
고 힘들 때 등 떠밀며 채근하는 자. 감독하는 자. 비밀스럽
고 성가신 자가 나야. 나는 온갖 악에서도 선을 보는 낙관주
의자고, 암울한 어둠 속에 빛나는 등불이야. 나는 믿는 자고
웃는 자며 사랑하는 자야! 나는 절뚝거리게 되더라도 계속
해서 행진하지. 그리고 네가 아니라고 부정할 때 예라고 긍
정하는 긍정자(肯定者)고. 그리고……

베크만 너나 실컷 예라고 해. 꺼져. 나는 너를 원하지 않아. 나는 지
금 아니라고 말하는 거야. 아니야, 아니라고. 꺼져버려. 나
는 아니라고 말하는 거라고, 알아들어?

타자 듣고 있어. 그러려고 내가 여기 있는 거니까. 그런데 그렇게
아니라고 부정하기만 하는 부정자(否定者)께서는 대체 누구신
가?

베크만 나는 베크만이라고 해.

타자 그건 성이고, 이름은 없어, 부정자?

베크만 없어. 어제 이후로. 어제 이후로 나는 그냥 베크만이라고만
해. 베크만. 탁자를 그냥 탁자라고 하는 것처럼 말이야.

타자	누가 너를 탁자라고 하는데?
베크만	내 아내가. 아니, 내 아내였던 여자가 그래. 사실 난 3년 동안 떠나 있었어. 러시아에. 그리고 어제 다시 집으로 돌아왔지. 그게 탈이었어. 3년은 아주 긴 세월이잖아. 베크만— 아내는 내게 그렇게 말했어. 그냥 베크만,이라고. 3년이나 떠나 있었으니까. 아내는 탁자를 보고 그냥 탁자라고 하는 것처럼 그냥 베크만, 하고 말했어. 탁자 베크만. 저 탁자 베크만을 치워버려. 알겠어? 그래서 난 성(姓)밖에 없는 거야. 알아듣겠어?
타자	그런데 지금 왜 여기 모래사장에 누워 있는 거지? 한밤중에, 이렇게 물가에?
베크만	일어설 수가 없어서 그래. 한쪽 다리가 뻣뻣하게 굳은 채로 돌아왔거든. 뭐 기념품인 셈이지. 이런 기념품은 나쁘지 않아. 그렇지 않으면 전쟁을 너무 빨리 잊어버릴 테니까. 그건 정말 싫거든. 빨리 잊기엔 모든 게 너무 아름다웠지. '얘들아, 얘들아, 정말 아름다운 나날이었어.' 뭐 그런 거?
타자	그래서 저녁에 이렇게 물가에 누워 있는 거야?
베크만	나는 떨어졌어.
타자	떨어져? 물에 빠진 거야?
베크만	아니, 아니! 아니야! 빌어먹을! 난 일부러 그런 거라고. 의도적으로. 더 이상 견딜 수가 없었어. 이렇게 절뚝거리며 돌아다니는 것도, 그리고 그 여자, 내 아내였던 그 여자도. 그녀가 나한테 그냥 베크만, 하고 말했어. 탁자를 탁자라고 하듯이 그렇게. 그녀 곁에 있던 딴 녀석이 히죽거리더군. 그래

서 이제 이 폐허, 이 파편 더미가 집이 되었어. 이곳 함부르크에서 말이지. 저 아래 어딘가에 내 아이가 깔려 있어. 약간의 진흙과 회반죽에 버무려져서. 살코기 진흙에 뼈 회반죽. 겨우 한 살이었는데, 얼굴 한번 못 본 내 아들. 하지만 이제는 매일 밤 그 아이를 봐. 저 수만 개의 돌무더기 아래에서. 폐허, 그저 조금 폐허가 되어버렸을 뿐인 데서. 난 더 이상 견딜 수가 없다고 생각했어. 그래서 그냥 떨어지기로 했어. 아주 간단할 것 같았어. 부교에서 아래로 풍덩. 끝. 바이바이.

타자   풍덩? 끝? 바이바이? 꿈을 꾸었구나. 넌 지금 여기 모래사장에 누워 있잖아.

베크만   꿈을 꾸었다고? 그래. 배가 고파서 꿈을 꾸었지. 그 여자가 나를 다시 뱉어놓는 꿈을. 엘베강, 그 늙은 여자가…… 그녀는 나를 원하지 않았어. 나더러 다시 한번 노력해봐야 한댔어. 내겐 그럴 권리가 없다고, 그러기엔 내게 아직 풋내가 난다고 했어. 내 보잘것없는 목숨 따위엔 똥이나 싸라고 했어. 내 귀에 직접 대고서 그렇게 말했어. 똥이나 싸라고. 그 빌어먹을 년이. 생선 가게 노파처럼 욕을 했어. 삶은 아름다운 거라더군. 나는 잔뜩 젖은 옷을 입은 채 여기 블랑케네제 모래사장에 누워 추위에 떨고 있는데. 언제나 추워서 떨고 있는데. 러시아에선 정말 너무 오래 추웠어. 한도 끝도 없이 꽁꽁 얼어 있었지, 질리도록. 그리고 엘베강, 그 빌어먹을 늙은 년이― 그래, 너무 배가 고파서 꿈을 꾼 거야. 저기에 뭐지?

타자	누가 오는군. 웬 여자 같은데. 저기. 그래 저기, 너도 보이 잖아.
여인	거기 누구 있어요? 방금 거기서 누가 말했는데. 여보세요, 거기 누구 있어요?
베크만	예, 여기 한 사람 누워 있어요. 여기. 아래쪽 물가에요.
여인	거기서 뭐 하세요? 왜 일어나지 않으세요?
베크만	보시다시피 전 여기에 누워 있어요. 절반은 뭍에 절반은 물 속에.
여인	대체 왜요? 어서 일어나세요. 처음에 물가에 웬 시커먼 물체 가 있어서 죽은 사람인 줄 알았어요.
베크만	아, 그래요, 아주 시커먼 물체 맞아요. 제가 보증하죠.
여인	말씀을 재미나게 하시는 분 같군요. 아무튼 요즘 여기 물가 에는 밤마다 자주 시체들이 누워 있죠. 어떤 때는 아주 통통 붙고 미끈미끈한 것들도 있어요. 그리고 유령처럼 하얘요. 그래서 그렇게 놀랐던 거예요. 하지만 천만다행이에요, 아직 이렇게 살아 계시니. 그렇지만 몸이 온통 젖었을 것 같아요.
베크만	그래요. 축축하고 차갑죠. 진짜 시체처럼.
여인	그러시면 그만 일어나세요. 아니면 혹시 어디 다치셨어요?
베크만	그렇기도 해요. 그들이 제 무릎뼈를 도둑질해갔어요. 러시아 에서. 그래서 이제 뻣뻣해진 다리로 절뚝거리며 살아야 해 요. 그런데 이놈의 다리가 왠지 앞으로 가지 않고 뒷걸음질 만 친다는 생각이 들어요. 일어나는 건 고사하고 말이죠.
여인	자 어서요. 제가 도와드릴게요. 더 있다간 물고기가 되겠 어요.

베크만 당신 생각에 이게 다시 뒷걸음질을 치지 않을 것 같다면 우리 한번 해보죠. 자. 고마워요.

여인 봐요. 이젠 심지어 일어설 수도 있잖아요. 하지만 몸이 너무 축축하고 얼음장이에요. 제가 마침 지나는 길이 아니었더라면 당신은 틀림없이 곧 물고기가 되었을 거예요. 벌써 거의 말도 못 하잖아요. 이런 말씀 드려도 될지 모르겠지만 제가 요 근처에 살아요. 집에 가면 마른 옷가지가 좀 있는데, 함께 가실래요? 네? 혹시 제 도움으로 몸을 말리는 게 창피한 건 아니겠죠? 다 젖은 데다 말도 없는 반물고기 씨!

베크만 저를 데려가시겠다고요?

여인 네, 당신만 좋다면. 하지만 그건 단지 당신이 젖었기 때문이에요. 전 당신이 아주 못생기고 볼품없는 사람이면 좋겠어요. 그래야 당신을 데려간 걸 후회하게 되는 일이 안 생길 테니까요. 전 그저 당신이 너무 젖었고 얼었기 때문에 데려가려는 것일 뿐이에요, 알겠어요? 그리고 또—

베크만 그리고 또? 또 무슨 이유가 있어요? 아니, 그건 단지 제가 젖었고 얼었기 때문이죠. 그 밖에 다른 이유는 없어요.

여인 아니에요. 다른 이유가 있어요. 당신 목소리가 너무 슬프고 절망적으로 들려서 그래요. 너무 암담하고 아무 데도 마음 둘 곳이 없어 보여서…… 어머나, 말도 안 되는 헛소리예요, 그죠? 자, 함께 가요, 늙고 말 없는 다 젖은 물고기 씨.

베크만 잠깐, 너무 빨라요. 내 다리로는 못 따라가겠어요. 천천히.

여인 아, 그래요. 그럼 천천히 가죠. 아주아주 늙어빠지고 온통 차갑게 젖은 두 마리 물고기처럼 말이에요.

가버렸군. 두 다리로 걷는 것들은 다 그렇다니까. 여기 이 세상에 돌이다니는 인간들은 아주 희한한 족속이야. 물속에 뛰어들어 죽겠다고 난리를 칠 때는 언제고, 기다란 곱슬머리에 가슴이 봉긋한 다른 두 다리 족속 하나가 치마 차림으로 컴컴한 데서 우연히 옆을 지나가기라도 하면 갑자기 인생이 다시 멋지고 달콤한 것이 되어버린단 말씀이야. 그러면 아무도 죽고 싶어 하지 않아. 더 이상 죽음을 원하지 않는다고. 곱슬머리 몇 가닥과 새하얀 살결 그리고 약간의 여자 냄새 때문에. 그러고 나면 저 인간들은 죽음을 털어버리고 다시 일어나서 2월의 수십만 마리 순록 떼처럼 건강해지거든. 물에 빠져서 다 죽었던 시체가 다시 살아나서 생생해진단 말이지. 이 빌어먹을 놈의 황량하고 비참한 땅덩어리 위에서는 도저히 견딜 수가 없다던 녀석들, 물에 빠진 시체 놈들이 다시 생기를 찾는다고. 단지 약간의 시선과 부드럽고 따스한 동정심 때문에, 조그만 손과 가늘고 긴 목 때문에. 저 물에 빠진 시체들이, 저 두 다리 족속들이, 여기 이 세상에 돌아다니는 아주 희한한 인간 족속들이 말이야.

2막

(방 안. 저녁. 문이 삐걱거리며 닫힌다. 베크만. 여인.)

여인　자, 이제 낚아 올린 물고기를 등불 아래에서 한번 봐야겠군요. 어머나— (여자가 웃는다.) 그게 대체 뭔지 말 좀 해봐요!

베크만　이거요? 제 안경이에요. 당신, 웃는군요. 하지만 안경 맞아요.

여인　그런 게 안경이라고요? 절 웃기려고 일부러 그러는 거죠?

베크만　안경 맞다니까요. 그래요, 좀 웃기게 보일 거예요. 유리알을 두른 테는 회색 양철인 데다 회색 끈으로 귀에 붙잡아 맸으니까요. 게다가 회색 끈은 콧잔등도 가로지르고! 아예 얼굴에 회색 군복을 입은 셈이죠. 얼굴이 양철 로봇 같기도 하고, 방독면 같기도 하고요. 그런데 이것은 사실 방독면 안경이에요.

여인　방독면 안경요?

베크만　방독면 안경. 안경 쓰는 병사들 때문이죠. 그래야 방독면을 쓰고서도 앞을 제대로 볼 수 있으니까요.

여인　하지만 왜 아직도 그걸 쓰고 다니죠? 제대로 된 안경이 없나요?

베크만　없어요. 전에는 있었는데 총탄에 깨져버렸어요. 그다지 보기좋은 꼴은 아니지만 이거라도 있어서 정말 다행이죠. 알아요, 아주 흉측한 몰골이란 거. 사람들이 날 보며 웃을 땐 당혹스럽기도 해요. 하지만 상관없어요. 어차피 벗어던질 수도 없으니까요. 안경이 없으면 난 절망적이에요. 정말 완전히 속수무책이죠.

여인   그래요? 안경 없이는 완전히 속수무책이에요? (즐거워하며 유쾌하게) 그러면 그 흉측한 물건을 얼른 이리 줘봐요. 자— 이제 어때요? 아니, 이건 당신이 가실 때 도로 드리겠어요. 게다가 당신이 완전히 속수무책이란 걸 알고 나니 한결 마음이 놓이는걸요. 정말 마음이 놓여요. 안경을 벗으니 당신도 아주 딴사람 같아요. 늘 이 끔찍한 방독면 안경을 쓰고 다녀야 해서 당신이 그렇게 암울한 인상을 주는 거라는 생각이 들어요.

베크만   이젠 모든 게 다 흐릿하게만 보여요. 그걸 다시 줘요. 아무것도 안 보인다고요. 당신도 아주 멀리 있는 것 같아요. 전혀 알아볼 수가 없어요.

여인   잘됐어요. 전 그게 좋아요. 당신도 그렇고요. 안경을 끼면 꼭 유령 같거든요.

베크만   어쩌면 정말 유령인지도 몰라요. 어제의 유령, 오늘은 아무도 보고 싶어 하지 않죠. 전쟁이 낳은 유령, 평화를 위해 임시방편으로 복구된 유령.

여인   (진심으로, 따뜻하게) 골을 잘 내는 침울한 유령이죠! 당신은 마음속에도 방독면 안경을 하나 끼고 있는 게 틀림없어요, 임시방편 물고기 양반! 안경은 그냥 내게 맡겨둬요. 하룻밤쯤 모든 걸 흐릿하게 보는 것도 나쁘지 않아요. 아무튼 바지는 몸에 맞나요? 뭐, 대충 맞는군요. 자, 재킷도 입어보세요.

베크만	어우! 당신은 나를 물에서 건져내더니 곧바로 다시 익사시키는군요. 이건 레슬링 선수가 입던 게 틀림없어. 대체 어떤 거한에게서 훔친 거죠?
여인	그 거한이 제 남편이에요. 남편이었죠.
베크만	당신 남편?
여인	네. 그럼 제가 남성복 장사라도 하는 줄 아셨어요?
베크만	지금 어디 있어요? 당신 남편?
여인	(쓰라린 표정, 낮은 소리로) 굶주리고 꽁꽁 언 채 누워 있었다고만 알고 있어요. 스탈린그라드 전투 이후로 실종되었죠. 3년 전에.
베크만	(놀라 멍하니 응시하며) 스탈린그라드에서? 스탈린그라드, 그래. 스탈린그라드에선 많은 사람이 그렇게 누워 있었어요. 하지만 다시 돌아온 사람들도 있어요. 그들은 돌아오지 못하는 사람들의 옷을 입었죠. 그 남자, 당신 남편이었고 거한이었던 이 옷의 임자는 그렇게 누워 있고, 나는 돌아와서 그의 옷을 입어요. 어차피 잘된 거잖아요. 안 그래요? 그런데 그의 재킷이 너무 커서 안에 빠져 죽을 지경이에요. (성급히) 다시 벗어야겠어요. 정말. 내 젖은 옷을 도로 입어야겠어요. 이걸 입고 있으면 죽을 것 같아요. 숨이 막혀요, 이 재킷이. 내게 이런 재킷 차림은 꼴불견이에요. 전쟁이 만들어낸 끔찍하고 천박한 꼴불견. 재킷은 입지 않을래요.
여인	(따스하게, 필사적으로) 좀 조용히 해요, 물고기 씨. 그리고 그냥 입어요, 제발. 당신은 아주 내 맘에 든다고요. 머리 모양이 좀 우습긴 하지만 상관없어요. 머리털이 짤막한 게 꼭

솔 같은 그 머리도 러시아에서 온 게 분명해요, 안 그래요? 그 안경과 당신 다리처럼? 그것 봐. 내 그럴 줄 알았어. 당신을 놀리려 한다고 생각하지 말아요, 물고기 씨. 정말 그런 게 아니에요. 당신은 너무나 슬퍼 보여요. 헐렁한 재킷 차림에 머리는 괴상하고 다리도 뻣뻣해진 불쌍하고 암울한 유령. 그러지 마요, 물고기 씨, 그러지 마. 난 정말 놀릴 생각이 없다고요. 아니, 당신은 너무나 슬퍼 보여요, 물고기 씨. 당신이 그런 절망적인 눈으로 쳐다보면 난 울음을 터뜨릴지도 몰라요. 아무 말도 않는군요. 말 좀 해봐요, 물고기 씨, 제발. 무슨 말이든 해봐요. 아무 의미 없는 말도 괜찮으니 말 좀 해요. 말 좀 하라고요, 물고기 씨. 세상은 지독하게 적막해요. 말 좀 해요, 그러면 그리 외롭지 않아요. 제발, 당신의 그 입을 좀 열라고요, 물고기 씨. 저녁 내내 거기 서 있을 참인가요? 이리 와서 앉아요. 여기, 내 옆에. 그렇게 멀찍이 떨어져 있지 말고요, 물고기 씨. 그냥 편히 가까이 오면 돼요. 당신은 내가 흐릿하게만 보이잖아요. 어서 와요. 눈을 감아도 괜찮아요. 이리 와서 아무 말이든 해보자고요. 이 끔찍한 적막이 느껴지지 않나요?

베크만   (혼란스러워하며) 당신을 똑똑히 보고 싶어요. 당신을. 하지만 걸음을 떼면 뒤로만 가게 될까 봐 두려워요. 이봐요. 난 겁이 난다고요.

여인   당신도 참. 앞으로, 뒤로. 위로, 아래로. 내일이면 우린 허옇게 퉁퉁 불어서 물속에 누워 있을지도 몰라요. 찍소리 없이 차갑게 식은 채. 하지만 오늘 우리는 아직 따뜻하잖아요. 오

154

늘 저녁에는. 물고기 씨, 말 좀 해봐요. 물고기 씨. 오늘 저녁 당신은 내게서 헤엄쳐 떠나갈 수 없어요. 조용히 해요. 당신 말은 하나도 안 믿어요. 하지만 저 문, 저 문은 잠그는 게 낫겠어요.

베크만   그냥 둬요. 난 물고기가 아니니 문은 잠글 필요 없어요. 이봐요, 난 물고기가 아니라고, 알겠소?

여인   (애정 어린 태도로) 물고기! 물고기예요, 당신은! 침울하고 물에 젖은 임시 복구 유령.

베크만   (완전히 넋이 나간 듯이) 그것이 나를 짓눌러. 숨을 쉴 수가 없어. 내 목을 조르고 있어. 내가 제대로 볼 수가 없어서 그런 거야. 온통 안개가 낀 듯 흐릿해. 그것이 내 목을 조르고 있어.

여인   (걱정스레) 왜 그래요? 대체 무슨 일이에요, 당신?

베크만   (점점 더 불안해하며) 난 이제 아주 서서히 미쳐갈 거야. 내 안경을 줘요, 빨리. 모든 건 내 눈이 너무 흐릿해서 그런 거니까. 저기! 당신 등 뒤에 웬 남자가 서 있는 느낌이 들어. 벌써 오래전부터. 덩치 큰 남자가. 마치 레슬링 선수 같아. 거한이라고. 내가 안경을 끼지 않아서 그럴 거야. 저 거한이 다리가 한 짝밖에 없는 건 말이지. 점점 가까이 다가오고 있어, 저 거한이, 외다리로 목발 두 개를 짚고서. 들어봐요. 텍 톡. 텍 톡. 목발에서 나는 소리야. 지금 당신 뒤에 서 있어요. 목덜미에서 그자가 숨 쉬는 게 느껴지지 않나요? 얼른 안경을 줘요. 그자를 더 이상 보고 싶지 않으니! 저기, 이제 그자는 당신 바로 뒤에 서 있어요.

여인	(비명을 지르며 달아난다. 문이 삐걱거리며 닫힌다. 그러자 목발의 '테톡' 소리가 아주 크게 들린다.)
베크만	(중얼거리듯) 그 거한이군!
외다리	(단조로운 소리로) 당신, 여기서 뭐 해? 내 옷 입고? 내 자리에서? 내 아내 곁에서?
베크만	(마비된 듯) 당신 옷? 당신 자리? 당신 아내?
외다리	(여전히 단조롭고 무감각한 소리로) 그래, 그런데 당신 여기서 뭐 하냐고?
베크만	(더듬거리며 낮은 소리로) 어젯밤에 나도 같은 걸 물었어. 내 아내 곁에 있던 그 남자에게. 내 셔츠를 입고 있었지. 내 침대에서. 당신, 여기서 뭐 해? 하고 내가 물었어. 그랬더니 그는 어깨를 한 번 추어올렸다가 다시 내리고는 말했어. 그래, 내가 여기서 뭐 하지? 그렇게 그가 대답했지. 난 침실 문을 다시 닫았어. 아니, 먼저 불을 다시 껐어. 그러고는 밖에 서 있었지.
외다리	전등불 밑으로 와봐, 얼굴 좀 보게. 아주 가까이. (무감각하게) 베크만!
베크만	그래. 나야, 베크만. 나를 더 이상 알아보지 못할 줄 알았는데.
외다리	(낮은 소리, 하지만 야멸찬 비난조로) 베크만…… 베크만…… 베크만!!!
베크만	(고통스러워하며) 이봐, 그만해. 그 이름을 말하지 말라고. 난 더 이상 그 이름을 원하지 않아! 그만해!
외다리	(기계적으로) 베크만. 베크만.

베크만	(고함을 지른다.) 난 베크만이 아니야. 베크만이고 싶지 않아! 더 이상 베크만이고 싶지 않다고! (밖으로 뛰쳐나간다. 문이 삐걱거리며 닫힌다. 잠시 후 바람 소리와 한 사람이 조용한 거리를 뛰어가는 소리가 들린다.)
타자	멈춰! 베크만!
베크만	거기 누구지?
타자	나야. 타자.
베크만	또 너야?
타자	늘 그렇지, 베크만. 늘.
베크만	뭘 원하는 거야? 날 그냥 가게 내버려둬.
타자	아니야, 베크만. 그쪽으로 가면 엘베강이야. 이리 와. 길은 여기 위쪽이라고.
베크만	날 그냥 가게 내버려둬. 난 엘베강으로 가고 싶어.
타자	아니야, 베크만. 이리 와. 넌 여기 이 길로 계속 가고 싶잖아.
베크만	그 길을 계속 간다고? 살아야 하는 거야? 계속 가야 하는 거야? 밥을 먹고 잠을 자고, 그런 걸 다 계속해?
타자	어서, 베크만.
베크만	(흥분했다기보다는 무덤덤하게) 그 이름 좀 그만 불러. 난 더 이상 베크만이고 싶지 않아. 난 이제 이름이 없어. 한 사람이, 나 때문에 다리가 한 짝만 남은 한 외다리 남자가 있는 세상에서 내가 계속 살아가야 해? '바우어 병장, 네 위치를 무조건 끝까지 고수한다.' 이렇게 말한 하사 베크만이 있었기 때문에 그 남자는 이제 다리가 한 짝밖에 없어. 그런데도 내가 계속 살아야 하느냐고! 끊임없이 베크만이라고 말

하는 이 외다리가 있는 곳에서? 쉬지 않고 베크만! 끝없이 베크만! 그는 마치 무덤을 부르듯이 그 이름을 부르고 있어. 마치 살인을 말하거나, 개를 부를 때처럼, 그렇게 내 이름을 부른다고. 마치 세계의 종말이라도 말하듯이! 무감각하게, 위협적으로, 필사적으로. 그런데도 넌 나보고 계속 살아야 한다고 말하는 거야? 난 문밖에 서 있어. 다시 문밖에. 어제저녁에도 그랬고 오늘도 그래. 언제나 문밖이야. 그리고 문들은 모두 닫혀 있어. 다리가 무겁고 지친 사람한테 말이야. 배는 굶주림에 짖어대고. 피는 여기 밖에서 밤새 얼어붙고. 그리고 그 외다리는 계속해서 내 이름을 부르지. 밤마다 잠을 이룰 수도 없어. 대체 어디로 가야 한단 말이지? 날 좀 내버려두라고!

타자   이리 와, 베크만. 우리는 이 길로 계속 가기를 원하잖아. 우리는 한 남자를 찾아갈 거잖아. 그것을 돌려줄 남자.

베크만   그것이 뭔데?

타자   책임.

베크만   우리가 한 남자를 찾아갈 거라고? 그래, 우리는 그럴 거야. 그리고 그 책임을 그에게 돌려줄 거야. 그래, 맞아. 우리는 그러길 원해. 하룻밤이라도 외다리한테 시달리지 않고 자고 싶어. 그에게 그것을 돌려줄 거야.

그래! 그에게 책임을 다시 돌려주겠어. 그에게 죽은 자들을 되돌려주겠어. 그에게! 그래, 가자, 우리는 한 남자를 찾아갈 거야. 따뜻한 집에서 살고 있는 남자. 그는 이 도시에, 모든 도시에 살고 있어. 우리는 한 남자를 찾아갈 거야. 우리는 그에게 무언가를 선물할 거야. 평생 자기 의무에 충실했던 친절하고 선량하고 성실한 남자. 언제나 의무에 충실했던! 하지만 그것은 잔인한 의무였어! 끔찍한 의무였어! 저주스러운, 저주스럽고 또 저주스러운 의무였어! 자, 가자! 어서!

3막

(거실. 저녁. 문이 삐걱거리며 닫힌다. 연대장과 그 가족. 베크만.)

베크만   맛있게 드세요, 연대장님.

연대장   (씹으며) 뭐라고요?

베크만   맛있게 드세요, 연대장님.

연대장   저녁 식사를 방해하는군! 무슨 중요한 용무라도?

베크만   아니요. 전 그저 오늘 밤에 물에 빠져 죽을지 아니면 계속
            살지를 알고 싶을 뿐입니다. 계속 살기로 하더라도 그 방법
            은 아직 모르겠지만요. 아무튼 그러면 낮에는 가끔씩 뭔가
            를 먹고 싶습니다. 그리고 밤에는, 밤에는 잠을 자고 싶습니
            다. 그게 다입니다.

연대장   자, 자, 자! 그렇게 남자답지 못한 말은 그만두시게. 보아하
            니 군인이었던 것 같은데, 안 그런가?

베크만   아닙니다, 연대장님.

사위   아니라뇨? 그렇게 군복을 입고 있으면서.

베크만   (무덤덤하게) 네. 6년간 복무했죠. 하지만 전 늘 이런 생각을
            합니다. 10년 동안 우체부 제복을 입는다고 제가 곧 우체부
            인 건 아니라고 말이죠.

딸   아빠, 그에게 원하는 게 뭐냐고 물어봐요. 계속해서 내 접시
            를 쳐다보고 있어요.

베크만	밖에서 보니 창문이 무척 따뜻해 보였어요. 다시 느껴보고 싶었어요. 이런 창문을 통해서 보는 게 어떤 느낌일지. 안에서 말이죠. 안에서. 밤에 이렇게 밝고 따뜻한 창문의 바깥에 서 있는 기분이 어떤지 아세요?
어머니	(적대적이라기보다는 무서워하며) 영감, 그 사람한테 그 안경 좀 벗으라고 해요. 그걸 보고 있으면 온몸이 덜덜 떨려요.
연대장	저게 바로 방독면 안경이란 물건이오, 여보. 1934년에 군에서 시력 장애가 있는 병사들을 위해 방독면 안에 쓸 수 있도록 만든 안경이지. 그런데 이제 쓸모도 없는 물건을 왜 여태 안 버렸지? 전쟁은 끝났는데.
베크만	네, 그래요. 전쟁은 끝났죠. 다들 그렇게 말해요. 하지만 전 아직 이 안경이 필요해요. 근시가 심해서 안경이 없으면 잘 보이지 않거든요. 하지만 이걸 쓰면 잘 볼 수 있어요. 여기서도 연대장님 식탁 위에 뭐가 있는지 정확히 잘 보이거든요.
연대장	(말을 끊으며) 말해보게. 머리는 왜 그 모양이지? 감방에 있었나? 자네, 무슨 짓을 저질렀는데? 자, 말해봐. 어디 침입했던 거 아냐? 그랬다가 붙잡힌 게로군, 그렇지?
베크만	네, 연대장님. 어딘가에 침입했죠. 스탈린그라드. 하지만 계획이 어긋났어요. 그리고 그들이 우리를 공격했죠. 우리는 3년 동안 싸웠어요. 수십만 명이 모두. 우리 대장은 사복 차림에 캐비아를 먹었어요. 3년 동안 캐비아를. 다른 병사들은 눈 위에 엎드려 있었고 입안엔 벌판의 모래만 가득했죠. 우리는 뜨거운 물을 숟갈로 퍼먹었어요. 하지만 대장은 캐비아를 먹어야 했어요. 3년이나. 그들은 우리 머리를 박박 밀

었어요. 목덜미까지, 머리털이고 수염이고 죄다 밀었어요. 머리를 이예 절단한 사람들은 제일 운이 좋았죠. 적어도 계속해서 캐비아를 숟갈로 뜨고 있어야 할 필요는 없어졌으니까요.

사위 (격분하여) 장인어른, 저자가 지금 무슨 말을 지껄이는 거예요? 저런 짓을 어떻게 생각하세요?

연대장 이보게 젊은 친구. 자네는 모든 걸 심하게 왜곡해서 말하고 있어. 우리는 독일인이 아닌가. 우리의 훌륭한 독일적 진실에서 벗어나지 말자고. 진실을 높이 받들 때 가장 잘 진군할 수 있다고 클라우제비츠*는 말했어.

베크만 네, 연대장님. 멋진 말이죠. 저도 진실의 편에 서겠습니다. 배불리 먹을 수 있다면요, 연대장님, 아주 배불리. 새 셔츠와, 단추가 모두 제대로 달려 있고 해진 데도 없는 겉옷을 입고 있다면요. 그러고는 난로에 불을 붙이죠. 물론 우리에겐 난로가 있습니다, 연대장님. 그 위에는 따뜻한 차를 끓일 주전자를 올려놓고요. 그런 다음 블라인드를 내리고 소파에 편히 앉는 겁니다. 물론 소파도 있어야겠죠. 그리고 아내의 세련된 향수 냄새를 맡습니다. 피 냄새가 아니라. 안 그래요, 연대장님? 피 냄새가 아니라. 침실에서는 깨끗한 침대가 우리 두 사람을 기다립니다. 푹신하고 희고 따뜻한 침대가. 그런 다음 진실을 높이 받드는 겁니다, 연대장님. 우리의 훌륭한 독일적 진실을 말이죠.

---

* Carl von Clausewitz(1780~1831): 프로이센의 군인이자 군사 이론가로, 『전쟁론』을 남겼다.

딸	저 사람 미쳤어요.
사위	아니, 술에 취했어.
어머니	영감, 그만 끝내요. 저 사람 때문에 몸이 덜덜 떨린다고요.
연대장	(너무 공격적이지는 않은 어조로) 난 자네가 전쟁을 좀 겪었다고 얼이 빠져 제정신 못 차리는 그런 부류의 인간이라는 느낌이 강하게 드는군. 왜 장교가 되지 않았나? 그랬다면 전혀 다른 길로 들어설 수 있었을 텐데. 어엿한 아내와 번듯한 집도 얻었을 테고 말이지. 완전히 다른 사람이 되었을 거야. 대체 왜 장교가 되지 않았나?
베크만	목소리가 너무 작았습니다, 연대장님. 제 목소리가 너무 작았어요.
연대장	그렇다니까, 자넨 목소리가 너무 작아. 솔직히 말해서 자넨 조금 지치고 조금 물러터진 부류야, 안 그래?
베크만	네, 연대장님. 바로 그렇습니다. 조금 소리가 작고, 조금 물러터졌죠. 그리고 지쳤어요, 연대장님. 지쳤어요, 너무 지쳤어! 도무지 잠을 잘 수가 없거든요. 하룻밤도 제대로 잘 수가 없어요, 연대장님. 그래서 이리로 온 겁니다. 그래서 연대장님께로 온 거라고요. 연대장님이 절 도와주실 수 있다는 걸 아니까요. 전 다시 잠 좀 자고 싶어요! 그게 전부입니다. 잠 좀 자는 거. 아주 깊이 잠들고 싶어요.
어머니	영감, 어디 가지 말아요. 무서워요. 저 사람 때문에 몸이 꽁꽁 얼었어요.
딸	말도 안 돼. 엄마, 저 사람은 조금 이상해져서 집으로 돌아온 군인들 중 하나일 뿐이에요. 아무 짓도 못 한다고요.

사위	제가 보기엔 꽤 건방진 녀석인데요.
연대장	(심사숙고하는 표정으로) 이 일은 내게 맡기거라, 애들아. 이런 작자들은 군대에서 많이 겪어봤으니까.
어머니	맙소사, 저 사람 선 채로 자고 있어.
연대장	(거의 아버지 같은 태도로) 조금 엄격하게 다루면 돼, 그게 다야. 그러니 그냥 내게 맡겨둬.
베크만	(완전히 넋이 나가서) 연대장님?
연대장	그래, 자네가 원하는 게 뭔가?
베크만	연대장님?
연대장	듣고 있어, 듣고 있다고.
베크만	(잠에 취해서, 꿈을 꾸듯) 듣고 계시다고요, 연대장님? 좋아요. 들으신다니 좋아요. 연대장님께 제 꿈을 말씀드리고 싶어요. 저는 밤마다 그 꿈을 꾸어요. 그러다 깨어나죠. 누가 아주 무섭게 비명을 지르거든요. 그게 누구인지 아세요? 그렇게 비명을 지르는 사람이? 바로 저예요, 연대장님, 제 자신요. 웃기지 않아요, 연대장님? 그러고 나면 다시 잠을 잘 수가 없죠. 밤마다 말이에요. 한번 생각해보세요, 연대장님, 밤마다 깬 채로 누워 있어요. 그래서 지치고 졸린 거예요. 전 아주 끔찍하게 피곤해요.
어머니	영감, 어디 가지 말아요. 덜덜 떨리니까.
연대장	(흥미로운 듯) 그러면 꿈 때문에 잠에서 깬다는 건가?
베크만	아니, 비명 소리 때문에요. 꿈이 아니라 비명 소리 때문에.
연대장	(흥미로운 듯) 하지만 꿈이 비명을 지르게 하잖나, 그렇지?
베크만	생각해보세요. 그게 절 그렇게 만들어요. 얼마나 이상한 꿈

인지 아셔야 해요. 그 이야기를 하고 싶어요. 들으실 거죠, 연대장님, 네? 웬 남자가 실로폰을 연주하고 있어요. 미친 듯이 빠른 리듬으로 연주를 해요. 땀을 뻘뻘 흘리면서. 몹시 뚱뚱한 남자거든요. 거대한 실로폰이에요. 너무 커서 칠 때마다 그 앞을 이리저리 뛰어다녀야 해요. 땀을 뻘뻘 흘리면서. 정말 몹시 뚱뚱하니까요. 그런데 그는 땀을 흘리는 게 아니에요. 이상하게도. 그는 피를 흘리고 있어요. 김이 모락모락 나는 시커먼 피. 그리고 그 피는 두 갈래의 널찍한 붉은색 줄무늬를 그리며 바지를 타고 흘러내려서 멀리서 보면 마치 장군 같아요. 장군! 뚱뚱하고 피를 흘리는 장군. 숱한 전투를 치른 노장군이 틀림없어요. 왜냐하면 두 팔을 잃었거든요. 그래요. 그는 꼭 수류탄처럼 생긴 길고 가느다란 의수로 연주하고 있어요. 나무로 만들고 둥근 쇠고리가 달린. 정말 이상한 음악가예요. 그 장군은. 그의 거대한 실로폰 건반은 나무로 만든 것이 아니에요. 아니, 정말이에요, 연대장님. 정말이에요. 그것은 뼈다귀들로 만든 실로폰이에요. 제 말을 믿으세요, 연대장님. 그건 모두 뼈다귀들이라고요!

연대장 (나지막이) 그래, 믿네. 뼈다귀들로 만들었어.

베크만 (여전히 취한 듯 멍하고 음산하게) 그래요. 나무가 아니고 뼈다귀들로 만들었어요. 새하얀 뼈다귀들. 해골, 어깨뼈, 골반뼈가 다 있어요. 고음을 위해서는 팔뼈와 다리뼈, 그리고 갈비뼈들, 수천 개도 넘는 갈비뼈들이 쓰여요. 마지막으로 제일 높은 음을 내는 실로폰의 맨 끝부분에는 손가락뼈와 발가락뼈 그리고 이들이 있어요. 그래요, 제일 끝은 이들이에요. 그런 실로폰을 빨간 줄무늬의 장군복을 입은 뚱뚱한 남자가 연주하고 있어요. 참 이상한 음악가죠, 이 장군은?

연대장   (자신 없는 소리로) 그래, 아주 이상하군, 아주, 아주 이상해!

베크만   그래요. 하지만 정말 이상한 일은 이제부터예요. 꿈은 이제부터 시작이니까요. 장군은 사람들 뼈다귀로 된 거대한 실로폰 앞에 서서 자기 의수로 행진곡을 두들겨대고 있어요. 「프로이센의 영광」이나 「바덴바일러 행진곡」 같은 노래들. 하지만 대부분은 「검투사의 입장」과 「오랜 전우들」을 연주해요. 대부분 그 노래들이에요. 연대장님도 아시죠? 「오랜 전우들」. (흥얼거린다.)

연대장   그래, 그래. 물론이지. (따라서 흥얼거린다.)

베크만   그런 다음 그들이 등장해요. 검투사들과 옛 전우들. 그들이 공동묘지에서 일어나서 입장해요. 그들의 피투성이 신음 소리는 하얀 달에까지 악취를 풍겨요. 그래서 밤이 그런 거예요. 고양이 똥처럼 쓰디쓰고, 흰 셔츠에 묻은 산딸기즙처럼 새빨갛죠. 그리고 밤이 그 모양이라서 우리는 숨을 쉴 수가 없어요. 키스할 입이 없고 퍼마실 독주가 없다면 우리는 질식하고 말 거예요. 달에까지, 하얀 달에까지 피투성이 신음 소리가 악취를 풍겨요, 연대장님. 죽은 자들, 빨간 즙으로 얼룩진 죽은 자들이 올 때면 말이죠.

딸   들었죠? 저 사람 미쳤어요. 달이 하얗다잖아요! 하얗대요! 달이!

연대장   (근엄하게) 말도 안 돼! 달은 당연히 노란색이야. 언제나. 꿀 바른 빵처럼! 계란과자처럼! 언제나 노란색이었어, 달은.

베크만	아아 그렇지 않아요, 연대장님. 그렇지 않아요! 죽은 자들이 나타나는 그런 밤이면 달은 창백하게 병들어요. 냇물에 빠져 죽은 임신한 여자의 배처럼 그렇게 하얗고, 그렇게 병들고, 그렇게 둥그레요. 아니에요, 연대장님. 죽은 자들이 나타나는 그런 밤에 달은 하얘요. 그리고 그들의 피투성이 신음 소리는 고양이 똥처럼 아린 악취를 하얗고 병들고 둥그런 달에까지 풍겨요. 피. 온통 피예요. 그러면 그들이 공동묘지에서 일어나요. 썩은 붕대를 감은 피투성이 군복 차림으로. 바다에서, 벌판에서, 길에서 솟아올라요. 숲속에서 나오고, 폐허와 늪에서 나와요. 새카맣게 얼어붙고, 시퍼렇게 부패한 모습으로요. 벌판에서 솟아올라요, 그들은. 외눈에 이 없이, 외팔에 다리 없이. 너덜너덜하게 터져 나온 창자에 두개골도 없고 두 손도 없이. 몸에 구멍이 뚫리고 악취가 나고 눈이 멀었어요. 무시무시한 밀물처럼 그들은 쏟아져 나와요. 그 수도 헤아릴 수 없고 고통도 헤아릴 수가 없죠! 무시무시하고 헤아릴 수 없는 죽은 자들의 바다는 그 무덤의 해안을 범람해 구석구석, 불구의 피투성이가 된 채 찐득찐득하게 이 세상 위를 뒹굴어요. 그런 다음 피의 줄무늬 제복을 입은 장군이 제게 말해요. 베크만 하사, 자네가 책임을 지고 인원을 점검해. 그러면 저는 공허하게 히죽이는 수백만 개의 해골 앞에, 그 뼈다귀 조각들 앞에 나서서 번호를 세게 해요. 제가 책임을 지고서 말이죠. 하지만 전우들은 번호를 세지 않아요. 그들은 턱뼈를 소름 끼치게 흔들어댈 뿐 번호를 세지 않아요. 장군은 앉았다 일어서기 50회를 명령

해요. 허약한 뼈다귀들이 바스락바스락 소리를 내고 폐에서
는 피리 소리가 나요. 하지만 그들은 번호를 세지 않아요!
이거 반란 아닌가요, 연대장님? 명백한 반란?

연대장　　(기어들어가는 소리로) 그래, 명백한 반란이지!

베크만　　그들은 죽으면 죽었지 절대로 번호를 세지 않아요. 대신 떼
　　　　를 지어 반항하며 합창을 해요. 그 썩고 너덜너덜해진 자들
　　　　이 말이에요. 천둥 치듯 고함을 지르고 위협하며 숨 막히는
　　　　항의의 노래를 불러요. 그들이 뭐라고 고함치는지 아세요,
　　　　연대장님?

연대장　　(기어들어가는 소리로) 아니.

베크만　　베크만, 하고 고함을 쳐요. 베크만 하사. 계속 베크만 하사,
　　　　라고요. 그리고 고함 소리는 점점 커져요. 천둥처럼 우르릉
　　　　거리며 제게로 다가와요. 마치 신처럼 짐승 소리로 울부짖
　　　　어요. 낯설고, 차갑고, 어마어마해요. 고함 소리는 점점 커
　　　　지고 우르릉거리고 또 커지고 우르릉거려요! 고함 소리가
　　　　그렇게 너무 커져서, 목 졸라 죽일 듯이 커져버려서 전 더
　　　　이상 숨을 쉴 수가 없어요. 그래서 비명을 질러요. 한밤중에
　　　　비명을 질러요. 비명을 질러야 해요. 무시무시한, 아주 무시
　　　　무시한 비명을 질러야 해요. 그리고 그 소리에 항상 잠이 깨
　　　　요. 매일 밤. 밤마다 뼈다귀 실로폰이 연주되고, 밤마다 합
　　　　창이 울려 퍼지고, 밤마다 무시무시한 비명 소리가 나요. 그
　　　　리고 전 더 이상 잠을 잘 수가 없어요. 왜냐하면 제가 책임
　　　　을 맡았으니까요. 제게 책임이 있었어요. 그래요, 제게 책임
　　　　이 있었어요. 그래서 지금 연대장님에게로 온 거예요. 다시

잠 좀 자고 싶어서요. 전 다시 잠을 자고 싶어요. 그래서 연대장님에게로 온 거예요. 잠을 자고 싶어서, 다시 한번 잠 좀 자고 싶어서.

연대장 대체 나한테 원하는 게 뭔가?

베크만 그걸 연대장님께 돌려드리려고요.

연대장 뭘?

베크만 (거의 천진난만하게) 책임요. 연대장님께 책임을 돌려드리려고요. 다 잊으셨나요, 연대장님? 2월 14일 그날을? 고로도크에서요. 영하 42도였죠. 그때 우리 초소에 오셔서 절 부르셨어요. 베크만 하사, 하고요. 여기 있습니다, 하고 제가 소리쳤죠. 그러자 연대장님께서 말씀하셨어요. 말씀하실 때 입김이 연대장님의 모피 칼라에 서리가 되어 맺혔죠─아주 생생하게 기억나요. 정말 멋진 모피 칼라였어요─. 연대장님은 이렇게 말씀하셨어요. 베크만 하사, 자네한테 병사 스무 명을 맡길 테니 책임지고 고로도크 동쪽에 있는 숲을 정찰하고 가능하면 포로도 한두 명 잡아오게, 알겠나? 네 알겠습니다, 연대장님, 하고 제가 대답했죠. 그리고 나서 우리는 나가서 숲을 정찰했어요. 제 책임 아래 말이죠. 우리는 밤새도록 정찰을 했어요. 그러다 충격을 당했죠. 다시 초소로 돌아왔을 때 열한 명이 없었어요. 그리고 책임은 저에게 있었어요. 네, 그게 다예요, 연대장님. 하지만 이제 전쟁이 끝났고, 저는 잠을 자고 싶어요. 이제 연대장님께 책임을 돌려드리겠어요. 전 더 이상 그것을 원하지 않아요. 연대장님께 돌려드리겠어요.

연대장	하지만 이보게 베크만, 자넨 지금 쓸데없이 흥분하고 있어. 내 말은 그런 뜻이 아니었다고.
베크만	(차분하게, 하지만 엄청나게 진지하게) 천만에요, 연대장님, 천만에요. 틀림없이 그런 뜻이었어요. 책임은 그저 한마디 말에 불과한 게 아니에요. 그건 인간의 밝게 빛나는 살덩이를 시커먼 흙으로 변화시키는 화학 공식이라고요. 공허한 말 한마디로 사람 목숨이 달아날 수는 없잖아요. 어디로든 우리는 우리의 책임을 짊어지고 가야 해요. 죽은 자들은 아무런 대답을 하지 않아요. 신도 아무런 대답을 하지 않아요. 하지만 살아 있는 자들은 질문을 해요. 매일 밤 질문을 해요, 연대장님. 잠이 깬 채 누워 있으면 그들이 찾아와서 질문을 해요, 연대장님. 여인들, 비탄에 잠긴 여인들이 말이에요. 백발이 성성하고 손등이 쭈글쭈글한 늙은 여인들, 고독하고 애처로운 눈길의 젊은 여인들. 그리고 아이들이요, 연대장님, 아이들. 수많은 어린아이들. 그들이 어둠 속에서 제게 속삭여요. 베크만 하사, 우리 아버지는 어디 있어, 베크만 하사? 베크만 하사, 내 아들은, 내 동생은 어디 있어, 내 약혼자는 어디 있어, 베크만 하사? 어디 있어, 베크만 하사? 어디? 어디? 날이 밝을 때까지 그렇게 속삭여요. 열한 명의 여자들요, 연대장님. 저는 고작 열한 명뿐이에요. 그런데 연대장님은 몇 명이죠? 천 명? 2천 명? 잠은 잘 주무시나요, 연대장님? 그렇다면 제가 맡은 열한 명에 대한 책임을 연대장님의 2천 명에 덤으로 넘겨드려도 연대장님은 개의치 않겠군요. 잠을 잘 수가 있던가요, 연대장님? 2천 명의 밤 귀

신들하고 말이에요. 아니, 살 수는 있던가요, 연대장님? 단 1분이라도 비명을 지르지 않고 살 수가 있던가요? 연대장님, 연대장님은 밤에 잘 주무시나요? 네? 그렇다면 연대장님은 개의치 않겠군요. 그러면 저도 이제 잠 좀 잘 수 있겠군요. 연대장님께서 친절하게도 그걸 도로 가져가신다면 말이죠. 책임 말이에요. 그러면 저도 이제 드디어 마음 편히 잘 수 있겠군요. 편안한 마음, 바로 그거였어요. 그래요, 편안한 마음, 연대장님!

그런 다음 잠을 자는 거예요! 하느님 맙소사!

연대장   (몹시 불안해하며) 이보게 젊은 친구! 나는 잘 모르겠어, 잘 모르겠다고. 자네 혹시 은밀한 평화주의자라도 되는가? 좀 파괴적이고 그런 사람 말이야, 아닌가? 하지만— (처음에는 당황해서 어색하게 웃는다. 하지만 곧 특유의 건강한 프로이센 정신을 회복하고는 껄껄 목젖을 드러내고 웃는다.) 이 사람아, 이 사람아! 내가 보기에 자넨 익살이 심해, 안 그래? 내 말이 맞지? 응? 이것 봐, 자넨 익살꾼 맞다니까, 그렇지? (웃는다.) 재미있군, 정말 재미있어! 자넨 정말 재주가 좋아! 아 정말 끝내주는 유머야! 자네 말이야, (웃느라 말이 끊긴다.) 지금 차림과 이야기 그대로 무대에 서도 되겠어! 지금 그대로 말이야! (연대장은 베크만의 마음을 상하게 할 생각은 없다. 하지만 그는 지나치게 건강하고 단순한 늙은 군인이어서 베크만의 꿈을 그냥 우스갯소리로밖에 받아들이지 못한다.) 저 말도 안 되는 안경에다 익살스럽고 엉망진창이! 머리 모양이라니! 여기에 음악까지 곁들이면 금상첨화지. (웃는다.) 암,

이렇게 재미난 꿈이 또 어디 있겠어! 앉았다 일어서기를 실로폰 음악에 맞춰서 실시한단 말이지! 아니, 이보게, 자넨 꼭 지금 이대로 무대에 올라야 해! 사람들이 다들 엄청 웃을 거야. 포복절도를 할 거라고!!! 암, 그렇고말고!!! (눈에 눈물이 나도록 웃다가 숨이 차서 헐떡거린다.) 처음엔 정말 몰랐다니까, 자네가 우스갯소리를 한다는 걸 말일세. 난 자네가 진짜로 머리가 약간 어떻게 된 줄 알았어. 자네가 이렇게 재미있는 사람인 줄 꿈에도 몰랐지. 아니, 이보게, 자넨 우리에게 정말 멋진 저녁 시간을 선사했어. 우리도 뭔가 보답을 해야겠지. 어떤가? 아래층에 있는 내 운전사에게 가서 따뜻한 물을 받아 몸을 씻고 수염도 좀 깎도록 하게. 그렇게 적당히 사람 모습을 만든 다음 운전사에게 내 옛날 양복을 달라고 하라고. 빈말이 아닐세! 자네의 그 다 찢어진 옷은 내다 버리고 내 옛날 양복을 입도록 해. 미안해하지 말고 그냥 받아. 그런 다음 다시 인간이 되는 거야, 젊은 친구! 다시 인간이 되란 말일세!!!

베크만 　(퍼뜩 정신을 차리며 처음으로 멍한 상태에서 깨어난다.) 인간? 인간이 되라고? 나더러 다시 인간이 되라고? (소리 지른다.) 나더러 인간이 되라고? 그럼 당신들은 뭔데? 인간이야? 그래? 정말? 당신들 인간이야? 그래?!?

어머니 　(째지는 소리로 비명을 지른다. 뭔가가 넘어진다.) 안 돼! 저 사람이 우리를 죽이려 해! 안 돼!!!
　　　(무시무시한 소음, 가족들이 흥분해서 마구 소리 지른다.)

사위 　램프를 꽉 잡아요!

딸	어떡해. 불이 꺼졌어! 어머니가 램프를 넘어뜨렸어!
연대장	진정해라, 애들아!
어머니	불 좀 켜요!
사위	램프가 대체 어디 있죠?
연대장	거기. 거기 있잖아.
어머니	오 하느님, 불이 다시 들어왔어요.
사위	그 작자는 갔는데요. 처음부터 상태가 온전치 않아 보였다고요, 그 친구.
딸	하나, 둘, 셋― 넷. 아니, 모두 다 그대로 있어요. 작은 접시 하나 깨진 것만 빼면.
연대장	망할 놈의 자식, 대체 무슨 생각이었던 거지?
사위	어쩌면 정말로 그냥 멍청해서 그랬던 건지도 몰라요.
딸	아니에요. 이것 봐요. 럼주 병이 없어졌어요.
어머니	맙소사. 영감, 당신이 좋아하는 술이잖아요!
딸	그리고 반쪽짜리 빵도요. 그것도 안 보여요!
연대장	뭐라고? 빵?
어머니	그 빵을 가져갔어? 대체 그걸 어디다 쓰려고 가져갔지?
사위	아마 자기가 먹으려는 걸 거예요. 아니면 돈으로 바꾸려는 걸지도 모르고요. 그런 작자들은 못 하는 짓이 없으니까요.
딸	그래요, 아마 자기가 먹으려는 걸 거예요.
어머니	그래, 하지만― 하지만 그 말라빠진 빵을?
	(문이 삐걱 소리를 내며 닫힌다.)
베크만	(다시 길 위에. 병나발을 불고 있다!) 그 사람들이 옳아. (점점 더 취한다.) 건배, 이게 몸을 데워주는군. 아냐, 그 사람들

이 옳아. 건배. 애써 죽은 자들을 애도할 필요가 뭐가 있겠이. 죽음이 이미 우리 자신의 목까지 차올랐는데. 그 사람들이 옳아! 우리가 감당하기엔 죽은 자들이 너무 쑥쑥 자라고 있어. 어제는 천만 명이었고 오늘은 벌써 3천만 명이야. 내일은 아마 어떤 놈이 대륙 하나를 통째로 날려버릴걸. 다음 주에는 단 10그램의 독극물로 7초 만에 모든 사람을 다 죽여버릴 물건을 누군가가 발명할 테고 말이야. 이런데도 애도를 해야 해!? 건배, 어째 조만간 다른 행성을 알아봐야만 할 것 같은 불길한 느낌이 드는군. 건배! 그 사람들이 옳아. 난 서커스로 가야겠어. 그들이 옳다고, 빌어먹을. 연대장은 죽어라 하고 웃어대더군! 나보고 무대에 서야 한댔지. 다리는 절뚝거리고, 이런 외투에, 이런 낯짝에, 이런 안경에, 머리에는 솔을 얹고서 말이지. 연대장님이 옳아. 다들 포복절도할 거야! 건배, 연대장님 만세! 내 목숨을 구해주신 분. 연대장님 만세! 건배. 피 만세! 죽은 자들에 대한 웃음 만세! 난 서커스로 가겠어. 피범벅에다 온통 죽은 자들로 소름끼치는 소동이 벌어지면 사람들이 죽어라 하고 웃어댈 테니까. 자, 다시 한 모금 더, 건배. 술이 내 목숨을 구했어. 내 이성을 익사시켰으니까! 건배! (거나하게 취했다.) 술이나 침대나 여인이 있는 자는 마지막 꿈을 꾸어라! 내일이면 이미 늦을 테니! 꿈에서 노아의 방주를 만들어 진탕 퍼마시고 노래를 부르며 이 끔찍한 곳을 지나 영원한 암흑 속으로 항해하는 거야. 다른 자들은 모두 두려움과 절망 속에 빠져 죽으라고! 술이 있는 자는 구원 받는 거야! 건배! 피의 연대장님 만세! 책임 만세! 만세! 난 서커스로 가겠어! 서커스 만세! 온 누리의 위대한 서커스 만세!

4막

(방. 카바레 극단 단장. 여전히 조금 취한 상태의 베크만.)

단장   (대단히 확신에 찬 어조로) 알겠어? 지금 예술에는 다시 젊
        은이들이 필요해, 모든 문제에 적극적으로 맞서는 과감하고
        취하지 않은—

베크만   (혼잣말로) 취하지 않은, 그래 예술은 아주 말짱한 정신이어
        야 하지.

단장   혁명적인 젊은이들 말이지. 우리에게 필요한 건 스무 살에
        벌써 『군도』를 써낸 실러와 같은 정신이야. 우리에겐 그라
        베*와 하인리히 하이네가 필요해! 그런 천재적이고 공격적
        인 정신이 필요하다고! 인생의 어두운 면을 냉정하게 직시
        할 줄 아는 낭만적이지 않고 현실과 유리되지 않은 강건한
        젊음, 감상에 빠지지 않고 객관적이고 숙고하는 젊음 말이
        야. 우리에겐 젊은 인재들이 필요해. 세상을 있는 그대로 바
        라보고 사랑하는 세대, 진실을 높이 받들고 비전과 이념을
        갖춘 세대가 필요해. 그게 꼭 심오한 지혜일 필요는 없어.
        완성이니 성숙이니 원숙함 따위는 아무것도 아니야. 외침이
        있어야 해. 심장에서 터져 나오는 절규가 있어야 해. 의문,

---

*   Christian Dietrich Grabbe(1801~1836): 독일의 극작가.

희망, 배고픔이 있어야 해!

베크만 　(혼잣말로) 배고픔, 그래, 우리에겐 배고픔이 있지.

단장 　하지만 이 젊은이들은 참신해야 해. 열정적이고 과감해야 해. 지금 예술에는 그런 것이 필요하지! 나를 보라고. 나는 열일곱 살에 벌써 카바레 공연 무대에 서서 속물들한테 이를 드러내 보이며 그 작자들이 피우는 시가 맛을 떫게 만들었어. 우리에게 부족한 건 전위예술가들이야. 우리 시대의 생생한 잿빛 고통의 얼굴을 그대로 드러내줄 그런 예술가들!

베크만 　(혼잣말로) 그래, 그래. 언제나 있는 그대로 드러나지. 얼굴이며 무기며 유령 따위들. 무엇이든 언제나 드러나게 되어 있어.

단장 　그건 그렇고 얼굴이란 말이 나와서 말인데, 당신은 대체 왜 그런 괴기스러운 안경짝을 끼고 다니지? 그 독특한 물건은 대체 어디서 난 거야? 당신 얼굴을 보면 놀라서 딸꾹질이 다 날 지경이야. 아무튼 별 희한한 걸 다 코에 걸치고 다니는군.

베크만 　(기계적으로) 네, 제 방독면 안경입니다. 군대에서 받았어요. 우리 안경잡이들은 전부 다. 그래야 방독면을 쓰고서도 적을 알아보고 물리칠 수 있으니까요.

단장 　하지만 전쟁은 이미 끝났잖아! 우리가 다시 번듯한 민간인 생활을 한 지도 벌써 한참 되었다고! 그런데도 아직 그런 군대 복장으로 돌아다니다니.

베크만 　너무 나쁘게 생각하지는 마세요. 전 엇그제 겨우 시베리아에서 돌아왔어요. 그저께던가? 네 맞아요, 그저께!

단장	시베리아? 끔찍하군, 그렇지? 끔찍해. 그래, 전쟁은 끔찍해! 하지만 그 안경 말이야, 다른 건 없어?
베크만	전 이거라도 있어서 얼마나 다행인지 몰라요. 제 구세주예요. 그 밖에 다른 구원은 없어요. 제 말은, 다른 안경은 없다고요.
단장	아무튼 미리 준비하지는 못했군, 그렇지?
베크만	어디, 시베리아에서요?
단장	아, 그렇지. 망할 놈의 시베리아! 이봐, 내가 쓰고 있는 안경 보이지? 그래, 머리를 쓰라고! 나는 멋진 최고급 뿔테 안경을 세 개나 가진 운 좋은 사람이지. 진짜 뿔로 된 안경, 이 친구야! 일할 때는 노란 테를 쓰고 외출할 때는 눈에 덜 띄는 걸 쓰지. 그리고 밤에 무대에 설 때는 중후한 검정색 뿔테를 쓰는 거야. 알겠어? 그러면 정말 근사해 보이거든!
베크만	단장님께 뭐라도 드리고 안경을 한 개 얻고 싶지만 저는 가진 게 하나도 없어요. 제 자신이 임시방편으로 복구된 느낌이 들어요. 저도 이 물건이 얼마나 아둔하고 멍청해 보이는지 알아요. 하지만 제가 어쩌면 좋을까요? 혹시 제게 하나를—
단장	지금 무슨 생각을 하는 거지, 친구? 내 안경들은 단 한 개도 없어서는 안 되는 것들이라고. 내 모든 아이디어, 내 인상, 내 분위기가 모두 그것들에 달렸어.
베크만	네, 바로 그거예요. 제 것도 마찬가지예요. 독주가 아무리 좋아도 맨날 그것만 마시며 살 수는 없잖아요. 그게 전부라면 인생은 납덩이같아질 거예요. 질척하고, 암담하고, 무가

치하겠죠. 무대에서는 이 흉측스럽기 짝이 없는 안경이 훨씬 더 효과적일 수도 있어요.

단장 어째서 그렇다는 거지?

베크만 제 말은, 훨씬 더 우스꽝스럽다고요. 제가 이 안경을 끼고 등장하면 사람들은 다들 배꼽을 잡을 거예요. 게다가 지금 이 머리 모양과 외투, 그리고 얼굴, 생각해보세요, 이 얼굴로 말이에요! 정말 엄청 웃길 것 같지 않아요, 네?

단장 (안색이 변하며) 웃긴다고? 웃겨? 사람들은 오히려 웃음이 목에 걸려서 안 나올걸. 당신 꼴을 보면 축축하고 차가운 전율이 목구멍을 타고 올라올 테니까. 하계(下界)에서 올라온 유령을 볼 때 느끼는 그런 혐오스러운 전율 말이야. 사람들은 예술을 만끽하기를 원해. 감동을 받고 자신을 고양시키기를 원한다고. 축축하고 차가운 유령을 보고 싶은 게 아니라. 안 돼, 우리는 당신을 그렇게 무대에 서게 할 수는 없어. 좀더 독창적이고 탁월하고 밝은 걸 사람들에게 보여줘야해. 긍정적인 것! 긍정적인 것 말이야, 친구! 괴테를 봐! 모차르트를 보라고! 「오를레앙의 처녀」*, 리하르트 바그너, 슈멜링**, 셜리 템플***!

베크만 그런 이름들에 반대할 생각은 물론 없어요. 하지만 전 그저 베크만일 뿐이에요. 성은 베— 이름은 크만.

---

* 독일의 극작가 실러(J. C. F. Schiller, 1759~1805)가 잔 다르크를 주인공으로 쓴 희곡.
** Max Schmelling: 독일 스포츠 역사에서 가장 위대한 선수로 꼽힌 바 있는 전설적인 권투 선수.
*** Shirley Temple: 할리우드가 낳은 가장 유명하고 재능 있는 아역 스타.

단장	베크만? 베크만이라고? 카바레 무대에서 들어본 적이 없는 이름인데? 혹시 가명으로 일했나?
베크만	아니요, 전 완전히 신인이에요. 처음 시작하는.
단장	(태도가 완전히 바뀐다.) 신인이라고? 이봐 친구, 인생은 그렇게 쉽게 돌아가는 게 아니야. 자넨 너무 간단하게 생각하는 것 같아. 성공이 그렇게 하루아침에 만들어지는 게 아니라고! 당신은 우리 업자들의 책임을 과소평가하고 있어! 신인을 무대에 세웠다간 당장 망하고 말아. 관객은 이름을 원한다고!
베크만	괴테나 슈멜링, 셜리 템플 같은 이름 말인가요?
단장	그래, 그런 이름. 신인이라니! 아무도 모르는 신출내기 초짜라고? 대체 나이는 몇 살인데?
베크만	스물다섯이요.
단장	내 그럴 줄 알았지. 당신은 먼저 세상 물정부터 익혀야 해, 젊은 친구. 인생의 냄새를 좀더 깊숙이 맡아보라고! 그래 지금까지는 뭘 하고 살았어?
베크만	아무것도 안 했어요, 전쟁밖에는. 굶주리고 추위에 얼고 총에 맞았던 전쟁 말고는 아무것도 해본 게 없어요.
단장	전쟁 말고는 아무것도 해본 게 없다고? 그게 어때서? 이제 인생의 전쟁터에서 성숙하도록 하라고, 친구. 일을 해. 이름을 알리라고. 그러면 우리가 커다란 무대에 올려주겠어. 먼저 세상을 배운 다음에 다시 와. 이름을 만들어서 다시 오라고!
베크만	(지금껏 차분하고 담담했지만 이제 점점 흥분하기 시작한다.)

그런데 어디서 시작한단 말인가요? 대체 어디서? 처음에도 어디선가는 기회를 얻어야 하잖아요. 신출내기도 어디선가는 시작을 해야 하잖아요. 러시아에서 세상 물정을 익히진 못했어도 쇳덩이들은 아주 실컷 경험했다고요. 뜨겁고 단단하고 무자비한 철편들 말이에요. 우리가 어디서 시작을 해야 한다는 거죠? 대체 어디서? 우리도 이제 무언가를 시작하고 싶단 말입니다! 빌어먹을!

단장　내게 그런 욕을 할 필요는 없어. 난 아무도 시베리아로 보내지 않았으니까. 난 아니야.

베크만　그래요, 아무도 우리를 시베리아로 보내지 않았어요. 우리는 그냥 저 혼자서 간 거예요. 모두 다 저 혼자서 간 거라고요. 그리고 일부는 그냥 저 혼자서 거기에 남았고요. 눈과 모래에 파묻힌 채. 그들에겐 기회가 있었죠. 거기에 남은 자들, 죽은 자들에겐 말이에요. 하지만 우리는 아무 데서도 시작을 할 수가 없어요. 아무 데서도 할 수가 없어요.

단장　(체념하며) 정히 그렇게 원한다면! 자, 그럼 어디 한번 시작해봐. 저기로 가서 한번 시작해보라고. 너무 오래 끌지는 말고. 금쪽같은 시간이니까. 자, 어서. 얼른 시작해주면 고맙겠어. 당신한테 내가 아주 큰 기회를 주는 거야. 내가 이렇게 들어주는 건 정말 억세게 운이 좋은 거야. 그걸 알아야 해, 친구, 그걸 알아야 해! 그러니까 이제 그만 시작해보라고. 어서. 거기 그 자리에서.

　　　(나지막한 실로폰 음악 소리. 「용감하고 귀여운 군인의 아내」의 익숙한 멜로디가 흘러나온다.)

베크만   (노래를 하는데 차라리 말에 더 가깝다. 나지막하고 무덤덤하고 단조롭다.)

용감하고 귀여운 군인의 아내—
난 이 노래를 아주 잘 알아,
달콤하고 아름다운 노래.
하지만 현실에선 다 헛소리!
후렴: 세상은 웃었고
난 울부짖었어.
그리고 밤안개는
모든 걸 덮어버렸지.
달만 히죽거리네,
커튼에 난
구멍으로!

이제 집에 돌아왔더니
내 침대는 누가 차지했더군.
스스로 목을 매지 않은 건
내게도 기절초풍할 일.
후렴: 세상은 웃었고……

그래서 난 한밤중에
새 여자를 사귀었어.
그녀는 독일을 말하지 않았고

독일도 우리를 묻지 않았지.

짧은 밤이 지나고 아침이 왔을 때

문가에 어떤 이가 서 있었어.

다리가 하나뿐인 그녀의 남편이.

그때가 새벽 4시였어.

후렴: 세상은 웃었고……

하여 난 다시 밖으로 뛰쳐나오고

내 안에선 그 노래가 맴돌고 있지.

순결한―

순결한―

군인의 아내에 대한 ⏋ 노래가

(실로폰 소리가 잦아든다.)

단장   (비굴하게) 나쁘지 않은데, 아니 정말 나쁘지 않아. 꽤 잘했어. 초짜치고는 아주 잘했어. 물론 전체적으로 생기가 조금 부족하긴 해, 젊은 친구. 풍부하고 화려한 맛도 좀 모자라고. 아직 제대로 된 시라고 보기는 힘들어. 불륜이라는 주제에 걸맞은 음색이나 구체적이고 외설스러운 에로틱도 부족하고 말이야. 관객들은 간지러운 자극을 원하지 아프게 꼬집는 걸 좋아하지는 않아. 하지만 그것만 빼면 젊은 친구치고는 꽤 괜찮아. 도덕이랄까 심오한 지혜는 아직 부족하지만, 이미 말했듯이 초짜치고는 그렇게 나쁘지 않아! 벽보에 내걸린 글처럼 너무 노골적이고―

베크만   (멍하니 혼잣말로) 너무 노골적이고.

단장	너무 목소리가 크지만 말이야. 그러니까 내 말은 너무 직접적이라는 거야. 당신에게는 그 나이에 어울리는 쾌활함이 부족해.
베크만	(멍하니 혼잣말로) 쾌활함.
단장	침착함이나 여유로움 말이야. 우리의 거장 괴테를 생각해봐. 괴테는 자기 군주와 함께 전쟁에도 참가했어. 그러고는 야전군 막사에서 오페레타를 썼지.
베크만	(멍하니 혼잣말로) 오페레타.
단장	그런 게 바로 천재야! 위대한 작가는 그렇게 거리를 둘 줄 알아야 해!
베크만	네, 그건 저도 인정합니다. 엄청난 거리가 있죠.
단장	그러니 친구, 우리 몇 년만 더 기다리자고.
베크만	기다리자고요? 하지만 전 배가 고파요! 전 일을 해야만 한다고요!
단장	그래, 하지만 예술은 잘 여문 것이어야 해. 당신 연기는 아직 격조가 없고 미숙해. 전체적으로 너무 우울하고 너무 벌거숭이야. 당신은 내 관객들 기분을 잡치게 만들 거야. 안 돼, 관객들한테 검은 빵을 먹일 수는 없어.
베크만	(멍하니 혼잣말로) 검은 빵.
단장	비스킷을 요구하는 관객들한테 말이야. 그러니 조금 인내심을 가지라고. 먼저 자기 자신을 다듬고 성숙시켜. 이미 말했듯이 썩 괜찮은 연기지만 아직 예술이라고 볼 수는 없어.
베크만	예술, 예술! 하지만 이건 진실이라고요!
단장	그래, 진실 맞아! 하지만 예술은 진실과 아무 상관이 없어!

진실 가지고는 성공할 수가 없어. 진실은 당신을 비호감으로 만들 뿐이야. 다들 느닷없이 진실을 말하겠다고 나서면 우리는 어떻게 되겠어? 요즘 세상에 누가 진실을 알고 싶어 하겠어? 응? 대체 누가 그러겠냐고? 이건 당신이 절대로 잊어서는 안 되는 사실이야.

베크만 (쓰라린 표정으로) 네, 그래요. 알겠어요. 고마워요. 이제 뭐가 뭔지 좀 알겠어요. 절대로 잊어서는 안 되는 사실, (베크만의 목소리가 점점 격렬해지더니, 문 삐걱거리는 소리와 함께 최고조에 이른다.) 절대로 잊어서는 안 돼. 진실 가지고는 성공할 수 없어. 진실은 우리를 비호감으로 만들 뿐이야. 요즘 세상에 누가 진실을 알고 싶어 하겠어? (큰 소리로) 그래, 이제 뭐가 뭔지 좀 알겠어. 이게 바로 사실이야― (베크만은 말없이 나간다. 문이 삐걱거리며 닫힌다.)

단장 그런데 이봐 젊은 친구! 대체 왜 그렇게 예민하게 굴지?

베크만 (절망해서)

술은 동이 나고

세상은 잿빛이야,

털가죽처럼,

늙은 암퇘지의 털가죽처럼!

타자 멈춰, 베크만! 길은 여기야! 여기 위쪽!

베크만 길에서 피 냄새가 나. 여기서 그들은 진실을 학살했어. 내 길은 엘베강으로 가기를 원해! 그리고 그건 여기 아래쪽이야!

타자 자, 베크만, 절망해서는 안 돼! 진실은 살아 있어!

베크만 진실은 시내의 유명한 창녀와도 같아. 모르는 사람이 없지만 길거리에서 마주치면 다들 불편해하지. 만남은 은밀하게 밤에 이루어져야 하거든. 환한 대낮에는 상스럽고 추한 잿빛이야, 창녀와 진실은. 사람들 중에는 평생 이 둘을 소화해내지 못하는 이들도 있어.

타자   이리 와, 베크만, 어디든 문은 항상 열려 있기 마련이야.

베크만   그래, 괴테에게는 그렇지. 셜리 템플이나 슈멜링에게는. 하지만 난 단지 베크만일 뿐이야. 우스꽝스러운 안경을 끼고 우스꽝스러운 머리 모양을 한 베크만. 절름발이에 산타클로스 외투를 걸친 베크만. 난 그저 전쟁이 만들어낸 재미없는 익살일 뿐이야. 어제의 유령. 난 그저 베크만일 뿐 모차르트가 아니기 때문에, 그래서 문들은 하나같이 닫히고 말아. 쾅. 그래서 나는 바깥에 서 있어. 쾅. 또다시 바깥에. 쾅. 언제나 다시. 쾅. 언제나 다시 문밖에. 쾅. 나는 새로 시작하는 신인이기 때문에, 그래서 어디서도 시작할 수가 없어. 나는 목소리가 너무 작기 때문에, 그래서 장교가 되지 못했어! 나는 목소리가 너무 크기 때문에, 그래서 관객들을 불안하게 만들지. 나는 밤마다 죽은 자들에 대해 비명을 지르는 심장을 지녔기 때문에, 그래서 먼저 다시 인간이 되어야 해. 연대장님의 양복을 입고서 말이야.

술은 동이 나고
세상은 잿빛이야,
털가죽처럼,
늙은 암퇘지의 털가죽처럼!

길에서 피 냄새가 나. 사람들이 진실을 학살했거든. 그리고 문들은 모두 닫혀 있어. 난 집에 가고 싶어. 하지만 길이 모두 캄캄해. 저 아래 엘베강으로 가는 길, 그 길만 환해. 아아, 그 길만 환해!

타자 가지 마, 베크만! 네 길은 여기잖아. 이리로 가야 집이야. 넌 집에 가야 하잖아, 베크만. 네 아버지가 거실에 앉아 기다리고 있어. 네 어머니는 벌써 네 발걸음 소리를 듣고 문가를 서성이고 있어.

베크만 오 하느님! 집에 간다고! 그래, 난 집에 가고 싶어. 어머니한테 가고 싶어! 어머니한테 제발 가고 싶다고!!! 내 어머니한테—

타자 이리 와. 여기가 네 길이야. 사람들은 제일 먼저 가야 할 길을 제일 나중에 생각하지.

베크만 집에 가는 거야, 어머니가 계신 집, 내 어머니가—

5막

(집. 문. 베크만.)

베크만   우리 집이 아직 있어! 그리고 여기에는 나를 위한 문이 있
지. 어머니가 거기 있다가 문을 열고 나를 집 안으로 맞아줄
거야. 우리 집이 아직 있다니! 건물 계단은 아직도 삐거덕거
리는군. 저기 우리 문이 있어. 아버지는 매일 아침 8시에 저
문을 나서지. 그리고 매일 저녁 다시 저 문 안으로 들어가
고. 일요일만 빼고 말이지. 아버지는 늘 열쇠 꾸러미를 흔들
면서 혼잣말로 투덜거리지. 매일같이. 평생을 그렇게. 그리
고 어머니는 저 문을 하루에도 세 번, 일곱 번, 열 번씩 들락
거리고. 매일같이. 평생을, 아주 긴 세월을 말이야. 그게 우
리 문이야. 그 뒤편에서 부엌문은 고양이 울음소리를 내고,
시계는 목쉰 소리를 내며 돌이킬 수 없는 시간을 할퀴어대
고 있지. 그 뒤편에서 나는 뒤집어놓은 의자 위에 올라타고
자동차 경주를 벌이곤 했어. 그리고 그 뒤편에서 아버지는
기침을 하고, 낡은 수도꼭지는 트림을 하고, 어머니가 일할
때마다 부엌의 그릇들이 달그락거리지. 그게 우리 문이야.
그 뒤편에서 삶은 끝없는 실뭉치를 풀어내고 있어. 30년 동
안이나 줄곧 그랬고, 또 그렇게 계속될 거야. 전쟁은 이 문
을 비껴갔어. 전쟁은 이 문을 박살 내지 않았고 문틀에서 떼

어내지도 않았어. 전쟁은 우리 문을 그냥 놔두었어, 우연히, 실수로. 이제 이 문은 나를 위한 문이야. 나를 위해 열릴 거야. 내가 안으로 들어가고 나서 닫힐 거야. 그러면 나는 더 이상 밖에 서 있지 않아. 그러면 나는 집 안에 있는 거야. 그게 칠이 벗겨지고 우편함도 찌그러진 우리의 낡은 문이야. 흔들거리는 흰색 초인종과 어머니가 매일 아침 닦아서 반질반질한 동판 문패가 달린 문. 문패에는 우리의 이름이 새겨져 있지. 베크만이라고—

아니 그런데 동판으로 된 우리 문패가 달려 있지 않아! 대체 왜 그 문패가 없는 거지? 누가 우리 이름을 치워버린 거야? 우리 문에 붙어 있는 저 지저분한 마분지 딱지는 대체 뭐지? 거기에 적힌 낯선 이름은 또 뭐고? 여기엔 크라머라는 사람이 살지 않아! 왜 우리 이름이 더 이상 문에 붙어 있지 않은 거야? 30년이나 줄곧 여기에 붙어 있었는데. 이렇게 간단히 떼어내고 다른 이름으로 교체할 수는 없어! 우리의 동판 문패는 대체 어디 간 거야? 건물에 있는 다른 이름들은 모두 자기들 문에 제대로 붙어 있잖아. 언제나처럼. 그런데 왜 베크만은 여기에 없냐고? 30년 동안 베크만이 있던 자리에 이렇게 간단히 다른 이름을 붙여놓을 수는 없어. 대체 이 크라머라는 작자는 누구야!?

(그는 초인종을 누른다. 문이 삐걱거리며 열린다.)

크라머 부인 (냉랭하고 기분 나쁘게, 하지만 깍듯하게 친절을 베푼다. 상스럽고 가차 없는 태도보다 오히려 더 섬뜩하다.) 무슨 일이시죠?

베크만	아, 안녕하세요. 저는—
크라머 부인	무슨 일이신데요?
베크만	혹시 동판으로 된 우리 문패가 어디 있는지 아세요?
크라머 부인	'우리 문패'라뇨?
베크만	여기에 늘 붙어 있던 문패요. 30년 동안.
크라머 부인	모르겠어요.
베크만	그럼 제 부모님은 어디 계신지 아세요?
크라머 부인	그분들이 누구신데요? 당신은 대체 누구시죠?
베크만	저는 베크만이라고 합니다. 여기서 태어났죠. 여기는 우리 집이에요.
크라머 부인	(무의식중에 점점 더 수다스럽고 뻔뻔스러워진다.) 아니, 그렇지 않아요. 여긴 우리 집이에요. 당신이 여기서 태어났을 수도 있겠지만 그건 내 알 바 아니에요. 아무튼 여긴 당신 집이 아니에요. 이 집은 우리 거예요.
베크만	네, 그래요. 그런데 제 부모님은 대체 어디 계신가요? 그분들도 어딘가에는 살고 계셔야 하잖아요!
크라머 부인	당신이 그 사람들의 아들이라는 거예요? 그 베크만 부부의 아들? 그럼 당신 이름도 베크만인가요?
베크만	네, 물론이에요. 제 이름도 베크만이에요. 저는 여기 이 집에서 태어났어요.
크라머 부인	그럴 수도 있겠죠. 그건 전혀 내 알 바 아니에요. 하지만 이 집은 우리 거예요.
베크만	그런데 제 부모님은요! 제 부모님은 대체 어디에 가 계시냐고요! 그분들이 어디 계신지 말씀 좀 해주실 수 없나요?

크라머 부인	그걸 모른단 말이에요? 그러고도 아들이라고 말하려는 거예요? 하지만 그렇게 보이기는 하네요! 자기 부모가 어디 있는지도 모르지만 말이에요, 알겠어요?!
베크만	제발요! 그 노인네들은 대체 어디로 가셨나요? 그분들은 여기서 30년이나 사셨는데 갑자기 더 이상 여기에 안 계시게 되다니요? 뭐라고 말 좀 해봐요! 어딘가에는 그분들이 계셔야 하잖아요!
크라머 부인	물론 그렇죠. 5번 예배당이라고 알고 있어요.
베크만	5번 예배당? 대체 어떤 5번 예배당 말인가요?
크라머 부인	(체념하듯, 하지만 잔인하기보다는 애처로운 말투로) 올스도르프의 5번 예배당이요. 올스도르프가 어떤 곳인지 알아요? 공동묘지예요. 올스도르프가 어디 있는지 알아요? 풀스뷔텔 근처예요. 그 위쪽에 함부르크의 종착역 세 곳이 있죠. 풀스뷔텔의 교도소와 알스터도르프의 정신병원. 그리고 올스도르프의 공동묘지. 알겠어요? 당신 부모님은 그곳에 있다고요. 그분들은 이제 그곳에 살아요, 거처를 옮겼어요, 떠났다고요. 모르겠어요?
베크만	그분들이 왜 그곳에 계시죠? 돌아가셨나요? 얼마 전까지도 정정하셨다고요. 제가 그걸 어떻게 알겠어요? 전 3년 동안 시베리아에 있었어요. 천 일이 넘게 말이에요. 그분들이 돌아가셨다고요? 하지만 얼마 전까지도 여기에 계셨는데요. 대체 왜 돌아가셨죠? 제가 집에 돌아오기도 전에 말이에요. 어디 편찮으신 데도 없었는데. 아버지는 기침을 조금 하신 게 전부였어요. 늘 달고 사시긴 했지만. 그리고 어머니는 부

얼이 타일 바닥이어서 발이 차서 고생을 하셨죠. 하지만 그런 걸로 사람이 죽지는 않아요. 두 분은 대체 왜 돌아가셨죠? 도무지 그럴 이유가 없는데 말이에요. 그렇게 간단히 아무런 소리 소문도 없이 돌아가실 수는 없다고요!

크라머 부인   (친밀하게, 하지만 성의 없이, 조야하게 감상적으로) 참 희한한 사람이군, 정말 이상한 아들이야! 좋아요. 그건 관두죠. 시베리아에서 천 일이나 있었다니 오죽했겠어요. 몸도 마음도 정상이 아닌 게 당연하지, 이해해요. 노(老)베크만 부부는 더 이상 버틸 수가 없었어요. 짐작하겠지만, 제3제국에서 기력이 다했던 거예요. 그렇게 나이 든 남자한테 제복은 왜 그렇게 계속 입혀놓았는지, 원. 아무튼 그분은 유대인들한테 좀 심하게 굴었어요. 아들이니까 잘 알겠지만 말이에요. 당신 아버지는 유대인들을 참 못 견뎌 했어요. 유대인들만 보면 분노를 터뜨렸죠. 그들을 모두 자기 손으로 직접 팔레스타인으로 내쫓아버리고 싶다고 늘 소리치곤 했어요. 방공호 안에서 말이에요. 폭탄이 떨어질 때마다 유대인들한테 저주를 퍼부었죠. 너무 적극적이었어요, 당신 노친네는. 나치에 너무 기력을 쏟았어요. 그러다 그 갈색 시절이 지나가자 그들이 그분을 고발했어요. 유대인 문제로 말이에요. 유대인들한테 너무하기는 했어요. 조금만 입조심을 했어야 했는데. 너무 적극적이었어요, 노베크만 씨는. 갈색 제복 차림들의 시대가 지나고 나자 그들은 그분을 조사하기 시작했어요. 그리고 그 결과는 생각했던 대로였어요. 당신 아버지는 아무 데로도 빠져나갈 구멍이 없었죠. 그나저나 아까부터 계속 묻고 싶었는데, 당신 코에 안경처럼 걸쳐놓은 그 우스꽝스러운 물건이 대체 뭔지 말해봐요. 그런 쓸데없는 짓을 대체 왜 하는 거죠? 그건 아무리 봐도 제대로 된 안경이라고 할 수가 없어요. 이봐요, 그냥 정상적인 안경은 없나요?

베크만   (기계적으로) 아니, 없어요. 이건 방독면 안경이에요. 군대에서 받았어요, 우리 안경잡이들은—

크라머 부인   나도 알아요. 알고 있어요. 하지만 나 같으면 그런 걸 코에 걸치지는 않겠어요. 그러느니 차라리 그냥 집에 있겠어요. 우리 집 양반 같으면 틀림없이 한마디 했을 거예요. 그 양반이 뭐라고 그럴지 알아요? '맙소사, 이봐 젊은 친구, 얼굴에서 그 다리 난간을 당장 치워버려!'라고 할 거예요.

베크만   계속하세요. 제 아버지가 어떻게 되었는지. 더 얘기해주세요. 궁금해 죽겠어요. 자, 어서요, 크라머 부인. 어서!

크라머 부인   더 얘기할 것도 없어요. 그들은 당신 아버지를 내쫓았어요. 당연히 퇴직연금도 받지 못했죠. 그러고서 두 분은 집에서도 쫓겨나야 했어요. 남은 거라곤 냄비 하나가 전부였어요. 몹시 비참했죠. 두 노인네에겐 결정적이었어요. 그분들은 더 이상 버텨낼 수가 없었을 거예요. 아마 그러고 싶지도 않았겠죠. 그래서 두 분은 제 스스로 완전히 탈나치화하신 거예요. 당신 아버지로서는 정말 어쩔 수 없었어요. 우리는 그분의 행동을 이해해야 해요.

베크만   두 분이 뭘 하셨다고요? 제 스스로—

크라머 부인   (악의적이라기보다는 호의적인 어투로) 탈나치화하셨다고요. 우리는 그걸 그렇게 말해요. 그냥 우리끼리 쓰는 말이죠. 그래요, 당신의 노부모님은 더 이상 살아갈 낙이 없었어요. 어느 날 아침에 보니 두 분은 몸이 시퍼렇게 굳은 채 부엌 바닥에 누워 계셨어요. 바보 같은 짓이었다고 우리 집 양반은 말하더군요. 그 정도 가스면 한 달은 충분히 쓰고도 남았을 거라고 말이죠.

베크만   (낮은 소리로, 하지만 굉장히 위협적으로) 내 생각엔 얼른 문을 닫는 편이 좋겠어요. 빨리. 아주 빨리! 그리고 문을 잠가요. 빨리 문을 닫으라고 말했어요! 얼른 닫아요! (문이 삐걱거린다. 크라머 부인이 신경질적으로 소리를 지르며 문을 닫는다.)

베크만   (낮은 소리로) 못 견디겠어! 더 이상 못 견디겠어! 못 견디겠어!

타자   천만에, 베크만, 그렇지 않아! 견딜 수 있어.

베크만   아냐! 이 모든 걸 난 더 이상 견뎌내고 싶지 않아! 꺼져! 이 멍청하게 긍정만 하는 녀석아! 꺼져버려!

타자   아냐, 베크만. 네 길은 여기 위쪽이야. 자 어서, 이 위로 오라고. 네가 갈 길은 아직 멀어. 자 어서!

베크만   나쁜 놈 같으니! 그래, 아마 견딜 수 있겠지. 견딜 수 있을 거야. 그 길에서. 그리고 계속 가겠지. 가끔씩 숨이 막히거나 누군가를 죽이고 싶겠지만 그래도 숨은 계속 쉬어지고 살인은 벌어지지 않을 거야. 더 이상 비명을 지르지도 않고 울지도 않겠지. 견딜 수 있을 거야. 두 사람이 죽었어. 하지만 요즘 세상에 두 사람이 죽었다고 누가 눈이나 깜짝하겠어!

타자	그만해, 베크만. 자 어서 이리 와!
베크만	죽은 두 사람이 하필 네 부모라면 물론 화가 나겠지. 하지만 고작 노인네 두 사람 죽은 거잖아? 가스는 정말 유감이야! 그 정도면 한 달은 충분히 쓸 수 있었을 텐데.
타자	그쪽에 귀 기울이지 마, 베크만. 이리 와. 네 길이 기다리고 있어.
베크만	그래, 듣지 않을 거야. 심장에서 아무리 비명을 질러대고, 아무리 누군가를 죽이고 싶어 해도 말이야. 가스 때문에 가슴 아파하는 저 애처로운 자들을 죽이고 싶어 하는 가련한 심장! 그 심장이 잠들고 싶어 해, 엘베강 아주 깊숙한 곳에서, 알겠어? 그 심장은 쉰 소리로 목이 터져라 비명을 질러댔지만 아무도 듣지 않았어. 여기 아래쪽에서도 위쪽에서도 아무도 듣지 않았어. 두 노인네는 올스도르프 공동묘지로 거처를 옮겼어. 어제는 2천 명이 그랬을 테고, 내일은 4천 명 아니 600만 명이 그럴 거야. 그렇게 이 세상의 공동묘지로 거처를 옮길 거야. 하지만 누가 묻기나 하겠어? 아무도 없어. 여기 아래쪽의 인간들이건 저 위쪽의 신이건 아무도 듣는 이는 없어. 신은 자고 있고 우리는 계속 살아가야 하니까.
타자	베크만! 베크만! 듣지 마, 베크만. 넌 모든 걸 방독면 안경을 통해서 보고 있어. 모든 걸 왜곡해서 보고 있다고, 베크만. 듣지 마. 예전엔 그런 시절이 있었어, 베크만. 저녁에 케이프타운의 초록색 전등불 아래 신문을 펼쳐 들고 앉아서 알래스카에서 동사한 두 여인의 기사를 읽으며 탄식하던 그런 시절. 예전엔 정말 그랬지. 보스턴에서 어린아이가 유괴

되면 함부르크에 사는 사람들이 밤잠을 못 이루었어. 파리에서 기구가 추락하면 샌프란시스코에서 애도를 하고 말이야.

베크만   예전에, 예전에, 예전에! 그때가 언제였는데? 10만 년 전에? 요즘 세상엔 영이 여섯 개나 붙은 사망자 명단이 만들어지고 있지만 사람들은 전등불 아래에서 탄식하지 않아. 잠도 아주 잘 자지. 침대만 있다면 말이야. 사람들은 고통을 안은 채 말없이 서로의 시선을 피하지. 뺨이 움푹 파이고 무뚝뚝하고 쌀쌀맞고 구부정하고 고독해. 너무 엄청나서 차마 입 밖에 내기조차 힘든 숫자들만 퍼먹으면서. 그 숫자가 뭐냐 하면—

타자   듣지 마, 베크만.

베크만   들어봐, 더 이상 살 수 없을 때까지 들어보라고! 그 숫자는 너무 길어서 차마 입 밖에 낼 수조차 없어. 그 숫자가 뭐냐 하면—

타자   듣지 말라니까—

베크만   들어봐! 그것이 뭐냐 하면, 죽은 자들, 반쯤 죽은 자들, 수류탄이 터져 죽은 자들, 파편에 맞아 죽은 자들, 굶어 죽은 자들, 폭격에 죽은 자들, 눈사태로 죽은 자들, 바다에 빠져 죽은 자들, 절망에 빠져 죽은 자들, 실종자들, 도망친 자들, 행방불명자들이야. 그 숫자에 달린 영은 한 손에 달린 손가락으로 다 헤아릴 수 없다고!

타자   듣지 말라니까. 네 길이 기다리고 있어, 베크만, 어서 이리와!

196

베크만	이런 빌어먹을! 그 길은 어디로 가는 길이지? 우리는 어디에 있는 거야? 우린 아직 여기에 있는 거야? 이곳은 아직 옛날 그 땅이야? 혹시 우리 몸에 털이 자라나지 않았어? 꼬리, 맹수의 이빨, 발톱이 자라고 있는 건 아니야? 우리가 아직 두 다리로 걷고 있어? 맙소사, 넌 대체 어떤 길인 거지? 넌 어디로 가는 거야? 이봐 타자, 대답해봐. 대답해보라고, 이 긍정만 하는 녀석아! 영원히 대답만 하는 게 네 일이잖아!
타자	넌 길을 잘못 들고 있어, 베크만, 이 위로 와, 어서. 네 길은 여기야! 듣지 마. 이 길에는 오르막도 있고 내리막도 있어. 길이 내리막이라고, 어둡고 캄캄하다고 비명을 지르지는 마. 길은 계속 이어질 거야. 그리고 등불은 도처에 있어. 해, 별, 여자, 창문, 가로등, 그리고 열린 문. 반시간쯤 안개 속에 있다고, 밤이라고, 고독하다고 비명을 지르지는 마. 언제나 다시 다른 사람을 만나게 될 거야. 이리 와, 애야, 힘들어하지 마! 달콤한 실로폰 연주자의 감상적이고 서투른 연주에 귀를 기울이지 마. 듣지 말라고.
베크만	듣지 말라고? 그게 네 대답이야? 수백만의 죽음, 반죽음, 실종— 이 모든 게 다 아무렇지도 않다는 거야? 그런데도 듣지 말라고 말하다니! 내가 길을 잘못 들었다고? 그 길은 온통 잿빛이야. 끔찍한 심연이라고. 저 바깥에서 우리는 그런 길 위에 있어. 절뚝거리며, 울부짖으며, 굶주리며 그 길을 따라가고 있어. 비참하고 춥고 힘겹게 말이야! 하지만 엘베강은 마치 썩은 음식을 먹었을 때처럼 나를 다시 토해냈어. 엘베강은 나에게 잠을 허락하지 않았어. 그런데도 내게 계

속 살아야 한다고 말하다니! 이런 삶을 살아야 해? 그렇다면 또 말해봐, 왜 그래야 하지? 누구를 위해서? 무엇을 위해서?

타자 너를 위해서야! 삶을 위해서! 네 길이 기다리고 있어. 그리고 그 길에는 이따금씩 가로등도 서 있어. 설마 두 가로등 사이의 어둠조차 두려워할 만큼 비겁한 겁쟁이는 아니겠지? 네 곁에 오로지 가로등만 있었으면 좋겠어? 자 어서, 베크만, 다음 가로등까지 계속 가라고.

베크만 이봐, 난 배가 고파. 몸도 꽁꽁 얼었다고. 배가 고프단 말이야! 그 길은 어두워, 문이란 문은 죄다 닫혀 있고. 그러니 입 다물어, 이 긍정밖에 모르는 놈아. 남들에 대해 혓바닥 좀 그만 놀려. 난 집에 가고 싶어. 어머니에게 가고 싶다고! 배가 너무 고파서 검은 빵이라도 먹고 싶어! 비스킷은 바라지도 않아. 정말 그런 건 바라지도 않아. 어머니라면 틀림없이 나를 위해 검은 빵 한 조각은 남겨놓았을 텐데— 그리고 따뜻한 양말도. 그러면 배부르고 등 따습게 연대장의 푹신한 소파에 앉아 도스토옙스키를 읽었을 텐데. 아니면 고리키든지. 다른 사람들의 비참함 덕분에 배부르고 등 따습게 앉아 무언가를 읽고 동정의 탄식을 내뱉는 건 얼마나 멋진 일이냔 말이지. 하지만 유감스럽게도 난 계속 눈이 감겨. 너무너무 피곤하다고. 개처럼 늘어지게 하품을 하고 싶어. 목젖이 다 보이도록 말이지. 더 이상 서 있을 수조차 없어. 난 너무 피곤해. 이제 더 이상 걷고 싶지 않아. 더 이상 걸을 수가 없다고, 알겠어? 1밀리미터도 못 가. 1밀리미터도—

타자	베크만, 포기하면 안 돼. 자 어서, 베크만. 삶이 기다리고 있어, 베크만. 어서 와!
베크만	도스토옙스키는 읽고 싶지 않아. 나 자신도 충분히 두려우니까. 난 가지 않을 거야. 난 피곤해. 아니, 안 갈래. 난 자고 싶어. 여기, 내 문 앞에서 말이야. 내 문 앞 계단에 앉아서 잘 거야. 잔다고. 건물 담벼락이 너무 오래되어서 바스락거리며 허물어지는 날까지 잘 거야. 아니면 다음 동원령이 내려질 때까지든가. 나는 아가리를 있는 대로 벌리고 하품하는 이 세상처럼 지쳤어!
타자	졸지 마, 베크만. 자 어서. 살아보라고!
베크만	아냐, 이런 삶은 없느니만 못해! 난 더 이상 동참하지 않겠어. 무슨 말이 하고 싶어? 동지들이여 앞으로 전진하라고? 공연은 당연히 씩씩하게 끝까지 진행되어야 한다고? 마침내 막이 내려지면 우리가 어두운 구석에 누워 있을지 아니면 누군가의 달콤한 젖가슴에 안겨 있을지 누가 알겠느냐고? 우리의 5막극은 비가 와서 망쳤어, 우중충하다고!
타자	그러지 말고 함께해. 삶은 활기찬 거야, 베크만. 활기차게 동참해!
베크만	입 다물어. 삶은 이런 거야:

베크만 입 다물어. 삶은 이런 거야:

1막 흐린 하늘. 누군가가 고통을 당한다.

2막 흐린 하늘. 다시 고통을 당한다.

3막 어두워지고 비가 내린다.

4막 더욱 어두워진다. 문이 하나 보인다.

5막 밤이다. 칠흑 같은 밤. 문은 닫혀 있다. 누군가가 밖

에 서 있다. 문밖에. 엘베강가에 서 있다. 센강가에, 볼가강
가에, 미시시피강가에 서 있다. 그렇게 서 있다. 정신이 나
가고, 꽁꽁 얼고, 배고프고, 그리고 죽도록 지쳤다. 그러다
갑자기 풍덩 소리가 나고 물결이 잔잔히 원을 그리며 퍼진
다. 스르르 막이 내린다. 물고기와 벌레 들이 소리 없는 갈
채를 보낸다. 바로 이런 거야! 이게 없느니만 못하지 않다는
거야? 난, 난 어쨌든 더 이상 동참하지 않겠어. 난 지금 넓
고 넓은 이 세상만큼이나 큰 하품이 나와!

타자	잠들지 마, 베크만! 넌 계속 가야 해.

베크만   뭐라고? 목소리가 갑자기 모깃소리가 되었군.

타자   일어나, 베크만, 네 길이 기다리고 있어.

베크만   그 길은 내 피곤한 발걸음을 포기해야 할걸. 그런데 넌 왜
그렇게 멀리 있는 거지? 무슨 말을 하는지 도무지— 거의
한마디도— 알아들을 수가 없어……(하품을 한다.)

타자   베크만! 베크만!

베크만   으흠……(잠이 든다.)

타자   베크만, 너 자는구나!

베크만   (자면서) 그래, 난 자고 있어.

타자   일어나, 베크만, 넌 살아야 해!

베크만   아니, 난 일어날 생각이 전혀 없어. 지금 꿈을 꾸고 있거든.
아주 멋진 꿈을 꾸고 있어.

타자   더 이상 꿈꾸지 마, 베크만, 넌 살아야 해.

베크만   살아야 한다고? 천만의 말씀. 난 지금 막 죽는 꿈을 꾸고
있어.

200

타자	일어서란 말이야! 살아!
베크만	아니. 더 이상 일어서고 싶지 않아. 너무나 아름다운 꿈을 꾸는 중이야. 난 길 위에 누워서 죽고 있어. 허파도 심장도 그리고 다리도 더 이상 말을 듣지 않아. 베크만 전체가 더 이상 말을 듣지 않는다고, 알아들어? 명백한 명령 불복종이야. 베크만 하사는 더 이상 동참하지 않아. 어때, 멋지지 않아?
타자	자 어서, 베크만, 넌 계속 가야 해.
베크만	계속 가라고? 아래로 말이지? 계속 아래로! 프랑스 놈들은 '아 바'*라고 하지. 죽는 건 아주 멋진 일이야. 여태 그 생각을 못 했어. 난 죽음이 꽤 견딜 만할 거라고 믿어. 죽음이 도저히 견딜 수 없어서 다시 돌아온 사람은 이제껏 한 명도 없었잖아. 어쩌면 아주 기분 좋은 걸지도 몰라, 죽음은. 어쩌면 삶보다 훨씬 더 좋을 거야. 어쩌면…… 난 벌써 하늘나라에 있는 것 같아. 더 이상 아무것도 느껴지지 않아. 하늘나라에 있다는 건 아무것도 느끼지 못한다는 거야. 저기 우리 주 사랑의 하느님처럼 생긴 웬 노인도 이리로 오고 있어. 그래, 정말 하느님 같아. 좀 지나치게 신학적이긴 하지만 말이야. 그런데 영 울상인걸. 하느님 맞을까? 안녕하세요, 영감님. 혹시 사랑의 하느님이세요?
신	(울먹이며) 내가 사랑의 하느님이다, 애야, 불쌍한 내 아들아!
베크만	아, 사랑의 하느님 맞군요. 그런데 누가 당신께 사랑의 하느

---

* à bas: 프랑스어로 '아래로'라는 뜻.

님이란 이름을 붙였죠? 인간들인가요? 네? 아니면 당신 스스로?

신   인간들은 나를 사랑의 하느님이라고 부르지.

베크만   이상하네요. 네, 정말 이상한 사람들이에요, 당신을 그렇게 부르는 사람들 말이에요. 아마도 만족스러운 사람들, 배부른 사람들, 행복한 사람들이나 당신을 그렇게 부를 거예요. 아니면 당신이 두려운 사람들이거나. 따스한 햇볕 속을 거닐거나 사랑에 빠지거나, 배가 부르거나 만족스러운 사람들, 밤마다 두려움에 떠는 사람들은 그렇게 말하겠죠. 사랑의 하느님! 사랑의 하느님이라고요! 하지만 저는 사랑의 하느님이라고 말하지 않겠어요. 저는 사랑스러운 신을 한 번도 본 적이 없으니까요!

신   아들아, 내 불쌍한—

베크만   당신은 대체 언제 사랑을 베푸시나요, 사랑의 하느님? 한 살밖에 안 된 내 아이를, 그 조그만 아이를 무섭게 울부짖는 폭탄들이 갈기갈기 찢어버리게 하셨을 때 사랑을 베푸신 건가요, 사랑의 하느님? 그 아이를 비명에 죽게 하셨을 때 사랑을 베푸셨던 거냐고요, 사랑의 하느님, 네?

신   내가 그 아이를 죽게 한 건 아니야.

베크만   네, 물론 아니죠. 당신은 단지 방치하셨을 뿐이죠. 그 아이가 비명을 지를 때, 폭탄이 무섭게 울부짖을 때 당신은 그 소리에 귀를 기울이지 않았어요. 폭탄들이 그렇게 무섭게 울부짖을 때 당신은 대체 어디에 계셨나요, 사랑의 하느님? 아니면 당신은 제 정찰대에서 부대원 열한 명이 사라졌을 때 사랑을 베푸신 건가요? 열한 명이 부족했다고요, 사랑의 하느님. 그때 당신은 없었어요. 저 열한 명의 부대원은 숲속에서 외톨이가 되어 큰 소리로 비명을 질렀을 테지만 당신은 거기에 없었어요. 아니면 스탈린그라드에서 사랑을 베푸셨나요? 거기서 사랑을 베푸신 거냐고요, 네? 그래요? 대체 언제 사랑을 베푸셨어요, 하느님, 언제? 언제 우리를 돌봐주신 적이 있기는 한가요, 하느님?

신   더 이상 아무도 나를 믿지 않는구나. 너도, 아무도. 난 아무도 더 이상 믿지 않는 신이 되었어. 아무도 더 이상 돌보지 않는 신. 너희들은 날 돌보지 않아.

베크만   하느님은 신학도 공부하지 않으셨나요? 누가 누구를 돌본다는 거죠? 아 맞아요, 당신은 늙었어요, 하느님. 당신은 시대에 뒤떨어졌어요. 우리가 지닌 죽음과 공포의 기나긴 명단을 당신은 더 이상 따라올 수가 없다고요. 우리는 당신을 더 이상 잘 모르겠어요. 당신은 동화책에나 나오는 사랑의 하느님이에요. 이제 우리에겐 새로운 신이 필요해요. 우리의 고난과 두려움을 해결해줄 수 있는 신 말이에요. 완전히 새로운 신. 아, 우린 당신을 얼마나 찾았는지 몰라요, 하느님, 그 많은 폐허와 포탄 구덩이 속에서, 밤마다. 애타게 당신을 불렀다고요, 하느님! 당신을 향해 울부짖고 눈물을 흘리고 저주를 퍼부었어요! 그때 당신은 어디 계셨어요, 사랑의 하느님? 오늘 밤 당신은 어디 계신 거죠? 우리에게서 등을 돌리신 건가요? 당신의 그 고색창연한 교회 안으로 완전히 들어가버리신 건가요, 하느님? 깨진 유리창 틈으로 흘러드는 우리의 비명 소리가 안 들리시나요, 하느님? 당신은 어디 계세요?

신 내 자식들이 내게서 등을 돌린 거지, 내가 그들에게서 등을 돌린 게 아니다. 너희들이 내게서 등을 돌린 거라고, 너희들이. 난 이제 아무도 더는 믿지 않는 신이니까. 너희들이 내게서 등을 돌렸어.

베크만 꺼져버려요 노인장. 당신은 제 죽음을 망치고 있어요. 꺼지라고요. 이제 보니 당신은 그저 눈물이나 질질 짜는 신학자일 뿐이에요. 당신은 말을 거꾸로 하고 있어요. 누가 누구를 돌본다는 거죠? 누가 누구에게서 등을 돌렸나요? 너희들이 내게서라고요? 우리가 당신에게서? 당신은 죽었어요, 하느님. 아니, 살아 계셔주세요. 우리와 함께 살아 계셔주세요. 춥고 고독한 밤에, 배의 꼬르륵 소리가 적막을 깰 때 우리와 함께 살아 계셔주세요, 하느님. 아아, 꺼져버려요. 당신은 핏빛 잉크에 찌든 신학자예요. 꺼져버려요, 눈물이나 질질 짜는 영감탱이!

신 얘야, 내 불쌍한 아들아! 난 달리 어쩔 도리가 없구나! 난 아무것도 바꿀 수가 없어!

베크만 네, 바로 그거예요, 하느님. 당신은 아무것도 바꿀 수가 없어요. 우리는 더 이상 당신을 두려워하지 않아요. 우리는 더 이상 당신을 사랑하지 않아요. 당신은 시대에 뒤떨어졌어요. 신학자들이 당신을 늙은이로 만들어버렸어요. 당신이 입은 바지는 다 해졌고 신은 구두 밑창에는 구멍이 났어요. 목소리도 작아졌어요. 우리 시대를 울리는 천둥이 되기엔 턱없이 부족해요. 당신의 목소리는 우리에게 더 이상 들리지 않아요.

신　　　그래, 아무도 내 말을 듣지 않아, 더 이상 아무도. 너희들 목소리가 너무 커져버렸어!

베크만　당신 목소리가 너무 작아진 건 아니고요, 하느님? 당신의 피에 잉크가, 신학자의 희멀건 잉크가 너무 많이 섞인 건 아니고요, 하느님? 가세요, 영감님, 그들이 당신을 교회의 담벼락 안에 가두어버렸어요. 우리는 더 이상 서로의 목소리를 듣지 못해요. 꺼지라고요. 하지만 조심하세요. 암흑이 완전히 뒤덮이기 전에 어디 숨을 곳을 찾든지 새 옷을 장만하세요. 아니면 어디 어두운 숲속에 숨어버리든가. 안 그러면 나중에 일이 잘못되었을 때 그들이 모든 책임을 당신에게 덮어씌울 거예요. 그리고 어둠 속에서 넘어지지 않도록 주의하시고요. 그 길은 경사가 아주 급하고 해골도 잔뜩 널렸으니까요. 코를 꽉 막으세요, 하느님. 그리고 잠도 잘 주무시고요, 영감님, 계속해서 잘. 그럼 안녕히 주무세요!

신　　　새 옷이나 어두운 숲을 찾아보라고? 불쌍하고 불쌍한 내 아이들! 사랑하는 내 아들아—

베크만　네, 어서 가세요. 안녕히 주무세요!

신　　　내 불쌍하고 불쌍한……(퇴장한다.)

베크만　요즘은 늙은이들이 제일 힘들어. 새로운 상황에 적응할 능력이 더 이상 없거든. 우리는 모두 다 바깥에 서 있는 신세지. 신도 마찬가지야. 아무도 더 이상 그에게 문을 열어주지 않으니까. 오로지 죽음에게만 우리를 맞아줄 마지막 문이 있어. 그리고 난 지금 그리로 가는 중이야.

타자　죽음이 우리에게 열어주는 문을 고대해서는 안 돼. 삶에는 수없이 많은 문이 있지. 죽음의 문 뒤에 뭔가 더 있을 거라고 누가 그래?

베크만　그러면 삶이 우리에게 열어주는 문 뒤에는 뭐가 있는데?

타자　삶이 있지! 삶 자체가 말이야! 어서 이리 와, 넌 계속 가야 해.

베크만　난 더 이상 못 해. 내 허파에서 쉬익― 쉬익― 쉬익 하고 소리 나는 거 안 들려? 더는 못 한다고.

타자　할 수 있어. 네 허파에서는 아무 소리도 안 나.

베크만　내 허파에서 나는 소리 맞아. 아니면 그런 소리가 어디서 나겠어? 들어봐. 쉬익― 쉬익― 쉬익. 아니면 어디서 나겠어?

타자　거리 청소부의 비질 소리야! 저기 봐, 저기 거리 청소부가 하나 오고 있어. 그가 포석이 깔린 거리 위를 마치 천식에 걸린 허파처럼 비로 쓸어대며 우리 곁을 지나고 있잖아. 네 허파에서 나는 소리가 아니라고. 듣고 있어? 이건 비질 소리야. 들어봐. 쉬익― 쉬익― 쉬익.

베크만　거리 청소부의 빗자루가 가쁜 숨을 몰아쉬는 환자의 허파처럼 쉬익― 쉬익 소리를 내고 있었군. 게다가 저 거리 청소부는 바지에 붉은 줄무늬도 있어. 거리 청소부 장군이로군. 독일 거리 청소부 장군. 저 거리 청소부가 비질을 하면 쉬익― 쉬익 하고 다 죽어가는 허파 소리가 나는군!

거리 청소부　난 거리 청소부가 아니야.

베크만　거리 청소부가 아니라고? 그럼 뭐지?

거리 청소부 난 장의업체 '쓰레기와 부패' 소속 직원이야.

베크만 당신은 죽음이로군! 그런데 거리 청소부로 다니는 거야?

거리 청소부 오늘은 거리 청소부, 어제는 장군. 죽음은 이제 이것저것 가
릴 처지가 아니야. 죽은 자들이 사방에 넘쳐나거든. 오늘은
심지어 길거리에도 죽은 자들이 누워 있어. 어제는 전쟁터
에 누워 있었는데, 그때 죽음은 장군이었고 실로폰이 반주
를 연주했지. 오늘 그들은 거리에 누워 있고, 죽음의 빗자루
가 쉬익— 쉬익 소리를 내며 비질을 하고 있는 거야.

베크만 죽음의 빗자루는 쉬익— 쉬익 비질을 하고, 장군은 거리 청
소부가 되고. 죽은 자들이 그렇게 시세가 떨어진 거야?

거리청소부 그들은 시세가 떨어지고 있어. 계속 떨어지고 있어. 예포도
없고, 조종도 없고, 추도사도 없고 전쟁 기념비도 없어. 그
들은 시세가 떨어지고 있어. 계속 떨어지고 있어. 죽음의 빗
자루가 쉬익— 쉬익 비질을 하고 있지.

베크만 벌써 가야 해? 여기 있어봐. 나를 데려가라고. 이봐 죽음—
나를 잊었잖아— 이봐 죽음!

거리 청소부 난 아무도 잊지 않아. 내 실로폰은 「오랜 전우들」을 연주하
고, 내 빗자루는 쉬익— 쉬익— 쉬익 비질을 해. 난 아무도
잊지 않아.

베크만 이봐 죽음, 내게 문을 열어봐. 문을 닫지 마, 죽음—

거리 청소부 내 문은 언제나 열려 있어. 언제나. 아침에도, 낮에도, 밤에
도. 밝을 때도, 안개가 끼었을 때도. 언제나 내 문은 열려
있어. 언제나. 어디서나. 그리고 내 빗자루는 쉬익— 쉬익
비질을 하지. (쉬익— 쉬익 소리가 점점 작아진다. 죽음이 퇴

장한다.)

베크만	쉬익— 쉬익. 들려, 내 허파에서 나는 소리? 거리 청소부가 비질하는 소리 같아. 거리 청소부는 문을 활짝 열어놨어. 거리 청소부의 이름은 죽음이야. 그의 빗자루는 내 허파처럼, 낡고 목쉰 시계처럼 소리를 내 쉬익— 쉬익— 쉬익……
타자	베크만, 일어서, 아직 시간이 있어. 어서. 숨을 쉬어봐, 건강하게 숨을 쉬어보라고.
베크만	하지만 내 허파는 이미 그런 소리를 내고 있어—
타자	네 허파는 그렇지 않아. 그것은, 베크만, 국가공무원의 빗자루가 내는 소리야.
베크만	국가공무원?
타자	그래, 그는 오래전에 지나갔어. 자 어서, 다시 일어서, 숨을 쉬어. 삶이 기다리고 있어, 수천 개의 가로등을 켜고 수천 개의 문을 열어놓고서.
베크만	문은 하나면 충분해. 그리고 그는 그것을 열어놓겠다고 말했어, 나를 위해서, 영원히, 언제나. 한 개의 문을.
타자	일어서, 넌 치명적인 꿈을 꾸고 있어. 넌 그 꿈 때문에 죽어가고 있어. 일어서.
베크만	싫어, 난 그냥 누워 있을래. 여기 문 앞에. 이 문은 열려 있어— 그가 그렇게 말했어. 난 여기 누워 있을 거야. 일어서라고? 싫어, 난 지금 아주 멋진 꿈을 꾸고 있다니까. 정말 너무나 멋지고 아름다운 꿈이야. 난 꿈을 꾸고 있어, 모든 게 끝나버린 꿈을 꾸고 있어. 거리 청소부는 지나가버렸어. 그는 자기 이름이 죽음이라고 했지. 그의 빗자루는 내 허파처

럼 소리를 냈어. 치명적인 소리였어. 그는 내게 문을 열어놓
겠다고 약속했어. 거리 청소부들은 친절한 사람들 같아. 죽
음처럼 친절해. 그런 거리 청소부 하나가 내 곁을 지나갔어.

타자   넌 꿈을 꾸고 있어, 나쁜 꿈을 꾸고 있어. 잠을 깨, 살아봐!

베크만   살아보라고? 하지만 난 거리에 누워 있고, 모든 게, 정말 모
든 게 다 끝났어. 나도 마찬가지로 죽었어. 모든 것이 끝났
고, 나는 죽었어, 멋지게 죽었어.

타자   베크만, 베크만, 너는 살아야 해. 모두 다 살아 있어. 네 옆
에. 왼쪽에, 오른쪽에, 네 앞에. 다른 사람들은 말이야. 그런
데 너는? 너는 어디 있지? 살아, 베크만, 다들 살아 있어!

베크만   다른 사람들? 그게 누군데? 연대장? 단장? 크라머 부인? 그
들과 함께 살라고? 맙소사, 난 아주 멋지게 죽었어. 다른 사
람들은 아주 멀리 있고, 난 그들을 조금도 다시 보고 싶지
않아. 다른 사람들은 살인자들이야.

타자   베크만, 넌 거짓말을 하고 있어.

베크만   내가 거짓말을 한다고? 그들이 나쁜 사람들이 아니란 거야?
그들이 좋은 사람들이야?

타자   넌 인간을 몰라. 그들은 좋은 사람들이야.

베크만   아, 그들이 좋은 사람들이로군. 그래서 마음씨 착하게도 나
를 죽였군. 죽도록 웃어대고, 문 앞에 세워두고, 집에서 내
쫓고 그랬군. 아주 마음씨 착한 사람들이어서 말이지. 그들
은 무정해, 꿈속 깊은 곳에서도, 깊이 잠들어 있을 때조차도
무정해. 그렇게 그들은 내 시체를 그냥 지나쳐 가버리지.
잠들어 있을 때조차도 무정하게 말이야. 그들은 웃고 먹고

노래하고 자고 소화시키며 아무렇지도 않게 내 시체를 지나
쳐버려. 내 죽음은 아무것도 아니야.

타자   넌 거짓말하는 거야, 베크만!

베크만 이 긍정만 하는 자야, 그렇지 않아! 사람들은 내 시체를 그
냥 지나쳐 가. 시체는 재미없고 불편하니까.

타자   사람들은 네 죽음을 그냥 지나치지 않아, 베크만. 사람들에
겐 따뜻한 마음이 있어. 사람들은 네 죽음을 슬퍼한다고, 베
크만. 네 시체는 벌써 오래전부터 사람들의 밤잠을 설치게
만들고 있어. 그들은 그냥 지나쳐 가지 않아.

베크만 그렇지 않아, 긍정자. 그들은 그냥 지나쳐 가. 시체는 추하
고 불쾌하니까. 그들은 그냥 얼른 지나쳐버려, 코와 입을 틀
어막고서.

타자   그들은 그러지 않아. 그들은 시체를 볼 때마다 매번 마음 아
파해!

베크만 잠깐, 저기 봐, 벌써 한 사람이 오고 있어. 누군지 알겠어?
연대장이야. 자기 헌 양복을 입혀서 나를 새 사람으로 만들
고 싶어 했던 사람. 연대장님! 연대장님!

연대장 나 참, 벌써 또 거지가 나타났어? 이거 원, 옛날하고 똑같군.

베크만 그래요, 연대장님, 바로 그래요. 모든 게 옛날하고 똑같아
요. 심지어 거지들도 예전과 똑같은 계층 출신들이죠. 하지
만 전 거지는 아니에요, 연대장님. 저는 물에 빠져 죽은 시
체예요. 저는 탈영병이에요, 연대장님. 전 지칠 대로 지친
병사였어요, 연대장님. 어제까지 제 이름은 베크만 하사였
죠. 기억나세요, 연대장님? 베크만요. 조금 물러터진 병사였

210

어요, 그렇죠 연대장님? 기억나세요? 네, 그리고 내일 저녁
에는 미련하게, 소리 없이, 퉁퉁 불은 채로 블랑케네제 모래
사장에 나뒹굴고 있을 거예요. 끔찍하죠, 연대장님? 그리고
저는 연대장님의 계산에 더해지는 거예요. 정말 끔찍하죠?
2천 11명 더하기 베크만은 2천 12명. 와우, 밤 귀신이 2천
12명이에요!

연대장   난 자네를 전혀 모르겠는데. 베크만이란 이름은 들어본 적
이 없어. 계급이 뭐였지?

베크만   하지만 연대장님! 자신이 저지른 마지막 살인은 기억하셔야
죠! 방독면 안경을 쓰고, 죄수 머리를 하고, 다리가 뻣뻣하
게 굳어버린 그 병사 말이에요! 베크만 하사요, 연대장님.

연대장   그래 맞아! 그 병사! 정말 하급 병사들은 하나같이 괴상한
놈들이라니까. 구제 불능 또라이에, 따지기 좋아하는 놈에,
반전주의자에, 익사 지원자까지 말이야. 자넨 익사했다고?
그래, 자네도 그런 부류였어. 전쟁 때문에 심신이 피폐해지
고 인간성을 잃고 군인 정신도 사라져버린 그런 자들. 꼴도
보기 싫은 녀석들.

베크만   네, 그래요, 연대장님. 꼴도 보기 싫죠. 요즘 세상에서 그렇
게 퉁퉁하고 허옇고 물컹물컹한, 물에 빠져 죽은 시체들을
보는 건 정말 너무 추한 일이에요. 그런데 당신은 살인자예
요, 연대장님, 살인자! 자신이 살인자라는 사실을 견딜 수
있나요, 연대장님? 살인자가 된 느낌이 어떠세요, 연대장
님?

연대장   뭐라고? 어째서? 내가?

베크만   네, 연대장님, 연대장님은 저를 죽어라 하고 비웃으셨어요. 연대장님의 웃음은 세상 그 어떤 죽음보다도 더 끔찍했죠. 연대장님은 저를 죽도록 비웃으셨어요.

연대장   (완전히 할 말을 잃는다.) 그래? 이거야 원. 어차피 자넨 진즉에 실패한 부류였어. 자 그럼, 잘 있게!

베크만   편안한 밤 보내세요, 연대장님! 그리고 추도사 감사합니다! 너도 들었지, 이 긍정밖에 모르는 박애주의자야! 물에 빠져 죽은 병사에 대한 추도사 말이야. 한 인간에 대한 한 인간의 에필로그!

타자   넌 꿈을 꾸고 있어, 베크만. 꿈을 꾸고 있어. 인간은 선해!

베크만   그렇게 목소리를 높이다간 다 갈라지겠어, 낙관주의 테너 가수 양반! 왜 소리가 잘 안 나와? 그래 맞아, 인간은 선해. 그런데 가끔은 몇몇 나쁜 인간들하고만 계속해서 마주치게 되는 날도 있지. 하지만 그 사람들도 그렇게 나쁘진 않아. 난 단지 꿈을 꾸고 있을 뿐이야. 부당하게 굴 마음은 없다고. 인간은 선해. 다만 서로 너무 심하게 다를 뿐이지. 한 사람은 연대장인데 다른 한 사람은 하급 병사에 불과하거든. 연대장은 배불리 먹고 건강하고 모직 팬티를 입어. 밤엔 침대와 아내가 있고.

타자   베크만, 더 이상 꿈꾸지 마! 일어나! 살아봐! 넌 모든 걸 비딱하게 꿈꾸고 있어.

베크만   그리고 다른 사람은 굶주리고 절뚝거리고 속옷 한 장 없어. 밤에는 침대 대신 낡은 벤치를 침대 삼아 누워 아내의 속삭임 대신 지하실에서 숨 가쁜 들쥐들의 찍찍거리는 소리나

212

듣고 있지. 아니, 인간은 선해. 다만, 다를 뿐이야, 아주 엄청나게 서로 다를 뿐이라고.

타자   인간은 선해. 그들은 그냥 아무것도 모를 뿐이야. 그들은 언제나 그렇게 아무것도 모를 뿐이야. 하지만 그들의 마음은. 그들의 마음을 들여다봐. 그들의 마음은 선해. 다만 삶이 그 마음을 드러내는 걸 허락하지 않을 뿐이야. 내 말을 믿어. 그들 모두 근본은 착해.

베크만   물론 그렇겠지. 근본은 말이야. 하지만 이 근본이란 것은 아주 깊어. 도저히 파악할 수 없을 만큼 깊어. 그래, 다들 근본은 착해. 다만 서로 다를 뿐이지. 한 사람은 새하얗고 다른 사람은 우중충한 잿빛이야. 한 사람은 팬티가 있고 다른 사람은 없어. 그리고 팬티가 없는 우중충한 잿빛 인간이 바로 나야. 운이 나빴지, 익사체 베크만, 퇴역 하사관 베크만, 퇴역 이웃 베크만.

타자   넌 꿈을 꾸고 있어, 베크만, 일어나. 살아봐! 자 어서. 잘 봐, 인간은 선해.

베크만   그리고 그 사람들은 내 시체를 그냥 지나쳐가면서 먹고 웃고 침을 뱉고 소화를 시키지. 그렇게 그들은 내 죽음을 그냥 지나쳐버려, 그 착한 인간들이 말이야.

타자   잠을 깨, 꿈꾸는 자야! 넌 아주 나쁜 꿈을 꾸고 있어, 베크만. 잠을 깨!

베크만   그래 맞아, 난 무시무시하고 나쁜 꿈을 꾸고 있어. 저기, 저기 카바레 극단 단장이 오는군. 저 사람과 면담을 해볼까? 대답해봐!

타자	어서 베크만! 살아봐! 길에는 가로등이 가득해. 모두 다 살고 있어. 그러니 함께 살아!
베크만	함께 살라고? 누구하고? 연대장? 싫어!
타자	다른 사람들과 함께, 베크만. 다른 사람들과 함께 살아.
베크만	단장도?
타자	그래, 그 사람도. 모두 함께.
베크만	좋아. 단장도 함께. 안녕하세요, 단장님!
단장	뭐요, 뭐? 무슨 일이오?
베크만	저를 아시겠어요?
단장	몰라요— 아니, 가만있어봐. 방독면 안경. 러시아식 머리. 군인 외투. 그래, 그 간통 노래 부르던 초짜로군! 그런데 이름이 뭐였더라?
베크만	베크만이에요.
단장	맞아. 그런데 무슨 일이지?
베크만	단장님이 저를 살해하셨어요.
단장	아니, 이 친구가—
베크만	맞아요. 단장님이 비겁했기 때문이에요. 진실을 배반했기 때문이에요. 단장님은 저를 엘베강으로 내몰았어요. 신인에게 아예 시작할 기회조차 주지 않았기 때문에요. 전 일을 하고 싶었어요. 전 배가 고팠어요. 하지만 당신의 문은 내게 닫혀 있었어요. 단장님은 저를 엘베강으로 내쫓았어요.
단장	정말 예민한 친구였던 모양이군. 엘베강으로 달려가다니. 그 축축한……
베크만	그 축축한 엘베강으로요, 단장님. 그리고 거기서 엘베강 물

을 배 터지게 마셨어요. 단 한 번 배 터지게 먹고 죽은 거예요, 단장님. 비극적이지 않아요? 단장님 무대에 이걸 올리면 히트 치지 않을까요? 시대의 노래: 단 한 번 배 터지게 먹고 죽다!

단장　(감상적인 어조로, 하지만 대단히 피상적이다.) 정말 끔찍하군! 당신은 감수성이 무척 예민한 부류였어. 요즘 세상에는 어울리지 않아. 때를 완전히 잘못 만났어. 지나치게 진실에 집착했다고, 이 소심한 광신자 친구야! 당신의 노래를 무대에 올렸다간 내 관객들 모두를 불안에 떨게 만들었을걸.

베크만　그래서 단장님은 제게 문을 닫아걸었어요. 그리고 그 밑으로는 엘베강이 흐르고 있었죠.

단장　(앞에서와 똑같이) 그래, 엘베강. 물에 뛰어들어 죽어버렸군. 불쌍한 인간. 삶에 치여 죽었어. 짓눌리고 밟히고. 단 한 번 배 터지게 먹고 죽은 거야. 그래, 우리 모두 다 너무 예민했던 건지도 몰라!

베크만　하지만 우리는 그렇지 않아요, 단장님. 우리는 그렇게 예민하지 않아요……

단장　물론 그렇지 않아, 그렇지 않고말고. 하지만 당신은 그런 부류였어. 절뚝거리며 인생길을 가야만 하는, 그래서 차라리 죽어버리는 게 더 기쁜 수백만의 사람들 중 하나였어. 엘베강으로, 슈프레강으로, 템스강으로— 어디로 가든 상관없어. 그전까지는 그들에게 안식이라곤 없지.

베크만　그러면 단장님은 내가 죽는 걸 도우려고 날 발로 차서 내쫓은 거로군요.

단장	말도 안 되는 소리! 대체 누가 그따위 소리를 해? 당신에겐 비극적인 역할이 예정되었던 거야. 아무튼 소재는 끝내주는 군! 신인이 부르는 발라드의 제목은「방독면 안경을 끼고 물에 빠져 죽은 시체」! 관객이 그런 걸 보고 싶어 하지 않는 게 유감일 따름이야. 정말 유감이야…… (퇴장.)
베크만	편안한 밤 보내세요, 단장님!
	자 들었지? 나더러 연대장님과 함께 살라고? 그리고 단장님과도?
타자	넌 꿈을 꾸고 있어, 베크만. 그만 일어나.
베크만	내가 꿈을 꾼다고? 이 비참한 방독면 안경을 통해서 내가 모든 걸 비뚤어지게 보고 있는 거라고? 모두 다 꼭두각시들인 거야? 기괴하게 희화되고 과장된 인간 꼭두각시들? 내 살인자가 내게 바친 추도사를 들었어? 신인에 대한 에필로그 말이야, 그런 부류 운운하는— 이봐 타자, 너도 들었냐고! 내가 살아 있어야 해? 절뚝거리며 계속 거리를 헤매야 해? 다른 사람들 곁에서? 그들은 모두 하나같이 소름 끼치게 무관심한 표정을 짓고 있어. 그리고 다들 끝도 없이 지껄여대면서도 단 한 번이라도 승낙을 부탁하면 입을 다물고 멍한 표정을 짓지. 마치— 그래, 마치 사람들이 다 그러듯 말이야. 그리고 그들은 비겁해. 우리를 배반했어. 아주 끔찍하게 배반했어. 우리가 아직 어린아이였을 때 그들은 전쟁을 했어. 그리고 우리가 좀더 자랐을 때 그들은 전쟁 이야기를 해주었지. 열광적으로 말이야. 그들은 점점 더 열광적이 되었어. 우리가 더 크게 자라자 그들은 우리에게도 전쟁을

생각해낸 다음 우리를 전쟁터로 내보냈어. 그리고 열광했어. 그들은 언제나 열광적이었어. 우리가 어디로 가는지 말해주는 사람은 아무도 없었어. 그들은 행진곡을 만들고 랑에마르크 기념식*을 열었어. 군법회의를 설치하고 시가행진을 펼쳤어. 영웅을 기리는 노래를 부르고 피의 훈장을 수여했어. 그렇게 열광적이었어, 그들은. 그러다 마침내 전쟁이 터졌고 그들은 우리를 전쟁터로 내보냈어. 그들은 우리에게 아무 말도 해주지 않았어. 그냥— 애들아, 잘 다녀와!라고만 했어. 애들아, 잘 다녀와! 그렇게 그들은 우리를 배반했어. 아주 끔찍하게 배반했어. 그리고 지금 그들은 자기들의 문 뒤편에 편히 앉아 있어. 교장 선생님, 단장님, 판사님, 의사 선생님 여러분. 지금은 아무도 우리를 내보낸 사람이 없어. 단한 사람도 없어. 지금 그들은 모두 자기들 문 뒤에 편히 앉아 있어. 그들의 문은 굳게 닫혀 있지. 우리는 바깥에 서 있고. 그들은 강단에 서서, 그리고 안락의자에 편히 앉아서 우리를 손가락질하고 있어. 그렇게 그들은 우리를 배반했어. 아주 끔찍하게 배반했어. 그리고 그들은 지금 자신들이 저지른 살인을 지나쳐버리고 있어, 그냥 아무렇지도 않게. 그들은 자신들이 저지른 살인을 그냥 지나쳐버리고 있어.

타자　　그들은 그냥 지나쳐버리고 있지 않아, 베크만. 넌 과장하고 있어. 넌 꿈을 꾸고 있어. 따뜻한 마음을 보라고, 베크만. 그

---

*　랑에마르크Langemarck는 제1차 세계대전 당시인 1914년 11월 10일에 독일군과 연합군이 치열한 전투를 벌인 벨기에 마을의 이름이다. 독일 학교에서는 1928년부터 이를 기념해 해마다 11월 10일에 '랑에마르크 기념식'을 거행했다.

들은 따뜻한 마음을 지녔어! 그들은 선해!

베크만   하지만 크라머 부인은 내 시체를 그냥 지나쳐 가고 있어.

타자   그렇지 않아! 그녀도 따뜻한 마음을 지녔어!

베크만   크라머 부인!

크라머 부인   네?

베크만   당신은 따뜻한 마음을 지녔나요, 크라머 부인? 당신의 따뜻한 마음은 그때 어디 있었죠, 크라머 부인? 당신이 나를 살해했을 때 말이에요. 천만에요. 당신은 노베크만 부부의 아들을 살해했어요. 그리고 그의 부모도 당신은 함께 처리하지 않았나요? 솔직히 말해보세요, 크라머 부인, 조금 거들긴 했잖아요, 네? 삶을 힘들게 했잖아요, 안 그래요? 그리고 아들은 엘베강으로 내몰고요— 그런데 당신의 따뜻한 마음은 대체 뭐라던가요?

크라머 부인   그렇게 우스꽝스러운 안경을 썼던 사람이 엘베강으로 뛰어들었다고요? 그럴 줄은 생각도 못 했어요. 무척 우울해 보였어요, 젊은 사람이. 엘베강으로 뛰어들다니! 불쌍해라! 아니 어떻게 그럴 수가!

베크만   네, 당신이 너무나 친절하고 깍듯하게 내 부모님의 죽음을 전해주신 덕분이에요. 당신의 집 문이 마지막 문이었어요. 그런데 당신은 나를 밖에 세워뒀어요. 난 천 일을, 시베리아에서 천 일 밤을 지새우며 내내 그 문을 소망했어요. 당신은 별 뜻 없이 자그마한 살인을 저지른 거예요, 안 그래요?

크라머 부인   (애써 울음을 참으며) 유난히 운이 나쁜 사람들이 있어요. 당신은 그런 부류였어요. 시베리아, 가스 밸브, 올스도르프.

너무 심하긴 했어요. 저도 마음이 아파요. 하지만 한 사람이 모든 사람들을 다 애도할 수는 없는 노릇이잖아요! 당신은 너무 어두워 보였어요, 젊은 사람이. 가엽게도 말이죠. 하지만 우리는 그런 일로 마음 아파해서는 안 돼요. 그랬다간 빵에 바른 약간의 마가린에도 속이 울렁거릴 테니까요. 그렇다고 그냥 곧바로 물속으로 뛰어들다니. 정말 별일을 다 겪는군요! 매일 누군가 한 사람은 그런다니까요.

베크만 네, 네, 그럼 잘 사세요, 크라머 부인! 들었어, 타자? 따뜻한 마음을 지닌 노부인이 젊은 남자에게 한 추도사. 너도 들었냐고, 이 말없는 응답자야!

타자 일어—나— 베크만—

베크만 갑자기 말소리가 작아졌군. 갑자기 멀어져버렸어.

타자 넌 아주 치명적인 꿈을 꾸고 있어, 베크만. 일어나! 살아! 너무 잘난 체하지 말고. 날마다 사람들은 죽어. 비탄의 울음소리가 영원을 가득 채워야겠어? 살아! 너의 마가린 바른 빵을 먹으라고, 살란 말이야! 삶에는 튀어나온 모서리가 수천 개야. 움켜잡아! 일어서!

베크만 그래, 일어설게. 저기 내 아내가 오고 있으니까. 내 아내는 착해. 아니 그런데 남자친구와 함께 오고 있어. 그래도 예전엔 착했어. 나는 왜 3년이나 시베리아에 있었던 거지? 아내는 3년을 기다렸어. 난 알아. 그녀는 언제나 내게 착한 아내였으니까. 내 책임이야. 하지만 그녀는 착했어. 그런데 지금도 착하다고 해야 하나?

타자 노력해봐! 살아보라고!

여보! 놀라지 마, 나야. 나를 좀 보라고! 당신 남편. 베크만이야. 난 스스로 목숨을 끊었어, 여보. 당신은 그러지 말아야 했어, 다른 남자와 그렇게 말이야. 난 당신밖에 없었어! 내 말을 전혀 듣지 않는군! 여보! 나도 알아, 당신은 너무 오래 기다려야 했어. 그렇게 슬퍼하지 마, 난 이제 괜찮아. 난 죽었어. 당신 없이는 더 이상 살고 싶지 않았어! 여보! 날 좀 봐! 여보! (아내는 남자친구와 다정히 팔짱을 낀 채 베크만의 말을 듣지도 않고 그냥 지나쳐 간다.)

여보! 당신은 내 아내였잖아! 나를 좀 봐. 어차피 당신은 나를 죽였잖아, 그러니 날 다시 한 번쯤 볼 수도 있잖아! 내 말을 전혀 듣지 않는군! 당신은 나를 살해했어, 여보— 그런데 지금 그냥 그렇게 지나쳐버리는 거야? 여보, 왜 내 말을 듣지 않는 거지? (아내는 남자친구와 지나가버렸다.) 그녀는 내 말을 듣지 않았어. 그녀는 나를 더 이상 알지도 못해. 내가 벌써 그렇게 오래전에 죽은 거야? 그녀는 나를 잊었어, 난 죽은 지 이제 겨우 하루가 지났는데. 그렇게 선해, 맙소사, 인간은 그렇게 선하다고! 그런데 너는? 언제나 긍정적으로 환호성을 질러대는 응답자, 넌 어떠냐고?! 아무 말도 않는군! 그렇게 멀리 떨어져서 말이야. 내가 계속 살아야 한다고? 난 그러려고 시베리아에서 돌아온 거야! 그런데 넌, 나더러 살아야 한다고 말하고 있어! 거리의 좌우에 있는 문이란 문은 모두 닫혔어. 가로등도 모두 꺼졌고, 모두. 그래도 계속 앞으로 가는 건 추락하기 때문이야! 그럼 넌 나더러 계속 추락해야 한다고 말하는 거야? 혹시 내게 줄 수 있는 추락이 아직 더 있어? 그렇게 멀리 가지 마, 이 말없는 녀석아! 어둠 속에서 나를 밝혀줄 가로등이 하나라도 있냐고? 말해봐, 다른 때는 그렇게도 아는 게 많았잖아!!

타자 저기 여자가 오고 있어. 너를 엘베강에서 건져주고 따뜻하게 해주었던 그 여자야, 베크만. 네 어리석은 머리에 키스를 하고 싶어 했던 그 여자. 그녀는 네 죽음을 그냥 지나쳐 가지 않아. 그녀는 사방에서 널 찾았어.

베크만 아냐! 그녀는 날 찾지 않았어! 아무도 날 찾지 않았어! 더 이상 그런 믿음을 갖고 싶지 않아! 난 더는 추락할 수 없어, 알아듣겠어? 나를 찾는 사람은 아무도 없어!

타자 그 여자는 널 사방에서 찾았어!

베크만 이 긍정밖에 모르는 놈아, 넌 나를 괴롭히고 있어! 꺼져!

여인 (그를 보지 않은 채) 물고기 씨! 물고기 씨! 어디 있어요? 조그맣고 차가운 물고기 씨!

베크만 나? 난 죽었어요.

여인 아, 당신 죽었어요? 난 당신을 찾아 온 세상을 다 돌아다니고 있는데!

베크만 나를 왜 찾지?

여인 왜라니요? 당신을 사랑하기 때문이죠, 가여운 유령! 그런데 이제 당신 죽은 거예요? 당신한테 키스하고 싶었는데, 차가운 물고기 씨!

베크만 여자들이 부르기만 하면 우리는 벌떡 일어나서 계속 앞으로 가야 하나? 그래, 아가씨?

여인 네? 물고기 씨?

베크만	내가 지금 죽지 않았다면?
여인	오, 그럼 함께 집으로 가는 거예요, 내 집으로. 그래요, 다시 살아나요, 조그맣고 차가운 물고기 씨. 나를 위해서, 나와 함께 가요. 어서요, 우리 함께 살아요.
베크만	살아야 해? 당신 정말로 나를 찾았어요?
여인	계속 찾았어요. 당신을 말이에요. 오직 당신을. 내내 당신만을 생각했어요. 아, 가여운 잿빛 유령, 대체 왜 죽었어요? 나와 함께 살고 싶지 않나요?
베크만	그래요, 그래, 그래. 함께 가요. 당신과 함께 살고 싶어!
여인	오, 나의 물고기!
베크만	일어설게. 당신은 나를 위해 타오르는 등불이야. 오직 나 한 사람만을 위해. 우리 함께 살아요. 팔짱을 꼭 끼고 함께 어두운 거리를 걷는 거야. 자, 우리 함께 살아요, 그리고 팔짱을 아주 꼭 끼고……
여인	네 그래요, 나는 오직 당신 한 사람만을 위해 어두운 거리 위에서 타오르고 있어요.
베크만	당신이 지금 타오르고 있다고? 그런데 이게 무슨 일이지? 사방이 아주 캄캄해지고 있어! 당신 대체 어디 있어? (아주 멀리서 외다리의 '텍―톡'거리는 소리가 들린다.)
여인	들려요? 죽음의 벌레가 문을 두드리고 있어요— 난 가야 해요, 물고기 씨, 난 가야 해요, 불쌍하고 차가운 유령 양반.
베크만	대체 어디로 가려는 거지? 여기 있어요! 갑자기 사방이 너무 캄캄해! 램프, 작은 램프를 켜! 등불! 거기 누가 두드리는 거지? 분명히 누가 문을 두드리고 있어!

222

텍―톡―텍―톡! 누가 문을 그렇게 두드렸을까? 저기, 텍―톡―텍―톡! 점점 커지고 있어! 점점 가까워지고 있어! 텍―톡―텍―톡! (비명을 지른다.) 저기! (낮은 소리로 속삭인다.) 그 거한이야, 목발 두 개를 짚고 다니는 외다리 거한. 텍―톡, 그가 점점 가까워지고 있어! 텍―톡, 그가 내게로 오고 있어! 텍―톡―텍―톡!!! (비명을 지른다.)

외다리   (지극히 사무적이고 평온하게) 베크만?

베크만   (낮은 소리로) 나 여기 있어.

외다리   (지극히 사무적이고 평온하게) 아직도 살아 있어, 베크만? 넌 살인을 저질렀잖아, 베크만. 그런데도 여태 살아 있는 거야?

베크만   난 살인을 저지르지 않았어!

외다리   천만에, 베크만. 우리는 날마다 살해당하고, 날마다 살인을 저지르고 있어. 우리는 날마다 살인을 그냥 지나쳐버리고 있어. 그리고 베크만, 넌 나를 살해했어. 벌써 잊었어? 난 3년이나 시베리아에 있었어, 베크만. 그리고 어제저녁에 집에 가려고 했지. 하지만 내 자리는 이미 다른 사람 차지가 되었더군. 바로 너였어, 베크만. 네가 내 자리에 있었어. 그래서 난 엘베강으로 갔어, 어제저녁에 곧바로. 내가 달리 어디로 가겠어, 안 그래 베크만? 이봐, 엘베강은 정말 차갑고 축축했어. 하지만 이제는 이미 익숙해졌지, 난 죽었으니까. 그걸 그렇게 빨리 잊어버릴 수가 있다니, 베크만. 살인은 그렇게 빨리 잊히지 않아. 살인은 사람을 끈질기게 쫓아다니니까, 베크만. 그래, 난 실수를 저질렀어. 집으로 돌아오는 게 아니었어. 집에 내 자리는 더 이상 없었어, 베크만. 거기엔 네가 있었어. 널 비난할 마음은 없어, 베크만. 우리는 누구나 다 날마다, 밤마다 살인을 저지르지. 하지만 우리의 희생자들을 그렇게 빨리 잊어버려서는 곤란해. 우리의 살인을 그냥 지나쳐버려서는 곤란해. 그래, 베크만, 넌 내 자리를 빼앗았어. 내 소파에, 내 아내 곁에 앉았어. 3년을 꿈에 그렸던, 천 번의 시베리아의 밤에 꿈꾸었던 바로 내 아내 곁에 말이야. 집에 웬 남자가 내 옷을 입고 있었어, 베크만. 옷은 그에게 너무 컸지만 그래도 입고 있었어. 그 옷을 입고 내 아내 곁에서 편안하고 따뜻하게 있었어. 바로 너, 네가 그 남자였어, 베크만. 그래서 난 물러났어. 엘베강으로. 굉장히 차가웠지만 곧 익숙해졌지. 죽은 지 이제 겨우 하루가 되었지만 말이야. 베크만, 너는 나를 죽였고 벌써 살인을 잊어버렸어. 그래선 안 돼. 살인을 잊어버려서는 안 돼, 그건 나쁜 자들이나 하는 짓이야. 넌 나를 잊어선 안 돼, 베크만, 안 그래? 네 살인을 절대로 잊지 않겠다고 내게 약속해!

베크만   널 잊지 않을게.

외다리   좋아, 베크만. 그럼 이제 편안히 죽을 수 있겠어. 적어도 한 사람은, 적어도 내 살인자 한 사람은— 가끔씩이라도— 밤 중에 내 생각을 할 테니까, 잠들 수 없을 때면 말이야! 그러면 난 적어도 마음 편히 죽을 수 있어— (퇴장.)

베크만   (잠을 깬다.) 텍―톡―텍―톡!!! 여기가 어디지? 꿈을 꾸었나? 내가 죽은 게 아니었어? 아직도 죽은 게 아니었어? 텍―톡―텍―톡, 평생을 이러고 살라는 거야? 텍―톡―텍―톡, 평생을 이러고 죽으라는 거야?

텍—톡—텍—톡! 저 죽음의 벌레 소리가 안 들려? 그런데도 내가, 내가 살아야 한다는 거야? 매일 밤 내 침대 곁에서 누가 보초를 서는데도, 난 그의 발걸음 소리를 영영 떨쳐버릴 수 없는데도 말이야! 텍—톡—텍—톡! 안 돼!

그런 게 삶이야! 한 사람이 있어, 그리고 그 사람이 독일로 돌아와, 그리고 추위에 떨어. 굶주리고 절뚝거리며 돌아다녀야 해! 한 남자가 독일로 와! 집에 와보니 자기 침대는 다른 사람 차지가 되어 있는 거야. 문은 닫히고 그는 바깥에 서 있어.

한 남자가 독일로 와! 한 여자를 만나지만 그 여자는 남편이 있어, 다리가 한 짝밖에 없고 계속해서 한 이름을 신음하듯 토해내는 남편. 그 이름은 베크만이야. 문은 닫히고 그는 바깥에 서 있어.

한 남자가 독일로 와! 사람들을 찾아가지만 연대장은 그를 보고 죽어라 하고 웃어대는 거야. 문은 닫히고 그는 바깥에 서 있어.

한 남자가 독일로 와! 일자리를 찾아보지만 단장은 비겁해. 그리고 문은 닫히고 그는 다시 바깥에 서 있어.

한 남자가 독일로 와! 자기 부모를 찾아가지만 노부인은 가스를 애통해하지. 그리고 문은 닫히고 그는 바깥에 서 있어.

한 남자가 독일로 와! 그러고는 외다리가 나타나지, 텍—톡—텍. 텍—톡거리며 와서는 그 외다리가 이렇게 말하는 거야, 베크만. 계속해서 말하는 거야, 베크만. 그는 베크만 하고 숨을 쉬고, 베크만 하고 코를 골고, 베크만 하고 신음

을 해. 베크만 하고 비명을 지르고 저주를 퍼붓고 기도를
해. 자기 살인자를 평생 틱—톡—틱—톡 따라다녀! 그리고
그 살인자는 바로 나야. 나? 살해당한 자인 나, 그들이 살해
한 사람인 내가 살인자라고? 우리가 살인자가 되지 않도록
누가 우리를 보호해주지? 우리는 날마다 살해당하고 또 날
마다 살인을 저질러! 우리는 날마다 살인을 그냥 지나쳐버
려! 살인자 베크만은 살해당하고 또 살인자가 되는 걸 더 이
상 견딜 수가 없어. 그래서 그는 이 세상의 면상에다 대고
비명을 지르지. 난 죽어버릴 테야! 그러고는 길거리 아무 데
나 누워서 죽는 거야, 독일로 돌아온 그 남자는. 예전엔 길
거리에 담배꽁초, 오렌지 껍질, 휴지 조각들이 널려 있었는
데 요즘은 사람들이 누워 있어. 아무렇지도 않게 말이야. 그
런 다음 거리 청소부가 나타나지. '쓰레기와 부패' 회사에
서 파견한 빨간 줄무늬 제복을 입은 독일 거리 청소부가 나
타나서 살해당한 살인자 베크만을 발견하는 거야. 굶어 죽
고, 얼어 죽은 채 누워 있는 베크만을. 20세기에, 1950년대
에, 길거리에, 독일에서 말이야. 사람들은 죽음을 그냥 지나
쳐버려, 부주의하게, 체념하여, 둔감하게, 구역질을 느끼면
서, 그리고 무관심하게, 무관심하게, 너무나 무관심하게! 그
리고 죽은 자는 꿈속에서 깊이 절감하지, 자신의 죽음이 삶
과 똑같다는 걸. 무의미하고, 보잘것없고, 잿빛이란 걸. 그
런데도 너는— 너는 나더러 살아야 한다고 말하는 거야! 어
째서? 누굴 위해서? 무엇을 위해서? 나는 죽을 권리도 없
어? 스스로 목숨을 끊을 권리도 없어? 계속 살해당하고 살

226

인해야 하는 거야? 나더러 어쩌라고? 내가 무슨 힘으로 살아? 누구와? 무엇을 위해서? 이놈의 세상에서 우리는 대체 어디로 가야 해! 우리는 배반당했어. 아주 끔찍하게 배반당했어.

넌 어디 있지, 타자? 다른 때는 늘 곁에 있었잖아!

이봐 긍정하는 자, 넌 지금 어디 있느냐고? 대답 좀 해봐! 난 지금 네 대답이 필요해! 대체 어디 있어? 갑자기 그렇게 사라져버리다니! 어디 있어, 대답해, 어디 있느냐고, 넌 내게 죽음조차 허락하지 않았잖아!

그 노인은 대체 어디 있는 거지? 자신을 신이라고 부르는 그 노인은? 당신들 다 어디로 가버린 거야? 왜 아무 말도 없냐고!

대답 좀 해!

당신들 왜 말이 없는 거야? 왜?

아무도 대답 안 할 거야?

아무도 대답 안 하냐고!!!

아무도, 대체 아무도 대답을 안 할 거야???

이번 화요일에
—열아홉 편의 이야기

내 아버지에게

눈 속에, 새하얀 눈 속에

우리는 볼링 놀이꾼.
스스로 볼링공이며
또 쓰러지는 핀이다.
쿵쾅거리는 볼링 레인은
우리의 심장.

볼링장

두 사내는 땅에 구덩이를 팠다. 꽤 널찍하고 거의 아늑할 지경이었다. 꼭 무덤 같았지만 참고 견뎠다.

그들은 총을 들고 있었다. 그것은 사람을 쏘기 위해 누군가 발명한 것이다. 대부분 전혀 모르는 사람들을 쏘았다. 말도 통하지 않는 사람들이었다. 그들은 총을 든 사내에게 아무 짓도 하지 않았다. 하지만 총을 든 사내는 그들을 쏘아야 했다. 누군가 그것을 명령했으므로. 아주 많은 사람을 그렇게 쏴 죽이려고 누군가 분당 60발 넘게 쏠 수 있는 총을 발명했다. 그 공로로 그 사람은 상을 받았다.

두 사내로부터 어느 정도 멀리 떨어진 곳에 다른 구덩이가 있었다. 거기에 머리통이 하나 튀어나와 있었다. 사람의 머리통이다. 그것에는 향수 냄새를 맡을 수 있는 코가 달려 있었다. 도시를 혹은 꽃을 바라볼 수 있는 눈이 달려 있었다. 그것에는 빵을 먹을 수 있고 잉게 혹은 어머니라고 말할 수 있는 입이 달려 있었다. 총을 든 두 사내는 그 머리통을 바라보았다.

발사, 하고 한 사내가 말했다.

그가 총을 쐈다.

그러자 머리통이 박살 났다. 그것은 더 이상 향수 냄새를 맡을 수도, 도시를 바라볼 수도, 잉게를 부를 수도 없었다. 영영.

두 사내는 여러 달을 그 구덩이 안에 있었고, 수많은 머리통을 박살 냈다. 그것은 언제나 그들이 전혀 모르는 사람들의 머리통이었다. 그들에게 아무 짓도 하지 않은 머리통이었고, 그들이 알아들을 수조차 없는 말을 하는 머리통이었다. 하지만 누군가 분당 60발 넘게 쏠 수 있는 총을 발명했고, 누군가 총을 쏘라고 명령했다.

두 사내는 점점 더 많은 머리통을 박살 냈다. 쌓아놓으면 커다란 산이 될 정도였다. 두 사내가 잠들었을 때 머리통들이 구르기 시작했다. 마치 볼링 레인 위를 구르듯. 살며시 쿵쿵 소리를 내며. 그 소리에 두 사내는 잠이 깼다.

하지만 그건 명령이었어. 한 사내가 귓속말로 속삭였다.

하지만 그건 우리가 한 짓이야. 다른 사내가 소리쳤다.

하지만 아주 끔찍했어. 처음 사내가 신음하듯 말했다.

하지만 가끔은 재미도 있었어. 다른 사내가 웃으며 말했다.

아니 그렇지 않아. 귓속말을 했던 사내가 소리쳤다.

그렇다니까. 다른 사내가 귓속말로 속삭였다. 가끔은 재미도 있었어. 정말이야. 정말 재미있었어.

그들은 밤에 몇 시간씩 그렇게 앉아서 잠을 자지 않았다. 그러다 한 사내가 말했다.

하지만 신이 우리를 그렇게 만들었어.

하지만 신은 잘못이 없어. 다른 사내가 말했다. 신은 존재하지 않으니까.

신이 존재하지 않는다고? 첫번째 사내가 물었다.

이게 그를 위한 유일한 변명이야. 두번째 사내가 대답했다.

하지만 우리는― 우리는 존재하잖아. 첫번째 사내가 귓속말로 속삭였다.

그래, 우리는 존재하지. 다른 사내도 귓속말로 속삭였다.

아주 많은 머리통을 박살 내도록 명령을 받은 두 사내는 밤에 잠을 자지 못했다. 머리통들이 살며시 쿵쿵 소리를 냈기 때문이다.

이윽고 한 사내가 말했다. 우린 그냥 이러고 매복하고 있으면 되는 거야.

그래, 우린 그냥 이러고 매복하고 있으면 되는 거야. 다른 사내가 말했다.

그때 누군가 소리쳤다. 동작 그만! 전투 준비!

두 사내는 일어나서 총을 들었다.

그리고 사람이 눈에 띌 때마다 그들은 총을 쏘았다. 그들이 전혀 모르는 사람이었다. 그들에게 아무 짓도 하지 않은 사람이었다. 하지만 그들은 그에게 총을 쏘았다. 그러라고 누군가 총을 발명한 것이다. 그 공로로 그 사람은 상을 받았다.

그리고 누군가― 누군가 총을 쏘라고 명령했다.

네 명의 병사

  네 명의 병사. 그들은 나무와 굶주림과 흙으로 만들어졌다. 눈보라와 향수(鄕愁)와 수염으로 만들어졌다. 네 명의 병사. 그들 위에서는 수류탄들이 울부짖으며 독살스럽게 새카만 주둥이로 흰 눈을 깨물었다. 네 개의 버림받은 나무 얼굴은 석유등의 흔들리는 불빛 속에 무표정하게 굳은 채 서 있었다. 위에서 포탄이 무시무시한 비명을 내지르며 터질 때만 나무 머리통 중 하나가 웃을 뿐이었다. 그러면 나머지는 뒤따라 씨익 하고 잿빛 웃음을 히죽거렸다. 석유등 불빛이 기가 죽어 몸을 굽혔다.

  네 명의 병사.

  그때 수염에 파묻혀 있던 시퍼런색 털 두 개가 둥글게 일그러졌다. 이런 제길, 여기선 봄에 밭을 갈 필요가 없겠어. 거름도 필요 없고. 흙에서 목쉰 소리가 났다.

  한 병사가 능숙한 솜씨로 담배를 말며 말했다. 여기가 무밭만 아니면 좋을 텐데. 무는 딱 질색이야, 자네들은 어때? 온통 무 천지라면 말이야?

  시퍼런색 입술이 둥글게 일그러졌다. 지렁이나 없었으면 좋겠구먼. 적응하려면 정말 애 좀 먹어야겠어.

  구석에 있는 병사가 말했다. 그러고 나면 지렁이가 있는 줄도 모르게 될걸.

  누가 그래? 담배 말던 병사가 물었다. 응? 누가 그러더냐고?

  그들은 더 이상 말이 없었다. 위에서 분노한 죽음의 날카로운 외침이 밤의 적막을 깨뜨렸다. 죽음은 흰 눈을 검푸른색으로 찢어발겼다. 그러자 그들은 다시 히죽거리며 머리 위의 받침목을 바라보았다. 하지만 받침목은 아무것도 약속하지 않았다.

구석에 있는 병사가 기침을 하며 말했다. 두고 보면 알게 될 거야. 내 말 믿으라고. 이때 "믿으라고"가 너무 새된 소리로 나오는 바람에 석유등의 불빛이 흔들거렸다.

네 명의 병사. 그러나 한 병사는 아무 말도 하지 않았다. 그는 엄지손가락으로 총을 위아래로 문지르고 있었다. 위로 아래로. 위로 아래로. 그는 자기 총을 꼭 쥐고 있었지만 사실은 그 무엇보다도 그 총을 증오했다. 그들 머리 위에서 울부짖는 소리가 들릴 때만 그렇게 총을 꼭 쥐었다. 석유등 불빛이 그의 눈동자 속에서 기가 죽어 몸을 굽혔다. 그때 담배 말던 병사가 그를 가볍게 밀쳤다. 증오하는 총을 든 햇병아리 병사는 깜짝 놀라며 입 주변의 창백한 수염을 쓰윽 문질렀다. 그의 얼굴은 굶주림과 향수로 만들어져 있었다.

담배 말던 병사가 말했다. 이봐, 석유등 좀 이리 줘봐. 알았어. 햇병아리가 말했다. 그는 총을 무릎 사이에 끼운 다음 외투에서 손을 빼서 석유등을 집어 들었다. 하지만 그것을 건네주려는 순간 석유등이 손에서 미끄러져 떨어졌다. 그리고 불이 꺼졌다. 불이 꺼졌다.

네 명의 병사. 그들의 숨소리는 어둠 속에서 너무 크고 너무 고독했다. 그때 햇병아리가 큰 소리로 웃으며 손을 무릎에 문질렀다.

손이 떨려서 그랬어! 자네들도 봤지? 손이 떨리는 바람에 등불이 손에서 미끄러져 떨어진 거야.

햇병아리는 큰 소리로 웃었다. 하지만 어둠 속에서 그는 그렇게 증오하는 총을 더욱 꽉 움켜잡았다. 구석에 있는 병사는 생각했다. 우리 중 떨지 않는 사람은 아무도 없어. 아무도.

하지만 담배 말던 병사는 이렇게 말했다. 그래, 우린 하루 종일 떨고 있어. 추위 때문에. 이 빌어먹을 추위 때문에.

그때 포탄이 그들 머리 위에서 울부짖으며 밤과 눈을 갈기갈기 찢었다.

저것들이 무를 몽땅 다 박살 내는군. 시퍼런 입술의 병사가 히죽거렸다.

그들은 그토록 증오하는 총에 꼭 달라붙은 채 웃었다. 그렇게 어둡고 어두운 계곡을 비웃었다.

아주아주 많은 눈

　가지마다 눈이 덮여 있었다. 기관총 사수는 노래를 불렀다. 그는 러시아 어느 숲속의 최전방 초소에 있었다. 이미 2월 초였지만 성탄절 노래를 불렀다. 눈이 1미터도 넘게 쌓였기 때문이다. 시커먼 나무줄기 사이사이며 검푸른 가지들 위로 온통 눈이다. 크고 작은 가지마다 달려 있었다. 덤불에 바람 맞은 솜처럼 걸렸고, 검은 줄기에 구운 과자처럼 달라붙어 있었다. 아주아주 많은 눈이. 그래서 2월임에도 기관총 사수는 성탄절 노래를 불렀다.

　가끔씩 몇 발 쏴주어야 해. 안 그러면 이 물건이 얼어버리거든. 그냥 어둠 속을 향해 곧장 갈기는 거야. 얼지 말라고. 저기 저 덤불을 겨누고 쏴. 그래, 저기 저거. 그러면 저 안에 아무도 없다는 걸 너도 금방 알 수 있어. 안심이 되지. 15분마다 한 번씩 그냥 연속으로 사격하면 돼. 그럼 마음이 놓여. 안 그러면 이 물건이 얼어버리니까. 가끔씩 쏴주면 너무 적막하지도 않고 좋아. 그와 교대하던 병사는 그렇게 말했었다. 그리고 한마디 더 덧붙였다. 방한모의 귀덮개를 내리고 있으면 안 돼. 연대에서 내려온 명령이야. 초소에서는 방한모 귀덮개를 내리지 말라고 말이야. 그걸 내리고 있으면 하나도 들리지 않거든. 명령이야. 하지만 어차피 하나도 안 들려. 사방이 다 고요하니까. 일주일 내내 찍소리 하나 없지. 그럼 잘 해봐. 가끔씩 쏴주라고. 그럼 마음이 놓여.

　그 병사는 그렇게 말했다. 그리고 그는 혼자 남았다. 방한모 귀덮개를 위로 올렸다. 추위가 뾰족한 손가락으로 그의 귀를 움켜잡았다. 그는 혼자였다. 눈이 가지를 온통 덮고 있었다. 검푸른 나무줄기에 다닥다닥 달라붙어 있었다. 덤불 위에 쌓여 있었다. 높이 탑을 쌓았다가 자루처럼 쓰러지며 흩날렸다. 아주아주 많은 눈이.

그는 눈 속에 서 있었다. 눈은 위험을 소리 없는 것으로 만들었다. 아주 멀리 있던 것을 어느새 바로 뒤에 와 있게 했다. 눈은 위험을 숨겼다. 그는 눈 속에 서 있었다. 밤에 홀로, 처음으로 홀로 눈 속에 서 있었다. 눈은 다른 사람의 접근을 소리 없는 것으로 만들었다. 바로 옆에 있는 사람을 아주 멀리 있는 것으로 만들었다. 눈은 접근을 숨겼다. 왜냐하면 눈은 모든 걸 아주 적막하게 만들었기 때문이다. 그래서 자기 피가 도는 소리도 귓전에 크게 울렸다. 너무 크게 울려서 그 소리에서 영 벗어날 수가 없었다. 그렇게 눈은 모든 것을 숨기고 침묵시켰다.

그때 한숨 소리가 났다. 왼쪽. 앞쪽. 이번엔 오른쪽. 다시 왼쪽. 뒤쪽에서도. 기관총 사수는 숨을 멈추었다. 저쪽에서 다시 들렸다. 한숨 소리가. 귓전을 스치는 소리가 제법 컸다. 다시 저만치서 한숨 소리. 그는 외투 깃을 열어젖혔다. 손가락이 빳빳해지면서 덜덜 떨렸다. 귀를 덮지 못하게 외투 깃을 잡아당겼다. 저쪽. 한숨 소리. 땀이 차갑게 철모 아래로 흐르다 이마에서 얼어붙었다. 이마에서 곧바로. 영하 42도였다. 땀이 철모 아래로 흐르다 곧바로 얼어붙었다. 또 한숨 소리가 났다. 뒤에서. 오른쪽에서. 저만치 앞에서. 그리고 여기서. 저기. 저기서도.

기관총 사수는 러시아의 숲속에 서 있었다. 가지마다 눈이 덮여 있었다. 피 도는 소리가 귓전에 크게 울렸다. 땀이 이마에서 얼어붙었다. 땀이 철모 아래로 흘렀다. 한숨 소리 때문이다. 무언가가, 아니면 누군가가 그런 소리를 냈다. 그리고 눈이 그를 숨겼다. 그래서 땀이 이마에서 얼어붙었다. 귀에 들리는 두려움이 너무 컸기 때문에. 한숨 소리 때문에.

그래서 그는 노래를 불렀다. 두려움이 더 이상 들리지 않도록 큰 소리로 노래를 불렀다. 한숨 소리가 더 이상 들리지 않도록. 땀이 얼어붙지 않도록. 그는 노래를 불렀다. 그리고 더 이상 두려움이 들리지 않았다. 성탄절 노래를 불렀고, 한숨 소리가 더 이상 들리지 않았다. 러시아의 숲속에서 그는 큰 소리로 성탄절 노래를 불렀다. 러시아의 숲속에는 검푸른 가지마다 눈이 덮여 있었던 것이다. 아주 많은 눈이.

그때 갑자기 가지 하나가 부러졌다. 기관총 사수는 노래를 멈추고 재빨리 몸을 돌리며 권총을 꺼내 들었다. 저만치서 상사가 눈을 헤치며 성큼성큼 그를 향해 오고 있었다.

이제 난 총살이구나. 기관총 사수는 생각했다. 초소에서 노래를 부르다니. 이제 난 총살이야. 저기 상사가 벌써 오고 있잖아. 숫제 뛰어오고 있어. 초소에서 노래를 불렀으니 이제 그들이 와서 나를 총살할 거야.

그는 권총을 쥔 손에 힘을 주었다.

상사가 다가오더니 그의 앞에서 멈춰 섰다. 주변을 둘러보았다. 상사는 몸을 덜덜 떨고 숨을 헐떡이며 말했다.

빌어먹을. 나 좀 잡아줘. 얼른. 빌어먹을! 빌어먹을! 그러고는 웃었다. 두 손을 덜덜 떨면서 웃었다. 성탄절 노래가 들려. 이 빌어먹을 놈의 러시아 숲속에서 성탄절 노래가 들린다고. 성탄절 노래가. 그런데 지금 2월 아니야? 벌써 2월 맞잖아. 그런데 성탄절 노래가 들린다고. 이게 다 저놈의 소름 끼치는 적막 때문이야. 성탄절 노래라니! 빌어먹을! 이봐, 나 좀 잡아달라니까. 조용히 해봐. 저기! 아니야. 이제 안 들리네. 웃지 마. 상사가 말했다. 그리고 숨을 헐떡이며 기관총 사수를 붙잡았다. 웃지 말라고. 이게 다 너무 적막해서 그래. 일주일 내내 이렇게 적막해서. 찍소리 하나 없었어! 아무 소리도! 그런데 어느 순간 성탄절 노래가 들리는 거야. 벌써 2월이 된 지 한참인데. 이게 다 저놈의 눈 때문이야. 여긴 눈이 너무 많아. 웃지 말라니까. 내 말하지만 이게 사람을 미치게 만든다고. 자넨 여기 온 지 이틀밖에 안 됐잖아. 하지만 우린 일주일 내내 눈 속에 들어앉아 있었어. 찍소리 하나 없었어. 아무 소리도. 이게 사람을 미치게 만들어. 사방이 온통 적막해. 찍소리 하나 없어. 일주일 내내. 그런데 어렴풋이 성탄절 노래가 들리는 거야. 웃지 마. 그런데 자네를 보고 났더니 갑자기 사라졌어. 빌어먹을. 이게 사람을 미치게 만들어. 한없는 적막이 말이야. 한없는 적막이.

상사는 다시 숨을 헐떡거리며 웃었다. 그리고 그를 붙잡았다. 기관총 사수는 다시 그를 붙잡아주었다. 그리고 둘 다 웃었다. 러시아의 숲속에서. 2월에.

이따금씩 눈 때문에 가지가 휘었다. 그러면 눈이 검푸른 잔가지들 사이로 바닥에 떨어졌다. 그때 한숨 소리가 났다. 희미하게. 앞에서. 왼쪽에서. 여기서도. 저기서도. 사방에서 한숨 소리가 났다. 가지마다 온통 눈이 쌓여 있었으므로. 아주아주 많은 눈이.

창백한 내 전우

이 눈처럼 새하얀 건 여태껏 없었다. 거의 푸른빛이 돌 정도다. 푸른 초록빛. 그렇게 어마어마하게 하얗다. 이런 눈 앞에서는 태양도 마음 놓고 노란빛을 발산하지 못했다. 일요일 아침이 이날처럼 깨끗했던 적은 일찍이 없었다. 다만 뒤편에는 검푸른 숲이 있었다. 그러나 흰 눈은 짐승의 눈알처럼 새롭고 깨끗했다. 어떤 눈도 이날의 일요일 아침처럼 그렇게 새하얀 적은 일찍이 없었다. 어떤 일요일 아침도 그렇게 깨끗한 적은 일찍이 없었다. 세상은, 이날의 눈 덮인 일요일 세상은 웃고 있었다.

하지만 어딘가에 얼룩이 있기는 했다. 눈 속에 웬 사람이 누워 있었다. 군복을 입고서 몸을 구부린 채 배를 깔고 엎드려 있었다. 한 다발의 누더기. 살 껍질과 뼈, 가죽과 천으로 된 누더기 다발이다. 말라붙은 피가 검붉은색으로 흥건하다. 말라비틀어진 머리카락, 꼭 가발처럼 말라비틀어진. 몸을 비틀며 눈 속에서 마지막 비명을 내질렀을, 혹은 저주를 퍼부었을, 어쩌면 기도를 했을 어느 병사. 세상에서 가장 깨끗한 일요일 아침에 일찍이 한 번도 본 적이 없는 새하얀 눈 속의 얼룩. 분위기 넘치는 전쟁 그림. 짙은 정취. 수채화 물감에 어울리는 매력적인 소재. 피와 눈과 태양. 차갑고 차가운 눈 속에 더운 김이 모락모락 나는 피. 그리고 그 모든 것들 위에 떠 있는 사랑스러운 태양. 우리의 사랑스러운 태양. 세상의 모든 아이들이 말하듯, 사랑스럽고 사랑스러운 태양. 그 태양이 죽은 자를 비추고 있다. 그는 모든 죽은 꼭두각시 인형들이 그렇듯이 한 번도 들어본 적이 없는 비명을 내지른다. 소리 없는 무시무시한 침묵의 비명! 우리 중 누가, 일어서 창백한 전우야, 아아 우리 중 누가 저 비명을 견딜 수 있을까? 철사 줄이 끊어져 바보처럼 뒤틀린 채 무대 위에 고꾸라지는 꼭두각시 인형들의 저 소리 없는 비명을. 누가, 아아 우리 중 누가 죽은 자들의 소리 없는 비명을 참아낼 수 있을까? 오직 눈만이 그것을 견딘다. 얼음같이 찬 눈만이. 그리고 태양, 우리의 사랑스러운 태양이.

끈 떨어진 꼭두각시 인형 앞에 아직 온전한 녀석이 하나 서 있었다. 아직 제대로 작동하는 꼭두각시 인형이. 죽은 병사 옆에 살아 있는 병사가 하나 서 있었다. 이 깨끗한 일요일 아침에 일찍이 한 번도 본 적이 없는 새하얀 눈 속에 누운 자 옆에 서서 그가 소름 끼치도록 소리 없는 말을 건넨다.

그래, 그래 그래. 그래 그래 그래. 이제 네 유쾌한 기분도 끝났어, 친구. 너의 그 한없이 유쾌한 기분도 끝장이라고. 이제 더 이상 말도 안 하는 거야, 응? 이제 더 이상 웃지도 않는 거야, 그래? 네 꼴이 지금 얼마나 형편없는지 네 여자들이 봐야 하는 건데 말이야. 네 그 유쾌한 기분이 자취를 감추니 정말 몰골이 말이 아니군. 게다가 이런 바보 같은 자세하며. 다리는 대체 왜 그렇게 불안하게 배에다 바짝 끌어당기고 있는 거지? 아 그래, 창자에 한 방 맞았지. 피가 아주 지저분했어. 토할 것 같더라고. 군복이 온통 피로 얼룩졌으니까. 시커먼 잉크 얼룩이 묻은 것 같았어. 네 여자들이 그 꼴을 안 봐서 정말 다행이야. 넌 늘 군복을 입고 다녔지. 허리 맵시를 엄청나게 신경 쓰면서 말이야. 하사가 되었을 때는 에나멜 군화만 신었어. 저녁에 시내로 나갈 때는 한 시간도 넘게 왁스칠을 하고 말이지. 하지만 이제 더 이상 시내로 나갈 수가 없어. 네 여자들도 이제 다른 놈들과 다니게 될 거야. 왜냐하면 넌 이제 전혀 나갈 수 없게 되었으니까, 알아듣겠어? 영영 못 나간다고, 이 친구야. 영영, 절대로, 알겠어? 이제 넌 더 이상 그 한없이 유쾌한 기분으로 웃을 수도 없게 되었어. 이제 넌 셋까지 셀 수도 없는 아이처럼 그렇게 거기 누워 있으니까. 정말로 할 수 없어. 셋까지도 셀 수 없다고. 이건 바보 같잖아, 이 친구야, 너무너무 바보 같잖아. 하지만 좋은 점도 있어, 아주 좋은 점이 있지. 왜냐하면 넌 더 이상 나한테 "처진 눈꺼풀의 창백한 내 전우"라고 말할 수 없으니까. 이제는, 이제부터는 더 이상 할 수 없게 되었으니까. 영영. 다른 병사들도 네가 나한테 "처진 눈꺼풀의 창백한 내 전우"라고 놀릴 때 신나게 함께 웃어대던 짓을 더 이상은 할 수 없게 되었으니까. 이건 아주 중요한 문제야, 알겠어? 내 분명히 말하지만 이건 나한테는 아주 중요한 문제야. 학교 다닐 때부터 다들 날 괴롭혔거든. 마치 이가 들끓듯이 내 주위에 둘러앉아서 웃어댔지. 내 눈에 조금 문제가 있어서 눈꺼풀이 아래로 늘어진 걸 가지고서, 또 피부가 치즈같이 너무 새하얀 걸 가지고서 다들 놀려댔어. 우리 창백한 얼굴님은 오늘도 몹시 피곤해 보이는걸, 하고 늘 말했어. 나중에 여자들도 매번 나보고 벌써 자는 거냐고 물었지. 한쪽 눈이 반쯤은 이미 감겨 있었거든. 졸려 보인다더군. 여자들이 나보고 졸려 보인다고 했어. 하지만 지금은 우리 두 사람 중 누가 더 졸려 보일지 궁금해. 너일까, 아니면 나일까, 응? 이제 우리 중 누가 "처진 눈꺼풀의 창백한 내 전우"일까? 대체 누구. 너? 아니면 나? 나일까?

그가 문을 닫으며 벙커로 들어서자 구석에서 열두 명의 잿빛 얼굴이 그에게로 다가왔다. 그 가운데 하나는 상사였다. 그를 찾으셨나요, 소위님? 상사가 무시무시한 잿빛 얼굴로 물었다.

그래. 전나무 옆에서 찾았어. 배에 맞았더군. 그를 데려와야겠지?

네. 전나무 옆에 있었군요. 네, 당연히 데려와야죠. 전나무 옆에 있었어.

열두 명의 잿빛 얼굴이 사라졌다. 소위는 양철 난로 옆에 앉아 이를 잡았다. 어제와 똑같이. 어제도 그는 이를 잡고 있었다. 그때 대대에서 한 사람 보내라는 명령이 내려왔다. 대대로 보내기에 제일 적격인 사람은 소위 자신이었다. 셔츠를 입으며 귀를 기울여보았더니 총소리가 들렸다. 저렇게 쏘아대는 것은 처음이었다. 전령이 다시 문을 열어젖혔을 때 소위는 밤을 보았다. 저렇게 시커먼 밤은 처음이라고 생각했다. 헬러 하사가 노래를 불렀다. 헬러는 끊임없이 자기 여자들 이야기를 늘어놓곤 했다. 그런데 그 헬러 하사가 특유의 한없이 유쾌한 기분으로 말했다. 소위님, 저 같으면 대대에 가지 않겠어요. 저 같으면 먼저 급식부터 두 배로 신청하겠어요. 소위님 갈빗대로는 실로폰도 연주할 수 있겠어요. 소위님 몰골은 비참할 지경이라고요. 그렇게 헬러는 말했다. 어둠 속에서 다들 히죽거리며 웃었다. 대대로 한 사람을 보내야 했다. 그래서 그가 말했다. 좋아 헬러, 그렇다면 자네의 그 유쾌한 기분을 잠시 식히도록 해. 헬러가 대답했다. 네 알겠습니다. 그게 다였다. 더 이상의 말은 없었다. 그냥 네 알겠습니다,라고만 했다. 그리고 헬러는 갔다. 그러고는 다시 돌아오지 않았다.

소위는 셔츠를 머리 위로 잡아당겼다. 밖에서 그들이 돌아오는 소리가 들렸다. 다른 병사들이 헬러와 함께. 이제 더 이상 나한테 "처진 눈꺼풀의 창백한 내 전우"라고 말하지 못하겠지. 소위가 중얼거렸다. 이제 영영 나한테 그 소리를 못 할 거야. 이 한 마리가 그의 엄지손톱 사이에 끼었다. 톡 소리가 나면서 이가 죽었다. 그의 이마에 작은 핏방울이 튀었다.

예수는 더 이상 함께하지 않는다

그는 얕게 파진 무덤 속에 불편하게 누웠다. 언제나 길이가 너무 짧아 무릎을 굽혀야 했다. 등에 얼음장 같은 한기가 느껴졌다. 그것은 마치 작은 죽음처럼 느껴졌다. 하늘이 아주 멀리 있었다. 아주 끔찍하게 멀어서 하늘이 좋다거나 아름답다는 말을 도무지 하고 싶지 않았다. 땅과의 거리가 끔찍하게 멀었다. 하늘이 소비하는 그 모든 푸른빛도 이 거리를 줄이지 못했다. 얼음처럼 딱딱한 땅은 이 세상 같지 않게 차고 완고했으며 아주 얕은 무덤 속에 누웠는데도 몹시 불편했다. 평생을 이렇게 불편하게 누워 있어야 하나? 아니, 아니다. 심지어 죽어서도 내내 그래야 한다! 그건 훨씬 더 긴 세월이었다.

머리통 두 개가 무덤 가장자리 하늘에 나타났다. 어때, 잘 맞아, 예수? 머리통 하나가 솜뭉치같이 동그란 입김을 내뿜으며 물었다. 예수 역시 두 콧구멍으로 기둥같이 가느다랗고 하얀 김을 내뿜으며 대답했다. 네. 잘 맞아요.

하늘에 떠 있던 머리통들이 사라졌다. 얼룩이 씻겨나가듯 갑자기. 흔적도 없이. 하늘만이 아직도 끔찍한 거리를 두고 거기에 있었다.

예수는 자리에서 일어나 앉았다. 상체가 무덤 위로 돌출되었다. 멀리서 보면 배까지 땅에 파묻힌 것 같았다. 그는 왼팔로 무덤 가장자리를 짚으며 일어섰다. 그는 무덤 안에 선 채로 자기 왼손을 슬프게 쳐다보았다. 일어설 때 새로 속을 넣어 꿰맨 장갑의 가운뎃손가락이 다시 찢어졌던 것이다. 빨갛게 언 손가락 끝이 튀어나와 있었다. 예수는 장갑을 바라보며 기분이 몹시 우울해졌다. 그는 아주 얕은 무덤 안에 서서 밖으로 드러난 언 손가락에 따뜻한 입김을 불며 나지막이 말했다.
난 더 이상 안 할래. 무슨 일이야. 무덤을 들여다보던 두 개의 머리통
중 하나가 째려보았다. 더 이상 안 할래. 예수는 다시 나지막한 소리로
이렇게 말한 다음 차갑게 노출된 가운뎃손가락을 입에 넣었다.

들으셨어요, 하사님? 예수가 더 이상 안 하겠대요.

다른 머리통이, 하사가 폭발물을 세며 으르렁댔다. 왜? 그는 젖은
입김을 예수 쪽으로 내뿜었다. 대체 왜? 싫어요, 전 더 이상 못 하겠어
요. 예수가 여전히 낮은 소리로 말했다. 그는 무덤 위에 서서 눈을 감았
다. 태양은 눈을 견딜 수 없이 하얗게 만들었다. 그는 눈을 감은 채 말
했다. 매일같이 폭발물로 무덤 파는 짓이오. 매일같이 일고여덟 개씩.
어제는 심지어 열한 개나 팠어요. 그러고는 매일같이 사람들을 그 안에
욱여넣죠. 늘 맞지도 않는 무덤에 말이에요. 무덤이 너무 작아서요. 어
떤 때는 사람들이 너무 뻣뻣하고 구부정하게 얼어 있어요. 그런 사람들
을 비좁은 무덤에 억지로 넣으려면 막 짓누르고 으깨고 그래야 해요.
땅은 너무나도 단단하고 얼음장 같고 불편한데, 그들은 죽어서도 그런
걸 견뎌야 하죠. 난 그렇게 짓누르고 으깨는 소리를 더 이상 들을 수가
없어요. 이건 마치 유리를 갈아 부수는 것 같아요. 유리를.

예수, 주둥이 그만 다물고 얼른 그 구덩이에서 나와. 우린 아직 무
덤을 다섯 개나 더 파야 해. 하사의 입김이 분노에 차서 예수 쪽으로 날
아갔다. 싫어요. 예수가 말했다. 코에서 두 가닥의 섬세한 콧김이 나왔
다. 싫어요. 그는 아주 낮은 소리로 그렇게 말하고는 눈을 감았다. 게
다가 무덤들은 너무 얕게 파졌어요. 나중에 봄이 되면 사방에서 뼈들이
밖으로 튀어나올 거예요. 땅이 녹으면 말이죠. 사방에서. 싫어요. 그 짓
을 더 이상 하고 싶지 않아요. 싫어요. 싫어. 언제나 나예요. 무덤이 몸

에 맞는지 누워봐야 하는 건 언제나 나였어요. 언제나. 이젠 그 짓을 꿈에서도 할 때가 많아요. 너무 끔찍해요. 아시겠어요? 시험 삼아 무덤에 누워야 하는 건 언제나 나였어요. 언제나. 나중에 꿈까지 꾼다고요. 무덤 속에 들어가 눕는 게 너무 끔찍해요. 언제나 나였어요.

예수는 다시 한번 찢어진 장갑을 바라보았다. 그는 얕은 무덤에서 기어 나와 시커먼 무더기 쪽으로 네 걸음 정도 다가갔다. 죽은 사람들 무더기였다. 그들은 광란의 춤이라도 추다가 갑자기 죽음을 맞은 듯 온몸이 뒤틀려 있었다. 예수는 곡괭이를 살며시 조심스럽게 시체 더미 옆에 내려놓았다. 곡괭이를 그쪽으로 내동댕이친들 문제될 것은 하나도 없었지만, 그는 마치 아무도 깨우거나 방해하지 않으려는 듯 살며시 조심스럽게 내려놓았다. 정말로 아무도 깨우지 않으려는 듯이. 단지 고인에 대한 배려만은 아니었다. 두려움 때문이기도 했다. 행여나 누가 깨어나기라도 할까 봐 두려워서 그랬다. 그러고는 다른 두 사람 곁을 눈길 한번 주지 않은 채 그대로 지나쳐서 으깨듯 빠드득거리는 눈밭을 지나 마을 쪽으로 갔다.

역겹게도 눈은 똑같이, 아주 똑같이, 그렇게 짓누르며 으깨는 소리를 냈다. 그 소리를 피하려고 그는 새처럼 발을 높이 쳐들면서 어기적거리며 눈밭을 걸었다.

뒤에서 하사가 소리쳤다. 예수! 당장 돌아와! 이건 명령이야! 당장 돌아와서 하던 일을 계속해! 하사가 그렇게 소리쳤지만 예수는 돌아보지 않았다. 그는 새처럼 눈밭을 어기적거렸다. 새처럼. 으깨듯 빠드득거리는 소리를 피하려고. 하사가 소리쳤지만 예수는 돌아보지 않았다. 다만 휘휘 내젓는 그의 두 손은 이렇게 말하는 듯했다. 조용히 해, 조용히! 제발 아무도 깨지 않게! 난 더 이상 안 할래. 싫어. 싫어. 언제나 나였어. 언제나 나. 그는 점점 작아지더니 눈더미 뒤로 완전히 사라졌다.

저 녀석을 보고해야겠어. 하사는 숨뭉치같이 동그란 입김을 얼음처럼 찬 공기 속으로 내뿜으며 말했다. 나로서는 그렇게 할 수밖에 없어. 이건 명백히 복무 거부야. 저 녀석이 제정신이 아니란 건 알지만 보고는 해야 해.

그러면 그들이 저 녀석을 어떻게 할까요? 다른 병사가 히죽거리며 물었다.

별거 없어. 정말 별거 없어. 하사는 수첩에 이름을 적었다. 정말이야. 부대장이 녀석을 데려오라고 할 거야. 부대장은 예수 녀석 데리고 노는 걸 늘 재미있어 하거든. 녀석한테 막 호통을 치면서 이틀간 식사를 금지시킨 다음 한바탕 연설을 늘어놓고는 돌려보내겠지. 그러면 녀석은 다시 한동안 완전히 정상이 돼. 아무튼 일단 녀석을 보고해야 해. 그래야 부대장도 좋아할 테니까. 그나저나 우리는 무덤을 계속 파야 해. 그리고 누가 들어가서 크기가 맞는지도 봐야 하고. 그래봤자 별 소용은 없지만.

녀석을 왜 예수라고 부르죠? 다른 병사가 히죽거리며 물었다.

아, 그건 별 뜻 없어. 녀석의 인상이 아주 온화하다고 부대장이 그렇게 부르기 시작했어. 부대장은 녀석이 아주 온화해 보인대. 그때부터 녀석 이름이 예수가 되었지. 그래, 그때부터야. 하사는 이렇게 말하며 다음 무덤을 파기 위한 새 폭발물을 설치했다. 아무튼 보고해야 해. 나도 어쩔 수 없어. 무덤을 계속 파야 하니까.

고양이는 눈 속에서 얼어 죽었다

남자들은 밤길을 걷고 있었다. 콧노래를 흥얼거리며. 그들 뒤로 캄캄한 밤 한가운데 붉은 얼룩이 번지고 있었다. 추한 얼룩이었다. 왜냐하면 그 얼룩은 마을이었기 때문이다. 불타고 있는 마을. 불을 지른 건 이 남자들이었다. 왜냐하면 그들은 병사들이었기 때문이다. 전쟁 중이었기 때문이다. 그들의 못 박힌 군화 밑에서 눈이 비명을 질렀다. 추한 비명을 질렀다. 불타는 집들 주변에 사람들이 둘러서 있었다. 그들은 솥이며 아이들이며 이불 따위를 옆구리에 끼고 있었다. 핏빛 눈 속에서 고양이들이 비명을 질렀다. 눈이 그렇게 붉은색인 건 불 때문이었다. 그리고 눈은 아무 소리도 내지 않았다. 왜냐하면 사람들은 바삭바삭 한숨을 토하는 집들 주변에 그냥 말없이 둘러서 있었기 때문이다. 그래서 눈은 비명을 지를 수 없었다. 몇 사람은 목판 그림도 들고 있었다. 금색, 은색, 청색으로 된 작은 그림이었다. 그림에는 갸름한 계란형 얼굴에 갈색 수염을 기른 한 남자가 있었다. 사람들은 매우 잘생긴 그 남자의 눈을 맹렬히 응시했다. 하지만 집들은 불타고 있었다. 그래도 여전히 불타고 있었다.

이 마을 옆에는 또 다른 마을이 하나 있었다. 그곳 사람들은 밤에 창가에 서 있었다. 이따금씩 눈이, 달빛 환한 눈이 저편 불빛을 받아 핑크색을 띠곤 했다. 그럴 때마다 사람들은 서로 마주 보았다. 동물들은 쿵쿵거리며 축사 담장을 들이받았다. 사람들은 아마도 어둠 속에서 혼자 고개만 끄덕였을 것이다.

머리가 벗어진 남자들이 탁자 앞에 서 있었다. 두 시간 전에 그중

한 사람이 붉은색 연필로 지도 위에 선을 그었다. 그 지도에는 점이 한 개 찍혀 있었다. 마을이었다. 그런 다음 누군가 전화를 걸었다. 그러자 병사들이 밤 한가운데의 그 얼룩을 깨끗이 청소했다. 핏빛으로 불타는 그 마을을. 핑크빛 눈 속에서 고양이들이 비명을 지르며 얼어 죽었다. 머리가 벗어진 남자들 사이에서 다시 나지막이 음악이 흘렀다. 웬 여자가 노래를 했다. 그리고 가끔씩 천둥소리가 났다. 아주 멀리서.

남자들은 밤길을 걷고 있었다. 콧노래를 흥얼거리며. 그리고 배나무 향기를 맡았다. 전쟁 중이 아니었고, 남자들은 병사가 아니었다. 하지만 하늘에는 핏빛 얼룩이 번져 있었다. 남자들은 더 이상 콧노래를 흥얼거리지 않았다. 누군가 말했다. 저기 봐, 해야. 그들은 다시 걸었다. 하지만 콧노래는 더 이상 흥얼거리지 않았다. 왜냐하면 활짝 만개한 배나무 아래에서 핑크빛 눈이 비명을 질렀기 때문이다. 그리고 그들은 핑크빛 눈에서 다시는 벗어나지 못했다.

반쪽짜리 마을에서 아이들이 타다 남은 나무를 가지고 놀고 있었다. 그런데, 그런데 거기에는 하얀색 나뭇조각도 한 개 있었다. 뼈다귀였다. 아이들은 그 뼈다귀를 가지고 축사 담장을 두드렸다. 그러자 누가 북이라도 치는 듯한 소리가 났다. 뼈다귀는 탁, 탁, 탁, 탁 하고 마치 누가 북이라도 치는 듯한 소리를 냈다. 아이들은 즐거워했다. 아주 예쁘고 새하얀 그 뼈다귀는 어느 고양이의 것이었다.

밤꾀꼬리가 노래를 한다

우리는 밤중에 맨발에 속옷 차림으로 서 있고 그 새는 노래를 한다. 힌슈 씨는 몸이 아프다. 힌슈 씨는 기침을 한다. 창문으로 바람이 드는 바람에 겨울에 폐를 상했다. 힌슈 씨는 아마도 죽을 것이다. 가끔씩 비가 내린다. 라일락 비다. 라일락이 보랏빛으로 가지에서 떨어지면서 젊은 여자 냄새를 풍긴다. 오직 힌슈 씨만이 더 이상 그 냄새를 맡지 못한다. 힌슈 씨가 기침을 한다. 밤꾀꼬리가 노래를 한다. 힌슈 씨는 아마도 죽을 것이다. 우리는 맨발에 속옷 차림으로 서서 그 소리를 듣는다. 집 안 전체가 기침 소리로 가득하다. 하지만 밤꾀꼬리는 온 세상 가득히 노래를 한다. 힌슈 씨는 폐에서 겨울을 떨쳐버리지 못한다. 라일락이 보랏빛으로 가지에서 떨어진다. 밤꾀꼬리가 노래를 한다. 힌슈 씨는 밤과 밤꾀꼬리와 보랏빛 라일락 비 가득한 가운데 달콤한 여름의 죽음을 맞는다.

팀은 그런 여름의 죽음을 맞지 못했다. 팀은 홀로 외롭게 얼음장 같은 겨울의 죽음을 맞았다. 내가 교대하러 갔을 때 팀의 얼굴은 눈 속에서 아주 노란색을 띠고 있었다. 그 노란색은 달빛 때문이 아니었다. 달은 뜨지도 않았으니까. 하지만 밤에 본 팀은 꼭 진흙으로 빚은 것 같았다. 고향의 시 외곽에 있는 차고 습한 구덩이에서 퍼온 진흙처럼 그렇게 노란색이었다. 예전에 우리는 그 진흙을 가지고 사람을 만들며 놀았다. 하지만 팀도 진흙으로 만들어졌을 수 있으리란 생각은 전혀 하지 못했다.

보초를 서러 갈 때 팀은 철모를 가져가려 하지 않았다. 난 밤을 만끽하고 싶어,라고 그는 말했다. 철모를 가져가야 해. 하사관이 말했다. 언제 무슨 일이 생길지 모르잖아. 그랬다간 내가 바보가 돼. 나중에 내가 바보가 된다고. 그러자 팀이 하사관을 바라보았다. 그는 하사관을 통과하여 이 세상 끝까지 바라보았다. 그러더니 특유의 세상살이 연설을 한 자락 늘어놓았다.

우리는 어차피 바보들이야. 팀이 문가에서 말했다. 이렇든 저렇든 우리는 다 바보들이라고. 우리에게는 술과 재즈와 철모와 여자가 있고, 집과 만리장성과 등불이 있어. 그 모든 걸 다 가지고 있지. 하지만 우리는 두려워서 그런 걸 가지고 있는 거야. 두려움을 없애려고 그런 걸 가지고 있는 거야. 하지만 그래도 우리는 여전히 바보들이야. 우리는 두려워서 사진을 찍고, 두려워서 아이를 만들고, 두려워서 여자들 품으로 파고들어. 언제나 여자들 품으로. 그리고 두려워서 기름에 심지를 박고 불을 붙이지. 하지만 그래도 우리는 여전히 바보들이야. 그 모든 걸 우리는 두려워서 해, 두려움을 없애려고. 마찬가지로 우리는 그냥 두려워서 철모를 가져가는 거야. 하지만 그 모든 게 우리에겐 아무 도움이 안 돼. 실크 속치마나 밤꾀꼬리 신음 소리에 빠져 우리의 삶을 잊는 순간 그것이 우리를 사로잡거든. 그 순간 그것이 어디선가 기침을 하는 거야. 그러면, 두려움이 우리를 사로잡으면 철모는 아무 소용이 없어. 그러면 집도 여자도 술도 철모도 우리에게 아무 도움이 되지 않아.

이것이 팀이 했던 위대한 세상살이 연설이었다. 이런 이야기를 그는 온 세상에 대고 늘어놓았다. 하지만 벙커에는 우리 일곱 명의 남자가 전부였다. 그리고 팀이 연설을 늘어놓을 때 대부분 자고 있었다. 잠시 후 세상살이 연설가 팀은 보초를 서러 갔고, 나머지는 코를 골았다. 철모는 그의 자리에 그대로 놓여 있었다. 하사관이 다시 볼멘소리를 했다. 난 바보가 되는 거야. 무슨 일이 생기면 나중에 내가 바보가 되는 거라고. 그러고는 잠이 들었다.

내가 교대하러 갔을 때 팀의 얼굴은 눈 속에서 아주 노란색을 띠고 있었다. 변두리의 구덩이 속 진흙처럼 노란색이었다. 눈은 역겨울 정도로 새하앴다.

난 네가 진흙으로 만들어졌을 수도 있다는 생각은 전혀 하지 못했어, 팀. 내가 말했다. 너의 위대한 연설은 비록 짧지만 이 세상 방방곡곡으로 퍼질 거야. 네가 말하는 걸 들으면 진흙 따위는 완전히 잊게 되지. 네 연설은 언제나 엄청나, 팀. 정말 훌륭한 연설이야.

하지만 팀은 아무 말도 하지 않았다. 그의 노란 얼굴은 밤의 새하얀 눈 속에서 그다지 좋아 보이지 않았다. 눈은 역겨울 정도로 창백했다. 팀은 자고 있는 거라고 나는 생각했다. 두려움에 대해 그렇게 위대한 연설을 늘어놓을 수 있는 사람이라면 러시아인들이 득실거리는 이런 숲속에서도 잠을 잘 수 있다. 팀은 눈구덩이 속에서 노란색 얼굴을 자기 총에 얹어놓고 있었다. 일어서 팀. 내가 말했다. 팀은 일어서지 않았다. 눈 속에서 그의 노란색 얼굴이 낯설어 보였다. 나는 군화로 팀의 뺨 언저리를 눌러보았다. 군화에 묻어 있던 눈이 그의 뺨에 남았다. 군화에 눌린 뺨 한쪽이 오목하게 파였다. 오목하게 파인 자국이 뺨에 그대로 남았다. 팀의 손이 총을 감싸고 있는 게 보였다. 검지를 구부린 채로. 나는 한 시간을 눈 속에 서 있었다. 나는 한 시간을 팀 곁에 서 있었다. 그러고 나서 죽은 팀에게 말했다. 네 말이 옳아, 팀. 모든 게 우리에게 아무 도움이 되지 않아. 여자도, 십자가도, 밤꾀꼬리도. 떨어져 내리는 라일락조차도 말이야, 팀. 왜냐하면 밤꾀꼬리 소리를 듣고 라일락 향기를 맡는 힌슈 씨도 죽어야 하니까. 밤꾀꼬리는 노래를 한다. 그 새는 오로지 홀로 노래를 한다. 힌슈 씨는 완전히 홀로 죽는다. 밤꾀꼬리는 그런 것에 개의치 않는다. 밤꾀꼬리는 노래를 한다. (밤꾀꼬리도 진흙으로 만들어졌을까? 팀, 너처럼?)

세 명의 검은 동방박사

그는 어두운 시 외곽을 헤매고 있었다. 건물들은 부서진 채 하늘을 향해 서 있었다. 달은 자취를 감추었고, 아스팔트는 때 늦은 발걸음 소리에 소스라치게 놀랐다. 그는 낡은 널빤지를 발견했다. 발로 찼더니 각목이 우지직 한숨 소리를 내며 부러졌다. 나무에서는 썩은 단내가 났다. 그는 어두운 시 외곽을 더듬어 돌아왔다. 하늘엔 별 하나 없었다.

문을 열자(문은 우는 소리를 냈다) 아내의 창백하고 푸른 눈이 그를 바라보았다. 지치고 피곤한 얼굴이었다. 아내의 숨결이 하얗게 방 안에 드리워졌다. 그렇게 추웠던 것이다. 그는 뼈만 남은 무릎을 들어 올려 나무를 쪼갰다. 나무에서 한숨 소리가 났다. 그러자 썩은 단내가 사방으로 퍼졌다. 그는 나뭇조각 한 개를 코로 가져갔다. 거의 과자 냄새가 나는군. 그가 나지막이 웃었다. 웃지 마요. 아내의 눈이 말했다. 아이가 자고 있어요.

남자는 썩은 단내가 나는 나무를 조그만 양철 난로 안에 넣었다. 그러자 희미한 불꽃이 일며 한 줌의 따스한 빛이 방 안을 감쌌다. 불빛이 작고 동그란 얼굴 위에 환히 쏟아지며 잠시 머물렀다. 얼굴은 세상에 나온 지 이제 겨우 한 시간 남짓이었지만 있어야 할 것은 다 있었다. 귀, 코, 입, 눈. 눈은 뜨고 있지는 않았지만 아주 큼지막해 보였다. 입은 벌어진 채 나지막이 숨을 쉬고 있었다. 코와 귀는 빨갰다. 아이가 살아 있다. 엄마는 생각했다. 작은 얼굴은 자고 있었다.

오트밀이 아직 남아 있어. 남자가 말했다. 그래요. 다행이에요. 아내가 대답했다. 그런데 추워요. 남자는 단내 나는 무른 나무를 좀더 집어 들었다. 남자는 방금 아이를 낳고도 추위에 떨어야 하는 아내를 생각했다. 아무나 붙잡고 면상에 주먹질이라도 하고 싶은 심정이었지만 그럴 사람이 없었다. 난로 주둥이를 열자 한 줌의 빛이 다시 잠든 얼굴 위로 쏟아졌다. 아내가 작은 소리로 말했다. 봐요. 마치 후광이 비치는 것 같지 않아요? 후광이라니! 그는 생각했다. 아무라도 붙잡고 면상에 주먹질이라도 하고 싶었지만 그럴 사람이 없었다.

그때 문 앞에 사람들이 나타났다. 창문 불빛을 봤습니다. 그들이 말했다. 10분만 앉았다 가겠습니다.

하지만 우린 아기가 있어요. 남자가 그들에게 말했다. 그들은 더 이상 아무 말도 하지 않았다. 하지만 그래도 방 안으로 들어왔다. 코로 김을 내뿜으며, 발끝을 치켜들고서. 우린 아주 조용히 있겠습니다. 그들이 속삭였다. 발끝을 치켜들면서. 불빛이 그들 위로 쏟아졌다.

그들은 셋이었다. 낡은 군복 차림의 세 사람. 한 사람은 마분지 상자를, 또 한 사람은 배낭을 들고 있었다. 세번째 사람은 두 손이 다 없었다. 동상 때문이었죠. 그는 이렇게 말하며 뭉툭해진 팔을 들어 올렸다. 그는 남자에게 몸을 돌려 외투 주머니를 내밀었다. 주머니 안에는 담배와 얇은 종이들이 들어 있었다. 그들은 담배를 말았다. 하지만 아내가 말했다. 안 돼요. 아기가 있어요.

그러자 네 사람은 문 앞으로 갔다. 담뱃불은 어둠 속에서 네 개의 점이 되었다. 한 사람은 발을 붕대로 두툼하게 싸매고 있었다. 그는 배낭에서 나뭇조각을 한 개 꺼냈다. 당나귀예요. 그가 말했다. 일곱 달이나 깎았어요. 아기에게 주세요. 그는 이렇게 말하고는 그것을 남자에게 주었다. 발은 어떻게 된 거죠? 남자가 물었다. 물이 찼어요. 너무 굶어서. 당나귀를 깎은 사람이 말했다. 다른 사람은, 저 세번째 사람은요?

256

남자는 어둠 속에서 당나귀를 만지작거리며 물었다. 세번째 남자는 군복을 입은 채 몸을 떨고 있었다. 아, 별거 아닙니다. 그가 속삭였다. 그냥 신경에 이상이 생긴 것뿐이에요. 굉장히 걱정했었죠. 그들은 담뱃불을 밟아 끄고 다시 안으로 들어갔다.

그들은 발끝을 치켜들고 잠자는 조그만 얼굴을 바라보았다. 몸을 덜덜 떨던 사람이 마분지 상자에서 노란색 사탕 두 개를 꺼내며 말했다. 부인께 드리는 겁니다.

세 명의 시커먼 사람이 아기 위로 몸을 숙이는 걸 보자 아내의 창백하고 푸른 눈이 휘둥그레졌다. 겁을 먹었던 것이다. 그때 아기가 엄마의 가슴을 발로 차며 힘차게 울었다. 그러자 세 명의 시커먼 사람은 발끝을 치켜들고 문 쪽으로 살금살금 갔다. 그들은 거기서 다시 한번 고개를 끄덕이고는 이내 어둠 속으로 사라졌다.

남자는 그들 쪽을 바라보았다. 별난 성자들이로군. 남자는 아내에게 이렇게 말하고는 문을 닫았다. 좋은 성자들이야. 남자가 중얼거리며 오트밀 쪽으로 시선을 돌렸다. 하지만 그가 면상에다 주먹질을 할 사람은 없었다.

아기가 울었어요. 아주 힘차게 울었다고요. 아내가 속삭였다. 그러자 그들이 갔어요. 봐요. 아기가 얼마나 생기가 넘치는지. 아내가 자랑스럽게 말했다. 아기가 입을 크게 벌리고 울었다.

아기가 우는 거야? 남자가 물었다.

아니요. 내가 보기에 웃고 있어요. 아내가 대답했다.

거의 과자 냄새가 나는군. 남자는 이렇게 말하며 나무의 냄새를 맡았다. 나무에서는 과자처럼 아주 달콤한 냄새가 났다.

오늘이 그러고 보니 크리스마스잖아요. 아내가 말했다.

그래, 크리스마스. 남자가 중얼거렸다. 난로에서 한 줌의 빛이 잠자는 조그만 얼굴 위로 환하게 쏟아졌다.

라디

한밤중에 라디가 내 집에 왔다. 그는 늘 그랬듯 금발이었고 부드럽고 넓적한 얼굴로 웃고 있었다. 눈도 늘 그랬듯 조금은 겁먹고 불안한 표정이었다. 금발 수염도 조금 나기 시작했다.

모든 게 평소와 똑같았다.

넌 죽었잖아, 라디. 내가 말했다.

그래. 그가 대답했다. 제발 웃지는 말아줘.

내가 왜 웃는다는 거지?

너희들은 언제나 나를 보고 웃었어. 나도 다 알아. 내 걸음걸이가 우습다고 웃었고, 내가 늘 학교 가는 길에 하나도 모르면서 온갖 여자아이들 이야기를 떠들어댄다고 웃었어. 너희들은 그런 나를 언제나 비웃었어. 내가 늘 겁먹은 표정이어서 말이지. 나도 다 알아.

죽은 지는 오래되었어? 내가 물었다.

아니, 그렇지 않아. 그가 말했다. 난 겨울에 죽었어. 그들은 나를 땅에 제대로 묻을 수도 없었지. 다 꽁꽁 얼었거든. 모든 게 다 돌처럼 딱딱했어.

아, 그렇군. 넌 러시아에서 죽은 거로구나, 안 그래?

맞아. 첫해 겨울에 바로 죽었어. 웃지 말라니까. 러시아에서 죽는 건 그다지 멋진 일이 아니야. 내겐 모든 게 너무 낯설어. 나무들도 너무 낯설고. 아주 슬프지. 대부분 오리나무들인데 너무 처량해 보여. 내가 누운 곳은 온통 처량한 오리나무 천지야. 그리고 돌덩이들이 가끔씩 신음 소리도 내. 러시아 돌이어서 그런 게 분명해. 밤이면 숲이 비명을 지르는 것도 러시아 숲이어서 그런 게 분명하고, 눈이 비명을 지르는 것도 러시아 눈이어서 그런 게 분명해. 그래. 모든 게 낯설어. 모든 게 너무 낯설어.

라디는 내 침대 모서리에 걸터앉았다. 그는 이제 말이 없었다.

너는 거기서 죽어야 했던 탓에 모든 걸 지나치게 증오하는 것 같아. 내가 말했다. 그가 나를 쳐다보았다. 그렇게 생각해? 천만에. 그곳은 모든 게 정말 끔찍하게 낯설어. 그는 자기 무릎을 내려다보았다. 모든 게 너무 낯설어. 자기 자신조차도.

자기 자신도?

그래. 제발 웃지 마. 바로 그래서야. 자기 자신조차도 너무나 끔찍하게 낯설다고. 제발 웃지 말라니까. 그래서 오늘 밤에 너를 찾아온 거야. 너하고 그 이야기를 하고 싶어서.

나하고?

그래. 제발 웃지 마. 바로 너하고야. 넌 나를 잘 알잖아, 안 그래? 난 늘 그렇다고 생각했어. 상관없어. 넌 나를 잘 알아. 내 말은, 내가 어떻게 생겼는지 잘 안다는 거야. 내가 어떤 사람인지가 아니라. 내 말은, 넌 내가 어떻게 생겼는지 실제로 잘 알잖아, 안 그래?

그래, 넌 금발이지. 얼굴이 동그스름하고.

아냐, 내 얼굴은 부드럽다고 말해줘. 이건 분명해. 그러니까—

그래, 네 얼굴은 부드러워. 늘 웃는 얼굴이지. 그리고 넓적하고.

그래, 알았어. 그럼 내 눈은 어때?

네 눈은 언제나 조금— 조금 슬퍼 보이고 이상한 느낌이—

거짓말하면 안 돼. 내 눈은 몹시 겁먹고 불안했어. 왜냐하면 난 내가 여자아이들 얘기를 할 때 너희들이 내 말을 진짜로 믿는지 통 알 수가 없었거든. 그리고 또? 내 얼굴엔 여전히 수염이 없었어?

아니, 그렇지 않았어. 너는 턱에 늘 금발 수염이 조금 나 있었어. 넌 사람들이 그걸 못 볼 거라고 생각했지. 하지만 우린 언제나 보고 있었어.

그리고 웃었지.

그래 웃었어.

라디는 내 침대 모서리에 앉아 손바닥으로 무릎을 문질렀다. 그래, 난 그랬어. 그가 속삭였다. 정말로 그랬어.

그러더니 갑자기 특유의 검먹은 눈으로 나를 바라보았다.

내 부탁을 좀 들어줄래? 제발 웃지는 말고. 함께 어디 좀 가자.

러시아?

응, 아주 금방이야. 눈 깜빡할 사이면 돼. 네가 날 아주 잘 알기 때문에 그래. 부탁이야.

그가 내 손을 잡았다. 그는 촉감이 마치 눈 같았다. 아주 찼다. 아주 흐물흐물했다. 아주 부드러웠다.

우리는 오리나무들 사이에 있었다. 저쪽에 무언가 환한 것이 놓여 있었다. 이리 와봐. 라디가 말했다. 저기 내가 누워 있어. 예전에 학교에서 보았던 것 같은 사람의 해골이 보였다. 갈녹색 쇠붙이가 하나 그 옆에 있었다. 내 철모야. 라디가 말했다. 완전히 녹이 슨 데다 이끼가 잔뜩 끼었어.

그는 해골을 보여주었다. 제발 웃지 마. 그런데 이게 나야. 이게 말이 돼? 넌 나를 잘 알잖아. 그러니 네가 말해봐, 여기 이게 나 같아? 그래? 끔찍하게 낯설지 않아? 내 예전 모습은 하나도 없잖아. 더 이상 나인 줄 알아볼 수가 없잖아. 하지만 이게 나야. 내가 틀림없어. 하지만 난 도무지 알 수가 없어. 이건 너무 끔찍하게 낯설다고. 이건 예전에 나 였던 모든 것들과 더 이상 아무 관계도 없어. 아니야. 제발 웃지 마. 난 이 모든 게 너무 끔찍하게 낯설어, 도무지 모르겠고, 너무 멀고 아득해.

그는 시커먼 바닥에 주저앉아 처량하게 자기 앞을 바라보았다. 이 건 예전과 더 이상 아무 관계도 없어. 그가 말했다. 정말 아무 관계도 없어.

그는 손가락 끝으로 시커먼 흙을 조금 떠서 냄새를 맡았다. 낯설 어. 그가 속삭였다. 너무 낯설어. 그는 흙을 내게 내밀었다. 흙은 마치 눈 같았다. 그것은 조금 전에 나를 잡았던 그의 손처럼 아주 차고, 아주 흐물흐물하고, 아주 부드러웠다.

맡아봐, 그가 말했다.

나는 깊이 숨을 들이마셨다.

어때?

흙이지 뭐, 내가 대답했다.

그리고?

조금 시큼하고 조금 쏩쓸한 게 진짜 흙이야.

하지만 낯설지 않아? 너무 낯설지 않아? 아주 역겹고 말이야, 안 그래?

나는 흙냄새를 깊이 들이마셨다. 차고, 흐물흐물하고 부드러운 냄 새가 났다. 조금 시큼하고 조금 쏩쓸하고.

냄새가 좋아. 내가 말했다. 흙냄새가.

역겹지 않아? 낯설지 않아?

라디는 겁먹은 눈으로 나를 쳐다보았다. 냄새가 역겹지 않으냐고.

나는 냄새를 맡았다.

아니, 흙냄새가 다 이렇지 뭐.

그렇게 생각해?

그래.

이 냄새가 역겹지 않단 말이지?

그래, 흙냄새가 정말 좋아, 라디. 너도 한번 잘 맡아봐.

그는 손가락으로 조금 집어 들고 냄새를 맡았다.

흙냄새가 다 이렇다고? 그가 물었다.

응, 다 그래.

그는 숨을 깊이 들이마셨다. 그는 흙을 든 손에 완전히 코를 박고 숨을 들이마셨다. 그런 다음 나를 쳐다보았다. 네 말이 맞아. 그가 말했다. 아주 좋은 냄새 같기도 해. 하지만 낯설어. 이게 나라고 생각하니까 아주 끔찍이 낯설다고.

라디는 주저앉아 냄새를 맡았다. 나를 잊은 채 냄새를 맡고 또 맡았다. 낯설다는 말이 점점 줄어들었다. 낯설다는 말이 점점 작아졌다. 그는 냄새를 맡고 또 맡았다.

나는 발끝으로 살금살금 걸어서 집으로 돌아왔다. 아침 5시 반이었다. 뜰에 쌓인 눈 사이로 군데군데 흙이 보였다. 나는 눈 속의 시커먼 흙을 맨발로 밟아보았다. 흙은 차고 흐물흐물하고 부드러웠다. 그리고 냄새가 났다. 나는 선 채로 깊이 숨을 들이마셨다. 그래, 흙냄새가 났다. 냄새가 좋아, 라디. 내가 속삭였다. 흙냄새가 정말 좋아. 진짜 흙냄새가 나. 그러니 안심해.

이번 화요일에

> 일주일에 화요일은 한 번
> 일 년엔 쉰 번쯤
> 전쟁엔 수많은 화요일이 있다.

이번 화요일에

그들은 학교에서 대문자 쓰기를 연습했다. 여교사는 알이 두꺼운 안경을 썼다. 안경알에는 테두리가 없었다. 안경알이 너무 두꺼워 눈이 거의 보이지도 않았다.

마흔두 명의 여자아이가 검은 칠판 앞에 앉아 대문자를 쓰고 있었다.

프리츠 영감의 술잔은 철판으로 된 것이었다. 디케 베르타*는 파리까지 쏘았다. 전쟁이 나면 아버지들은 모두 군인이다.

울라는 혀를 코까지 빼물었다. 여교사가 울라를 툭 치며 말했다. 너는 전쟁Krieg의 g를 ch로 썼어, 울라. 전쟁은 g로 쓰는 거야. 무덤 Grube의 G 말이야. 내가 벌써 몇 번이나 말했잖아. 여교사는 책자를 집어 들더니 울라의 이름에 표시를 했다. 내일까지 이 문장을 열 번 쓰도록 해. 또박또박 깨끗하게, 알겠지? 네. 울라는 이렇게 대답하며 속으로 생각했다. 안경쟁이.

교정에서는 까마귀들이 버려진 빵을 뜯어 먹고 있었다.

---

*   Dicke Berta: 독일 고성능 대포의 별명.

이번 화요일에

엘러스 소위는 대대장에게 불려 갔다.

자네 이제 그 빨간 목도리를 벗어버려야 할 거야, 엘러스 소위.

무슨 말씀이시죠, 대대장님?

그래야 해, 엘러스. 2중대는 그런 걸 좋아하지 않으니까.

제가 2중대로 갑니까?

그래. 그리고 그들은 그런 걸 싫어해. 자네의 그 빨간 목도리를 용납하지 않을 거야. 2중대는 규율이 아주 잘 잡혀 있거든. 빨간 목도리를 하고 나타나면 자네 명령을 듣지 않을 거야. 헤세 중대장은 그런 걸 걸치지 않았지.

헤세 대위가 부상을 당했습니까?

아니, 병가를 냈어. 몸이 좋지 않다더군. 중대장이 된 직후부터 헤세는 약간 기운이 없어 보였어. 무슨 이유인지는 모르겠지만. 그전까지는 그렇게 확실했는데 말이야. 자 그럼, 엘러스, 주의해서 2중대를 잘 통솔하도록 하게. 헤세가 중대원들 규율을 잘 잡아놨으니까. 그리고 그 목도리는 벗도록 해, 알겠지?

물론입니다, 대대장님.

중대원들에게 담뱃불 조심하도록 주의시키고. 그놈의 불벌레가 날아다니는 걸 보면 저격수들이 죄다 손가락이 근질거려서 못 참으니까 말이야. 지난주에도 다섯 명이나 머리통이 날아갔어. 그러니 좀더 주의하라고, 알겠어?

네, 알겠습니다, 대대장님.

2중대로 가는 길에 엘러스 소위는 빨간 목도리를 풀었다. 그는 담배에 불을 붙였다. 그리고 중대장 엘러스 하고 큰 소리로 말했다.

그때 총성이 울렸다.

이번 화요일에

한젠 씨는 제버린 양에게 말했다.

우리 헤세에게 다시 뭘 좀 보내야겠어, 제버린. 담배하고 먹을 것. 읽을 것도 조금. 그리고 장갑 몇 켤레 정도면 될 거야. 저 바깥에 나가 있는 사람들에겐 겨울이 엄청나게 혹독할 테니까. 내가 잘 알지. 정말 고맙지 뭐야.

횔덜린*이 어떨까요, 한젠 씨?

말도 안 돼, 제버린, 말도 안 돼. 그런 거 말고 좀더 친절한 걸로. 빌헬름 부슈**나 뭐 그런 거 말이야. 헤세는 가벼운 책을 더 좋아했어. 그가 얼마나 잘 웃었는지 당신도 알잖아. 맙소사, 제버린, 헤세는 정말 잘 웃었어!

네, 정말 그랬어요. 제버린 양이 말했다.

이번 화요일에

그들은 헤세 대위를 들것에 뉘여 이 제거실로 날랐다. 문에 이런 글이 적혀 있었다.

장군이든 사병이든

머리카락은 모두 여기에 두고 갈 것.

---

* J. C. F. Hölderlin(1770~1843): 독일의 대표적인 시인으로 「디오티마Diotima」를 비롯한 70여 편의 시와 소설 『히페리온Hyperion』 등을 남겼다.
** Wilhelm Busch(1832~1908): 독일의 시인이자 화가로 그림 이야기책을 썼다.

그는 머리를 깎였다. 위생병의 손가락은 길고 가늘었다. 꼭 거미 다리 같았다. 손가락 마디들이 조금 불그스레했다. 그 손가락들이 약국 냄새가 나는 무언가로 그를 문질렀다. 그런 다음 거미 다리 같은 손가락들은 그의 맥박을 재서 두툼한 장부에 기록했다. 체온 41.6. 맥박 116. 의식불명. 발진티푸스 의심. 위생병은 두툼한 장부를 덮었다. 장부에는 스몰렌스크 전염병동이라는 제목이 붙어 있었고, 그 아래에는 병상 1,400개라고 적혀 있었다.

운반병들이 들것을 들어 올렸다. 계단에서 그의 머리가 담요 밖으로 삐져나왔다. 계단을 한 개 지날 때마다 이리저리 흔들거렸다. 박박 깎인 머리였다. 그는 러시아 병사들이 죄다 머리를 박박 밀었다고 늘 비웃곤 했었다. 운반병 하나가 코를 훌쩍였다.

이번 화요일에

헤세 부인은 이웃 여자 집의 초인종을 눌렀다. 문이 열리자 그녀는 편지를 흔들어 보였다. 그이가 중대장이 되었어요. 대위로 진급하고 중대장이 되었다고 편지에 썼어요. 그런데 기온이 영하 40도가 넘는대요. 편지는 도착하기까지 9일이 걸렸다. 봉투에는 '헤세 중대장 부인 앞'이라고 적혀 있었다.

헤세 부인은 편지를 치켜들었다. 하지만 이웃집 여자는 쳐다보지 않았다. 영하 40도라니, 그녀가 말했다. 불쌍한 군인들. 영하 40도라니.

이번 화요일에

의무대장은 스몰렌스크 전염병동 담당자인 수석 군의관에게 물었다. 하루에 몇 명인가?

대여섯 명 정도입니다.

끔찍하군. 의무대장이 말했다.

네, 끔찍합니다. 수석 군의관이 말했다.

그들은 서로 쳐다보지 않았다.

이번 화요일에

「마술피리」*를 공연했다. 헤세 부인은 입술을 빨갛게 칠했다.

이번 화요일에

엘리자베트 간호사는 부모에게 편지를 썼다. 주님이 함께하시지 않는다면 버티지 못할 거예요. 그때 하급 군의관이 들어오는 바람에 자리에서 일어났다. 그는 마치 러시아를 통째로 짊어진 듯 몸을 잔뜩 구부린 채 홀을 돌고 있었다.

이 사람에게 뭐라도 좀 줄까요? 간호사가 물었다.

아니요. 하급 군의관이 대답했다. 그는 부끄럼이라도 타는 듯 아주 조그만 소리로 말했다.

그들은 헤세 대위를 밖으로 날랐다. 밖에서 쿵 하는 소리가 났다. 맨날 저렇게 쿵쿵거린다니까. 죽은 사람들을 좀 살살 내려놓으면 안 되나? 매번 죽은 사람들을 저렇게 털썩 땅에다 내던지니 원. 누군가 말했다. 옆 사람이 나지막이 노래했다.

치케 차케 야호

---

* 모차르트의 오페라.

보병이 최고야

하급 군의관은 이 병상 저 병상을 돌았다. 날마다. 밤낮없이. 온종일. 밤새도록. 그렇게 구부정한 자세로, 러시아를 통째로 짊어지고 홀을 돌아다녔다. 밖에서 운반병 둘이 빈 들것을 가지고 느릿느릿 들어왔다. 네번째입니다. 한 운반병이 말했다. 코를 훌쩍이며.

이번 화요일에
울라는 저녁에 자리에 앉아서 공책에다 대문자를 그렸다.
　　　전쟁이 나면 아버지들은 모두 군인이다.
　　　전쟁이 나면 아버지들은 모두 군인이다.
울라는 이 문장을 열 번 썼다. 대문자로. 그리고 전쟁Krieg은 G로 썼다. 무덤Grube을 쓸 때처럼.

어디로 가는지 아무도 모른다

무슨 맛인지 모르겠는 커피

　그들은 의자 위에, 식탁 위에 매달려 있었다. 끔찍한 피로에 의해 그렇게 교수형에 처해졌다. 이 피로에도 잠은 오지 않았다. 그것은 세상에 대한 피로였다. 더 이상 기대할 것이 하나도 없었다. 기껏 기차나 기다리는 게 고작이었다. 대합실 안에서. 거기서 그들은 의자와 식탁 위에 그렇게 교수형에 처해져 매달려 있었다. 그들은 옷을 입고 살가죽을 뒤집어쓴 채 그런 것이 성가시다는 듯 매달려 있었다. 옷이, 그리고 살가죽이. 그들은 유령이었다. 살가죽을 뒤집어쓰고 잠시 인간인 척하고 있었다. 그들은 말뚝에 매달린 허수아비처럼 자기 뼈다귀에 달라붙어 있었다. 자기 뇌의 조롱을 받으며, 자기 심장의 고통을 느끼며, 삶에 의해 그렇게 교수형에 처해졌다. 바람이란 바람은 모두 그들에게 동조했다. 그들과 함께 놀아났다. 그들은 삶을 뒤집어쓴 채 매달려 있었다. 얼굴 없는 신에 의해 그렇게 교수형에 처해졌다. 선하지도 악하지도 않은 신에 의해. 그저 존재했던 신, 더 이상 존재하지 않는 신에 의해. 그건 너무 심했다. 그리고 너무 부족했다. 신은 그들을 삶에다 교수형에 처해 매달았다. 그리하여 그들은 잠시 거기서 이리저리 흔들거렸다. 보이지 않는 종탑 안에서 가냘프게 울리는 종처럼, 바람에 부푼 허수아

270

비처럼. 오로지 자기 자신에, 이음매를 찾을 수 없는 살가죽에 내맡겨진 채. 의자에, 말뚝에, 식탁에, 교수대에, 아득한 나락 위에 그렇게 교수형에 처해져 매달렸다. 그리고 아무도 가냘프게 울리는 그들의 비명을 듣지 못했다. 왜냐하면 신은 얼굴이 없었기 때문이다. 그래서 들을 귀도 없었다. 그들에게 이것은 최악의 버림받음이었다. 들을 귀가 없는 신. 신은 그들에게 단지 숨결만 불어넣었을 뿐이다. 잔인하고 지독하다. 그리하여 그들은 숨을 쉴 수 있었다. 거칠게, 탐욕스럽게, 걸신들린 듯. 하지만 고독하다. 가냘픈 비명 소리처럼 고독하다. 그들의 비명 소리는, 그들의 끔찍한 비명 소리는 식탁에 마주 앉은 사람에게조차 닿지 않았던 것이다. 귀 없는 신에게도, 같은 식탁에 마주 앉은 사람에게도 들리지 않았다. 바로 곁에 있는, 같은 식탁에 마주 앉은 사람에게도.

네 사람이 식탁에 앉아 기차를 기다리고 있었다. 그들은 서로를 잘 알아볼 수 없었다. 하얀 얼굴들 사이에 안개가 가득했다. 탁한 밤공기와 커피에서 피어오르는 김과 담배 연기로 이루어진 안개. 커피의 김에선 악취가 났고 담배 연기는 달콤했다. 밤공기에는 궁핍과 향수(香水)와 늙은 남자들의 숨결이 뒤섞여 있었다. 그리고 아직 앳된 여인의 숨결도. 밤공기는 식은땀이라도 흘리는 듯 차고 축축했다. 식탁에는 남자 셋이 앉아 있었다. 그리고 젊은 여인. 그렇게 네 사람이었다. 젊은 여자는 커피 잔을 들여다보고 있었다. 한 남자는 회색 종이에 뭔가를 쓰고 있었다. 손가락이 몹시 짧막했다. 다른 한 남자는 책을 읽었고, 세번째 남자는 다른 사람들을 쳐다보았다. 한 사람씩 차례로. 그는 즐거운 표정을 짓고 있었다. 젊은 여자는 커피 잔을 들여다보고 있었다.

그때 손가락이 몹시 짤막한 남자가 다섯 잔째의 커피를 받았다. 속이 다 메스껍군, 이놈의 커피. 그는 이렇게 말하며 잠시 고개를 들었다.

커피는 무슨 맛인지 모르겠어. 특이한 음료야. 그는 곧 다시 쓰기 시작했다. 하지만 갑자기 무슨 생각이 떠올랐는지 다시 고개를 들었다. 커피가 다 식겠어요. 그가 젊은 여자에게 말했다. 찬 커피는 맛이 없어요. 특이한 음료죠. 뜨거울 땐 마실 만해요. 하지만 무슨 맛인지 모르겠어요. 모-르-겠-다-고-요! 상관없어요. 젊은 여자가 손가락이 몹시 짤막한 남자에게 말했다. 그러자 그는 글쓰기를 완전히 멈추었다. 그녀가 그런 식으로 말했기 때문이다, 상관없다고. 그는 젊은 여자를 쳐다보았다. 전 그저 커피와 함께 알약을 먹으려는 것뿐이에요. 커피는 식어도 상관없어요. 여자가 당황해서 말했다. 그러고는 다시 커피 잔을 들여다보았다. 두통이 있나요? 그가 물었다. 아니요. 그녀는 다시 당혹스러워하며 말하고 커피 잔을 들여다보았다. 여자가 계속해서 커피 잔만 들여다보고 있자 짤막한 손가락의 남자가 연필로 식탁을 두드리기 시작했다. 여자가 그를 쳐다보았다. 저는 목숨을 끊어야 해요. 두통 같은 건 없어요. 저는 목숨을 끊어야 해요. 여자는 마치 11시 기차를 타야 한다는 투로 스스로 목숨을 끊어야 한다고 말했다. 그러고는 다시 커피 잔을 들여다보았다.

세 남자는 모두 젊은 여자를 쳐다보았다. 책을 읽던 남자와 즐거운 표정의 남자도. 멋지군. 미친 여자야. 완전히 미친 여자. 즐거운 표정의 남자가 생각했다. 어처구니가 없군요. 몹시 짤막한 손가락의 남자가 말했다. 왜요? 그녀가 스스로 목숨을 끊겠다고 해서요? 책을 읽던 남자가 이렇게 물으며 흥미로운 듯 식탁 위로 몸을 기울였다. 아니요. 그녀가 너무도 쉽게 그런 말을 해서요. 다른 남자가 말했다. 마치 출발 시간을 말하거나 정거장을 말하듯 그렇게 쉽게 말하잖아요. 그게 어때서요? 그녀는 단지 자기가 생각하는 걸 말하는 건데요. 책을 읽던 남자가 말했다. 이건 어처구니없는 일이 아니에요. 오히려 아주 멋진 일이죠. 저는 아주 멋지다고 봐요. 젊은 여자는 당혹스럽게 커피 잔을 들여다보고 있었다. 멋지다고요? 몹시 짤막한 손가락의 남자가 격분해서 말했다. 그러자 입이 화난 생선 주둥이가 되었다. 이게 정말 멋지다고 생각하시나요? 글쎄요, 잘 모르겠네요. 아무튼 제게는 그렇게 보입니다! 이보세요, 제가 지금 머릿속으로 생각하는 걸 그냥 쉽게 말해버린다면 어떨 것 같아요, 네? 저는 오늘 밤 이곳에서 빵 5천 개를 수령하기로 했어요. 그런데 실제로 온 것은 200개뿐이에요. 4천 개하고 800개가 부족하다고요. 그래서 이제 계산을 해봐야 해요. 그는 생선 주둥이를 하고서 장부를 높이 치켜들더니 다시 식탁에 내던졌다. 이제 아시겠어요? 제가 지금 무슨 생각을 하는지? 젊은 여자는 커피 잔을 들여다보고 있었다. 즐거운 표정의 남자는 말없이 바라보며 히죽거렸다. 그러자 책 읽던 남자가 말했다. 그래서요? 무슨 말이냐면 말이죠, 선생. 이게 무슨 말이냐면, 저는 지금 4,800 가정이 내일 먹을 빵을 얻지 못한다는 생각을 하고 있다는 겁니다. 내일 아침에 4,800 가정이 빵을 못 얻어요. 내일 4,800명의 아이가 굶는다고요. 그 아이들의 아빠 엄마는 물론이고요. 그래도 그들은 배고픈 줄도 모를 거예요. 하지만 아이들은, 맙소사, 4,800명의 아이는. 그 아이들은 이제 내일 빵을 못 얻어요. 이게 내가 지금 생각하는 것이외다, 선생. 이런 생각을 하면서 여기 앉아서 연필을 끄적거리고, 무슨 맛인지 알 수도 없는 이놈의 커피를 마시고 있는 겁니다. 이런 생각을 하면서. 그런데 이런 걸 그냥 쉽게 말해버린다면 어떻겠어요, 네? 누가 이런 사실을 견딜 수 있겠어요, 네? 이 모든 사실을 죄다 생각나는 대로 지껄여버린다면 아마 아무도 더 이상 견딜 수 없을걸요. 그는 생선 주둥이를 하고서 이맛살을 있는 대로 찌푸렸다. 이마에 마치 가시철조망이라도 친 듯했다.

젊은 여자는 커피 잔을 들여다보고 있었다. 잔 속으로 부신자살이라도 하겠군. 책 읽던 남자는 생각했다. 하지만 죽기엔 잔이 너무 작다는 생각도 들었다. 그가 말했다. 이 커피는 거의 마실 수가 없는 지경이군. 그때 즐거운 표정의 남자가 손바닥으로 식탁을 찰싹 소리가 나도록 치며 말했다. 저 여자 미쳤어요. 히죽거리던 얼굴이 그 자신도 모르는 사이에 아주 즐거운 표정으로 바뀌었다. 그는 탐욕스럽게 커피를 한 모금 삼켰다. 커피를 마시느라 숨을 헐떡이며 다시 말했다. 저 여자 미쳤다고요. 내 말하지만, 저렇게 미친 여자는 그냥 때려죽이는 게 나아요. 아니, 대체 무슨 소리예요. 이제 보니 당신 철딱서니가 없군요! 빵 장수가 소리쳤다. 얼굴은 그렇게 오순절의 거룩한 표정을 하고서 사람을 때려죽이라는 말을 입에 담다니요. 당신을 조심해야 한다는 생각이 드네요. 마치 오순절 같은 표정을 하고서 말하는 것은…… 순간 책 읽던 남자가 경쟁이라도 하듯 서둘러 웃으며 말했다. 안 될 말씀. 안 될 말씀. 이건 이원론이에요, 아시겠어요? 전형적인 이원론. 우리 안에는 예수와 네로가 조금씩 다 들어 있다고요. 우리 모두 다. 그는 얼굴을 찡그리며 턱과 아랫입술을 앞으로 삐죽 내밀고 눈을 가늘게 만들더니 콧김을 내뿜었다. 네로 말입니다. 그는 설명하듯 덧붙이고는 얼굴을 아주 부드럽고 감상적으로 만들며 자기 머리카락을 쓰다듬었다. 그의 눈이 개처럼 충성스럽게 변했다. 아무런 악의도 없고 조금은 지루해 보이는 그런 눈을 하고서 그는 다시 설명을 덧붙였다. 예수하고요. 아시겠어요? 우리 안에는 모두 다 들어 있어요. 전형적인 이원론이죠. 한쪽엔 예수, 또 한쪽엔 네로. 그는 또다시 번개처럼 재빨리 두 가지 표정을 지어 보이려했지만 실패했다. 커피가 너무 형편없었던 모양이었다.

네로가 누구죠? 즐거운 표정의 남자가 멍청한 얼굴로 말했다. 아, 이름은 중요하지 않아요. 네로는 그냥 여러분과 저 같은 사람에 불과합니다. 다만 네로는 자신이 저지른 짓에 대해 처벌 받지 않는다는 거죠. 그 자신도 이런 사실을 잘 알고 있었어요. 그래서 인간이 할 수 있는 온갖 짓을 다 저질렀죠. 우편배달부나 목수였더라면 당장 목이 매달렸을 텐데요. 하지만 그는 운 좋게도 황제였고 머릿속에 떠오르는 것은 뭐든 다 했어요. 인간이 생각할 수 있는 짓은 죄다 했죠. 그게 바로 네로입니다. 그렇다면 당신은 지금 내가 그런 네로라는 겁니까? 즐거운 표정의 남자가 물었다. 50 대 50이라니까요. 당신에겐 분명히 예수도 있어요. 하지만 저 젊은 여자를 때려죽이려 할 때의 당신은 네로인 겁니다. 그럴 때 당신은 네로가 분명하다고요. 알겠어요?

마치 명령이라도 받은 듯 세 남자가 동시에 잔을 들어 커피를 마시고는 고개를 젖혀 천장을 쳐다보았다. 하지만 위에는 아무것도 볼 게 없었고 그들의 시선은 다시 지상으로 복귀했다. 빵 장수는 열일곱번째와 열여덟번째로 커피는 무슨 맛인지 모르겠다는 말을 했다. 모-르-겠-어-요. 오순절 표정의 남자는 입술을 쓱 닦더니 버럭 소리를 질렀다. 당신도 미쳤어요. 당신들 모두 미쳤어요. 대체 네로나 예수가 나와 무슨 상관이람. 내 분명히 말하지만 아무 상관도 없어요. 아무 상관도. 난 전쟁을 마치고 집에 돌아가고 싶을 뿐이에요. 아시겠어요? 집에서 아침마다 부모님과 함께 발코니에 앉아 커피를 마시고 싶어요. 난 전쟁하는 내내 그것을 소망했어요. 아침마다 발코니에 앉아 부모님과 커피를 마시는 걸 말이에요. 아시겠어요. 그리고 이제 드디어 집에 가는 길인데, 저 미친 여자가 나타나더니 스스로 목숨을 끊어야겠다고 아주 쉽게 말하는 거예요. 스스로 목숨을 끊어야겠다는 말을 그렇게 쉽게 하는 건 정말 참을 수 없어요.

군인은 그렇게 말했다. 그러자 빵 장수가 도저히 설명할 수 없는 자신의 커피에서 눈을 들더니 '그러게 내가 뭐랬어'라는 몸짓을 지어 보이며 말했다. 제 말이 그거예요. 그게 제가 줄곧 하려던 말이라고요. 빵 얘기도 똑같다니까요. 제가 그 사실을 그렇게 쉽게 떠들어댄다면 어떻겠어요, 네? 내일 4,800명의 아이가 빵을 얻을 수 없다고 말이에요, 네? 그러면 당신들은 어떨 것 같으냐고요, 네? 대체 그런 걸 누가 견딜 수 있겠어요. 요즘 그런 걸 견딜 수 있는 사람은 아무도 없단 말입니다. 빵 장수는 책 읽던 남자를 바라보았다. 전쟁에서 돌아온 즐거운 표정의 남자도 그를 바라보았다.

그러자 책 읽던 남자가 자리에서 일어났다. 그는 새끼손가락으로 식탁 위의 빵 부스러기를 튀기며 말했다. 제가 보기에 당신은 너무 물질적이에요. 그는 낙담한 표정을 지었다. 당신은 발코니에서 커피를 마시고 싶어서 전쟁에서 돌아와 집으로 가고 있어요. 그리고 당신, 당신은 빵을 거래하고 있어요. 아이들과 빵을 함께 계산하죠. 맙소사, 당신이 그 둘을 따로 떼어서 생각할 능력이 있는지 누가 보장할 수 있겠어요. 당신이 탄약도 그런 식으로 계산하는 거 아닌지 누가 알겠어요. 두당 서른 발. 전쟁 땐 늘 그런 식이었어요. 두당 서른 발. 그런데 이젠 빵이군요. 맙소사. 이젠 빵까지 그런 식이라니. 그가 낙담한 표정으로 말했다. 다들 안녕히 계세요. 제가 보기에 당신들은 그냥 물질적인 사람들이에요. 그냥 물질적일 뿐이라고요. 안녕히 계세요.

빵 장수가 그를 향해 소리쳤다. 언제 배고파본 적이나 있으슈, 고귀하신 선생 양반? 내 빵이 없었다면 당신은 그 잘난 책도 읽을 수 없었을걸. 내 당신한테 이 말은 꼭 하고 싶구려. 내 빵이 없었다면 어림도 없었을 거란 말이외다! 탄약이 없어도 역시 아무 일도 안 되지. 탄약 없이는 아무 일도 안 된단 말이오, 고귀하신 선생 양반. 그는 이렇게 말하면서 군인을 쳐다보았다. 군인도 이제 책 든 남자를 쏘아보았다. 그리고 그의 안색을 살피려고 몸을 숙였다. 꼭 네로 같다니까. 책 든 남자는 이렇게 생각하면서 상대를 응시했다. 영락없이 네로야. 군인 네로가 그에게 호통 쳤다. 대체 당신은 전쟁에 나가본 적이나 있소? 전쟁을 한 번이라도 직접 겪어봤느냐고! 전쟁에 한 번이라도 나가보면 당신도 발코니에 앉아 커피를 마시고 싶은 생각밖에 들지 않을걸. 내 장담하지만 머릿속에 오직 그 생각밖에 없을 거란 말이오, 선생.

책 든 남자는 두 사람을 쳐다보며 상심한 듯 책으로 입술을 톡톡 두드렸다. 그러고는 선 채로 커피 잔을 비웠다. 다른 두 사람도 똑같이 커피를 마셨다. 도무지 맛을 모르겠다니까. 빵 장수가 말하면서 고개를 절레절레 흔들었다. 사는 것도 마찬가지죠. 책 든 남자는 이렇게 대답하며 빵 장수에게 다정스레 고개를 숙였다. 빵 장수도 다정하게 고개를 숙였다. 그들은 서로 다툰 일에 대해 공손한 웃음을 교환했다. 다들 처세에 밝은 남자들이었다. 책 든 남자는 속으로 승자를 자처하며 회심의 미소를 지으려 했다.

그러나 그때 그의 입이 끔찍한 비명을 내지르려는 듯 크게 벌어졌다. 하지만 비명을 지르지는 않았다. 비명 소리가 너무 끔찍할 것 같아 차마 내지르지 못한 것이다. 비명은 책 든 남자의 몸속 깊은 곳에 머물렀다. 다만 숨을 내보내기 위해 입은 크게 벌어졌다. 책 든 남자는 네번째 의자를 응시했다. 젊은 여자가 앉아 있던 자리였다. 의자는 비어 있었다. 젊은 여자는 가고 없었다. 세 남자는 식탁 위에 놓인 작은 유리병을 보았다. 비어 있었다. 여자는 가고 없었다. 그리고 커피 잔, 커피 잔도 비어 있었다. 여자는 가고 없었다. 의자. 유리병. 커피 잔. 모두 비었다. 아주 조용히, 눈에 띄지 않게 비워져 있었다.

배가 고팠던 게 아닐까요? 마침내 빵 장수가 다른 사람들에게 물었다. 그 여자 미쳤다니까요. 군인이 즐거운 표정으로 말했다. 제가 말했잖아요, 미친 여자라고. 자, 이리 와서 다시 앉으세요. 군인은 책을 든 남자에게 말했다. 그 여자는 미친 게 틀림없어요. 책 든 남자가 천천히 자리에 앉으며 말했다. 외로웠던 게 아닐까요? 확실히 너무 외로웠을 거예요. 외로웠다고요? 빵 장수가 화난 표정을 지으며 말했다. 대체 뭐가 외롭다는 거죠? 우리가 옆에 있었는데. 우리가 내내 옆에 있었는데 말이에요. 우리가요? 책 든 남자가 이렇게 물으며 빈 커피 잔을 들여다보았다. 잔 속에서 웬 젊은 여자가 그를 마주 보았다. 하지만 그는 이미 더 이상 여자를 알아보지 못했다.

탁한 밤공기가 정거장 안을 부유했다. 안개와 궁핍과 숨결이 뒤섞인 탁한 밤공기. 그것은 딱히 뭐라고 규정할 수 없는 그 커피처럼 진했다. 그리고 차고 축축했다. 식은땀처럼. 책을 든 남자는 눈을 감았다. 커피 맛이 끔찍하다는 빵 장수의 말이 들려왔다. 네, 네. 책을 든 남자는 천천히 고개를 끄덕였다. 당신 말이 옳아요. 아주 끔찍하죠. 이래도 끔찍 저래도 끔찍. 하지만 다른 게 하나도 없으니 원. 군인이 말했다. 그래도 뜨거운 게 중요해요.

그는 식탁 위의 작은 유리병을 굴렸다. 유리병이 아래로 떨어져 깨졌다. (그런데 신은? 신은 이 작고 추한 소음을 듣지 못했다. 깨진 것이 작은 유리병이든 심장이든, 신은 그 모든 소리를 전혀 듣지 못했다. 들을 귀가 없었으니까. 그랬다. 신은 귀가 없었다.)

부엌 시계

그들은 이미 멀리서 그가 다가오는 것을 보았다. 그만큼 그는 눈에 잘 띄었다. 아주 나이 든 얼굴이었지만 걷는 모습을 보면 이제 겨우 스무 살이란 걸 알 수 있었다. 그는 그렇게 늙은 얼굴을 하고서 그들 옆 벤치에 앉았다. 그리고 자기 손에 든 것을 그들에게 보여주었다.

이건 우리 부엌에 있던 시계입니다. 그는 이렇게 말하고는 햇볕이 내리쬐는 벤치에 앉아 있는 사람들을 차례로 쳐다보았다. 네, 제가 겨우 찾았죠. 아직 남아 있더라고요.

그는 접시 모양의 둥글고 하얀 부엌 시계를 받쳐 들고 파란색으로 칠해진 숫자들을 손가락으로 톡톡 두드리며 먼지를 닦아냈다.

값나가는 시계는 아닙니다. 그는 미안한 표정으로 말했다. 저도 잘 알아요. 별로 예쁘지도 않고요. 그냥 접시처럼 생겼죠. 흰색 래커 칠을 한 접시 말이에요. 하지만 파란색 숫자들은 그래도 예뻐 보이잖아요. 시곗바늘은 물론 그냥 양철로 되었지만요. 그리고 이제 더 이상 가지도 않아요. 속이 어디가 고장 난 게 분명해요. 하지만 생긴 건 멀쩡하죠. 더 이상 가지는 않지만 말이에요.

그는 손가락으로 접시 시계 가장자리를 따라 조심스럽게 원을 그렸다. 그리고 나지막이 말했다. 그래도 이게 아직 남아 있었어요.

햇볕이 내리쬐는 벤치에 앉아 있는 사람들은 그를 쳐다보지 않았다. 한 남자는 자기 신발을 내려다보았고 여자는 유모차를 들여다보고 있었다. 그때 누군가 말했다.

그럼 당신은 모든 걸 잃었나요?

네, 그래요. 그는 즐거운 표정으로 말했다. 정말 모든 걸 다 잃었죠! 오직 여기 이것, 이 시계만 남았어요. 그는 시계를 다시 쳐들었다. 마치 다른 사람들이 아직 그것을 모르기라도 하듯이.

하지만 그 시계는 더 이상 가지 않아요. 여자가 말했다.

네, 그래요. 더 이상 안 가죠. 고장 났어요. 저도 알아요. 하지만 그것만 빼면 아직 전처럼 멀쩡합니다. 흰색과 파란색도 그대로고요. 그는 다시 그들에게 자기 시계를 보여주었다. 게다가 더 멋진 일이 뭐냐 하면. 그는 흥분된 목소리로 말을 이었다. 이건 아직 여러분께 말씀드리지 않았는데요, 아무튼 정말 멋진 일을 이제 말씀드릴게요. 생각해보세요. 이 시계가 글쎄 2시 반에 멈춰 있더라고요. 다름 아닌 2시 반에 말이에요, 생각해보세요!

그렇다면 당신 집은 2시 반에 폭격당한 게 분명해요. 남자가 이렇게 말하며 의미심장하게 아랫입술을 앞으로 내밀었다. 난 그런 말을 자주 들었어요. 폭탄이 떨어지면 시계들이 멈춘다고 말이죠. 압력 때문에요.

그는 자기 시계를 들여다보며 절대 그렇지 않다는 듯 고개를 가로저었다. 아니, 안 그래요. 미안하지만 당신이 틀렸어요. 이건 폭탄과 아무 상관이 없어요. 맨날 폭탄 얘기만 할 필요는 없어요. 2시 반에는 당신이 모르는 아주 다른 어떤 일이 있었던 겁니다. 여기서 중요한 건 이 시계가 바로 2시 반에 멈춰 섰다는 사실이에요. 4시 15분이나 7시가 아니라 2시 반에요. 2시 반은 제가 늘 집에 돌아오는 시간이었어요. 밤 2시 반요. 거의 늘 그랬죠. 바로 이 점이 중요한 겁니다.

그는 다른 사람들을 쳐다보았다. 하지만 그들은 그에게 눈길을 주지 않았다. 그는 다른 사람들과 시선을 마주칠 수 없자 자기 시계에 대고 고개를 끄덕였다. 그러면 전 당연히 배가 고팠겠죠, 안 그렇겠어요? 그래서 언제나 곧장 부엌으로 갔습니다. 그때가 거의 늘 2시 반이었어요. 그러면, 그러면 어머니가 나오셨죠. 전 아주 조용히 문을 열었지만 어머니는 항상 제가 들어오는 소리를 들으셨어요. 제가 어두운 부엌에서 무언가 먹을 것을 찾고 있을 때면 갑자기 불이 켜지면서 어머니가 털실 저고리에 붉은 목도리를 두르고 서 계셨죠. 맨발로요. 언제나 맨발이셨어요. 우리 부엌은 타일 바닥이었는데 말이에요. 어머니는 불빛이 너무 밝아서 눈을 심하게 찡그리셨어요. 벌써 주무시고 계셨던 겁니다. 이미 한밤중이었으니까요.

또 이렇게 늦었구나, 하고 어머니는 말씀하셨어요. 더 이상은 말씀하지 않으셨어요. 그냥 또 이렇게 늦었구나,라고만 하셨죠. 그러고는 제게 저녁 식사로 빵을 따뜻하게 데워주신 다음 제가 먹는 모습을 바라보셨어요. 두 발을 비비면서 말이에요. 타일 바닥이 아주 찼거든요. 어머니는 밤에는 신발을 신는 법이 없었어요. 그렇게 어머니는 제가 다 먹을 때까지 제 곁에 앉아 계셨어요. 그런 다음 방으로 들어가서 불을 끄고 누울 때까지도 어머니가 접시 치우는 소리가 들렸죠. 매일 밤 그랬어요. 대부분 2시 반에요. 그래서 어머니가 밤 2시 반에 부엌에서 식사를 준비해주시는 게 제겐 지극히 당연한 일이었어요. 전 그걸 아주 당연하게 생각했죠. 어머니는 늘 그렇게 해주셨으니까요. 어머니는 또 이렇게 늦었구나,라고밖에는 더 이상 말씀이 없으셨으니까요. 하지만 그 말씀은 매번 하셨어요. 저는 또 그 소리, 하면서 지겨워했죠. 그것은 제게 그토록 당연했던 거예요. 그 모든 게 언제나 그랬던 거예요.

잠시 벤치 위에 침묵이 흘렀다. 조금 뒤 그가 나지막이 말했다. 그런데 이제는…… 그는 다른 사람들을 쳐다보았다. 하지만 그들은 눈길을 주지 않았다. 그러자 그는 시계의 희고 파란 둥근 얼굴에 대고 나지막이 말했다. 이제는, 이제는 알아요. 그때가 천국이었단 걸 말이에요. 진짜 천국.

벤치 위에 깊은 침묵이 흘렀다. 잠시 후 여자가 물었다. 당신 가족은 어떻게 되었죠?

그는 여자에게 당혹스러운 미소를 보냈다. 아, 제 부모님 말씀인가요? 네, 그분들도 함께 사라졌어요. 모두 다 사라졌죠. 모두 다. 전부 사라졌어요.

그는 그들 한 사람 한 사람에게 당혹스러운 미소를 보냈다. 하지만 그들은 그를 쳐다보지 않았다.

그러자 그가 다시 시계를 치켜들며 웃었다. 그는 웃으며 말했다. 오직 여기 이것, 이 시계만 남았어요. 게다가 더 멋진 일은, 이 시계가 다름 아닌 2시 반에 멈췄다는 거예요. 다름 아닌 2시 반에.

그는 더 이상 말하지 않았다. 하지만 그는 아주 늙은 얼굴을 하고 있었다. 옆에 앉은 남자는 자기 신발을 내려다보았지만 신발을 보고 있지는 않았다. 그는 천국이라는 단어를 계속해서 생각하고 있었다.

그녀는 아마 분홍색 속옷을 입었을 거야

두 사람은 다리 난간에 앉아 있었다. 입고 있는 바지는 얇았고 다리 난간은 얼음장이었다. 하지만 익숙한 일이었다. 고통스럽기는 했지만. 그들은 그렇게 앉아 있었다. 비가 오락가락했다. 그들은 아랑곳하지 않고 앉아서 퍼레이드를 지켜보았다. 전쟁 중에는 내내 남자들밖에 보지 못했으므로 이제 그들은 여자들만 보았다.

한 여자가 지나갔다.

근사한 발코니가 달렸네. 저기 올라앉아 커피도 마실 수 있겠어. 팀이 말했다.

저렇게 오랫동안 햇볕 아래 돌아다니면 우유 맛이 시큼해지겠어. 다른 사내가 히죽거렸다.

또 한 여자가 왔다.

완전 석기시대로군. 팀의 옆 사내가 체념조로 말했다.

온통 거미줄투성이야. 팀이 말했다.

이번엔 남자들이 왔다. 이들에겐 지나가는 내내 아무런 코멘트도 달리지 않았다. 철물공 견습생, 창백한 사무직원, 천재의 표정에 남루한 바지를 걸친 초등학교 교사, 다리통이 굵은 뚱뚱한 남자, 천식 환자, 하사관 걸음으로 걷는 전차 승무원 등등.

그런 다음 그녀가 왔다. 그녀는 완전히 달랐다. 그녀에게선 복숭아 냄새가 나는 느낌이었다. 아주 뽀얀 살갗 냄새 같기도 했다. 틀림없이 이름도 아주 특별할 것이다. 에벨린이나 뭐 그런 이름. 그녀가 지나갔다. 그들은 그녀의 뒷모습을 바라보았다.

아마 분홍색 속옷을 입었을 거야. 팀이 말했다.

왜? 다른 사내가 밀했다.

틀림없어. 팀이 대답했다. 저런 여자들은 대부분 분홍색 속옷을 입는다고.

바보 같은 소리. 다른 사내가 말했다. 파란색 속옷을 좋아할 수도 있어.

그렇지 않아. 파란색은 안 입어. 저런 여자는 분홍색을 입는다고, 이 친구야. 내가 잘 안다니까. 팀의 목소리가 아주 커졌다.

그러자 옆 사내가 말했다. 아는 여자라도 있는 모양이지?

팀은 아무 말도 하지 않았다. 그들은 그렇게 앉아 있었다. 얇은 바지 밑 다리 난간이 얼음장처럼 차가웠다. 이윽고 팀이 말했다.

아니, 난 없어. 하지만 전에 알던 어떤 녀석의 여자가 분홍색 속옷을 입었어. 군대에서 만난 녀석이야. 러시아에서. 그 녀석은 지갑에 항상 분홍색 천 조각을 넣고 다녔는데 남한테는 절대로 보여주지 않았어. 그런데 어느 날 그게 땅바닥에 떨어진 거야. 그때 다들 그걸 보고 말았지. 녀석은 아무 말도 하지 않고 얼굴만 빨개졌어. 완전히 분홍색이 되더군. 그날 저녁 녀석이 내게 털어놓았지. 자기 신부한테 받은 거라고 말이야. 부적으로. 그 녀석 말이 자기 신부는 오로지 분홍색 속옷만 입는데 그걸 한 조각 잘라 왔다고 그랬어.

팀은 말을 멈추었다.

그래서? 다른 사내가 물었다.

그러자 팀이 아주 작은 소리로 말했다. 난 그것을 빼앗아서 높이 치켜들었어. 모두들 웃고 난리가 났지. 적어도 한 30분은 놀려대며 웃었을걸. 그때 우리가 그 물건을 가지고 뭐라고 지껄여댔을지는 너도 충분히 상상할 수 있을 거야.

그래서? 팀의 옆 사내가 다시 물었다.

팀은 자기 무릎을 내려다보았다. 녀석은 그걸 그냥 버렸어. 팀은 다른 사내를 쳐다보며 말했다. 그래, 녀석은 그냥 버렸어. 그러고 나서 당한 거야. 다음 날 곧바로 저격수한테 당한 거야.

두 사람은 아무 말도 하지 않았다. 그렇게 난간에 앉은 채 아무 말도 하지 않았다. 하지만 잠시 후 다른 사내가 입을 열었다. 바보 같은 소리. 그는 같은 말을 또 한 번 했다. 바보 같은 소리.

그래, 나도 알아. 팀이 말했다. 물론 바보 같은 소리지. 그건 분명해. 나도 안다고. 그러나 잠시 후 그는 이렇게 덧붙였다. 그래도 웃기잖아. 안 그래? 그래도 웃기잖아.

팀이 웃었다. 두 사람 모두 웃었다. 팀은 호주머니 속에서 주먹을 꼭 쥐었다. 무언가가 그의 주먹 안에서 짓눌렸다. 조그만 분홍색 천 조각이었다. 호주머니 속에 있은 지 벌써 오래되었는지 천 조각은 많이 바래 있었다. 하지만 분홍색이 분명했다. 그는 그것을 러시아에서 가져왔던 것이다.

우리의 작은 모차르트

아침 4시 반부터 밤 12시 반까지. 전차는 3분 간격으로 다녔다. 매번 스피커의 여자 음성이 레르터가(街)입니다, 레르터가입니다, 하고 정거장을 알렸다. 그 소리가 우리한테까지 들렸다. 아침 4시 반부터 밤 12시 반까지. 800번이나. 레르터가입니다, 레르터가입니다.

창가에 리비히가 서 있었다. 아침, 점심, 오후, 그리고 끝없이 이어지는 저녁에도. 레르터가입니다, 레르터가입니다.

일곱 달을 그렇게 창가에 서서 그는 그 여자 쪽을 바라보았다. 저편 어딘가에 그녀가 있을 것 같았다. 아마도 아주 미끈한 다리를 지닌 여자일 것이다. 어여쁜 젖가슴. 곱슬곱슬한 머리. 그런 그녀의 모습이 머릿속에 그려졌다. 그리고 그 밖에 다른 것들도. 리비히는 그녀가 노래하는 쪽을 한 시간이 넘도록 바라보았다. 묵주를 떠올렸다. 묵주 알을 하나씩 넘기며 리비히는 기도했다. 레르터가입니다, 레르터가입니다. 아침 4시 반부터 밤 12시 반까지. 아침부터. 점심에도, 오후에도, 그리고 끝없이 이어지는 저녁에도. 레르터가입니다. 레르터가입니다. 매일같이 800번을 그랬다. 리비히는 일곱 달을 그렇게 창가에 서서 그 여자 쪽을 바라보았다. 그녀의 모습이 머릿속에 그려졌기 때문이다. 아마도 아주 미끈한 다리를 지닌. 어여쁜 무릎, 어여쁜 젖가슴도. 숱이 많은 긴 머리. 끝없이 이어진 저녁만큼이나 끝없이 긴 머리. 리비히는 그녀 쪽을 바라보았다. 아니면 혹시 브레슬라우 쪽을 바라보았던 걸까?

하지만 브레슬라우는 몇백 킬로미터나 떨어져 있었다. 리비히는 브레슬라우 출신이었다. 저녁마다 그는 브레슬라우 쪽을 바라보았던 걸까? 아니면 혹시 그 여자를 사랑했던 걸까? 레르터가입니다. 레르터가입니다. 끝없이 이어진 묵주 알들. 아주 미끈한 다리를 지닌. 레르터 가입니다. 800번. 어여쁜 젖가슴도. 아침부터. 한도 끝도 없이 이어지는 저녁 같은 머리. 그런 모습이 레르터가부터 브레슬라우까지. 꿈속으로까지. 브레슬라우까지. 브레슬― 브레슬라우어가(街)입니다― 브레슬라우어 가입니다― 모두 하차하세요― 하차하세요― 모두 하차― 모두 하차― 모두― 모두― 브레슬―라우―

　　하지만 파울리네는 의자에 쪼그리고 앉아 손톱에 입김을 불었다. 그런 다음 바지에 쓱쓱 문질러 윤기를 냈다. 늘 그렇게 했다. 벌써 몇 달 전부터. 손톱은 예쁜 장미색으로 반질거렸다. 파울리네는 동성애자였다. 그는 위생병으로 전선에서 복무할 때 부상병들에게 추근거렸다. 우리한테 말하기로는 그냥 딸딸이 치는 것만 도와줬다고 했다. 단지 그것뿐이었다. 그 대가로 그는 2년 징역형을 받았다. 원래 이름은 파울이었지만 우리는 당연히 파울리네*라고 불렀다. 당연히 말이다. 그리고 시간이 지나면서 그도 더 이상 그 이름에 반발하지 않았다. 재판을 받고 돌아왔을 때 그는 몹시 한탄했다. 내 소중한 저금! 내 소중한 저금. 늙어서 정말 도움이 되었을 텐데. 정말 도움이 되었을 텐데. 하지만 그는 곧 모든 걸 잊어버렸다. 그는 교도소에 적응했고, 바보가 되었다. 그때부터 그는 손톱에 윤기만 내면서 지냈다. 이것이 그가 그만두지 않은 유일한 일이었다. 그때 이후로는 아주 대놓고 했다. 벌써 몇 달째 그

＊　파울의 여성형 이름.

러고 있었다. 아마 앞으로도 여러 달 계속 그럴 것이다. 교도소에 자리가 하나 빌 때까지. 파울리네의 침상이 빌 때까지. 그때까지 파울리네는 손톱에 윤기를 낼 것이다. 저 바깥, 담장 너머에서 전차 속 여인이 800행의 시구로 된 영웅가를 불렀다. 아침 4시 반부터 밤 12시 반까지 불렀다. 곱슬머리와 젖가슴을 지닌 채 불렀다. 우리의 감방 안으로 바보 같은 노래를 흘려보냈다. 다람쥐 쳇바퀴 같은 일상의 노래를. 끝없는 인간의 노래, 그 바보 같은 노래를. 레르터가입니다, 레르터가입니다. 그녀의 모습이 머릿속에 그려졌다. 노래하는 여자. 아마 키스할 때면 미쳐서 마구 깨물어댈 것이다. 아마 짐승 같은 신음 소리를 낼 것이다. (아마 남자가 치마 속을 더듬을 때 콧소리로 레르터가입니다 하고 말하지 않을까?) 아마 저녁때 남자가 유혹하면 두 눈이 휘둥그레지면서 몽롱한 표정이 될 것이다. 아마 새벽 4시 무렵의 젖은 풀잎 냄새도 날 것이다. 그렇게 쌀쌀맞게, 그렇게 풋풋하게, 그렇게 미칠 듯하게, 그렇게, 그래 그렇게…… 아, 그 여인은 매일같이 800번을 노래했다. 레르터가입니다, 레르터가입니다. 그런데도 그녀를 목 졸라 죽이는 이는 나타나지 않았다. 아무도 우리를 생각해주지 않았다. 아무도 그녀의 목을 물어뜯어버리지 않았다. 저 흉악한 목을. 아무도, 아무도 하지 않았다. 그렇게 그녀는 계속 노래했다. 전차 속의 그 여인은. 감상적인 향수의 노래를 불렀다. 저 어처구니없고 도무지 떨쳐버릴 수도 없는 노래. 레르터가입니다 노래를.

그러나 머릿속이 빙글빙글 돌지 않는 날도 있었다. 축제일이나 공휴일이나 일요일 같은 날. 월요일도 그런 날이었다. 월요일이면 우리는 면도를 할 수 있었다. 그날은 남성이 강조되는 날, 자의식이 생기는 날, 상쾌함을 얻을 수 있는 날이었다. 일주일에 한 번 그런 날이 허락되었다. 월요일마다. 비누는 형편없었고 물은 차가웠고 면도날은 무디기 짝이 없었다. (그 위에 올라타고 브레슬라우까지도 달려가겠다고 리비히는 욕을 했다. 무언가에 올라타면 그는 언제나 브레슬라우까지 달려갔다. 전차 속 여인과도 그랬다.) 면도날은 그토록 무뎠다. 하지만 그런 날은 월요일이었다. 그런 월요일은 말이다, 월요일이면 우리는 감시 아래 면도를 할 수 있었으니까. 그날은 우리의 감방 문이 활짝 열렸다. 밖에는 트루트너가 시계를 무릎에 올려놓고 앉아 있었다. 시계는 두툼하고 시끄럽고 닳아빠졌다. 트루트너는 하사였는데, 위장이 안 좋고, 쉰네 살의 가장인 데다, 제1차 세계대전 참전 용사였으며, 독종이었다. 이 생활에서 그가 맡은 역할은 바로 독종이었다. 자기 자식들한테는 틀림없이 독종이 아닐 것이다. 하지만 우리한테는 그랬다. 그것도 아주 지독한 독종이었다. 웃기는 일이다. 우리가 월요일에 면도를 할 때면 트루트너는 시계를 들고 우리 감방 앞에 앉아서 프로이센 행진곡에 맞춰 구두 굽을 두들겨댔다(구두 굽에는 물론 못이 박혀 있었다). 그 때문에 우리는 면도날에 베이기 일쑤였다. 그의 구두 굽 장단이 몹시 조급했기 때문이다. 사실 그는 우리에게 면도를 기꺼이 허용할 마음이 없었다. 면도를 새로 하면 기분이 상쾌해지기 마련인데 그는 우리에게 그런 즐거움을 주고 싶지 않았던 것이다. 그는 위장이 좋지 않았다. 게다가 교도소에서 일하는 하사관이었다. 마음이 즐거울 리가 없었다. 그래서 그는 우리가 면도를 할 때마다 화를 냈다. 혐오스러울 정도로 소리가 큰 자기 시계를 끊임없이 들여다보면서 조급한 장단으로 행진곡을 울려댔다. 게다가 그는 권총집까지 열어놓았다. 한 가정의 가장인 그가 권총집을 열어놓고 있었던 것이다. 정말 웃기는 일이었다.

거울은 당연히 없었다. 거울로는 동맥을 끊을 수도 있었다. 그들은 우리에게 그것을 허락하지 않았다. 우리는 그렇게 편안하고 은밀한 죽음을 얻을 자격이 없었다. 그 대신 우리의 조그만 벽장에는 반짝이는 양철 조각이 하나 못질 되어 있어서, 아쉬운 대로 그것을 들여다볼 수 있었다. 모습을 알아볼 수는 없었다. 간신히 조금 보이기만 했다. 제 모습이 똑똑히 보이지 않는 건 아주 좋았다. 별로 보고 싶지 않은 몰골이었으니까. 양철 조각은 우리의 조그만 벽장에 못질 되어 있었다. 다시 말해서 우리에겐 작은 벽장이 있었다. 그 안에는 밥그릇이 네 개 들어 있었다. 알루미늄으로 된 밥그릇이었다. 우그러지고 낙서투성이인, 개 밥그릇이 연상되는 물건이었다. 그중 하나에는 '이런 엿 같은, 내일이면 열일곱 달 남았다'라고 적혀 있었다. 다른 그릇에는 X 표시가 잔뜩 된 달력이 있었다. 그리고 엘리자베트란 이름이 일곱 번이나 여덟 번쯤 등장했다. 내 밥그릇에는 '맨날 수프잖아'라고만 적혀 있었다. 그리고 그것은 사실이었다. 파울리네의 밥그릇에는 처진 젖가슴 두 개가 그려져 있었다. 그래서 파울리네가 수프를 떠먹을 때마다 축 처진 커다란 젖가슴이 그를 마주 보며 히죽거렸다. 마치 운명의 시선 같았다. 불쌍한 파울리네. 그는 이런 걸 정말 좋아하지 않았다. 그는 단지 딸딸이 치는 것만 도와줬을 뿐이었다. 그런데 이런 처벌을 받았다. 아마 그래서 더 여위어갔을 것이다. 그에겐 젖가슴이 몹시 역겨웠을 것이다.

어제저녁에는 모차르트가 내게 자신의 청색 셔츠를 던졌다. 이제 난 더 이상 필요 없어. 그가 말했다. 그는 오늘 재판을 받았다. 오늘 아침에 그들이 그를 데려갔다. 내가 라디오를 훔쳤대. 모차르트는 말했다. 나는 그의 청색 셔츠를 입고 양철 거울 앞에 서서 내 모습을 비추어 보았다. 파울리네가 쳐다보았다. 나는 셔츠를 얻어서 기뻤다. 내 것은 이 잡기를 할 때 실밥이 다 뜯어졌기 때문이었다. 이제 다시 셔츠가 생

290

겼다. 게다가 밝은 청색은 내게 아주 잘 어울렸다. 파울리네는 아무튼 그렇다고 했고 나도 그렇게 생각했다. 청색은 내게 잘 어울렸다. 다만 도무지 옷깃을 채울 수가 없었다. 모차르트는 작고 허약한 녀석이었다. 목이 계집애처럼 가늘었다. 내 목은 훨씬 굵었다. (계집애 목이라는 말은 파울리네가 늘 하던 소리였다.) 그냥 열어놔. 리비히가 창가에서 말했다. 그렇게 하면 넌 꼭 사회주의자처럼 보여.

하지만 그러면 가슴에 난 털이 다 보이잖아. 파울리네가 말했다. 매력적인걸. 리비히는 이렇게 말하고 다시 스피커 목소리 쪽을 응시했다.

모차르트는 실제로 지나치게 작고 허약했다. 정말 계집애 목이었다. (파울리네는 늘 그렇게 말했다.)

그때 우리의 헝가리 수프가 나왔다. 그것은 파프리카가 들어간 그냥 뜨거운 물이었다. 그래도 그것이 배 속을 뜨겁게 데우면 어느 정도 포만감이 느껴지는 게 그런대로 꽤 괜찮았다. 하지만 그 탓에 우리는 수시로 변기통 위에 올라앉아야 했다.

그렇게 식사를 하고 있을 때 모차르트가 재판을 받고 돌아왔다. 재판은 네 시간이나 걸렸다. 그는 조금 당황한 표정이었다. 트루트너가 감방 문을 열고 그를 들여보냈다. 하지만 수갑은 풀어주지 않았다. 우리는 어리둥절했다. 그래 어떻게 됐어? 우리는 셋이 동시에 물었다. 그리고 긴장감 때문에 숟가락을 다시 식탁에 내려놓았다. 목에 통증이 좀 생기게 됐어. 모차르트가 말했다. 그는 조금 당황한 표정이었다. 우리는 그가 무슨 말을 하는지 이해할 수가 없었다.

하사는 권총집을 열어놓고 있었다. 마치 거인이 감방 문에 서 있는 것 같았다. 키는 고작 170센티미터였는데 말이다. 자, 얼른 물건들을 챙겨, 모차르트. 모차르트는 자기 물건들을 챙겼다. 비누 한 조각. 빗. 반으로 자른 수건. 편지 두 통. 모차르트의 물건은 그게 전부였다. 그는 몹시 당혹스러워했다.

이봐, 네 동료들한테 모두 말해줘, 네가 무슨 짓을 저질렀는지 말이야. 다들 관심이 있을 테니까. 모차르트는 깜짝 놀랐다. 그 말을 하는 트루트너의 모습이 몹시 비열해 보였다. 틀림없이 자기 집에서는 저렇게 비열한 모습을 보이지 않을 것이다. 모차르트는 당혹스러워했다.

저는 상사 군복을 입었습니다. 모차르트가 모깃소리로 말하기 시작했다.

그런데— 하사가 옆에서 거들었다.

그런데 전 상병에 불과합니다.

계속해, 모차르트, 또 있잖아.

저는 철십자 훈장을 달고 다녔습니다—

그런데, 모차르트, 그런데—

그런데 전 단지 동부 전선 참전 메달만 달고 다닐 수 있습니다.

계속해, 모차르트, 좀더 기운차게.

저는 휴가 기간을 넘겼습니다—

단지 며칠 넘겼을 뿐인가, 모차르트, 단지 며칠뿐이었어?

아닙니다, 하사님.

아니면, 모차르트, 아니면?

아홉 달입니다, 하사님.

그런 걸 뭐라고 하지, 모차르트? 휴가 기간을 넘겼다고 하나?

아닙니다.

그럼 뭐지?

탈영입니다, 하사님.

맞았어, 모차르트, 바로 맞았어. 자, 그리고 또 해줄 말은 없나?

저는 라디오를 가지고 나왔습니다.

훔친 거야, 모차르트.

훔쳤습니다, 하사님.

대체 몇 개나 훔쳤어, 요 꼬마 모차르트 녀석아, 대체 몇 개나? 말해봐. 네 동료들이 듣고 싶어 하잖아.

일곱 개입니다.

어디서 훔쳤지, 모차르트?

주거 침입을 했습니다.

일곱 번인가, 모차르트?

아닙니다, 하사님. 열한 번입니다.

열한 번이라니, 뭐가 말인가, 모차르트? 좀더 분명하게 말해봐.

주거 침입 열한 번입니다.

전체 문장을 다 말해봐, 모차르트, 부끄러워하지 말고. 그냥 편안하게 전체 문장을 다 말해. 자 그럼?

저는 열한 번의 주거 침입을 했습니다.

그래 잘했어, 모차르트, 그렇게 하는 거야. 이제 더 이상은 없는 건가, 모차르트, 그게 전부였어?

아닙니다, 하사님.

아직 더 있는 거야, 모차르트, 아직 더 있어? 그게 뭔가?

노파를—

어떻게, 모차르트, 노파를 어떻게 했어?

밀쳤습니다.

밀쳤다고, 모차르트?

때렸습니다.

아하, 그랬군. 그래서 어떻게 되었지? 네 동료들한테 다 말해주라고. 다들 듣고 싶어 하잖아. 너무 긴장해서 찍소리 하나 없어. 다들 엄청 놀란 모양이야. 자, 모차르트, 그래서 노파는 어떻게 됐어?

죽었습니다. 모차르트는 기어들어가는 소리로 말했다. 너무 작아서 뒷말은 거의 들리지도 않았다. 그는 몹시 당혹스러운 표정으로 하사를 쳐다보았다. 하사는 몸을 똑바로 세우며 말했다. 물건은 다 챙겼나?

네.

뭐라고?

네, 다 챙겼습니다, 하사님.

그럼, 차렷.

모차르트는 양손을 바지 재봉선에 가지런히 붙였다. 하사도 똑같은 자세를 취한 다음 말했다.

자네가 만약 도망치려고 한다면 나로서는 총기를 사용할 수밖에 없음을 알린다. 하사의 권총집은 이미 열려 있었다. 월요일에 면도할 때와 마찬가지로. 자, 출발. 그가 명령했다. 모차르트는 우리에게 손을 내밀려고 했다. 하지만 그는 몹시 당혹스러워하고 있었다. 사실 그는 늘 조금 당혹스러워했다. 그는 작고 허약한 녀석이었다. 목도 계집애처럼 가늘었다. 가끔씩 저녁에 노래를 불렀다. 어두워지면 말이다. 밝을 때는 너무 당혹스러워했다. 그는 이발사였는데, 손이 아이 손 같았다. 그는 재즈를 좋아해서 한 시간이 넘도록 숟가락으로 밥그릇을 두드리며 재즈 음악을 연주하기도 했다. 그래서 우리는 그를 모차르트라고 부르기 시작했다.

그는 감방 문에 서서, 몹시 당혹스러웠지만 우리에게로 몸을 돌렸다. 그의 계집애 목이 당혹스러움으로 붉게 물들었다.

네 셔츠 말이야. 내가 말했다.

내 셔츠? 그는 파프리카 수프에서 피어오르는 김 사이로 우리에게 미소를 지어 보였다. 난 목에 통증이 좀 생기게 됐다니까. 그는 이렇게 말하고는 집게손가락으로 군복 옷깃을 따라 반쯤 원을 그렸다. 후두 부위에. 왼쪽에서 오른쪽으로. 그러자 트루트너가 문을 닫았다.

저녁때 우리가 변기통을 밖으로 내어놓았을 때 하사는 우리의 점심식사가 그 안에 들어 있는 것을 발견했다. 그는 그 까닭을 이해할 수 없었다.

캥거루

아침. 보초병들은 멍하니 있었다. 뒤집어쓴 모포는 밤이슬에 젖어 축축했다. 한 명은 땅바닥에 길게 누워 박자에 맞추어 발을 두드렸다.

옛날에 캥거루 한 마리가 있었네
캥거루는 자기 주머니를 꿰맸다네
손톱 다듬는 줄을 가지고서
그냥 심심해서
그냥 심심해서
그냥—

좀 조용히 해봐. 다른 병사가 말했다. 그는 어느새 일어서 있었다.

—그냥 심심해서
그냥—

좀 조용히 하라니까.

왜 그러는데? 땅바닥에 누운 병사가 그를 향해 몸을 돌렸다.

저기 웬 사람들이 오고 있어.

누가?

모르겠어. 아무것도 보이질 않아. 오늘은 날이 도무지 밝을 생각을 안 해.

옛날에 캥거루 한 마리가 있었네
캥거루는— 그래 뭐가 좀 보여?

응. 저기 와.

어디? 와, 여자들이네!— 자기 주머니를 꿰맸다네—

296

어젯밤에 대장 집에 있던 그 두 년이잖아.

어제저녁에 도시에서 온 년들?

그래. 그년들.

야아. 대장 취향이 꽤나 독특한걸. 저 키 큰 년은 아주 화끈하겠어. 틀림없다니까.

내가 보기엔 안 그런데 뭘. 그냥 참해 보여.

아니, 그렇지 않아. 저런 년은— 아니야, 저 다리 좀 보라니까.

아마 대장은 작은 년을 가졌을 거야.

아니야. 작은 년은 그냥 함께 따라온 거야. 대장은 큰 년을 가졌을 거야. 우와, 저 다리.

다리가 어쨌다고? 그냥 참하기만 하구먼.

아니라니까. 저런 년은— 절대 아니야!

대장은 도무지 알 수가 없다니까.

뭘 알 수가 없어? 잔뜩 취했던 거지. 그것 말고 뭐겠어. 대장은 술에 취하면 늙은 년도 마다하지 않을걸. 저 다리를 좀 보라고. 우와, 정말 화끈하겠어. 보나마나 대장은 또 잔뜩 취했던 거야. 어제저녁부터 말이지.

나야 고맙지.

나도.

그들은 다시 모포를 뒤집어썼다. 모포는 밤이슬에 젖어 있었다. 땅바닥에 누운 병사는 박자에 맞추어 발을 두드렸다.

옛날에 캥거루 한 마리가 있었네
캥거루는 자기 주머니를 꿰맸다네
꿰맸다네

꿰맸다네—

그는 발이 시려서 발을 두드리며 박자를 맞추었다.

꿰맸다네

꿰맸다네—

저녁. 모포는 여전히 축축했다. 밤이슬 때문에. 그들은 멍하니 있었다. 한 병사가 박자에 맞추어 발을 두드렸다.

옛날에 캥거루 한 마리가 있었네

캥거루는—

이봐.

응?

좀 조용히 해봐.

왜?

사람들이 오고 있어.

사람들이 온다고? 그는 일어섰다. 모포가 땅바닥에 떨어졌다.

그래, 사람들이 오고 있어. 대장을 떠메고서.

그래, 여덟 명이야.

이봐.

응?

그런데 대장이 원래 저렇게 작아? 아니면 사람들이 떠메고 와서 그런가?

아니, 그년이 대장 머리통을 잘랐어.

그래서 대장이 저렇게 작다는 거야, 네 말은?

아님 뭐겠어.

대장을 그냥 저렇게 묻을 건가?

저렇게라니?

그냥 머리통 없이 말이야.

아님 어쩌겠어. 대장 머리통은 그년이 가져가버렸는데.

맙소사. 정말 대단한 년이야. 대장은 틀림없이 잔뜩 취했을 거야.

이제 대장 이야긴 그만하자고.

그래. 그런다고 대장이 살아 돌아올 것도 아니고 말이야.

아무렴.

그들은 다시 모포를 뒤집어썼다.

이봐.

왜?

계집년이 어떻게 그랬을까?

머리통 자른 거?

그래 그거.

어휴, 제대로 된 계집년일 리가 없지. 말도 안 돼.

게다가 그년은 머리통을 숫제 가져가버렸잖아.

기가 찰 노릇이야.

그년이 단지 도시를 위해서 그런 짓을 했을까?

아님 뭐겠어.

맙소사. 그렇게 간단히 머리통을.

나야 고맙지.

나도. 나도 그래.

병사는 다시 박자에 맞추어 발을 두드렸다.

　　　　옛날에 캥거루 한 마리가 있었네

　　　　캥거루는 자기 주머니를 꿰맸다네

주머니를 꿰맸다네

주머니를 꿰맸다네—

두 여자가 도시에 들어서자 모두들 함성을 질렀다. 키 큰 여자는 머리통을 들고 있었다. 그녀의 옷에 시커먼 자국이 묻어 있었다. 그녀가 머리통을 내보였다.

유디트* 만세! 모두들 소리쳤다.

그녀는 옷을 추켜올려 가슴께에 주머니를 만들었다.

그 안에 머리통을 넣은 다음 그것을 내보였다.

유디트 만세! 모두들 소리쳤다. 유디트 만세! 유디트 만세!

그녀는 머리통을 옷으로 감싸서 앞에 받쳐 들었다. 그 모습이 꼭 캥거루 같았다.

---

* Judith: 『구약성서』 외경 「유딧기」에 등장하는 여성. 베투리아 마을의 과부로 아시리
  아군이 쳐들어왔을 때 적진에 뛰어들어 적장 홀로페르네스를 유인, 그의 목을 잘라 돌
  아왔다.

밤엔 쥐들도 잠을 잔다

외로운 담벼락에 달린 속 빈 창문이 초저녁 햇살을 받으며 붉고 푸른 입을 한껏 벌려 하품을 하고 있었다. 가파르게 치솟은 굴뚝 잔해들 사이로 먼지 구름이 어른거렸다. 폐허의 황무지가 멍하니 졸고 있었다.

아이는 눈을 감았다. 갑자기 캄캄해졌다. 누군가 다가와서 앞에 멈춰 서는 게 느껴졌다. 이제 날 데리러 오나 봐! 아이는 생각했다. 하지만 샛눈을 조금 떠보니 초라한 바지 차림의 다리 두 개만이 보였다. 두 다리는 상당히 굽어 있어서 그 사이로 앞을 내다볼 수도 있었다. 조심스레 바짓가랑이 위로 올려다보니 웬 늙은 남자가 보였다. 남자는 손에 칼과 바구니를 들고 있었다. 손가락 끝에는 흙이 조금 묻어 있었다.

여기서 자고 있었니? 남자는 이렇게 말하며 아이의 더벅머리를 내려다보았다. 위르겐은 남자의 두 다리 사이로 해를 힐끔거리며 말했다. 아니요, 자고 있지 않았어요. 전 여기서 감시를 해야 해요. 남자는 고개를 끄덕였다. 그래서 그렇게 커다란 막대기를 들고 있는 거냐?

네. 위르겐은 용감하게 대답하며 막대기를 꼭 쥐었다.

무엇을 감시하는데?

그건 말할 수 없어요. 아이는 두 손으로 막대기를 힘껏 감싸 쥐었다.

돈을 감시하는 게로구나, 그렇지? 남자는 바구니를 내려놓고 칼을 바지 엉덩이에 쓱쓱 문질렀다.

아니요, 돈 같은 건 감시하지 않아요. 위르겐은 경멸하는 투로 말했다. 아주 다른 거예요.

그럼 뭔데?

말할 수 없어요. 아무튼 다른 거예요.

그럼 관두려무나. 대신 나도 여기 이 바구니에 뭐가 들었는지 말해 주지 않겠다. 남자는 발로 바구니를 툭 차고는 칼을 집어넣었다.

흥, 바구니 안에 뭐가 들었는지는 나도 알 수 있어요. 위르겐은 대수롭지 않다는 듯이 말했다. 토끼풀이죠, 뭐.

이거 대단한데, 맞았어! 남자가 놀란 눈으로 말했다. 정말 영리한 아이로구나. 몇 살이니?

아홉 살이에요.

오호, 아홉 살이라고. 그럼 아홉에다 셋을 곱하면 얼마인지도 알겠구나, 응?

그럼요. 위르겐이 말했다. 그러고는 시간을 벌기 위해 다시 덧붙였다. 그건 아주 쉬워요. 아이는 남자의 다리 사이를 쳐다보았다. 3 곱하기 9 말이죠? 아이는 다시 물었다. 27이에요. 금방 알았어요.

맞다. 남자가 말했다. 내 토끼가 바로 그만큼이란다.

위르겐의 입이 벌어졌다. 스물일곱 마리요?

보여줄 수도 있단다. 조그만 새끼들도 많아. 구경하고 싶니?

하지만 전 안 돼요. 여기서 감시해야 하거든요. 위르겐이 힘없이 말했다.

계속? 남자가 물었다. 밤에도?

밤에도요. 계속해서, 쭉. 위르겐은 굽은 다리를 올려다보며 속삭였다. 토요일부터요.

그럼 집에도 아예 못 가는 거니? 뭘 좀 먹어야 할 텐데.

위르겐이 돌을 하나 들어 올렸다. 돌 위에는 빵 반쪽이 놓여 있었다. 그리고 양철 담배통도 있었다.

담배를 피우니? 남자가 물었다. 파이프도 있고?

위르겐은 자기 막대기를 꼭 붙잡으며 겁먹은 소리로 말했다. 전 말 아 피워요. 파이프는 좋아하지 않아요.

유감이로구나. 남자는 바구니로 몸을 숙였다. 토끼를 구경하면 좋 았을 텐데. 특히 새끼들 말이다. 한 마리쯤 가질 수도 있는데. 하지만 넌 여기를 떠날 수가 없으니 원.

네, 그래요. 위르겐이 슬픈 표정으로 말했다. 전 못 떠나요.

남자는 바구니를 집어 들고 일어섰다. 네가 계속 여기 있어야 한다 면 어쩔 수 없지. 유감이로구나. 남자가 돌아섰다. 그때 위르겐이 다급 히 말했다. 아저씨가 아무한테도 말하지 않겠다면 말할게요. 이건 쥐들 때문이에요.

남자의 굽은 다리가 한 걸음 뒤로 물러섰다. 쥐들 때문이라고?

네, 쥐들은 시체를 먹잖아요. 사람을 말이에요. 그 덕에 살잖아요.

누가 그러던?

우리 선생님이요.

그래서 쥐들을 감시하는 거니? 남자가 물었다.

그것들 말고요! 아이는 아주 작은 소리로 말했다. 내 동생이요. 개 가 저 밑에 있어요. 저기요. 위르겐은 막대기로 허물어진 담벼락을 가 리켰다. 우리 집에 폭탄이 떨어졌어요. 지하실에 있는데 갑자기 불이 나갔어요. 그러고는 동생이 없어졌어요. 우리는 막 큰 소리로 불렀어 요. 개는 나보다 훨씬 어리거든요. 겨우 네 살이에요. 개는 아직 여기 있는 게 분명해요. 개는 나보다 훨씬 더 어리잖아요.

남자는 아이의 더벅머리를 내려다보았다. 그러더니 갑자기 말했다. 그럼 너희 선생님은 밤에는 쥐들도 잠을 잔다는 말은 안 했니?

아니요. 위르겐이 말했다. 아이는 갑자기 몹시 졸려 보였다. 그런 말은 안 했어요.

아니, 그런 것도 모르면서 무슨 선생이란 말이냐. 밤엔 쥐들도 잠을 잔다. 그러니 너도 밤엔 그냥 집에 가도 돼. 밤에 쥐들은 항상 잠을 자니까. 어두워지면 말이다.

위르겐은 막대기로 폐허 더미에 작은 구멍들을 팠다.

그럼 이건 아주 작은 침대야. 아이는 속으로 생각했다. 모두 다 작은 침대. 그때 남자가 말했다(그의 굽은 다리들이 몹시 불안해 보였다). 그런데 얘야. 이제 난 얼른 토끼를 먹이러 가야 해. 어두워지면 널 데리러 올게. 한 마리 가져올 수도 있어. 작은 놈으로. 어떠냐?

위르겐은 폐허 더미에 작은 구덩이들을 팠다. 아주 작은 토끼. 흰 토끼, 회색 토끼, 옅은 회색 토끼. 난 잘 모르겠어요. 그것들이 정말로 밤에 잠을 자는지 잘 모르겠어요. 아이는 작은 소리로 이렇게 말하고는 굽은 다리를 쳐다보았다.

남자는 담벼락 잔해를 넘어서 도로로 올라갔다. 물론 잠을 자고말고. 남자가 저편에서 말했다. 그것도 모른다면 네 선생님은 그만 짐을 싸야지.

그러자 위르겐이 일어서며 물었다. 한 마리 얻을 수 있는 거죠? 흰색이면 좋은데.

어디 보자꾸나. 남자는 벌써 멀어지면서 소리쳤다. 하지만 넌 그때까지 여기서 기다려야 해. 그럼 내가 집에까지 데려다줄게, 알겠지? 토끼장을 어떻게 만드는지도 네 아버지한테 말해줘야 하니까 말이야. 토끼장을 만들 줄 알아야 하거든.

네. 위르겐이 소리쳤다. 기다릴게요. 어두워질 때까지는 아직 감시해야 해요. 꼭 기다릴게요. 아이는 계속 소리쳤다. 우리 집에는 널빤지도 있어요. 상자 널빤지요.

하지만 그 소리는 이미 남자에게 들리지 않았다. 그는 굽은 다리로 해를 향해 걸어갔다. 해는 벌써 저녁노을에 붉게 물들었다. 위르겐은 다리 사이로 비치는 해를 볼 수 있었다. 남자의 다리는 그 정도로 심하게 굽어 있었다. 바구니는 신경질적으로 이리저리 흔들거렸다. 안에는 토끼풀이 들어 있었다. 푸른색 토끼풀. 폐허 때문에 조금 회색이 되어 버린.

그도 전쟁 때문에 힘든 일이 많았다

그때는 아버지가 계셨다. 어두워졌을 때도, 보랏빛 어스름 속에서 더 이상 아버지 모습이 보이지 않을 때도 아버지의 소리는 들을 수 있었다. 아버지는 기침을 하셨다. 집 안을 돌아다니며 기침을 하셨다. 그리고 아버지의 담배 냄새도 맡을 수 있었다. 그 정도면 충분했다. 그러면 보랏빛 저녁을 견딜 수 있었다.

그 후엔 여자친구들이 있었다. 아직 가슴도 제대로 부풀지 않은 여자들이었지만 보랏빛 어스름 속에서 함께 있으면 왠지 좋았다. 보트 선착장에서. 저녁때 발코니 아래서. 그래도 손길은 무척이나 뜨거웠다. 그 정도면 충분했다. 그러면 보랏빛 어둠을 견딜 수 있었다.

그다음으로 러시아의 집에는 늙은 여자의 얼굴이 있었다. 다른 사람들은 코를 드르렁대며 잘 때. 대포의 보랏빛 절규에 잠이 들 수 없을 때. 늙은 여자 얼굴, 어깨에 걸친 숄만큼이나 싯누런빛으로 반질거리는 그런 얼굴. 그 정도면 충분했다. 코 고는 소리 너머 저쪽 방 귀퉁이에서 등불처럼 빛이 반짝일 때면 말이다. 파충류 살갗처럼 그렇게 반짝이는 것은 날렵한 소총의 쇠붙이밖에 없었다. 소리 없이 위협적으로 매끄럽게 반짝였다. 그것은 러시아 건물의 실내에 깔린 어둠을 불편하게 만들었다. 부드러운 보랏빛 저녁을 강철의 차가움으로 얼어붙게 했다. 하지만 포성에 전율하듯 떨리던 반질반질한 늙은 여자 얼굴은 평생토록 보랏빛 어스름 속에서 반짝였다. 점점이 핏물이 튄, 포화에 찢기고 눈물로 지샌 밤들에 어두워진 여인의 얼굴. 감옥에서 가끔씩 몹시 창백한 모습으로 나타나던 얼굴. 도시에서도 저녁이면 눈에 어른거리는 얼굴.

그런 저녁의 거리는 보랏빛이다. 도시의 비좁은 거리는 아무튼 그렇다. 우리의 도시, 보통 사람들이 거주하는 이곳, 거리가 아주 비좁은 이곳은 아무튼 그렇다. 멋진 동경을 간직한 사람들. 집게손가락과 소매에 보라색 잉크 자국이 있고 황달기도 조금 있는 회사원. 살갗에 페인트 냄새가 밴 도장공. 지난 전쟁 때 들이마신 가스 때문에 아직도 기침을 하는 배관공. 뭐 그런 사람들. 많이 걷는 사람 특유의 멋진 걸음걸이를 지닌 약간 안짱다리인 우편배달부. 석공. 솔질이 잘된 제복을 자랑스레 빼입은 전차 청소부. 그 가운데 가끔씩 눈에 띄는 커피하우스 바이올리니스트와 사회주의 시인. 연신 잿빛 담배 연기를 뿜어대고 장발에 거친 제스처가 특징인 남들과 전혀 다른 사람들. 이 모든 사람들이 도시의 비좁은 거리에, 저녁이 보랏빛을 띠는 이곳에 거주하고 있다.

저녁이면 모두 다 보랏빛으로 부드러워진다. 석조 건물의 각진 모서리, 거대한 무덤처럼 서늘하게 입을 벌리고 선 성문, 주사위처럼 늘어선 임대주택들, 예전엔 좀더 밝았지만 잿빛으로 변해버린 군부대, 여전히 비딱하게 서 있는 목조 격납고 모두. 심지어 군기 잡힌 군인 같은 전봇대들도 저녁의 보랏빛 어스름 속에서 졸린 듯 희미하게 서 있다. 셀로판지로 접은 듯한 나방이며 모기 같은 흐릿한 먼지투성이 날개의 야행성 곤충들이 바스락거리며 노란 가로등 불빛으로 날아들었다.

수도꼭지 아래에서 접시를 씻고 있다. 블랙커런트* 열매가 담겼던 접시다. 기름기가 없어서인지 접시는 금방 깨끗이 씻긴다. 소리를 들으면 알 수 있다. 접시는 찬장으로 들어간다. 삐걱 소리가 난다. 찬장 문이 닫힌다. 삐걱 소리가 나는 걸로 봐서 낡은 찬장이다. 그러고 나면 발

---

* 강렬하고 풍부한 향을 가진 검은색 과일로 주스나 잼, 소스 등을 만들어 먹는다.

코니 사방에서 물이 쏟아진다. 물은 베투니꽃 위로 쏟아진다. 위에서 거리로 물이 쏟아진다. 가끔씩 꽃잎도 함께 떨어진다. 시든 꽃잎이. 왼쪽에서 오른쪽으로— 왼쪽에서 오른쪽으로 흐른다. 그러다 아래로 떨어진다. 내일 아침이면 짓밟힐 것이다. 어쩌면 오늘 밤일지도 모른다. 여자가 말한다. 이제 그만 조용히 좀 해! 아이는 졸린 닭처럼 힘없이 칭얼댄다. 알루미늄 그릇 같은 걸 바닥에 내려놓는 소리가 들린다. 침대 밑에다 내려놓는 것 같다. 요강인 것 같다. 문이 천식 환자 같은 가쁜 숨소리로 닫힌다. 아이가 두어 번쯤 더 소리를 낸다. 그때 항구에서 매우 아름다운 기선이(틀림없이 매우 아름다울 것이다!) 고동을 울린다. 슈테엔캄프 거리의 선술집에선 오늘 저녁에만 벌써 열네번째로 커다란 노랫소리가 들려온다.

> 그—대— 나의 고요한 골짜기여—
> 나—의— 천 번의 인사를 받아주오—

이 모든 것들로 저녁은 점점 더 보랏빛으로 짙어간다.

이제 저녁은 보랏빛이 너무 짙어져 로렌츠 씨의 파이프에서 나는 연기조차 보이지 않는다. 로렌츠 씨는 성문 앞에 서 있다. 그는 사실 그곳에 물감으로 그려놓은 듯한 모습인데 지금은 저녁의 보랏빛 어스름 속에서 희미하게 지워져 있다. 그것은 그의 청보라색 제복 때문이다. 그는 거리 청소부로 일하는데, 다들 그런 제복을 입는다. 사실 제복을 입으면 로렌츠 씨의 모습은 별로 남아 있는 게 없다. 그는 제복 속으로 완전히 용해된다. 제복은 공무원 특유의 과도한 보랏빛으로 그를 삼켜버린다. 그야말로 질리도록 국가적인 보랏빛이다. 그러면 대문에는 반짝거리는 10페니히짜리 동전 같은 놋쇠 단추들이 위에서부터 아래로 줄지어 매달려 있는 형국이다. 이것이 로렌츠 씨의 모습이다. 그 위에 연노란색 치즈가 떠 있다. 로렌츠 씨의 머리다. 거기에 가끔씩 붉은 반점이 하나 박힌다. 로렌츠 씨의 파이프다. 하지만 붉은 반점은 그가 파이프를 빨 때만 나타난다. 그 밖에는 연노란색 치즈만이 대문에 걸려 있다. 그 밑으로 10페니히짜리 동전 같은 놋쇠 단추들이 둥둥 떠 있다. 여섯 개가 언제나 위아래로 세 개씩. 이것이 저녁에 보랏빛 성문 입구에 서 있는 거리 청소부 로렌츠 씨의 모습이다.

그의 옆에 또 무언가 있다. 작고 쭈글쭈글하고 잿빛이다. 윗부분에는 밀가루처럼 허여멀건 원반이 붙어 있다. 헬레네다. 가쁜 숨을 몰아쉬고 있다. 헬레네는 로렌츠 씨의 누이다. 그녀는 3년에 한 번씩 오빠가 아직 살아 있는지 보러 도시에 들른다. 그는 여전히 거리 청소부 일을 하고 있다. 두 사람은 지금 보랏빛 성문 입구에 서 있다. 그는 제복 차림이다. 그녀는 가쁜 숨을 몰아쉰다. 방금 그들은 헬레네가 젖지 않고 집에 갈 수 있을지 하늘을 쳐다보았다. 꼭 동전들 같아. 로렌츠 씨가 말했다. 온통 동전이 깔린 것 같아. 별을 두고 하는 소리였다. 그러더니 갑자기 이렇게 말했다. 아냐, 그렇게 말해선 안 돼. 그건 맞는 말이 아니야. 여기 우리 거리는 나쁘지 않아. 너 그렇게 말해선 안 돼. 벌써 37년째 이곳을 청소하고 있지만 여기는 나쁘지 않아. 난 이곳을 돌멩이 하나까지 구석구석 모르는 데가 거의 없어. 모두 다 제자리에 잘 놓여 있다고. 아무 문제 없어.

하지만 제 말은 사람을 피곤하게 만든다는 거예요.

익숙하지 않아서 그래, 헬레네. 익숙하지 않아서.

진짜 그렇다는 게 아니에요. 전 지금 비유적으로 말하는 거예요.

상징적으로 말이에요. 알겠어요?

아하, 상징적으로. 상징적으로 그렇게 말한 거야?

그래요, 바꿔서 표현한 거라고요, 알겠어요?

아, 알겠어, 네 말이 무슨 뜻인지 이제 알겠어. 바꿔서 표현했다는 거지, 상징적으로 말이야. 그러니까 상징적으로 우리 거리가 나쁘다고 말하려는 거지? 아, 알겠어.

그렇다니까요. 우리가 사는 저 바깥에서는 땅을 밟고 다녀요. 그래서 자기가 지금 어디에 있는지, 뭐가 문제인지 항상 알 수 있죠. 하지만 여기 오빠네 동네는 다 똑같이 매끈매끈하잖아요. 한 시간만 돌아다녀도 금세 피곤해져요. 게다가 어디가 넘어지기 쉬운 곳인지 알 수도 없어요. 그래서 갑자기 길바닥에 누군가가 누워 있고 그래요. 여기 도시에서는 어디가 그런 곳이죠, 오빠? 대답해봐요, 여기서는 어디가 넘어지기 쉬운 곳이죠?

그런 말 마, 헬레네. 그러면 안 돼. 이곳 거리는 늘 깨끗해. 나는 37년이나 이곳을 청소했어. 돌멩이 하나까지 다 안다고. 내가 한 바퀴 돌고 나면 거리는 마치 혀로 핥은 것처럼 깨끗해진다니까, 정말. 혀로 핥-은-것-처-럼!

저도 알아요, 오빠. 하지만—

그들이 쓸데없이 나를 37년이나 공직에 앉혀놓고 있는 게 아니야. 우리는 모두 그렇게 오랜 세월을 일해왔어. 쓸데없이 그런 게 아니야, 헬레네. 내 말을 믿어. 내가 한 바퀴 돌고 나면 거리는 마치 혀로 핥은 것처럼 깨끗해진다니까, 정말. 혀로 핥-은-것-처-럼!

잘 안다니까요, 오빠. 저는 단지 바꿔서, 상징적으로 말하는 것뿐이에요, 알겠어요?

상징적으로 그랬든 어쨌든 다 좋아. 아무튼 내가 한 바퀴 돌고 나면 다 깨끗해져. 네가 그냥 상징적으로 말한 거라면 맞을 수도 있겠지. 하지만 저 바깥의 너희 동네도 모든 게 다 그렇게 말끔하지는 않아, 헬레네. 그걸 잊지 마. 시골에서도 이따금씩 온갖 일이 다 벌어지잖니, 하여간.

알아요, 오빠. 저도 알아요. 하지만 여기 도시는 말이에요—

물론 그래, 여기 도시는—

두 사람은 오래도록 성문 앞 길거리에 서 있었다. 저녁은 점점 더 보랏빛으로 물들며 서서히 밤으로 바뀌어가고 있었다. 가끔씩 연인들이 짝을 지어 지나갔다. 도시는 온통 보랏빛이다. 창문들만 이따금씩 노란빛이나 초록빛으로 반짝였다. 간혹 빨간빛도 있었다. 하지만 나머지는 전부 다 보랏빛이다. 연인들에게서는 가끔씩 외마디 소리가 들려왔다. 하지만 쥐 죽은 듯 조용할 때도 있다. 보랏빛이 그들을 완전히 삼켜버렸다. 보랏빛이 모든 걸 삼켜버렸다.

그때 로렌츠 씨가 자기 이마를 찰싹 때렸다. 모기가 무네. 담배를 *끄기가* 무섭게!

저도 그만 가야겠어요, 그의 누이가 말했다. 안 그러면 늦겠어요.

그래, 로렌츠 씨가 말했다. 그리고 너무 걱정하지 마라, 알겠니? 그는 다시 돌아올 거야. 실종된 사람이 어느 날 갑자기 돌아왔다는 소식도 자주 들리잖니. 전쟁이 끝나고 한참 뒤에도 그런 소식은 계속 들을 수 있어. 그것도 꽤 자주 말이다.

아아, 그런데 말이에요 오빠—

아니, 아니, 헬레네, 포기해서는 안 돼. 로렌츠 집안 여자는 포기해서는 안 돼, 헬레네. 아이들을 생각해서라도 그러면 안 돼. 아이들에겐 너밖에 없잖니. 약해져서는 안 돼. 기다려봐. 어느 날 갑자기 그가 다시 돌아올 테니 말이다.

아아, 헤르만 오빠—

견뎌내야 해, 헬레네. 견뎌내야 해. 정신 차리고 잘 들어. 그는 어느 날 갑자기 다시 돌아올 거야. 모든 게 다시 좋아질 거야, 헬레네. 이 전쟁이란 놈은 힘든 일을 많이 만들거든. 하지만 모든 게 다시 좋아질 거야. 나도 이놈의 전쟁들 때문에 힘든 일을 겪었어. 정말이야. 꽤 힘든 일들을 겪었지. 하지만 모든 게 다시 좋아질 거야, 헬레네. 분명히 말하지만, 모든 게 다시 좋아질 거야. 나도 이놈의 전쟁들 때문에 힘든 일이 태산이었어. 예전의 그 전쟁도 그랬고, 지금 이 전쟁도 그래. 내 말 들어봐. 그 기간 내내 두 배나 되는 구역을 쓸어야 했어. 청소부들도 죄다 전선에 동원되었으니까. 병든 사람들만 빼고 말이지. 이곳에 남은 사람들은 정말 엄청나게 힘든 일을 겪어야 했다니까. 그 기간 내내 두 배나 되는 구역을 쓸었어. 밥 먹을 시간도 없이. 빗자루는 또 얼마나 잘 망가졌다고. 그러면 거리는 금세 쓰레기로 가득 찼어. 군인들이 부대에서 기차역으로 이동하고 나면 우린 꼬박 사흘 동안 쉬지 않고 비질을 했어. 부대에서 기차역까지 가는 길이 온통 난장판이었으니까. 하지만 모든 게 다시 좋아질 거야. 들어봐, 헬레네. 그는 다시 돌아올 거야. 분명히 말하지만, 다시 돌아올 거야. 그럼 모든 게 서서히 다시 좋아질 거야. 우리도 그랬어. 얼마나 힘들었는지 몰라. 하지만 이제 다들 다시 돌아오고 있어. 군인들 말이야. 이제 전쟁은 지나갔어. 이제 사람들은 모든 걸 눈에 띄는 족족 주워 모으고 있어. 아니, 군인들만 그런 게 아니야. 다들 그래. 이제 곧 거리에는 아무것도 널려 있지 않게 될 거야. 요즘은 밖에다 함부로 버리는 사람도 더 이상 없어. 요즘엔 다들 모아두지. 전에는 거리를 온통 더럽혀놓던 사람들이 말이야. 부대에서 기차역까지 가는 길은 정말 대단했어. 음악까지 연주하면서 말이지. 원 세상에. 그러고 나면 우리는 정말 힘들었다니까. 이놈의 빌어먹을 전쟁 때문에 말이야.

정말 그렇게 생각해요? 헬레네가 물었다.

뭘? 로렌츠 씨가 말했다.

그이가 정말 돌아올까요?

물론이지, 헬레네. 물론이고말고. 그럼 모든 게 다시 좋아질 거야. 이 거리를 생각해봐. 여기가 얼마나 지저분했는지 말이야. 부대에서 기차역으로 내려가는 길이 온통 쓰레기 천지였어. 전선으로 이동이 있을 때마다 우린 정말 힘든 일이 많았어. 하지만 지금은, 전쟁이 끝난 지금은 거리가 혀로 핥은 것처럼 깨끗해 보이잖아. 군인들만 그런 게 아니야, 헬레네. 다들 그래, 다들.

그랬으면 좋겠어요.

무슨 말이지?

그이가 다시 돌아오면—

물론이라니까. 그럼 모든 게 다시 좋아질 거야, 헬레네. 내 말 들어. 모든 게 다시 잘 돌아가게 될 거야.

그랬으면 좋겠어요. 아아, 정말 그랬으면 좋겠어요.

로렌츠 씨의 누이는 정말 그랬으면 좋겠다는 말을 몇 번씩이나 했다. 그때 갑자기 나무 두드리는 소리가 났다.

아이 헤르만, 오빠였군요.

그래, 불이 꺼졌구나.

그는 파이프를 주머니에 집어넣었다.

그래, 그럼. 그가 말했다.

그래요, 잘 있어요, 오빠.

잘 가거라, 헬레네. 아이들한테 안부 전하고.

알았어요, 오빠.

금방 또 와야 한다.

알았어요, 오빠.

아니면 편지라도 쓰렴.

알았어요, 오빠.

두고 봐라, 모든 게 다시 좋아질 거야. 정말로.

더 이상 아무도 대답이 없다. 그녀는 주위를 둘러보았다. 거기엔 로렌츠 씨의 놋쇠 단추들밖에 없었다. 꼭 동전 같아. 그녀는 생각했다. 그때 갑자기 동전들이 사라졌다.

로렌츠 씨는 창문을 닫았다. 온통 동전들 같군. 로렌츠 씨는 별들을 보며 그렇게 생각했다. 그리고 곧 잠이 들었다. 그의 제복은 의자 위에 걸려 있었다. 푸른 제복. 거의 보랏빛에 가까웠다. 거리 청소부들은 그런 제복을 입었다. 로렌츠 씨는 그 일을 37년이나 하고 있었다. 그리고 두 번의 전쟁을 겪었다.

나이 든 여인 하나가 시 외곽을 지나 교외로 걸어가고 있었다. 정말 그랬으면 좋겠어. 그녀는 그 말을 몇 번씩이나 했다. 하지만 그녀의 모습은 보이지 않았다. 밤은 너무나도 짙은 보랏빛이었다. 그래서 모든 걸 삼켰다. 게다가 그녀는 검은 옷을 입고 있었다. 가끔씩 그녀가 말했다. 정말 그랬으면 좋겠어. 정말 그랬으면 좋겠어.

낯선 나라에 마을이 하나 있었다. 마을에는 밭이 있었다. 밭에는 다른 곳보다 조금 봉긋하게 솟은 데가 있었다. 대략 길이가 1미터 80센티

미터에 너비가 50센티미터 정도였다. 하지만 로렌츠 씨의 누이는 그 나
라를 모른다. 그 마을을 모른다. 그 밭을 모른다. 차라리 그게 나았다.

5월에는, 5월에는 뻐꾸기가 울었다

강가에서 맞는 3월의 아침은 근사하다. 다들 아직 잠이 덜 깬 채 누워 있다. 4시 무렵. 어마어마한 배들이 힘찬 공룡의 신음을 불안하게 도시 위로 불어댄다. 이른 아침의 차가운 장밋빛 안개와 숨 쉬는 강물에서 피어오르는 햇살 어린 은빛 수증기 속으로, 그리고 날이 새기 전 마지막 꿈결 속으로 불어댄다. 그러면 이제 사람들은 더 이상 따스하게 잠든 새하얀 다리의 여인을 꿈꾸지 않는다. 4시 무렵. 장밋빛 새벽안개 속에서, 커다란 주둥이를 한껏 벌리고 우우 울부짖는 기선들의 고동 소리 속에서, 이른 아침의 강가에서 사람들은 아주 다른 꿈을 꾼다. 검은 빵과 커피와 차가운 스튜의 꿈은 아니다. 떠듬거리며 버둥대는 여인의 꿈도 아니다. 아니, 그때 사람들은 전혀 다른 꿈을 꾼다. 예감 가득한 이른 아침의 꿈, 마지막 꿈, 해몽 불가능한 만능의 꿈을 근사한 3월의 아침에 강가에서 꾼다. 이른 새벽에, 4시 무렵에……

고독한 회색 담장의 도시에서 맞는 11월의 밤은 근사하다. 검푸른 도시 외곽 저 멀리서 기관차들의 외침이 들려온다. 잔뜩 겁먹은 신경질적인 외침, 대담하고 모험적인 외침이 이제 막 시작된 잠결 속으로 파고든다. 길고 동경에 찬, 붙잡을 수 없는 기관차의 외침이 파고든다. 그러면 사람들은 이불을 더 높이 끌어당기며 뜨겁고 매혹적인 밤의 짐승에게 더욱 몸을 밀착한다. 에벨린 혹은 힐데*라고 불리는 이 짐승은 기관차의 외침 소리 가득한 11월 밤이면 쾌락과 고통에 겨워 말을 잃

---

*   여성 이름.

는다. 짐승이 된다. 꿈에 취해 경련하듯 내닫는, 지칠 줄 모르는 11월의 기관차 같은 짐승이 된다. 그토록 근사하다. 아아 그토록 근사하다, 11월의 밤은.

그것은 3월 아침의 소리, 강 위의 배에서 울리는 공룡의 울음소리다. 그것은 파랗게 겁에 질린 숲속을 지나는, 은빛 선로 위를 달리는 11월 기관차의 외침이다. 그러나 우리는 또한 알고 있다, 독주와 향수 냄새가 진동하는 바에서 흘러나오는 9월 저녁의 클라리넷 소리도 우리는 안다. 그리고 4월, 욕정에 겨운 소름 끼치는 고양이 울음소리, 어느 다리 난간에서 몸이 뒤로 젖혀진 열여섯 살 소녀가 음탕하게 놀라며 눈이 까뒤집힐 때까지 내지르는 그 환호성과, 젊은 사내들의 1월 얼음장 같은 고독한 울부짖음도 우리는 안다. 망쳐버린 연극과 타락한 꽃의 시를 한탄하는 천재의 비명 소리도.

이 모든 세상의 외침 소리, 어두운 밤의 외침, 밤안개에 덮이고, 시퍼렇게 잉크 색으로 물들고, 과꽃 같은 핏빛에 젖은 울부짖음을 우리는 안다. 그 외침을 우리는 기억한다. 그 울부짖음을 우리는 다시 또다시 견뎌내고 있다. 해마다, 날마다, 밤마다.

하지만 뻐꾸기, 5월의 뻐꾸기. 후텁지근한 5월의 밤에, 5월의 오후에 들려오는 미치도록 게으르고 자극적인 그 울음소리를 우리 중 누가 참아낼 수 있을 텐가? 우리 중 누구라도 5월의 그 뻐꾸기 소리에 무덤덤해진 사람이 있었던가? 여자고 남자고? 해마다 다시, 밤마다 다시 그 소리는 탐욕스러운 숨을 몰아쉬는 여자들과 감각이 마비된 남자들을 사나운 야수로 만든다. 뻐꾸기 소리, 5월의 뻐꾸기 소리는. 5월에도 기관차는 소리를 지른다. 배와 고양이와 여자와 클라리넷도. 홀로 거리에 있을 때면 그것들이 너를 향해 소리친다. 그러다 어둠이 깔리면, 그러면 뻐꾸기가 네게로 달려든다. 기차의 째질 듯한 비명, 기선의 뱃고동, 고양이의 신음, 클라리넷의 울음, 여인의 흐느낌— 그러나 뻐꾸기, 뻐꾸기는 심장처럼 5월의 밤을 울어댄다. 박동 치며 살아 있는 심장처럼. 밤에, 5월의 밤에 뻐꾸기 울음소리가 불현듯 엄습할 때면 기선은 네게 더 이상 도움이 되지 못한다. 기관차도, 고양이와 여인의 몸부림도, 클라리넷도 모두. 뻐꾸기는 너를 미치게 만든다. 네가 도망치려 하면 뻐꾸기는 너를 비웃는다. 어디로 가려고? 뻐꾸기가 웃는다. 5월에 대체 어디로 가려고? 그러면 너는, 뻐꾸기 때문에 사나운 야수가 된 너는 세상의 모든 소망들과 함께 그 자리에 멈춰 선다. 홀로, 갈 곳 없이, 외로이. 그러면 너는 5월을 미워한다. 갈망하는 사랑 때문에, 세상 고통 때문에 5월을 미워한다. 네 모든 고독과 함께 5월을 미워한다. 5월의 저 뻐꾸기를 미워한다, 저 뻐꾸기를……

그러면 우리는 뻐꾸기 같은 우리의 운명과 함께 이슬 젖은 밤을 걷는다. 아아, 우리는 뻐꾸기 같은 신세에서, 우리 머리 위에 걸린 이 숙명에서 벗어나지 못한다. 울어라, 뻐꾸기야. 네 외로움을 5월 봄날에다 소리쳐라. 울어라, 뻐꾸기야. 형제같이 친근한 새야. 내쫓기고 추방된 뻐꾸기 형제야. 나는 안다. 네 모든 울음은 어머니를 향한 울음이다. 너를 5월의 밤에 넘겨버린, 너를 이방인으로서 이방인들 가운데로 추방시킨 어머니를 향한 울음이다. 울어라, 뻐꾸기야. 네 마음을 별들에게 외쳐라. 어머니 없는 너, 이방인 형제야. 울어라…… 울어라, 고독한 새야. 시인들을 조롱하여라. 그들에겐 너의 그 멋진 어휘가 없으니. 그들의 고독은 쓸데없는 잡소리가 될 뿐. 그들의 가장 위대한 행위는 오직 침묵을 지키는 것. 고독한 새야, 어머니를 향한 네 울음이 우리를 잠 못 드는 5월의 밤으로 내몰 때 비로소 우리의 영웅적인 행동은 가능하다.

그것은 형언할 수 없는 고독, 그 차디찬 남자의 고독을 살아내는 것, 뻐꾸기 형제야, 너의 그 멋진 어휘가 없이도 살아내는 것이다. 마지막은, 마지막은 말의 몫이 아니니까.

나가야 한다. 영웅적으로 침묵을 지키는 고독한 시인들은 가서 배워야 한다. 구두는 어떻게 만드는지, 물고기는 어떻게 잡는지, 지붕은 어떻게 잇는지. 그들이 하는 행동이라고는 쓸데없는 잡소리가 전부다. 고통스럽고 피비린내 나는 잡소리. 5월의 밤 앞에서는, 뻐꾸기 울음소리 앞에서는, 세상의 진실한 어휘 앞에서는 그저 잡스러운 소리일 뿐이다. 우리 중에 누가, 아아, 대체 누가 총 맞은 폐의 그르렁 소리에, 처형장의 비명 소리에 어울리는 시구를 알 수 있단 말인가? 누가 강간에 리드미컬한 운을 붙일 수 있으며, 연달아 발사되는 기관총 소리에 맞는 운율을 알 수 있는가? 하늘을 담는 것은 고사하고 불타는 마을조차 되비추지 못하는 갓 죽은 말의 눈망울이 내지르는 소리 없는 비명을 누가 어휘에 담을 수 있겠는가? 녹슨 화물열차의 시뻘건 빛, 세상을 뒤덮은 불길의 시뻘건 빛, 인간의 하얀 살갗에 말라붙은 피딱지의 저 시뻘건 빛을 찍어낼 수 있는 인쇄소가 어디 있겠는가? 집으로 가라, 시인들아. 숲으로 가라. 물고기를 잡고, 나무를 베어라. 그리고 너희들의 영웅적인 행위인 침묵을 행하라! 너희들의 고독한 심장에서 울려나오는 뻐꾸기 울음소리를 침묵게 하라. 그 소리에 어울리는 운율과 리듬은 존재하지 않는다. 그 어떤 드라마도, 송가도, 심리소설도 그러한 뻐꾸기 울음소리를 견뎌내지 못한다. 어떤 사전에도, 어떤 인쇄소에도 세상에 대한 너의 그 말없는 분노, 그 고통의 쾌락, 그 사랑의 아픔을 표현할 어휘와 활자는 없다.

우리는 금이 간 집의 삐걱대는 소리를 들으며 잠이 들었고(아아, 시

인아, 네게 죽어가는 집의 한숨 소리를 표현할 어휘는 없다!), 수류탄의 절규 아래에서 잠들었으며(어떤 인쇄소에 저 금속성 비명을 표현할 활자가 있을까?), 포로들과 강간당한 여자들의 신음 소리 곁에서 잠들고 있다(누가 그 신음 소리에 붙일 운율을 알고 리듬을 알겠는가?)— 하지만 5월의 밤에 우리는 이방인의 심장을 짓누르는 말 없는 고통에 쫓겨 이곳 봄 세상으로 왔다. 뻐꾸기만이, 오직 뻐꾸기만이 어머니 없는 고독한 처지를 표현할 어휘를 알기 때문이다. 이제 우리에게 남은 건 오직 영웅적인 행동뿐이다, 모험뿐이다. 그것은 바로 우리의 고독한 침묵이다. 이 세상의 저 장엄한 울부짖음과 지옥 같은 적막을 표현할 가장 궁색한 어휘조차도 우리에게는 없기 때문이다. 우리가 할 수 있는 일이라고는 더하고, 모으고, 헤아리고, 기록하는 것이 고작이다.

하지만 기록을 남기는 이런 무모하고 무의미한 용기라도 우리는 가져야 한다! 우리는 우리의 고난을 기록하기를 원한다. 아마도 떨리는 손으로 그럴 테지만, 우리는 그것을 돌에 새기고 잉크나 음표에 담아 우리 앞에 두기를 원한다. 일찍이 본 적이 없는 빛깔과 독특한 시각으로 더하고 합하고 쌓아서 200쪽의 책을 한 권 만들기를 원한다. 하지만 그 속에는 몇 개의 주석과 각주, 메모, 그리고 아무것도 설명해주지 않는 약간의 논증이 담겨 있을 뿐이다. 인쇄된 200쪽의 글은 눈에 보이지 않는 2만 쪽에 대한 논평에 불과하니까. 우리의 삶을 이루고 있는 이 시시포스*의 페이지들을 표현할 어휘와 문법과 활자를 우리는 알지 못한다. 우리가 가진 책의 이런 눈에 보이지 않는 2만 쪽에는 그로테스크

---

* Sisyphos: 그리스 신화 속 인물로, 제우스를 속이다 바위를 산꼭대기로 밀어 올리는 벌을 받았다. 산꼭대기에 이르면 바위는 다시 굴러떨어지기 때문에 영원히 바위를 밀어 올려야 한다.

한 송가와 우스꽝스럽기 짝이 없는 서사시와 세상에서 가장 사실적이고 가장 저주받은 소설이 담겨 있다. 우리의 미쳐버린 세상, 우리의 경련하는 심장, 우리의 삶이 담겨 있다! 그것은 죽은 밤의 거리를 떠도는 우리의 뻔뻔하고 소심하고 광기 어린 고독의 책이다.

하지만 저녁이면 불빛 환한 주황색 깡통 전차를 타고 돌로 된 도시로 향하는 사람들, 그들은 행복할 것이다. 그들은 어딘가 가고 싶은 곳이 있고, 그곳 정거장의 이름을 정확히 알고 있으며, 그 이름을 이미 말했기 때문이다. 더 이상 아무 일도 일어나지 않을 사람들 특유의 게으른 입술로 말이다. 그들은 특별히 주의하지 않아도 내려야 할 정거장이 어딘지 알며(다들 멀지 않은 곳에 있다), 전차가 그리로 데려다주리라는 사실을 안다. 그 대가를 그들은 국가에 지불했다. 일부는 세금으로, 일부는 절단한 다리 한 짝으로, 그리고 20페니히의 차비로(상이군인은 반값이다. 한 외다리 상이군인이 일생 동안 전차를 7,862회 반값에 탄다. 그는 786마르크 20페니히를 절약한다. 스몰렌스크에서 이미 오래전에 썩어 없어진 그의 다리는 786마르크 20페니히의 값어치가 있다. 그나마). 하지만 전차 안의 사람들은 행복하다. 틀림없이 행복할 것이다. 그들은 굶주림도 없고 향수도 없으니까. 그들에게 대체 어떻게 굶주림이나 향수가 있을쏜가? 내릴 정거장은 이미 정해져 있고, 모두들 가죽 지갑을 가지고 있다. 아니면 마분지 상자나 바구니라도. 몇몇은 또 무언가를 읽고 있다. 파우스트, 혹은 영화 잡지, 혹은 차표라도. 그들의 표정만 봐서는 무엇을 읽고 있는지 알 수가 없다. 그들은 모두 훌륭한 연기자들이다. 그들은 갑자기 늙어버린 굳은 표정의 아이 얼굴을 하고서 앉아 있다. 그렇게 무력하고 심각한 얼굴로 어른을 연기하고 있다. 아홉 살짜리라면 그들을 믿을 것이다. 하지만 그들은 차표로 작은 공을 만들어

던지고 싶은 마음이 제일 클 것이다. 속으로는 말이다. 아무튼 그들은 행복하다. 저녁때 전차 안에서 가지고 다니는 바구니며 호주머니며 책에는 향수와 굶주림을 달래줄 수단들이 있기 때문이다(그것이 씹는 것으로 만족해야 할 담배꽁초거나 도피를 위한 차표일지라도). 바구니와 책을 들고 밤에 전차 안에 있는 사람들은 틀림없이 행복할 것이다. 그래도 그들은 안경을 끼었거나 기침을 하거나 코가 시퍼런 옆자리 사람들 사이에서 안전하게 있을 수 있으니까, 곁에 제복을 입은 차장도 있으니까. 차장은 손톱이 온통 지저분한데 금으로 된 결혼반지를 끼었다. 하지만 결혼반지는 더러운 손톱과 그럭저럭 다시 화해를 한다. 손톱이 지저분해서 불쾌감을 주는 건 혼자 사는 남자들이니까. 기혼자인 전차 차장은 아마도 작은 정원이나 화분을 가꾸거나, 아니면 다섯 명의 자녀를 위해 모형 돛단배를 만드는 중일 것이다(아아, 어쩌면 그는 자신을 위해서, 은밀한 여행을 꿈꾸며 만들고 있으리라!). 저녁에 적당히 불을 밝힌, 너무 밝지도 너무 음침하지도 않은 전차 안에서 그런 차장의 보호를 받는 사람들은 마음이 놓이고 행복할 것이다. 그들의 빈약하고 저렴하고 쓰라린 입에서는 뻐꾸기 울음소리가 터져 나오지 않을 것이며, 두꺼운 유리창을 뚫고 안으로 들어올 뻐꾸기 울음소리도 없을 테니까. 그들은 깜짝 놀라는 일이 없을 것이다. 얼마나 안전한가, 아아 그들은 전차 객실의 견고하고 조금은 흐릿한 등불 아래에서 얼마나 한없이 안전한가. 그들의 일상을 비추는 밝지도 어둡지도 않은 불빛 아래에서. 관청에서, 기차역에서, (잡초와 거미줄 무성한) 화장실에서, 전차 안에서 조국이 제 자식들에게 선사하는 그 우울한 등불 아래에서. 밤에 전차 안에 있는, 이제는 늙어버린 우둔하고 투덜거리기 좋아하는 저 조국의 자식들은 정부에서 마련해준 그런 등불 아래에서 틀림없이 행복할 것이다. 왜냐하면 불안은(저 5월의 불안은, 뻐꾸기의 불안은) 더 이상 그들에게 없으므로. 그들에겐 불빛이 있으므로. 그들은 뻐꾸기를 알지 못하므로. 무슨 일이 생기면(살인, 충돌, 뇌우) 그들은 함께 곁하여 있을 것이므로. 그리고 그들은 어디로 가야 하는지를 안다. 그리고 그들은 온통 돌로 된 시커먼 저녁 도시 한가운데에서 쇳소리를 내며 달리는 노랗고 빨간 전차의 실내등 불빛 아래 차장과 옆자리 사람들(비록 청어 냄새를 풍긴다 하더라도) 곁에서 안전하다.

절대로 세상은 그들에게 갑자기 들이닥치지 못할 것이다. 거리에 홀로 서 있는 사람에게 그러듯 말이다. 등불도 없고, 내릴 정거장도 없고, 옆자리 사람도 없고, 굶주린 데다 바구니도 없고, 책도 없고, 뻐꾸기는 사방에서 울부짖는 잔뜩 겁먹은 사람들. 담배 연기 가득한 전차들이 적당한 밝기의 편안한 실내등 아래 숱한 나날의 안전한 일상을 누리는 편안한 얼굴들을 태우고 경적을 울리며 지나갈 때면(전차의 경적 소리는 벌써 향수와 불안을 황량한 성문 앞 거리의 음산한 어둠 속으로 되돌려 보낸다!), 그들은 그렇게 헐벗고 가련하게 거리에 서 있다. 그들은 전차가 이미 날카로운 비명 소리와 함께 녹슨 커브 길을 돌아 멀어진 뒤에도 여전히 그렇게 서 있다. 그들은— 그들은 거리의 사람들이다. 거리는 그들의 하늘이고, 경건한 발걸음이고, 미친 듯이 추는 춤이고, 지옥이고, 잠자리고(공원 벤치, 다리 밑과 더불어), 어머니고, 여자친구다. 이 딱딱한 잿빛 거리는 늘 묵묵하면서도 믿음직한 그들의 먼지투성이 동료다. 완고하고 충실하고 한결같다. 비에 젖고 태양이 작열하고 별이 총총하고 달빛 환하고 바람이 휘몰아치는 이 거리는 그들의 저주이자 저녁 기도다(여인이 우유 한 잔을 건넬 때면 그들의 저녁 기도고, 밤이 오기 전까지 다음 도시에 도착할 수 없을 때면 그들의 저주다). 이 거리는 그들의 좌절이고 그들의 모험 가득한 용기다. 만약 당신이 그들 곁을 지나간다면 그들은 당신을 누더기를 걸친 거지 왕 대하듯 할 것이다. 그들은 앙다문 입으로 자신들의 크고 단단하고 화려하고 엄청난 부를 이렇게 말할 것이다.

이 거리는 우리 것이다. 위에는 별들이 있고 우리 아래에는 햇살 따뜻한 돌이 있다. 노래하는 바람과 흙내 풍기는 비가 있다. 이 거리는 우리 것이다. 우리는 우리의 심장을, 순진무구함을, 어머니를, 집을, 그리고 전쟁을 잃었다. 하지만 거리는, 우리의 거리는 결코 잃지 않는다. 모두 우리 것이다. 큰곰자리 아래 거리의 밤. 노란 태양 아래 거리의 낮. 노랫소리, 종소리로 울리는 거리의 빗줄기. 모두 다. 이 태양과 비와 바람의 냄새, 이슬 맞은 풀 같고 젖은 땅 같고 처녀 꽃 같은 이 냄새, 세상 그 어디서도 맡을 수 없는 너무나도 좋은 이 냄새. 이 거리는 우리 것이다. 에나멜 칠 반짝이는 조산원 간판이 있고, 좌우에 쥐똥나무 늘어선 공동묘지가 있는 이 거리. 우리 뒤에는 어제라는 환영의 세계가 있고 우리 앞에는 알 수 없는 내일이라는 환영의 나라가 펼쳐진 이 거리. 이곳에 우리는 서 있다. 뻐꾸기에, 5월에 내맡겨진 채, 눈물을 삼키며, 영웅적으로, 감상적으로, 약간의 로맨스에 속아서, 고독하게, 남자답게, 어머니를 그리워하며, 거만하게, 버림받은 채 서 있다. 버림받은 채 마을과 마을 사이에 서 있다. 수없이 많은 도시의 창문들 아래 고독하게 서 있다. 울어라 고독한 새야, 도와달라고 울어라. 우리를 위해 함께 울어다오. 우리에겐 마지막 어휘가 없으므로. 우리의 모든 고난을 표현해줄 운율이 우리에게는 없으므로.

하지만 가끔은, 고독한 새야, 드물지만, 드물고 기이하지만 가끔은, 노랗게 피어난 전차가 거리를 무자비하게 달려 시커먼 자신의 고독 속으로 되돌아갈 때면, 그러면 가끔은, 드물지만, 드물고 기이하지만, 그러면 가끔은 어떤 도시에 (아, 그토록 드물게) 창문이 하나쯤은 남아 있다. 이 차디찬 거대한 석상 안에, 이 무시무시한 밤의 암흑 속에 밝고 따뜻하고 유혹적인 사각의 창문이 하나쯤은 남아 있다.

그러고는 모든 것이 아주 빠르게 흘러간다. 지극히 사무적으로. 오직 머릿속에만 기록한다. 창문과 여인과 5월의 밤을. 그것이 전부다. 말없고 진부하고 절망적이다. 우리는 그것을 독주처럼 삼켜야 한다. 단숨에, 쓰디쓰고 아리고 얼얼하다. 그 앞에선 모든 게 다 잡소리다. 모두 다. 삶은 그런 것이다. 창문과 여인과 5월의 밤. 식탁 위에 놓인 한 장의 때 묻은 지폐, 초콜릿, 혹은 한 조각 장신구. 그리고 머릿속에 기록한다. 다리와 무릎과 허벅지와 젖가슴과 피. 그 독주를 삼켜라. 아침엔 다시 뻐꾸기가 운다. 다른 모든 것은 감상적인 잡소리일 뿐이다. 모두 다. 삶은 그런 것이다. 그것을 표현할 어휘는 존재하지 않는다. 뜨겁고 분주한 헛짓이다. 그 독주를 삼켜라. 속이 불타고 취기가 오른다. 식탁 위에는 돈이 놓여 있다. 다른 모든 것은 잡소리다. 아침이면, 아침이면 벌써 뻐꾸기가 다시 울 테니까. 오늘 저녁엔 이 짧고 진부한 기록 하나만. 창문과 여인. 그것으로 충분하다. 다른 모든 것은— 밤 3시면 다시 뻐꾸기 울음이 시작된다. 날이 잿빛으로 밝아오면. 하지만 오늘 저녁엔 일단 창문이 저기 있다. 그리고 여인이 있다. 한 여인이.

맨 아래층에 창문이 하나 열려 있다. 밤인데도 열려 있다. 뻐꾸기는 교외 거리의 재스민 향 가득한 비단결 같은 밤을 향해 빈 술병처럼 초록빛으로 울어댄다. 창문이 하나 아직도 열려 있다. 한 사내가 초록빛으로 울음 우는 뻐꾸기의 밤 속에 서 있다. 재스민 향에 엄습당한 한 사내가 굶주림과 향수를 안고 열린 창을 향해 서 있다. 창문은 열려 있다(오, 이 얼마나 드문 일인가!). 한 여인이 얼굴을 내밀고 있다. 창백하다. 금발. 긴 다리. 아마도. 사내는 생각한다. 그녀는 아마도 나리가 긴 타입일 거라고. 저녁이면 창가에 서 있는 모든 여자들이 그러듯 동물처럼 따스하게 낮은 목소리로 그녀는 말할 것이다. 뻐꾸기처럼 그렇게 염치없이 굼뜨게 흥분할 것이다. 재스민처럼 그렇게 달고 짙은 향을 풍길 것이다. 도시처럼 그렇게 어두울 것이다. 5월처럼 그렇게 미쳐 있을 것이다. 그리고 그렇게 직업적으로 밤의 언어를 말할 것이다. 다 마셔버린 술병처럼 그렇게 단조로. 그렇게 꾸밈없는 미사여구로. 사내는 신고 있는 장화의 말라비틀어진 가죽처럼 사랑받지 못한 채 고독하게 창문 앞에서 삐걱거리고 있다.

안 되는군.

말했잖아요.

정말 안 돼?

……

그럼 이 빵을 주면?

……

빵이 없으면 곤란하지만, 그냥 이 빵을 주면, 그러면?

이봐요, 말했잖아요.

그럼 되는 거지?

그래요.

그러면 되는군. 흠. 그러면.

이봐요, 말했잖아요. 우리 소리를 들으면 아이들이 잠을 깨요. 그러면 아이들은 배가 고파요. 그런데 내게 줄 빵이 없으면 아이들은 다시 잠들지 못해요. 그러면 아이들은 밤새 울어요. 알겠느냐고요.

빵을 주면 되잖아. 문 열어. 빵을 줄게. 여기 빵 있어. 문 열어. 들어갈게.

여자는 문을 연다. 사내는 들어가면서 문을 닫는다. 그는 옆구리에 빵을 끼고 있다. 여자는 창문을 닫는다. 사내는 벽에서 그림을 한 장 본다. 벌거벗은 두 아이가 꽃을 들고 있다. 널찍하게 금테를 두른 그림은 무척 화사하다. 특히 꽃들이. 하지만 아이들은 너무 뚱뚱하다. 그림에는 '아모르와 프시케'라는 제목이 붙어 있다. 여자는 창문을 닫는다. 그런 다음 커튼을 친다. 사내는 빵을 식탁 위에 놓는다. 여자는 식탁으로 와서 빵을 집어 든다. 식탁 위에는 등불이 매달려 있다. 사내는 여자를 쳐다보며 마치 맛을 보듯 아랫입술을 삐죽 내민다. 서른넷은 되었겠다고 그는 생각한다. 여자는 빵을 들고 찬장으로 간다. 얼굴이 뭐 저런가 하고 여자는 생각한다. 얼굴이 저게 뭐람. 여자는 찬장에서 다시 식탁으로 돌아온다. 됐어요, 하고 그녀가 말한다. 그들 둘은 식탁을 내려다본다. 사내는 집게손가락으로 식탁 위의 빵 부스러기를 튕기기 시작한다. 좋아, 하고 사내가 말한다. 사내가 여자의 다리를 아래에서 위로 훑어본다. 여자의 다리는 거의 다 드러나 보인다. 여자는 속이 다 비치는 얇은 하늘색 치마 하나만 입고 있다. 여자의 다리는 거의 다 드러나 보인다. 식탁 위에는 이제 빵 부스러기가 하나도 없다. 재킷을 벗어도 될까? 하고 사내는 말한다. 그녀는 그렇게 아둔하다.

네. 색이 더러워질까 봐 그러죠?

어차피 염색한 거야.

아, 염색한 거예요? 맥주병처럼?

맥주병처럼?

네, 그런 초록색으로 말이에요.

아, 그래, 맞아, 그런 초록색. 옷을 여기 걸어놓을게.

정말 맥주병처럼 초록색이에요.

당신 옷도 마찬가진걸 뭐.

뭐가요?

하늘처럼 푸른색.

이건 내 옷이 아니에요.

그렇군.

하지만 예쁘지 않아요?

그래.

그냥 입고 있어도 돼요?

아, 물론.

여자는 여전히 식탁 앞에 서 있다. 그녀는 사내가 왜 의자에 계속 앉아만 있는지 모르겠다. 하지만 사내는 피곤하다. 좋아요. 여자는 자기 몸을 내려다본다. 사내가 여자를 쳐다본다. 그도 그녀의 몸을 내려다본다. 저기, 그런데 있잖아. 사내는 이렇게 말하고 등불을 쳐다본다. 아 참, 그래요. 여자가 불을 끈다. 사내는 어둠 속에서 말없이 의자에 앉아 있다. 여자가 사내 곁을 가까이 지나간다. 사내는 여자가 지나갈 때 그녀의 따뜻한 숨결을 느낀다. 그렇게 가까이 여자는 사내 곁을 지나간다. 여자의 냄새가 난다. 그는 그 냄새를 맡는다. 그는 피곤하다. 그녀가 저만치서 말한다(그녀의 말소리가 아주 멀리서 들려온다고 그는 생각한다). 자, 어서 와요, 이제. 물론이지. 사내는 마치 기다렸다는 듯이 그렇게 말하며 일어선다. 식탁에 부딪힌다. 아, 식탁! 이쪽이에요. 여자가 어둠 속에서 말한다. 아하. 그녀의 숨소리가 바로 옆에서 들린다. 그는 조심스럽게 손을 뻗는다. 둘은 서로의 숨소리를 듣는다. 그의 손에 무언가가 닿는다. 아, 여기 있군. 그녀의 손이다. 어둠 속에서 내가 당신의 손을 찾았어. 그가 웃는다. 나도 손을 내밀고 있었어요. 그녀가 작은 소리로 말한다. 그녀는 그의 손가락을 깨문다. 그를 아래로 끌어당긴다. 그는 앉는다. 둘은 웃는다. 그녀는 그의 호흡이 빨라지는 소리를 듣는다. 잘해야 스무 살이겠군. 그는 겁을 먹고 있어. 그녀는 생각한다. 아이, 이런 빈 맥주병 같으니. 그녀는 이렇게 말하며 사내의 손을 잡아서 자신의 뜨거운, 하지만 또한 밤처럼 차가운 살갗에 갖다 댄다. 그는 그녀가 하늘색 치마를 벗어버린 게 느껴진다. 그녀의 젖가슴이 느껴진다. 그는 거만하게 어둠 속을 향해 말한다(하지만 숨은 무척 가쁘다). 당신은 그럼 우유병이야. 당신은 우유병이라고, 알겠어? 아니, 여태 몰랐는걸요. 둘은 웃는다. 그가 너무 어리다고 그녀는 생각한다. 그녀는 다른 여자들과 똑같을 뿐이라고 그는 생각한다. 그는 그녀의 벗은 살갗에 깜짝 놀란다. 그는 두 손을 꼼짝도 하지 않는다. 이런 애송이 같으니. 그녀는 생각한다. 여자들은 다 그런 거라고 그는 생각한다. 그래, 여자들은 다 그런 거야, 모두 다. 그는 그녀의 젖가슴에 닿은 자기 두 손을 어떻게 하면 좋을지 모른다. 당신 추울 것 같아. 내 생각엔 정말 추울 것 같은데, 안 그래? 5월 중순인데 추워요? 5월 중순에? 그녀가 웃는다. 아니 뭐, 그래도 밤이니까. 하지만 5월이에요. 우린 지금 5월 한가운데에 있단 말이에요. 뻐꾸기 울음소리도 다 들려요. 가만, 조용히 해봐요. 들어봐요, 뻐꾸기 울음소리도 들린다니까요. 조용히 해봐요. 숨을 너무 크게 쉬지 말고 가만히 들어봐요. 뻐꾸기 소리가 들리잖아요. 계속해서. 하나 둘 셋 넷 다섯— 그렇죠? 저기! 여섯 일곱 여덟— 들려요? 저기 또. 아홉 열 열하나— 들어봐요. 뻐꾹 뻐꾹 뻐꾹 뻐꾹— 요런 맥주병, 빈 맥주병 같으니! 여자가 나지막이 말한다. 깔보듯, 어머니 같은 표정으로, 소리 죽여 말한다. 그는 그만 잠이 든 것이다―

아침이 되었다. 정원 저편 바깥은 벌써 잿빛이다. 곧 4시가 될 것이다. 뻐꾸기는 벌써 다시 운다. 여자는 잠이 깬 채 누워 있다. 위층에선 벌써 발소리가 난다. 탁 탁, 빵 절단기 소리가 세 번, 네 번, 다섯 번. 수돗물 소리. 그리고 현관에서, 문에서, 계단에서 발걸음 소리. 위층 사람은 5시 반까지 조선소에 출근해야 한다. 지금은 아마 4시 반일 것이다. 밖에는 자전거가 있다. 옅은 잿빛, 거의 장밋빛이다. 옅은 잿빛이 천천히 창문 커튼을 지나 식탁과 의자 등받이 위로, 천장이며 금테 액자며 프시케 위로, 그리고 주먹을 쥔 손 위로 스며든다. 아침 4시 반, 아직 날이 밝기 전의 옅은 잿빛 속에서 사내는 주먹을 쥔 채 잠을 자고 있다. 옅은 잿빛이 창문 커튼을 지나 얼굴 위로, 이마와 귀 위로 스며든다. 여자는 깨어 있다. 아마 오래전부터일 것이다. 그녀는 꼼짝도 하지 않는다. 주먹을 쥔 채 자고 있는 사내의 머리통은 꽤나 무겁다. 사내는 어제저녁에 그녀의 젖가슴에 머리를 파묻었다. 지금은 4시 반이다. 사내는 아직 어제저녁과 똑같은 자세로 누워 있다. 한 손에 주먹을 쥐고 머리통이 무거운, 깡마르고 기다란 젊은 사내. 여자는 조심스럽게 그의 머리를 옆으로 치우려다 그의 얼굴을 만진다. 젖어 있다. 얼굴이 이게 뭐람, 하고 사내를 제 곁에 뉘인 옅은 잿빛의 여자는 아직 날이 밝기 전 새벽에 생각한다. 사내는 밤새도록 주먹을 쥔 채 자고 있다. 그리고 지금 얼굴이 젖어 있다. 옅은 잿빛 아래 지금 얼굴이 이게 뭐란 말인가. 축축하게 젖은 길고 애처롭고 거친 얼굴. 고독한 잿빛을 띤 순한 얼굴, 나쁘면서도 좋은 얼굴. 여자는 천천히 머리에서 자기 어깨를 뺀다. 머리는 베개 위로 떨어진다. 그녀는 그의 입을 본다. 입이 그녀를 본다. 입이 이게 뭐람. 입은 그녀를 바라본다. 그녀의 두 눈이 흐릿해지도록 그녀를 바라본다.

　　이건 늘 있는 일이야. 입이 말한다. 이건 하나도 특별할 게 없어. 그냥 늘 있는 일이야. 그렇게 깔보듯 미소 지을 필요 없어, 그렇게 경멸스럽게 어머니 같은 표정 지을 것 없다고. 그만해. 내가 그만하라고 하잖아. 안 그러면— 이봐, 나도 다 안단 말이야. 그만해. 어제저녁에 당신에게 달려들었어야 한다는 거 알아. 그래서 당신의 하얀 어깨와 허벅지의 부드러운 살을 물어뜯었어야 했다는 거. 당신이 저 구석에 처박혀서 고통스러운 신음 소리로 더 해줘요, 자기, 더 해줘요 하며 매달리도록 완전히 녹초로 만들었어야 했다는 거 나도 알아. 당신은 아마 이렇게 생각했을 거야. 어제저녁에 이 창가에서 말이야. 어머, 저 녀석은 아직 젊은걸. 저녁마다 여기 와서 고작 15분 돈 후안 흉내를 내는 비겁한 늙다리 가장들하고는 달라. 아직 기운이 팔팔하겠어. 아아, 당신은 자신을 남김없이 허물어뜨려줄 싱싱한 풋내기가 나타났다고 생각했겠지. 그리고 난 들어왔어. 당신은 짐승 냄새를 풍겼어. 하지만 난 피곤했어. 알겠어? 난 그냥 한 시간 정도 편히 앉아 있고 싶었다고. 당신은 속치마를 벗을 필요가 없었는데 말이야. 밤은 이제 지나갔어. 당신은 그게 부끄러워서 웃는 거야. 당신은 나를 경멸해. 아마도 내가 사내구실을 못 한다고 생각하겠지. 틀림없어. 그렇게 어머니 같은 표정을 짓고 있는 걸 보면. 내가 아직 애송이라고 생각할 거야. 내가 당신한테 막 달려들지 않은 걸 가지고 날 불쌍히 여길 거야. 어머니처럼. 하지만 난 어엿한 사내라고. 알겠어? 이미 오래전부터 그랬어. 어제저녁에는 단지 피곤했을 뿐이야. 분명히 말하지만 그렇지 않았다면 당신한테 내가 사내란 걸 보여줬을 거라고. 난 이미 오래전부터 어엿한 사내이니까. 알겠어? 이미 오래전부터. 입은 계속해서 말한다. 이봐, 난 보드카도 마셔

보았어. 98도짜리 진짜 러시아산 보드카 말이야. 그리고 큰 소리로 욕도 했어. 알겠어? 난 총이 한 자루 있고 개새끼라고 큰 소리로 욕을 해. 난 총을 쏘고 혼자 보초도 서. 부대장은 내게 자네라고 부르고, 브란트 상사는 나와 늘 담배를 나눠 피우지. 상사는 내가 가진 인조 꿀을 아주 좋아하기 때문에 나는 대신 그에게서 담배를 얻어 피우는 거야. 이래도 내가 아직 애송이라고 생각해? 여자하고도 벌써 자봤어. 러시아로 가기 전날 밤이니까 벌써 오래전 일이야. 우린 한 시간도 넘게 즐겼지. 목소리가 걸걸하고 값이 비싼 제대로 된 여자였어. 어린 애송이 계집애가 아닌 어엿한 여성이었지만 그렇다고 내게 어머니처럼 굴지는 않았어. 그 여자는 내가 준 돈을 얼른 다른 곳에 감추고는 이렇게 말했지. 그럼 러시아로 언제 출발이야, 자기? 그전에 독일 여자하고 하고 싶지 않아, 자기? 그녀는 내게 계속 자기라고 말하면서 내 군복의 옷깃 단추를 풀었어. 하지만 그다음부터는 내내 식탁보에 달린 술 장식을 손가락으로 돌돌 말면서 벽만 쳐다보더군. 중간에 가끔씩 자기라고 부르기도 했지만 끝나고 나선 곧바로 일어나서 씻더니 문에 기대서서 잘 가라고 했어. 그게 다였어. 옆집에서는 「로자문데」*를 다 함께 노래하고, 다른 창문들에서는 여자들이 죄다 나와 서서는 '자기'를 불러댔어. 그 여자들은 하나같이 다 '자기'라고 말했어. 그렇게 독일과 작별을 고했지. 하지만 최악은 다음 날 아침 기차역에서였어.

여자는 눈을 감는다. 입이 점점 더 커졌기 때문이다. 입은 더욱 크고 무자비해진다.

그건 늘 있는 일이었어. 거대한 입이 말한다. 그건 하나도 특별할

---

* 「Rosamunde」: 힐미나 폰 셰지의 희곡 「키프로스의 왕 로자문데」를 기반으로 슈베르트가 작곡한 극음악.

게 없었어. 그냥 늘 있는 일이었어. 납덩이같은 아침. 납덩이같은 기차. 납덩이같은 병사들. 그 병사들이 바로 우리였어. 그건 하나도 특별할 게 없었어. 그냥 늘 있는 일이었어. 기차역. 화물열차. 그리고 얼굴들. 그게 다였어.

　우리는 화물열차에 올랐어. 객차에선 가축 냄새가 진동했어. 새빨간 핏빛 객차였어. 그러자 우리의 아버지들이 납덩이같은 얼굴을 하고서 큰 소리로 유쾌하게 소리치며 절망적으로 모자를 흔들어댔어. 우리의 어머니들은 화사한 색의 손수건으로 주체할 수 없는 슬픔을 닦아내며 소리쳤어. 새 양말 잘 간수해라, 카를 하인츠. 갓 결혼한 새색시도 있었어. 그네들의 입은 아직 작별을 아파하고 있었어. 젖가슴과 또 다른 것도— 모든 게 아파하고 있었어. 심장과 입술은 아직 뜨겁게 타고 있었어. 작별의 밤에 타오른 불이 아직 꺼지지 않았던 거야. 아아, 아직 납덩이로 식어버리지 않았던 거야. 하지만 우리는 아주 신나게 노래를 부르며 광활한 신의 나라로 떠났어. 웃고 떠들고 고함을 질렀어. 그 탓에 어머니들은 심장이 얼어붙었지. 그렇게 기차역이 멀어지기 시작했어— 그분은 노예를 원하지 않으셨다네— 그리고 어머니들도— 군도와 장검과 창을 주셨네— 어머니와 새색시들도 점점 작아졌어. 아버지의 모자는— 그가 피로써 지키도록— 아버지의 모자는 아주 오래도록 외치고 있었어. 안녕, 카를 하인츠— 죽을 때까지— 안녕, 아들아— 싸워라. 우리 중대장은 객차 제일 앞자리에 앉아서 보고서에 '6시 23분 출발'이라고 썼어. 식당 칸에서는 신병들이 남자다운 얼굴을 하고서 감자 껍질을 벗기고 있었어. 그날 아침 비스마르크가에 있는 한 사무실에서 변호사 겸 공증인인 좀머 박사는 이렇게 말했어. 내 만년필이 망가졌어. 그러니 이제 전쟁이 그만 끝나도 되겠어,라고. 도시 밖에선 기관차가 환호성을 질러댔어. 하지만 객차 안에서, 어두운 객차 안에서 우리는 아직 뜨겁게 타오르던 새색시의 살내음을 간직하고 있었어. 시커먼 어둠 속에서 저 혼자 그렇게. 하지만 아무도 등불 아래서 눈물을 보이고 싶지는 않았어. 아무도. 우리는 울적한 마다가스카르의 뱃노래를 불렀어. 새빨간 핏빛 객차에서는 짐승 냄새가 진동했어. 우리는 사람이었으니까. 어어이, 뱃놈들아! 아무도 감히 눈물을 보이지 못했어. 어어이, 귀여운 아가씨들아! 날마다 누군가 객차에서 죽어나갔어. 그리고 포탄 구덩이에서는 따뜻하고 새빨간 딸기주스가 썩어가고 있었어. 세상에서 단 하나뿐인 주스. 그 어느 것도 대신할 수 없고 아무도 그 값을 지불할 수 없는 주스. 아무도. 두려움이 우리에게 진흙을 퍼먹이며 어머니 같은 대지의 파헤쳐진 품속으로 내동댕이칠 때면 우리는 하늘에다 대고 소리쳤어. 귀머거리에다 벙어리인 하늘에다 대고 소리쳤어. 제발 우리를 탈영으로 이끌지 말라고, 우리의 기관총을 용서해달라고, 우리를 용서해달라고. 하지만 우리를 용서해줄 이는 없었어. 거기엔 아무도 없었어. 그다음에 벌어진 일은 그 어떤 어휘로도 표현할 수가 없어. 그 앞에선 모두 다 잡소리일 뿐이야. 대체 기관총의 공허한 울부짖음을 담을 수 있는 운율을 누가 알 수 있겠어. 전선(戰線) 한가운데에서 자기 창자를 두 손에 움켜쥐고 허우적거리는 열여덟 살 사내의 비명에 어울리는 시구를 누가 알 수 있겠느냐고, 대체 누가. 아아, 그런 사람은 아무도 없어!!

납덩이처럼 우중충한 아침에 기차역을 출발해, 손 흔드는 어머니들이 아주아주 작아져갈 때만 해도 우리는 신나게 노래를 불렀어. 전쟁이란 것은 우리를 들뜨게 하기에 충분했으니까. 그리고 전쟁은 곧 모습을 나타냈어. 진짜 전쟁이 나타났어. 그 앞에서 모든 건 잡소리에 불과했어. 어떤 어휘도 그것에겐 상대가 되지 않았어. 으르렁거리며 전염병을 몰고 다니는 원기 왕성한 그 짐승에게는 그 어떤 어휘도 견디낼 수 없었어. '라 게르la guerre' '더 워the war' '데어 크리크der Krieg'* 이런 게 다 뭐야? 그 짐승의 불타는 주둥이에서, 대포 같은 그 주둥이에서 터져 나오는 울부짖음 앞에서는 모두 궁색한 잡소리일 뿐이야. 배반당한 영웅들의 불타는 외침들 앞에서는 배반일 뿐이야. 그 쇠붙이, 시퍼런 인광(燐光), 굶주림, 얼음 폭풍, 사막의 모래에 대한 구차스러운 배반일 뿐이야. 지금 우리는 다시 'la guerre' 'the war' 'der Krieg'를 말하지만 아무런 공포도, 아우성도, 전율도 느끼지 못해. 이제 우리는 '세 테 라 게르C'était la guerre─' '전쟁은 그랬어'라고 다시 말하는 게 고작이야. 더 이상은 말하지 못해. 그것을 단 1초라도 재현시킬 수 있는 어휘가 우리에게는 없기 때문이야, 단 1초라도. 우리는 그저 말할 뿐이야. 아 그래, 그때는 그랬어,라고. 다른 건 모두 잡소리일 뿐이니까. 그것을 표현할 어휘가, 시구가, 운율이 없으니까. 그 주홍색 절규에 허물어지지 않고 그것을 담아낼 수 있는 송가는, 드라마는, 심리소설은 존재하지 않으니까. 우리가 전쟁이라는 어둠의 나라로 떠나기 위해 처음 닻을 올리고, 방파제가 환희에 차 삐걱댔을 때, 우리는 용감하게 노래를 불렀어. 우리 사내들은. 아아, 우리는 각오가 되어 있었어. 그래서 그 짐승 우리 같은 객차 안에서도 노래를 불렀어. 행진곡이 울려 퍼지는 기차역에서 그들은 환호하며 우리를 전쟁이라는 그 어둡고 어두운 나라로 떠나보냈어. 그리고 그것이 나타났어. 그것이 진짜로 나타났어. 그리고 그것이 무엇인지 우리가 미처 이해하기도 전에 그것은 끝나버렸

---

*   각각 프랑스어, 영어, 독일어로 전쟁을 뜻하는 낱말.

어. 그사이에 우리의 삶이 놓여 있는 거야. 거기엔 수만 년의 세월이 있어. 이제 전쟁은 끝났고, 우리는 침몰한 배의 썩은 널빤지 위에 올라탄채 한밤중에 몰래 치욕적으로 평화라는 도무지 알 수 없는 나라의 해안으로 내뱉어지고 있는 거야. 그리고 아무도, 아무도 우리를 알아보지 못해. 우리 스무 살짜리 늙은이들을 말이야. 전쟁의 아우성이 우리를 그토록 망쳐버린 거야. 누군가 아직 우리를 알아보는 사람이 없을까? 지금도 우리를 알아볼 수 있는 사람들은 다 어디 있는 거지? 그 사람들은 모두 어디로 간 거야? 아버지들은 자신들의 얼굴 속으로 깊이 숨어버렸고, 어머니들은, 7,584번이나 살해당한 어머니들은 낯설게 내쳐진 우리 심장의 고통 앞에 무기력하게 질식하고 말았어. 그리고 새색시들, 새색시들은 겁에 질려 대참사의 풍문에 코를 킁킁거리고 있어. 밤에 새색시들의 품에 안긴 우리의 살갗에 흐르는 겁에 질린 식은땀 냄새를 맡듯이 말이야. 새색시들은 또 우리의 절망적인 키스에서 고독한 쇳덩이의 맛을 느끼고, 딱딱하게 굳은 채 우리의 머릿결 속에서 참살당한 전우의 마르치판 초콜릿*처럼 달콤한 피 향기를 호흡하고 있어. 하지만 새색시들은 우리의 가슴 쓰린 애무를 이해하지 못해. 새색시들의 품 안에서 우리는 우리 자신의 고난을 폭행하고 있는 것이니까. 누군가 우리를 구원해줄 때까지 매일 밤 새색시들을 살해하고 있는 것이니까. 누군가. 구원해줄 때까지. 하지만 아무도 우리를 알아보지는 못해.

이제 우리는 마을들 사이를 떠돌고 있어. 펌프 삐걱대는 소리는 벌써 한 조각 고향이야. 앞마당의 목쉰 개도, 안녕하세요, 하고 인사하는 처녀 아이도, 집 안에서 풍기는 딸기주스의 냄새도. (우리 중대장은 갑

---

* 마르치판Marzipan은 갈아 으깬 아몬드를 설탕으로 버무린 과자를 말하는데, 그 위에 초콜릿을 입힌 것이다.

자기 얼굴에 온통 그린 딸기주스를 뒤집어썼어. 입에서 흘러나온 거였어. 그는 놀라서 두 눈이 생선 눈깔이 되었어. 너무 놀라서 얼이 다 빠져버렸어. 우리 중대장은 죽음에 대해 그렇게 놀랐던 거야. 그것을 도무지 이해할 수가 없어서.) 하지만 마을에서 맡는 딸기주스 냄새는 우리에게 이미 한 조각 안식처가 돼. 붉은 소매의 처녀 아이들도. 목쉰 개도. 모두 한 조각 안식처야. 무엇과도 바꿀 수 없는 소중한 안식처.

하지만 우리는 지금 도시에 있어. 추하고, 탐욕스럽고, 버림받은 곳. 우리를 위한 창문은 거의 없어. 드물어. 아주 드물어. 하지만 저녁 어둠 속에 보이는 따뜻한 잠자리의 여인을 품은 창문은 우리에게 단 하나뿐인 천국과도 같은 한 조각 안식처야. 아아, 너무나도 드문 안식처. 우리는 아직 건설되지 않은 새로운 도시를 향해 가고 있어. 그곳에선 모든 창들이 우리 것이야. 모든 여자들도, 다른 모든 것도, 모두, 모두. 우리는 우리의 도시, 새로운 도시를 향해 가고 있어. 밤이면 우리의 심장은 욕망과 향수에 겨워 기관차처럼 울부짖지, 기관차처럼. 그리고 모든 기관차들은 새 도시를 향해 달려가고 있어. 새 도시는 유능한 사내들과 교사들과 각료들이 거짓말을 하지 않는 곳이야. 시인들이 오직 그들 가슴속의 이성에만 매혹되는 곳이야. 그곳은 어머니들이 더 이상 죽지 않고, 젊은 여자들이 더 이상 매독에 걸리지 않는 도시야. 의족 따위를 만드는 공장과 휠체어가 더 이상 없는 도시야. 그곳은 비를 비라고 부르고 태양을 태양이라고 부르는 도시야. 창백한 얼굴의 아이들이 밤마다 쥐에게 뜯기는 지하실이 더 이상 없고, 여자들이 식탁에 올릴 빵이 없어 아버지들이 스스로 목을 매다는 다락방이 더 이상 없는 도시야. 그곳은 젊은이들이 눈이 멀거나 외팔이가 되지 않는, 장군들이 더 이상 없는 도시야. 그곳은 모든 이들이 몽 쾨르mon cœur,* 더 나이트the night, 유어 하트your heart, 더 데이the day, 데어 타크der Tag,** 디 나흐트die Nacht,*** 다스 헤르츠das Herz**** — 이런 것들을 듣고 보고 이해할 수 있는 새로운 도시, 멋진 도시야.

5월의 뻐꾸기가 울어대는 우리의 고독한 밤을 뚫고 우리는 한껏 굶주린 채 새 도시를 향해, 도시 중의 도시를 향해 가고 있어. 그러나 아침에 깨어나 알게 된다면 — 우리는 끔찍하게도 그것을 알게 될 거야, 새로운 도시란 없다는 걸, 아아, 그런 도시는 전혀 존재하지 않는다는 걸. 그러면 우리는 다시 수만 년의 세월만큼 더 늙게 될 거야. 그러면 우리의 아침은 차갑고 쓰디쓴 것이 될 거야. 고독한, 아아 고독한 아침이 될 거야. 오직 동경에 찬 기관차들만이 남아 고향을 그리는 머나먼 갈망의 흐느낌 소리를 우리의 고통스러운 잠 속으로 밀어 넣을 거야. 탐욕스럽고 잔인하고 크고 흥분된 그 절규를. 외롭고 차가운 선로 위에서 그들은 밤마다 계속해서 고통의 비명을 질러댈 거야. 하지만 그들은 이제 더 이상 러시아로 달려가지 않아, 그들은 더 이상 러시아로 달려가지 않아. 왜냐하면 아무 기관차도 더 이상 러시아로 가지 않으니까 아무 기관차도 더 이상 러시아로 가지 않으니까 아무 기관차도 더 이상 러시아로 러시아로 왜냐하면 아무 기관차도 더 이상 더 이상 왜냐하면 아무 기관차도 아무 기관차도 아무 기관차도 아무……

항구에서, 항구로부터 때 이른 기선의 뱃고동 소리가 우우 울려온다. 통통배 하나가 흥분하여 빽빽 소리를 지른다. 자동차도 경적을 울

---

* 프랑스어로 '나의 심장' 혹은 '나의 마음'.
** 독일어로 '낮' 또는 '날'.
*** 독일어로 '밤'.
**** 독일어로 '심장' 또는 '마음'.

린다. 옆방에서 어떤 남자가 세수를 하며 노래를 부른다. 자, 우린 조촐한 여행을 떠날 거야. 다른 방에선 아이가 연신 물어댄다. 기선은 왜 우우 뱃고동을 울리나? 통통배는 왜 빽빽 소리를 지르나? 자동차는 왜? 옆집 남자는 왜 노래를 부르는가? 저 아이는 대체 무엇을 묻는가?

어제저녁에 빵을 들고 왔던 사내, 초록색으로 염색한 맥주병 같은 재킷을 입은 사내, 밤에 한쪽 주먹을 꼭 쥐고 얼굴이 젖어 있던 그 사내가 눈을 뜬다. 여자는 사내의 입에서 눈을 돌린다. 사내의 입은 그토록 애처롭고 왜소하고 쓰린 마음 가득하다. 그들은 서로 바라본다. 한 짐승이 다른 짐승을 바라보고, 한 신이 다른 신을 바라보고, 한 세계가 다른 세계를 바라본다(이를 표현할 어휘는 존재하지 않는다). 고결하게, 선량하게, 낯설게, 끝도 없이, 따스하게, 놀라서, 그들은 서로 바라본다. 언제나 한통속이었고, 적대적이었으며, 헤어날 길 없이 서로에게 빠져 있었다.

결말은 인생의 모든 실제적 결말이 그렇듯 진부하고 말이 없고 압도적이다. 저기 문이 있다. 그는 벌써 문밖에 서 있다. 하지만 아직 첫걸음을 감행하지 못한다(첫걸음은 다시금 버림받는 걸 의미하기 때문이다). 그녀는 아직 안에 선 채 문을 닫지 못한다(닫힌 문은 다시금 버림받는 걸 의미하기 때문이다). 그러나 그때 그가 갑자기 성큼성큼 멀어져 간다. 그가 아무 말도 하지 않은 것은 좋았다. 안 그러면 그녀는 대체 뭐라고 대답해야 한단 말인가? 잠시 후 그는 이른 아침 안개 속으로 사라진다(항구에서 올라오는 아침 안개는 물고기 냄새와 타르 냄새를 풍긴다). 그가 더 이상 돌아보지 않은 것은 좋았다. 그대로 좋았다. 안 그러면 그녀는 대체 어떻게 행동해야 한단 말인가? 손이라도 흔들까?

길고 긴 길을 따라

핫 둘 셋 넷 핫 둘 셋 넷 핫 둘 계속해, 피셔! 셋 넷 핫 둘 앞으로, 피셔! 절도 있게, 피셔! 셋 넷 심호흡, 피셔! 계속해, 피셔, 계속해. 치케 차케 둘 셋 넷 보병이 최고야 치케 차케 야호 보병이 최고야 보병이……

나는 길을 가고 있다. 벌써 두 번이나 쓰러진 적이 있다. 나는 전차에 타기를 원한다. 낙오되지 말아야 한다. 나는 벌써 두 번이나 쓰러진 적이 있다. 배가 고프다. 하지만 낙오되지 말아야 한다. 반드시. 전차를 타야 한다. 낙오되지 말아야 한다. 벌써 두 번이나 셋 넷 핫 둘 셋 넷 하지만 낙오되지 말아야 한다. 셋 넷 치케 차케 차케 셋 넷 야호 보병이 보병이 병이 병이…… 57명을 그들은 보로네시*에 묻었다. 57명은 아무것도 몰랐다. 그 전에도 몰랐고 그 후에도 몰랐다. 그 전에 그들은 노래를 불렀다. 치케 차케 야호. 누군가는 집에 이런 편지도 썼다. "……그러고 나서 우리 축음기를 사자." 하지만 그러고 나서 4천 미터 밖에서 다른 이들이 명령에 따라 단추를 눌렀다. 그러자 짐칸이 텅 빈 낡은 트럭이 돌길을 달릴 때와 같은 요란한 소리가 났다. 대포의 오르간 연주 소리였다. 그러고 나서 그들은 57명을 보로네시에 묻었다. 그 전에 그들은 노래도 불렀다. 그 후에 그들은 더 이상 아무 말도 하지 않았다. 자동차 정비공 9명, 정원사 2명, 공무원 5명, 상인 6명, 이발사 1명, 농부 17명, 교사 2명, 목사 1명, 노동자 6명, 음악가 1명. 고등학생 7명. 이

---

* 돈강에 면한 러시아의 도시로 제2차 세계대전 격전지 가운데 한 곳이다.

사람들을 그들은 보로네시에 묻었다. 그들은 아무것도 몰랐다. 57명은.

그들은 나를 잊었다. 나는 아직 완전히 죽지 않았다. 야호. 나는 여전히 살아 있었다. 하지만 다른 사람들을 그들은 보로네시에 묻었다. 57명을. 57명. 동그라미 하나를 더 붙이면. 570명. 하나 더, 그리고 하나 더 붙이면 57,000명. 더, 더, 더 붙이면 57,000,000명. 이 사람들을 그들은 보로네시에 묻었다. 그들은 아무것도 몰랐다. 그들은 원하지 않았다. 그들은 그것을 전혀 원하지 않았다. 그 전에 그들은 노래도 불렀다. 야호. 그 후에 그들은 더 이상 아무 말도 하지 않았다. 그 누군가는 축음기를 사지 못했다. 그들은 그를 보로네시에 묻었다. 그리고 다른 56명도 묻었다. 모두 57명. 나만, 나 혼자만 아직 완전히 죽지 않았었다. 나는 전차를 타야 한다. 거리는 잿빛이다. 하지만 전차는 노란색이다. 아주 어여쁜 노란색이다. 낙오되지 말아야 한다. 거리는 너무 잿빛이다. 너무너무 잿빛이다. 벌써 두 번이나 나는 치케 차케 앞으로, 피셔! 셋 넷 핫 둘 핫 둘 쓰러진 셋 넷 계속해, 피셔! 치케 차케 야호 보병이 최고야 보병이, 피셔! 계속해, 피셔! 핫 둘 셋 넷 배고픔이 그 망할 놈의 배고픔이 언제나 그 망할 놈의 핫 둘 셋 넷 핫 둘 핫 둘 핫 둘……

밤만 아니었어도, 그놈의 밤만 아니었어도. 소리란 소리는 죄다 짐승이다. 그림자는 죄다 검은 사내다. 검은 사내들의 공포에서 우리는 결코 벗어나지 못한다. 머리맡에서 밤새도록 대포 소리처럼 심장 뛰는 소리가 쿵쿵거린다. 어머니, 당신은 절 혼자 두지 말아야 했어요. 이제 우리는 다시는 만나지 못해요. 다시는. 그러지 말아야 했어요. 당신은 그런 밤이 어떤지 알잖아요. 그런 밤에 대해 알고 있었잖아요. 하지만 당신은 나를 당신에게서 소리쳐 쫓아냈어요. 당신에게서 그런 밤이 있는 세상으로 소리쳐 쫓아냈어요. 그때부터 밤에 들리는 소리는 죄다 짐승이 되었어요. 검푸른 어두운 구석에는 검은 사내들이 숨어 있어요. 어머니, 어머니! 구석이란 구석엔 죄다 검은 사내들이 있어요. 그리고 소리란 소리는 죄다 짐승이에요. 소리란 소리는 죄다 짐승이에요. 베개는 너무 뜨거워요. 거기서는 밤새 대포 소리가 쿵쿵거려요. 그러고 나서 그들은 57명을 보로네시에 묻었어요. 시간은 늙은 여자의 슬리퍼처럼 질질 끌면서 멀어져 가요. 계속해서 멀어져 가요. 질질 끌면서, 질질 끌면서, 질질 끌면서. 그리고 아무도, 아무도 그것을 멈춰 세우지 못해요. 벽들이 점점 가까워져요. 천장이 점점 낮아져요. 바닥은, 바닥은 세상 파도에 흔들려요. 어머니, 어머니! 왜 나를 혼자 두었어요, 왜? 파도에 흔들리게. 세상에 흔들리게. 57명. 쾅. 나는 전차를 타고 싶어요. 대포 소리가 났어요. 바닥이 흔들려요. 57명. 나는 아직 조금은 살아 있어요. 나는 전차를 타고 싶어요. 잿빛 거리에서 전차는 노란색이에요. 잿빛 거리에서 어여쁜 노란색이에요. 하지만 난 탈 수가 없어요. 벌써 두 번이나 쓰러진 적이 있어요. 배가 고파서요. 그래서 바닥이 흔들려요. 세상 파도에 정말로 어여쁜 노란색으로 흔들려요. 세상 배고픔에 흔들려요. 세상 배고픔으로, 전차의 노란색으로 흔들려요.

방금 누가 내게 안녕하세요 피셔 씨, 하고 말했다. 내가 피셔 씨라고? 내가 피셔 씨가 될 수 있나? 이렇게 간단히 다시? 나는 피셔 소위였다. 그런 내가 다시 피셔 씨가 될 수 있을까? 내가 피셔 씨일까? 안녕하세요, 하고 그 사람은 말했다. 하지만 그 사람은 내가 피셔 소위였다는 걸 모른다. 그는 안녕을 기원했다. 하지만 피셔 소위에게 안녕한 날은 더 이상 없다. 이 사실을 그 사람은 알지 못했다.

피셔 씨는 거리를 따라 걷는다. 기나긴 거리를 따라. 거리는 잿빛이다. 그는 전차를 타기를 원한다. 전차는 노란색이다. 너무나 어여쁜 노란색이다. 핫 둘, 피셔 씨. 핫 둘 셋 넷. 피셔 씨는 배가 고프다. 더 이상 보조를 맞추지 못한다. 하지만 그는 낙오되고 싶지 않다. 전차가 온통 잿빛 속에서 너무나 어여쁜 노란색이기 때문이다. 피셔 씨는 벌써 두 번이나 쓰러진 적이 있다. 하지만 피셔 소위는 구령을 외친다. 핫 둘 셋 넷 앞으로, 피셔 씨! 계속해, 피셔 씨, 절도 있게, 피셔 씨, 하고 피셔 소위는 구령을 외친다. 피셔 씨는 잿빛 거리를 따라 행군한다. 온통 잿빛인 기나긴 거리를 따라 행군한다. 쓰레기통 가로수길, 유골함 울타리 길, 시궁창 둑방길, 폐허의 들판길, 온갖 잡동사니의 브로드웨이, 부서진 잔해들의 퍼레이드를 따라 행군한다. 피셔 소위는 구령을 외친다. 핫 둘 핫 둘. 피셔 씨, 피셔 씨는 행군한다. 핫 둘 핫 둘 핫 둘 핫 지나간다 지나간다 지나간다……

어린 소녀는 다리가 손가락처럼 가냘프다. 겨울의 손가락처럼. 그토록 가냘프고, 그토록 붉고, 그토록 새파랗고, 그토록 가냘프다. 그 다리가 핫 둘 셋 넷 따라 걷는다. 어린 소녀는 끊임없이 말한다. 피셔 씨는 행군을 하고 어린 소녀는 나란히 걸으며 쉬지 않고 말한다. 사랑의 하느님, 제게 수프를 주세요. 사랑의 하느님, 제게 수프를 주세요. 한 숟갈만 주세요. 한 숟갈만 주세요. 한 숟갈만 주세요. 어머니는 머리카락에 생기가 없다. 벌써 오래전부터 그랬다. 어머니는 말한다. 사랑의 하느님은 네게 수프를 줄 수 없단다. 도무지 그렇게 할 수가 없단다. 왜 사랑의 하느님은 제게 수프를 줄 수 없는 거죠? 그분에겐 숟가락이 없기 때문이란다. 숟가락이 없기 때문이란다. 어린 소녀는 손가락 같은 다리로, 가냘프고 새파란 그 겨울 다리로 어머니 옆에서 걷는다. 피셔 씨도 나란히 걷는다. 어머니는 머리카락에 생기가 없다. 어머니의 머리카락은 이미 아주 낯설게 머리를 감싸고 있다. 어린 소녀는 둥글게 돌며 춤을 춘다, 어머니 둘레를 돌며, 피셔 씨 둘레를 돌며 춤을 춘다. 그분에겐 숟가락이 없다네. 그분에겐 숟가락이 단 한 개도 없다네. 그렇게 어린 소녀는 주위를 돌며 춤을 춘다. 피셔 씨는 뒤따라 행군을 한다. 나란히 세상 파도 위에서 흔들거린다. 세상 파도에 휩쓸려 흔들거린다. 하지만 피셔 소위는 구령을 외친다. 핫 둘 야호 절도 있게, 피셔 씨, 핫 둘, 그리고 어린 소녀는 노래한다. 그분에겐 숟가락이 없다네. 그분에겐 숟가락이 없다네. 피셔 씨는 벌써 두 번이나 쓰러진 적이 있다. 배가 고파서 쓰러진 적이 있다. 그에게는 숟가락이 없다. 또 다른 피셔는 구령을 외친다. 야호 야호 보병이 보병이 보병이……

그들은 57명을 보로네시에 묻었다. 나는 피셔 소위다. 그들은 나를 잊어버렸다. 나는 아직 완전히 죽지 않았었다. 나는 벌써 두 번이나 쓰러진 적이 있다. 이제 나는 피셔 씨다. 나는 스물다섯 살이다. 25 곱하기 57. 그만큼을 그들은 보로네시에 묻었다. 단지 나, 나, 나만이 아직도 길을 가고 있다. 나는 전차를 타야만 한다. 배가 고프다. 하지만 사랑의 하느님은 숟가락이 없다. 그분에겐 숟가락이 없다. 나는 25 곱하기 57이다. 아버지는 나를 버렸고 어머니는 나를 품에서 내쳤다. 어머니는 소리를 질러 나를 외롭게 했다. 아주 끔찍하게 외롭게. 너무나도 외롭게 했다. 이제 나는 기나긴 길을 따라 걷는다. 길은 세상 파도에 흔들거린다. 하지만 언제나 누군가 피아노를 치고 있다. 언제나 누군가 피아노를 치고 있다. 아버지가 어머니를 처음 만났을 때― 누군가 피아노를 치고 있다. 내가 첫 생일을 맞았을 때― 누군가 피아노를 치고 있었다. 학교의 전몰장병 기념식 때― 누군가 피아노를 치고 있었다. 전쟁이 터지고 우리 자신이 장병이 되었을 때― 누군가 피아노를 치고 있었다. 야전병원에서— 누군가 피아노를 치고 있었다. 전쟁이 끝났을 때— 누군가 피아노를 치고 있었다. 언제나 누군가 치고 있다. 언제나 누군가 피아노를 치고 있다. 아주 길고 긴 길을 따라.

기차가 기적을 울린다. 팀은 기차가 울고 있다고 말한다. 하늘을 보니 별들이 떨고 있다. 기차는 끊임없이 기적을 울린다. 하지만 팀은 울고 있다고 말한다. 끊임없이. 밤새. 기나긴 밤이 다 지나도록. 기차가 울고 있다고, 기차가 그렇게 울면 속이 쓰리다고 팀은 말한다. 기차가 어린아이처럼 울고 있다고 팀은 말한다. 우리 기차에는 나무를 실은 칸이 있다. 거기서는 숲의 냄새가 난다. 우리 객차는 지붕이 없다. 하늘을 보니 별들이 떨고 있다. 그때 다시 기적이 울린다. 들리지? 기차가 다시 울고 있어, 하고 팀이 말한다. 나는 기차가 왜 우는지 통 이해할 수가 없다. 팀은 그렇다고, 어린애처럼 울고 있다고 말한다. 그 늙은 병사를 내가 객차에서 밀어내지 말았어야 했다고 팀은 말한다. 나는 그 늙은 병사를 객차에서 밀어내지 않았다. 넌 그렇게 하지 말았어야 했어, 하고 팀이 말한다. 나는 그렇게 하지 않았다. 기차가 울고 있어. 들려? 기차가 우는 소리? 하고 팀이 말한다. 넌 그렇게 하지 말았어야 했어. 나는 그 늙은 병사를 객차에서 밀어내지 않았다. 기차는 울고 있지 않다. 기적을 울리고 있다. 기차는 기적을 울리고 있다. 팀은 그것이 울고 있다고 말한다. 그는 저 혼자 객차에서 떨어진 것이다. 그냥 저 혼자 말이다. 그 늙은 병사는. 그는 졸았어, 팀, 분명히 말하지만 그는 졸았어. 그래서 저 혼자 객차에서 떨어진 거야. 넌 그러지 말았어야 했어. 기차는 울고 있어. 밤새도록. 늙은 병사를 객차에서 밀어내서는 안 됐다고 팀은 말한다. 나는 그렇게 하지 않았어. 그는 졸았어. 넌 그렇게 하지 말았어야 했어, 하고 팀은 말한다. 팀은 자신이 러시아에서 늙은 병사의 엉덩이를 걸어찬 적이 있다고 말한다. 동작이 너무 굼떴기 때문이다. 한 번에 나르는 양도 너무 적었다. 그들은 탄약 운반을 맡고 있었다. 그때 팀은 그 늙은 병사의 엉덩이를 발로 걸어찼다. 그러자 늙은 병사가 몸을 돌렸다. 아주 천천히. 그리고는 그를 아주 슬픈 눈으로 바라보았다. 그게 전부였다. 하지만 그 늙은 병사의 얼굴은 꼭 그의 아버지 같았다. 그의 아버지와 아주 똑같았다고 팀은 말한다. 기차가 기적을 울린다. 이따금씩 그것은 우는 소리처럼 들린다. 팀은 그것이 정말 울고 있다고 말한다. 어쩌면 팀의 말이 옳을지도 모른다. 하지만 나는 그 늙은 병사를 객차에서 밀어내지 않았다. 그는 졸았다. 그래서 저 혼자 떨어진 것이다. 기차가 선로 위에서 몹시 덜컹거렸다. 하늘을 보니 별들이 떨고 있다. 객차는 세상 파도에 흔들린다. 기적이 울린다. 기차가 비명을 지른다. 별들이 떨고 있다고 비명을 지른다. 세상 파도에 떨고 있다고.

하지만 나는 아직도 길을 가고 있다. 둘 셋 넷. 전차를 타러 가고 있다. 나는 벌써 두 번이나 쓰러진 적이 있다. 땅바닥이 세상 파도에 흔들린다. 굶주림 때문에. 하지만 나는 길을 가고 있다. 아주아주 오래도록 길을 가고 있다. 기나긴 길을 따라. 길을 간다.

어린 소년은 두 손을 벌린다. 못을 가져오라고 했어요. 대장장이는 못을 센다. 세 사람이냐? 그가 묻는다.

아빠가 세 사람이 쓸 거라고 했어요.

못이 소년의 두 손에 건네진다. 대장장이의 손가락은 굵고 넓적하다. 커다란 못을 받아 든 어린 소년의 아주 가냘픈 손가락이 휘어진다.

자기가 신의 아들이라고 말하는 사람도 거기에 있니?

어린 소년이 고개를 끄덕인다.

그 사람은 아직도 자기가 신의 아들이라고 말하니?

어린 소년이 고개를 끄덕인다. 대장장이는 도로 못을 집어 든다. 잠시 후 다시 소년의 손에 그것을 떨군다. 어린 두 손이 못 때문에 휘어진다. 대장장이가 말한다. 어쩔 수 없지.

어린 소년은 떠난다. 못들이 예쁘게 반짝인다. 어린 소년은 뛰어간다. 그 바람에 못들이 소리를 낸다. 대장장이는 망치를 든다. 어쩔 수 없지, 하고 대장장이는 말한다. 어린 소년은 뒤에서 퉁탕 퉁탕 하고 망치질하는 소리를 듣는다. 저 아저씨가 다시 망치질을 하네. 그러면 반짝거리는 못을 아주 많이 만들 거야. 어린 소년은 생각한다.

그들은 57명을 보로네시에 묻었다. 나는 살아남았다. 하지만 배가 고프다. 내 나라는 여기 이 세상이다. 그리고 못을 만든 대장장이는 헛수고를 했다. 야호. 헛수고를 했다. 보병은. 헛수고다. 예쁘게 반짝이는 못을 만든 건 헛수고다. 왜냐하면 그들이 57명을 보로네시에 묻었기 때문이다. 대장장이가 퉁탕거린다. 보로네시에서도 퉁탕. 퉁탕. 57번이나 퉁탕. 대장장이가 퉁탕거린다. 보병이 퉁탕거린다. 대포가 퉁탕거린다. 피아노를 친다, 끊임없이, 퉁탕 퉁탕 퉁탕……

57명이 밤마다 독일로 온다. 자동차 정비공 9명, 정원사 2명, 공무원 5명, 상인 6명, 이발사 1명, 농부 17명, 교사 2명, 목사 1명, 노동자 6명, 음악가 1명, 고등학생 7명. 57명이 밤마다 내 침대 곁으로 온다. 그리고 57명은 밤마다 묻는다.

너의 중대는 어디 있지? 보로네시에 있다고 나는 말한다. 묻혀 있다고 나는 말한다. 보로네시에 묻혀 있다고. 57명은 한 사람씩 돌아가며 묻는다. 왜지? 나는 57번이나 아무 말이 없다.

57명은 밤마다 그들의 아버지를 찾아간다. 57명과 피셔 소위. 피셔 소위는 나다. 57명은 밤마다 그들의 아버지에게 묻는다. 아버지, 왜죠? 아버지는 57번이나 아무 말이 없다. 아버지는 속옷 바람으로 꽁꽁 언다. 하지만 함께 따라나선다.

57명은 밤마다 마을 이장을 찾아간다. 57명과 아버지와 나. 57명은 밤마다 이장에게 묻는다. 이장님, 왜죠? 이장은 57번이나 아무 말이 없다. 이장은 속옷 바람으로 꽁꽁 언다. 하지만 함께 따라나선다.

57명은 밤마다 목사를 찾아간다. 57명과 아버지와 마을 이장과 나. 57명은 밤마다 목사에게 묻는다. 목사님, 왜죠? 목사는 57번이나 아무 말이 없다. 목사는 속옷 바람으로 꽁꽁 언다. 하지만 함께 따라나선다.

57명은 밤마다 교장을 찾아간다. 57명과 아버지와 마을 이장과 목사와 나. 57명은 밤마다 교장에게 묻는다. 교장 선생님, 왜죠? 교장은 57번이나 아무 말이 없다. 교장은 속옷 바람으로 꽁꽁 언다. 하지만 함께 따라나선다.

57명은 밤마다 장군을 찾아간다. 57명과 아버지와 마을 이장과 목사와 교장과 나. 57명은 밤마다 장군에게 묻는다. 장군님, 왜죠? 장군은— 장군은 본 척도 하지 않는다. 그러자 아버지가 그를 죽인다. 그러면 목사는? 목사는 아무 말이 없다.

57명은 밤마다 장관을 찾아간다. 57명과 아버지와 마을 이장과 목사와 교장과 나. 57명은 밤마다 장관에게 묻는다. 장관님, 왜죠? 그러자 장관이 몹시 놀랐다. 장관은 샴페인 바구니 뒤에 품위 있게 숨어 있었다. 샴페인 뒤에. 그는 잔을 들더니 남쪽과 북쪽과 서쪽과 동쪽을 향해 건배를 한다. 그러고는 이렇게 말한다. 독일이오, 동지들, 독일! 그 때문이오! 그러자 57명이 주위를 돌아본다. 아무 말이 없다. 아주 오래도록 아무 말이 없다. 그들은 남쪽과 북쪽과 서쪽과 동쪽을 바라본다.

그러고는 소리 죽여 묻는다. 독일? 그 때문에? 그러고 나서 57명은 등을 돌린다. 그리고 더 이상 돌아보지 않는다. 57명은 보로네시에 있는 무덤에 다시 눕는다. 그들의 얼굴은 늙고 애처롭다. 여자들처럼. 어머니들처럼. 그들은 영원히 그렇게 말한다. 그 때문에? 그 때문에? 그 때문에? 그들은 57명을 보로네시에 묻었다. 나는 살아남았다. 나는 피셔 소위다. 나는 스물다섯 살이다. 나는 전차를 타기를 원한다. 나는 낙오되고 싶지 않다. 나는 아주아주 오래도록 길을 가고 있다. 다만 배가 고플 뿐이다. 하지만 나는 가야 한다. 57명은 묻는다. 왜지? 나는 살아남았다. 나는 이미 오래도록 기나긴 길을 가고 있다.

길을 가고 있다. 한 남자가. 피셔 씨가. 내가. 소위가 저쪽에 서서 구령을 외친다. 핫 둘 셋 넷 핫 둘 셋 넷 치케 차케 야호 둘 셋 넷 핫 둘 셋 넷 보병은 보병은 퉁 탕 퉁 탕 셋 넷 퉁 탕 셋 넷 퉁 탕 퉁 탕 기나긴 길을 따라 퉁 탕 언제나 기나긴 언제나 그 때문에 왜지 왜지 왜지 퉁 탕 퉁 탕 보로네시에 그 때문에 보로네시에 그 때문에 퉁 탕 길고 긴 길을 따라. 한 인간. 스물다섯 살. 나. 길. 기나긴 길. 나. 집 집 집 벽 벽 우유 가게 정원 소 냄새 대문.

치과 의사

토요일은 예약 환자만 진료

벽 벽 벽

힐데 바우어는 멍청이

피셔 소위는 어리석다. 57명은 묻는다. 왜냐고. 벽 벽 문 창문 유리 유리 유리 가로등 늙은 여자 빨갛게 충혈된 눈 구운 감자 냄새 집 집 피아노 교습 퉁 탕 기나긴 길 전체에 못들이 반짝인다. 대포 소리가 그토록 오래 퉁탕 기나긴 길 전체에 어린아이 어린아이 개 공 자동차 포

석 포석 포석 머릿돌의 머리 머리 퉁 탕 돌 돌 잿빛 잿빛 보라색 휘발
유 얼룩 잿빛 잿빛 기나긴 길을 따라 돌 돌 잿빛 시퍼런 무기력한 무기
력한 잿빛 벽 벽 초록색 에나멜

나쁜 시력 신속 교정

테르보벤 안경점

3층

벽 벽 벽 돌 개 개가 다리를 든다 나무 영혼 개꿈 자동차가 경적을
울린다 개는 방귀를 뀐다 포석 붉다 개 죽다 개 죽다 개 죽다 벽 벽 벽
기나긴 길을 따라 창문 벽 창문 창문 창문 가로등 사람들 불빛 남자들
여전히 남자들 반짝이는 얼굴들 못처럼 아주 반짝이는 아주 예쁘게 반
짝이는……

백 년 전에 그들은 스카트 카드놀이를 했다. 백 년 전에 벌써 그런
놀이를 했다. 지금도 지금도 그들은 그 놀이를 한다. 백 년 뒤에도 그들
은 여전히 그 놀이를 할 것이다. 여전히 스카트를 할 것이다. 세 남자.
반짝이는 선량한 얼굴들.

패스.

카를, 더 불러.

나도 패스.

그렇다면…… 다들 너무 몸을 사리는군.

너도 패스할 수 있었잖아. 그럼 이번 판은 멋지게 무승부가 되었을
텐데.

자 다시 다시 무슨 카드야?

성스러운 클로버. 누가 에이스지?

늘 저렇게 묻는다니까.

350

어머니가 물어도 된다고 하셨거든. 자, 또 트럼프!

뭐야 카를. 너 클로버 없어?

이번엔 없어.

그럼 이제 색깔로 한번 가보실까? 하트는 다 있겠지.

트럼프! 자 이제 패를 내봐, 카를. 속으로 꿍치고 있지 말고. 스물여덟.

그리고 또다시 트럼프!

백 년 전에 그들은 벌써 그 놀이를 했다. 스카트 카드놀이를 했다. 백 년 뒤에도 그들은 여전히 그 놀이를 할 것이다. 여전히 반짝이는 선량한 얼굴로 스카트 카드놀이를 할 것이다. 그들이 주먹으로 탁자를 내리치면 천둥이 친다. 대포 소리 같은. 57번의 대포 소리 같은 천둥이 친다.

하지만 그 옆의 창문에는 한 어머니가 앉아 있다. 사진 세 장을 앞에 두고서. 군복을 입은 세 남자의 사진이다. 왼쪽이 남편이고 오른쪽이 아들이다. 가운데에는 장군이 서 있다. 남편과 아들의 장군이다. 밤에 잠자리에 들 때면 어머니는 누워서도 잘 볼 수 있도록 사진들을 세워둔다. 아들을. 남편을. 그리고 가운데에 장군을. 그러고는 장군이 쓴 편지들을 읽는다. 1917년. 독일을 위해서,라고 한 편지에는 적혀 있다. 1940년. 독일을 위해서,라고 또 다른 편지에는 적혀 있다. 어머니는 더 이상은 읽지 않는다. 그녀의 두 눈은 완전히 빨갛다. 빨갛게 충혈되었다.

하지만 나는 살아남았다. 야호. 독일을 위해서. 나는 아직 길을 가고 있다. 전차를 타러 가고 있다. 나는 벌써 두 번이나 쓰러진 적이 있다. 굶주림 때문에. 야호. 하지만 나는 가야 한다. 소위는 구령을 외친다. 나는 길을 가고 있다. 아주아주 오래도록 길을 가고 있다.

저기 한 남자가 어두운 구석에 서 있다. 언제나 남자들은 어두운 구석에 서 있다. 언제나 어두운 남자들이 구석에 서 있다. 한 남자가 거기에 서 있다. 상자와 모자를 들고서. 피라미돈*! 남자가 소리친다. 피라미돈! 스무 알이면 충분합니다. 남자는 히죽대며 웃는다. 장사가 잘되기 때문이다. 장사는 아주 잘된다. 57명의 여인. 눈이 빨갛게 충혈된 그 여인들이 피라미돈을 산다. 동그라미 하나를 더 붙이면. 570명. 하나 더. 그리고 하나 더 붙이면 57,000명. 더, 더, 더 붙이면 57,000,000명. 장사는 잘된다. 피라미돈, 하고 남자가 소리친다. 남자는 히죽대며 웃는다. 사업은 번창한다. 57명의 여인. 눈이 빨갛게 충혈된 그 여인들이 피라미돈을 산다. 상자는 텅 비고 모자는 가득 찬다. 남자는 히죽대며 웃는다. 잘도 웃는다. 그는 두 눈이 없다. 그는 두 눈이 없어서 행복하다. 그 여인들을 보지 못하니까. 57명의 여인을 보지 못하니까. 빨갛게 눈이 충혈된 57명의 여인을.

나만 살아남았다. 하지만 나는 이미 길을 가고 있다. 아주 기나긴 길이다. 나는 전차를 타고 싶다. 나는 길을 가고 있다. 아주 오래도록 길을 가고 있다.

방에 한 남자가 앉아 있다. 남자는 하얀 종이에 잉크로 쓴다. 그러고는 방 안을 향해 이렇게 말한다.

> 농토의 갈색 흙더미 위로
> 연초록색 풀잎이 바람에 날린다.
> 파란 꽃 한 송이

---

* Pyramidon: 해열 진통제.

아침 이슬에 씻긴다.

그는 그것을 하얀 종이에 쓴다. 그리고 쓴 것을 텅 빈 방 안을 향해 읽는다. 그것을 다시 잉크로 지운다. 그는 방 안을 향해 말한다.

농토의 갈색 흙더미 위로

연초록색 풀잎이 바람에 날린다.

파란 꽃 한 송이

모든 미움을 가라앉힌다.

남자는 그렇게 쓴다. 그는 쓴 것을 텅 빈 방 안을 향해 읽는다. 그것을 다시 잉크로 지운다. 그러고는 방 안을 향해 말한다.

농토의 갈색 흙더미 위로

연초록색 풀잎이 바람에 날린다.

파란 꽃 한 송이—

파란 꽃 한 송이—

파란—

남자는 일어선다. 탁자 주변을 서성거린다. 계속 탁자 주변을 서성대다 멈춰 선다.

파란—

파란—

농토의 갈색 흙더미 위로—

남자는 계속해서 탁자 주변을 서성거린다.

그들은 57명을 보로네시에 묻었다. 그러나 흙은 잿빛이다. 돌처럼 잿빛이다. 그곳에선 연초록색 풀잎이 바람에 날리지 않았다. 눈이 덮여 있었다. 유리 같은 눈이다. 그리고 파란 꽃들도 없었다. 수백만 번이나 눈이 내렸다. 파란 꽃은 없었다. 하지만 방 안의 남자는 그런 사실을 모른다. 결코 알지 못한다. 그는 언제나 파란 꽃을 본다. 사방이 온통 파란 꽃이다. 그런데 그들은 57명을 보로네시에 묻었다. 유리 같은 눈 더미 밑에 묻었다. 소름 끼치는 잿빛 모래 속에 묻었다. 초록색은 없었다. 파란색도 없었다. 모래는 얼음같이 차고 잿빛이었다. 눈은 유리 같았다. 눈은 아무런 미움도 가라앉히지 못했다. 그들은 57명을 보로네시에 묻었던 것이다. 보로네시에 묻었던 것이다.

그건 아무것도 아니야, 그건 아무것도 아니야!라고 목발을 짚은 병장이 말한다. 그는 목발을 발끝 위에 두고 겨냥한다. 한쪽 눈을 찡그리며 발끝 위의 목발로 겨냥한다. 그건 아무것도 아니라고 말한다. 우리는 러시아 놈 86명을 하룻밤에 해치웠어. 러시아 놈 86명을. 기관총 하나로 말이야, 단 한 정의 기관총으로 하룻밤에 해치웠어. 다음 날 아침에 우린 숫자를 세어봤어. 그들은 겹겹이 쌓여 있었어. 러시아 놈 86명이 말이야. 몇 놈은 입을 채 다물지도 못했더군. 어떤 놈들은 눈도 뜨고 있었어. 그래, 많은 놈이 눈을 뜨고 있었어. 그걸 다 하룻밤에 해치웠어. 병장은 목발로 맞은편 자리에 앉은 늙은 여자를 겨냥한다. 그는 늙은 여자 한 사람을 겨냥하고 86명의 늙은 여자를 쏘아 맞힌다. 하지만 그 여자들은 러시아에 살고 있다. 병장은 그런 사실을 알지 못한다. 하지만 그가 모르는 게 다행이다. 아니면 그가 무엇을 어떻게 해야 한단 말인가? 저녁이 찾아오고 있는 지금 말이다.

오직 나만이 알고 있다. 나는 피셔 소위다. 그들은 57명을 보로네시에 묻었다. 하지만 나는 완전히 죽지 않았다. 나는 아직 길을 가고 있다. 나는 이미 두 번이나 쓰러진 적이 있다. 굶주림 때문에. 사랑의 하느님에겐 숟가락이 없기 때문이다. 하지만 나는 어떻게 해서든 전차를 타고 싶다. 아아, 길은 온통 어머니들로 가득 차 있다. 그들은 57명을 보로네시에 묻었다. 그리고 병장은 다음 날 아침 러시아 놈 86명의 숫자를 세어보았다. 그리고 86명의 어머니를 자기 목발로 쏘아 죽였다. 그러나 그는 그 사실을 알지 못한다. 그것은 다행이다. 아니면 그는 어쩌란 말인가. 사랑의 하느님에겐 숟가락이 없으니 말이다. 시인이 파란 꽃들을 피워내는 건 다행이다. 언제나 누군가 피아노를 치는 건 다행이다. 그들이 스카트 카드놀이를 하는 건 다행이다. 언제나 그들은 스카트 카드놀이를 한다. 아니면 그들은 어떡하란 말인가? 침대 머리맡에 사진 세 장을 놓아둔 늙은 여자는? 러시아 놈 86명과 목발을 가진 병장은? 수프를 먹고 싶어 하는 어린 딸이 있는 어머니는? 늙은 병사의 엉덩이를 걷어찬 팀은? 아니면 그들은 어떡하란 말인가? 하지만 나는 길고 긴 길을 따라가야만 한다. 기나긴. 벽 벽 문 가로등 벽 벽 창문 벽 벽 그리고 색색의 종이 색색으로 인쇄된 종이.

보험은 가입하셨나요?

우라니아 생명보험에 가입하시면

당신 자신과 가족에게

훌륭한 크리스마스 선물이 됩니다.

57명은 그들의 생명을 위해 제대로 보험을 들지 않았다. 러시아 놈 86명도 마찬가지다. 그들은 그들의 가족에게 훌륭한 크리스마스 선물을 안겨주지 못했다. 그들은 가족에게 빨갛게 충혈된 눈을 선사했다. 빨갛게 충혈된 눈, 그게 전부다. 왜 그들은 우라니아 생명보험에도 가입하지 않았는가? 나는 이제 빨갛게 충혈된 눈들과 씨름한다. 사방에 빨간, 빨갛게 울고 있는, 빨갛게 한탄하는 눈들이 있다. 어머니들의 눈, 아내들의 눈. 사방에 빨갛게 울고 있는 빨간 눈들이 있다. 왜 57명은 보험에 가입하지 않았는가? 그들은 가족에게 훌륭한 크리스마스 선물을 안겨주지 못했다. 빨갛게 충혈된 눈. 단지 빨갛게 충혈된 눈만 선사했다. 수많은 색색의 플래카드에는 이렇게 쓰여 있는데 말이다. 우라니아 생명보험 우라니아 생명보험……

에벨린은 햇살 아래 서서 노래 부른다. 햇살이 에벨린을 비춘다. 옷 속으로 다리며 모든 게 다 보인다. 그렇게 에벨린은 노래를 부른다. 조금은 콧소리로 노래하고 조금은 갈라진 소리로 노래한다. 그녀는 밤에 너무 오래 빗속에 서 있었다. 눈을 감고 있으면 그녀가 부르는 노랫소리에 내 몸이 달아오른다. 눈을 뜨면, 그러면 다리가 맨 위까지 다 보인다. 에벨린이 부르는 노랫소리에 나는 두 눈이 흐릿해진다. 그녀는 세상의 달콤한 몰락을 노래한다. 밤을 그녀는 노래한다. 독주를 노래한다. 상처받은 세상의 신음 소리 가득한, 위험하게 속을 할퀴는 독주를 노래한다. 에벨린은 종말을 노래한다. 세상의 종말을, 성스럽고 황홀하고 뜨거운 세상의 몰락을 여인의 벌거벗은 가는 다리 사이로 달콤하게 노래 부른다. 아아, 에벨린은 젖은 풀잎처럼 노래한다. 그토록 짙은 향기와 욕정을 풍기며, 그토록 초록빛으로. 그토록 어두운 초록빛으로, 벤치 옆에 놓인 빈 맥주병 같은 초록빛으로 노래한다. 벤치에 앉은 에벨린의 무릎은 저녁이면 달처럼 창백하게 옷 사이로 드러나 나를 뜨겁게 달군다.

노래해, 에벨린, 네 노래로 나를 죽여줘. 세상의 달콤한 몰락을 노래해, 속을 할퀴는 독주를 노래해, 풀잎의 초록빛 황홀을 노래해. 에벨린은 풀처럼 차가운 내 두 손을 달빛처럼 창백한 무릎 사이에 지그시 누르며 나를 뜨겁게 달군다.

에벨린은 노래한다. 어서 와요 사랑스러운 5월이여, 에벨린은 노래하며 풀처럼 차가운 내 두 손을 무릎으로 꼭 붙든다. 어서 와요 사랑스러운 5월이여, 와서 무덤들을 다시 푸르게 만들어줘요. 에벨린은 그렇게 노래한다. 어서 와요 사랑스러운 5월이여, 와서 전쟁터를 맥주병처럼 초록빛으로 만들고 폐허를, 거대한 폐허의 들판을 내 노래처럼 다시 푸르게 만들어줘요. 나의 독주같이 달콤한 몰락의 노래처럼. 에벨린은 벤치에 앉아 거칠고 산만한 노래를 불러 나를 추위에 떨게 만든다. 어서 와요 사랑스러운 5월이여, 와서 두 눈을 다시 반짝이게 만들어줘요. 에벨린은 노래하며 나의 두 손을 무릎으로 꼭 붙든다. 노래해, 에벨린, 네 노래로 나를 맥주병 같은 초록빛 풀 아래로, 내가 모래였고 진흙이었고 대지였던 그곳으로 되돌아가게 해줘. 노래해, 에벨린. 네 노래로 나를 폐허의 들판을 지나 전쟁터를 지나 공동묘지를 지나 너의 달콤하고 뜨겁고 소녀처럼 은밀한 달빛 황홀에 젖게 해줘. 노래해, 에벨린, 노래해. 수천의 중대가 밤을 뚫고 행군할 때면, 수천의 대포가 밭을 일구고 피로 거름을 줄 때면 노래를 불러. 노래해, 에벨린, 노래해. 벽들이 시계와 사진들을 잃어버릴 때면 네 노래로 독주같이 푸른 황홀에, 너의 달콤한 세상 몰락에 나를 잠기게 해줘. 노래해, 에벨린, 네 노래로 나를 네 여인의 삶 속으로, 너의 은밀하고 어두컴컴한 여인의 감정 속으로 들어가게 해줘. 그것이 사무치는 달콤함으로 나를 뜨겁게 달구고 있어. 나의 삶을 다시 뜨겁게 만들고 있어. 어서 와 사랑스러운 5월이여, 와서 풀잎을 다시 초록빛으로 만들어줘, 맥주병 같은 초록빛으로, 에벨린 같은 초록빛으로. 노래해, 에벨린!

하지만 여인은 노래하지 않는다. 여인은 수를 센다. 불룩한 배를 가졌기 때문이다. 그녀의 배는 무척이나 불룩하다. 이제 그녀는 밤새도록 기차역 플랫폼에 서 있어야 한다. 57명 중 아무도 보험에 가입하지 않았기 때문이다. 그녀는 밤새도록 기차에 달린 차량을 센다. 기관차는 바퀴가 18개. 객차는 8개. 화물차는 4개. 배가 불룩한 여인은 차량과 바퀴의 수를 센다— 바퀴 바퀴 바퀴…… 78개, 그녀는 갑자기 그거면 됐다고 말한다. 62개, 그녀는 조금 모자란다고 말한다. 110개, 그녀는 충분하다고 말한다. 그러다 뛰어내린다. 기차 앞에서 쓰러진다. 그 기차에는 기관차 한 대, 객차 여섯 량, 화물차 다섯 량이 있다. 바퀴는 모두 86개다. 그거면 충분하다. 바퀴가 86개인 기차가 지나가고 나자 배가 불룩한 여인은 더 이상 거기에 없다. 그저 더 이상 거기에 없을 뿐이다. 그녀의 흔적은 단 하나도 없다, 아주 조금도 없다. 그녀에게는 파란 꽃도 없었다. 아무도 그녀를 위해 피아노를 쳐주지 않았다. 아무도 그녀와 스카트 카드놀이를 하지 않았다. 그리고 사랑의 하느님에겐 그녀를 위한 숟가락이 없었다. 하지만 기차에는 멋진 바퀴들이 무척 많았다. 아니면 그녀는 어떡하란 말인가? 달리 그녀가 어떻게 할 수 있단 말인가? 사랑의 하느님은 숟가락조차도 없는데 말이다. 이제 그녀의 흔적은 아무것도 남아 있지 않다. 아무것도.

나 혼자만. 아직 길을 가고 있다. 아직도 여전히 가고 있다. 이미 오래도록, 아주 오래도록 이미 오래도록 길을 가고 있다. 길은 길다. 나는 이 길과 굶주림을 미처 따라가지 못한다. 둘은 너무나 길다.

간간이 그들은 소리를 지른다. 왼쪽 축구장에서. 오른쪽 커다란 건물 안에서. 거기서 그들은 가끔씩 소리를 지른다. 길은 그 가운데를 통과한다. 그 길을 나는 가고 있다. 나는 피셔 소위다. 나는 스물다섯 살이다. 나는 배가 고프다. 나는 보로네시에서 돌아오고 있다. 나는 이미 오래도록 길을 가는 중이다. 왼쪽은 축구장. 오른쪽은 커다란 건물. 안에는 그들이 앉아 있다. 천 명. 2천 명. 3천 명. 아무도 말 한마디 없다. 앞에 있는 사람들은 음악을 연주한다. 몇몇은 노래도 부른다. 그리고 3천 명은 아무 말이 없다. 그들은 깨끗한 옷차림이다. 그들은 머리를 단정하게 빗고 깨끗한 속옷을 입고 있다. 그런 차림으로 그들은 커다란 건물 안에 앉아 감동을 받는다. 혹은 만족을 얻는다. 혹은 즐긴다. 이중 어느 것인지 분간할 수는 없다. 그들은 앉아서 깨끗한 차림으로 감동을 받는다. 하지만 그들은 내가 배가 고프다는 걸 알지 못한다. 이 사실을 그들은 모른다. 내가 여기 담장 옆에 서 있다는 걸 모른다. 보로네시에서 돌아온 내가, 오랜 굶주림 속에 기나긴 길을 가고 있는 내가, 배가 고파서 배가 고파서 더 이상 갈 수가 없기 때문에 여기 담장 옆에 서 있는 걸 그들은 모른다. 하지만 그들은 그것을 도무지 알 수가 없다. 벽이, 두껍고 무감각한 벽이 그 사이에 놓여 있는 것이다. 그 앞에 나는 휘청거리는 무릎으로 서 있고, 벽 뒤에서 그들은 깨끗한 차림으로 일요일마다 감동을 받는다. 10마르크의 돈으로 그들은 영혼을 뒤흔들고 배 속을 뒤집고 신경을 마비시킨다. 10마르크는 엄청나게 큰돈이다. 내 배에는 끔찍하게 큰돈이다. 그러나 그들이 그 대신 10마르크로 구입한 입장권에는 '수난'이라는 단어가 적혀 있다. 「마태 수난곡」이다. 하지만 대규모 합창대가 '바라바'를 외칠 때, 피에 굶주려 피에 굶주려 '바라바'를 외칠 때 그들은, 깨끗한 속옷을 입은 수천 명은 깜짝 놀라 앉은자리에서 넘어지지 않는다.* 아니, 그들은 울지도 않고 기도하지도 않는다. 대규모 합창대가 '바라바'를 외칠 때 그들의 얼굴에는, 그들의 영혼에는 별다른 동요가 보이지 않는다. 10마르크를 지불한 입장권에는 「마태 수난곡」이라고 적혀 있다. 수난을 아주 크게 겪으려면 맨 앞자리에 앉으면 된다. 조금 뒤에 앉으면 조금 약하게 겪게 된다. 하지만 아무래

---

* 바흐의 「마태 수난곡」은 「마태복음」에 기록된 예수 수난을 주제로 한 종교 음악으로, '바라바'는 예수 대신 석방된 살인 강도범이다.

도 상관없다. 대규모 합창대가 '바라바'를 외칠 때 그들의 얼굴에는 아무런 동요도 보이지 않는다. 다들 수난에 대해 훌륭한 자제력을 지니고 있다. 고난과 고통 앞에 머리를 쥐어뜯는 이는 아무도 없다. 아니, 고난과 고통은 그저 앞에서 노래되고 연주될 뿐이다. 10마르크의 대가로. '바라바'를 외치는 자들은 그저 외치는 시늉만 할 뿐이다. 그렇게 외치라고 돈을 받았으니까. 그렇게 대규모 합창대는 '바라바'를 외친다. '어머니!' 하고 피셔 소위는 끝없는 길 위에서 외친다. 피셔 소위는 나다. '바라바!' 하고 깨끗한 차림의 대규모 합창대는 외친다. '배고파!' 하고 피셔 소위의 배는 짖는다. 피셔 소위는 나다. '골인!' 하고 축구장에서 수천 명이 외친다. '바라바!' 하고 길 왼편의 사람들은 외친다. '골인' 하고 길 오른편의 사람들은 외친다. '보로네시!' 하고 나는 그 사이에서 외친다. 하지만 수천 명의 외침에 묻힌다. '바라바!' 하고 그들은 오른쪽에서 외친다. '골인!' 하고 그들은 왼쪽에서 외친다. 「마태 수난곡」을 그들은 오른쪽에서 연주한다. '축구'를 그들은 왼쪽에서 경기한다. 나는 그 사이에 서 있다. 나, 피셔 소위. 스물다섯 살. 보로네시 나이로, 어머니의 나이로, 길거리의 나이로 5천 700만 살. 보로네시 나이로. 오른쪽에서 그들은 '바라바'를 외친다. 왼쪽에서 그들은 '골인'을 외친다. 그 사이에 내가 어머니 없이 홀로 서 있다. 흔들리는 세상 파도 위에 어머니 없이 홀로 서 있다. 나는 스물다섯 살이다. 나는 그들이 보로네시에 묻은 57명을 알고 있다. 아무것도 몰랐고, 아무것도 원하지 않았던 57명, 그들을 나는 낮이고 밤이고 잊지 않고 있다. 그리고 나는 아침에 눈을 뜨고 입을 벌린 채 기관총 앞에 쓰러져 있던 러시아 놈 86명을 알고 있다. 나는 수프가 없는 어린 소녀와 목발을 짚은 병장을 알고 있다. 오른쪽에서 그들은 10마르크의 대가로 깨끗하게 차려입은 사람

360

들의 귀에 '바라바'를 외친다. 그러나 나는 사진 세 장을 침대 머리맡에 놓아둔 늙은 여인을 알고 있고, 불룩한 배를 하고서 기차로 뛰어든 젊은 여인을 알고 있다. 왼쪽에서 그들은 '골인'을 외친다, 수천 번 '골인!'을 외친다. 그러나 나는 늙은 병사를 걷어찬 것 때문에 밤잠을 못 이루는 팀을 알고 있고, 눈먼 남자에게 피라미돈을 사는 눈이 빨갛게 충혈된 57명의 여인을 알고 있다. '피라미돈'은 작은 상자 안에 들어 있고 2마르크다. 「수난곡」은 입장권이 있고 길 오른편에서 한다. 「수난곡」은 10마르크다. '컵 대회'는 파란색, 꽃처럼 파란색 입장권이 있고 4마르크에 길 왼편에서 한다. '바라바!' 하고 그들은 오른편에서 외친다. '골인!' 하고 그들은 왼편에서 소리친다. 그리고 눈먼 사내는 계속해서 '피라미돈!' 하고 짖어댄다. 그 사이에 내가 완전히 홀로 서 있다. 어머니 없이 홀로, 파도 위에, 흔들리는 세상 파도 위에 홀로. 짖어대는 나의 배고픔과 함께! 나는 보로네시의 57명을 알고 있다. 나는 피셔 소위다. 나는 스물다섯 살이다. 다른 사람들은 '골인'과 '바라바'를 대규모 합창으로 외친다. 오직 나 혼자만 살아남았다. 너무나 끔찍하게도 나는 살아남았다. 하지만 깨끗이 차려입은 사람들이 보로네시의 57명을 알지 못하는 건 다행이다. 아니면 그들이 「수난곡」과 컵 대회에서 그 사실을 어떻게 견딜 수 있단 말인가? 나 혼자만 아직도 길을 가고 있다. 보로네시에서부터 계속. 굶주림 속에 이미 아주 오래도록 길을 가고 있다. 나만 살아남았기 때문이다. 다른 사람들은 그들이 보로네시에 묻었다. 57명. 나 하나만 그들은 잊어버렸다. 그들은 왜 나를 잊었을까? 이제 내겐 벽이 있을 뿐이다. 벽이 나를 막는다. 나는 벽을 따라가야 한다. '골인!' 하고 그들이 내 뒤에서 소리친다. '바라바!' 하고 그들이 내 뒤에서 외친다. 길고 긴 길을 따라 소리친다. 나는 이미 오래전부터 더 이상 갈 수가 없다. 나는 이미 아주 오래전부터 더 이상 갈 수가 없다. 내겐 이제 벽이 있을 뿐이다. 어머니가 더 이상 없기 때문이다. 57명만 이 있을 뿐이다. 5천 700만 명의 눈이 빨갛게 충혈된 어머니가 무시무 시하게 내 뒤를 쫓아온다. 길을 따라. 하지만 피셔 소위는 구령을 외친 다. 핫 둘 셋 넷 핫 둘 셋 넷 치케 차케 '바라바' 파란 꽃은 눈물에 피에 너무 젖어 있다 치케 차케 야호 보병은 축구장 아래 축구장 아래 묻혀 있다.

나는 이미 오래전부터 더 이상 갈 수가 없다. 하지만 늙은 거리의 악사는 손풍금을 돌리며 절도 있게 음악을 연주한다. 살아 있음을 기뻐 하라 너희들, 하고 늙은 남자는 길을 따라가며 노래한다. 기뻐하라 너 희들 보로네시에 있는 이들아, 야호, 아직 파란 꽃이 피어 있는 동안 은 기뻐하라 살아 있음을 기뻐하라 너희들, 아직 풍금이 돌아가는 동안 은……

늙은 남자는 관처럼 노래한다. 그토록 소리 죽여 노래한다. 기뻐하 라 너희들! 하고 그는 노래한다. 아직은, 하고 그는 노래한다. 그토록 소리 죽여, 무덤처럼, 벌레와 흙투성이로, 보로네시처럼 그는 노래한 다. 기뻐하라 너희들, 아직 작은 램프가 기만의 등불을 밝히고 있는 동 안은! 아직 기저귀가 빨랫줄에 한가득 널려 있는 동안에는.

나는 피셔 소위다! 하고 나는 소리친다. 나는 살아남았다. 나는 이 미 오래도록 기나긴 길을 따라 걷고 있다. 그리고 57명을 그들은 보로 네시에 묻었다. 그 57명을 나는 알고 있다.

기뻐하라 너희들, 하고 거리의 악사는 노래한다.

나는 스물다섯 살이다, 하고 나는 소리친다.

기뻐하라 너희들, 하고 거리의 악사는 노래한다.

나는 배가 고프다, 하고 나는 소리친다.

기뻐하라 너희들, 하고 그는 노래한다. 온갖 색깔의 꼭두각시들이 그의 풍금에 매달려 흔들거린다. 거리의 악사에겐 온갖 색깔의 어여쁜 꼭두각시들이 있다. 예쁘게 흔들거리는 많은 인물이 있다. 거리의 악사에겐 권투 선수가 있다. 권투 선수는 두툼하고 미련한 주먹을 휘저으며 이렇게 소리친다. 나는 권투를 한다! 그 꼭두각시는 멋지게 행동한다. 거리의 악사에겐 뚱뚱한 남자가 있다. 돈이 가득한 두툼하고 미련한 자루를 들고 있다. 나는 다스린다, 하고 그는 소리친다. 그 꼭두각시는 멋지게 행동한다. 거리의 악사에겐 장군이 있다. 두툼하고 미련한 군복을 입고 있다. 나는 명령을 내린다, 하고 그는 쉬지 않고 소리친다. 나는 명령한다! 그 꼭두각시는 멋지게 행동한다. 거리의 악사에겐 희디흰 가운을 입고 검은 안경을 낀 파우스트 박사가 있다. 그는 소리치지 않는다. 외치지 않는다. 그러나 그 꼭두각시의 행동은 무시무시하다, 너무나 무시무시하다.

기뻐하라 너희들, 하고 거리의 악사는 노래하고, 그의 꼭두각시들은 흔들거린다. 무시무시하게 흔들거린다. 거리의 악사여, 당신은 참 예쁜 꼭두각시들을 가졌군요, 하고 나는 말한다. 기뻐하라 너희들, 하고 거리의 악사는 노래한다. 그런데 그 안경잡이는, 하얀 가운을 걸친 그 안경잡이는 무얼 하는 사람인가요? 하고 나는 묻는다. 그는 소리치지도 않고 권투를 하지도 않고 다스리지도 않고 명령을 내리지도 않잖아요. 하얀 가운의 그 남자는 무얼 하는 사람인가요? 그는 행동이 너무 무시무시해요! 기뻐하라 너희들, 하고 거리의 악사는 노래한다. 그는 생각을 한다. 그는 생각하고 연구하고 발견한다, 하고 거리의 악사는 노래한다. 그 안경잡이가 대체 무슨 발견을 하는데요, 그는 행동이 너무 무시무시하거든요. 기뻐하라 너희들, 하고 거리의 악사는 노래한다. 그는 가루약을 발명했다, 녹색 가루약, 희망의 녹색 가루약을 발명했다. 거리의 악사여, 그 녹색 가루약으로 무엇을 하는데요, 그 안경잡이는 행동이 너무 무시무시하거든요. 기뻐하라 너희들, 하고 거리의 악사는 노래한다. 희망의 녹색 가루약 한 숟갈을 불어서 날리면 희망차게 잘 불어서 날리면 1억 명의 인간을 죽일 수 있다. 그리고 안경잡이는 발명을 하고 또 한다. 기뻐하라 너희들, 아직 할 수 있는 동안은, 하고 거리의 악사는 노래한다. 그는 발명을 하는군요! 하고 나는 소리쳤다. 기뻐하라 너희들, 아직 할 수 있는 동안은. 거리의 악사는 계속 노래한다. 기뻐하라 너희들, 아직 할 수 있는 동안은.

나는 피셔 소위다. 나는 스물다섯 살이다. 나는 거리의 악사에게서 하얀 가운을 입은 남자를 빼앗았다. 기뻐하라 너희들, 아직 할 수 있는 동안은. 나는 그 남자, 하얀 가운을 걸친 그 안경잡이의 머리통을 날려버렸다! 기뻐하라 너희들, 아직 할 수 있는 동안은. 나는 하얀 가운의 안경잡이, 그 녹색 가루약 사내의 두 팔을 비틀어버렸다. 기뻐하라 너희들, 아직 할 수 있는 동안은. 나는 희망의 녹색 발명가의 몸통 한가운데에 구멍을 냈다. 나는 그의 몸통에 구멍을 냈다. 이제 그는 더 이상 가루약을 만들 수 없다. 더 이상 가루약을 발명할 수 없다. 나는 그의 몸통 한가운데에 구멍을 냈다.

왜 나의 멋진 꼭두각시를 망가뜨렸느냐고 거리의 악사는 소리친다. 그토록 영리하고 그토록 똑똑했는데, 파우스트처럼 영리하고 똑똑하고 발명을 잘했는데. 왜 그 안경잡이를 망가뜨렸지? 왜? 하고 거리의 악사는 내게 묻는다.

나는 스물다섯 살이에요, 하고 나는 소리친다. 아직 길을 가고 있어요. 나는 두려워요. 그래서 그 하얀 가운을 망가뜨렸어요. 우리는 나무와 희망으로 지은 오두막에 살고 있어요. 그곳에 살고 있어요. 우리 오두막 앞에는 순무와 대황이 자라고 있어요. 우리 오두막 앞에는 토마토와 담배가 자라고 있어요. 우리는 두려워요, 하고 나는 소리친다. 우리는 살고 싶어요, 하고 나는 소리친다. 나무와 희망으로 지은 오두막에서! 토마토와 담배가 자라고 있으니까요. 그것들이 자라고 있으니까요. 나는 스물다섯 살이에요, 하고 나는 소리친다. 그래서 하얀 가운을 걸친 그 안경잡이를 죽였어요. 그래서 그 가루약 사내를 망가뜨렸어요. 그래서 그래서 그래서…… 기뻐하라 너희들, 하고 거리의 악사는 노래한다. 기뻐하라 너희들, 아직 할 수 있는 동안은 아직 할 수 있는 동안은 아직 할 수 있는 동안은 기뻐하라 너희들, 하고 거리의 악사는 노래한다. 그리고 엄청나게 큰 궤짝에서 새 꼭두각시를 꺼낸다. 안경을 끼고 하얀 가운을 걸치고 작은 숟갈 가득 희망의 녹색 가루약을 든 꼭두각시를. 기뻐하라 너희들, 하고 거리의 악사는 노래한다. 기뻐하라 너희들, 아직 할 수 있는 동안은, 내겐 아직 하얀 사내들이 아주 많으니, 무시무시하게 많으니. 하지만 그들의 행동은 너무 무시무시해요, 하고 나는 소리친다. 나는 스물다섯 살이고, 두렵고, 나무와 희망으로 지은 오두막에 살고 있어요. 그리고 토마토와 담배가 자라고 있어요.

기뻐하라 너희들, 아직 할 수 있는 동안은, 하고 거리의 악사는 노래한다.

하지만 그는 행동이 너무 무시무시해요, 하고 나는 소리친다.

아니, 그는 스스로 행동하는 게 아니야. 그는 그저, 그는 단지 조종되고 있을 뿐이야.

그렇다면 대체 누가 그를 조종하죠? 누가, 대체 누가 그를 조종하죠?

그러자 거리의 악사는 너무나 무시무시하게 말한다. 나야, 바로 나!

두려워요, 하고 나는 소리친다. 그러고는 주먹을 꽉 움켜쥐고 거리의 악사, 그 무시무시한 거리의 악사의 얼굴을 후려친다. 아니, 나는 후려치지 못한다. 왜냐하면 그의 얼굴, 그 무시무시한 얼굴에 닿을 수가 없기 때문이다. 그의 얼굴은 목에 너무 높이 달려 있어서 내 주먹이 닿지 않는다. 거리의 악사는 너무나 무시무시하게 웃는다. 하지만 나는 그의 얼굴에 닿을 수가, 그것에 닿을 수가 없다. 그의 얼굴은 아주 멀리서 웃고 있다, 무시무시하게 웃고 있다. 너무나도 무시무시하게 웃고 있다!

한 사람이 길을 지나간다. 그는 두려워한다. 그의 어머니는 그를 홀로 두었다. 그들은 무시무시하게 소리치며 그의 뒤를 쫓는다. 왜지? 하고 57명이 보로네시에서 소리친다. 왜지? 독일을 위해서, 하고 장관은 소리친다. 바라바, 하고 합창대는 소리친다. 피라미돈, 하고 눈먼 남자는 소리친다. 그리고 다른 사람들은 소리친다, 골인. 57번이나 골인, 하고 소리친다. 가운의 남자, 하얀 가운의 안경잡이는 행동이 너무나 무시무시하다. 그는 발명하고 발명하고 발명한다. 어린 소녀는 숟가락이 없다. 하지만 안경을 낀 하얀 남자는 숟가락이 있다. 그 한 숟갈이면 1억 명을 죽이기에 충분하다. 기뻐하라 너희들, 하고 거리의 악사는 노래한다.

한 사람이 길을 지나간다. 길고 긴 길을 따라간다. 그는 두렵다. 그는 두려움을 안고 세상을 지나간다. 흔들리는 세상 파도 속을 지나간다. 그 사람은 나다. 나는 스물다섯 살이고, 길을 가고 있다. 이미 오래도록 계속해서 길을 가고 있다. 나는 전차를 타고 싶다. 전차를 타야만 한다. 모두가 내 뒤를 쫓고 있기 때문이다. 다들 무시무시하게 내 뒤를 쫓는다. 한 사람이 두려움을 안고 길을 지나간다. 그 사람은 나다. 한 사람이 외침 소리를 피해 도망친다. 그 사람은 나다. 한 사람이 토마토와 담배에 대한 믿음을 품고 있다. 그 사람은 나다. 한 사람이 전차 위로 뛰어오른다. 노란색의 멋진 전차 위로 뛰어오른다. 그 사람은 나다. 나는 전차를 타고 간다. 멋진 노란색 전차를 타고 간다.

우리는 어디로 가는 거죠? 하고 나는 다른 사람들에게 묻는다. 축구장에 가나요? 「마태 수난곡」을 들으러 가나요? 나무와 희망으로 지은, 토마토와 담배가 자라는 오두막으로 가나요? 우리는 어디로 가는 거죠? 하고 나는 다른 사람들에게 묻는다. 아무도 한마디 말도 없다. 하지만 전차 안에는 사진 세 장을 품에 안고 있는 여자가 있다. 그리고 스카트 카드놀이를 하는 세 남자가 그 옆에 앉아 있다. 목발을 짚은 남자와 수프가 없는 어린 소녀와 배가 불룩한 여인도 앉아 있다. 누군가 시를 짓는다. 누군가 피아노를 친다. 57명이 전차를 따라 옆에서 행군한다. 치케 차케 야호, 보로네시의 보병은 절도 있게 야호를 외쳤다. 피셔 소위는 선두에서 행군한다. 피셔 소위는 나다. 내 어머니가 뒤따라 행군한다. 5천 700만 번 내 뒤를 쫓아 행군한다. 우리는 대체 어디로 가는 거죠? 하고 나는 차장에게 묻는다. 그러자 그는 나에게 희망의 초록색 입장권을 내어준다. 입장권에는 '마태 피라미돈'이라고 적혀 있다. 그는 손을 가로저으며 우리 모두에게 돈을 내야 한다고 말한다. 나는 그에게 57명의 남자를 지불한다. 그런데 우리는 대체 어디로 가는 거죠? 하고 나는 다른 사람들에게 묻는다. 우리가 어디로 가는지는 알아야 하잖아요. 그때 팀이 말한다. 그건 우리도 몰라. 그걸 아는 놈은 아무도 없어. 모두들 고개를 끄덕이며 웅얼거린다. 그걸 아는 놈은 아무도 없어. 하지만 우리는 가고 있어. 전차는 싸구려 음악 같은 방울 소리를 내며 달리지만 아무도 어디로 가는지 모른다. 하지만 모두 함께 타고 간다. 차장은 이해할 수 없는 얼굴을 하고 있다. 차장의 얼굴은 태곳적 늙은이처럼 주름이 수만 겹이다. 악한 차장인지 선한 차장인지 도무지 알 수가 없다. 하지만 모두 다 그에게 돈을 지불한다. 그리고 모두 함께 타고 간다. 선한 차장인지 악한 차장인지 아무도 모른다. 어디로 가는지도 아무도 모른다. 전차는 싸구려 음악 같은 방울 소리를 낸다. 어디로 가는지는 아무도 모른다. 그리고 모두 함께 타고 간다. 그리고 아무도 모른다…… 아무도 모른다…… 아무도 모른다……

사랑스러운 푸른 잿빛 밤
—여기저기 남겨진 유작 단편소설

친구를 위한 레퀴엠

우리는 행군한다. 우리는 낮에 행군하고 밤에 행군한다. 우리는 낮에 잠을 자고 밤에 잠을 잔다. 그들은 낮에 총을 쏘고 밤에 총을 쏜다. 그들이 총을 쏜다고 나는 말한다. 왜냐하면 우리는 자신이 쏘는 총소리를 듣지 못한다. 오직 남들의 총소리만 듣는다.

시간은 하늘 바다의 피투성이 수평선에 뜬 돛단배처럼 가라앉는다. 태양이 죽고 그와 함께 하루가 죽는다.

가끔씩 시간이 멈춰 선다. 그러면 그 무자비한 무게가 우리의 지친 얼굴을 짓누른다. 유령처럼 그리고 까마귀 같은 잿빛으로 우리는 어스름 속에서 어스름을 바라보며 날이 새기를 기다린다.

우리는 많이 침묵하고 조금만 말한다. 단지 몇몇만이 지나치게 큰 소리로 웃는다. 하지만 우리 침묵하는 자들은 삶으로 가득하다!

나는 네가 하루 종일 행군하고 나서 포격에 무너진 집의 잿더미 속에서 조그맣게 쪼그라든 감자를 집어 들고는 마치 복숭아 따위의 상큼한 과일이나 되는 듯 깊이 그 향기를 들이마시던 일을 결코 잊을 수가 없다. 흙과 태양의 냄새라고 너는 말했다. 바깥은 영하 48도였지.

아샤라고 불리는 어떤 아이가 있다. 그 아이는 너를 슬프게 바라본다. 하지만 너는 그들의 눈동자 속 어두운 바다를 통해 밝은 금발의 한 소녀를 본다. 너는 그 소녀의 두 손이 네 머리카락에 닿는 의미심장한 촉감을 느끼며 그토록 무의미해 보이는 모든 것들 속에서 어떤 의미를 발견한다. 하지만 그때 갑자기 그녀가 중얼거린다. 어서 끝내.

길에서 죽은 말 위로 눈이 계속해서 내려앉는다. 우리는 꽃을 말한다. 그러나 모든 것은 싸늘한 냉기와 얼음으로 굳어갈 뿐이다.

아마 우리의 심장도 그럴 것이다.

다시 한번 더운 여름비 속을 걸으며 보리수 향기를 맡을 수 있다면, 하고 누군가가 말한다.

민들레와 장미와 해바라기가 조용히 머리를 떨군다. 마치 우리 외로운 자들을 잘 아는 여인처럼.

그러고는 다시 온천지가 눈이다. 저 잔인한 눈.

애원하듯 탄식하듯 죽은 손 하나가 저녁 하늘을 향해 솟아 있다.

하지만 우리의 동정심은 얼어붙었고 몇몇은 이렇게 히죽거린다. 우리를 초대하시는군, 위대한 악마께서, 자기 지옥으로 말이야. 그들은 죽음을 말하고 있다. 그리고 아침이 되기 전에 또 다른 손이 조용히 그들을 붙잡고 하늘로 데려갔다. 정말 하늘로 데려갔을까? 아니면 그냥 허무 속으로?

그리고 우리는 바닥에 눕는다. 한 사람씩 나란히. 옆 사람의 숨결을 느끼고 그가 살아 있음에 감사한다.

갑자기 사방에 폭탄이 터지며 울부짖는다. 우리는 짐승처럼 눈 속에 웅크리고 있다. 흔들리는 땅바닥에 꼭 달라붙은 채 떨어지려 하지 않는다.

지금 저토록 고요하고 무관심하게 우리의 고난 위에 떠 있는 별들은 고향에서 본 것과 같은 별들일 리 없다. 창백하고 낯설고 차갑다.

아침에 집에서 편지가 올지도 모른다,라고 나는 생각한다. 그때 다시 철편이 으르렁대며 죽음의 노래를 부르더니 눈 속으로 피가 스민다.

집에 갈래. 너는 그렇게 마지막 말을 내뱉는다. 네 영혼은 저녁마다 너희 집 주변을 배회하며 속삭이고 바스락거리는 바람에 실려 떠나간다. 네 두 눈은 하늘을 더듬는다……

　신은 어디에,라고 수류탄은 소리친다!

　신은 어디에,라고 별들은 침묵한다! 신은 어디에,라고 우리는 기도한다!

　신은 삶이고 신은 죽음이다,라고 너는 언제나 말한다.

　그럼 넌 이제 신 곁에 있니?

　나는 네 무덤 위에 앉아 있다. 굶주림과 추위는 너로 인한 아픔을 마비시키지 못한다. 그래도 눈물은 얼어붙는다.

　하지만 넌 행복하지 않니? 너는 다시 거대하고 무한한 순환, 그 윤무 속으로 들어갔잖아. 그 안에 죽음은 더 이상 없어. 거기엔 오직 영원한 삶만이 있으니까.

　제방 뒤편에 있던 네 집 사진은 가져갔니? 금발의 네 새신부 목소리도? 엘베강에서 울리던 기선의 기적 소리가 들리니? 바다 냄새가 나니?

　아아, 너는 너무나 생기 가득했는데, 도저히 죽을 수가 없는데, 난 네가 살아 있는 걸 알아.

　태양과 흙의 냄새. 너는 꽃향기를 맡을 때마다 그렇게 말했지. 이제는 네 스스로 흙이 될 테고 그 흙에는 태양이 가득할 거야. 봄에 네 무덤에서 자라는 꽃들에서는 흙과 태양의 향기가 날 거야. 그러면 난 네 앞에 서서 너와 대화를 나눌 때마다 네가 나를 보고 있다고 생각할 거야.

너와 바다 이야기를 하고 싶어. 고향 방파제 앞에서 여전히 철썩대고 있을 바다. 그리고 소녀와 금발의 소년 이야기를 하고 싶어.

다시 명령이 떨어진다. 어서 끝내. 나는 너를 낯선 땅에 홀로 두어야 한다. 사방에서 다시 전투가 벌어진다!

그러나 무서운 밤이 되어 두려움과 절망이 내게 손을 뻗칠 때면 나는 네가 내 곁에서 힘이 되어주는 걸 느낀다. 그러면 나는 네게 다짐한다. 잘 견뎌내겠노라고. 너를 위해서. 내 안에 네가 있으므로. 너는 내 형제였고 영원한 삶에 대한 성스러운 믿음을 가지고 있었으므로. 너는 그래서 죽어야 했다. 우리는 그것을 위해 있는 힘을 다해 싸우고 또 살고자 한다!

이른 아침 날이 밝아오자 우리가 자작나무 십자가 위에 걸어놓은 네 철모에 작은 잿빛 새 한 마리가 앉더니 노래를 부른다.

그리고 동쪽 아주 멀리서 아침 해가 커다랗게 떠오른다.

빵

　그녀는 갑자기 잠이 깼다. 2시 반이었다. 왜 잠이 깨었을까 생각해 보았다. 아, 그래! 부엌에서 누가 의자에 부딪히는 소리가 났었다. 가만히 부엌 쪽으로 귀를 기울였다. 조용했다. 너무 조용했다. 손으로 침대 옆자리를 더듬어보니 비어 있었다. 그랬다. 이것이 사방을 그렇게 조용하게 만들고 있었다. 그의 숨소리가 들리지 않았던 것이다. 그녀는 자리에서 일어나 더듬거리며 어두운 거실을 지나 부엌으로 갔다. 부엌에서 그들은 마주쳤다. 시계는 2시 반을 가리켰다. 부엌 찬장 곁에 하얀 물체가 서 있었다. 그녀는 불을 켰다. 그들은 속옷 차림으로 마주 보고 있었다. 밤에. 2시 반에. 부엌에서.

　식탁에 빵 접시가 놓여 있었다. 그녀는 그가 빵을 잘라놓은 걸 보았다. 칼은 아직 접시 옆에 그대로 있었다. 식탁보 위에는 빵 부스러기들이 널려 있었다. 저녁에 잠자리에 들기 전에 그들은 항상 식탁보를 깨끗이 치워놓았다. 매일 저녁. 하지만 지금은 식탁보 위에 빵 부스러기들이 있었다. 그리고 칼도 함께 있었다. 그녀는 타일 바닥의 냉기가 서서히 몸을 타고 올라오는 걸 느꼈다. 그녀는 접시에서 눈을 돌렸다.

　"여기 뭐가 있는 것 같았어." 그가 주위를 둘러보며 말했다.

　"저도 무슨 소리를 들었어요." 그녀가 대답했다. 한밤중에 속옷 차림으로 서 있는 그가 무척이나 늙어 보였다. 그가 저렇게 늙었다니. 예순셋. 낮에는 나이보다 젊게 보일 때도 많았다. 그는 그녀가 어느새 늙어 보인다고 생각했다. 속옷 차림의 그녀는 꽤나 늙어 보인다. 하지만 그것은 머리 때문인 듯하다. 여자들이 밤에 그렇게 보이는 건 늘 머리 때문이다. 그것이 그들을 갑자기 늙어 보이게 만든다.

"신발도 안 신었잖아요, 당신. 그렇게 맨발로 차가운 타일 바닥에 서 있으면 감기 걸려요."

그녀는 그를 똑바로 쳐다보지 않았다. 그가 거짓말하는 걸 견딜 수가 없었던 것이다. 39년이나 함께 산 남편이 뻔히 거짓말을 하고 있었다.

"여기 뭐가 있는 것 같았어." 그는 한 번 더 그렇게 말하며 아무 쓸데없이 다시 이 구석 저 구석을 두리번거렸다. "여기서 무슨 소리가 들렸어. 그래서 난 여기 뭐가 있는 줄 알았어."

"나도 무슨 소리를 들었어요. 하지만 아무것도 아니었나 봐요." 그녀는 식탁에 접시를 내려놓고 식탁보의 빵 부스러기를 털어냈다.

"그래, 아무것도 아니었나 봐." 그가 어정쩡하게 따라 말했다.

그녀는 그를 거들었다. "자 들어가요. 밖에서 난 소리였을 거예요. 그만 침대로 가요. 당신 감기 걸리겠어요. 바닥이 차요."

그는 창문 쪽을 쳐다보았다. "그래, 아무래도 밖에서 난 소리였던 모양이야. 난 여기 뭐가 있는 줄 알았어."

그녀는 전등 스위치 쪽으로 손을 뻗었다. 이제 그만 불을 꺼야겠어. 안 그러면 접시를 들여다볼 수밖에 없다고 그녀는 생각했다. 접시를 보아선 안 돼. "그만 들어가요." 그녀는 이렇게 말하며 불을 껐다. "밖에서 난 소리였나 봐요. 바람이 불면 지붕 홈통이 늘 벽에 부딪치잖아요. 지붕 홈통이 그런 게 분명해요. 바람만 불면 항상 덜커덩거리니까요."

두 사람은 손을 더듬으며 어두운 복도를 따라 침실로 갔다. 맨발이 바닥을 디딜 때마다 자박자박 소리를 냈다.

"바람이 그런 거로군." 그가 말했다. "바람이 밤새도록 불었으니까."

"그래요, 바람이 밤새도록 불었죠. 지붕 홈통이 그런 게 분명해요." 침대에 누우며 그녀가 말했다.

"그래, 난 부엌에 뭐가 있는 줄 알았어. 아마 지붕 홈통이 그런 모양이야." 그는 벌써 반쯤 잠이 든 것 같은 목소리로 말했다.

하지만 거짓말을 할 때 그의 목소리가 얼마나 부자연스럽게 들리는지 그녀는 잘 알고 있었다.

"날이 추워요." 그녀는 가볍게 하품을 하며 말했다. "얼른 이불 속으로 들어가야겠어요. 잘 주무세요."

"잘 자." 그는 이렇게 대답하고는 한마디 더 덧붙였다. "정말 날이 벌써 꽤 추워졌어."

그러고는 조요해졌다. 몇 분 뒤 그녀는 그가 소리 죽여 조심스럽게 씹는 소리를 들었다. 그녀는 일부러 깊고 고르게 숨을 쉬었다. 그녀가 아직 깨어 있는 걸 그가 알아차리지 못하도록. 하지만 그의 씹는 소리가 너무나 규칙적이어서 그녀는 그 소리를 들으며 서서히 잠이 들었다.

다음 날 저녁 그가 집에 돌아왔을 때 그녀는 그에게 네 쪽의 빵을 내밀었다. 그전까지 그는 늘 세 쪽만 먹었다.

"당신이 네 쪽을 드시면 좋겠어요." 그녀는 이렇게 말하고는 전등 그늘 쪽으로 물러났다. "저는 이 빵이 잘 소화가 안 돼요. 그러니 당신이 한 쪽 더 드세요. 저는 이게 소화가 잘 안 돼요."

그녀는 그가 접시 위로 깊이 고개를 떨구는 걸 바라보았다. 그는 고개를 들지 않았다. 순간 그녀는 그의 모습에 마음이 아팠다.

"당신이 고작 두 쪽만 먹을 수는 없어." 그는 자기 접시에 고개를 박은 채 말했다.

"괜찮아요. 저녁에는 빵이 잘 소화가 안 돼서 그래요. 그러니 드세요. 드세요."

한참 뒤에야 그녀는 불 켜진 식탁에 앉았다.

투이 호

작고 통통한 가죽 봉이 연붉은 매니큐어를 칠한 손톱 위를 경쾌한 동작으로 오가는 동안 루도비코의 생선 눈깔 같은 생기 없는 눈에 달력이 들어왔다. 4월 25일. 4월 25일? 루도비코는 천식 환자처럼 요란하게 한숨을 내쉬고는 다시 어깨를 아래로 늘어뜨렸다. 4월 25일? 모르겠는데. 살짝 뜨거워진 가죽 봉은 믿을 수 없을 만큼 둔감하게 삽날처럼 생긴 정말 온갖 잡동사니들을 다 주물럭거린 손톱들을 닦아댔다. 이놈도 4월 25일에 대해 아는 바가 없는 듯했다.

갑자기 가죽 봉이, 때마침 숨을 헐떡이며 킥킥거리기 시작한 시계 소리에 귀를 기울이기라도 하듯 동작을 멈추었다. 하지만 완전히 멈춘 것은 아니다. 루도비코의 크고 힘없는 손이 손톱을 닦느라 힘들어 가볍게 떨리고 있었기 때문이다. 하긴 예순일곱 살이면 겉모습이 아무리 씽씽해 보여도, 구석에 걸린 거울이 여전히 긍정적인 신호를 보내고 있더라도, 기력이 더 이상 젊은이 같을 수는 없었다. 해외를 오가는 대형 호화 여객선의 주방장 자리는 팔근육을 단련시킬 일이 별로 없는 지적이고 예술가적인 직업이었다. 물론 견습생 시절 엄청나게 큰 주걱으로 거대한 가마솥의 수프를 휘저어대느라 팔뚝이 제법 불룩해지기도 했지만, 맙소사, 그게 벌써 반백 년 전 일이고 지금은 뱃살이나 불룩한 게 고작이었다. 하지만 그 대신 후각과 미각 신경은 더없이 섬세해져서 예술가 못지않은 명성을 누리고 있었다.

가죽 봉은 조개로 장식된 시계가 기침하듯 아홉 번을 치고 나서 다시 조용해질 때까지 계속해서 왼손 위를 날아다녔다. 이윽고 루도비코의 붕어 입술이 조금 과하게 긴 엄지손톱에 다시 한번 부드럽게 입김을 불었다. 가죽은 마지막 남은 부분에 장밋빛 광택을 부여했다. 가느다란 두 팔과 두 다리가 200파운드 무게의 둥그런 몸통을 등나무 의자에서 밀어 올렸다. 가죽 봉과 연마석과 손톱 손질용 줄이 상자 속으로 곤두박질쳤다. 루도비코는 거울로 가서 잠시 머리를 매만진 다음 만족스럽게 눈을 찡끗해 보였다. 자 그럼 가볼까, 루도비코!

이탈리아 백작 하나가 술기운에 힘입어 레스토랑 홀을 가로질러 호기롭게 "이봐, 뚱보 친구, 여기 캐비아 2파운드 더 주게! 루도비코, 루도비코! 캐비아 2파운드 더 달란 말일세, 알아들었나?"라고 고함치기 전까지. 그때까지 루도비코는 그냥 얌전하게 루트비히 마루셰라는 본명으로 불리고 있었다. 루도비코는 함부르크-알토나에서 태어났고 가끔씩 새끼손가락으로 콧구멍 근처를 긁는 습관이 있었다. 이제 그는 촉감이 부드러운 외투를 걸치고 고상한 중절모를 쓰고 아래 현관 앞에 서 있었다. 예순일곱 살이면 더 이상 자신감이 넘칠 나이는 아니었지만 그래도 아직 팔팔했고 요리사로 대양을 항해하며 적지 않은 돈도 모았다. 지금 그는 커다란 나이트클럽을 운영하는 과묵하고 잘 차려입은 사장님이 되어 오후까지 잠을 자고 저녁에 클럽에 나와 안팎을 살피며 단골손님들한테 인사를 건네고 젊은 숙녀들에게는 조금은 야한 찬사를 매너 있게 속삭였다. 예순일곱 살의 나이에도 그는 모든 일을 아주 잘 처리했다. 특히 '빨간 크리스틴'이라는 이름의 금맥을 그는 로티와 이르마의 어여쁘고 사업 수완 좋은 손에 맡겼는데, 그가 어디선가 데려온 이 두 여인은 친딸처럼 그를 따르고 섬겼다.

늙고 핼쑥한 레몬 같은 달이 소리 없이 그리고 탐욕스럽게 날씬한 몸매의 성 카타리나 교회 주변을 떠다녔다. 성 카타리나는 검붉은 지붕들의 모자이크 카펫 위로 초록빛 나무기와 머릿결을 갈매기의 졸린 울음처럼 늘어뜨리고 있었다. 안개는 누덕누덕 기운 속옷 차림을 하고 항구에서 텅 빈 거리로 유령처럼 배회하더니 결국 고독한 가로등 주변에 게으르게 머물렀다. 가끔씩 고양이가 울었다. 아니면 어느 여인이. 가끔씩 어디선가 다가오며 점점 커지다가 다시 어디론가 사라지는 발걸음 소리도 들렸다. 하지만 대체로 조용하다,라고 루도비코는 생각했다. 그는 성난 개가 뒤에서 물려고 따라오기라도 하듯 서둘러 두 다리를 뱃살 주름을 헤치며 앞으로 내디뎠다. 그의 구두 굽 소리는 끝없이 늘어선 주택 담벼락을 따라 가냘프고 불안하게 울려 퍼졌다. 드물게 켜진 초록색 혹은 빨간색 갓의 불빛만이 단조롭게 이어진 벽의 지루함을 끊어주었다.

웅웅거리는 소리가 났다. 아래 항구에서. 웅웅거리고 으르렁거리고 시끌벅적하고 공허한 울림소리며 나팔 소리며 악다구니 쓰는 소리가 났다. 소음은 천천히 가까워졌다. 점점 더 가까워졌고 점점 더 커졌다. 루도비코는 그대로 서 있었다. 기념비처럼 서 있었다. 생각을 하지도 숨을 쉬지도 않고 꼼짝도 하지 않았다. 오직 귀만 커졌다. 괴물처럼 커졌다. 단 한 마디도 빠져나갈 수 없는 거대한 깔때기가 되었다. 문득 그는 음악이 귀에 익은 느낌이 들었다. 그는 두 손을 목 근처까지 들어올렸지만 외침은 더 이상 터져 나오지 않았다. 바로 그때 투이 호가 길모퉁이를 휩쓸고 지나며 큰 소리로 그의 입을 틀어막았고 비명 소리를 다시 목구멍 아래로 쫓아냈던 것이다.

투이 호는 기념비 따위에 아무런 존경심도 없었다. 그것은 기념비들이 너무 뚱뚱하다거나 손톱에 붉은 매니큐어를 칠했기 때문이 아니다. 아니, 투이 호는 이웃집 사람이 우스꽝스러운 모자를 썼다고 화를 내는 그런 편협한 속물이 아니었다. 목소리가 사내처럼 걸걸하고 담배를 피우는 여자들이나, 귀걸이를 하고 밑단이 여자 옷처럼 널찍한 바지를 입는 남자들과도 자주 어울렸다. 투이 호는 결코 속 좁은 자가 아니다. 하지만 겁이 나면 심장이 멎어버리는 기념비들, 남들이 열다섯 살에 죽은 덕택에 예순일곱 살까지 살 수 있었던 비겁한 기념비들을 투이호는 증오했다. 그는 독이 잔뜩 오른 굶주린 맹수처럼 씩씩거리며 그런 기념비들을 공격했다. 그는 말 그대로 세상을 뒤엎으려는 폭풍이었다. 어머니처럼 바다처럼 한없이 선하고 또 잔인한 그런 폭풍이었다. 그는 청어잡이 배와 목조 화물선들 사이에 거처했고, 중간 돛대와 삼각돛대 꼭대기에서 과묵한 선원들과 어울렸다. 하지만 가끔씩 그는 물길을 거슬러 항구 도시로 내달았고, 그곳에서 안전하게 보호받고 있는 사람들에게 자신의 위력을 느끼게 해주려는 듯 그들의 창문과 심장을 거칠게 밀치며 덜컹거리게 했다. 육지로 올라오면 투이 호는 항상 해상에서 못된 짓을 저지르고도 용케 그의 손아귀를 빠져나갔던 작자를 찾아가 혼내주었다. 그런 자를 그는 벌했던 것이다. 투이 호, 텁석부리, 물고기들과 뛰노는 푸른빛의 꼬마, 투이 호, 멋진 플루트 연주자, 위대한 오르가니스트, 천상의 음악가. 투이 호, 세상의 숨결.

그를 아직 기억하나, 루트비히 마루셰? 이봐, 마루셰, 투이 호를 더 이상 모르겠어? 투이 호 호— 루트비히, 20년 전 자네가 '검은 카린'의 요리사였던 때를 알고 있지? 그걸 다 잊은 거야, 이 영감탱이야? 완전히 잊었어?

고개를 숙인 채 루도비코는 투이 호가 손풍금을 울리고 있는 적막한 거리를 지나가려 애썼다. 그러나 해풍 투이 호는 이빨 빠진 굼뜬 풍각쟁이가 아니었다. 그는 모질고 사납기로 정평이 난 자가 아니던가.

휘익. 그는 노인을 느닷없이 뒤에서 부여잡더니 겁에 질린 200파운드의 몸뚱이를 가지고 공놀이를 했다. 수천 개의 손가락으로 물결치는 머리카락을 움켜쥐더니 단숨에 하늘로 멀리 내던졌다. 포마드를 바른 빳빳한 머릿결이 마구 뒤헝클어지면서 자만심에 찬 늙은 악동의 이마에선 식은땀이 눈썹을 타고 흘러내렸다.

투이 호는 미친 듯이 빠르게 휘몰아치며 자신의 먹잇감을 목숨이 위험할 정도로 울퉁불퉁한 돌바닥 위로 떠밀어댔고, 그러잖아도 빈약한 가로등을 꺼뜨리기도 했다. 그러더니 또 언제 그랬냐는 듯 숨을 멈추는 바람에 한껏 부풀었던 루도비코의 외투가 순식간에 쪼그라들면서 감자 껍질처럼 그의 몸에 달라붙었다. 투이 호는 칠흑같이 어두운 밤 속에 그를 그냥 세워두었다. 하지만 곧 이 멋진 콘서트의 다음 악장을 연주하기 위해 지휘봉을 쳐들었다. 그다음 길모퉁이에서 다시 광풍이 투이 호, 투이 호 하고 휘몰아치며 죽도록 지친 루도비코를 덮쳤다. 루도비코는 쓰러지지 않기 위해 200파운드의 무게로 있는 힘을 다해 버텨야 했다.

호 호, 마루셰, 이 친구야, 이제 자네의 뇌에 켜켜이 쌓인 먼지와 석회질과 두려움이 좀 제거되었으려나? 어때, 기억이 나시나? 알겠어? 오호, 알고 있군! 20년 전 '검은 카린'에서 있었던 일을. 그때 그곳 선원들은 나를 투이 호라고 불렀었지. 이제 그 4월 25일 밤을 더 이상 생각하지 않는 거야, 이 비겁쟁이야, 응?

그래, 그 투이 호였다. 용감한 자들의 친구이자 비겁자들의 적. 여인들의 치마를 무릎께에 붙잡아매고 갓난아기들의 요람에 들끓는 파리들을 날려버린 투이 호였다. 적들에겐 교살자이자 파괴자로, 악몽으로 학살자로 악명 높았던 투이 호였다. 그 투이 호였다!!! 그런 그가 지금

퇴물이 다 된 요란한 차림의 뚱뚱한 클럽 사장에게 별 하나 없는 고독한 밤, 무자비한 밤이 다하도록 기친 숨결을 불어대고 있었다.

그때 길가 하수구에서 종잇조각들이 솟구쳐 올랐다. 신문지, 빵종이, 찢어진 연애편지, 달력 종이 따위가 끝도 없이 흩날렸다. 4월 25일─ 4월 25일─ 4월 25일. 투이 호가 주먹을 둥글게 말아 쥐고는 피할 수 없는 결정타를 날리기 위해 그것들을 들어 올렸던 것이다. 그는 '검은 카린'의 요리사에게 소리쳤다. 4월 25일을 잊지 마라, 이 개자식아! 그러고 나서 투이 호는 있는 힘을 다해 가격했다. 지붕을 날려버리고 돛단배를 2층 높이까지 들어 올리더니 '카린'의 요리사 루도비코 마루세를 자기 나이트클럽의 지하 계단에 거꾸로 처박았다. 루도비코의 두려움으로 마비된 머리통이 심한 굉음과 함께 문짝에 충돌했다.

'빨간 크리스틴'은 갑자기 무언가가 자기 대문에 심하게 충돌했을 때 가만히 앉아만 있지 않는 성실한 이웃이었다. '빨간 크리스틴'에서는 곧 소동이 일었다. 이르마가 오물로 뒤범벅이 된 그 늙은 사내가 '마음씨 좋은 우리 사장님'이라는 걸 알기까지는 조금 시간이 걸렸다. 칸막이 자리와 바 의자에 앉아 있던 사람들이 깜짝 놀라 밖으로 나오더니 호기심 어린 눈초리로 쓰러진 사람 주위에 둘러섰다. 사내는 우스꽝스러운 자세로 몸이 뒤틀린 채 자기 클럽 입구에 누워 있었다. 하지만 사람들은 그를 그대로 계단에 눕혀놓아야 했다. 조금 움직이려 했더니 그의 일그러진 입에서 피가 마구 쏟아져 나왔던 것이다.

밤 생활의 주인공들은 놀라고 당황해 어찌할 바를 모른 채, 혹은 뻔뻔하고 무덤덤하게 죽어가는 노인을 바라보았다. 바그너 오페라의 여가수처럼 화려하고 풍만한 이르마는 차가운 돌계단에 부딪혀 기이한 형태로 돌아간 그의 머리를 들어 따뜻하고 부드러운 자기 무릎에 누였다. 검푸른 머리의 로티는 마치 선행을 하느라 지친 신을 보살피기라도 하듯 세심하고 애정 어린 손길로 '마음씨 좋은 우리 사장님'의 일그러진 얼굴에서 오물을 닦아내고 열을 식혔다. 하지만 손수건을 아무리 샴페인에 적셔도 그의 얼굴 주름에 서린 노골적이고 엄청난 공포를 닦아낼 수는 없었다. 로티는 생기 없는 몸뚱이 곁에 사슴처럼 온화하게 무릎을 꿇은 채 그의 넓적한 금팔찌 밑에서 맥박을 찾아내려 애썼다. 헬쑥한 얼굴로 말없이 두 바걸 주위에 둘러서 있는 둔하고 무감각한 사내들은 희미한 박동을 찾아낸 로티의 눈빛이 공포를 뜻하는지 아니면 환희를 뜻하는지 알지 못했다. 그리고 루도비코의 목을 어루만지는 이르마의 작고 동그스름한 두 손에 동정심이 담겼는지 살기가 담겼는지도 알지 못했다.

투이 호는 지하 계단의 꼭대기에 승리에 찬 표정으로 웅크리고서 죽음을 기다렸다. 그는 자신이 그리 오래 기다릴 필요가 없음을 알고 있었다. 그는 가벼운 발걸음으로 몸을 일으켜 사람들 무리 속으로 비집고 들어가며 그들에게 슬며시 오한을 일으키더니 이르마의 둥그렇고 조금 지나치게 탐스러운 넓적다리 위에 쪼그리고 앉았다. 그러고는 아무렇지도 않은 듯 편안하게 아주 사소한 이야기 하나를 늙은 루도비코의 귀에 속삭였다.

안 돼, 루트비히 마루셰, 자넨 4월 25일의 이야기를, '검은 카린'과 투이 호의 일을 단 한 마디도 놓쳐서는 안 돼. 태곳적부터 대양을 휩쓸던 젊은 바람의 신, 나 투이 호님께서 지금 이곳 악명 높은 나이트클럽의 닳아빠진 지하 계단에 웅크리고 앉아 자네한테 다시 한번 아주 정확하게 그 이야기를 들려주려고 하네, 친구. 자네가 저 길고 긴 지옥행 여정을 잘 준비하도록 말이지.

루트비히 마루셰는 잔뜩 주름 잡힌 둥그런 눈꺼풀을 들어 올렸다. 눈동자에 두려움이 서렸다. 너무 무서워 비명조차 지르지 못하는 그런 두려움이었다. 자네 그걸 다 잊은 거야, 친구? 4월 25일 늦은 저녁 카테가트에서 내가 자네들을 붙잡고서 투이 호, 투이 호 하면서 몇 시간 희롱하던 때의 일 말일세. 정말 지독하게 추웠지. 나는 신이 나서 최고로 한 방 날리려는데 거대한 파도 사이로 자네들의 조각배가 보이더군. 사람들은 파리처럼 지쳐 있었고 선장은 밤이고 낮이고 조타실을 떠나지 못했지. 하지만 자네는 그런 것엔 아랑곳하지도 않았어. 자네의 주방은 따뜻했고, 바퀴벌레가 커피 주전자를 돌아가면서 일으키는 바람도 느낄 수 있을 만큼 고요했으니까.

그때 선원 하나가 주방문을 열고 들어섰어. 선장이 뜨거운 차를 원했거든. 하지만 자네가 직접 선장에게 차를 가져갔어야 했어. 열다섯 살짜리 애송이 주방 보조가 갑판에서 바람에 휩쓸리는 일이 벌어지지 않도록 말이야. 그 바람이 바로 나였지, 마루셰, 알아보겠나? 하지만 자넨 정말 겁쟁이였어, 뚱보 친구! 자넨 찻주전자를 들고 열 걸음도 채 못 가서 벌써 완전히 기가 죽어서는 내 부드러운 노랫가락을 더 이상 견딜 수 없어 하더군. 애처롭기 짝이 없는 비굴한 두려움이 자네 목덜미의 뒤룩뒤룩한 주름 속으로 파고들더니, 내가 자네 두 다리 사이에서 한바탕 공중회전을 했더니만 그대로 배 속으로 쑥 들어가버렸지. 이런 빌어먹을, 이봐 솥뚜껑 운전사, 자네가 항구의 창녀를 그토록 열정적으로 끌어안은 적이 단 하룻밤이라도 있었을까? 그날, 그 4월 25일 밤에 구원의 천사처럼 마침 자네 앞에 나타난 돛대를 끌어안았을 때처럼 말이야. 자네는 바람에 날아가던 옷이 나무에 걸리듯 순식간에 돛대에 매달리더니 장군처럼 용감하고 결연한 얼굴을 하고는 단 네 걸음 만에 다시 주방으로 줄행랑을 쳤지. 그러고는 자네의 어린 조수 하이니 하게만에게 후다닥 찻주전자를 맡기고는 선장에게 갖다주라며 안개 자욱한 밤 속으로 등을 떠밀었어. 그런데 차는 선장에게 배달되지 않았지. 하이니는 조타실에 도착하지 않았어. 찻주전자는 다음 날 아침에 어디선가 발견되었지만 하이니 하게만은 그렇지 않았어. 그 아이는 다음 날 아침에 발견되지 않았어. 저녁까지도 발견되지 않았어. 그리고 그다음 날에도. 어른 남자가 비겁한 겁쟁이였던 탓에! 자네가 예순일곱 살까지 살 수 있었던 것이 모두 어린 하이니 하게만이 열다섯의 나이로 자네의 장애물을 치워준 덕분이란 걸 잊어버릴 수 있었다면 자넨 정말 은혜를 모르는 돼지 새끼야. 하지만 그 이야기는 이쯤에서 그만두기로 하지, 마루셰. 몇 초만 있으면 자네의 어린 주방 보조를 다시 만나게 될 테니까 말이야. 그렇게 겁에 질린 얼굴을 하지는 말게, 친구. 하이니 하게만은 바닷물에 빠졌을 때도 겁에 질려 허둥대지는 않았으니까. 아주 침착하더군, 어린 녀석이.

마루셰 씨의 놀라 휘둥그레진 두 눈이 희미한 숨결과 함께 스르르 감겼다. 로티의 피처럼 붉은 입술에 언뜻 비열한 웃음이 스친 듯도 했다. 그의 생선 주둥이 같은 입에서 마지막 숨이 투이…… 호…… 하고 흘러나왔다.

투이 호는 거만한 몸짓으로 이르마의 세심하게 매만진 금발에서 곱슬머리 한 올을 풀어내더니 이마에서 이리저리 흔들리게 했다. 그러고 나서 노래를 부르듯 휘파람을 불 듯, ─호 투이 호─ 하며 동정하는 사람들의 담장 사이를 빠져나와 강을 따라 거대한 바다로 흘러가버렸다.

마르그리트

그녀는 예쁘지 않았다. 하지만 그녀는 열일곱 살이었고 나는 그녀를 사랑했다. 정말로 사랑했다. 그녀는 손이 늘 찼다. 장갑이 없었기 때문이다. 그녀는 어머니에 대한 기억이 없었고 아버지는 돼지 같은 놈이라고 했다. 그리고 그녀는 리옹 출신이다.

어느 날 저녁에 그녀가 말했다. 세상이 망하는 날이 오면—메 주네 크루아 파mais je ne crois pas(하지만 그럴 것 같지는 않아요)—그럼 우리 방을 하나 얻어서 실컷 술을 퍼마시고 음악을 들어요. 그리고 나서 가스를 틀어놓고 죽을 때까지 키스를 해요. 난 사랑하는 사람과 함께 죽고 싶어요, 오 정말이에요!

가끔씩 그녀는 나를 몽 프티 쇼mon petit chou라고 불렀다. 내 귀여운 배추.

언젠가 우리는 카페에 앉아 있었다. 클라리넷 소리가 열 마리 암탉처럼 폴짝거리며 우리가 있는 구석까지 울려 퍼졌다. 어떤 여자가 육감적인 당김음 리듬으로 노래를 불렀고, 그러자 우리의 무릎이 서로를 발견하고는 들썩이며 동요했다. 우리는 서로를 쳐다보았다. 그녀가 웃었다. 나는 그녀가 금방 알아차린 것이 슬펐다. 그녀가 언젠가는 늙은 여자가 되리란 생각을 하고 있었던 것이다. 하지만 나는 이 모든 게 금방 지나갈까 봐 두려웠다고 말했다. 그러자 그녀가 아주 다르게, 나지막이 웃으며 말했다. 그러지 말아요.

음악이 너무나 정겨워서 우리는 바깥에서 덜덜 떨면서도 키스를 나누지 않을 수 없었다. 육감적인 당김음 리듬과 우수에 찬 슬픔도 거들었다.

그때 누가 우리를 방해했다. 어떤 소위였는데, 얼굴이 없었다. 눈코 입은 다 있는데도 얼굴이 거의 보이질 않았다. 하지만 멋진 제복을 입고 있었다. 그는 벌건 대낮에 거리에서(그는 이점을 강조했다) 키스를 해서는 안 된다고 했다.

나는 그의 지적에 맞장구라도 치듯 자리에서 벌떡 일어났다. 하지만 그는 가지 않았다.

마르그리트는 격분했다. 해서는 안 된다고요? 천만에, 우린 얼마든지 할 수 있어요. 안 그래요? 얼마든지 할 수 있어요.

그녀는 나를 쳐다보았다.

나는 아무것도 알 수가 없었다. 아무튼 그 제복은 여전히 가지 않고 있었다. 나는 그가 뭔가 알아차릴까 봐 두려웠다. 마르그리트가 몹시 화가 났기 때문이었다.

이봐요! 난 당신 같은 사람에게는 한밤중에도 키스를 하지 않을 거예요!

그러자 그가 갔다. 다행스러웠다. 마르그리트가 프랑스 여자라는 사실을 그가 알게 될까 봐 몹시 두려웠던 것이다. 하지만 장교들도 늘 모든 걸 다 알아채는 건 아니다.

마르그리트는 그러고 나서 다시 내 입 앞으로 왔다.

언젠가 우리는 서로에게 몹시 마음이 상했다.

극장에서 파리 소방대가 행진을 했다. 소방대 기념일이었다. 그런데 행진하는 광경이 정말 우스꽝스러웠다. 그래서 내 입에서 웃음이 튀어나왔는데, 좀더 신중했어야 했다. 마르그리트가 일어나더니 다른 자리로 가버렸다. 내가 그녀에게 모욕감을 준 게 분명했다. 나는 30분쯤 그녀를 그대로 혼자 두었다. 하지만 더 이상 그럴 수가 없었다. 극장은 비어 있었고, 나는 슬머시 그녀 뒤쪽으로 갔다.

사랑해. 당신의 머릿결을 사랑하고, 몽 프티 쇼라고 말할 때의 당신 목소리를 사랑해. 당신 언어를 사랑하고, 당신이 지닌 모든 낯섦을 사랑해. 그리고 당신 손도. 마르그리트!

나는 우리가 낯섦의 매력에 빠지는 이유가 결국에 가면 늘 다시 익숙함을 발견하게 되는 달콤함 때문이라고 생각했다.

극장을 나온 뒤에 마르그리트는 내 파이프 담배를 달라고 했다. 그러더니 속이 메스꺼운 걸 참으며 그것을 피웠다. 그녀가 나를 훨씬 더 사랑하고 있음을 증명해 보이고 싶었던 것이다.

우리는 강가로 나갔다. 밤이 되어 검은색으로 변한 강은 다리 교각에 은밀하게 찰싹찰싹 키스를 했다. 강물은 이따금씩 노란빛으로 반짝이며 산산이 나뉘었고, 숨 쉬는 가슴처럼 가만히 오르락내리락했다. 물 위에 별들이 노란빛으로 산산이 나뉘어 어른거렸다.

우리는 강가에 서 있었다. 하지만 강은 밤과 함께 배를 띄울 뿐 우리를 낯선 나라로 데려가려 하지 않았다. 배가 어디로 가는지, 천국을 향해 가는지 어떤지 아마 강 자신도 모를 것이다. 그래도 우리는 밤의 출항에 무조건 몸을 맡겼을 텐데. 하지만 강은 우리에게 자신의 마법을 드러내지 않았다. 강은 연신 수다를 떨며 딸꾹질만 해댔다. 하지만 우리는 강의 은밀한 아름다움을 조금은 알고 있었다. 강은 자신의 물가를 넘어설 수도 있었을 텐데. 우리의 물가를, 우리 삶의 물가를 넘어설 수도 있었을 텐데. 우리는 계속해서 밀려들게 놔둘 수도 있었을 텐데, 이 밤을 범람하게 할 수도 있었을 텐데.

우리는 흥분한 채로 깊이 숨을 들이마셨다. 마르그리트가 속삭였다.

여기서 사랑의 냄새가 나요.

내가 속삭이며 대답했다.

그냥 풀 냄새, 물 냄새, 안개와 밤 냄새가 나는 거야.

마르그리트가 다시 속삭였다. 이건 사랑의 냄새예요. 모르겠어요?

나는 더욱 낮은 소리로 속삭였다. 당신 냄새가 나는군. 당신한테서 사랑 냄새가 나는 거야.

그것 봐요. 그녀는 다시 한번 속삭였다.

그러자 강물이 속삭였다. 사랑 냄새, 모르겠어?— 사랑 냄새, 모르겠어?—

어쩌면 강은 전혀 다른 말을 하려던 건지도 몰랐다. 하지만 마르그리트는 강이 우리를 엿듣는다고 생각했다.

갑자기 발걸음 소리가 우리 쪽으로 다가오더니 불빛 때문에 눈을 뜰 수가 없게 되었다. 순찰대였다!

그들은 아직 미성년자인 소녀들을 찾고 있었다. 밤이 되면 어린 소녀들이 공원에 피는 꽃처럼 병사들 품속에서 피어나고 있었던 것이다. 하지만 정찰대장이 보기에 마르그리트는 성인 여성이 분명했다. 우리가 막 가려는데 정찰대장이 다시 불러 세우더니 마르그리트를 유심히 쳐다보았다. 마르그리트의 진한 화장이 눈에 띈 것 같았다. 우리 쪽 여자들은 그런 식으로 화장을 하지 않았다. 하사관들도 가끔은 겉보기처럼 그렇게 멍청하지 않았다. 그는 마르그리트에게 신분증을 요구했다. 그녀는 조금도 떨지 않았다. 내 이럴 줄 알았어! 그가 말했다. 프랑스 여자들이라니, 아예 얼굴에다 그림을 그린다니까.

마르그리트는 잠자코 있었다. 나 역시 잠자코 있어야 했다. 정찰대장은 내 이름을 적었고, 우리는 다시 혼자가 되었다.

나는 최소한 4주는 부대 밖으로 나가지 못하리라는 걸 알고 있었다. 다른 처벌들은 고려하지 않더라도 말이다. 곰곰이 생각해보았지만 별 뾰족한 수가 떠오르지 않았다. 그래서 마르그리트에게 사실대로 말했다.

4주 동안이나 나오지 않겠다고요? 아아, 그러면 모든 게 끝장이에요. 난 알아요. 당신은 비겁해요. 내가 비겁하다고? 내가 벌벌 떨기라도 했어? 아니, 4주 동안 그냥 갇혀 있겠다는 거잖아요! 오오, 어쩌면 그렇게 용기가 없어요. 날 사랑하지 않는 거예요. 아아, 난 다 알아요!

아무리 말해도 소용없었다. 마르그리트는 내가 너무 비겁해서 저녁에 부대 담장을 넘지 못하는 거라고 믿었다. 그것을 가로막고 있는 오만 가지 자질구레한 조치들을 그녀로서는 상상도 할 수 없었다. 내 생각은 4주의 기간에 붙잡혀 있었고 더 이상 해줄 말도 없었다. 잠시 후 그녀가 다시 입을 열었다.

정말 안 나올 거예요? 4주 동안이나? 그래요?

어쩔 수 없어, 마르그리트.

나도 더는 알 수가 없었다. 하지만 마르그리트에게 내 대답은 충분하지 못했다.

좋아요! 아주 좋아! 이제 내가 어떻게 할지 알겠어요?

물론 나는 알 수 없었다.

이제 내 방으로 가서 얼굴을 씻을 거예요. 아주 깨끗하게. 네. 그런 다음 예쁘게 화장을 하고 새 애인을 찾아 나설 거예요! 그래요! 오, 정말이에요!

그리고 나서 그녀는 어둠 속으로 사라졌다. 그걸로 끝이었다. 영원히.

392

혼자 부대로 돌아가는 길에 울고 싶은 생각이 들었다. 울어보려고 얼굴을 두 손에 묻었다. 손에서 은밀한 냄새가 났다. 프랑스 냄새였다. 오늘 저녁에는 손을 씻지 않겠다고 생각했다.

울음은 끝내 나오지 않았다. 군화 때문이었다. 걸을 때마다 한없이 비겁하게 또각거리는 군화 때문이었다.

몽 프티 쇼. 내 귀여운 배추. 내 귀여운 배추……

야, 이 거대한 배추 대가리야. 나는 달을 바라보며 비굴한 웃음을 흘렸다. 달은 뻔뻔하리만치 밝았다. 그렇지만 않았어도 정찰대는 화장이 진하다는 걸 전혀 눈치채지 못했을 텐데.

슬픈 제라늄

그들이 서로 알게 되었을 때는 어두운 밤이었다. 그녀는 그에게 자기 집으로 가자고 했고, 그는 그녀 집으로 갔다. 그녀는 그에게 자기 집을 보여주었다. 식탁보며 침대보며 접시와 포크 등 그녀가 가진 것들을 보여주었다. 하지만 그들이 처음으로 밝은 대낮에 마주 앉았을 때 그는 그녀의 코를 보았다.

코가 마치 꿰매어 붙인 것처럼 보인다고 그는 생각했다. 그녀 코는 다른 코와 전혀 달라 보였다. 무슨 과수나무 열매 같았다. 하느님 맙소사! 그는 속으로 외쳤다. 게다가 저 콧구멍 좀 보라지! 양쪽이 전혀 다르게 생겼잖아. 조화나 대칭 따위와는 완전히 거리가 멀었다. 한쪽 구멍은 좁고 타원형인데 다른 쪽은 마치 심연이 아가리를 벌리고 있는 듯했다. 컴컴하고 둥그렇고 속을 헤아릴 수가 없었다. 그는 손수건으로 이마를 톡톡 두드리며 닦았다.

안이 조금 덥죠? 그녀가 입을 열었다.

아, 네. 그는 이렇게 말하며 그녀의 코를 보았다. 꼭 꿰매놓은 것 같다고 다시 생각했다. 얼굴에 영 어색하게 붙어 있었다. 나머지 피부와 색깔도 완전히 달랐다. 훨씬 진했다. 양쪽 콧구멍은 정말 부조화의 극치였다. 아니면 전혀 새로운 종류의 조화일 수 있다는 생각도 들었다. 피카소 그림처럼.

네, 그런데 피카소가 올바른 길을 열어가고 있다고도 생각할 수 있지 않을까요? 그가 다시 말했다.

누구요? 그녀가 물었다. 피— 카……?

아, 그렇진 않으시군요. 그는 한숨을 내쉬었다. 그리고 느닷없이 이렇게 말했다. 혹시 사고를 당하신 적이 있나요?

왜 그러시죠? 그녀가 물었다.

아니, 전 그냥. 그는 어쩔 줄 몰라 허둥댔다.

아, 제 코 때문인가요?

네, 그렇습니다.

아뇨, 처음부터 이랬어요. 그녀는 참을성 있게 말했다. 처음부터.

맙소사! 거의 이런 외침이 터져 나오려 했지만 그냥 이렇게만 말했다. 아, 네, 그러세요?

하지만 저는 아주 조화로운 사람이랍니다. 그녀가 속삭이듯 말했다. 대칭을 얼마나 사랑하는지 몰라요! 제가 창가에 놓아둔 제라늄 화분을 좀 보세요. 왼쪽에 하나 오른쪽에 하나, 완전히 대칭이잖아요. 아니, 제 내면은 완전히 다르다는 걸 아셔야 해요. 전혀 다르죠.

그녀는 이렇게 말하며 손을 그의 무릎에 얹었다. 그는 그녀의 끔찍하게 내면적인 시선에 머리 뒤쪽까지 뜨거워지는 느낌이었다.

그래서 저는 결혼을, 두 사람이 함께 만들어가는 삶을 완전히 찬성한답니다. 그녀는 조금 부끄러운 듯 나지막이 말했다.

대칭 때문에요? 그의 입에서 불쑥 이런 말이 튀어나왔다.

조화, 조화 때문이죠. 그녀는 친절하게 그의 말을 고쳐주었다.

아, 네, 물론 조화 때문이죠. 그가 말했다.

그는 자리에서 일어났다.

아, 가시려고요?

아, 네, 저는— 네.

그녀는 그를 문까지 배웅했다.

내면적으로 저는 아주 많이 다르답니다. 그녀는 다시 한번 이렇게 말했다.

아, 됐어. 당신 코는 해도 너무해. 완전히 꿰매 붙인 코야. 그는 속으로 이렇게 생각했다. 그러고는 소리 내어 말했다. 내면적으로 당신이 제라늄과 똑같다는 말씀을 하시려는 거죠? 완전히 대칭이라고 말이에요, 안 그래요?

그러고 나서 그는 뒤도 돌아보지 않고 계단을 내려갔다.

그녀는 창가에 서서 그를 바라보았다.

그가 아래에서 멈춰 서서 손수건으로 이마를 톡톡 두드리며 닦는 것이 보였다. 한 번, 두 번. 그리고 다시 한 번. 하지만 그녀는 그가 이마를 닦으면서 슬며시 히죽거리는 것은 보지 못했다. 눈에 눈물이 그렁거리는 바람에 그랬던 것이다. 제라늄도 똑같이 슬퍼했다. 아무튼 제라늄 향기는 그렇게 슬펐다.

늦은 오후

집은 가늘고 잿빛이고 높았다. 그녀가 그 앞에 멈춰 서며 말했다. 자……

그는 그녀를 쳐다보았다. 얼굴은 이미 늦은 오후 속에 잠겨 있었다. 그에게는 창백한 타원형의 동그라미만이 보였다. 그녀가 말했다. 여기예요.

그녀의 열쇠 꾸러미가 소리 죽여 잘그락거렸다. 그것이 웃고 있었다.

그러자 젊은 사내가 말했다. 여기가 카타리네가(街)로군요. 고맙습니다.

그녀는 무색의 젤리 같은 눈으로 두꺼운 안경알을 통해 희멀건 반점을 쳐다보았다. 희멀건 반점은 그의 얼굴이었다. 아니요. 그녀가 대답했다. 대답하는 그녀 눈이 조금 멍청해 보였다. 내가 여기 살아요. 카타리네가 아니에요. 내가 여기 살아요.

열쇠 꾸러미가 나지막이 웃었다.

젊은 사내는 깜짝 놀랐다. 카타리네가가 아니라고요? 아니에요. 그녀가 속삭이듯 말했다. 맙소사, 난 여기서 볼일이 없어요! 카타리네가로 가야 하거든요. 그는 몹시 크게 말했다. 그녀의 목소리가 아주 작아졌다. 내가 여기 살아요. 여기 이 집에. 그러고는 열쇠 꾸러미를 잘그락거렸다.

그는 사태를 파악했다. 그는 창백한 타원형 동그라미 쪽으로 가까이 다가갔다. 그녀는 안경을 끼고 있었다. 눈이 젤리처럼 멀겋고 멍청하다고 그는 생각했다. 당신이 여기에 산다고? 혼자서? 그는 이렇게 물

으며 그녀를 붙잡았다. 네…… 물론…… 혼자예요. 그녀가 뒤로 멀찌
감치 물러서며 말했다. 그녀의 목소리는 그녀 자신도 놀랄 만큼 달라져
있었다. 지난 37년 세월 동안 이런 목소리는 처음이었다. 그런 목소리
로 그녀가 말했다. 방이 있어요.

그가 그녀를 놓아주며 물었다. 그럼 카타리네가는 어디지? 그건 저
쪽이에요. 그녀가 반쯤 예전으로 다시 돌아온 목소리로 대답했다. 저기
두번째 길에서 왼쪽요. 두번째 길에서 왼쪽. 그는 이렇게 말하며 돌아
섰다. 고맙다는 말이 안개 자욱한 오후 속으로 멀어져 갔다. 소리는 벌
써 멀찌감치 떨어져 있었다. 그러고는 그의 발걸음이 쉴 새 없이 또각
거리며 멀리 카타리네가로 사라졌다.

아니, 그는 한번 돌아보았다. 잿빛 반점이 떠나가는 그를 응시하고
있었다. 하지만 그것은 집일 수도 있었다. 집은 가늘고 잿빛이고 높았
다. 그는 눈이 젤리 같은 여자를 생각했다. 안경 낀 젤리 같은 눈이 무
척 멍청해 보였다. 맙소사, 적어도 마흔은 되었을 거야. 그런 그녀가 느
닷없이 방이 있어요, 하고 말한 것이다. 그는 늦은 오후를 바라보며 히
죽거렸다. 그러고는 카타리네가로 길을 꺾었다.

가는 잿빛 집에 잿빛 반점이 하나 달라붙어 있었다. 그 반점이 한
숨을 내쉬고는 혼자 중얼거렸다. 그 사람이 마음이 있다고 생각했는데.
나를 쳐다보는 눈이 굳이 카타리네가에 갈 생각이 없는 것 같았어. 정
말이야. 하지만 별로 내키지 않았던 모양이야.

그녀의 목소리가 다시 예전 같아졌다. 지난 37년간 그랬던 것처럼.
그녀의 창백한 두 눈이 아무것도 이해하지 못한 채 두꺼운 안경알 뒤에
서 이리저리 헤엄쳐 다녔다. 수족관 속에 있는 것처럼. 그래, 그 사람은
그냥 별로 내키지 않았던 거야.

그녀는 문을 활짝 열었다. 열쇠 꾸러미가 웃고 있었다. 나지막이. 아주 나지막이 웃고 있었다.

체리

옆방에서 유리컵 달그락거리는 소리가 났다. 이제 그가 내 체리를 다 먹어치운 모양이라고 생각했다. 나는 열도 있었다. 그녀가 일부러 차가워지라고 창가에 놓아둔 체리였다. 이제 그는 유리컵을 치워버렸다. 나는 열도 있었다.

환자는 자리에서 일어나 벽에 의지해 천천히 걸었다. 문밖으로 아버지가 땅바닥에 주저앉아 있는 게 보였다. 손에 온통 체리 즙이 묻어 있었다.

온통 체리투성이로군, 온통 체리투성이야. 환자는 생각했다. 내가 먹을 거였다. 게다가 나는 열도 있었다. 그는 손에 온통 체리 즙이 묻어 있었다. 틀림없이 아주 차가워졌을 것이다. 어머니는 내가 열이 있어서 체리를 일부러 창가에 놓아두었다. 그런데 그가 내 체리를 다 먹어치웠다. 지금 그는 바닥에 주저앉아 있다. 두 손에 온통 체리 즙을 묻힌 채로. 게다가 나는 열도 있었다. 그는 손에 차가운 체리 즙을 묻히고 있다. 아주 시원하게 차가워진 체리 즙을. 체리는 꽤 차가웠을 게 틀림없었다. 일부러 창가에 놓아둔 것이었다. 내 열 때문에.

그는 문고리에 몸을 기댔다. 문고리에서 끼익 하고 소리가 나자 아버지가 고개를 들었다.

애야, 누워 있어야지. 열이 있잖아. 어서 침대로 가거라.

온통 체리투성이로군. 환자는 아버지의 손을 쳐다보며 중얼거렸다. 온통 체리투성이야.

애야, 어서 침대로 가라니까. 아버지는 일어서려다 얼굴을 찡그렸다. 손에서 물방울이 뚝뚝 떨어졌다.

온통 체리투성이야. 환자는 다시 중얼거렸다. 온통 내 체리투성이야. 체리가 차가웠어요? 그가 큰 소리로 물었다. 그렇죠? 틀림없이 아주 차고 시원했을 것 같은데, 안 그래요? 어머니는 체리를 차가워지라고 일부러 창가에 두었다. 아주 차가워지라고.

아버지는 어찌할 바를 모르며 그를 올려다보았다. 살짝 미소도 지었다. 다시 일어설 수가 없구나. 아버지는 미소를 지으려다 얼굴을 찡그렸다. 한심하지만 정말로 다시 일어설 수가 없구나.

환자는 문에 기대섰다. 문은 그가 흔드는 대로 가볍게 이리저리 움직였다. 체리가 꽤 차가웠죠? 그가 말했다. 안 그래요?

나는 바닥에 넘어졌단다. 아버지가 말했다. 조금 놀라서 그런 걸 텐데, 아무튼 지금 꼼짝도 못 하겠구나. 아버지는 미소를 지었다. 갑자기 놀라서 그런 걸 거야. 곧 다시 괜찮아지겠지. 그러고 나면 내가 침대로 가져다주마. 그러니 어서 침대로 가.

환자는 그의 손을 보았다.

아, 이건 뭐 그리 심하지 않다. 그냥 조금 베였을 뿐이야. 곧 멈출 거다. 잔 때문에 그런 거야. 아버지는 별것 아니라는 눈짓을 보내며 올려다보다 얼굴을 찡그렸다. 네 어머니가 화내지 말아야 할 텐데. 특별히 좋아하는 잔이었는데 내가 그만 깨뜨리고 말았으니 원. 하필 네 어머니가 특별히 좋아하는 잔일 게 뭐람. 그냥 씻어놓으려던 건데 손에서 미끄러지는 바람에 그랬구나. 차가운 물에 씻어서 네 체리를 담아두려 했는데 말이다. 유리컵에 든 채로는 침대에 누워서 먹기가 나쁠 것 같아서 그런 건데. 내가 잘 알거든. 유리컵은 침대에 누워서 먹기에 정말 좋지 않아.

환자는 손을 쳐다보며 말했다. 체리는, 내 체리는요?

아버지는 다시 일어서려고 했다. 곧 갖다주마, 애야. 곧. 그러니 얼른 침대로 가거라. 넌 열이 있잖니. 체리는 내가 곧 가져다줄게. 차가워지라고 창가에 그대로 두었어. 내가 곧 가져다줄게.

환자는 벽에 의지해 다시 침대로 돌아왔다. 아버지가 체리를 들고 왔을 때 그는 머리에 깊숙이 이불을 뒤집어썼다.

내일 쓸 나무

그는 안으로 들어가 문을 닫았다. 비록 스스로 목숨을 끊을 작정이었지만 소란스럽지 않게 살며시 문을 닫았다. 그는 삶을 이해할 수 없었고 삶 안에서 이해받지도 못했다. 그는 사랑하는 사람들에게서 이해받지 못했는데, 무엇보다도 이것을 견딜 수 없었다. 그가 사랑하는 사람들과 계속해서 어긋나는 것을.

하지만 그것만이 아니었다. 너무 커져버린 나머지 모든 걸 능가하게 되었고 더 이상 옆으로 제쳐놓을 수도 없게 된 것들이 있었다.

그것은 밤마다 그가 사랑하는 사람들이 듣지 못하도록 소리 죽여 울어야 한다는 것이었다. 그것은 그가 사랑하는 어머니가 점점 늙어간다는 것, 그리고 그가 이를 지켜보아야 한다는 것이었다. 그것은 그가 다른 사람들과 방 안에 앉아 함께 웃을 수는 있지만 그 어느 때보다 더 외롭다는 것이었다. 그것은 그가 듣는 총소리를 다른 사람들은 듣지 못한다는 것이었다. 그들은 그 소리를 듣고 싶어 하지 않는다는 것이었다. 그것은 그가 사랑하는 사람들과 이렇게 계속해서 어긋나는 것이었고, 그는 그것을 견딜 수가 없었다.

그는 계단실에 한참을 서 있었다. 다락방으로 올라가서 목숨을 끊을 작정이었다. 그는 어떻게 실행할 것인가를 놓고 밤새도록 고민했다. 일단 다락방 창고로 올라가기로 결정했다. 그곳이라면 혼자 있을 수 있을 테니까. 혼자 있는 것은 다른 모든 것의 전제 조건이었다. 총기 자살은 도구가 없었고, 음독 자살은 너무 불확실할 것 같았다. 의사 덕분에 다시 살아나서 그를 너무나도 사랑하고 걱정하는 다른 사람들의 연민

과 비난에 찬 얼굴을 견뎌야 하는 것보다 더 큰 치욕은 없으리라. 물에
빠져 죽는 건 너무 비장하고 창문에서 뛰어내리는 건 너무 소란스러워
보였다. 아니, 그냥 다락방으로 올라가는 게 최선일 듯했다. 그곳은 완
전히 혼자였고 조용했다. 아무것도 눈에 띄지도 야단스럽지도 않았다.
무엇보다도 거기엔 지붕 대들보가 있었고 밧줄이 달린 빨래 바구니가
있었다.

　그는 안으로 들어가 살며시 문을 닫은 다음 주저 없이 층계 난간을
잡고 천천히 위로 올라갔다. 계단실 꼭대기 지붕, 아주 촘촘한 철망이
거미줄처럼 감싸고 있는 이 원뿔 모양의 유리 지붕으로는 창백한 하늘
이 다 보였다. 지붕 바로 밑은 이 건물에서 가장 밝은 곳이었다.

　아래에 있는 다른 층들은 노란 등불을 켜야 했다. 낮에도. 매일. 하
지만 여기 위는 모든 게 환했다. 계단, 벽, 난간, 모두. 여기는 또 모두
다 깨끗했다. 계단, 벽, 난간, 모두. 이곳 꼭대기 계단실은 거의 사용하
지 않았기 때문이다. 석탄이 있는 사람들만이 이곳을 사용했다. 그런
데 석탄은 아무도 없었다. 빨래를 널러 오는 사람이 가끔 있었지만 그
런다고 이곳이 더러워지지는 않았다. 특히 층계 난간을 보면 이곳이 거
의 전혀 사용되지 않았다는 걸 금방 알 수 있었다. 이곳 난간은 밝은 갈
색의 나무색으로 아주 깨끗해 보인 반면 아래층은 짙은 갈색에 지저분
하고 반질거렸다. 그렇게 깨끗한 밝은 갈색의 난간을 붙잡고 그는 조용
히, 소란스럽지 않게 위로 올라갔다. 비록 스스로 목숨을 끊을 작정이
었지만 말이다. 그곳에서 그는 층계 난간에 넓적한 흰 선이 그어져 있
는 것을 발견했다. 약간 노란색을 띠기도 했다. 그는 멈춰 서서 손가락
으로 그 선의 촉감을 느껴보았다. 세 번, 네 번. 그리고 뒤를 돌아보았
다. 흰 선은 전체 난간을 따라 모두 그어져 있었다. 몸을 조금 앞으로

숙여 아래를 보았다. 흰 선은 어두컴컴한 아래층까지 이어져 있었다. 아래쪽은 역시 조금 갈색을 띠었지만 그래도 난간의 나무보다는 훨씬 밝은 색이었다. 그는 손가락으로 몇 번쯤 흰 선을 문질러보다가 갑자기 말했다. 이걸 까맣게 잊고 있었군. 이건 내 짓이었어. 내가 그런 거였어.

그는 계단에 앉았다. 지금 나는 스스로 목숨을 끊을 작정이었고, 그 일은 까맣게 잊고 있었다. 아무튼 그건 내가 한 짓이었다. 카를 하인 츠의 작은 줄칼로 그랬다. 나는 그것을 주먹에 쥐고 전속력으로 계단을 뛰어 내려가면서 난간의 무른 나무에 칼날을 대고 힘껏 눌렀다. 계단이 꺾어지는 부분에서는 제동을 걸기 위해 줄칼을 더 세게 눌렀다. 아래층 에 다다랐을 때 계단 난간에는 꼭대기 다락방에서부터 1층까지 깊숙한 홈이 파였다. 내 짓이었다. 저녁에 모든 아이들이 심문을 당했다. 우리 아래층의 여자아이 두 명. 카를 하인츠와 나. 그리고 옆집 아이. 집주 인 여자는 수리 비용이 적어도 40마르크는 들 거라고 했다. 하지만 우리 부모는 보자마자 그게 우리 짓이 아니라고 여겼다. 그 정도 홈이 파 이려면 아주 날카로운 도구가 있어야 하는데 우리에게는 그런 게 없다는 걸 안다고 했다. 게다가 아이들이 자기 집 난간에 그런 짓을 할 리가 없다는 것이었다. 하지만 그건 내 짓이었다. 내가 작고 뾰족한 줄칼로 그런 것이었다. 어떤 가족도 난간 수리비 40마르크를 지불할 생각이 없 자 집주인 여자는 심각하게 훼손된 계단실의 수선 충당금으로 한 집당 5마르크를 다음 방세에 추가했다. 이 돈으로 계단실 전체에 곧 새 리놀 륨이 깔렸고, 다우스 부인은 갈라진 난간 틈에 찢긴 장갑을 보상받았 다. 그리고 수리공이 와서 홈 주위를 대패로 밀고 심하게 파인 곳에는 접합제를 발랐다. 다락방에서 1층까지. 그리고 그것은, 그것은 내 짓이 었다. 지금 나는 스스로 목숨을 끊을 작정이었고, 그 일은 까맣게 잊고 있었다.

그는 계단에 앉아 메모지를 꺼냈다. 그리고 층계 난간 일은 내가 한 짓이었다고 썼다. 메모지 맨 위에다가는 '집주인 카우프만 부인께'라고 적었다. 주머니 안에 있는 돈을 모두 꺼내보니 22마르크였다. 그는 메모지를 접어서 가슴에 달린 조그만 주머니 안에 넣었다. 사람들이 이 메모지를 틀림없이 발견할 거라고 생각했다. 아니 발견해야만 했다. 하지만 아무도 그 일을 기억 못 할 거라는 생각은 하지 못했다. 벌써 11년이나 지난 일이어서 그 역시 까맣게 잊고 있었지 않았는가. 그는 자리에서 일어났다. 계단이 조금 삐걱거렸다. 그는 이제 다락방으로 올라가려고 했다. 층계 난간의 일도 처리했으니 이제 위로 올라갈 수 있었다. 혼자인 곳, 아주 조용한 곳으로. 그는 다시 한번 큰 소리로 말하고 싶어졌다. 그가 사랑하는 사람들과 어긋나는 것을 더 이상 견딜 수 없다고. 그런 다음 그 일을 실행에 옮길 작정이었다. 그런 다음 그 일을 실행하려고 했다.

아래에서 문이 하나 열렸다. 어머니가 말하는 소리가 들렸다. 그 여자한테 가루비누를 잊지 말라고 해. 절대로 가루비누를 잊어버리면 안 된다고 말이야. 내일 씻을 물을 준비하기 위해 우리 아이가 일부러 수레를 끌고 나가서 나무를 구해 올 테니 절대로 가루비누를 잊어버리면 안 된다고 해. 우리 아이가 다시 돌아와서 애 아버지는 더 이상 나무를 구하러 나가지 않게 되어 정말 한시름 놓았다는 말도 하고. 우리 아이가 가서 내일 쓸 나무를 구해 올 거야. 그러니 절대로 가루비누를 잊어버리면 안 된다고 해. 오늘 우리 아이가 일부러 나갔다 오는 거니까. 애 아버지는 아이가 그 일을 재미있어 할 거라더군. 오랫동안 하지 못했으니 재미있어 할 거래. 아무튼 우리 아이가 나무를 구해 올 거야. 우리가 내일 목욕하는 데 쓸 나무 말이야. 그러니 그 여자한테 우리 아이가 일부러 수레를 끌고 나가는 거니까 절대로 가루비누 잊지 말라고 꼭 전해. 일부러 나가는 거라고 말이야. 우리 아이가.

계집아이가 뭐라고 대답하는 소리가 들렸다. 그러고 나서 문이 닫히고 계집아이가 계단을 뛰어 내려갔다. 그는 층계 난간을 따라 미끄러지는 작은 손이 맨 아래층에 이르는 걸 끝까지 지켜보았다. 그런 다음 잠시 아이의 걸음 소리가 들리더니 조용해졌다. 이제 고요함이 만들어 내는 소음뿐이었다.

그는 천천히 계단을 내려갔다. 천천히 한 계단씩 아래로 내려갔다. 나는 나무를 가져와야 해. 그가 말했다. 그 일을 깜빡 잊고 있었어. 나는 내일 쓸 나무를 구해 와야 해.

그는 점점 더 빠른 걸음으로 계단을 내려갔다. 내려가면서 손으로 층계 난간을 찰싹찰싹 때렸다. 나무를, 나무를 구해 와야 해. 우리가 내일 쓸 나무를. 그는 마지막 계단 몇 개를 큰 걸음으로 훌쩍 뛰어내렸다.

맨 위에 있는 두꺼운 유리 지붕으로 창백한 하늘이 보였다. 그러나 여기 아래에선 등불을 켜야 했다. 날마다. 하루도 빠짐없이.

모든 우유 가게는 힌슈네 가게라고 불린다

모든 우유 가게는 힌슈네 가게라고 불린다. 힌슈네는 다 금발이고, 싱싱한 복숭아나 갓난아기처럼 배부르고 건강한 냄새가 난다. 힌슈네는 다 손이 엄청나게 크고 붉다. 힌슈네 손이 붉은 것은 우유에 물을 섞기 때문이 아니다. 우유통과 병을 하도 씻어서 그렇다. 우유통은 무겁고 병은 매끄럽다. 그래서 힌슈네는 모두 손이 갈라졌다.

힌슈 씨는 크고 굼뜨고 선량하다. 힌슈 부인은 작고 빠르고 마찬가지로 선량하다. 딸 엘지는 크지도 작지도 않은데 기운이 없고 신경질적이다.

세 힌슈는 모두 겨울에 발이 차서 고생을 한다. 청소하기가 더 낫다는 이유로 실내 바닥에 전부 타일을 깔았기 때문이다. 겨울에 힌슈네는 나무 덧신 안에 검은색 모직 양말을 신고, 두꺼운 회색 숄을 목에 두른다. 겨울에 힌슈네는 세 사람 모두 코가 빨갛고, 손가락에 동상이 걸리고, 코감기를 달고 산다.

여름에 힌슈네는 우리 마을에서 유일하게 땀을 많이 흘리지 않아도 되는 사람들이다. 바닥 청소가 쉽다는 이유로 전부 타일을 깔았기 때문이다. 여름에 힌슈네는, 놀랍게도, 더위를 전혀 아무렇지도 않게 여길 뿐만 아니라 싱싱한 복숭아 같은 냄새도 그대로 유지한다. 그래서 모든 고객들의 부러움을 산다. 이것은 또한 그들에게 버터밀크가 아주 많으며, 4시 반이면 벌써 문을 닫기 때문이기도 하다. 그 시간이면 우유가 다 떨어지거나 발효를 시작하는 탓이다. 힌슈 씨는 크고 선량하고 약간 시무룩하다. 힌슈 부인은 작고 민첩하고 친절하다. 하지만 엘지는 신경

질적이다. 언제나 그랬다. 열다섯 살 이후부터 그랬다. 그전에는 그녀
도 다른 사람들과 같았다.

　밤이면 대형 수송 차량이 마치 중무장 포병대가 적막한 거리를 통
과하듯 요란하게, 오장육부를 덜덜거리면서—기관지가 온통 갈라진 사
람처럼—속 깊이 가쁜 숨을 몰아쉬며 우유 가게 앞에 멈춰 선다. 그들
이 밤중에 오는 건 사람들에게 아침마다 커피에 넣어 마실 우유를 제공
하기 위해서다. 차량 운전사는, 말하자면 두 눈이 이글이글 불타는 저
괴물의 조련사는 고귀한 이상주의자이자 영웅이다. 그는 예측할 수 없
는 밤의 위험을 무릅쓰면서 사람을 녹초로 만드는 이런 사랑의 봉사를
기꺼이 떠맡고 있는 것이다. 사람들이 아침마다 커피에 우유를 넣어 마
실 수 있게 하려고 말이다.

　당시 엘지는 평범한 철부지 열다섯 살이었다. 머리는 금발이고 조
금 영양 과다였다. 당시에도 우유 차가 밤에 왔는데, 그러면 힌슈네 세
사람은 너무나도 당연하게(칼을 든 천사가 나타난 것도 아닌데!) 천국과
도 같은 그들의 따분한 침대를 나섰다. 마치 한밤중에 우유가 가득 든
통 열아홉 개를 차에서 내리고 빈 통 열아홉 개를 차에 싣는 것보다 더
당연한 일은 이 세상에 없다는 듯이 그들은 지극히 당연하게 침대의 포
근한 온기를 포기했던 것이다.

　엘지는 아주 짙은 금발이었고 영양 상태가 매우 좋았고 열다섯 살
이었다. 그녀에게는 온갖 기이한 꿈들로 뜨거워진 침대를 벗어나, 오묘
하게 반짝이는 별들 아래에서, 얇은 옷을 통해 찬기가 고스란히 전해지
는 철제 우유통에 몸을 밀착하는 것이 은밀한 쾌감을 주었다. 그것은
여름날에 차디찬 아이스크림을 먹거나, 목욕을 하거나, 레모네이드를
마시는 것과도 같았다. 다만 기분이 좀더 야릇할 뿐이었다.

기름 먹는 거대한 젖소에 올라탄 영웅적인 기사, 이 대도시의 카우보이는 엉덩이 펑퍼짐한 이 금발의 소녀가 밤마다 시원하게 몸을 식히고 싶어 한다는 걸 재빨리 알아챘다. 맙소사, 달빛 아래에서 마돈나가 아닌 여자가 어디 있겠는가. 그것은 엉덩이 펑퍼짐한 소녀도 마찬가지다.

영웅들은, 제아무리 고귀한 이상주의자라 할지라도, 밤이면 먼저 도시에서 마신 맥주를 비워내기 위해 재빨리 차량 옆에 서서 볼일을 본다. 힌슈네 아낙네들이나 딸들이(우유 파는 사람은 그냥 다 힌슈네라고 부른다) 보든 말든. 이 영웅들은 절대로 고상한 척하지 않는다. 겁쟁이들의 조심성은 영웅에게는 어울리지 않는다. 그들은 폭력적이고 잔인해야 한다.

그럼에도 불구하고 엉덩이가 펑퍼짐한 그 소녀는, 무거운 우유통을 차량 위로 밀어 올리던 중 갑자기 치마 옆으로 남자의 인기척이 느껴지자 놀라고 겁에 질린 나머지 그만 그 통을 머리에 떨어뜨리고 말았다.

우리의 영웅은 그녀가 가슴을 있는 대로 앞으로 내민 상태에서 두 팔로 우유통을 붙들고 있을 수밖에 없는 이 순간을 절호의 기회로 여겨, 수백 마력을 좌지우지하는 억센 팔로 그다지 상냥하지 않게(영웅은 결코 상냥해서는 안 된다!) 소녀를 움켜잡았다.

여름이면 침대와 피가 너무 뜨거워지는 금발의 소녀들이 모두 다 엉덩이 펑퍼짐한 영혼을 지닌 것은 아니다. 그들의 영혼은 아이들 장난감처럼 단순하고 깨지기 쉬워서 어른들은 그것을 순식간에 으스러뜨릴 수 있다. 포병이 포탄이나 단단한 금속의 압박을 각별히 민감하게 피부로 느끼듯 그렇게 곤두선 감각으로 우유통을 나르는 소녀들의 영혼이 반드시 크고 풍만한 가슴 같은 것만은 아니다. 오히려 세상에서 가장 달콤하고 가장 깨끗하고 가장 맑은 은빛의 영혼을 지녔을 수 있다. 꽃향기처럼 달콤하고 신선한 우유처럼 깨끗하고 요정 같은 밤벌레들의 날개처럼 은빛일 수 있다.

수백 마력의 강력한 힘을 거느린 우리의 영웅은 순간 자신의 심장에 대한 지배력을 잃고 말았다. 심장? 물론 심장에 대한 지배력도 잃었을 것이다. 그는 커브길을 브레이크를 밟지 않고 그대로 달릴 때처럼 엘지를 취하려고 했다. 커브길에서 운전대를 꺾듯이 그녀를 급회전시키려 했다. 우유통을 소유하듯 그녀를 그의 털북숭이 손으로 소유하려 했다.

하지만 좀나방 날개의 반짝임처럼 여리고 상처받기 쉬운 은빛 영혼은 현실의 기름투성이 손에 죽을 만큼 소스라치게 놀랐다. 우유통은 영혼이 빠져나간 두 손을 번개처럼 눈 깜짝할 사이에 벗어나 소녀의 머리에 엄청난 불꽃을 튀겼다. 그리고 금발의 정수리에는 금세 시커먼 피가 번졌다.

그런 일이 있고 나서 엘지는 오랜 시간 병상에 누워 있어야 했다. 그 이후로는 더 이상 전과 같지 않았고 더 이상 다른 사람들과 같지도 않았다. 그녀는 사람들이 물도 주지 않고 햇볕도 들지 않는 창가에 세워놓은 앵초꽃처럼 시들어버렸다.

사람들은 그녀가 특이하다고 말했다. 힌슈네는 그녀가 신경질적이라고 말했다. 그녀 자신은 아무 말도 하지 않았다. 그녀는 자신의 삶에 대해 지극히 단편적인 말밖에 하지 않았다. 좀나방의 날개처럼 으스러진 그녀의 은빛 영혼은 아직도 자신의 영웅을 열렬히 숭배하고 있었던 것이다. 그의 뇌는 이미 오래전에 어느 가로수나 교각에 부딪쳐 으깨어진 채 기술의 신 제단에 희생 제물로 바쳐졌는데 말이다. 아마 그는 사랑에 미쳐 날뛰던 과격하고 자제심 없는 자신의 심장도 낯선 수송 차량의 하마 거죽 같은 회색 바퀴에 갈아 없앴을 게 분명했다. 그리하여 그에게는 삶을 보는 것도 듣는 것도 삶에 폭력을 행사하는 것도 모두 지난 일이 되고 말았다.

그다음에도 육중한 우유 차가 덜덜거리고 삐걱거리며 소란스럽게 힌슈네 가족 침실 창문 앞에 멈춰 설 때면 힌슈네 세 사람과 함께——아버지 힌슈, 어머니 힌슈, 딸 힌슈——엘지의 불안한 영혼도 자리에서 일어난다. 포석 깔린 도로 위에 부려지는 묵직한 우유통들의 불만에 찬 굉음에 흥분해 앵초꽃같이 시들고 마비된 감각을 간신히 떨쳐버린 그녀의 영혼은 으스러진 좀나방 날개로 수줍게 남몰래, 그러나 감격적인 비행을 시도한다. 어쩌면 그녀는 더 이상 그때처럼 겁먹지 않으리라 다짐하며 자신의 영웅을 찾고 있으리라. 하지만 그를 찾지는 못할 것이다. 우유차가 사라지고 소란스러운 소음이 모두 가라앉을 때까지도 그녀는 계속해서 자리에 누워 있을 테니까. 눈을 뜬 채.

틀니, 혹은 내 사촌이 더 이상 크림사탕을 먹지 않는 이유

작고 아담한 영화관이었다. 싸구려 영화관. 아이들 냄새, 흥분 냄새, 사탕 냄새가 났다. 건물 전체에서 크림사탕 냄새가 났다. 입구 매표소 옆에서 크림사탕을 팔았기 때문이다. 10페니히에 다섯 개. 그래서 구석구석 크림사탕 냄새가 배어 있었다. 하지만 그 밖에는 아담한 영화관이었다. 싸구려. 200명이 간신히 들어가는 말 그대로 변두리의 작은 영화관. 흔히 벼룩 상자라고 부르는 그런 유의 영화관이었다. 악의적으로 그렇게 부르는 건 아니었다. 우리 영화관의 원래 이름은 빅토리아 리히트슈필레였다. 일요일 오후에는 어린이 영화를 상영했다. 반값에. 하지만 어쩌면 크림사탕이 더 중요했다. 일요일 영화관에서 그것은 빠질 수 없었다. 동전 한 닢에 다섯 개. 영화관 주인 입장에서도 나쁘지 않았다.

불행하게도 내 사촌에게는 30페니히가 있었다. 엄청나게 많은 크림사탕을 살 수 있는 돈이었다. 우리는 200명의 아이 중에서 최고로 행복했다. 말하자면 나도 그랬다. 나는 그의 옆자리에 앉았고, 사촌이었으니까. 우리는 매우 행복했다. '불행하게도'는 나중 일이었다.

이윽고 천천히 그리고 기분 좋게 어두워져갔다. 200개의 입에서 나던 사탕 빠는 소리가 순식간에 잠잠해졌다. 대신 인디언 함성, 발 구르는 소리, 휘파람 소리 따위가 작은 영화관을 채웠다. 일요 영화의 시작을 알리는 의식이다.

그러고는 완전히 어두워졌다. 스크린이 밝아지고 뒤편에서 윙윙거리는 소리가 났다. 음악도 울려 나왔다. 인디인 함성은 그쳤다. 다시 곳곳에서 사탕 빠는 소리가 들렸다. 200개의 심장이 박동치기 시작했다. 영화가 시작되었다.

나중에는 정확히 분간하지도 못한다. 아무튼 아주 많이 총을 쏘고, 말을 달리고, 강도 짓을 하고, 키스를 했다. 끊임없이 무슨 일이 벌어졌다. 그리고 스크린 앞에는 사탕을 빨아대는 200개의 혀가 있었다. 나중에 집에서 무슨 영화를 봤느냐고 물어보면 총 쏘고 말 타고 강도 짓한 것 말고는 말할 게 없었다. 키스 얘기는 안 했다. 어차피 별것도 아니었다.

스크린에 말 타고 총 쏘는 장면이 많을수록 크림사탕은 더욱 분주히 한쪽 뺨에서 다른 쪽 뺨으로 옮겨 다녔다. 똑똑히 들을 수 있었다. 스크린에서 말에게 거친 욕설이라도 한마디 내뱉으면 사탕 빠는 소리는 금세 폭포 소리처럼 커졌다.

아이들 냄새, 흥분 냄새, 사탕 냄새가 났다. 사방에서 크림사탕 냄새가 났다.

그때였다. 충성스러운 백마를 탄 금발의 용맹한 주인공은 스크린 속 초원에서 시커먼 수염의 일곱 강도에게 쫓기고 있었다. 주인공이 잔뜩 찌푸린 비극적 하늘을 영웅의 애절한 눈으로 쳐다보는 순간, 추격하는 강도들이 무시무시한 연발 권총을 꺼내들고 커다란 선인장 뒤로 몸을 숨기는 순간, 갑자기 비명 소리가 터져 나왔다!

사실 그리 특별한 일도 아니었다. 스크린에서 흥미진진한 일이 벌어질 때마다 아이들의 입 200개가 비명을 지르며 떠들어댔으니까. 하지만 이번 소리는 종류가 달랐다. 너무 컸고 너무 경악스러웠다. 등줄기가 오싹할 정도였다. 게다가 내겐 더욱 특별했던 게, 소리를 지른 주인공이 내 사촌이었기 때문이다. 사촌은 또다시 비명을 질렀다. 발에 차인 강아지처럼 큰 소리로 고통을 호소하는 외침이었다. 그리고 세번째 비명도 이어졌다. 잔뜩 겁에 질린, 도저히 흘려들을 수 없는 소리였다. 사촌은 그렇게 비명을 질렀다.

성과가 있었다. 스크린에서 돌아가던 것이 중단되고 윙윙 소리가 그쳤다. 음악도 그치고 불이 켜졌다.

미친 듯이 울부짖고 욕하고 훌쩍대는 사촌에게서 이 세 번에 걸친 비명의 원인을 알아내기란 쉬운 일이 아니었다. 하지만 사람들은 마침내 그의 말을 해독했고, 매표소 직원 겸 크림사탕 판매원인 영화관 주인은 크림사탕에 거친 저주를 퍼부었다. 특히 내 사촌에게 팔았던 크림사탕에 그랬다.

물론 잘못은 그에게 있었다. 내 사촌 말이다. 집에서도 치과 의사도 그에게 얼마나 신신당부했던가. 절대로, 결코 다시는 크림사탕을 먹지 말라고. 그런데도 또 먹은 것이다. 그리고 그예 일이 터졌다. 틀니—사촌은 놀랍게도 그때 벌써 틀니를 하고 있었고, 우리 모두는 그런 그를 대단하게 여겼다—가 그만 크림사탕에 홀려 저도 모르게 사라져버린 것이다.

사촌이 스크린에서 벌어지는 숨 가쁜 사건들 때문에 입을 다물지 못하는 동안, 모험심에 젖은 틀니는 교활하고 혐오스럽게 제 형제들의 무리에서 벗어나 영화관 좌석 아래로 굴러갔다.

10여 분이 흐른 뒤 수색을 포기해야 했다. 틀니에게는 너무나 유리한 상황이었다. 200명의 아이가 이리저리 요동치는 어두컴컴한 좌석 밑에 숨은 틀니를 어떻게 찾을 수 있겠는가? 휘파람과 고함은 아무 도움이 되지 않았다. 어쩌면 틀니는 신측에 심장 뛰는 포획물이 되어 누군가의 바지 주머니 안에 들어 있는지도 몰랐다. 아무튼 틀니는 사라졌다.

다시 어두워졌고, 스크린이 밝아지며 영화는 멈춰 섰던 지점에서 다시 돌아가기 시작했다. 음악도 다시 흘러나왔다. 그리고 내 옆에는 조금 전까지만 해도 신나게 사탕을 빨아대던 사촌이 잔뜩 풀이 죽은 채 조용히 눈물을 삼키고 있었다.

모든 일은 끝이 나기 마련이다. 변두리 영화관의 어린이 영화는 좀 더 빨랐다. 스크린도 음악도 모두 끝났다. 힘겨운 노동을 마친 것이다. 그 대신 매번 놀라게 만드는 앞자리 양쪽 문이 열리며 밝은 일요일 오후가 희고 눈부시게 영화관 안으로 들어왔다. 그리고 몇 분 만에 200명의 아이는 그들의 일요 모험을 뒤로하고 시끌벅적하게 떠들며 영화관 밖으로 쏟아져 나왔다.

제일 마지막으로 침울한 심정과 불길한 예감을 감출 길 없는 이빨 없는 내 사촌과 내가 나왔다. 우리는 서로를 쳐다보았다. 묵묵히, 태연하게, 거의 남자답게. 비록 열두 살이었지만 우리는 정말 거의 남자다웠다. 물론 사촌의 두 눈에는 내게 보내는 무서운 경고가 담겨 있는 듯했다. '지금 웃으면 죽여버릴 거야'라는 경고.

나는 웃지 않았다. 5분쯤 지난 뒤에야 웃었다. 그래서 더 많이 웃었다.

출입문을 나와 두세 걸음 정도 걸었을 때, 일요일 해는 전혀 어울리지 않게 상쾌하고 눈부신 햇살로 우리에게 다가왔는데, 또다시 외침소리가 났다. 이번에 소리를 지른 사람은 나였다.

나는 발끝이 쥐덫에 걸리기라도 한 듯 갑자기 멈춰 섰다. 그러고는 두번째 외침도 내질렀다. 의기양양하게.

맙소사, 내가 찾았어!

사촌은 조그만 소리로 멍청하게 물었다. 뭐를?

나는 세번째로 소리쳤다. 제기랄, 틀니 말이야! 내가 밟았어!

그러면서 나는 더럽고 두툼한 붉은색 카펫에서 발을 떼었다. 거기 틀니가 있었다. 마치 아무 일도 없었다는 듯이 말이다! 내 발바닥을 자극한 작고 단단한 돌은 충성스럽지 못한 치아였다. 400개의 발이 영화관 안에서 이것을 이리저리 차고 다녔을 것이다. 혼자서는 여기까지 올 엄두를 못 냈을 테니까.

마지막으로 사촌이 한 번 더 소리를 질렀다.

그러고는 틀니를 주워 야단치는 눈빛으로, 그러나 기쁨을 감추지 못하며 째려보더니 겉옷에 한번 문지르지도 않고 원래 있던 자리로 보냈다.

우리는 마침내 웃을 수 있었다. 깨끗이 빨아 입은 일요일 셔츠의 깃이 눈물에 젖도록 그렇게 웃었다. 사실 사촌도 틀니가 갑자기 사라져버렸을 때 죽어라 웃고 싶었을 것이다. 자기 것만 아니었더라면 말이다. 이제 틀니가 다시 제자리로 돌아왔으니 배꼽을 잡으며 웃지 않을 이유가 없었다.

사촌은 크림사탕을 다시는 쳐다보지도 않았다. 눈길 한번 주지 않았다. 이해가 된다.

뇌우

하늘은 초록빛이었다. 두려움의 냄새가 났다. 그리고 저녁은 맥주와 구운 감자 냄새가 났다. 끝없이 이어지는 좁은 거리는 사람 냄새, 화분 냄새, 열린 침실 창문 냄새를 풍겼다.

하늘이 독처럼 노랗게 변했다. 세상은 중압감으로 말을 잃었다. 거대한 버스 한 대만이 원시적으로, 그리고 천식에 걸린 듯 헐떡이며 지나갔다. 공기 중에 희미한 기름내를 남기며.

알스터강은 하얗게 질려 밀집된 건물들 사이에서 잔뜩 겁먹은 짐승의 눈으로 하늘을 응시하고 있었다. 강은 피할 수 없는 것이 다가오고 있음을 알았다. 그리고 수많은 물고기가 갑자기 하얗게 배를 뒤집고 떠오를 때처럼 그렇게 창백해졌다. 교회 첨탑은 아주 가까웠고 벌거벗은 것 같았다. 도시는 움츠러들어 있었다.

어느 집 외벽에 달팽이 두 마리가 고적한 여유로움 속에 인사도 없이 서로 지나쳐 가고 있었다. 둘은 여섯 시간 이상을 마주 서서 상대방이 피해 가기를 기다렸다. 그러더니 결국 사이좋게 동시에 움직였다. 둘은 모두 가늘고 반질반질한 은빛 흔적을 벽에 남겼다.

여러 층으로 된 건물에서는 별다른 소리가 들리지 않았다. 문이 하나 삐걱거렸고, 아이가 무언가를 묻고 있었다. 그 밖에는 아무 소리도 나지 않았다. 아래 복도에서 심장 두 개가 쿵쾅거릴 뿐이었다. 젊은 사내와 여인의 것이었다.

달팽이 두 마리가 두 사람의 시선 아래에서 서로 한 뼘 정도 멀어졌을 때 창문 하나가 크고 분명하게 쾅 하며 닫혔다. 갑작스러운 바람이 울부짖는 소리와 함께 종잇조각을 공중으로 날리고 빈 깡통을 돌에 때리며 백 마리의 굶주린 개처럼 마비된 도시를 미친 듯이 날뛰었다. 커다란 빗방울이 탁탁 소리를 내며 차갑게 그리고 리드미컬하게 길바닥을 쳤다.

첫번째 번개가 하늘을 쪼개듯 내려치자 여인은 젊은 사내 손을 잡아 가슴에 대고 눌렀다. 천둥이 성을 내며 지붕 위에서 짖어댔다. 두 사람은 잠시 눈을 감았다.

젊은 사내는 전형적인 남자였다. 이렇게 쉽게 얻어낸 기회를 그냥 두지 않고 뇌우를 뻔뻔한 행운으로 삼았다. 그는 나머지 손을 그 옆자리로 가져가며 전체를 온전히 감싸 안았다.

전체는, 여인은 마치 처음 보는 사람인 듯 사내를 쳐다보았다. 사내는 멋들어진 동작으로 고개를 끄덕여 보이며 말했다. 그래, 난 이렇게 했어. 하지만 여인은 사내의 두 손을 가슴에서 뿌리쳤다. 재빨리 그리고 말없이. 사내를 완전히 이해한 여인은 화를 내며 말했다. 당신을 정말 모르겠어요. 그러고는 빗속으로 뛰쳐나갔다.

사내는 전형적인 젊은 남자였다. 그는 기이하리만치 굵은 빗방울들을 바라보며 어깨를 으쓱했다. 그래, 나도 정말 모르겠어. 사내는 고개를 절레절레 흔들며 달팽이 한 마리를 집어 들더니 한 시간 전에 있었던 자리에 다시 붙여놓았다. 그는 바지에 손을 문지르고 힘없이 계단에 앉았다. 그는 화가 나서 고무 밴드를 잘근잘근 씹었다.

서서히 번개가 약해졌다. 천둥도 분노를 가라앉혔다. 알스터강은 쿨렁쿨렁 소리를 내며 굵은 빗방울과 수다를 떨었다. 우유 냄새와 흙냄새가 진동했다. 청회색 나무껍질이 물에서 막 나온 코끼리 피부처럼 반지르르했다. 골목길에서 자동차 한 대가 쇳소리를 내며 물웅덩이를 지나갔다.

젊은 사내는 깔보듯 하늘을 쳐다보았다. 가느다란 달이 걸려 있는 하늘은 새로 닦은 창문처럼 투명하고 깨끗했다. 공기는 비단 같았고, 제일 먼저 나타난 별들은 깊어지는 밤에 소심한 무늬를 수놓고 있었다. 깊이 잠든 사람들의 숨소리가 들렸다. 하지만 나무와 꽃과 풀은 깨어서 빗물을 마셨다. 마지막 천둥은 어린아이가 의자 미는 소리처럼 아주 조그맣게 울렸다.

담벼락

마지막엔 바람만 남는다. 눈물, 굶주림, 발동기, 음악, 모든 게 사라지면 남아 있는 건 바람뿐이다. 바람은 그 어느 것보다 오래 살아남는다. 돌과 길, 심지어 불멸의 사랑보다도. 바람은 눈 덮인 우리 무덤 위의 메마른 덤불 속에서 위로의 노래를 부를 것이다. 바람은 여름날 저녁 달콤한 꽃들과 사랑에 빠져 춤을 출 것이다. 오늘도, 내일도, 언제나.

바람은 인생의 최초이자 마지막 위대한 교향곡이며, 그 숨결은 요람과 무덤 위에서 노래하는 영원한 멜로디다. 바람의 중얼거림, 오르간 연주, 살랑대는 귓속말, 천둥소리, 휘파람 소리 말고는 그 어느 것도 지속되지 못한다. 죽음마저도. 바람은 십자가와 뼈 위에서 노래하기 때문이다. 바람이 노래하는 곳, 그곳에 삶이 있다. 꽃은 바람에 허물어지지만, 그들은 뼈만 남은 죽음을 비웃기 때문이다. 꽃과 바람은.

바람은 현명하다. 삶만큼이나 나이가 많으므로.

바람은 현명하다. 언제든 마음껏 그리고 부드럽게 속삭일 수 있으므로.

바람의 숨결은 권력이다. 아무도 그를 막을 수 없다.

홀로 남은 늙고 부서진 담벼락이 있었다. 한때 어느 건물의 일부였던 그것은 이제 흔들거리며 서서 움푹 파인 눈으로 자기 삶의 의미를 더듬고 있었다. 그렇게 담벼락은 하늘을 향해 어둡게 솟아 있었다. 위협적으로, 하지만 굴욕스럽게 버려진 채.

저녁 바람이 부드러운 두 팔로 감싸주자 담벼락은 가볍게 흔들리며 한숨을 내쉬었다. 바람의 포옹은 따스하고 부드러웠다. 담벼락은 늙고 허약하고 가련해졌기 때문이다. 담벼락은 바람의 포옹이 좋았다. 너무 포근했다. 담벼락은 다시 한숨을 내쉬었다.

왜 그래? 젊은 바람이 상냥하게 물었다.

난 외로워. 허무해. 난 죽었어. 늙은 담벼락은 한숨을 내쉬었다.

아, 그들이 널 잊어서 슬프구나. 너는 평생 그들을 지켜주었는데, 그들의 요람과 결혼과 관을 말이야. 그런데 그들이 너를 잊었구나. 그러려니 해. 세상은 고마워할 줄 모르거든. 젊은 바람은 그것을 알고 있었다. 그토록 현명했다.

그래. 그들은 나를 잊었어. 나는 의미를 잃었어. 아, 그들은 정말 배은망덕해. 인간들은 말이야. 늙은 담벼락은 탄식했다.

그만 끝내! 바람은 담벼락을 부추겼다.

어째서? 담벼락이 물었다.

복수하는 거야. 바람이 소곤거렸다.

어떻게? 담벼락이 물었다.

쓰러져버려. 바람은 짓궂게 속삭였다.

왜? 담이 몸을 떨면서 되물었다.

젊은 바람은 늙은 담벼락을 조금 기울어뜨렸다. 담벼락의 뻣뻣한 뼈에서 서걱거리는 소리가 났다. 담벼락은 저 아래 자기 발치에 인간들이 서둘러 지나가는 것을 보았다. 감사할 줄 모르는 인간들. 늙고 버림받은 담벼락이 인간들을 다시 보며 바람에게 물었다. 온몸을 덜덜 떨면서. 쓰러져버리라고? 내가— 그럴 수— 있을까?

그걸 원해? 그러면 넌 할 수 있어. 현명한 바람은 이미 알고 있다는 듯이 말했다.

한번 해보고 싶어. 담벼락은 한숨을 내쉬었다. 정말이야!

그럼 쓰러져버려! 바람은 이렇게 소리치며 젊은 두 팔로 담벼락을 잡아채고 밀치고 들이받고 들어 올리고 깨뜨렸다. 그런 다음 바람이 손을 놓아버리자 담벼락은 마침내 쓰러졌다.

담벼락은 크게 기울었다. 멀리 그 아래로 감사할 줄 모르고 쉽게 잊고 쉽게 배신하는 작은 인간들이 득실거렸다. 그들에게 담벼락은 평생 충실한 벽이 되어주었던 것이다. 조그만 인간들이 종종거리며 부지런히 꼼지락대는 모습을 보자 담벼락은 금세 미움과 복수심을 잊었다. 사실 그는 인간들을 사랑했다. 저 아래 우글거리는 작은 인간들. 마음이 아팠다. 마지막 순간 담벼락은 다시 몸을 세우려 했다.

하지만 바람은 그냥 보고만 있지 않았다. 바람이 냅다 걷어차자 늙고 허약한 담벼락은 쿵 하는 소리와 함께 길 위로 쓰러졌다.

담벼락은 나이 든 여자와 두 아이, 그리고 막 전쟁터에서 집으로 돌아온 젊은 남자 하나를 덮쳤다. 죽어가는 늙고 허물어진 담벼락은 비명을 질렀다. 그리고 마지막 숨을 서걱거리며 젊은 바람에게 물었다.

왜? 왜 그랬지? 난 그들을 사랑했어!

하지만 바람은 담벼락의 최후를 지켜보며 웃었다. 바람에게는 차고 넘치는 힘과 아주 오랜 지혜가 있었다. 그는 삶을 비웃었다. 그는 삶이 그렇게 되리란 걸 알고 있었다. 그에겐 동정심이 없었다, 아주 오래된 젊은 바람에게는.

그러나 그는 때때로 부드러워질 줄도 알았다. 그리하여 늙은 담벼락이 인간 네 명을 죽인 일로 한숨 속에 영원히 잠들 때 곁에서 노래를 불러주었다.

하지만 젊은 바람은 다시 비웃는다. 바람은 그 어느 것보다도, 돌과 길, 심지어 불멸의 사랑보다도 오래 살아남기 때문이다.

일요일 아침

　　라디오에서 흘러나오던 아침 예배는 천둥 같은 오르간 소리와 함께 끝이 났다. 아멘. 사랑의 하느님은 여전히 수완 좋은 분이었다. 할렐루야. 조보다 교도관의 뭉툭하고 네모난 손이 라디오 볼륨을 높였다. 행진곡이었다. 조보다는 행진곡을 좋아했다. 그는 땀에 전 가죽 냄새 나는 제모를 책상에서 집어 들며 아멘을 한 차례 더 읊고는 왁스칠한 듯 반질거리는 머리에 다시 썼다. 딱딱한 모자 테두리가 깊이 파인 주름을 파고들었다. 수십 년간 동그란 대머리에 규정대로 눌러쓰고 다닌 결과로 얻은 주름이었다. 모자 테두리가 주름과 정확히 맞물리면 제대로 쓴 것이다. 그러면 모자는 귀에서 정확히 손가락 두 개 너비만큼 올라간 위치에 놓이게 된다. 학자들이 벌써 몇 세대 전에 복무규정에 못 박아 놓은 지침이었다. 당구공 같은 머리 언저리에 파인, 늘 붉은빛을 띠는 주름은 군대식 복종심을 상징했다. 귀에서 정확히 손가락 두 개 너비만큼 올라간 저 벌건 주름과 더불어 케케묵은 전통은 명예가 되어 소중히 유지되었다. 비록 자연은 제모에 맞추어 머리를 찍어낼 마음 따위는 여전히 없었지만 말이다. 아무튼 그는 아멘 하며 모자를 썼다.

　　그리고 나서 조보다는 주머니칼을 꺼냈다. 칼날은 하나밖에 없지만 멋진 칼이었다. 칼날도 예리했다. 멋진 칼. 사실 투박하고 평범하고 폭력적인 물건이었지만, 조보다는 멋진 칼이라고 생각했다. 실제로 그렇기도 했다. 이 칼 하나만 있으면 뭐든지 다 할 수 있었다. 과수나무 가지치기, 파이프 담뱃재 긁어내기, 빵 자르기, 시계 분해하기, 손톱 정리하기, 연필 깎기, 인조 꿀 덩어리 썰기 등등 뭐든지 다. 굉장한 칼이었다. 게다가 동양 동화에나 나올 법한 미묘한 마법의 향기도 풍겼다. 나무, 담배, 빵, 시계 기름, 꿀.

오늘 아침은 일요일이었다. 세 가지 냄새, 전형적인 일요일 오전 냄새 세 가지가 조금은 피곤하지만 여전히 성실한 칼날을 맴돌았다. 예배 전에 파이프를 청소할 때 묻은 담배 냄새, 일요일마다 예배 중에 손톱 정리하면서 묻은 흙냄새, 작은 정원의 흙냄새, 그리고 세번째는 예배 뒤에 돌처럼 딱딱한 인조 꿀 덩어리를 자를 때 묻은 꿀 냄새. 사실 일요일 오전에 가장 중요한 예식은 인조 꿀 자르기였다. 칼을 꺼낸 것도 그 때문이었다.

작고 끈적한 인조 꿀 한 조각을 니코틴으로 누렇게 변한 이 뒤로 밀어 넣고 나서 그는—그러지 않고는 절대로 일어나지 않았다—바닥을 끄는 시끄러운 소리와 함께 의자를 뒤로 밀며, 네모난 두 손으로 기름과 잉크로 얼룩진 식탁을 짚고 일어섰다. 그러고는 손을 뻗어 검은색 혁대를 잡았다. 혁대 안쪽에는 유성펜으로 크고 잘 보이게 휘갈겨 쓴 '교도관 조보다'라는 두 낱말이 적혀 있었다. 조보다 교도관은 인조 꿀 덩어리를 왼쪽 뺨에서 오른쪽 뺨으로 옮기더니 왼쪽 다리를 번쩍 들면서 규정에 따른 그의 일을 시작했다. 1호에서 20호까지 감방을 도는 두번째 순찰. 일요일 아침. 8시 40분.

밑창에 쇠를 박아 넣었지만 그래도 부드럽게 울리는 (안짱다리를 한 늙은 짐꾼이 걷는 듯한) 걸음 소리가 일요일의 고요하고 평화롭게 먼지 내린 복도 끝에 들려올 때면, 조보다 교도관 담당 구역의 수감자들은 모두 기대에 찬 얼굴로 미간을 찡그리고 감방 문에 귀를 갖다 대었다. 그들은 일요일마다 되풀이되는 9호와의 대화를 즐겁게 기다렸다. 두껍고 둔한 감방에 들어앉은 세 수감자만이 예외였다. 1호와 17호 그리고 9호.

1호는 시간이 없었다. 그는 종신형을 받은 수감자로 23년 만에 조수가 되었다. 다시 말해서 그는 변기통을 비우고 식판을 채우는 일을 했으며 일요일 아침에도 시간이 없었다. 그는 정기적으로 커다란 꾸러미의 날짜 지난 신문을 받았다. 그러면 그는 높으신 정치가들의 연설을 대충 훑어본 뒤 그것을(연설문을) 손바닥 크기로 잘랐다. 이것이 그가 하는 일이었다. 신문지 조각들은 점심 식사와 함께 감방 문구멍으로 밀어 넣어졌다. 방마다 서른네 장. 다음 일요일까지 화장지로 쓸 분량이었다. (높으신 정치가들의 조각난 연설문은 대충 읽힌 뒤 사용되었다.) 다들 문명국가의 일원이었으므로.

17호 역시 일요 대화를 엿들으려고 감방 문에 귀를 갖다 대지 않았다. 울음 때문이었다. 그는 열여섯 살이었는데 울었다. 일요일인데 그는 감옥에 있었다. 자전거 한 대를 훔쳤기 때문이다. 그는 눈물도 위로도 소리도 없이 울었다. 인류 역사의 아주아주 애처로운 비애가 날카로운 소리로 따르릉거리는 자전거를 타고 낙서로 얼룩진 감방 벽을 지나갔다. 자전거, 자전거, 몇 시간이고 따르릉거리는 자전거 소리가 났다. 그는 울었다. 집에 있는 사람들은 일요일이면 링 케이크를 먹으며 그를 생각했다. 정말로 그들은 그를 생각했다. 하지만 그들은 링 케이크도 먹었다. 그렇기 때문에 17호는 일요일 아침 8시 40분에 울었고, 감방 문에 귀를 갖다 대지 않았다.

그렇다면 9호는? 9호는 감방 문에 귀를 갖다 댈 수가 없었다. 입을 갖다 대었기 때문이다. 그는 일요일 아침마다 입을 그곳에 갖다 대었다. 구역 책임자인 조보다 교도관과 긴히 할 말이 있기 때문이었다. 그런데 조보나 교도관은 잘 듣지 못했다. 그래서 9호는 감방 문에 입을 갖다 대고 말해야 했다.

그러면—쇠를 박아 넣은 발걸음 소리가 부드럽게 천둥치듯 다가오면—조보다 교도관 담당 구역의 수감자들은 모두 고개를 절레절레 흔들거나 키득대면서 일요일마다 겪는 일을 다시 만끽했다. 다만, 정치가들 연설을 화장실 휴지로 만드는 1호와 우는 17호만은 그러지 않았다.

무슨 일이야, 9호?

교도관님께 드릴 말씀이 있습니다.

해봐.

제 칫솔을 내주실 수 있는지 여쭙고 싶습니다.

그게 어디 있지, 9호?

제 짐 속에 있습니다.

아니야.

맞습니다, 교도관님.

물론 그럴 수도 있지. 하지만 줄 수는 없어.

혹시 예외적으로 제가 칫솔을 받을 수 있도록 조치를 취해주실 수는 없나요?

안 돼.

저— 왜 안 되나요, 교도관님?

수감자들은 자기 짐에 손대면 안 되니까.

왜 그러면 안 되죠, 교도관님?

금지야.

혹시 교도관님께서……

안 돼.

이유가 뭐죠, 교도……

공무원은 수감자 짐에 손대면 안 되니까.

하지만 왜죠, 제가 동의하면……

금지야.

왜 그것도 금지죠?

늘 그랬어.

예외로 봐주시면 안 될까요, 교도관……

안 돼.

왜죠, 교도……

금지되었기 때문이라고 말했잖아!

딱 한 번만 안 될까요? 겨우 칫솔 한 개잖아요!

안 돼.

왜요, 교도관……

한 번도 그런 적이 없으니까.

아, 예. 그런데 그건 왜죠?

수감자들은 자기 짐에 손대면 안 되니까.

혹시 교도관님께서 한 번……

안 돼.

왜— 안 되는지요?

공무원은 수감자 짐에 손대면 안 되니까.

교도관님, 뭐 좀 여쭤봐도 될지—

말해봐!

제가 어떻게 하는 게 제일 좋을까요?

뭘?

제 칫솔을 받고 싶으면요.

아, 그렇다면 청원서를 써.

오늘 중으로 종이를 얻을 수 있을까요? 그리고 잉크도요. 교도
관……

안 돼.

왜 안 되죠, 교도관……

편지를 쓰는 건 8주에 한 번만 허락되니까. 자네는 4주 전에 썼잖아.

그건 변호사한테 쓴 건데요.

상관없어!

그러면 달리 아무런 방법도……

없어.

하지만 한 달씩이나 칫솔도 없이 지낼 수는 없어요!

모가지가 아직 붙어 있는 걸 다행으로 생각해. 앞으로 4년도 끄떡
없을 테니까.

끔찍하군요. 전 48개월이나 칫솔 없이 살 수는 없어요!

뭘 못 한다고? 내 말 좀 들어봐. 나는 쉰일곱인데 평생 한 번도 그
런 물건을 잡아본 적이 없어. 내 고향 마을 사람들은 모두 그런 짓거리
를 모른다고. 그래도 다들 오래 살았어. 칫솔 없이도 말이야. 알겠어?
내가 할 수 있는 건 자네도 할 수 있어, 알겠어? 칫솔은 내줄 수 없어,
알겠어? 알겠냐고!

알겠습니다. 교도관……

그럼 됐어.

네.

즐겁게, 성실하게, 일요일임을 감안해 평화적으로. 조보다 교도관은 1호에서 20호까지 감방을 도는 두번째 순찰을 그렇게 끝마쳤다. 일요일 아침. 9시 10분.

조보다 교도관의 담당 구역 내 모든 수감자들은 감방 문에서 귀를 떼며 키득거리거나 고개를 절레절레 흔들었다. 그리고 웃음을 참지 못해서, 또는 분노에 차서 감방 벽을 걷어찼다.

다만, 1호는 그러지 않았다. 17호는 그러지 않았다. 9호는 그러지 않았다.

9호는 국가권력파의 싸움에 시쳐 의사에 쓰러지듯 앉으며 나무 슬리퍼에 무기력한 증오를 쏟아냈다. 그런 짓을 그는 일요일마다 했다. 그의 내면적 삶의 나머지는 칫솔의 분홍빛 향기가 채워주었다. 그의 칫솔은 분홍색이었고 2마르크 45페니히였다. 그는 그것을 다시는 보지 못할 것이다.

1호도 키득대지 않았다. 고개를 절레절레 흔들지도 않았다. 그는 화장지를 찢었다. 감방당 서른네 장. 나중에 점심때 나눠줄 것이다. 그는 종신형을 받은 수감자였고 23년 만에 조수가 되었다.

그는 변기통을 비우고 식판을 채웠다. 일요일 아침이면 높으신 정치가들의 연설문을 찢어 화장지로 만들었다. 그는 범죄를 저지르지 않았다. 누가 물어보면 이렇게 말했다. 어떤 사람이 죽어가는데 우연히 그 옆에 있었다고. 아니, 그는 죄 없는 사람이었다. 그렇기 때문에 평화롭게 인내심을 갖고 화장지를 찢었다. 일요일마다. 서른네 장. 점심때.

평생토록.

　17호는 여전히 울고 있었다. 그는 열여섯 살이었고, 일요일이었고, 집에서 사람들은 그를 생각하며 케이크를 먹었다. 정말 그들은 그를 생각했다. 하지만 그들은 케이크를 먹었다. 그들은 몇 시간이고 머릿속을 달리며 살인적으로 따르릉거리는 자전거를 조금도 알지 못했다.

　그들은 케이크를 먹었고, 그는 여기 앉아서 울었다.

　일요일 아침이었다.

교재용 옛날이야기들

　재봉틀, 라디오, 냉장고, 전화기는 없는 사람이 없어요. 이제 우리 어떻게 하죠? 공장주가 물었다.

　폭탄을 만들어요. 발명가가 말했다.

　전쟁을 일으켜요. 장군이 말했다.

　정히 그렇다면 하는 수 없죠. 공장주가 말했다.

　흰 가운을 걸친 남자가 종이에 숫자들을 썼다. 그리고 아주 작고 예쁜 글자들을 써넣었다.

　그런 다음 그는 흰 가운을 벗고 한 시간가량 창가의 화분들을 돌보았다. 꽃이 한 송이 말라 죽은 것을 보고는 몹시 슬퍼하며 눈물을 흘렸다.

　그리고 종이에는 숫자들이 적혀 있었다. 이 숫자에 따르자면 0.5그램으로 두 시간 만에 수천 명을 죽일 수 있었다.

　햇살이 꽃들을 비추었다.

　그리고 종이도.

　두 남자가 이야기를 나누었다.

　비용이 얼마죠?

　타일을 포함시킬까요?

　당연히 녹색 타일 포함입니다.

　4만이오.

4만? 좋아요. 제때에 초콜릿을 화약으로 변경하지 않았더라면 당신한테 4만을 지불할 수 없었겠군.

그러면 당신의 샤워장도 없겠죠.

녹색 타일 포함.

녹색 타일 포함.

두 남자는 헤어졌다.

그들은 공장주와 건설업자였다.

전시였다.

볼링장. 두 남자가 이야기를 나누었다.

어이구, 교감 선생님, 검은 양복을 입으셨네요. 상을 당하셨나요?

아니요, 그렇지 않아요. 파티가 있었어요. 학생들이 전선으로 떠나는데, 간단한 연설을 했어요. 스파르타를 상기시키고, 클라우제비츠를 인용했죠. 명예, 조국 같은 개념들을 언급하고 횔덜린을 읽으라고도 했어요. 랑에마르크를 추모하고요. 감동적인 파티였어요. 아주 감동적이었죠. 학생들은 "신이여, 무쇠를 자라게 하소서"라며 「조국의 찬가」를 노래했는데, 눈동자가 어찌나 반짝이던지. 감동적이었어요. 정말 감동적이었어요.

맙소사, 교감 선생, 그만하세요. 정말 끔찍하군요.

교감 선생은 깜짝 놀라 상대를 쳐다보았다. 교감 선생은 이야기를 하면서 중간중간 종이에 무심하게 작은 십자 표시를 했다. 무심하게 작은 십자 표시를 했다. 그는 자리에서 일어나며 웃었다. 그러고는 새 공을 집어 레인에 굴렸다. 낮게 천둥치는 소리가 들렸다. 그리고 레인 끝에서 핀들이 쓰러졌다. 핀들이 조그만 사람들 같았다.

두 남자가 이야기를 나누었다.

그래, 어떻게 됐어?

꽤 어렵네.

얼마나 남아 있지?

잘되면 4천.

나한텐 얼마나 줄 수 있지?

800 이상은 힘들어.

그들이 더 달라고 할 텐데.

그럼 천.

고맙네.

두 남자는 헤어졌다.

그들의 대화는 사람에 관한 것이었다.

그들은 장군들이었다.

전시였다.

두 남자가 이야기를 나누었다.

자원했어?

물론.

몇 살이야?

열여덟. 너는?

나도.

두 남자는 헤어졌다.

군인들이었다.

한 남자는 쓰러졌다. 죽었다.

전시였다.

전쟁이 끝나고 군인은 집으로 돌아왔다. 하지만 빵이 없었다. 그때 빵을 가진 자가 보였다. 그는 그를 때려죽였다.

사람을 때려죽이면 안 됩니다. 판사가 말했다.

왜 안 되나요? 군인이 물었다.

평화회의를 마치고 장관들은 도시를 둘러보았다. 사격장 앞을 지나 게 되었다. 한번 쏴보겠어요? 입술을 빨갛게 칠한 여인들이 말했다. 장관들은 전부 총을 한 자루씩 쥐고 종이로 만든 남자들을 쏘았다.

총을 쏘고 있는데 나이 든 여인 한 사람이 다가와서 그들의 총을 빼앗았다. 장관 한 명이 도로 총을 가져가려 하자 여인은 그의 뺨을 갈겼다.

그녀는 누군가의 어머니였다.

옛날에 두 사람이 있었다. 두 살 때 그들은 손으로 서로를 때렸다.

열두 살 때 그들은 막대기로 서로를 때리고 돌을 던졌다.

스물두 살 때 그들은 총으로 서로를 쏘았다.

마흔두 살 때 그들은 서로에게 폭탄을 투하했다.

예순두 살 때 그들은 서로에게 세균을 뿌렸다.

여든두 살 때 그들은 죽었다. 그리고 나란히 묻혔다.

백년 뒤 지렁이 한 마리가 둘의 무덤을 돌아다니며 파먹을 때 여기 두 사람이 묻혀 있다는 걸 전혀 알아채지 못했다. 똑같은 흙이었다. 모두 다 똑같은 흙.

5천 년 뒤 두더지 한 마리가 땅 위로 고개를 내밀고는 느긋하게 바라보았다.

나무는 여전히 그대로 나무다.

까마귀는 아직도 까악까악 울고,

개들은 여전히 다리를 들고 싼다.

물고기와 별,

이끼와 바다,

그리고 모기.

전부 다 그대로다.

그리고 이따금씩—

이따금씩 사람이 보인다.

사랑스러운 푸른 잿빛 밤

밤이 모든 것을 잿빛으로 물들인다는 말은 사실이 아니다. 밤은 형언할 수 없고 따라 할 수 없는 푸른 잿빛이다. 고양이들을 위한 잿빛과 여인들을 위한 푸른빛. 밤을 그토록 무겁고 그토록 달콤하게 만드는, 저녁 9시 반에서 새벽 4시 15분 사이에 우리에게 불어와 그토록 취하게 만드는 빛깔이다.

푸른 잿빛은 어린 아기가 눈을 뜰 때보다도 부드럽게 불어와 눈멀고 귀 밝은 심장을 지닌 우리를 에워싼다. 밤이면 우리 심장은 눈이 멀고 귀가 밝아진다. 그리고 밤의 숨결을 감지한다. 꽃처럼 푸르고 쥐처럼 잿빛인 밤의 숨결은 귀 밝은 심장을 지닌 우리에게 자꾸 불어와 에워싼다. 우리가 어디 있든.

미칠 듯 황홀한 밤의 푸른 향기를 너는 맡니? 맨해튼의 너, 그리고 오데사*의 너?

포근히 감싸주는 잿빛 향기를 너는 맡니? 로테르담과 샌프란시스코의 고양이들에게 그토록 관능적이고 향수에 젖은 노래를 부르게 만드는 그 잿빛 향기를?

유혹하는 밤의 잿빛 푸른 향기를 너는 맡니? 타락한 마르세유 여인들의 눈꺼풀과 곱슬머리와 입술에 밤이 내려앉을 때면 그네들이 풍기는 술에 찌든 별 이슬 같은 향기를?

강가에 피어오르는 안개 같은 푸른 잿빛 향기를 너는 맡니? 어제를

---

* Odessa: 우크라이나의 서남부에 위치한 도시.

덮고 내일을 감추는 그 향기를? 알토나*의 너, 그리고 뭄바이**의 너? 밤의 냄새를 맡으면 취하지 않니? 밤이 너를 취하게 하지 않아?

네 심장을 꺼내. 꺼내서 밤의 달콤하고 관능적인 품에 던져버려! 밤의 숨결은 여인의 눈썹보다 부드럽고, 네 심장은 알 수 없는 마력에 홀린 듯 활짝 피어날 테니.

아직 아무것도 모르는, 캄캄한 어둠 속에서 겨우 짐작할 뿐 아직 시작도 못 한 사내들은 고뇌하지 않는다. 그저 밤으로 가득한, 밤으로 차고 넘치는 거리를 헤맬 뿐이다. 목적도 없고 말도 없이 마냥 걷는다.

어쩌면 그들은 두세 시간 정도 함께 걷는다. 가까이 붙어서. 어쩌면 그렇게 함께ㅡ 아주 가까이 붙어서ㅡ 날이 밝을 때까지 걷는다. 이따금 그들 중 하나가 별 의미 없는 말을 내뱉고, 이따금 대답을 한다. 너무 가까워질까 두려움을 느끼며. 아니, 너무 가까워질까 봐가 아니라 이렇게 가까워지는 게 두려운 거야! 아마도 그들은 계속해서 똑같은 거리를, 낮이 부끄러움을 앗아간 탓에 더욱 대담해진 사람들로 가득 찬 황폐하고 저주받은 똑같은 광장을 지날 것이다. 아마도 그들은 도시라는 석조 동물의 변두리를 헤맬 것이다. 그곳의 뜨락과 가로수길과 공원은 밤이슬에 흠씬 젖어 있으며 일요일처럼 텅 비어 있을 것이다.

그들은 끝없는 돌의 사막(아, 사막이라니!)인 변두리를 꿈꾸었는데, 이제 놀란 귀와 젖은 발로 서 있다. 맙소사, 이게 뭐지?

개구리.

개구리? 개구리들이 이렇게 크게 울어?

노래하는 거야, 리자, 사랑을 하고 있거든. 그래서 저렇게 큰 소리

* Altona: 독일 함부르크시 북서 지역.
** Mumbai: 인도 최대의 항구 도시로 원래 이름은 봄베이Bombay였다.

로 노래하는 거야.

노래를 한다고?

놔둬, 아주 근사하잖아.

그렇긴 해. 하지만 노래를 한다고? 내 생각엔 웃는 것 같아. 봐, 우리 비웃잖아.

왜 우리를 비웃어?

몇 분 전부터 비가 오는데 우리는 비를 맞으며 서 있으면서도 전혀 몰랐으니까.

여름비는 좋은 거야. 모자를 쓰지 않고 그냥 맞으면 키가 커진대.

키가 더 커지고 싶어? 나도 별로 크지 않은데.

너보다 더 커지려고 그래, 리자.

나보다 더 커야 해?

모르겠어. 그런 것 같아.

내게 비를 좋아하지 않는다고 말하지 마. 비가 없다면 태양은 우리 모두를 죽여버릴 테니까. 그래, 아무도 그런 말 마. 우리에겐 비를 사랑할 충분한 이유가 있으니까!

밤비 소리보다 더 아름다운 노래가 있을까? 밤에 내리는 비처럼 그토록 은밀하고, 그토록 당연하고, 그토록 신비로우면서 수다스러운 것이 또 있을까? 우리는 귀가 너무 무뎌져서 전차 경적 소리, 대포 소리, 교향곡 연주 소리에만 반응하는 건가? 밤에 내리며 도로와 사르르 담소를 나누고, 창문과 지붕 기와에 음탕한 속삭임을 던지고, 수백만 마리의 모기가 숨어 있는 잎사귀에 나지막이 북을 두드리고, 얇은 여름옷 사이로 우리의 어깨를 두드리고, 가벼운 징 소리와 함께 졸졸 물줄기가 되어 흐르는 수천 개의 빗방울이 만들어내는 교향악은 듣지 못하는 걸까? 우리는 우리가 만들어내는 시끄러운 소리 말고는 더 이상 아무것도 듣지 못하는 걸까?

하지만 반쯤 잠이 깬 아이들은 밤비가 들려주는 이야기를 듣는다. 밤비는 창유리에 부딪치며 아이들을 위해 웃고 또 운다. 아이들의 조그만 장밋빛 귓전에 속삭인다. 그렇게 밤비는 아이들을 위로해 다시 꿈나라로 데려간다.

물웅덩이와 흘러넘치는 하수구에 열광하는 이는 이제 아이들밖에 없는 건가? 콧잔등에 떨어져 부서지는 굵디굵은 빗방울에 웃음 짓는 이는 이제 아이들밖에 없는 건가? 창밖의 비가 떠벌리는 세상의 지극히 당연한 비밀들에 겁먹은 표정으로 열심히 귀를 기울이는 이는 이제 아이들밖에 없는 건가? 비 때문에 고요해지고 휘둥그레지고 반짝거리는 눈은 이제 아이들 눈밖에 없는 건가?

그렇다면 이 바보 같고 낡아빠지고 젠체하는 어른의 근엄함을 좀먹은 양복저고리처럼 훌훌 벗어 커다란 쓰레기 더미에 던지고 불태워버리자. 그리고 바다와 태양의 아들인 하늘의 비가 머리카락을 타고 셔츠 안으로 흘러들게 하자. 이것이 허튼소리라고 내게 말하지 마!

첫 빗방울 군단이 대열을 맞추어 지하실 계단으로 밀려 내려와 잠을 깨울 때 채소 장수는 단 한 순간도 욕을 퍼붓지 않는다. 아내의 통통한 옆구리를 툭툭 쳐서 깨운 뒤 두 사람은 한마디 불평 없이 채소와 과일이 가득 담긴 무거운 상자들을 가게에서 꺼내 좁은 뒤뜰로 옮긴다. 길고 무더운 낮 동안 모두 시들고 가련해진 것들이었다. 아침 동이 틀 때까지 밤비는 상자 속의 먼지투성이 내용물들을 깨끗이 씻어주리라.

비는 수없이 많은 젖은 걸레로 건물 벽이며 뜰을 몇 시간쯤 더 찰싹찰싹 문질러댈 테지만, 채소 장수 부부는 이미 다시 잠들어 있다. 베개에 파묻힌 그들의 넙데데한 사과 같은 얼굴은 여자가 계단 아래 벗어둔 낡은 속치마만큼이나 편안해 보인다. 속치마는 편안하고 음탕하게 그리고 복에 겨워하며 바깥세상의 멋진 일들을 알고 있는 빗방울 군단의 품에 안겨 있다. 털실로 짠 푸른 속치마는 거짓된 세상의 일들이 너무나 궁금해 쏟아져 내리는 빗물을 온통 빨아들인다. 비가 거짓말하다 죽어버릴 때까지. 아침이면 계단은 말라 있을 것이다. 그러나 낡은 속치마는 아주 커다란 두꺼비처럼 퉁퉁 불어 있으리라!

그리고 어느 집 현관 앞.

좋은 핑곗거리가 생겨서 잘됐어. 비가 와서 제때에 집에 돌아올 수 없었다고 하면 돼. 어때, 훌륭하지 않아?

너는 언제나 훌륭해! 그런데 떨고 있잖아. 내 겉옷을 벗어줄까?

그럼 넌 내일 병이 날 거야. 자, 우리 그것을 둘이 함께 뒤집어쓰자. 그러면 좀더 따뜻해질 거야.

개구리들이 아직도 노래하고 있어. 들려?

비가 쟤들 사랑에는 아직 찬물을 뿌리지 않았나 보지?

비가 사랑을 식힐 수 있다고 생각해?

글쎄, 개구리들의 노래가 얼마나 정직한지 잘 모르겠어. 아무튼 끈질기기는 하네.

내 사랑은 폭우가 열 번 쏟아져도 식지 않아. 오히려 그 반대지!

아, 그래? 대체 누구를 그렇게 사랑하는데?

헝클어진 곱슬머리에 젖은 발로 내 겉옷 속에서 떨고 있는 사람.

우리 그 얘기는 하지 말자. 지금은, 응? 여기는 어둡고 적막해, 그리고 우리는 이렇게 꼭 붙어 있고. 그럼 됐잖아? 그냥 가만히 있자. 너도 그게 훨씬 좋지 않아?

비가 오고, 어둡고, 적막하고, 우리는 꼭 붙어 있고. 맞아. 아주 좋아!……

27분 후.

비는 천사야! 엄마는 내가 화장한 걸 알았다면 난리를 쳤을 거야. 이제 겨우 열일곱 살인데 그렇고 그런 여자처럼 꾸미고 다닌다고 말이야. 그런데 비가 전부 지워버려서 난 손수건을 더럽힐 필요도 없게 됐잖아. 비는 정말 천사 아냐?……

11분 후.

집에 들어갈 거니, 리자?

아니. 너는?

맙소사, 이걸 누가 믿겠어? 우린 둘 다 집에 들어가고 싶지 않아! 그래, 비는 정말 천사야!

이상해

I

이상해. 고등학교 졸업을 앞둔 한스 헬코프는 전쟁 중에 생각했다. 대대장님이 우리 선생님을 닮았어.

II

이상해. 고등학교 졸업을 앞둔 한스 헬코프는 전쟁이 끝나고 생각했다. 우리 선생님이 대대장님을 닮았어. 머리 모양 때문일 거야.

III

* 이상해. 올라프 선생이 동료 교사에게 말했다. 졸업반 애들이 교정으로 들어오는 걸 보면 내가 맡았던 대대가 생각나요. 얼굴이 모두 앳되고 반지르르해서 그런가 봐요. 얼굴요? 동료 교사가 말했다. 장화 때문이에요, 선생님, 장화 때문이라고요.

프로이센의 영광

벌거벗은 머리통이 왁스칠한 달처럼 반짝이며 창백한 야간 조명 아래 헤엄치고 있었다. 머리통은 죽은 공장 내부를 떠다녔다. 야간 조명은 창백한 별들처럼 위에서 반짝였다. 머리통 아래로 깡마르고 꼿꼿한 남자가 행군하고 있었다. 남자는 긴 다리를 허공으로 쭉쭉 뻗으며 걸었다. 남자의 발걸음 소리는 높고 차가운 벽에 부딪쳐 울리며 천장에서 다시 바닥으로 떨어졌다. 마치 일개 대대가 행군하는 듯한 소리가 났다. 하지만 공장을 행군하는 사람은 긴 다리에 머리가 벗어진 깡마르고 꼿꼿한 남자 한 명뿐이었다. 어슴푸레한 야간 공장에 떠다니는 놋쇠로 만든 달 같은 대머리로 그는 덜커덩거리며, 핏기 없이, 왁스를 칠한 듯 반질거리며 헤엄치고 있었다.

긴 다리는 번갈아가며 곧게 허공으로 뻗었다. 깡마른 남자는 흠잡을 데 없는 모범적인 분열 행진 걸음으로 직사각형의 거대하고 황량한 공장 안을 행군했다. 다리는 앞으로 내디뎠다. 다리는 깡마른 남자에 의해 높이 공중으로 치솟았다. 다리는 모범적으로, 흠잡을 데 없이 분열 행진을 하고 있었다. 벌거벗은 머리통 밑의 긴 다리는. 그리고 창백한 야간 조명 아래 놋쇠처럼 반짝이는 머리통에서 울려 나오는 양철 같은 소리가 프로이센의 명예로운 행진곡, 프로이센의 영광을 삐걱대며 불렀다. 다다담다담다담다담……

하지만 양철 음악은 곧 중단되었다. 머리통에서 조금 여성스러운 테너가 명령했다. 마치 고요 속으로 총이 발사되었을 때처럼 밤은 그 소리에 놀라 갈가리 찢어졌다. 대대 제자리에에에 섯! 깡마른 남자는 공장 안에서 말뚝처럼 꼼짝 않고 서 있었다. 그러자 다시 미리통에서 테너, 테너, 총격, 양철이 터져 나왔다. 좌햐아아앙 좌. 깡마른 남자는 오른쪽 다리를 멀찌감치 벌리며 몸을 왼쪽 구두 축에 의지해 재빨리 돌렸다. 남자의 먼지 같은 잿빛 눈은 공장 벽 위쪽을 생기 없이 응시했다. 벽에는 창문이 하나 있었고, 그 밖은 밤이었다. 밤은 공장 안의 깡마르고 꼿꼿한 말뚝을 보고 있었다. 그때 다시 벌거숭이 머리통에서 적막한 공장 속으로 총알이 발사되었다. 침묵하는 밤 속의 여성스러운 양철 비명. 받드러어어어 총! 그때까지 몸에 뻣뻣하게 생기 없이 달라붙어 있던 깡마른 남자의 두 팔이 위로 솟구치더니 각을 세우며 가슴 앞에 고정되었다. 한밤중의 공장 안은 고요했다. 하지만 또다시 머리통에서 테너가 삐걱댔다. 양철 같은, 양철 같은 소리로 그는 프로이센의 명예로운 행진곡, 프로이센의 영광을 삐걱대며 불렀다. 다다담다담다담……

감짝 놀라 물러난 밤의 찌꺼기가 어쩔 줄 몰라 하며 적막한 공장 구석을 기고 있었다. 눈이 빨간 늙은 쥐 두 마리만이 깡마르고 꼿꼿한 남자 곁을 나지막이 찍찍거리며 일렬종대로 지나갔다. 프로이센의 영광. 죽은 공장 안의 눈이 빨간 쥐 두 마리. 벌거숭이 머리통에서 울려나오는 양철 음악. 프로이센의 영광. 다다담다담다담……

그러나 창문 밖의 두 얼굴은 심술궂은 웃음을 히죽거렸다. 시커먼 두 형체는 팔꿈치로 서로의 옆구리를 툭툭 쳤다. 잠시 후 히죽거리는 얼굴은 창문에서 사라지고 어둠이 그들을 집어삼켰다. 거리 맨 끝에서도 그들은 공장 안의 외로운 테너를 희미하게 들을 수 있었다. 다다담다담다담……

다음 날 아침, 깡마르고 꼿꼿한 남자는 사무실에 서 있었다. 그곳에는 책상이 하나, 그리고 서류꽂이와 지저분한 수건이 있었다. 책상 위에는 졸린 얼굴이 매달려 있었다. 얼굴은 졸음으로 온통 뒤덮여 있었고, 입만 어느 정도 깨어 있었다. 하지만 입은 게을러빠져서 아랫입술을 간신히 붙잡고 있었다. 졸린 얼굴은 목소리가 우단같이 부드럽고 편안한 저음이었다. 목소리는 하품을 하며 책상 앞에 선 깡마른 남자에게로 불어왔다. 남자는 아주 꼿꼿하게 책상 앞에 서 있었고, 그의 먼지 같은 잿빛 눈은 졸린 얼굴을 지나 지저분한 수건을 바라보았다. 바람 같은 부드러운 우단 목소리가 그에게 닿았을 때 깡마른 남자는 더욱 꼿꼿해졌다.

당신이 야간 경비원인가요?

네.

얼마나 되었죠?

전쟁 직후부터입니다.

그전에는?

군인이었습니다.

계급이?

대령이었습니다.

알았어요.

깡마른 남자는 책상 앞에 말뚝처럼 서 있었다. 꼼짝 않고 뻣뻣하게 굳은 채. 잿빛 눈만이 애처롭게 수건을 위아래로 훑고 있었다. 책상에서 다시 우단같이 부드럽고 졸린 바람이 그를 향해 불어왔다.

어젯밤에 도둑이 들었어요. 공장에. 그리고 당신은 잠이 들었고요.

말뚝은 침묵했다.

아니면, 그런 게 아닌가요? 바람이 불었다.

말뚝은 침묵했다.

졸린 얼굴이 미심쩍은 듯 좌우로 흔들거렸다.

좋으실 대로. 내일 심리가 있을 거예요. 당신은 증인으로 출두해야 합니다. 뭔가 수상해요. 당신은 관계가 없겠죠?

졸린 얼굴에 달콤한 미소가 번졌다. 말뚝은 아주 꼿꼿하게 선 채 침묵했다.

우단 목소리가 하품을 했다. 네, 좋으실 대로. 하지만 내일은 말해야 해요. 당신은 잠이 들었거나, 아니면 관계가 있겠죠. 사람들이 당신을 믿어주기를 빌어요. 고마워요. 이제 가도 돼요.

깡마른 남자는 몸을 돌려 문 쪽으로 갔다. 문에서 그는 반짝거리는 머리통을 비스듬히 기울인 채 졸린 얼굴에게 뭐라고 삐걱대며 물었다. 공개 심리인가요?

우단 목소리는 아주 부드럽게 속삭였다. 물론 공개 심리예요, 선생, 공개 심리.

공개 심리. 깡마른 남자는 머리통을 끄덕거리며 다시 중얼거렸다. 공개 심리로군.

공개 심리예요. 졸린 얼굴은 다시 하품을 했다.

깡마른 남자는 문을 열고 나가 밖에서 다시 문을 닫았다. 안에서는 문으로 들어온 바람에 더러운 수건이 가볍게 이리저리 흔들거렸다.

공개 심리. 남자는 이렇게 말하며 반짝이는 쇠붙이를 꺼내 들었다. 그는 그것을 두세 번 철컥거렸다. 그는 히죽거리는 두 얼굴을 보았다. 그는 사람들이 가득 자리를 메운 법정을 보았다. 그리고 두 얼굴이 히죽거렸다. 그리고 법정 전체가 히죽거렸다.

프로이센의 영광, 그는 나지막이 중얼거렸다, 프로이센의 영광. 그리고 온 도시가 히죽거렸다.

손에 든 쇠붙이가 철컥 하고 소리를 냈다. 손은 쇠붙이를 반짝이는 머리통으로 가져갔다.

조금 뒤 깡마르고 꼿꼿한 남자는 부러진 말뚝처럼 소리 없이 바닥에 누워 있었다. 옆에는 쇠붙이가 있었다. 벌거벗은 머리통은 빛을 잃은 달처럼 어슴푸레한 방 안에 놓여 있었다. 빛을 잃은 달처럼. 그 위로 한없이 긴 대열이 프로이센의 영광 행진곡에 맞추어 행군했다. 명예롭게 줄지어 지나갔다. 분열 행진을 했다. 다다담다담다담……

아니면 빗소리였을까? 검붉은 벽돌 위로 쏟아지는 비? 비가 내리고 있었다. 쉬지 않고 비가 내리고 있었다.

파리 칭링

단순한 집파리한테 붙이기에는 너무 예쁜 이름이라고 생각하시겠죠? 그렇다면 파리 칭링이 어떻게 그런 별난 이름을 얻게 되었는지 말씀해드리겠습니다. 적어도 아주 독창적인 이름이라는 생각은 드실 겁니다. 잘 들어보세요.

혹시 감옥살이를 하신 적이 있나요? 죄송합니다. 물론 없으시겠죠! 하지만 장담컨대 감옥에 들어가기란 그리 어려운 일이 아닙니다. 그 반대가, 즉 다시 나오기가 일반적으로 훨씬 어렵긴 합니다. 재판정에서 듣기론 제가 술에 취한 것과 크게 다르지 않은 상태로 어디선가 언제인가 어떤 사람에 대해 썩은 소리를 했다더군요. 그런 짓을 해서는 안 되는데 말이죠. 햄릿도 그걸 알았어야 했습니다. 그는 덴마크라는 국가에 무언가가 썩고 있다고 했으니까요.

햄릿 역시 그런 짓을 해서는 안 되었습니다. 어디에 있든지 말이에요. 하지만 이제 그런 건 상관없습니다. 지금 중요한 건 제가 왜 파리를 칭링이라고 부르게 되었는지를 아는 일이니까요.

저는 법원의 무시무시한 기소에 완전히 기가 꺾인 채 정신적 암울의 짙은 안개에 휩싸여 감방에 웅크리고 있었습니다. 주린 배로 무릎을 꿇고 앉아 탁발승처럼 아무 생각 없이 멍하니 삭막한 감방 벽을 바라보고 있는데 갑자기 작고 지극히 평범한 집파리 한 마리가 날아와 제 눈앞 벽면에 앉았습니다. 아니 섰다고 해야겠군요. 파리는 앉을 수가 없을 테니까요. 그렇게 갑자기 마치 수학 공책에 묻은 잉크 자국처럼 파리가 나타난 깃입니다.

불현듯 아득히 먼 어린 시절의 나날들이 떠오르더군요. 저는 파리에게 공손하게 도와줄 일이 없는지 물었습니다. 파리는 들은 척도 안 하며 파리 특유의 멸시적인 태도로 일관했습니다. 제 사건을 알고 있었던 걸까요? 아닙니다. 파리는 그저 잠시 방해받지 않고 미용에 몰두하고 싶어서 그런 태도를 취했던 겁니다. 그럴 때 숙녀들이 방해받지 않기를 원하는 것처럼 말입니다. 하지만 저는 점잖게 모르는 척할 만큼 신사가 아니었기 때문에 아무 거리낌 없이 파리를 쳐다보았습니다. 저의 작은 파리 양은 자기 매력을 잘 알고 있는 듯했습니다. 아무 말 없이 제가 하는 대로 내버려두었으니까요. 경멸적으로 짧게 어깨를 한번 흔든 게 고작이었죠. 파리는 다리로 유리 같은 날개 밑을 부드럽고 조심스럽게 쓰다듬었습니다. 무희가 속이 다 비치는 발레복 매무새를 다듬는 것처럼 말입니다. 물론 무희는 다리로 그러지는 않지만요. 파리는 기이하게 생긴 머리통을 빠르게 한번 흔들어 날개가 세련되게 허리에 잘 자리 잡았는지 확인한 뒤 재빨리 발을 매만지기 시작했습니다. 손톱과 발톱을 아주 열심히 그리고 분주하게 다듬더군요. 마치 오늘 중으로 파리 남작이나 성질 까다로운 갑부를 유혹하기라도 해야 하는 것 같았습니다. 파리가 자기 손톱과 발톱을 파란색으로 칠했는지 빨간색으로 칠했는지는 불빛이 희미해서 확인할 수 없었습니다. 파리는 또다시 머리를 빠르게 흔들었습니다. 그러고는 왼쪽에서 세번째 다리를 다시 한번 닦은 다음 이번에는 얼굴 화장을 시작했습니다. 빌어먹을, 솔직히 말해서 저는 파리가 고개를 비틀 때마다 식은땀이 났습니다. 매번 머리통이 완전히 돌아가버릴까 봐 정말 무서웠거든요. 머리통이 없는 파리라니요? 파리는 오른쪽 앞발로 짧은 머리털을 힘차게 쓸어 올린 다음, 머리를 두 앞발 사이에 찔러 넣고 그러지 않아도 바늘처럼 가는 목을 마사지하기 시작했습니다. 저는 너무 긴장해 숨을 쉴 수가 없었습니다. 하지만 파리는 결국 목 마사지도 무사히 끝냈고, 이번에는 눈으로 넘어갔습니다. 파리는 속눈썹을 꼼꼼하게 솔질한 뒤 눈썹을 세심하게 그렸습니다. 물론 이때 제게 요염한 곁눈질을 슬쩍 던지는 것도 잊지 않았습니다. 그러고는 몸 전체를 부르르 떨었습니다. 마지막으로 파우더를 한 번 더 바르는 것 같았습니다. 화장을 끝낸 파리는 뽐을 내며 제 코앞을 몇 걸음 위아래로 걸었습니다.

제가 그때 왜 그랬는지는 잘 모르겠습니다. 아마도 조금 자극을 받았던 모양입니다. 태곳적부터 내려온 전형적인 남성적 특성이었을까요? 아니면 사냥 본능? 개구쟁이 시절로의 퇴행? 아무튼 파리의 도발적인 행동에 제 손은 무의식적으로 잘 알려진 특유의 파리 잡는 자세를 취하고는 아직 아무것도 모르는 듯 보이는 희생 제물에게로 살금살금 다가갔습니다. 그때서야 저의 이성도 몇 가지 납득할 만한 설명을 내놓기 시작하더군요. 아마도 제 손의 별난 행동을 변호하고 싶었던 것 같았습니다. 아무튼 저는 이렇게 생각했습니다. 사람들이 나를 붙잡았듯이 나도 이제 너를 붙잡을 거야, 요 조그만 파리야. 나도 운명 놀이를 한번 해볼 테다. 내가 네 운명이 되어 삶과 죽음을 결정하는 거다. 하지만 생각뿐이었습니다. 나의 운명적인 손이 신과 같이 갑작스럽게 움켜쥐려 할 때 파리가 조롱하듯 공중으로 날아오른 겁니다. 조그맣고 검은 잉크 자국은 마치 아무 일도 없던 것처럼 불과 몇 센티미터 위쪽 벽에 다시 앉았습니다. 정확히 내 손이 닿을 수 없는 지점에 말이죠.

저는 단념하고 다시 특유의 멍한 상태로 복귀하려 했습니다. 바로 그때 소름 끼치는 압박감이 번개처럼 저를 사로잡았습니다. 파리가 방금 히죽거리며 안됐다는 듯이 내게 그 바보 같은 머리통을 끄덕거린 건가? 그 비웃는 얼굴을 향해 막 신발을 날리려고 하는데 파리가 제게 말을 건넸습니다. 가늘고 무척 사무적인 목소리였는데 처세의 지혜도 조금 담겨 있더군요. 파리는 옛날의 제 종교 과목 교사를 떠올리게 했습니다. 이봐, 내 운명이 되고 싶다더니? 이제 난 네 손에서 벗어난 거야, 멍청아. 우리는 자기 운명을 넘어서야 해. 겨우 몇 센티미터이더라도 더 이상 손이 안 닿으면 아무것도 할 수 없거든. 알아듣겠어?— 지금 나를 비웃는 거니, 파리야? 저는 화를 벌컥 냈습니다— 그래, 그런 거야. 파리는 거리낌 없이 대답하더군요. 우리는 자기 운명을 비웃을 수 있어야 해. 알겠어, 바보야? 그러면 삶이 비극이 아니라 희극이란 걸 발견하게 되지— 파리는 다시 자세를 바꾸며 내게 슬쩍 고개를 끄덕이고는 날아가버렸습니다. 날아왔을 때처럼 그렇게 갑자기.

저는 오랫동안 그 문제를 생각해보았습니다. 그리고 파리가 옳았다는 걸 깨달았죠. 우리는 자기 운명을 넘어서야 한다는 걸 말입니다! 저는 아직도 가끔씩 그 파리를 생각하곤 합니다. 한 조각 태양 입자처럼 제 어둠 속으로 날아왔던 작은 파리. 그리고 저는 늦게나마 그 파리에게 이름을 붙여주었습니다. 칭링이라고. 중국 말인데 상쾌한 기분이라는 뜻입니다.

마리아, 모두 마리아 덕분이야

그가 장화를 벗었을 때 우리는 그를 때려죽이고 싶었다.

그가 우리 감방으로 오자 갑자기 온갖 냄새가 났다. 동물 냄새, 담배 냄새, 땀 냄새, 공포 냄새, 가죽 냄새. 그는 폴란드인이었다. 하지만 게르만족처럼 백치 같은 금발이었다. 그리고 이 금발 종자들은 언제나 좀 김빠진 인간들이었다. 그도 마찬가지다. 게다가 속도 엔간히 다 들여다보였다. 할 줄 아는 독일어도 몇 마디 안 됐다. 하지만 호주머니에 예쁜 컬러 사진이 있었다. 그는 언제나 그 사진에 대고 오랜 시간 기도를 올렸다. 사진을 물컵에 기대어 의자 위에 세워놓고는 폴란드어로 소리 높여 기도했다. 사진은 금테를 둘렀고 아주 화려했다. 사진 속 여자는 빨간색 스카프와 파란색 옷을 입고 있었다. 옷은 앞이 열려 있어서 가슴이 보였다. 희고 몹시 야윈 가슴이었다. 하지만 기도를 올리기에는 충분했다. 아마도 소품에 불과했을 것이다. 흰 가슴은. 그 밖에도 여자는 머리 주위에 약간의 광채도 있었다. 하지만 그 외에는 무척 지루해 보였다. 어쨌든 우리는 그렇게 느꼈다.

폴란드인은 그녀를 마리아라고 불렀다. 그녀를 언급할 때마다 그는 손을 흔들었는데 마치 이렇게 말하고 싶은 듯했다. 어때, 아주 멋진 애인이지? 우리에게 히죽거리며 마리아를 말할 때 아마도 그는 좀더 애정 어린 마음이었을 것이다. 어쩌면 그건 부드럽고 경건한 미소였을 테지만 우리는 그를 아주 싫어했기 때문에 우리에게 그것은 히죽거리는 웃음이었다. 그는 마리아를 말했지만 첫날 저녁 그가 장화를 벗었을 때 우리는 그를 때려죽이고 싶었다. 그는 장화를 벗는 데 한 시간이나 걸렸다. 그는 수갑을 차고 있었다. 수갑 찬 손으로 장화를 벗는 것은 어려운 일이었다. 수갑 찬 손으로는 얼굴을 긁기도 불편했다. 밤에 우리 감방에는 빈대가 들끓었는데 폴란드인은 밤에도 '팔찌'를 차고 있었다. 그는 사형을 언도받았다. 장화가 그의 옆자리에 놓였을 때 우리 감방에는 기막힌 냄새가 풍겼다. 냄새는 넉살 좋은 집시처럼 우리에게 접근했다. 파렴치하고, 저항하기 어렵고, 예리하고, 뜨겁고, 아주 낯설었다. 반드시 나쁘다고만은 말할 수 없었다. 우리는 그 냄새에 속수무책이었다. 그것은 뻔뻔하고 야비했다. 나는 리비히를 쳐다보았다. 폴란드인은 파울리네와 리비히와 나 사이의 땅바닥에 앉아 있었다. 리비히는 나를 쳐다보았다. 폴란드 녀석. 그는 그렇게 말하고는 다시 창밖을 바라보았다. 리비히는 일주일 내내 발끝으로 서서 창밖을 응시했다. 하루에 서너 번 정도 무슨 말을 했다. 신참이 장화를 벗었을 때 리비히는 폴란드 녀석 하고 말했다. 그러고는 금방 울어버릴 것처럼 나를 쳐다보았다.

우리는 점점 그에게 익숙해졌다. 그에게서는 폴란드 냄새가 났다. (우리에게선 무슨 냄새가 나는지 알게 뭔가!) 그러나 장화를 벗는 데 한 시간이나 걸렸다. 그것은 우리의 인내력을 시험했다. 하지만 그는 수갑을 차지 않았는가. 어차피 때려죽일 수도 없었다. 그에겐 장화를 벗는 데 한 시간이 필요했다. 태양이 감방 창살을 천장으로 산책시키는 저녁이면 언제나 그랬다. 창살은 견고했다. 그러나 천장에 걸린 창살은 거미줄처럼 보였다. 그것은 거미줄이었다. 그리고 저녁마다 우리 감방에서는 폴란드 냄새가 났다. 리비히는 이미 더 이상 아무 말도 하지 않았다. 폴란드인이 우리 사이의 바닥에 앉아 있을 때 가끔씩 나를 쳐다볼 뿐이었다. 그냥 그걸로 충분하기도 했다. 우리는 점점 그에게 익숙해졌다.

그 대신 그는 우리 변기통을 청소했다. 누군가는 해야 하는 일이었
다. 파울리네는 그 일을 하기에 손가락이 너무 고왔다. 리비히는 그냥
하지 않았다. 그전까지 대부분 내가 변기통을 청소했다. 그러려면 스스
로 용기를 불어넣어야 했다. '어차피 다 똥이다'나 '노동은 값진 것이
다' 따위의 핑계를 대면서 이겨냈다. 이제 그 일은 폴란드인이 했다. 그
가 자신에게 어떤 핑계를 댔는지는 알 수 없었다. 하지만 무척 긍정적
인 핑계가 틀림없어 보였다. 왜냐하면 그는 변기통을 아주 깨끗이 청소
했기 때문이다. 우리는 모두 그렇게 생각했다. 심지어 그 일을 즐기는
듯했다. 가볍게 콧노래를 중얼거린 걸 보면 말이다. 웃기는 일이었다.
폴란드식으로. 그렇게 우리는 점점 그에게 익숙해졌다. 그의 사진에,
그의 기도에, 그의 냄새에. 우리는 폴란드에 익숙해졌다.

우리는 심지어 그의 빨간색 발싸개에도 익숙해졌다. 그에겐 직접
짠 아마포로 된 멋진 핏빛 발싸개가 두 개 있었다. 커런트 열매를 으깬
빨간색이었다. 그는 밤마다 발싸개를 조심스럽게 풀어서 접어두었다.
먼저 왼쪽, 그리고 오른쪽. 그는 두 발싸개를 차곡차곡 위아래로 포개
서 머리맡에 있는 거적 담요 위에 올려놓았다. 그런 다음 사진을 들고
구석으로 가서 의자 위 물컵에 기대 세워놓고는 폴란드어로 소리 높여
기도했다. 기도가 끝나면 그는 우리 모두에게 히죽거리는 웃음을 지어
보이며 자리에 누웠다. 커런트 열매를 으깬 빨간색 발싸개 두 개는 머
리 밑에 베개로 벴다. 커런트 열매 발싸개 위의 금발은 물론 아주 근사
해 보였다. 첫날 저녁 이걸 처음 보았을 때 우리는 그를 때려죽이고 싶
었다. 리비히는 다시 입을 벌려 폴란드 녀석, 하고 말하려 했다. 하지만
그만두었다. 대신 그의 콧구멍이 조금 벌름거렸다. 그냥 그걸로 충분하
기도 했다. 하지만 시간이 지나면서 우리는 발싸개에도 익숙해졌다. 그

리고 베개에도.

그들이 음식통을 가지고 왔을 때 그는 기도를 하는 중이었다. 그는 마리아 타령을 하다 말고 갑자기 어두운 구석에서 작고 김빠진 얼굴을 우리 쪽으로 돌리더니 소리쳤다. 마멀레이드! 우리는 그가 뭐라고 하는지 몰랐다. 폴란드 말일 수도 있었으니까. 그때 그가 미친 듯이 벌떡 일어섰다. 폴란드식으로 벌떡 일어서더니 사기그릇을 리비히 손에 쥐여주며 소리쳤다. 마멀레이드! 마멀레이드! 부탁해, 제발!

그러고는 돌아서서 무릎을 꿇고 다시 기도를 시작했다. 바로 그때, 리비히가 그의 엉덩이를 발로 걷어찼다. 그러고는 432호 감방에 들어온 이래 가장 긴 연설을 했다. 리비히는 말을 흉내 내며 폴란드 녀석을 자극하려고 했다.

뭐라고? 리비히가 소리쳤다. 이 병신 같은 녀석! 마주리아 멧돼지! 비열한 위선자! 마멀레이드, 마멀레이드라고? 우린 네놈이 기도하는 줄 알았어, 네 빈약한 가슴의 성모마리아와 함께 하늘나라에 있는 줄 알았다고! 그런데 그렇게 귀를 쫑긋 세우고 처먹을 궁리나 하고 있던 거야? 마멀레이드 소리만 듣고 있었던 거야, 이 식충이 폴란드 녀석아!

폴란드 녀석은 자리에서 일어섰다. 그는 아주 부드럽고 참을성 있게 말했다. 왜 그러는데? 한쪽 귀는 안에, 한쪽 귀는 바깥에. 마멀레이드는 바깥에, 마리아는 안에. 그는 사진을 자기 옷에 대며 말했다. 여기, 심장이 있는 곳에.

리비히는 아무 말도 하지 않았다. 그는 마멀레이드 그릇을 내게 건넸다. 하지만 나를 쳐다보지는 않았다. 잠시 후 그들이 감방 문을 열었다. 커피와 빵. 그리고 오늘은 치즈 대신 마멀레이드가 있었다.

그는 밤에도 마리아에게 열중했다. 밤이 되면 우리는 빈대들 때문에 잠을 잘 수가 없었다. 그리고 여자들, 에메랄드 빛 눈동자에 고양이 같은 몸매의 여자들 때문에 잠을 잘 수가 없었다. 빈대를 눌러 죽이면 마르치판 과자 같은 달콤한 구린내가 났다. 신선한 피 냄새가 났다. 맡아본 지 벌써 오래된 여자들 냄새. 여자들은 밤이면 우리를 평온하게 만들었지만 빈대는 우리로 하여금 저주를 퍼붓게 했다. 동이 틀 때까지. 폴란드 녀석만이 저주를 퍼붓지 않았다. 하지만 어느 환한 밤에 나는 그가 사진을 손에 쥐고 있는 걸 보았다. 우리가 저 온 세상의 오물을 저주로 휘젓고 있을 때 그는 아주 낮은 소리로 중얼거리고 있었던 것이다. 마리아, 마리아라고. 동이 틀 무렵이면 간혹 오리들이 퍼덕퍼덕 녹슨 날갯짓을 하며 근처 운하로 날아갔다. 그러면 리비히는 매번 탄식을 했다. 매번 탄식을 하며 말했다. 빌어먹을, 차라리 저 오리였더라면. 그러고는 다시 빈대와 저주 그리고 여자들이 온통 들끓었다. 오직 폴란드 녀석만이 속으로 말했다. 마리아, 마리아.

어느 날 밤 우리는 그릇장 문이 딸깍거리는 소리에 잠이 깼다. 폴란드 녀석이었다. 그는 선 채로 무언가를 씹고 있었다. 우리는 그가 저녁때 밥을 다 먹었다는 걸 잘 알고 있었다. 그는 저녁마다 늘 다 먹어치웠다. 그런데 지금 저기 서서 무언가를 씹고 있었다. 리비히는 거적 담요에서 벌떡 일어나 그의 머리카락을 움켜쥐었다. 하지만 리비히가 어떤 행동을 취하기 전에 폴란드 녀석이 말했다. 왜 그러는데? 배고프잖아! 그러자 리비히는 그를 놓아주고 다시 자리에 누워 아무 말도 하지 않았다. 하지만 30분쯤 뒤에 나는 그가 중얼거리며 저주하는 소리를 들었다. 폴란드 녀석, 하고 그는 말했다. 그게 다였다.

하지만 낮이면 우리는 그를 보고 있기가 힘들었다. 우리 복도 끝에서 징 박힌 발걸음 소리가 들릴 때마다 폴란드 녀석은 낮고 빠른 소리로 마리아 타령을 시작했다. 그는 사형을 언도받았다. 바깥에 간수가 지나갈 때마다 자기를 데려가려는 줄 알았고, 간수가 그냥 지나쳐 갈 때마다 아직 더 살 수 있었다. 다음 간수가 지나갈 때까지. 그는 하루에도 수천 번 그렇게 끌려갔고, 수천 번 더 살 수 있었다. 간수들은 하루 종일 지나다녔기 때문이다. 한 명이 그냥 지나쳐 갈 때마다 폴란드 녀석은 타령을 그치고 한숨을 내쉬었다. 그리고 우리를 쳐다보며 말했다. 마리아, 모두 마리아 덕분이야. 그는 마치 이렇게 말하는 것 같았다. 자, 봤지? 그녀는 언제나 도움이 되거든. 정말 좋은 여자야. 낮에 그는 이 말을, 마리아 얘기를 자주 해야 했다. 그들이 하루 종일 지나다녔기 때문이다. 그리고 그들이 그냥 지나쳐 갈 때마다 그는 태연하게 말했다. 모두 다 마리아 덕분이야. 그리고 그것은 마치 이렇게 말하는 것 같았다. 자, 봤지? 우리는 미칠 지경이었다. 그는 심지어 히죽거리기까지 했다. 그러나 그의 눈썹 위에는 작고 맑은 물방울들로 이루어진 방어선이 구축되어 있었다.

어느 날 그들은 그를 데려갔다. 그는 경악했다. 더 이상 히죽거리지 못했다. 그는 제자리에 선 채 한없이 경악했다. 우리는 그를 때려죽이고 싶었다.

한밤중에 리비히가 갑자기 크게 숨을 들이마시더니 텅 빈 거적 담요를 바라보았다. 아직도 폴란드 녀석 냄새가 나는 것 같아. 그러고는 이렇게 말했다. 이제 그가 없는데도 말이야. 파울리네와 나, 우리는 아무 말도 하지 않았다. 우리는 알고 있었다. 리비히는 폴란드 녀석을 미워했던 걸 미안해하고 있었다.

넉 달 뒤에 나는 출소했다. 지하실에 있는 의복실에 가서 입던 옷을 반납해야 했다. 지하실은 바닥 청소 중이었다. 스무 명 정도의 죄수가 무릎을 꿇고 앉아서 철수세미로 바닥을 박박 문지르며 건물을 밝고 쾌적하게 만들고 있었다. 갑자기 누가 내 바지를 잡아당겼다. 내려다보니 폴란드 녀석이었다. 그는 나를 올려다보며 히죽거렸다.

감형되었어, 그가 속삭였다. 감형! 15년, 겨우 15년! 그는 환한 표정을 지으며 자기 호주머니를 쓰다듬었다. 마리아, 그가 속삭였다, 모두 다 마리아 덕분이야. 그는 마치 사법부에 세차게 따귀라도 한 대 올려붙인 듯한 얼굴이었다. 그는 실제로 그렇게 했다. 온 세상의 사법부에.

창문 너머는 성탄절이다

　벙커에서는 견딜 수가 없다. 자동차 때문에 네 얼굴이 환해졌을 때 나는 네 눈 주위의 푸른 그늘을 보았다. 아마도 그런 여자일 거라고 나는 생각했다. 그래서 나는 네 뒤를 따라가고 있다.

　도시에는 우리 두 사람뿐이다. 창문 뒤는 성탄절이다. 이따금씩 커튼 뒤로 크리스마스트리 촛불이 보인다. 벙커에서 그들이 노래를 부르면 나는 견딜 수가 없다. 너는 눈 밑에 푸른 그늘이 있다. 아마도 너는 저녁이면 집을 나서는 여자들 중 하나일 것이다. 눈 밑 그늘은 사랑하느라 얻은 것이겠지. 하지만 그들은 지금 전혀 다르다. 지금 그들은 크리스마스 캐럴을 부른다. 그리고 울음이 나오는 것을 부끄러워한다. 나는 나와버렸다.

　혹시 방이 있어? 크리스마스트리는? 맙소사, 너한테 방이 있느냐고? 내가 네 뒤를 따라가고 있는 걸 모르겠어? 도시에는 우리 둘뿐이다. 가로등이 보초를 서고 있다. 보초들에겐 담배가 있다. 오늘은 성탄절이니까. 그리고 어둠 속에서 반짝거린다. 들어봐. 창문 뒤에서 그들은 성탄절을 보내고 있어. 그들은 부드러운 의자에 앉아 튀긴 감자를 먹고 있다. 아마 양배추도 있을 것이다. 그러면 그들은 부자다. 그들은 커튼도 있고 양배추도 있다. 커튼이 있으면 부자다. 우리 둘만 바깥에 있다. 너는 눈에 푸른 그늘이 있다. 자동차가 지나갈 때 보았다. 나는 네가 눈 밑의 그 푸른 그늘을 사랑하느라 얻었기를 바란다.

　가로등이 나타날 때마다 나는 너의 다리를 본다. 다리가 어떤지 꽤 잘 볼 수 있다. 다른 녀석들도 언제나 자기 여자들의 다리 얘기를 한다.

그들은 언제나 여자 애기를 한다. 저녁에 집에 오면 다들 자기 여자 애기를 한다. 여자라고 그들은 늘 말한다. 언제나 그냥 여자다. 그들이 다리 애기를 할 때면 골방은 온통 그녀들의 가슴과 핑크색 속옷으로 가득 찬다.

내가 계속 네 뒤를 따라가고 있는 걸 모르겠어? 가로등이 나타날 때마다 너는 고개를 돌린다. 내가 너에게 너무 어린 거야, 그래? 맞아, 갑자기 다시 어려졌다. 전쟁을 하기에는 어리지 않았는데. 무언가 근사한 걸 할 때만 그렇다. 그렇게 뛰어갈 필요 없어. 나는 어차피 네 뒤를 따라가니까. 네게 다리 말고 또 뭐가 있는지 생각하면 나는 온갖 것을 다 상상할 수 있다. 다른 녀석들은 매일 저녁 그런다. 가로등 아래로 네 무릎이 아주 하얗다. 가로등에서 내가 앞지를 때마다 너는 얼굴을 돌린다.

지나칠 때 나는 너의 냄새를 맡을 수 있다. 하지만 내가 네게 무엇을 원하는지 너는 모른다. 너는 내게서 쉽게 벗어나지는 못할 거다. 어차피 나는 어디로 가야 할지도 모르니까. 이렇게 안개 낀 날이면 벙커 안은 항상 습하고 춥다. 하지만 네겐 방이 있을 수도 있다. 부모의 집만 아니라면. 친구 집도 좋다. 그러면 넌 나를 그리로 데려갈 수 있다. 그러면 우리는 네 침대 곁에 나란히 앉는다. 안개와 추위는 문밖에 머문다. 그리고 너의 환한 무릎은 내 곁에 아주 가까이 있다. 네겐 크리스마스트리도 있다. 우리는 빵 한 조각을 나누어 먹는다. 네겐 틀림없이 빵이 있다. 다른 녀석들은 늘 자기 여자에게서 무언가 먹을 것을 얻는다고 말한다. 너희는 어차피 우리만큼 먹지 않는다. 우리는 거의 항상 배가 고프다. 나도 그렇다. 하지만 네겐 무언가가 있을 거다. 네가 부모집에서 산다면 그건 정말 개똥 같은 일이다. 그럼 우리는 아래 계단실에 머물러야 한다. 그래도 안 될 건 없다. 다른 녀석들도 자주 자기 여자들과 계단실에 머문다. 하지만 성탄절인데? 빌어먹을! 계단실이라니.

네게선 좋은 냄새가 난다. 나는 네 뒤에 바싹 붙어서 너의 냄새를 맡는다. 맙소사, 네게선 온갖 냄새가 다 난다. 그래서 온갖 것을 다 상상할 수 있다. 우리 벙커에서 이런 냄새를 맡는다면 어떨까. 하지만 그곳에서는 언제나 담배와 가죽 그리고 젖은 옷 냄새가 난다. 네게선 완전히 다른 냄새가 난다. 이런 냄새를 나는 아직 한 번도 맡아본 적이 없다. 다음 가로등에서 나는 네게 말을 건다. 거리는 완전히 비어 있다. 하지만 네게 말을 걸면 아마 모든 게 끝나버릴 것이다. 너는 아마 아무 대답도 하지 않을 것이다. 아니면 나를 비웃겠지. 네게는 내가 너무 어리다고 말이다. 하지만 너도 아직 스무 살도 안 되었는걸.

저기 가로등이 있다. 너의 무릎은 어둠 속에서 아주 환하다. 가로등이 가까워진다. 이제 곧 무슨 말을 해야 한다. 아니면 아직 하지 말까? 말을 하면 아마 모든 게 끝나버릴 것이다. 다른 녀석들은 모두 잘한다. 그들은 모두 자기 여자가 있다. 이제 가로등이다. 지금 말하면 아마 모든 게 끝나버릴 것이다. 가로등. 아니, 아직 가로등 몇 개를 더 기다리기로 한다. 아직 아니다. 안개가 좋다. 적어도 내가 아직 그렇게 나이가 많지 않다는 걸 너는 보지 못할 테니까. 하지만 나는 나이가 더 많지 않은데도 자기 여자가 있는 녀석들을 알고 있다. 그래, 지금 난 갑자기 다시 어려진다. 군인이 되기에는 어리지 않았는데. 그리고 지금 나는 돌아다니고 있다. 밤에, 안개 속을. 저녁마다 다른 녀석들은 자기 여자 얘기를 한다. 그러고 나면 나중에 잠들지 못한다. 벙커 안 공기는 온통 그들의 여자로 가득하다. 그리고 축축한 밤안개로. 바깥의. 하지만 너는, 네게선 좋은 냄새가 난다. 너의 무릎은 어둠 속에서 아주 환하다.

그것은 틀림없이 아주 따뜻하다, 너의 무릎은. 다음 가로등이 나타나면 나는 네게 말을 건다. 아마 어떻게든 될 거다. 맙소사, 너는 이런 냄새가 나는구나. 이런 냄새를 나는 아직 한 번도 맡아본 적이 없다. 저기봐, 커튼 뒤에 성탄절이 있다. 아마 양배추도 있을 거다. 우리 두 사람만 바깥에 있다. 도시에는 오직 우리 둘뿐이다.

교수들도 아무것도 모른다

나는 오믈렛이다. 별로 맛있어 보이지도 신선하지도 않을 것이다. 하지만 나는 마치 시커먼 프라이팬 속의 오믈렛처럼 그렇게 누렇고 밋밋하게 병든 나의 시커먼 기분 속에 누워 있다. 내 간은 팽팽한 축구공이고 내 머리통은 뜨거운 찻주전자이다. 축구공과 찻주전자 사이의 나머지는 잔뜩 성이 나고 맹장처럼 부풀어 있다.

'말라리아Malaria'는 '엘L'이 두 개 들어가고 강세도 첫번째 '아a'에 있어야 했다. '말라리아Mallaria'라고. 그렇다면 그것은 '정신 나간mall'이나 '미친mallerig'에서 오는 것이 될 테고, 나 또한 그런 기분일 텐데. '정신 나간' '오믈렛 같은' '미친' 기분.

내 옆 책상에서 쿵쿵 망치질 중이다. 몇 시간째. 책상 앞 의자에 90파운드가 앉아 책상 위에 있는 45파운드를 이리저리 망치질한다.

책상 위 45파운드, 그것은 내 뚱뚱하고 무거운 타자기다. 책상 앞 90파운드, 그것은 가볍고 여윈 내 아버지다. 아버지는 몇 시간째 타자기에서 광기의 리듬을 쪼개고 있다. 틱틱거리는 소리는 모두 시한폭탄 소리다. 그리고 그 시한폭탄은 내 머리통이다.

하지만 밖에는 새와 자동차와 잿빛 구름이 있다. 잿빛 구름은 오늘 저녁 중으로 무조건 세탁소로 가려고 한다. 공중변소에 걸린 수건처럼 지저분하기 때문이다. 하지만 새들은 수건 뒤편 하늘이 파랗다는 걸 안다. 그리고 자동차는 경적을 잘도 울린다. 경적을 울리는 이는 건강하다. 새와 수건과 경적은 나를 화나게 만든다. 왜냐하면 나는 병이 들어 그럴 수가 없으니까. 틱— 틱— 텍— 텍……

그러나 나는 교회당의 성자처럼 인내하려고 노력한다. 그는 사람들이 손톱을 나 뽑아도 천사의 인내심으로 신에게 기쁨을 주고자 한다. (천사는 대체 어떤 자들이란 말인가! 그리고 신은 또……!)

나의 친애하는 걱정꾸러기 90파운드는 뚱뚱한 기계를 가지고 내 찻주전자 머리통이 끓여낸 것을 사냥한다. 그래서 나는 교회당 성자의 인내가 필요하다. 무슨 말인고 하면, 밤에 나의 축구공 간이 혈관으로 박테리아를 토해내면 나의 수면 부족 머리통 찻주전자는 이야기를 끓여내고 나의 아버지는 아침에 그것을 받아 적는 것이다.

아버지는 무게가 90파운드고 타자기는 45파운드다. 하지만 아버지는 그 일이 기분 전환이 된다고 주장한다. 실제로 그는 겁이 나는 것일 뿐이다. 그러지 않으면 나는 내 시커먼 프라이팬에 심한 고통을 당하다 스스로 쪼개지기 시작할 테니까 말이다. 아버지는 내가 편히 쉬지 못하리란 걸 안다. 그렇기 때문에 몇 시간째 타자기로 나의 몽상을 희롱하고 있다. 90파운드 대 45파운드가! 미친 짓이다, 완전히 미친 짓!

그러나 그는 내 아버지다. 그는 내 간이 체펠린*이 되고 내 머리통이 엔진이 될까 봐, 둘이—환기 장치 부족으로—터져버릴까 봐 두려워한다. 그래서 그는 환기 장치 노릇을 하려 한다, 내 아버지는. 엔진과 체펠린을 저지하려고. 그걸 누가 알 수 있겠는가? 혹시 안경 낀 이들은 알까? 하지만 안경은 무슨 소용인가? 그 뒤에 아무것도 없다면, 자만의 웃음 말고, 지혜가 아니라 어리석음에서 가만히 있지 못하는 눈물 흘리

---

* 20세기 초 독일에서 개발된 경식 비행선. 개발자 페르디난트 폰 체펠린(Ferdinand von Zeppelin, 1838~1917)의 이름을 따서 체펠린이라고 불렸다. 유선형 선체에 가스를 넣은 구조로 대형화와 고속 항행이 가능했다. 제1차 세계대전 때 공습에 활용되었고, 독일과 남북아메리카 사이를 정기적으로 비행하는 여객기로도 사용되었다.

는 동물의 두 눈 말고 아무것도 없다면 말이다. 이건 반드시 구별해야 한다. 지혜의 침묵인지, 아니면 어리석음의 침묵인지. 나는 차라리 안경 낀 이의 포용력을 포기하겠다. 어차피 교수들도 아무것도 모른다.

아버지는 안다. 내가 편히 쉬지 못하리란 것을. 내 간의 문제를. 내 아버지이기 때문이다. 그렇기 때문에 그는 45파운드 쇠붙이와 씨름을 한다.

그러면 우리는 서로 싸운다. 마른기침을 하는 90파운드와 오믈렛 색의 찻주전자 머리통은, 아버지와 나는.

내 이야기에서 나는 창백한 고양이 뼈를 운하의 더러운 물속에서 빛나게 한다. 고양이 뼈라고? 아, 아버지는 이 대목이 불만스럽다. 그는 대담무쌍한 질문을 던진다.

그게 고양이 뼈인 줄 네가 어떻게 아니? 네 운하 속에 누워 창백하게 빛나며 영원의 무딘 세월을 보내는 그것이 말이다.

나는 깜짝 놀랐지만 한 치의 의심도 없었다. 그냥 알아요. 운하에 빠져 죽는 건 고양이밖에 없어요. 그게 아니어도 전 그냥 알고 있어요.

하지만 90파운드는 쉽게 물러서지 않는다. 운하에 빠져 죽는 건 그 밖에도 많아. 개, 참새, 맛이 간 물고기, 낡은 뿔, 목이 졸려 죽은 은행가, 충동적으로 살해당한 매춘부, 사랑에 빠진 고교생. 물론 고양이도 있지. 하지만 아무리 해부학 교수라도─어차피 지독한 근시일 테지만─다리에서 그게 고양이 뼈인지 매춘부 뼈인지 알아볼 수는 없어. 교수들도 아무것도 모른단다, 얘야.

오호! 내 아버지는 시인이 되고, 내 아버지의 아들은 빠져나갈 싸구려 구멍을 찾는다. 난 알아요. 그건 고양이 뼈였어요. 난 아주 정확히 알고 있어요. 내가 그것이 고양이 뼈였다고 쓰면 그건 세상이 끝날 때까지 고양이 뼈인 거예요. 두말할 필요 없이 말이에요. 고양이 뼈 때문에 제 이야기를 거부하겠다면 그러라고 해요. 그런 꽉 막힌 독자는 필요 없어요. 그건 고양이 뼈였다고요, 모르겠어요? 아니면 뭐겠어요?

그러자 책상 반대편에서 아주 상냥하게 제안한다. 그러면 그것은 고양이의 해골이었다고 쓰는 건 어때, 골격?

나는, 인정하기는 비참하지만, 설득당한다. 정 그렇다면 해골로 하죠 뭐.

문에 크고 검은 소녀가 서 있다. 아니 밝은 소녀다. 그녀는 눈도 검고 머리도 검지만 나의 시커먼 기분 위에 뜬 일곱 개의 태양보다 더 밝게 빛난다.

아버지는 쿵쿵 냄새를 맡고 부엌의 어머니에게로 간다. 그러지 않으면 내가 체펠린 같은 간을 얻게 되리란 걸 안다. 아버지는 쿵쿵 냄새를 맡았고, 간다. 그리고 부엌이 춥고 불편하리라는 걸 안다. 하지만 그는 간다. 검은 소녀가 나타나면, 태양처럼 밝게 내 곁에 있으면, 내가 그의 부드러운 달빛을 그리워하리란 걸 안다.

부엌에서 그는 적어도 40분 동안 어머니와 고양이 뼈의 비논리에 관해 토론할 것이다. 아, 그것을 나는 이제껏 나폴레옹 전쟁에 관해서 알았던 것보다 더 확실하게 안다. 나는 그것을 안다. 그것을 보고, 그것을 듣는다. 그리고 나는 어머니가 돼지 뼈를 더 좋아하리란 걸 안다. 그러면 어머니는 그녀의 90파운드 남편을 걱정할 필요가 없을 것이다.

내 어머니는 방랑자처럼 빨갛고 파란 얼룩이 있는 숄을 두르고 있다. 숄은 시골스러운 브로치로 고정되어 있다. 나는 어머니가 지금 부엌에서 담배를 나누고, 고양이 뼈를—해골에 묶어—다시 운하로 던지는 걸 본다. 우리 부엌에서는 지금 이런 일이 벌어지고 있다. 아무튼 나는 그것을 똑똑히 보았다, 아주 똑똑히.

하지만 그런 다음 나는 더 이상 아무것도 보지 못한다. 하긴 어떻게 그럴 수 있겠는가! 검은 소녀는 망토를 의자 위에 던지고 내 곁에 앉았다. 그녀의 열아홉 살은 작은 원숭이가 야자수에 기어오르듯 내 맥박을 기어오르게 한다. 그 위에서 작은 원숭이는 붉은 털이 난 코코넛 열매를 내게 던진다.

그거 네 심장이니?

아니, 코코넛 열매. 아니 맞아, 내 심장. 왜냐하면 네가 있으니까, 사랑하는 태양아.

나는 부엌과 고양이 뼈와 코코넛 열매를 잊는다. 태양은 내가 말없이 그리고 집중적으로—눈이 멀지 않고—자기를 바라본다는 걸 받아들여야 한다.

태양은 내 맥박을 잡고 싶어 한다— 태양이 정말 그러고 싶었을까?— 하지만 원숭이는 사라진다. 나는 태양의 손을 꼭 잡는다. 밖에서는 지금 수건을 비틀어 짠다. 새와 자동차가 일부는 기가 꺾여 훌쩍이고, 일부는 화가 나서 과장된 소리를 내지른다. 3주 동안 비가 내려도 좋겠다. 그러면 내 바로 옆에 태양이 앉지는 않을 테니까. 나는 정강이에 태양의 등을 느낀다. 나는 거의 튼튼해진다. 이제 자동차와 새 따위가 내게 무어란 말이냐!

그사이 우리는 낮은 소리의 말 몇 마디에서 우리가 서로 좋아한다는 걸 갑자기 알아차린다. 우리가 그것을 알아차린 건 말 때문이 아니다.

어제저녁에 무슨 말 들리지 않았어?

어제저녁에? 너는 늘 무슨 말이 들리는 모양이군.

아니, 그것 때문이 아니야. 우리가 그걸 알아차린 건 소리 때문이었어. (가끔 그것은 아주 어린 짐승 소리 같아— 그렇게— 그렇게 우리가 말했던 것처럼.)

원숭이는 더욱 세차게—저 녀석·힘센 것 좀 봐!—코코넛 열매를 던진다. 하지만 내게만 던지는 게 아니다. 왜냐하면 밝고 검은 소녀가 불안하게 나를 보고 있기 때문이다. 그녀의 목에서 아주 작고 푸른 핏줄이 떨고 있다.

우리 둘은 너무 현명하거나 너무 어리석어서, 아니면 너무 놀라서 아무 말도 할 수 없어. 우리가 또 무슨 말을 하겠어. 세상의 모든 도서관으로 달려가서 세상의 모든 연애소설을 뒤져봐. 지금 이 순간 할 수 있는 제대로 된 말을 너는 단 한 문장도 발견하지 못할 거야.

코냑과 고열은 용기를 준다. 나는 코냑은 없지만 그 대신 고열은 있다. 그래서 대담해진다.

나는 태양의 손을 셔츠 아래 내 심장에 댄다.

들리니? 거기 원숭이가 한 마리 앉아서 코코넛 열매를 던지고 있어. 코코넛 열매, 크고 굵직한 코코넛 열매 수백만 개를. 점점 많아지고 점점 빨라지고 있어. 느껴져?

태양이 아주 작은 소리로 말한다.

아 그렇군— 여기, 나도 그래.

그러고는 둘 다 아무 말이 없다. 우리가 무슨 말을 하겠는가? 세상의 그 어떤 테너에게도 우리의 코코넛 열매보다 더 나은 생각이 떠오르진 않을 것이다. 아무도 더 멋진 생각을 알지 못하리라. 교수들은 아무것도 모른다!

하지만 내 아버지는 자신이 개입하지 않으면 코코넛 열매의 집중

포격이 내 간을 초토화시키리란 걸 안다. 그렇기 때문에 그는——이미 오래전에 잊힌 고양이 뼈를 가지고——부엌에서 와서 타자기 뒤에 앉는다. 그는 내 아버지이고, 두 시간의 햇빛이 병자에게는 아주 충분하다는 걸 안다. 나의 착하고 사랑스러운 태양도 문득 그것을 깨닫는다. 유감스럽게도!

원숭이는 살짝 졸려서 야자수에서 미끄러지고, 검은 소녀는 말한다.

금방 올게, 꼭. 그럼 안녕.

마치 내가 언제 다시 내 문 앞에 서 있을 거냐고 묻기라도 한 듯이.

그리고 아버지는 나를 타자기의 공허한 리듬으로 쪼개어 천국과 같은 꿈속으로 보낸다. 그것은 야자수, 코코넛 열매, 작은 원숭이, 그리고 검고 검은 눈이 나오는 꿈이다.

외삼촌의 웨이터 쉬쉬푸쉬

물론 나의 외삼촌은 술집 주인은 아니었다. 하지만 외삼촌은 웨이터를 한 사람 알고 있었다. 이 웨이터는 외삼촌을 몹시 따랐는데 어찌나 한결같고 깍듯하던지 우리는 언제나 "외삼촌의 웨이터야"라거나 "그래 맞아, 외삼촌의 웨이터"라고 말하곤 했다.

그들이, 외삼촌과 웨이터가, 처음 서로 알게 되었을 때 나도 그 자리에 있었다. 당시에 내 키는 식탁 위에 코를 간신히 올려놓을 정도에 불과했다. 하지만 이것도 코가 깨끗할 때만 허락되었다. 내 코는 물론 늘 깨끗하지는 않았다. 내 어머니도 그다지 나이가 많지는 않았다. 그렇다고 아주 적은 것은 아니었지만, 우리 두 사람은 외삼촌과 웨이터가 처음 만날 당시 부끄러워서 어쩔 줄 몰라 했을 만큼 아직 어렸다. 아무튼 우리는, 어머니와 나는, 그 자리에 있었다.

외삼촌도 당연히 있었고, 웨이터도 있었다. 왜냐하면 두 사람은 이때 처음 알게 되었고, 그리고 이것은 두 사람의 이야기이니까. 어머니와 나는 단역일 뿐이었고, 우리는 그 자리에 있었던 것을 몹시 저주했다. 그만큼 두 사람의 만남이 시작될 당시에 우리는 정말 너무나 부끄러워해야 했다. 욕설, 불평, 폭소, 고함이 난무하는 온갖 끔찍한 장면들이 연출되었기 때문이다. 심지어 주먹질까지 오갈 뻔했다. 주먹질의 원인이 될 뻔했던 것은 외삼촌의 발음 장애였다. 하지만 외삼촌이 외다리라는 사실이 결국에는 주먹질을 막았다.

우리는, 외삼촌과 어머니와 나, 우리 세 사람은 어느 화창한 여름날 오후에 크고 화려하고 울긋불긋한 야외 주점에 자리를 잡고 앉았다.

우리 주변으로 2, 3백 명의 다른 사람이 더 앉아 있었다. 마찬가지로 다들 땀을 흘리고 있었다. 개들은 그늘진 식탁 밑에 앉아 있었고, 벌들은 케이크 접시 위에 앉아 있거나 아이들의 주스 컵 주변을 맴돌았다. 너무 덥고 손님도 너무 많아서 웨이터들은 마치 이 모든 게 누군가의 못된 농간 탓이라도 되는 듯 하나같이 심하게 모욕당한 얼굴을 하고 있었다. 마침내 우리 테이블에도 웨이터가 한 명 다가왔다.

외삼촌은 이미 말했듯이 발음 장애가 있었다. 별로 대단치 않았지만 눈에 띄기에는 충분했다. 외삼촌은 '스s' 발음을 못했다. '즈z'나 '츠tz'도 마찬가지였다. 그런 발음들을 제대로 끝맺지 못했다. 단어에 다부진 '스s-' 음이 나오면 외삼촌은 항상 맥 빠지고 축축하게 물기가 밴 '쉬sch'로 발음했다. 게다가 그때마다 입술을 앞으로 삐죽 내밀었는데 입 모양이 닭 궁둥이를 연상시켰다.

웨이터는 우리 테이블 앞에 서서 수건으로 식탁보에 남아 있는 앞사람들의 음식 부스러기를 털어냈다. (그것이 수건이 아니라 일종의 냅킨이었다는 것을 나는 여러 해가 지난 뒤에야 알았다.) 그는 그렇게 식탁보를 털어내고는 숨 가쁘고 신경질적인 목소리로 물었다.

"숀님, 무얼 드쉬겠습니까?"

늘 독한 술을 즐기는 외삼촌은 평소처럼 주문했다.

"슐은 아쉬바흐 두 샨, 그리고 아이한테는 탄산슈나 레몬슈슈. 아니면 마쉴 게 또 뭐가 있쇼?"

웨이터는 얼굴빛이 창백해졌다. 하지만 한여름이었고 게다가 그는 야외 주점의 웨이터였다. 어쩌면 너무 일에 지쳤는지도 몰랐다. 갑자기 외삼촌의 반질반질한 갈색 피부도 창백하게 변하는 것이 눈에 띄었다. 웨이터가 확인하기 위해 주문을 반복했을 때였다.

"숀님, 아쉬바흐 두 샨 탄산슈 한 샨 슈문하쉬는 거쇼? 샬 알겠습니다."

외삼촌은 마치 무언가 다급히 원하는 것이라도 있는 듯이 두 눈썹을 높이 치켜세우며 어머니를 바라보았다. 하지만 외삼촌이 원한 것은 그저 자기가 아직 이 세상에 있는 게 맞는지 확인하는 것이었다. 이윽고 외삼촌은 멀리서 울리는 포성을 연상시키는 목소리로 말했다.

"이보쇼, 당쉰 셰셩쉰이요? 세상에, 당쉰 쉬금 내 말쇼리를 쇼롱하는 거요?"

웨이터는 꼼짝도 않고 선 채로 몸을 떨기 시작했다. 두 손을 부들부들 떨고, 눈꺼풀을 떨고, 무릎도 떨었다. 하지만 무엇보다도 심하게 떤 것은 그의 음성이었다. 마찬가지로 포성과도 같은 소리로 대답하려고 안간힘을 쓰는 그의 음성은 고통과 분노와 당혹스러움으로 떨고 있었다.

"숀님, 부끄러운 슐 아셔야쇼, 샤람을 이렇게 쉽게 놀리쉬다니요. 경숄하고 무례하쉽니다."

이제 그는 모든 걸 다 떨었다. 재킷 끝자락을 떨었고, 포마드를 발라 붙인 머리카락을 떨었고, 콧구멍을 떨었고, 빈약한 아랫입술을 떨었다.

외삼촌은 아무것도 떨지 않았다. 나는 아주 정확히 보았다. 완벽하게 아무것도 떨지 않았다. 나는 외삼촌이 놀라웠다. 하지만 웨이터가 부끄러운 줄 알라고 했을 때는 외삼촌도 벌떡 일어섰다. 사실을 말하자면, 외삼촌은 전혀 벌떡 일어서지 않았다. 그것은 외삼촌의 한쪽 다리로는 너무 번거롭고 귀찮은 일이었을 테니까 말이다. 외삼촌은 그대로 앉아 있었지만 마음속으로는 벌떡 일어섰다. 그리고 그것만으로도 충분했다. 웨이터는 외삼촌이 그렇게 마음속으로 벌떡 일어선 것을 공격으로 느꼈고, 떨리고 불안한 발걸음으로 짧게 두 걸음 뒤로 물러섰다. 두 사람은 적개심에 차서 마주 서 있었다. 물론 외삼촌은 앉아 있었다. 외삼촌이 정말로 일어서기라도 했더라면 웨이터는 아마도 당장 자리에 앉았을 것이다. 외삼촌은 앉아 있어도 충분했다. 앉아서도 웨이터와 키가 맞먹었기 때문이다. 두 사람은 머리 높이가 똑같았다.

그렇게 그들은 마주 서서 서로를 주시했다. 똑같이 혀가 짧고 똑같은 결함이 있는 두 사람. 그러나 각자 완전히 다른 운명을 타고난.

작고, 불만투성이이고, 다듬어지지 않고, 산만하고, 침착하지 못하고, 생기 없고, 겁 많고, 억눌려 있는 웨이터. 작은 웨이터. 전형적인 웨이터. 마지못한, 틀에 박힌, 공손한, 무색무취한, 무표정한, 번호를 단, 빛바랜, 그렇지만 조금은 누추한 작은 웨이터. 담배 같은 손가락의, 비굴하고, 메마르고, 뺀질거리는, 잘 빗은 머리의, 말끔히 면도한, 짜증 가득한, 뒤는 홀쭉하고 옆 주머니는 불룩한 바지를 입은, 비뚤어진 구두 굽의, 고질적으로 땀에 전 옷깃의― 작은 웨이터.

그런데 외삼촌은? 아, 내 외삼촌! 넉넉한, 갈색으로 그을린, 으르렁대는, 저음의, 시끄러운, 껄껄 웃어대는, 활기찬, 풍요로운, 거대한, 여유로운, 자신감 넘치는, 만족스러운, 거침없는― 나의 외삼촌!

작은 웨이터와 거대한 외삼촌. 짐마차 끄는 말과 체펠린만큼이나 서로 다른. 그러나 모두 혀가 짧은, 똑같은 결함이 있는, 축축하게 물기가 밴 맥 빠지는 쉬 발음을 내는 두 사람. 하지만 웨이터는 세상에서 쫓겨나고, 혓바닥 운명에 짓밟히고, 무뚝뚝하고, 겁먹고, 좌절하고, 고독하고, 사나웠다.

그리고 작아졌다, 아주 작아졌다. 하루에 수천 번 조롱당하고, 가는 테이블마다 웃음을 사고, 동정을 사고, 비웃음과 수군거림을 겪었다. 매일 수천 번 야외 주점에서, 테이블마다. "무얼 드쉬겠습니까?"라고 할 때마다 작아지고 또 작아졌다. 혓바닥, 거대하고 꼴사납게 늘어진 고기 조각, 너무 짧은 혓바닥, 형체 없는 커다란 고깃덩이, 볼품없고 무력한 붉은 근육덩어리, 그 혓바닥은 그를 억눌러 난쟁이로 만들었다, 작고 작은 웨이터로!

그리고 내 외삼촌! 짧은 혀였지만 마치 그렇지 않은 듯, 누가 자기를 보고 웃으려 하면 오히려 그 자신이 더 큰 소리로 웃는 내 외삼촌. 외다리에 거구에 발음 새는, 하지만 또한 몸 마디마디, 영혼 구석구석이 아폴론과 같은 내 외삼촌. 자동차를 몰고, 여자도 몰고, 남자도 모는 경주 선수. 술 잘 마시고, 노래 잘 부르고, 주먹질 잘하고, 농담 잘하고, 음담패설 잘하고, 꼬시기 잘하는 내 외삼촌. 혀 짧고, 번쩍번쩍 광채가 나고, 달변이고, 침 잘 뱉는, 여성과 코냑의 숭배자. 술 취한 승리자, 의족을 삐걱대며 히죽거리는, 혀가 너무 짧은, 그러나 마치 그렇지 않은 듯한 내 외삼촌!

그런 그들이 마주 서 있었다. 살인도 불사할 만큼 깊이 상처받은 한 사람과 웃음이 넘치는 또 한 사람. 주변의 산책 나온 사람, 커피 마시는 사람, 군것질하는 사람 모두 6, 7백 개의 눈과 귀로 맥주와 주스와 케이크보다 이 광경을 더 즐겼다. 아, 그리고 그 한가운데에 어머니와 내가 있었다. 얼굴이 홍당무가 되어 어찌할 줄 모르며 옷 속으로 잔뜩 움츠러든 채. 하지만 우리의 고통은 이제 시작이었다.

"이봐 땅딸보, 당쇼 이 쉽 슈인을 불러와. 함부로 손님을 모욕하다니, 내 오늘 당쉰한테 본때를 보여슈겠셔."

외삼촌은 이제 일부러 목소리를 더욱 높여서 6, 7백 개의 귀가 한

마디도 빠뜨리지 않고 다 들을 수 있게 했다. 아스바흐*는 외삼촌을 기분 좋게 흥분시켰다. 외삼촌의 크고 선량하고 넓적한 갈색 얼굴이 기쁨으로 히죽거렸다. 이마에 맺힌 맑고 짭짤한 땀방울이 억센 광대뼈 위로 흘러내렸다. 그러나 웨이터는 외삼촌의 모든 것을 악의로, 비열함으로, 모욕과 도발로 여겼다. 그는 주름지고 움푹 꺼진 뺨을 가볍게 떨면서 자리에서 꼼짝도 하지 않았다.

"당쉰, 귓구멍이 막혔셔? 아니면 술이라도 쉬했나? 어셔 쉽 슈인을 샤자오라니까. 혹시 바쉐에 오슘이라도 쉬린 거야? 꼴샤나운 난생이 같으니!"

그러자 작고 작은 난쟁이, 작고 발음이 새는 그 웨이터는 우리 모두와 그 자신마저도 놀라게 할 만큼 강력하고 담대한 용기를 발휘했다. 그는 우리 테이블 앞으로 바짝 다가서더니 냅킨으로 우리 접시를 닦고는 웨이터답게 깍듯이 허리를 굽혀 인사를 했다. 그러고는 작고 남성적이고 단호하고 낮은 목소리로 압도적이고 몸서리치도록 공손하게 말했다. "샤, 여기 왔습니다, 숀님." 그러고는 작고 대담하고 침착하게 우리 테이블의 네번째 빈 의자에 앉았다. 침착하게는 물론 완전히 맞는 말은 아니다. 왜냐하면 용감하고 작은 웨이터의 심장 안에서는 멸시당하고 내쫓긴 볼품없는 피조물의 분노한 불길이 타오르고 있었기 때문이다. 그는 외삼촌을 쳐다볼 용기조차 없었다. 그냥 지극히 작고 사무적인 태도로 자리에 앉았다. 내 생각에는 고작해야 엉덩이의 8분의 1 정도만 의자에 걸쳤던 것 같다(8분의 1 이상을 차지했더라도— 완전히 겸손하게). 그는 앉아서 커피 흘린 자국이 있는 회백색 식탁보를 응시하

---

* Asbach: 독일산 브랜디.

면서 두툼한 지갑을 꺼내더니 제법 남자답게 테이블 위에 올려놓았다. 그는 아주 짧게 시선을 들이 지갑을 쿵 하고 테이블에 던진 게 너무 과한 행동이 아니었는지 살폈다. 그러고는 태산이, 즉 내 외삼촌이 여전히 아무 반응도 없는 걸 보자 지갑을 열고 마분지처럼 보이는 작게 접은 종이를 꺼냈다. 종이의 접힌 부분은 자주 사용한 종이가 흔히 그렇듯이 누런색을 띠고 있었다. 그는 종이를 조심스럽게 펼치고는, 모욕당한 억울함을 호소하거나 자기주장을 내세우는 표정을 최대한 자제하면서 무덤덤하게 짧고 뭉뚝한 손가락으로 종이의 한 지점을 가리켰다. 그러고는 조용히 말했다, 약간 목쉰 소리로, 한참 뜸을 들인 후에.

"샤 보세요. 보쉴 테면 얼마든지 보세요. 쏜님이 쉭셥 확인해보쉬란 말입니다. 셰 패슈포드입니다. 파리에 있셨고, 바르셀로나, 오슈나 부뤼크에도 있셨셔요. 샤 보세요. 패슈포드에 모두 다 셕혀 있셔요. 그리고 여기, 특이 샤항을 보세요. 왼쏙 무릎에 흉터. (쑥구 경기에셔.) 그리고 여기. 여기. 여기 뭐가 있쉬요? 여기를 보쉬란 말입니다. 날 때부터 언어 샹애. 샤, 보세요. 쏜님이 쉭셥 보쉬라고요!"

하지만 그가 승리를 만끽하면서 내 아저씨를 도발적으로 바라볼 수 있기에는 그동안의 삶이 너무 가혹했다. 그는 말없이 잠시 자신의 손가락과 입증된 태생적 장애를 바라보았다. 그러고는 외삼촌의 저음을 참을성 있게 기다렸다.

외삼촌의 저음이 나오기까지는 오랜 시간이 걸렸다. 그리고 마침내 외삼촌의 말이 시작되었을 때 나는 너무 뜻밖이어서 놀란 나머지 딸꾹질을 했다. 외삼촌은 갑자기 투박하고 넓적한 두 손으로 웨이터의 불안해하는 작은 손을 잡더니, 거구들 특유의 노기 띤 억세고 활기찬 선량함과 짐승 같은 온유함으로 이렇게 말했다. "가여운 쉰구! 날 때부터 벌써 사람들 조롱을 받으며 살아온 거야?"

웨이터는 눈물을 삼켰다. 그리고 고개를 끄덕였다. 예닐곱 번이나 끄덕였다. 구원받았고, 만족했으며, 의기양양했고, 안도했다. 그는 말할 수 없었다. 뭐가 뭔지 알 수도 없었다. 이해력과 말은 두 줄기 굵은 눈물에 막혔다. 볼 수도 없었다. 두 줄기 굵은 눈물이 모든 걸 무마하는 짙은 장막처럼 그의 눈동자를 가렸기 때문이다. 그는 아무것도 알 수 없었다. 하지만 그의 심장은 마치 수천 년 동안 바다를 기다린 사막처럼 이 연민의 물결을 받아들였다. 삶이 끝날 때까지 그렇게 물결이 넘쳐흐르기를 바랐을 것이다! 죽을 때까지 자신의 작은 손을 외삼촌의 넓적한 손에 감추고 싶었을 것이다! "가여운 쉰구"라는 그 말을 영원히 들을 수 있기를 원했을 것이다!

하지만 외삼촌에게는 벌써 이 모든 게 너무 오래 걸리는 일이었다. 자동차 운전수인 외삼촌은 성질이 급했고, 주점에 앉아 있을 때도 마찬가지였다. 외삼촌의 대포 소리 같은 음성이 야외 주점을 가로지르더니 깜짝 놀란 한 웨이터에게 소리쳤다.

"이보쇼! 여기 아슈바흐 여덟 산! 그래 당쉰, 얼른 가셔와요. 응? 당쉰 테이블이 아니라고? 상관없슈니 당상 아슈바흐 여덟 산 가셔와요!"

다른 웨이터는 당황하고 어리둥절해서 외삼촌을 쳐다보았다. 그리고 자기 동료를 보았다. 그는 동료로부터 (눈짓 따위를 통해) 대체 무슨 일인지 알아챌 수 있기를 바랐지만, 작은 웨이터는 그를 거의 알아차리지도 못했다. 그만큼 그는 모든 것으로부터, 웨이터며 음식 접시며 커피 잔이며 동료들로부터 멀리 아주 멀리 떨어져 있었다.

이윽고 아스바흐 여덟 잔이 테이블에 놓였다. 다른 웨이터는 그중

네 잔을 곧바로 다시 가져가야 했다. 그 잔들은 그가 숨 한번 제대로 쉬기도 전에 비워졌다. "사, 이것들 얼른 다쉬 새워셔 가져와요!" 외삼촌은 이렇게 명령하고 재킷 안주머니를 뒤졌다. 그러고는 휘파람으로 공중에 포물선을 긋더니 두툼한 지갑을 테이블 위에 있는 새 친구의 지갑 옆에 내려놓았다. 외삼촌은 지갑에서 꾸깃꾸깃한 카드를 한 장 만지작거리며 꺼내고는 어린아이 팔뚝만 한 가운뎃손가락으로 카드의 한 부분을 가리켰다.

"샤 이걸 보라구, 쉰구. 여기 뭐라고 셕혀 있는쉬 말이야. 다리 셜단, 아래턱 숑샹. 션투 슝 부샹." 아저씨는 이렇게 말하면서 다른 손으로 아래턱에 난 흉터를 가리켰다.

"개샤쉭들이 슝으로 혓바닥도 쇼금 날려버렸쉬. 그때 프랑슈에서 말이야."

웨이터는 고개를 끄덕였다.

"아쉭도 화가 안 풀렸셔?" 외삼촌이 물었다.

웨이터는 말도 안 되는 소리라는 듯이 급히 머리를 가로저었다.

"처음에는 숀님이 셔를 쇼롱하시는 슐로만 알았셔요."

그는 사람을 잘못 본 자신의 실수에 당황해 계속해서 머리를 좌우로 흔들어댔다.

그 모습이 마치 자기 운명의 모든 비극을 이것으로 털어버리려는 것 같았다. 움푹 파인 뺨으로 흘러내리는 두 줄기 눈물은 이제껏 조롱당한 삶의 모든 고통을 거두어갔다. 그가 외삼촌의 거대한 손에 이끌려서 들어선 새로운 삶은 조그맣게 터져 나온 웃음과 더불어 시작되었다. 두렵고 소심하게, 하지만 진한 아스바흐 냄새와 함께.

그리고 외삼촌, 외다리와 총 맞은 혀와 수염 덥수룩한 저음의 유머로 인생을 껄껄 웃으며 살아온 내 외삼촌은 마침내 웃음을 터뜨릴 만큼 한껏 취기가 올랐다. 외삼촌의 얼굴은 이미 불콰해져 있었다. 나는 외삼촌이 언제 터질지 몰라 겁이 났다. 이윽고 외삼촌의 웃음이 터져 나왔다. 억제할 수 없이, 폭발적으로, 소란스럽게, 환호성을 지르며, 징을 울리며, 컥컥거리며, 그렇게 웃어댔다. 외삼촌은 마치 태곳적의 굉음으로 트림하는 거대한 공룡이 된 것 같았다. 반면에 웨이터가, 새롭고 작은 웨이터 인간이 새롭게 시험해보는 최초의 작은 인간의 웃음은 감기 걸린 새끼 염소가 내는 가냘픈 잔기침 소리 같았다. 나는 겁에 질려 어머니의 손을 잡았다. 나는 외삼촌이 겁이 났던 것은 아니다. 하지만 내 동물적인 예감으로 외삼촌 내부에서 부글거리는 여덟 잔의 아스바흐는 몹시 두려웠다. 어머니의 손은 얼음장같이 찼다. 모든 피가 몸을 떠나 머리로 몰려가서, 어머니의 얼굴을 수치심과 시민적 예의 바름을 알리는 눈부신 상징으로 만들고자 했기 때문이었다. 그 어떤 토마토도 그보다 더 붉은색을 띠지는 못했다. 어머니는 숫제 빛을 발했다. 어머니에 비하면 개양귀비가 오히려 창백했다. 나는 의자에 앉은 채 테이블 아래로 깊숙이 미끄러져 내려갔다. 700개의 눈이 휘둥그레 우리 주변을 에워쌌다. 아, 우리는 얼마나 부끄러웠는지 모른다. 어머니와 나는.

술 냄새 진동하는 외삼촌의 뜨거운 숨결 아래에서 새로운 인간으로 거듭난 작은 웨이터는 새 인생의 첫 장을 염소 울음과 웃음으로 시작하려는 듯이 보였다. 그는 메에에거리고, 베에에거리고, 끅끅거리고, 킥킥거렸다. 마치 갑자기 새끼 양이 떼거지로 나타난 것 같았다. 그리고 두 남자가 아스바흐 네 잔을 더 시켜서 그들의 짧은 혓바닥에 쏟아부었을 때 새끼 양은, 발그레하고 가냘프고 부드럽고 부끄러워하는 작은 웨이터 새끼 양은 아주 힘세고, 목석같고, 투덜거리고, 고색창연하고, 흰 수염이 나고, 양철판처럼 덜거덕거리고, 멍청하게 으르렁거리는 숫양이 되었다.

작고 독하고 찡그리고 경직된 상처받은 인간이 쉴 새 없이 떠들어대고 무릎을 치며 소리치고 요란하고 으르렁대는 수산양 인간으로 돌변한 것은 외삼촌에게조차도 조금은 뜻밖이었다. 외삼촌의 웃음은 마치 물속으로 가라앉는 바위처럼 꿀럭거렸다. 외삼촌은 넓적한 갈색 얼굴에서 흘러내린 눈물을 옷소매로 닦고는, 터져 나오는 웃음에 몸을 떠는 흰 재킷의 작은 웨이터를 아스바흐로 불콰해진 놀란 눈으로 쳐다보았다. 우리 주변으로 700개의 얼굴이 히죽거렸다. 700개의 눈은 그들이 제대로 본 게 아니라고 믿었다. 700개의 횡격막이 통증을 느꼈다.* 멀리 떨어진 자리에 앉은 사람들은 한 장면도 놓치지 않으려고 흥분해서 자리에서 일어섰다. 웨이터는 마치 앞으로 고약하게 베에거리는 거대한 수산양으로서 살아갈 마음을 먹기라도 한 것 같았다. 그러더니, 그는 들뜬 사람처럼 몇 분 동안 자기 웃음 속에 잠겨 있다가 잠시 후, 마치 공포탄처럼 자신의 둥근 입에서 튀어나오는 웃음 축포 사이로 짧고 앙칼진 외침을 내뱉으려는 힘겨운 노력을 성공시켰다. 그는 웃음 사이에 아주 많은 공기를 비축해 마침내 그 외침을 공중에 뿜어냈다.

"쉬쉬푸쉬!" 그는 이렇게 소리치며 자신의 젖은 이마를 찰싹 때렸다. "쉬쉬푸쉬! 쉬이이쉬이이푸우우쉬!" 그는 두 손으로 식탁 상판을 붙잡고 내뿜었다. "쉬쉬푸쉬!" 그가 거의 열두 번쯤 이 말을 내뿜자 외삼촌은 그가 쉬쉬푸쉬를 너무 많이 한다고 여겼다. 외삼촌은 그치지 않고 내뿜는 웨이터의 빳빳하게 풀 먹인 셔츠를 단번에 꾸깃꾸깃 움켜쥐

---

* 700개의 눈이라면 얼굴과 횡격막은 350개여야 하나 작가의 착각인지 원문에는 모두 700개로 되어 있다.

고는 다른 주먹으로 식탁을 내리쳤다. 열두 개의 빈 잔이 펄쩍 뛰었다. 외삼촌은 웨이터에게 고함쳤다. "이세 그만! 그만 숌 하라고. 멍셩하게 왜 샤꾸 쉬쉬푸쉬 쉬쉬푸쉬 그러는 거야? 이셰 그만 숌 해, 알아듣겠셔?" 외삼촌의 멱살잡이와 고함은 쉬쉬푸쉬를 외치는 수산양을 순식간에 다시 소곤거리는 작고 가여운 웨이터로 만들어버렸다.

그는 일어났다. 그는 테이블에 앉았던 것이 생애 최대의 실수였다는 듯이 자리에서 일어났다. 그는 냅킨을 얼굴로 가져가서 눈물과 땀과 아스바흐와 웃음을 마치 괘씸하고 오만방자한 것이라도 되는 양 닦아냈다. 하지만 그는 너무 취해서 이 모든 걸 꿈으로 여겼다. 내 외삼촌이 보인 처음의 무례한 언행과 연민 그리고 우정을 모두. 그는 알 수가 없었다. 내가 방금 쉬쉬푸쉬라고 소리셨나? 아니면 아닌가? 내가 아슈바흐를 여섯 샨이나 마셨나? 이 쉭당 웨이터인 내가? 손님들 샤이에셔? 내가? 그는 확실치 않았다. 어찌 되었든 그는 어눌하고 작게 허리를 굽혀 인사하고 작은 소리로 말했다. "쇄숑합니다!" 그러고는 다시 한번 허리를 굽혔다. "쇄숑합니다. 쉬쉬푸쉬라고 쇼리셔셔 쇄숑합니다. 손님, 셰가 너무 큰 쇼리로 말했다면 용셔하셰요. 하쉬만 아슈바흐를, 손님도 아쉬겠쉬만, 아무것도 먹쉬 않고 공복에 마쉬는 바람에 말이쇼. 아무튼 쇄숑합니다. 쉬쉬푸쉬는 말하샤면 셰 별명입니다. 네, 학생 쉬셜에 말이쇼. 반 션셰가 셔를 그렇게 불렀셔요. 손님도 아쉬겠쉬만, 쉬쉬푸쉬는 쉬옥에 있는 샤람이쇼, 옛 션셜에셔요. 하데슈의 나라에 갇힌 불쌍한 쇄인인데, 커다란 바위를 높은 샨 꼭대기로 굴려셔 올려야 하는 벌을 받았쇼. 네, 쉬쉬푸쉬는 그런 샤람이쇼, 손님도 아쉬겠쉬만. 학생 쉬셜에 셔는 늘 그 이름을 말해야 했셔요. 쉬쉬푸쉬라고 말이쇼. 그러면 다들 숨이 넘어가도록 웃셔댔셔요. 손님도 쉼샥하쉬겠쉬만 말이쇼.

션부 다 웃셨셔요. 셰 혀가 너무 쨟아서. 아쉬겠셔요? 그래셔 나중에
는 샤방에서 온통 셔를 쉬쉬푸쉬라고 부르며 쇼롱하게 되었쇼. 아쉬겠
셔요? 그런데 그거쉬, 쇄숑하쉬만, 아슈바흐 때문에 기억이 난 거예요.
셰가 쇼리를 쉴렀슐 때 말이쇼. 아쉬겠셔요? 쇄숑합니다, 숀님, 쇄숑합
니다. 불쾌하셨다면 용셔하세요."

웨이터는 침묵했다. 그는 아무 말 없이 계속해서 냅킨만 이 손에서
저 손으로 옮겨 잡기를 반복했다. 그러더니 외삼촌을 쳐다보았다.

이제 조용히 식탁에 앉아 식탁보만 응시하는 사람은 외삼촌이었다.
외삼촌은 웨이터를 똑바로 쳐다보지 못했다. 외삼촌은, 곰 같고 다부지
고 거대한 내 외삼촌은 눈을 들지 못했다. 어쩔 줄 몰라 하는 작은 웨이
터와 시선을 마주치지 못했다. 외삼촌의 두 눈에는 굵은 눈물방울이 맺
혔다. 하지만 나 말고는 아무도 그것을 보지 못했다. 내가 볼 수 있었던
것도 키가 너무 작아서 외삼촌 얼굴을 밑에서 올려다볼 수 있었기 때문
이었다. 외삼촌은 말없이 지켜보고 있는 웨이터에게 고액의 지폐를 한
장 내밀었다. 웨이터가 받기를 거절하려 하자 외삼촌은 다급히 팔을 젓
고는 쳐다보지도 않고 자리에서 일어섰다.

웨이터는 소심하게 머뭇거리며 말했다. "아슈바흐는 셰가 샤고 쉽
습니다, 숀님."

그러면서 그는 마치 전혀 아무런 대답이나 반박을 기대하지 않은
듯이 지폐를 외삼촌 주머니에 찔러 넣었다. 그의 말을 들은 이는 아무
도 없었다. 그의 호의는 소리 없이 야외 주점 바닥의 단단한 자갈 위로
떨어졌고, 나중에 무관심한 발걸음에 짓밟혔다. 외삼촌은 지팡이를 들
었고, 우리는 자리에서 일어났다. 어머니는 외삼촌을 부축했다. 우리는
천천히 거리 쪽으로 걸음을 옮겼다. 우리 셋은 아무도 웨이터를 쳐다보

지 않았다. 어머니와 나는 부끄러워서 그랬고, 외삼촌은 두 눈에 눈물이 맺혀 있었기 때문에 그랬다. 어쩌면 부끄러웠을지도 모른다. 외삼촌도. 우리는 천천히 출구로 갔다. 외삼촌의 지팡이가 자갈 위에서 빠드득빠드득 예쁘지 않은 소리를 냈다. 이것이 그 순간에 난 유일한 소음이었다. 테이블 위에 있는 3, 4백 개의 얼굴은 아무 말 없이 눈알만 굴리며 우리의 퇴장에 집중했다.

나는 갑자기 작은 웨이터가 가여운 생각이 들었다. 야외 주점 출구에서 길모퉁이로 꺾어지기 전에 얼른 다시 한번 돌아보았다. 그는 여전히 테이블 곁에 서 있었다. 그의 흰 냅킨이 땅바닥에 닿을 듯 늘어져 있었다. 그는 훨씬 더 작아진 것처럼 보였다. 그렇게 조그맣게 거기에 서있었다. 나는 그토록 쓸쓸하게 우리를 바라보는 그를 보자 갑자기 그가 좋아졌다. 그는 그토록 작고, 그토록 암담하고, 그토록 공허하고, 그토록 절망적이고, 그토록 불쌍하고, 그토록 냉랭하고, 그토록 한없이 고독했다! 아, 얼마나 작은가! 나는 너무나 마음이 아파 외삼촌의 손을 톡톡 건드리고는 상기되어 조용히 말했다. "지금 저 사람 우는 것 같아요."

외삼촌은 그대로 서서 나를 쳐다보았다. 나는 외삼촌의 두 눈에 맺힌 굵은 눈물방울을 또렷이 볼 수 있었다. 나는 내가 왜 그런 말을 하는지도 잘 모른 채 또다시 말했다. "아, 그가 울고 있어요. 봐요, 그가 울어요."

그러자 외삼촌은 어머니의 팔을 놓고는 재빨리 그리고 힘겹게 절뚝이며 두 걸음 정도 뒤로 물러섰다. 그러고는 지팡이를 칼처럼 높이 치켜들어 하늘을 찔러대며 그 거대한 몸과 목청에서 나오는 강력한 힘으로 포효했다.

"쉬쉬푸쉬! 쉬쉬푸쉬! 들리나? 또 보셰, 쉰구! 다음 슈 일요일, 알 겠셔? 가여운 쉰구, 또 보사구!"

외삼촌의 두 눈에 맺힌 굵은 눈물방울이 선량한 갈색 얼굴에 파인 주름 속으로 사라졌다. 웃음 주름이었다. 외삼촌 얼굴 전체에 그런 주름이 가득했다. 외삼촌은 마치 해를 떨어뜨리기라도 하려는 듯이 다시 지팡이를 하늘에 대고 휘저었다. 그러고는 야외 주점의 테이블들 위로 다시 천둥 같은 거인 웃음을 토해냈다. "쉬쉬푸쉬! 쉬쉬푸쉬!"

그러자 작고 우울하고 가여운 웨이터 쉬쉬푸쉬가 죽음에서 깨어나, 펄펄 힘이 넘치는 창문 청소부처럼 자기 냅킨을 이리저리 흔들었다. 그렇게 그는 암울한 세상을, 세상의 모든 야외 주점을, 세상의 모든 웨이터와 모든 발음 장애를 그 몸짓으로 완전히 그리고 영원히 자신의 삶으로부터 닦아냈다. 그는 귀에 거슬리는, 하지만 너무나도 행복한 목소리로 소리쳐 대답했다. 발끝으로 서서, 창문 닦기를 멈추지 않은 채.

"알았셔요! 다음 슈 일요일에 오쉰다고요! 네, 그때 다쉬 만나요! 다음 슈 일요일!"

우리는 길모퉁이로 꺾어졌다. 외삼촌은 다시 어머니의 팔을 붙잡으며 나지막이 말했다. "너희들 많이 놀랐쉬? 하쉬만 내가 달리 어떻게 할 슈 있셨겠니. 셔 가여운 쉰구한테 말이다. 평생을 셔렇게 몹슐 말쉴 슈와 함께 살아왔슐 텐데. 불상한 녀셕!"

저편에서 저편으로

오, 샤를로테 맙소사! 여보게, 저 사람 좀 봐! 저기, 까까머리. 저편에서 오는 사람이 분명해. 저렇게 생뚱맞게 굴잖아. 저 사람들은 다 그래.

그런데 저 사람 나무 근처에서 뭐 하려는 건지 궁금하네. 목을 매달려는 걸지도 몰라.

그냥 내버려둬.

두 명의 도로 인부는 새로 간 포석들 사이의 틈을 타르로 메우는 일을 하고 있었다. 두 사람은 목이 긴 용기를 다시 집어 들고는 도로 위에 놓인 잘 정렬된 사각 틀에 뜨겁고 검은 타르를 쏟아부었다.

이들이 말하는 "저편"은 형무소를 뜻했다. 맞은편 도로와 형무소 안마당을 갈라놓는 두껍고 검붉은 장벽 너머로는 창살 달린 창문이 줄지어 매달린 황량한 평지붕 건물들이 무감각하고 사무적으로 돌출되어 있었다. 장벽 위에는 못과 유리 조각이 가득했다. 아무튼 다들 그렇게 말했다. 실제로 확인해본 사람은 아직 아무도 없었다.

"분명히 저편에서 온" 사람은 작고, 깡마르고, 지치고, 까까머리였다. 그는 장화 끈으로 묶은 마분지 상자를 왼쪽 팔꿈치로 옆구리에 밀착시키고 있었다. 상자 뚜껑에는 퍼실*은 계속 퍼실로 남을 거라고 적힌 커다란 녹색 글씨가 보였다. 여기에는 아무도 뭐라고 이의를 제기할 수 없었다. 퍼실은 7년 전에도 퍼실이었고, 아마 다음 7년도 계속 퍼실

---

* Persil: 독일의 헨켈사가 1907년에 개발한 가정용 세제 이름.

로 남아 있을 테니까. 다만 사무원 에르빈 크노케는 그사이 까까머리의 1563번이 되어 있었다. 그러나 피실은 피실로 남아 있었다. 7년 내내.

까까머리는 서서 나무를 응시하고 있었다. 꼼짝 않고. 고집스럽게. 그러다 가끔씩 겁에 질려 피하는 동작을 취했다.

그런 걸 보면 그에게 모든 게 새롭다는 걸 알 수 있었다. 낯설었다. 그는 급히 지나가는 사람들 중 누군가와 부딪치거나 그들에게 방해가 되는 게 두려웠다. 그러면 그 사람은 열쇠 꾸러미로 그의 뒤통수를 때리거나 무릎을 꿇게 만들었다. 그리고 무릎을 꿇을 때마다 발로 엉덩이를 걷어찼다. 덤으로. 그는 더 이상 알지 못했다. 얌전한 민간인들은 그런 걸 아주 혐오한다는 사실은 이제 그에게 다시 완전히 새롭고 낯선 것이었다. 그들은 누군가와 부딪치면 죄송하다고, 용서하시라고 말할 것이다. 하지만 무릎을 꿇는 것은? 그러려면 제복을 입고 있어야 했다. 그래, 저편에서 온 까까머리는 그것을 잊고 있었다. 그러기에 그는 다시 아주 새로워졌다.

그는 낙담했다. 눈물이 나왔다면 그의 창백한 잿빛 눈에 고였을 것이다. 하지만 그런 건 그에게 아주 낯선 것이 되었다. 대개는 웃었다. 그것이 더 견디기 쉬웠다. 울음은 더 연약하게 만들 뿐이다. 그는 낙담했고, 나무를 응시했다. 고집스럽게. 꼼짝 않고. 이 나무들이었다, 그를 그토록 한없이 낙담하게 만든 것은. 지금 그는 그것들을 고집스럽게 응시하고 있었고, 그래서 아주 불쌍해졌다. 7년 동안 그의 나무였던, 모든 걸 약속하는 활기찬 그의 나무였던 그 나무들을 그는 저편에서 풀려난 바로 그 순간에 잃어버리고 말았다. 그는 그것들을 응시하고 있었다. 더 이상 그것들이 아니었다. 그의 나무들이 아니었다.

나무에서 그토록 많은 걸 얻어냈다고 해서 그가 위대한 자연 애호가였거나 산림청 직원이었거나 정원사였던 것은 아니다. 그는 사무원이었고, 나무에 대해서는 하나도 아는 게 없었다. 대도시가 그의 고향이었고, 그곳에는 나무보다 가로등 기둥이 더 많았다.

그에게 나무는 숲이거나 아니면 과일나무였다. 나무도 이름이 있다는 것을 그는 단지 어렴풋이만 알았다. 이곳의 나무들이 보리수라는 사실은 아마도 그를 깜짝 놀라게 할 것이다. 나무는 숲이거나 아니면 과일나무였다. 어쩌면 가로수일 수도 있었다. 아, 가끔씩 나무는 가로수이기도 했다.

늦은 오후 햇살이 그의 감방 뒷벽에 창살 무늬를 투사하며 네 벽 사이에서 지치고 온순해질 때면 그는 창문 밑에 놓인 의자에 올라서서 땅거미 지는 저녁을 기다렸다. 그러고는 성큼성큼 활보하는 발걸음으로 두 팔을 흔들거리며 가로수길을 따라 올라갔다. 장벽 뒤 저편에 있는 가로수길을 따라. 어디로? 그리로, 그 위로, 멀리. 아주 멀리. 매일 저녁 그는 자기 감방을 떠나 활기차고 아름답고 아름다운 나무들, 너무나도 활기차고 푸르른 나무들이 늘어선 그의 가로수길을 따라 올라갔다. 매일 저녁. 7년 동안 2,500번이나. 아주 멀리. 멀리. 멀리. 사랑스러운 착한 가로수길. 그 길 끝에, 성 바로 앞에서(가로수길 끝에는 틀림없이 성이 있으니까. 성들은 항상 그러니까) 그의 아내가 그의 두 아이와 함께 손을 흔들었다. 그들은 감자 파이가 든 바구니를 들고 있었다. 그들이 소리쳤다. 오, 우리가 얼마나 기다렸는지 몰라요! 이렇게 오랫동안 어디 있었어요? 감자 파이 같이 드실래요?

그의 아내는 팔로 남몰래 그의 옆구리를 쿡쿡 찌르며 속삭였다. 하지만 이건 너무 길었어, 에르빈! 이제 그는 심연처럼 깊은 슬픔에 잠겨 나무를 응시하고 있었다. 그 나무들은 그를 한없이 낙담하게 만들었다.

그 나무들은 지극히 평범한 사람들이 걸어 다니고, 지극히 평범한 자동차들과 전차들이 지나다니는 지극히 평범하고 샛빛이고 추하고 시끄러운 길의 일부였다. 우편배달부, 초등학교 교사, 땜장이, 먹을 것 파는 사람, 사무실 직원, 미용사, 음악가, 변호사 같은 사람들. 그리고 치즈 냄새 풍기는 우유 차, 소방차, 택시, 세탁 차 같은 자동차들. 길은 인정머리 없고 소란스러웠으며, 나무들은 잿빛이고 먼지투성이였다. 아이들은 나무껍질을 후벼 팠고, 개들은 잿빛 나무줄기에 무심하게 오줌을 쌌다.

까까머리는 계속해서 천천히 걸었다. 그는 한 번 더 나무들을 돌아보았다. 이해할 수 없었다. 모든 게 다 너무 잿빛이었고, 너무 벌거벗었고, 너무 가혹했다. 하지만 자신이 그렇게 갑자기 불쌍해졌을 때 그는 울지 않았다. 그는 웃었다. 당혹스러워하며. 그러나 웃었다. 그런 것은 저편에 있는 그들에게는 이골이 난 일이다. 그는 웃었고, 거짓되고 우둔하고 지저분한 나무들을 응시했고, 웃었다. 그러다 갑자기 더 크게 웃었고, 그에게 가로수길이 더 이상 필요치 않다는 생각이 들자 더 이상 당혹스러워하지 않았다. 아름답고 푸르른 나무들이 있는 가로수길이 이제 그에게 무슨 소용이 있는가? 더 이상 아무 소용도 없었다. 추한 길을 따라서 간들 그 길이 어디로 이어지겠는가? 그는 정말로 더 이상 가로수길이 필요 없었다. 그래! 정말 필요 없었다! 그는 곧장 전차에 뛰어오를 것이고, 늦어도 한 시간 안에 감자 파이를 먹을 것이다. 열 개, 아니 열두 개도 좋다. 그의 아내 곁에 앉아서. 그러니 가로수길이 필요하겠어? 그는 불쌍하고 가련한 나무들을 깔보며 웃었다. 그는 그 나무들에게 한 번 더 빠르게 삐딱한 시선을 던지고 돌아섰다. 속일 테면 얼마든지 속여봐. 나는 집으로 타고 갈 테니.

그가 두 명의 도로 인부 곁을 지나갈 때 그들은 점심을 먹고 있었다. 타르와 마가린과 달콤한 커피 냄새가 진동했다. 하지만 제일 강한 건 타르 냄새였다. 타르 붓는 일을 하는 두 인부는 내내 히죽거리며 그를 관찰했다. 두 사람은 그가 저편에서 심한 장애를 얻었다는 사실을 당장 알아챘다. 그들은 마치 그가 뭔가를 주기라도 하는 듯이 기대에 찬 눈으로 그를 바라보았다. 그들은 그에게서 뭔가를 기대하고 있었다. 까까머리는 이렇게 요구하는 듯한 시선을 느끼자 그들에게 인사를 했다. 그는 새 삶에 대한 새로운 사랑에 겨워 네 번이나 연거푸 말했다. 맛있게 드세요! 맛있게 드세요! 맛있게 드세요! 맛있게 드세요!

사람들이 흔히 미친 사람에게 보이는 호기심에 찬 태도로 두 타르공은 호의적이지만 무슨 소리인지 알아들을 수 없는 인사말을 중얼거렸다. 그러면서도 그들은 터져 나오는 웃음을 감추지 못했다. 그들은 음식을 삼키며 히죽거렸다. 그중 한 사람은 하마터면 푸 하고 내뿜을 뻔했다. 하지만 마가린을 바른 맛있는 소시지 생각이 제때에 떠오른 덕분에 간신히 멈출 수 있었다.

까까머리가 계속 길을 가려고 할 때 갑자기 타르 냄새(어린 시절, 대도시, 더러운 손가락과 포장도로의 잊을 수 없는 달콤한 향수)가 강하게 코를 찔렀다. 그러자 그에게 굉장한 생각이 떠올랐다. 그 생각은 순식간에 그를 압도했고, 그는 제자리에 멈춰 서서 깊이 공기를 들이마셨다. 타르 공기. 추억 가득한 황홀한 향수! 성스럽고 상쾌한 타르 공기!

그는 집에 있는 자신의 두 아이를 생각했고, 타르를 생각했다. 그리고 반쯤 마른 타르로 얼마나 멋진 것들을 만들 수 있었는지를 생각했다. 동물, 사람, 구슬. 물론 주로 만든 것은 구슬이었다. 예전에 그들은 인부들이 일을 끝내면 새로 깐 도로의 틈새에서 타르를 파내 그것으로 항상 구슬을 만들곤 했었다. 그는 이런 선물을 집으로 가져가서 두 아이에게 준다면 얼마나 좋을까, 아이들이 얼마나 놀라며 즐거워할까 생각했다. 그는 뜻밖에도 대담한 용기를 냈다. 그는 의아해하는 두 타르공에게 쭈뼛쭈뼛 다가가 작은 소리로 그리고 아주 무기력한 미소를 지으며 식은 타르를 조금만, 아주 조금만 가져가도 되겠느냐고 허락을 구했다. 그는 불안한 미소를 지었다. 그러나 온통 달아나고픈 마음뿐이었음에도 불구하고 그는 대단히 용기를 냈다. 그들은 말을 할 수가 없었다. 입을 벌렸다간 달콤한 커피가 커다랗게 아치를 그리며 뿜어져 나올 게 분명했다. 그래서 두 타르공은 말없이 관대하게 고개를 끄덕였다. 그들의 얼굴은 히죽대는 웃음과 뜻밖의 놀라움으로 아주 심각해지고 유치해져 있었다. 그들은 당황하고 어이없어 하며 완전히 미쳐버린 자의 뒷모습을 멍하니 바라보았다. 그는 왼손에는 철학적 글귀가 적힌 퍼실 상자를 들고 오른손으로는 타르를 부지런히 주무르며 행복하고 불안하게 흔들거리면서 도로를 건너가고 있었다.

까까머리는 창살과 열쇠 꾸러미와 무릎 꿇기의 세상, 날조된 거짓 가로수길의 세상을 까맣게 잊었다. 그는 거대한 타르 구슬에 올라타고 집으로 굴러가고 있었다. 감자 파이와 자신의 아내를 향해서. 구르고, 달리고, 질주했다! 그리고 못된 7년 동안의 세상을 잊었다. 술에 취한 사람처럼 야호 하고 작고 낮은 환호성을 혼잣말로 내질렀다. 세상에 대한 더없이 즐거운 감정에 북받쳐서.

그때 갑자기 세탁 차의 브레이크가 날카롭고 추한 비명을 내질렀다. 여덟 개의 거대한 고무 타이어가 포장도로를 미끄러지며 흐느끼고 비명을 질렀다. 한 여자와 아이가 울부짖었다. 사방에서 사람들이 자동차로 몰려들었다.

저기! 방금 차가 저 사람을 치었어! 타르공 한 사람이 소리쳤다. 에

구, 저런 멍청이 같으니, 지지리 운도 없네. 다른 인부는 이렇게 중얼거리며 남은 달콤한 커피를 목구멍에 털어 넣고는 동료 인부를 앞세우고 세탁 차 쪽으로 갔다.

자동차는 도로를 가로지르며 서 있었다. 전차가 멈춰 섰다. 자동차 대여섯 대, 마차 한 대, 자전거 운전자 20여 명도 어쩔 수 없이 멈춰 섰다. 조금 전까지 무조건 서두르며 다급하고 바쁘게 행동했던 사람들은 갑자기 엄청나게 많은 시간이 생겨서 납작하게 눌린 퍼실 상자를 든 납작하게 눌린 남자를 실컷 구경했다. 조금 전까지 멋진 구슬이던 납작하게 눌린 작은 타르 조각은 아무도 보지 않았다. 그런 건 아무에게도 쓸모가 없을 테니까. 하지만 납작하게 눌린 남자가 포장도로 위로 평화롭게 졸졸 흐르게 한 양귀비꽃 색 핏물은 모두가 다 보았다.

아마도 퍼실로 세탁한 세탁물들을 싣고 있었을 살기등등한 그 세탁차의 운전수는 땀을 흘리며 (실제로 마음을 쓴다기보다는 예의상) 희생자 쪽으로 몸을 굽히고 있었다. 그러고는 언짢은 듯이 중얼거렸다. 틀렸어. 이 사람 저편으로 갔어. 저편으로 갔어.

오, 샤를로테 맙소사! 꼴이 말이 아니군! 세상에, 이럴 수가! 타르공은 이렇게 말하고는 마지막 소시지 조각을 경건하게 잘근잘근 씹었다.

어머, 정말 특이하네! 젊은 여인이 안경 쓴 그녀의 동행자에게 새된 소리로 말하고는 자기 말을 들었느냐고 그에게 물었다.

오, 샤를로테 맙소사가 무슨 뜻이죠? 조금 심하게 기분이 좋은 젊은 경찰관이 명랑하게 웃으며 자기 수첩에서 눈을 떼고 물었다. 어쨌든 사람들은 그가 젊은 나이에도 불구하고 완벽하게 상황을 통제하고 있음을 알 수 있었다.

아, 아무것도 아니에요. 소시지 먹는 타르공은 낄낄 웃었다. 샤를로테는 제 첫번째 아내 이름이에요.

홀아비가 된 거요? 경찰관이 흥미로운 듯 물었다.

아니, 이혼했어요. 다른 인부가 말했다.

타지 사람이었나 봐요. 나이 든 부인이 말했다. 모두들 그들 한가운데에 있는 인간 잔여물을 다시 보았다. 거의 그를 잊을 뻔했다.

아니. 운전수가 머리를 흔들었다. 틀렸어. 이 사람 저편으로 갔어. 완전히 갔어.

두 도로 인부가 오후 늦게 빈 커피 통을 들고 집으로 돌아갈 때 전차 안에서 한 인부에게 문득 이런 생각이 떠올랐다.

이봐, 생각해보니 그 작자 꽤나 화가 났겠는걸. 이제 막 저편에서 나온 거잖아. 불쌍한 녀석.

(하지만 그 타르공의 생각은 틀렸다. 에르빈 크노케, 이제 사무원도 아니고 1563번도 아닌 그냥 에르빈 크노케는 멋진 콩알 총과 무수히 많은 타르 구슬을 가지고 모험을 하며 인디언 빈네투*의 영원한 사냥터를 돌아다녔다. 그는 직접 주물러서 만든 타르 구슬로 원하는 것은 뭐든 쏘아 맞혔다. 그는 언제나 여전히 자신의 인디언 책들을 읽었고, 영원한 사냥터를 떠돌았다. 또 다른 영원 관념의 부재 속에서, 언제나 은밀하게 그 자신의 내부에 있는 사냥터를. 이것이 그가 지닌 유일하고 보잘것없는 작은 악덕이었다.)

---

* Winnetou: 독일 작가 카를 메이(Karl May, 1842~1912)의 소설에 등장하는 인디언을 말한다.

신의 눈

신의 눈은 동그랗고 붉게 충혈되어 흰 수프 접시 한가운데에 떠 있었다. 수프 접시는 우리의 조리대 위에 놓여 있었다. 커다란 생선의 피 묻은 내장과 창백한 뼈들은 조리대를 전쟁터처럼 보이게 했다. 흰 접시 안에 있는 눈은 대구의 것이었는데, 우리 냄비 안에서 커다란 흰 살 생선 조각과 함께 삶아졌다. 눈은 완전히 혼자였다. 그것은 신의 눈이었다.

자꾸 포크로 접시에 있는 눈을 이리저리 미끄러뜨리지 말라고 어머니가 말했다.

나는 미끌미끌하고 동그란 눈을 수프 접시의 둥근 가장자리로 미끄러뜨리면서 물었다. 왜 안 돼요? 어차피 아무것도 못 느끼는데요. 익은 거잖아요.

눈을 가지고 장난치면 못써. 그 눈은 네 것과 똑같이 신께서 만드신 거야. 어머니가 말했다.

나는 대구 눈을 접시에서 빙글빙글 돌리다 말고 물었다. 이게 신이 만든 거라고요?

물론이지. 그 눈은 신의 것이야. 어머니가 대답했다.

대구의 것이 아니었군. 나는 계속 후벼 팠다.

대구의 것이기도 해. 하지만 근본적으로는 신의 것이야.

나는 접시에서 고개를 들었다. 어머니는 울고 있었다. 우리 집에 대구가 생긴 바로 그날 할아버지가 돌아가셨다. 어머니는 울며 밖으로 나갔다. 나는 외로운 눈, 신의 것이라는 충혈된 그 눈이 담긴 접시를 한

가운데로, 내 앞으로 아주 가까이 당겨다 놓았다. 나는 입을 접시 위로 가까이 가져갔다.

네가 신의 눈이니? 하고 나는 속삭였다. 그렇다면 왜 할아버지가 오늘 갑자기 돌아가셨는지 말해줄 수도 있겠구나. 말해봐, 어서!

눈은 말하지 않았다.

넌 모르는 거야. 나는 의기양양하게 속삭였다. 너는 신의 눈이라면서 왜 할아버지가 돌아가셨는지도 모르는 거야. 그러면 할아버지가 다시는 오지도 않는 거니? 나는 접시에 가까이 대고 물었다. 할아버지가 다시 오는지 알면 말해봐. 넌 알잖아. 할아버지는 다시는 오지 않니?

눈은 말하지 않았다.

나는 입을 눈에 아주 가까이 대고 다시 집요하게 그리고 진지하게 물었다. 이봐, 우리는 할아버지를 다시는 보지 못하는 거야? 말해봐. 할아버지를 다시는 못 봐? 하지만 어디선가 다시 만날 수도 있지 않아? 말해봐, 우리가 할아버지를 다시 만나? 어서 말해봐, 너는 신의 눈이라며, 말해보라고!

눈은 말하지 않았다.

나는 화가 나서 접시를 휙 밀쳐버렸다. 눈은 미끄러지며 접시 가장자리 위로 솟구쳤다가 바닥에 떨어졌다. 눈은 계속 그렇게 있었다. 나는 기대에 차서 바라보았다. 눈은 땅에 있었다. 그리고 그것은 신의 눈이었다. 신의 눈이 땅에 있었다. 하지만 그 눈은 아무 말도 하지 않았다. 나는 다시 한번 바라보았다. 아니. 아무 말도 없었다. 나는 일어섰다. 나는 신에게 시간을 주기 위해 천천히 일어섰다. 나는 아주 천천히 부엌문으로 갔다. 나는 문고리를 잡았다. 나는 그것을 천천히 아래로 잡아당겼다. 눈에 등을 돌린 채 나는 아주 길고 긴 순간을 부엌문에서 기다렸다. 아무 대답이 없었다. 신은 아무 말도 하지 않았다. 그래서 나는 눈을 돌아보지도 않고 요란하게 문밖으로 나갔다.

거울을 본다
—초기 시

길

거울을 본다……
나는 너무 젊다.
새벽일 것이다,
내일 나의 거울을 볼 때는.
촛불의 환영이다,
내 뒤에 창백한 전우가 서 있다면.
그러고 나면……
어느 날엔가
거울은 텅 비어 있다.
나는 서서
생각에 잠겨
내 젊음의 장송곡을 속삭였다,
힘겹게……
내 웃음을 다오!
다시 평화를 다오,
차가운 거울아.

기병의 노래

나는 기병이다,
시간을 뚫고 돌진하는!
구름을 뚫고 말달린다—
나의 말은 힘차게 내딛는다!
전진! 전진!
폭풍이 옆에서 몰아댄다!
전진! 나의 말아! 전진!
위험을 뚫고 우리는 돌진한다—
나와 너—
나의 말아!
전진!
시간을 뚫고!
나는 기병이다!

사포*

삶을 향한 그대의 모든 열림은
사랑이었고 취한 헌신이었다오.
오, 형제를 제단으로 데려가요!
신들이 서로에게 결실의 제물을 올리듯,

그렇게 서로 키스해요.
그대들의 황홀한 행복이
플레이아데스 성좌를 향해 미소 짓고 있어요.
옷은 해안에서 풀어지고
바다는 가냘픈 흰 젖가슴을 감싸요.

서늘한 파도에서 노래가 솟아올라요,
맑게 방울지며, 사랑의 노래가!
그대들의 육체에서 부드럽게 샘솟는 향기—
오 키스해요, 여인들이여, 사포의 아름다운 사지들이여!

저기, 오 여신이여, 그대가 가고 있어요,
사랑받고 사랑하며— 모든 감관을 열고서.

---

*   Sappho: 기원전 7세기 무렵에 활동한 것으로 추정되는 고대 그리스의 여성 시인.

중국의 사랑 시

조그맣게 미소 짓는
커다란 지혜

그래서— 오, 자오페이옌*—
나는 네게로 왔지.

너는
난초의 숨결과 같아……

자오페이옌,
손바닥 위에서
춤추던
너무도 연약하고 어여쁜
작은 여신.

---

* 趙飛燕: 중국의 절세미인. 전한(前漢)의 마지막 왕 성제(成帝)의 비빈이자 황후였다.
  전한에서 가장 유명한 무용가이기도 했다.

목표

세계의 운행이
나무 꼭대기 아래에서 멈출지언정—
우리는 높이 오르고 싶다.
빛나는 정상으로!

길은 협소하고
소명은 광대하다.
모두가 길이다.
완성으로 가는 길!

여름 저녁

여름의 달콤한
향기로운 보리수
꿈꾸는 바람결에
속삭인다.

저녁 가득 종소리
비단결 머리 휘감으며
숨결처럼 불어온다―
은밀한 수풀 속으로.

살랑대는 꽃더미 속에 앉은
우리 둘
태양의 장신구들
금빛으로 희롱한다……

합주협주곡

목제 의자를 감싸고 불어오는 친숙한,
말할 수 없이 섬세하고 냉랭한,
어두운 비올라, 바이올린 소리,
고요한 윤무로 하나 된다.

영혼들이 밝은 날에 노래한다……

……

해바라기 깨어나 꿈꾸듯
흔들리며 멜로디에 잠긴다.
신비로운 속삭임
드높은 빛으로 너희 연주자들을 감싼다,

너희 두 눈 속에 커다란 갈채.

……

이것은 우리에게 벅찬 희열을 안기는
먼 기쁨의 외침이 아니던가?

사원에 퍼지는 너희 영혼의 노래
취하여 엿듣는다—

그러나 고요히 앉아 있다······

가을의 시

가을은
오랜 태양의 결실.
그 죽음에
삶이 있다.

참새들은 오물 속에서

참새들은
오물 속에서
먹을 것을
훔친다.

인간들은
탁류에서도 고기를 낚는다……
그리하여
더 이상 남은 게 없다!

겨울

빨간 우체통이
흰 모자를 썼다,
비딱하고 대담하게.
순식간에
얼어붙은 길 위에 누웠다,
그렇게도 요지부동이던 것들이.
하지만 눈은 소리 없이
기적처럼
전나무 위에서 반짝인다.
나비는 지금 무슨 꿈을 꿀까?

불쌍한 부엉이

부엉이 한 마리
꿈속에서
무섭게 울며 날더니
나무에 부딪쳤다.
이제 부엉이는 어디 가고—
덩그러니
혹만 남았네!

봄

저녁이면 먼 데서 울리는 종들의 노랫소리,
봄날 하루 웃으며 저문다.
제 노래에 놀란 지빠귀 한 마리,
지저귀다 문득 침묵한다.
방금 시작된 비에,
조용히 땅이 숨 쉰다.

침묵의 시간

어디선가
어떤 작품이, 어떤 말이
영혼 깊숙이 닿을 때—
우리 함께 침묵하자.

어디선가
고통이 생겨나
너무 힘들게 여겨질 때—
우리 함께 침묵하자.

어디선가
웃음이 있어
환희에 가슴 터지려 할 때—
우리 함께 침묵하자.

어디선가
죽음이 찾아와
친구를 곁에서 데려갈 때—
우리 함께 침묵하자.

어디선가
세상이, 만물이
전율로 우리를 채울 때―
우리 함께 침묵하자.

격려

고통에서 벗어나
기쁨을 신봉하기를—
의복에서 벗어나
허섭스레기와 비단을 던져버리기를—
웃으며 고통을 견디고
진심 어린 인간이 되기를!

심각한 웃음

우리는 마셔야 한다,
삶이 내민 술잔을—
비록 고통 가득한 것이어도.

우리는 가야만 한다,
삶이 일러준 길을—
비록 먼 길이어도.

우리는 원한다,
아름다움을 보존하고 거룩함을 지키기를—

우리는 원한다,
암울한 시대에 눈물로 웃음 짓기를!

다리가 천 개나 달린

다리가 천 개나 달린 늙은 노래기 한 마리
술집에서 실컷 퍼마시고는
도로 한복판에서 비틀대다
차에 치이고 말았다.
다리 몇 개 부러졌는데
그 수가 211개.
병원에서 간호사는
몇 주째
뼈만 추려내고 있다.

뻐꾸기

뻐꾸기가 밤새 비명을 지른다―
주여, 저 녀석을 뒈지게 하소서!
나는 자리에 누워
한숨도 못 잔다.

뻐꾸기 비명은 초록색이다.
빈 술병처럼.
뻐꾸기가 오늘 밤 저토록 대담한 것은
내가 취하지 않은 탓이다.

아니에요, 주님, 벌은 거두세요―
이미 알고 있어요.
내가 술에 취해도
뻐꾸기는 잠들지 못해요!

개구리

개구리는
심각한 바제도병* 환자.
제아무리 어리석고 유쾌한 파리도
그 앞에서는 신경질적이 된다.

그러나 제 편에서도
황새는 어쩔 수 없어
서둘러 자리를 피한다.
신들은 끔찍이도 대범하니,
살고 싶으면 남을 잡아먹어라!

노래를 부를 때면
마치 화가 난 듯
말끔히 면도한 껍질을 부풀리고
저음의 웃음소리 웅장하게
미친 듯 시끄럽게
연못과 웅덩이에 솟아오른다.

---

*   Basedow: 갑상샘 항진증의 대표적인 질환으로 눈이 튀어나오는 게 특징이다.

달팽이

달팽이는
목적지를 향해 살금살금
너무 느리게 간다,
울타리도 핥고
숨바꼭질 놀이도 하며 간다.

불행은 추상일 뿐
개의치 않는다,
위험이 닥치면
벌거벗은 몸
집에 들면 그뿐이다.

느림보의 달콤한 게으름—
하지만 그 끝은 속되어라,
아이들의 장화에 짓밟혀
몹시 구체적으로 으깨진다.

시인들에게

아침노을! 수탉의 울음!
밤은 갔다!
일어나라 놈팡이들아,
술잔을 치워라,
주정뱅이들아!
여명이
사방에 밝아온다.
밤은 끝났다!

술잔을 치워라!
이제 일하라, 술꾼들아.
행동하라! 이제 보여다오,
목신(牧神)이 불러준 노래를
밤이 가르쳐준 손풍금을
오르간 콘서트를!

수탉의 울음! 아침노을!
밤은 죽었다!

한밤중의 시

방랑자는 망상한다,
안식은 불행이라고.
철학은 가르친다,
모두 자신의 감옥에 갇혀 있다고.

책을 읽어 무엇 하리,
이토록 빨리 잊히는데—
여인의 발걸음에
벗어날 길 없이 매료되는데!

그러니 소녀의 신비로운 눈동자에
네 몸을 바쳐라.
삶의 머리채를 부여잡아라.
그것이 사는 의미다!

자연의 찬가

폭풍을 느끼고 땅 내음을 맡는 곳,
바다를 듣고 별을 보는 곳,
그곳에서 그대 모든 시간을 벗어나리.
정신에 속된 목표를 부여하지 않을 때
그대 말과 그림에서 해방되리.
영혼을 열고 느낌과 하나가 되리.

함부르크

교회 탑 초록 모자 사이로
멋진 그림처럼
지붕이, 합각머리가 솟아오른다
항구의 푸른 연무 속에서.

오래된 좁은 운하 위로
만선의 거룻배가 간다—
멀리서 커다란 증기선이
나팔처럼 고동을 울린다.

들어봐 항구의 손풍금을
갈매기 오가는 소리를!
세찬 바람에 실려 오는
먼바다의 내음을.

항구의 푸른 연무 속에서
지붕이, 합각머리가 솟아오른다
멋진 그림처럼
교회 탑 초록 모자 사이로.

돈 후안

봐, 내 눈은 아직 암흑 빛
지난밤 사랑의 고통으로,
아침에 죽어버린 꿈으로,
그 안에 살며시 웃고 있는 사랑하는 여인.

그러나 언제나 똑같은 시간들
수줍게 더듬는 심장들—
서로 알고 난 뒤에는,
오직 말없는 서두름뿐!

보드라운 천으로 가리고픈
내 깊은 아픔들—
신의 광대한 영혼을 구하지만,
놀이에 열중한 인간일 뿐.

입술에 어리는 건
그만 소생하라는 말없는 간청.

회전목마

교의(敎義)는 스러지고 재화는 머물고,
바보는 내일 현자로 불리고—
거칠고 현란한 장터의 번잡함
우리를 둘러 미친 윤무를 춘다.

내게도 가면을 다오, 인생아!
네 윤무에 나를 끼워다오—
맥박이 고동치도록 춤추어라
긴 침묵이 우리를 찾아오리니.

장터의 광란을 보라!
귀 기울여라
싸구려 화관을 쓴 작고 어리석은 거짓 축제를.

1루블의 행복을 구하라,
백만금 따위가 무슨 소용이랴
서 푼짜리 손풍금을 울리자!

함부르크 1943

달은, 퀭한 눈으로 응시하는 창 위에
차가운 녹청색 낫으로 걸려 있다—
미카엘 교회 주변에 바스락거리는
수천의 길 잃은 유령처럼 소곤대는 소리.

벽은, 적막한 밤의 전율 속에
비명처럼 솟아 있다.
어제는 아직 소녀가 웃던 곳—
바람은 꿈을 꾸며 부두에서 불어온다.

바다로부터 바람이 분다—
기쁨과 아픔 위로 바람이 분다,
밧줄, 갈매기, 타르 냄새 풍기며—
함부르크 불멸의 심장을 노래한다!

매 순간

전쟁은 어딘가에 묻혀 있던
생각들을 끄집어낸다.
병든 자를 죽이고
초라한 운명에
왕관을 씌운다.
몇 해를 그늘로 덮으며
순간들을 선사한다,
신비로운 등불처럼
어둡고 선한 시간을 비추는 순간들을,
그러면 너는
웃음과 눈물 속에 생각한다,
매 순간은 얼마나 소중한가!

도시

세 부분으로 나뉜 주제

I

비록 거만하게 굴지만
(아니면 집집마다 고통이
웃음을 질식시킬 테니)
도시는 존경받아 마땅하다—
숲이 그렇고
산과 꽃들이 그렇듯이.
우리 손으로 지어냈다 하여
덜 사랑하려는가?
비와 바람은
가로등 주위를 떠돌고
포석 위에 반짝이며
도시와 친해진 지 이미 오래다.

II

그리고 전쟁이 찾아왔다.
전쟁은 돌덩이들과 잔혹한 유희를 즐긴다—
오래 낯익은 모습들을
집과 굽은 거리와 길모퉁이를
난폭하게 부순다.

우리의 심장은
거리에 이글대는 불길보다 더 탐욕스레
보석을, 우리의 도시를 감싼다!
한때는 무심히 바라보았으나
이제 더 깊이, 정성스레
고통에 찢긴 그 얼굴을 본다.

        III
이제 시간이 의사이런만—
조급한 마음으로
위대한 도약을 설계한다,
몰락보다 더 강한 회복으로.
새로운 나날의 리듬에서
젊은 도시가 탄생한다—
밤 어둠을 뚫고
삶의 멜로디를 던지는
가로등 횃불 아래 행복한
도시의 첫 숨소리를 듣는다!

북독일 풍경

거만하고 고집스러운 황새 한 마리
꼬챙이 다리 뻣뻣하게
장군처럼 뽐내며 들판을 걷는다.
무례한 개구리들 비웃으며, 쉿!

어슴푸레 둑방 가까이
초가지붕들이 굽실거린다.
보드라운 푸른 꽃받침 위로
초롱꽃들이 피어난다.

소들은 느릿느릿 신중히 풀을 씹고,
주위에는 자랑스레 소똥이 가득하다.
외양간 처녀의 드러난 허벅지를
딱정벌레 재빨리 곁눈질한다.

모아비트 교도소*

빈대가 잠을 불허하여
밤새워 생각한다.
어디선가 만났던 여인들,
푸르고 사랑스럽고 가녀린
에메랄드 눈동자의 그 여인들을.
수다스레 자랑하며
한숨을 쉰다.

첫 새벽 오리 한 마리
시끄럽게 근처 내해(內海)로 날아간다.
제길, 저 오리나 되었으면!

---

* 베를린에 있는 교도소에 보르헤르트가 수감된 적이 있다.

나는 안개다

나는 안개다
항구를 흐르다
뒤늦게 귀가하는 여인의 다리에
흔쾌히 찢기는 안개.

나는 안개다
오래된 운하 위에 졸다
잿빛 교각 아래 잿빛 근심을
잿빛 인자함으로 자애로이 덮는 안개.

나는 안개다
동화 속 기적처럼 지붕 위에 서려
유령과도 같이
부두와 선구(船具) 위를 떠도는 안개.

나는 안개다
가로등을 휘감으며 춤추다
밤새워 창백한 거리에서
첫 새벽 깨어 나온 이들과 마주치는 안개.

진혼곡

해풍의 노래가 방파제에 흐른다.
절뚝이며 가는 시간이 3시 반을 친다.
이별이 우리를 위한 문을 연다.
내 거울은 여전히 너로 인해 환히 반짝인다……

스몰렌스크 대성당

I

초록과 황금으로 칠한 양파 지붕
오리엔트의 변덕처럼 얼룩덜룩
하얀 박공에 매달려 있다.
음산하게 수군대는 소리

좁고 기울어진 골방을 기어 나와
어둡게 대성당을 휘감는다.
아, 어느새
구름이 잠든 사이

햇살이 아첨한다,
그로테스크한 세상에—
둥그런 황금 지붕,
마땅히 여겨 윤허한다.

II

땅은 드넓고 여유로운데
무료한 나무에서는 기이하게도
단조로운 빛과 어둠의 날들이

536

서둘러 떨어진다.

대성당은 그저 무심히 바라본다,
제 자식들의 나고 죽음을
깨진 거울 조각에 비친
여윈 이들의 겁먹은 표정을

아름답고 추한,
감탄스럽고 불안한
러시아의 모습을.
오직 대성당만 굳게 서 있다.

전투의 막간에

저녁은 피비린 붉은 잉크로
잿빛 늪을 물들인다.
죽은 자 하늘로 솟는다,
무참히도 거대하고 놀랍도록 무감하게.

보초병이 나지막이 더듬는다, 암구호?
고개를 끄덕이며 윤곽이 드러난다,
목탄으로 거칠게 스케치한
말과 무거운 짐마차들.

문득 멍하니 하던 일을 잊는다.
마음은 갈피를 잡지 못한다.
식기들 달그락거리는 사이로
저녁 종소리가 들린다.

동요

하느님은 어디에 사나?
무덤에, 무덤에 살지!
거기서 무얼 하나?
물고기 아가들 굶지 말라고
수영을 가르치지.

하느님은 어디에 사나?
외양간에, 외양간에 살지!
거기서 무얼 하나?
송아지 넘어지지 말라고
뜀박질을 가르치지.

하느님은 어디에 사나?
풀밭 말오줌나무 덤불에 살지!
거기서 무얼 하나?
우리 인간들 코에 풍기라고
냄새를 가르치지.

노력해봐

비 내리는 한가운데 서서
물방울의 축복을 믿어봐,
퍼붓는 빗줄기 속에서
착해지려 노력해봐!

바람 부는 한가운데 서서
아이처럼 바람을 믿어봐,
폭풍을 네 안에 받아들이며
착해지려 노력해봐!

쏟아지는 포화 한가운데 서서
저 괴물을 사랑해봐,
심장의 붉은 포도주로,
그리고 착해지려 노력해봐!

시

미의 꽃은 붉게 피어나고,
자비의 꽃은 그 곁에 파랗다.
미의 꽃은 생명이고,
자비의 꽃은 죽음이다.

달고 떫은 생명,
쾌락은 떫고 고난은 달다.
생명의 꽃은 붉게 피어나고―
죽음의 꽃은 그 곁에 파랗게 피어난다.

러시아에서 온 편지

사람들은 짐승이 된다.
철분 가득한 공기가 그렇게 만든다.
그러나 주름 잡힌 심장은
때로 서정적 감상에 젖는다.
희미한 아침 햇살을 받은 철모.
참새는 지저귀고 철모는 녹이 슨다.
침대와 따뜻한 물이 있는 고향 집 방은
가격이 얼마일까?
너무 졸리지만 않아도 살겠다!

그러나 다리가 무겁다.
빵 좀 있어?
내일은 숲을 탈환한다.
하지만 삶은 이곳에서 너무도 죽어 있다.
별들조차 낯설고 차갑다.
집들도 아무렇게나 지어져 있다.
아름다운 살결을 지닌 아이는
이따금씩만 보일 뿐이다.

달의 거짓말
모아비트

달이 벽에 그로테스크한 무늬를 그린다.
그로테스크?
밝은 사각형 안에 곧게 그어진
어두운 잿빛 선들.
어망? 거미줄?
시선을 들어 창을 보니
아, 속눈썹이 떨린다.
창살이다!

새

너는 바람에 구원받은 땅 부스러기,
너는 물고기와 꽃의 자녀.
모든 것에서 풀려난 너는
더 이상 광란 속에서 고통받지 않는
영혼의 소망.
너는 위대한 밤에
별에서 태어났다.
목신(牧神)은 자기 심장을 잃고
그것으로 너를 빚었다!

슈타인후더 호숫가* 여인숙 창가에서
1945년 집으로 가는 길에서

새들의 달콤한 저녁 노랫소리에
사과꽃이 천천히 잎을 닫는다.
개구리들 징검다리 밑으로 모이고
벌들은 붕붕거리며 하루를 마감한다.
내 영혼만이
아직도 길을 떠돈다.

길은 가까운 도시를 갈망한다.
밤에도 생명이 반짝이는 곳,
아직 심장이 고동치므로.
밤에 사로잡힐 때까지도
아직 집이 없는 사람은
계속 질문해야 한다.

왜 꽃들은 아픔이 없는지―
왜 새들은 울지 않는지―
달도 졸리운지―

---

*   Steinhuder Meer: 독일 하노버에서 서쪽으로 40킬로미터 정도 떨어진 곳에 위치한
     호수.

잠시 후 바람이 불쌍히 여겨
잠들어 세상을 잊게 한다.

바깥

그것은 창문이 있기 때문이다,
우리가 '바깥'이라고 말하는 것은.
그리고 우리가 안에 있기 때문이다.
바깥을 물을 때 사람들은 몸서리친다,
바깥은 바람이 불기 때문이다.

가로등이 서 있다,
헤아릴 수 없이 많은 검은 밤을—
그리고 저녁에,
곧 10시가 지나
다들 잠들고 싶어질 때면 거리는
한숨과 돌과 유리의 물결 속에
창백하게, 말없이 잿빛으로 변한다.

우리의 피다 그것은,
저토록 격렬히 불어대는 것은—
바람이 춤추던 발걸음을 멈춘다,
마치 엿듣기라도 하듯
가만히 서 있다.
가로등이
오래도록 함께 꿈속을 걷는다.

겨울 저녁

안개가 서늘하게 잿빛으로 내린다,
세상 위로.
가로등만이 희미하게 반짝인다,
간호사의 흰 두건도.
말들이 조각조각 방울져 떨어진다,
빗물처럼.
……어제…… 내 아내가……
기이하게 메아리친다,
마치 시처럼.
그리고 그 말에서
모든 이야기를 떠올린다.

고독한 걸음이 북으로 사라진다.
거리는 조용하다.
소음은 피곤해졌다.
도시는 이제 자려 한다.

밤에

내 영혼은 가로등과 같다.
밤이 되고 별이 뜨면
비로소 존재하기 시작한다.
떨리는 빛으로
어둠을 더듬는다.
고양이들처럼 사랑에 빠진다,
밤의 지붕 위에서
두 눈에 푸른 불빛 반짝이며.
사람들과 참새들은 잠이 든다.
항구의 배만 흔들거린다.

교회 지붕 위로 달이 뜨면
내 눈에 성냥불 하나
바사삭 타오른다.
그리고 나는 웃는다.

빗물이 흐른다—
내 곁에 있는 것은
내 그림자와 바람뿐.
두 손에서는 아직도
어느 예쁜 아이의 향기가 난다.

밤

검푸른 여인이
침묵하는 안개 낀 거리를 지나간다,
술 취한 이와 시인의 창백한 누이가.

밤의 불량배들 습관처럼 동요한다.
이 시간 성스러운 여인들은
건물 그늘에서 죄 많은 빛을 발한다,

서늘한 아침 바람에 내쫓길 때까지.
가로등과 술 취한 이는
체념 어린 취한 포옹을 나눈다—

그러나 시인은 위대한 독백을 속삭인다.
안식 없는 검푸른 여인이여
너의 자비로운 품에 나를 거두라!

사랑 노래

이제 밤이 찾아오니
너에게 머문다.
내게 있는 모든 것을
너에게 바친다!

묻지 말기를,
어디서 오는지, 어디로 가는지—
나의 사랑을 받으렴,
나를 온전히 받아주렴!

하룻밤
내게 다정해주렴.
너에게 머무는 건
하룻밤뿐이니.

사랑의 시

너는 때 묻지 않은 꽃이었고
나는 거칠고 지칠 줄 몰랐다.
네 눈에 눈물이 흘러도,
너는 다소곳이 물러섰다.

너의 맑은 향기 속에서
나는 고통을 모르는 꽃이었다.
우리는 서로 아낌없이 내주었다,
흙에서, 고통에서, 무덤에서.

우리의 밤 가장자리에서
아침노을 꽃이 피어났다.
그것은 다디단 꿈이었기에
우리의 고난은 달콤하였다.

이별

너의 장미 입술에
한 번만 더 키스하게 해다오.
저 바깥 먼 곳의 개는 알고 있다,
내가 가야 하는 것을.

너의 빛나는 품 안에서
한 번만 더 기도하게 해다오.
나의 모든 고통을 없애다오!
—들어봐, 바닷바람이 불고 있어.

너의 부드러운 머릿결로
어서 꿈꾸게 해다오.
너의 사랑이 사랑이었음을—
그 꿈을 꾸게 해다오!

열대 과일

한때 원숭이처럼 겁 없이 주렁주렁 매달렸던
가면처럼 무뚝뚝한 가시털 코코넛,
짙푸른 바다 섬을 그리며,
날카로운 새소리에 내팽개쳐진다.

피부 검은 이들에게 꺾인,
파인애플의 스핑크스 머리에,
푸른 풀 같은 덤불이 자란다―
낯선 리듬에 홀연 넋을 잃는다.

안짱다리 호박색 바나나,
오리엔트의 은밀한
사막에서 자란 무화과와
하나 되기를 꿈꾼다.

작은 달덩이 통통한 오렌지,
늘씬한 대추야자들 수다를 엿듣는다.
흰 낙타 은 안장 위에 앉은
비단 구두의 하렘 무희들 이야기를.

이국 종자들의 향수 어린 꿈속으로 불현듯

속되고 경박하게

소박한 양배추가 음담에 홀리는

미련한 웃음이 끼어든다!

너에게

나는 내 검은 심장을 네게 준다—
너는 네 밝은 심장을 내게 돌려준다.
나는 내 아픔과 고통을 네게 준다—
너는 행복을 내게 준다.

나는 너를 사랑하고
매 시선 네게 고통을 준다.
너는 그러나 아픔을
기쁨으로 돌려준다.

나는 내 덧없는 운명을 네게
절반만 떼어준다.
너는 마치 여왕처럼 내게
온전히 너를 다시 선사한다.

저녁

시계추가 흔들거린다.
등불이 깜빡인다.
밤벌레 한 마리 젖은 바닷바람 속에서
사랑에 빠져 노래한다.
어떤 소리에도 놀라지 않고
나의 심장도 노래한다.

우리의 선언
─에세이, 서평, 미완성 작품, 잡문

헬무트 그멜린의 50회 생일

괴테는 거대한 광물 표본을 관찰하기 위해 남부 독일에 파견된 적이 있었다. 그멜린의 광물 표본이었다. 괴테의 방문에 몹시 흥분한 집안 주인은 그만 그의 옷에 커피를 쏟고 말았다고 한다. 함부르크 국립극단의 헬무트 그멜린Helmuth Gmelin은 바로 이 그멜린 가문 출신이다. 그는 또 세련된 감수성을 지녔던 요절 시인 오토 그멜린의 동생이기도 하다.

박물학자, 물리학자, 화학자, 의사 등을 배출한 이 학자 집안은 마지막으로 두 명의 예술가를 싹틔운 것일까? 헬무트와 오토 그멜린이 사상가이자 심리학자였다는 사실을 생각해보면 이는 그리 놀라운 일도 아니다.

이것은 헬무트 그멜린의 경우처럼 감정과 기질의 뛰어난 재능이 뒤따르지 않는다면 무대 위에서는 위험 요인이 될 수 있었다. 그가 맡았던 배역을 일일이 열거할 필요는 없다. 우리는 그가 오랫동안 연출가이자 배우로 활동했던 브라운슈바이크의 사람들과 마찬가지로 아직도 그 모든 것들을 기억하고 있다.

헬무트 그멜린은 내면과 외면이 모두 기품이 넘치는 배우이고 예술가이다. 그의 사고는 화려하지 않고, 그의 감정은 시끄러운 감상이 아니며, 그의 기질은 값싼 소란이 아니다. 모든 것은 억제되고 내면화되었으며 최소한의 몸짓으로 절제된 빛을 발할 뿐이다.

예술가의 본질적 특징이라 할 창조성은 예술의 모든 다른 영역으로 깊이 파고들고자 하는 열망이기도 하다. 배우에게 이보다 더 이득이 되고 보완이 되는 장점을 생각할 수 있을까?

그는 보티첼리*의 색조나 그뤼네발트**의 손 위치에 대해 몇 시간이고 계속 이야기할 수 있으며, 건축양식의 특징이나 문제점에 대해서도 마찬가지로 해박한 지식을 자랑한다. 후자에서는 집안 특유의 수학적 재능도 엿보인다. 50세의 사내가 책상에 앉아 그리스어를 배우고 머지않아 그리스의 모든 비극 작품들을 말할 수 있게 된다면 이는 정신의 엄청난 강도와 활력에서 나오는 것이 아니겠는가? 그리고 그가 종종 저녁 내내 늦은 밤까지 피아노에 앉아 바흐, 차이콥스키, 쇼팽을 통해 내면세계로 깊이 침잠할 때면 우리는 마침내 그의 정신과 만날 수 있게 된다.

그러므로 그의 50회 생일을 맞아 우리는 무엇보다도 그가 예술이라는 저 지고의 목표에 따라 살아가는 위대한 힘을 계속 간직하기를 기원한다. 뮤즈 여신들에게 바치는 사포의 시구는 언제나 그의 삶을 비출 것이다. "하지만 그대들, 아름다운 여신들을 위해 내 기억은 변신하리라."

헬무트 그멜린

너른 이마를 뒤흔드는
마지막 위대한 가면극
소리 없이 무대에 흐르며
조용히 감정에 휘감기고

---

  *　Sandro Botticelli(1445?~1510): 이탈리아의 화가.
**　Mathias Grünewald(1455?~1528?): 독일의 화가.

희극의 정신으로 짜여

섬세히 조율된 실내극이 된다.

『스탈린그라드』

이것은 좋은 책이 아니다. 이것은 예술 작품이 아니며 시도 아니다. 아마 문학도 아닐 것이다. 하지만 이것은 기록이고 기념비이다. 계산서이고 영수증이다. 우리 모두를 위한. 그렇기 때문에 이것은 불가피한 책이다. 살아남은 타락한 계층의, 눈먼 민족의 객관적이고 노골적인 체온 곡선이다. 20세기의 6년간을 기록한 체온 곡선이다. 대량 학살의 체온 곡선이다. 귀신으로, 죽은 벌레로 퇴락한 수십만 인간 생명체로부터 나온 단말마의 체온 곡선이다.

책의 제목은 『스탈린그라드*Stalingrad*』이다(아우프바우 출판사, 베를린).

저자인 테오도어 플리비어*는 양심적이고 철저하고 엄격한 수집가이다. 그는 인류 역사에서 가장 암울하고 종말론적인 그림의 모자이크 조각들을 수집한다. 그러나 이 모자이크 조각들을 하나의 조화로운 전체로 정돈하지는 않는다. 그렇게 할 수도 없고 해서도 안 된다. 이 혼돈, 이 지옥, 이 도깨비판에서 조화를 만들어내는 것은 진실을 그리고 결과를 모독하는 죄악이 될 것이다. 모든 것은 있었던 그대로 남겨져야 한다. 벌거벗은 채로, 헝클어지고 무의미하고 무지막지하게, 진실하게. 플리비어는 모자이크 조각들을 인간 파멸의 장면들이 뒤죽박죽 뒤섞인 장엄한 무질서의 형태로 우리 앞에 쏟아붓는다. 각각의 조각들은 굶주림, 비명, 고통, 죽음이라고 불린다. 얼음 폭풍, 피고름, 포격이라고 불

---

* Theodor Plievier(1892~1955): 독일의 소설가.

린다. 용맹, 식인, 비참, 고통, 거짓, 자살, 복종이라고 불린다. 피, 똥, 눈, 프로이센의 영광, 짐승몰이라고 불린다. 그리고 이 모든 것들은 한마디로 히틀러라고 불린다! 스탈린그라드라고 불린다! 전쟁이라고 불린다!

이것은 불쾌한 책이다. 겉표지도 그렇고(이것이 이미 영수증이다) 내용도 그렇다. 하지만 불가피한 책이다. 우리 모두는 스탈린그라드를 지나왔다. 큰 스탈린그라드든 작은 스탈린그라드든 말이다. 그러므로 이 책은 우리 모두를 위한 계산서이자 영수증이다.

계산서나 영수증은 불쾌하다. 하지만 반드시 필요하다. 그렇기 때문에 스탈린그라드를 다룬 이 책은 좋은 책이다.

투홀스키와 케스트너

투홀스키*와 케스트너** 그리고 로볼트 출판사의 책들은 우리에게
매우 유용하다. 그런 책이 줄잡아 수백 권은 된다. 하지만 우리는 어떻
게 했던가? 투홀스키는 추방되었고, 케스트너는 글 쓰는 것이 금지되었
고, 로볼트는 출판을 못 하게 되었다. 어리석은 짓이었다. 그것들은 우
리가 매일 읽어야 할 책들이었다. 저녁마다 잠자리에 들기 전에, 가령
『나의 투쟁*Mein Kampf*』***이나 『신화*Mythos*』**** 같은 책에 대한 해설서로서
말이다. 그랬다면 이 모든 일들이 일어날 수 없었을 것이다. 로볼트 출
판사는 두 권의 책을 출판했다. 쿠르트 투홀스키의 책 『앞을 향하여 경
례*Gruß nach vorn*』와 에리히 케스트너의 『내 책들의 검열*Bei Durchsicht
meiner Bücher*』이다. 투홀스키는 사망했기 때문에 케스트너가 그의 책을
손보았다. 두 사람의 관계는 각별하다. 투홀스키의 매콤한 산문 스케치
와 케스트너의 가슴 따뜻한 시구를 지금 읽어보면 두 사람의 활기와 솔
직함과 예감에 놀라움을 금치 못하게 된다. 종종 저널리즘이나 정치 풍
자, 시대 비판 등이 문학성을 해치기도 하지만 두 사람은, 투홀스키뿐
만 아니라 케스트너도, 인간과 비인간에 대해 깊은 통찰을 행하고 있
다. 인간성에 대한 이들의 열정적인 참여는 다른 모든 부족함을 메꾸고
도 남는다. 케스트너는 살아서 계속 활동하고 있으며 사람들은 그를 알

---

* Kurt Tucholsky(1890~1935): 독일의 풍자 작가이자 시인, 수필가.
** Erich Kästner(1899~1974): 독일의 시인이자 소설가.
*** 히틀러 자서전.
**** 나치 시대의 정치가이자 인종주의자인 알프레드 로젠베르크가 히틀러에게 헌정한 책.

고 있다. 투홀스키는 죽었다. 하지만 투홀스키의 작품을 읽는 것은 지금도 여전히 중요하다.

내일을 위한 책들

한스 하르베크Hans Harbeck는 고집스러운 카바레티스트이자 예리한 통찰력을 지닌 유머 작가로 함부르크에서 명성이 높다. 그는 막판에 아슬아슬하게 제3제국 형무소를 경험할 수 있었다. 이때 일련의 시(190편)를 썼는데 그중 50편은 책으로 나왔다(『감옥에서의 시*Verse aus dem Gefängnis*』, 함메리히&레써). 하르베크는 카바레티스트다. 어쩌다 된 것이 아니라 뼛속까지 온통 그렇다. 감옥에서도 그는 이 운명을 피할 수 없다. 그의 시는—그는 언어 아티스트라면 그 매력을 거부하기 힘든 시칠리안 형식을 사용한다—그와 같은 환경에서도 여전히 카바레티스트적 특징을 잃지 않는다. 시인은 자신과 세상에 대해 지독한 조롱을 퍼붓는다. 이것은 장단점이 있다. 단점은 온기와 깊이의 결핍이고, 장점은 바보스러울 정도로 흔들림 없는 단호한 객관성이다.

H. Chr. 마이어Meier의 책 『그때의 진실*So war es*』(푀닉스 출판사, 함부르크)은 같은 문제를 전혀 다른 방식으로 표현한다. 앞의 책에서는 시인이 운율에 맞추어 조롱을 하고 있다면, 이 책에서는 저널리스트가 객관적 사실을 열거하며 문제를 규명한다. 노이엔가메Neuengamme 강제수용소에 대한 이 건조하고 객관적인 보고서는 민족이나 개인을 언급하지 않는다. 인간과 비인간을 말할 뿐이다. 마이어는 국가도 집단도 조직도 고발하지 않는다. 그는 행간에서 우리에게 인간을 보여준다. 벌거벗고 억류당하고 위대하고 비참하고 충격적이고 잔인한 인간, 가면을 벗고 유례를 찾아볼 수 없는 체제의 일부가 된 인간.

하르베크와 마이어의 책은 모두 어제에 대한 증언이다. 오늘을 위해서? 가까운 과거의 상처는 아직 조금도 아물지 않았고, 희생자의 비명과 형리의 저주는 여전히 우리의 귓전에 울리고 있다. 지금 우리는 아직 이런 어제의 장면들을 거부하고 있다. 두려움과 부끄러움 그리고 아픔 때문이다. 하지만 내일 우리는 아마도 이 책들을 들춰보며 이렇게 물을 것이다. 그때 어땠어? 그래, 그랬지! 우리는 잊지 않을 거야!

함부르크 출판계 소식

플로베르*는 열네 살 때 단편소설 「독서광 Bibliomania」을 썼다. 열아홉 살 때는 「11월 Novembre」을 썼다. 플로베르가 아직 젊은 시절에 쓴 책이어서 오늘날의 우리에게도 젊은 책이다. 인생의 모든 고통과 달콤함을 포기한 채 혼돈에 빠진 예민하고 열정적인 젊은이의 삶에 대한 기록. 이 책이 지금보다 더 읽힐 만할 때가 언제겠는가? 이것은 신중하고 구체적이고 현명한 플로베르가 아니다. 이것은 피 흘리는 심장을 지닌 젊은이, 천재적 감성을 내면에 품고 맹렬한 기세로 세상 속으로 돌진하는 젊은이다. 널리 알려진 것과는 다른 플로베르, 하지만 좀더 젊을 뿐 조악하지는 않은 플로베르다.

셰익스피어 소네트 번역은 수없이 많다. 엄격히 정확한 번역, 순수하게 학문적인 번역, 완전히 시적인 번역, 새로 작시한 번역(슈테판 게오르게 Stefan George의 것이 아마도 가장 자의적인 번역일 것이다). 1836년에 초판이 나온 고틀로프 레기스 Gottlob Regis의 번역은 중용을 잘 지킨다. 그의 번역에서는 셰익스피어도 독일어도 모두 폭행당하지 않으며, 독자들은 더없이 위대한 이 극작가의 내밀한 고백에 온전히 몰입할 수 있다. 오늘날 우리에게 주어진 얼마 안 되는 조용한 시간에 읽을 만한 책이다.

두 책은 미적 감각이 돋보이는, 모든 서적 애호가들을 만족시키기에 충분한 외관을 뽐낸다. 물론 페이퍼백이다. 하지만 예술적으로나 제

---

*   Gustave Flaubert(1821~1880): 프랑스의 소설가로 『감정교육』 『보바리 부인』 등의 소설을 남겼다.

본 기술로나 매우 훌륭하기 때문에 독자들이 기꺼이 손에 들고 싶어지는 책이다. 두 책 모두 마리온 폰 슈뢰더 출판사에서 만들었다.

감자 파이, 하느님, 철조망

수용소 문학

"오늘 나는 발길질을 당했다— 악마가 몰래 숨어 있다. 오늘 나는 발길질을 당하지 않았다— 천사가 나를 돕는다. 오늘 나는 방해받지 않고 감자 파이를 부칠 수 있었다— 예수님이 나를 보호하신다. 오늘 나는 니묄러 목사를 만날 수 있었다— 하느님은 자비로우시고, 나는 그분 안에 있다."

600쪽이 넘는 분량의 두꺼운 책 두 권은 이런 식으로 악마와 천사 사이를 오가고, 하느님과 예수님을 찾으며 계속 이어진다. 제목은 『다하우 2000일 *2000Tage Dachau*』과 『12시 5분 전 *Fünf Minuten vor Zwölf*』, 저자는 K. A. 그로스Groß다(노이바우어 출판사).

기독교를 가지고 장사를 할 수 있다는 것은 이미 오래전부터 알고 있는 사실이다. 강제수용소를 가지고서도 장사를 할 수 있다는 것은 새롭다. 언급한 두 책의 저자 겸 펴낸이는 한 걸음 더 나아간다. 그는 이 두 가지를, 즉 기독교와 강제수용소를 대담하고 구미 당기는 조합을 통해 장사가 되도록 하나로 묶었다. 그의 조리법은 오만불손하고 수다스러운 스타일로 떠들어대며 쾌활하고 거침없는 기도를 올리는 것이다. 그는 종교의 내밀한 문제를 놀라울 만큼 견고한 감자 파이 유물론과 거리낌 없이 뒤섞고, 경건한 체하며 신과 ('교회의 캡틴' 니묄러 목사로 대표되는) 성직자에 대한 찬가를 태연스럽게 늘어놓는다. 이때 그는 하느님, 예수님, 그분 등과 같은 단어를 매번 그리고 매 세번째 쪽에 대문자로 인쇄하는 것을 잊지 않는다(물론 그는 인쇄소에 그런 주문을 하는 출판업자이기도 하다). K. A. 그로스가 8.5라이히스마르크라는 적지 않은 액수의 가격표가 붙은 이 두 권 말고도 그의 강제수용소 모험에 대한 두꺼운 책을 두 권 더 썼다는 점을 생각해보면, 여기서 핵심은 지난 12년 동안 인류가 겪은 엄청난 비극이 아니라 기독교의 이름으로 위장한 지극히 세속적인 장삿속이라고 하겠다.

1947년의 독자는 『다하우 2000일』의 희생자 겸 저자에게 전쟁이 끝나기 직전까지 매일 감자 파이를 부치기에 충분한 감자와 기회가 있었다는 사실을 들을 때 아마도 응당 그래야 할 만큼 크게 놀라지 않을 것이다. 또 1947년의 독자는 마지막에 수용소에는 빵이 8분의 1쪽밖에 없었다는 탄식에 의아해하며 이렇게 물을 것이다. 그래서 뭐?

볼프강 랑호프Wolfgang Langhoff의 『수렁의 병사들Moorsoldaten』(친넨 출판사)과 더불어 희망차게 출발한 수용소 문학과 형무소 문학의 범람은 지금까지 별로 긍정적이고 가치 있는 성과를 보여주지 못했다. 심지어 랑호프가 1934년에 스위스에서 출간한 책이 여전히 제일 나은 작품이라고 말할 수도 있다. 어쩌면 강제수용소의 체험은 너무나 끔찍하고, 너무나 혼란스럽고, 불가해하게 폭력적이어서 완성된 작품이 만들어지려면 정말로 아주 위대한 시인이 필요할지도 모른다. 아무튼 시적인 형식을 통해 강제수용소 체험에 다가가려는 시도는 아직도 출발 단계를 벗어나지 못하고 있다. 그래서 사람들은 객관적이고 저널리즘적인 보고서나 비개인적 연대기와 같은 가능한 한 전승 형식을 절대적으로 선호하게 된다.

에른스트 비헤르트Ernst Wiechert(그의 책 『죽은 자의 숲Der Totenwald』도 마찬가지로 쿠르트 데슈 친넨 출판사에서 나왔다)는 서문에서 자신의 보고서가 문학작품의 전주곡일 뿐이라고 말했지만 유감스럽게도 이 말은 지켜지지 않았다. 그는 일인칭 형식으로 이야기를 풀어갈 용기가 없었다. 그는 자기 자신을 요하네스(성서에 나오는 요한과 교묘하게 연결되고 있다. 에른스트 비헤르트다운 발상이다!)라는 이름으로 부르면서 목가적이고 시적으로 변용된 어조로 그 자신과 동료 수감자들의 고통을 이야기했다.

바이마르의 『죽은 자의 숲』에서는 지치고 무기력한 멜랑콜리와 함께 그의 염세적 탄식이 흘러나온다. 하지만 '비헤르트-요한 수난곡'을 끝까지 듣고 난 사람들은 실망스러운 표정으로 책을 내려놓게 된다. 사람들은 작품 전체에서 에른스트 비헤르트 개인을 분명히 인식할 수 있는데도 왜 작가가 굳이 요하네스라는 가명 뒤에 숨는지 그 이유를 알 수가 없다. 보고서와 문학의 타협은 그다지 성공적으로 보이지 않는다. 비헤르트에게 사람들은 좀더 많은 기대를 했을 것이다. 아니면 천년 제국의 맷돌은 이 정도의 비난조차 부당할 정도로 자신의 희생자들을 무자비하게 갈아버린 걸까?

루이제 린저*는 그녀의 형무소 일기(친넨 출판사)를 보고서의 형태로 출간했다. 그녀의 작업은 기분 좋은 객관성이 특징이다. 린저의 책은 그다지 충격적이지 않다. 그러기에는 일단 육체적 고통이 너무 적다. 전선에서 싸우는 병사들이나 공습 대피소 안에 있는 대도시 사람들에 비해 너무 적다. 하지만 이 책은 제3제국의 폭민 정치가 그 누구도—여성도, 아이 엄마도, 어린 소녀도—피해 가지 않는다는 사실을 인상적이고 끔찍할 정도로 분명하게 보여주고 있다. 기사철십자훈장이

* Luise Rinser(1911~2002): 독일의 소설가로 『생의 한가운데*Mitte des Lebens*』를 썼다.

넘치는 기사답지 못한 제국에서 여자는 남자와 마찬가지로 번호를 단 수감자가 되었다. 여성에게 '수감자'라는 남성적 명칭을 붙인 것은 우리 민족이 얼마나 바닥으로 추락했는지 잘 보여준다. 그리고 이것을 세상에 분명히 드러낸 것은 루이제 린저의 형무소 일기가 거둔 중요한 성과이다.

여성에 대한 보고서가 하나 더 있다. 이자 페어메렌Isa Vermehren의 『종막으로의 여행Reise durch den letzten Akt』(크리스티안 베그너 출판사)이다. 이 책에는 '철조망 뒤편의 저명인사'라는 제목을 붙여도 좋겠다. 라벤스브뤼크 수용소의 이 기록은 대단히 흥미진진하고 긴장감이 넘친다. 저자가 국내외 유명 인사들과의 직접적인 만남에 대해 이야기하고 있기 때문이다. 하지만 그것은 동시에 이 책의 단점이기도 하다. 잘 알려진 이름들에 가려 대체로 이들 유명 인사 수감자들보다 상황이 훨씬 더 열악했을 이름 없는 수감자들의 고통이 뒷전으로 밀려난다. 이자 페어메렌은 섬세한 여성적 심리학을 통해 감시자들의 본성과 내면의 동기 안으로 그리고 그 배후로 파고들고자 시도한다. 하지만 보편적이고 인간적인 문제들을 기술해내는 그녀의 꽤나 영리한 문장들도 독자의 선정주의에 맞추어 재단된 이런저런 백작이나 남작 부인에 대한 디테일들을 은폐하지는 못한다. 그럼에도 불구하고 루이제 린저와 이자 페어메렌의 책은 남성 작가들의 기록에 비하면 훨씬 객관적이고 유용하다.

지금까지 나온 수용소 문학의 가장 수준 낮고 암울한 지점은 비트만Wittman과 훈터Hunter의 '최신 성장소설' 『다하우로의 세계 여행 Weltreise nach Dachau』(쿨투어아푸프바우 출판사, 슈투트가르트)이다. 저자가 두 명이라고 조금도 나을 것 없다. 이 책의 어설프고 단순한 천박함은 독자에게 위험하다. 특히 정직하고 객관적인 태도로 그와 같은 체험에 대해 무언가 중요한 말을 하고자 하는 이들에게는 더욱 그렇다. 천박함과 그로 인해 독자에게 미치는 위험성은 책 제본에서 벌써 시사된다. 은빛 달과 세 그루의 야자나무 그리고 동경 어린 몸짓으로 먼 곳의 연인을 기다리는 검은 머리의 날씬하고 이국적인 미녀가 등장하는 지극히 양식화된 남쪽 바다 풍경. 내용도 겉표지와 별반 다르지 않다. 주인공인 젊은 세계 여행자는 하필 튀빙겐 출신이다. 그는 육지와 바다로 전 지구를 유랑하며 카를 마이Karl May를 연상시키는 정글 속 모험 장면을 연출한 끝에 타히티에 도착해 평생 꿈꾸어왔던 여인 테테를 만난다. 이 연애담과 그에 앞선 두 번의 사랑 체험은 너무나도 피상적이고 유치하게 전개되기 때문에 독자는 이 '성장소설'이 청소년용 싸구려 외설 문학이 아닐까 하는 인상을 받게 된다. 튀빙겐 출신의 주인공은 타히티를 거쳐 마지막으로 게슈타포의 수중에 떨어진다. 여기서 그는 다른 수백만 명의 사람이 겪었던 일들을 겪는다. 하지만 그는 강제 수용소에서 뛰어난 수완을 발휘해 부엌 감독이 되고, 영양가 높은 자리를 차지한 덕분에 마지막까지 아주 잘 견뎌낸다.

수용소 문학의 미숙하고 잘못된 어조이다. 유감스럽게도 이런 잘못된 어조는 올바른 어조를 훨씬 압도한다. 그래서 순전히 객관적인 보고서를 몇 배나 더 높이 평가할 수밖에 없다. 여기에 속하는 작품이 앞서 언급한 랑호프의 『수렁의 병사들』이다. 현재 베를린에서 영화감독으로 일하고 있는 랑호프는 차분하고 절제된 진술을 통해 가장 큰 충격을 주는 법을 알고 있다. 북해 인근 늪지대의 강렬한 장면은 잊히지 않는다. 여기서는 수감자들의 오후가 다채롭게 전개된다. 커다란 서커스 안에서 벌어지는 작은 서커스. 관객은 나치 친위대 보초병들이다. 수용소의 분위기, 안 들으려야 안 들을 수 없는 수감자들의 향수 어린 슬픈 음성은 친위대 병사들을 잠시 혼란스럽게 만든다. 인간과 인간이 마주 서 있다. 하나는 수용소 작업복 차림이고 다른 하나는 군복 차림이다. 둘은 사이가 좋을 수 없지만 나쁘기만 한 것도 아니다. 그리고 뵈르거모어 수용소에 대한 랑호프의 보고서는 강제수용소의 상황이 그토록 나빠진 것은 전쟁 말년에 가서의 일이라는 주장을 반박한다. 저자가 여기서 1933년에 겪은 일들은 1944/45년 다하우나 부헨발트의 사건들에 결코 뒤지지 않는다.

함부르크 작가 H. Ch. 마이어가 사사로운 감정을 담지 않고 대단히 객관적으로 쓴 노이엔가메 수용소의 보고서 『그때의 진실』(푀닉스 출판사, 함부르크)은 심지어 쾌적하고 깨끗한 울림마저 준다. 마이어는 랑호프와 마찬가지로 대단히 사실적이다. 그의 책은 시적 과장으로 도피하려는 경향을 보이는 다른 대부분의 책들에 비해 특히 돋보인다.

마이어의 보고서 외에도 발터 폴러Walter Poller의 탁월한 책 『부헨발트의 의사 비서Arztschreiber in Buchenwald』를 출판한 것은 푀닉스 출판사의 공로다. 마이어가 일반적이고 전체적인 조망을 제공하면서 디테일을 포기하고 자기 자신은 완전히 뒤로 물러난 것과 달리, 폴러는 부헨발트 수용소의 광범위한 연대기를 매우 정확하고 철저하게 기록했다. 수용소 의사의 비서로서 저자는 이유를 불문하고 갈색 집단 로봇의 규범에 맞지 않는 모든 인간을 섬멸하고자 하는 악마적 시스템의 감추어진 뒷면을 깊숙이 들여다볼 수 있었다. 폴러는 조직적 대량 살상을 이야기하고, 인간으로 하여금 인간을 사냥하게 만드는 비인간적 방법을 이야기하고, 죽음 대기자들에게조차 제복을 입히고 가스실에서 끔찍한 최후를 맞을 때까지 프로이센식 훈련을 달게 받도록 만드는 히틀러 원수의 이상국가 지옥을 이야기한다(리하르트 그륀Richard Grün의 네

점의 석판화는 이러한 무시무시한 사실을 증명하는 기록에 대한 봉인과도 같다).

최근 과거에 대한 이 세 가지 증언은 의심할 바 없이 가장 값진 것들이다. 엄청난 비용을 지불하고 얻은 작은 결실인 셈이다! 세 작품은 종종 지나치게 선정성을 좇는 독자들의 취향을 해치지 않으면서도, 새 책이 나올 때면 '맙소사. 또 수용소야!'라고 외치게 되는 수용소 문학에 대한 부당하지만은 않은 거부감을 촉발하지도 않는다. 랑호프와 마이어와 폴러의 세 작품은 지금의 우리가 더 나은 미래를 만들어가기 위해 반드시 필요한 책이다.

마지막으로 아주 소규모 독자층을 대상으로 출간된 책을 한 권 언급해보려 한다. 다하우의 설교자들에 관한 책이다. 다하우에서 다른 수감자들과 엄격히 분리되어 있던 성직자들이 자기 자신을 위해 준비한 일련의 기도문들을 『열려진 문Das aufgebrochene Tor』이라는 제목으로 한 권의 책으로 묶었다. 용감한 말들이 많이 등장하지만 간혹 당혹스러울 정도로 낯설고 서먹하기도 하다. 다른 세상으로의 도피가 그것이다. 아마도 더 나은 세상일 테지만 분명코 그것은 신학적 개념의 죽은 세상일 뿐이다. 그럼에도 불구하고 이 책은 나름대로의 가치와 정당성을 지니고 있다. 이것은 신 혹은 우주의 질서라고 불리는 정신으로의 도피에 관한 보고서이다.

중병에 걸린 환자가 침상에서 자신의 체온 변화를 연구하는 경우는 없다. 그러므로 굶주림과 추위가 일상이 된 1947년의 독일에서 수용소 문학이 커다란 호응을 얻지 못하는 것은 전적으로 수긍이 가는 일이다. 강제수용소 수감자들이 몹시 굶주렸다고? 지금 우리도 그렇다. 수감자들이 추위에 떨어야 했다고? 지금 우리도 그렇다. 화장터 앞에 시체가 산처럼 쌓여 있었다고? 상황이 지금처럼 계속된다면 곧 다시 그렇게 될 것이다. 수감자들이 갇혀서 살았다고? 그것은 수없이 많은 전쟁 포로도 마찬가지다. 이런 식이다. 이것이 수용소 문학이 거부당하는 이유이다. 이것이 정당한지 아닌지를 결정할 수 있는 사람은 지금 아무도 없다. 하지만 지난 정권의 끔찍한 무법천지를 견뎌내야 했던 사람들이 우리 역사에서 가장 암울했던 이 시기의 일들을 기록해 죽은 자들과 산 자들을 위한 경고와 주의를 남기는 것은 반드시 필요하다.

인간은 어두운 무대 위에 홀로 서서 신을 부른다. 대답이 올까? 인간 비극의 마지막 장 바로 전 장, 즉 끝에서 두번째 장이 끝났다. 마지막 장은 절멸이 될까, 아니면 부활이 될까? 이것은 마치 거대한 그림자처럼 우리 모두의 머리 위에 드리운 물음이다.

함부르크 60년

아돌프 비트마크Adolph Wittmaack, 『묄러 영사의 유산Konsul Möllers
Erben』

이것은 아돌프 비트마크가 훌륭하지만 조금은 사무적인 독일어로
기록한 60년간의 함부르크 역사이다. 그의 기록은 1888년에 있었던 묄
러 영사의 죽음에서 시작해 대도시 함부르크의 몰락을 가져온 지난 전
쟁의 와중에서 끝난다. 함부르크의 폐허는 묄러 가문의 마지막 유산을
묻어버렸다.

어쩌면 지난 60년은 너무나 많은 대사건이 벌어진 시기였다. 이 시
기를 한 편의 장편소설 속에 총체적으로 압축해 담아내는 것은 실로 엄
청난 능력이 아닐 수 없다. 비트마크는 소설이라기보다는 연대기를 쓰
고 있다. 사람들은 대단히 생생하게 등장하고 있음에도 불구하고 주인
공이 아니다. 주인공은 시간이고, 사람들은 그 안에서 등장하고 퇴장하
는 조연에 불과하다. 그들의 삶은 이미 시간을 위해 정해져 있다. 어쩌
면 이 60년의 시간(과 그 속에서 벌어진 엄청난 사건들)이 너무 광범위해
서 개개인의 운명은 불가피하게 빛이 바래질지도 모른다.

최근의 과거는 소설 형식 안에서 태연하고 객관적으로 마주하기에
는 아직 우리 안에 너무나 생생하다. 비트마크는 과거와 마주하기를 피
하지 않는다. 그의 등장인물들은 과거를 한복판으로 관통해 나아간다.
하지만 그는 우리의 가슴 깊은 곳을 건드리는 데는 성공하지 못한다.
이는 아마도 소설 전체의 과감한 연대기적 스타일 탓일 것이다.

『행운의 자비로움에 관하여Von des Glücks Barmherzigkeit』

어쨌든 볼프강 바이라우흐Wolfgang Weyrauch는 용감하다. 그리고 그는 월트 휘트먼*의 작품을 많이 읽었다. 이 두 가지 조합은 좋을 수밖에 없다. 하지만 나쁜 점도 있다. 우리는 이 시에서 그것을 볼 수 있다.

바이라우흐는 현재에 말을 건다. 썩 훌륭하지만 간혹 성공적이지 못할 때도 있다. 이런 식이다. 히틀러가 내뿜는 지옥의 숨결이 세상을 불길에 휩싸이게 한 것은 분명하고, 그러므로 우리는 그를 용이라고 부를 수 있다. 바이라우흐는 바로 그렇게 시를 쓴다.

> 옛날에 한 남자가 이 나라로 왔다,
> 손을, 오른손을 치켜들고서,
> 나라는 마법에 걸렸다.
> 외침이 그의 입에서 흘러나왔다.
> 그가 외치는 소리는 한 가지였고,
> 나라는 남자에 영합하였다.
> 남자는 곰팡이와 같았다.
> 우리의 신성한 제국은 부패하였고,
> 모든 것을 잃었다.

이런 글을 쓰는 것은 용기가 필요한 일이다. 문학적 용기. 하지만

---

*   Walt Whitman(1819~1892): 미국의 시인.

이런 종류의 시는 시집보다는 『울렌슈피겔*Ulenspiegel*』지에 실리는 것이 더 어울린다(사실 나무랄 데 없는 잡지다).

단순한 휘트먼식 찬가와 릴케식 이미지나 언어유희의 대립, 민요 풍의 독창적인 시적 창작과 상징화하는 지성의 대립이 특히 눈에 띈다. 아름다움과 나쁨은 이 시집에서 밀접하게 병존한다. 여기서 작가는 아직 발전 중에 있는 느낌이다. 하지만 산문에서 바이라우흐는 한참 더 앞서 있다. 그의 산문은 일류이며, 문체와 내용 모두 모범적이다.

베를린의 아우프바우 출판사는 한 쌍의 남녀가 등장하는 천박한 선거 포스터를 표지로 사용했다. 여자는 BDM(독일소녀동맹) 소속 여성 특유의 충성스러운 독일적 떫은맛을 지니고 있고, 남자는 특수학교 학생처럼 눈에 띄게 좁은 이마를 지니고 있다. 시가 불쌍하다.

『엉겅퀴와 가시*Disteln und Dornen*』

행복한 유희에 잠겨라!
너희 작은 세계는 더욱 안전하리니.
죽음에 직면한 자들은 안다.
유년의 별이 얼마나 행복하였는지.

벽지 꽃가지에 불쑥 요괴가 나타나면
침대로 어머니를 불러라.
훗날, 아 모두가 너희를 떠나면
울어도 아무도 듣지 못하리니.

누가 이런 시를 쓸까? 오십대가 쓴다면 그것은 지극히 자연스럽다. 사라진 낙원에 대한 애도이다. 하지만 갓 스무 살짜리가 이런 걸 쓴다면 좀 충격적이다. 조숙하거나 조기에 완성된 걸로 봐야 할까? 아니다. 하지만 그는 이런 시를 써야만 한다. 왜냐하면 그는 감방에 들어앉아 있고, 죽음이 손에 잡힐 듯 가까이 있기 때문이다.

종들은 매시간 두 가지 음성으로
나에게 죽음을 예언한다.

무슨 일이 벌어진 걸까? 별것 아니다. 익히 알려진 일이다. 작은 세계대전을 끔찍하게 몸소 겪었던 세대는 큰 세계대전을 막을 능력이 없었다. 하지만 그게 전부가 아니다. 그 세대는 히틀러에게 투항했고, 전쟁을 미화하는 랑에마르크 기념식 따위를 벌여 젊은이들에게 "강철 뇌우"가 쏟아지는 대량 살상을 정당화할 만큼 비양심적이었다. 그 세대는 또 큰 세계대전 때 이 젊은이들이 반항하자 이들에 대한 재판을 열고 평화운동과 반역의 죄목으로 유죄 판결을 내렸다. 그 세대는 이제 다시 강단에 앉아 그들 자신이 꾀어낸 이 젊은이들에게 불손하고 신뢰가 부족하며 수동적이라는 비난을 퍼붓는다. 그 세대는 아직 아이에 불과한 스무 살짜리를 이런 글을 쓸 수밖에 없도록 만들었다.

> 아이가 저 밖에서 웃고 있다면
> 그런 기억은 해서 무엇 하리.
> 어둠이 안에서 깨어나면
> 결국 밤은 찾아오리니.

한지셔 길덴페어라크Hansischer Gildenverlag 출판사는 카를 루트비히 슈나이더Karl Ludwig Schneider의 이 시들을 얇은 책으로 출판해 수익을 올린다. 한 사람의 젊은이가 여기서 십수 편의 시를 통해 말하고 있는 것은 쓰라린 체험의 결과물이나 형무소 문학의 일시적 인기를 훨씬 넘어선다.

가로등 아래서

"그렇게 간단히 나를 차지하려고? 당신과 어울리는 여자를 찾아봐. 당신 나이 또래의. 내겐 열아홉 살짜리 딸이 있어!"

"난 그런 거 다 필요 없어! 제발 엘스, 나랑 가자."

"당신은— 너는 뻔뻔해!"

"그것 봐, 엘스, 이제 나한테 친근하게 너라고 하잖아."

"그건 네가 버릇없는 놈이어서 그래!"

"그럼 나를 더 나은 녀석으로 만들어줘."

"나한테 바라는 게 뭐야?"

"없어. 널 사랑하고플 뿐이야. 나를 내치지 말아줘. 부탁이야."

"스물한 살짜리는 견딜 수가 없어. 나는 서른여섯이라고, 알아?"

"아 미치겠군. 그래, 너는 늙고 궁색하고 주름투성이야! 벌써 수의를 입을 때가 다 됐어. 네가 서른여섯 살이어서 스물한 살보다 더 현명하다고 믿는 거야?"

"아니야. 나도 알아. 정말 그렇다면 이 밤중에 너와 거리에서 서서 이런 이야기나 하고 있지는 않을 테니까. 하지만 이건 안 되는 일이야. 정말 안 된다고."

"네가 원하지 않는다고 해도 괜찮아. 내가 널 따라다니는 건 나도 어쩔 수가 없어. 너는 내게 서른여섯 살도 아니고 열아홉 살짜리 딸을 둔 엄마도 아니야. 내게 너는 엘스일 뿐이야. 사랑해. 다른 건 모두 잊었어. 하지만 네가 나를 절대로—"

"그만해, 뻔뻔한 인간. 같이 갈게!"

꽃

　나는 꿈을 꾸었고,──파괴와 죽음에 둘러싸여──삶은 무의미하게 무(無)의 나락으로 떨어졌고, 소생하지 않았다. 세계의 의미는 어디에 있는가? 나는 우주를 향해 물었다. 의미는 없는가?

　절망적으로 그리고 무기력하게 나는 시시때때로 돌아다녔다. 하지만 언제나 전쟁 중이었다. 이러한 몰락의 비전은 나에게 엄청난 크기의 전율로 다가왔다. 신은 어디 있는가? 죽어가는 눈들이 물었다. 삶은 어디 있는가? 시들어가는 입들이 물었다. 의미와 사랑은 어디 있는가? 길 잃은 당황한 영혼들이 물었다! 하나도 알지 못한다는 게 모든 물음에 대한 답이다. 종교는 피 흘리고 탄식하며 여러 조각으로 갈가리 찢겼고, 무(無)의 무자비한 참모습은 공간을 가로질러 침묵했다. 위안은 어디 있는가? 심장이 애원했다. 수호신은 고통 속에 미소 지으며 혼돈의 전쟁터에 쓰러졌다. 그에겐 아무런 물음도 없었다. 위대한 예술의 마지막 기둥들은 영원토록 풍파를 맞으며 애도했다. 영원마저 사라져버릴 때까지. 아, 사방에 온통 탄식과 물음이 가득했고, 모든 것은 무한의 침묵 속에 사라져갔다.

　"호미넴 콰에로hominem quaero(진실한 인간을 찾노라)!" 고독의 외침도 아니고, 몰락과 쇠퇴의 외침도 아니다. 그저 구원을 비는, 신들에게 연민과 자비를 구하는 조용한 간청이다. 나의 마지막 기도는 무에 의해 공허한 망상으로 거부당했다. 모든 것이 너무나 무시무시했고, 태양만이 저녁의 전율 위에서 이루 말할 수 없이 고요했다. 이미 태양도 사라졌다. 밤은 언제 오려는가? 오 태양이여……

밤 위로 엄청난 정적이 찾아왔다. 하지만 밤은 스산하고 춥고 가차 없었다. 나는 신을 부른다. 그리고 영원히—응답으로서?—자연의 모든 세계와 달과 별은 숨을 쉬고, 성스러운 태양도 영원히 회전한다. 우주의 사원을 바라보았을 때 신의 조용한 숨결은 나를 떨게 만들었다. 여기서 카오스는 궁극의 하모니로 결합되었을까? 오 인간이여, 여기서 찾지 마라. 여기서는 하늘의 기적을 꿈꾸고 기도하라.

미지의 거대함과 자신의 왜소함에 충격받은 나는 전쟁터와 공포의 사막으로 다시 돌아왔다. 하지만 우주의 신, 자연의 신은 나에게 믿음을 되돌려주었다. 그리고 나는 치유와 위안을 찾았다. 세상의 혼란에 미친 듯 흔들리는 연약하고 가냘픈 꽃 한 송이가 신의 꿈을 꿈꾸며 떨며 서 있었다. 꽃은 온화한 태양의 한없이 자애로운 헌신에 완전히 기울어 있었다. 오 자연, 자유롭고 전능한 자연이여, 그대는 신인가? 내가 찾던 여신인가? 방황하는 자에게 한 송이 꽃으로 계시된 성취인가? 우주여, 그대는 신인가?

나는 숭배하며 꽃 앞에 무릎을 꿇었다. 모든 추한 것들은 사라지고 한없는 아름다움이 내 앞에 나타났다. 죽음은 소생과 회복으로 충만했고, 슬픔은 미소와 끝없는 행복으로 가득 찼다. 오, 신의 꽃이여, 그대 안에 있는 존재의 무한함이여! 그대 안에서 나는 의미와 잃어버린 생명을 찾았다! 소녀의 순결한 영혼처럼 꽃은 내 숨결 앞에서 살며시 몸을 떨었다. 나는 그 꽃에서 사랑의 전능을 깨달았고, 내가 잃어버린 생명으로 가는 길을 찾았다. 나는 더 이상 신이 어디 있느냐고 묻지 않았다. 꽃에서 이미 그를 찾았기 때문이다. 내일이면 벌써 시들어버릴 꽃에서. 하지만 꽃은 태양의 영원한 사랑 안에서 위대한 미지의 신으로부터 키스를 받고 무한한 우주의 숨결로부터 애무를 받으며 수천 번 다시 피어날 것이다. 그런데도 나는 여전히 의심하고 불평할 텐가?

꽃은 피어나고, 살고, 죽었다. 나는 그 꽃에 기도했다— 이것이 내 꿈이었다.

도공 그림Grimm에게로 가는 길

우리는 다시 밤송이가 있던 곳으로 가려고 한다. 밤송이는 고슴도치같이 생겼지만 속은 전부 마호가니였다.

우리는 시외로 다시 나가려고 한다. 그곳에는 말이 가끔씩 조용한 걸음걸이로 지나다닌다. 돌 사이로 풀이 잔뜩 나 있기 때문이다. 사람들은 가지를 길게 아래로 뻗은 나무 아래로 걷고 있다. 그들은 우리가 낯선 사람이라는 것을 안다. 우리는 스스로도 아주 낯선 느낌을 받는다. 여행을 떠난 것처럼. 그러면서 가만히 도시의 소리를 듣는다.

나는 다시 모퉁이를 돌아가고 싶다. 집 모퉁이가 아니다. 그때도 그랬듯이 아니다. 정원 모퉁이다. 길은 놀라울 만치 구불구불하고 시골스럽다. 집은 우리 집보다 훨씬 더 작았고 온통 회색도 아니었다. 그리고 사방이 정원이었다. 그런 곳에서 모퉁이를 돌아가야 했다. 그럴 때면 나뭇가지가 소심하게 머리카락을 붙잡았다. 나무 울타리 뒤편에는 가끔씩 창백하고 쓸쓸한 버섯이 있었다. 당시 내 팔은 그다지 길지 않았고, 버섯은 잎사귀 무성한 그늘 속 저만치 멀리 있었다.

나중에 우리가 집에 왔을 때 다른 사람들은 나를 경멸적으로 바라보았다. 자기 어머니와 함께 간 사람은 멸시를 당했다. 하지만 그들은 고슴도치와 안쪽의 마호가니에 대해 아무것도 알지 못했다. 그것을 아는 건 오직 우리 둘뿐이었다.

우리의 민들레 삶

　우리는 삶을 시계의 타종과 타종 사이로 흘려보낸다. 11월과 3월 사이로, 배나무 묵직하고 향기 부드러운 가을과 토양 촉촉한 봄의 질주 사이로, 침대와 침대 사이로, 탄생과 죽음, 긍정과 부정, 신과 무신 사이로 흘려보낸다.

　우리는 삶을 단맛과 쓴맛 사이로 흘려보낸다. 우리는 삶을 매 순간 쾌락을 수집하며 흘려보낸다. 그리고 밤낮으로 항상 고통을 찾아낸다. 잠시 여명이 그것을 덜어주더라도 마찬가지다.

　우리는 마치 아무도 우리에게 가을 뒤에 봄을 허락하지 않을 수 없다는 듯이 안심하고, 뽐내고, 노래하며 인생을 살아간다. 우리는 마치 누군가 우리에게 밝디밝은 아침을 굳게 약속한 듯이 저녁을 맞는다. 우리는 결말을 모른 채 인생을 받아들인다. 민들레의 삶이다. 누군가 훅 하고 불어버리면 모든 게 끝이다.

　우리는 무(無)의 해안에, 세상 끝 낭떠러지에, 한없는 공간과 시간에 떨어졌다. 우리는 무심한 별들의 차갑게 하얀 추상적인 빛에 팔려, 침대에, 아이 침대에, 환자 침대에 교란되어, 늪지처럼 시커멓고 불안하고 미심쩍은 길에 묶여 헤아릴 수 없고 가늠할 수 없는 어둠에 떨어졌다. 작별에 대한 우리의 두려움 때문에 다리와 기차역에 내맡겨졌다, 전차에, 애처로운 빗물에, 야상곡의 당김음에, 화산에, 뇌졸중에, 광기에, 말과 살인에, 유령과 죽은 자에, 영원한 불안에 내맡겨지고, 노출되고, 패배했다.

　우리는 작고, 비참하고, 굉장하고, 단명하고, 병들고, 거대하다. 동경하는 마음을 지닌 우리는 희미하고 안개 자욱한 불확실성에 노출되어, 깊이를 알 수 없는 세상의 바다 위에 떨어져, 항로 없이, 해안과 나침반 없이, 어제와 내일의 말없는 무한 사이에 떠 있는 우연적이고 비좁고 흔들거리는 존재의 널빤지 위에 내맡겨져 있다.

어제와 내일, 우리의 삶은 그 사이에 있다. 병아리 솜털처럼 가볍게, 재난을 잉태한 채, 값비싸게 그리고 짧게. 민들레의 삶이다.

작가

작가는 모두가 짓는 집에 이름을 주어야 한다. 여러 다양한 방에도 마찬가지로 이름을 주어야 한다. 작가는 병실을 '슬픔의 방'이라고 불러야 하고, 다락방은 '바람 부는 방', 지하실은 '어둠의 방'이라고 불러야 한다. 작가는 지하실을 '아름다운 방'이라고 불러서는 안 된다.

사람들이 펜을 주지 않으면 작가는 고통스러워 절망해야 한다. 그는 숟가락 손잡이로 벽에 새기려는 시도라도 해야 한다. 감옥에서처럼. 감옥은 아주 흉측한 곳이다. 그가 어쩔 수 없다며 그렇게 하지 않는다면 진짜 작가가 아니다. 그러면 거리 청소부들한테나 보내야 한다.

사람들은 다른 집에서 작가의 편지를 읽을 때 알아야만 한다. 아하. 그래. 그 집에서는 그렇게 지내는군. 대문자로 쓰든 소문자로 쓰든 상관없다. 하지만 작가는 읽을 수 있게 써야 한다.

집에서 작가는 다락방에 살아도 좋다. 그곳에서는 최고로 미친 조망을 얻을 수 있다. '미친'이라는 말에는 아름답다는 뜻과 소름 끼친다는 뜻이 다 담겨 있다. 그 위는 고독하다. 그리고 제일 춥고 제일 덥다.

석공 빌헬름 슈뢰더*가 다락방에 있는 작가를 방문할 때는 현기증이 날 수도 있다. 작가는 그런 것에 신경 쓸 필요 없다. 슈뢰더 씨는 높은 곳에 익숙해져야 한다. 그곳은 그의 마음에 들 것이다.

밤이면 작가는 별들을 바라보아도 좋다. 하지만 자기 집이 위험하

---

*   Wilhelm Schröder(1906~1968): 독일의 유명한 석공이다.

다는 걸 느끼지 못하는 작가에게 화 있을진저. 그럴 때 그는 폐가 터지도록 나팔을 불어야 한다!

우리의 선언

철모 벗어 철모 벗어— 우리는 패했다!

중대는 해체되었다. 중대, 대대, 군단. 전군이 다 해체되었다. 죽은 자들의 군대만이 아직 그대로다. 한없이 넓은 숲처럼, 어두운 보라색 소음 가득한 숲처럼 그대로다. 하지만 대포는 얼어 죽은 고생동물처럼 딱딱한 해골로 누워 있다. 강철과 기습당한 분노로 보라색이 되어. 그리고 철모, 녹슨 철모. 녹슨 철모를 벗어라. 우리는 패했다.

우리의 식기로 여윈 아이들이 이제 우유를 얻는다. 지방이 빠진 여윈 우유를. 아이들은 추워서 보라색이다. 우유는 지방이 없어서 보라색이다.

우리는 더 이상 호각 소리에 맞추어 정렬하지 않을 것이며, 호통 소리에 네 알겠습니다,라고 말하지 않을 것이다. 대포와 상사는 더 이상 호통 치지 않는다. 우리는 하고 싶을 때 마음대로 울고 욕하고 노래할 것이다. 하지만 부릉거리는 탱크의 노래와 에델바이스 노래는 더 이상 부르지 않을 것이다. 왜냐하면 탱크와 상사는 더 이상 부릉거리지 않으며, 에델바이스는 피비린내 나는 노랫소리 아래에서 부패했기 때문이다. 이제 장군은 더 이상 전쟁터에서 우리에게 '너'라고 반말하지 않는다. 끔찍한 전쟁터에서.

우리는 더 이상 겁에 질려 입에 모래를 물지 않을 것이다(우크라이나 초원의 모래도, 키레나이카 사막*의 모래도, 노르망디 해변의 모래도,

---

* 리비아의 해안 지역을 말한다.

그리고 우리 고향의 쓰디쓴 고약한 모래도!). 그리고 전투에 임할 때 뇌와 장에 느껴지는 뜨겁고 근사한 감정을 절대로 더 이상 갖지 않을 것이다.

우리는 곁에 다른 이가 있는 행복을 결코 다시 누리지 못할 것이다. 따뜻하게 곁에서 숨 쉬고 트림하고 흥얼거리는 누군가가 있는─밤에 진격할 때. 우리는 빵 한 조각과 담배 5그램과 한아름의 건초 더미를 들고 집시처럼 좋아하는 행복을 결코 다시 누리지 못할 것이다. 왜냐하면 우리는 결코 다시 함께 행군하지 못할 테니까, 이제부터는 모두가 홀로 행군하게 될 테니까. 그것은 좋고도 힘들다. 고집불통으로 으르렁대는 다른 사람을 더 이상 곁에 두지 않는 것은─밤에, 밤에 진격할 때. 모든 것에 함께 귀 기울이는, 절대로 아무 말도 하지 않는, 모든 걸 속으로 삭이는 다른 사람을 곁에 두지 않는 것은.

우리는 밤에 울어야만 할 때 다시 울 수 있다. 더 이상 겁이 나서 노래를 부를 필요도 없다.

이제 우리 노래는 재즈다. 흥분되고 정신없는 재즈가 우리의 음악이다. 타악기 숨 가쁘게 몰아치는 뜨거운 노래, 미칠 듯이 멋진 노래, 고양이처럼 할퀴어대는 노래. 이따금씩 또다시, 궁핍을 잊으려 목 터져라 부르던 예전의 감상적인 군가, 어머니들에게 향하던 노래. 벙커와 화물열차의 적막한 어스름 속으로 흐르던 수염 덥수룩한 입술들의 끔찍한 남성 합창. 떨리는 하모니카 소리.

남자들의 남성 합창─ 대포의 보라색 구멍에 대한 공포를 없애려 고함치며 노래하던 아이들의 소리를 아무도 듣지 못한 건가?

영웅적인 남성 합창─ 유프하이디*를 노래할 때 그들의 심장이 흐느끼던 소리를 아무도 듣지 못한 건가, 지저분하고 부스럼이 나고 수염

덥수룩하고 이가 들끓던 그들을?

남성 합창, 군가, 감상적이고 우악스러운, 남성적인 저음, 젊은 아이들도 남성적으로 굵직하게 부르던 그 노래에서 어머니를 향한 절규를 아무도 듣지 못하는가? 모험 떠난 사내의 마지막 절규를? 그 무시무시한 외침, 유프하이디를?

우리의 유프하이디와 음악은 우리를 향해 입을 벌리고 하품하는 구덩이 위에서 추는 춤이다. 그리고 그 음악은 재즈다. 우리의 심장과 뇌는 둘 다 똑같이 뜨겁고 찬 리듬을 지니고 있기 때문이다. 흥분되고 비이성적이고 정신없는 리듬, 거리낌 없는 리듬이다.

우리의 여인들은 모두 똑같이 두 손과 엉덩이에 뜨거운 맥박을 지니고 있다. 그들의 웃음은 새되고 불안정하고 클라리넷처럼 단단하다. 그들의 머리카락은 인광 물질처럼 바스락거린다. 불탄다. 그들의 심장은 당김음으로 뛴다, 애처롭고 사납게. 감상적으로. 우리의 여인들은 그렇다. 재즈와 같다. 밤은, 여인들이 바스락대는 밤은 그렇다. 재즈와 같다. 뜨겁고 정신없는, 흥분된 밤.

누가 우리를 위해 새로운 화성학을 쓸 텐가? 우리는 더 이상 평균율 피아노곡집이 필요 없다. 우리는 스스로 지나치게 불협화음이다.

누가 우리를 위해 보라색 절규를 외칠 텐가? 보라색 구원을 외칠 텐가? 우리는 더 이상 고요한 정물화가 필요 없다. 우리의 삶은 시끄럽다. 우리는 훌륭한 문법을 지닌 시인이 필요 없다. 우리에게는 훌륭한 문법을 견뎌낼 인내심이 없다. 우리는 새된 소리로 흐느끼는 뜨거운 감정을 지닌 시인이 필요하다. 나무를 나무라고 말하고 여자를 여자라고

---

* Juppheidi: '야호'처럼 기분 좋을 때 외치는 유쾌한 감탄사.

말하는 시인. 그런 건 그렇다고 말하고 아닌 건 아니라고 말하는 시인. 크고 분명한 소리로 세 번 말하는, 접속법*을 쓰지 않는 시인.

우리는 세미콜론을 쓸 시간이 없다. 화성은 우리를 여리게 만든다. 정물화는 우리를 압도한다. 밤에 우리의 하늘은 보라색이다. 보라색은 문법에 할애할 시간이 없다. 보라색은 앙칼지고 중단 없고 광포하다. 굴뚝 위에, 지붕 위에, 세상은 보라색이다. 우리의 내던져진 몸뚱이 위에 난 그늘진 구덩이들, 얼음 폭풍 속에서 새파랗게 도려내진 죽은 자들의 눈구멍, 차가운 대포들의 광포한 자색 구멍, 그리고 우리의 여인들 목덜미와 젖가슴 밑의 보라색 피부. 밤에 굶어 죽는 자들의 신음 소리와 키스하는 자들의 더듬는 말소리는 보라색이다. 그리고 도시는 그렇게 보라색으로 밤의 보라색 강변에 서 있다.

밤은 온통 죽음이다. 우리의 밤은. 그것은 우리의 잠이 온통 전투이기 때문이다. 우리의 밤은 온통 전투 경보가 울리는 꿈같은 죽음 속에 있다. 밤에 우리 곁에 머무는 여인들, 보라색 여인들은 그것을 안다. 그리고 아침에 그들은 우리의 밤의 궁핍으로 여전히 창백하다. 그리고 우리의 아침은 온통 고독이다. 그리고 우리의 고독은 아침에 유리와 같다. 깨지기 쉽고 서늘하다. 그리고 지극히 투명하다. 이것이 남자의 고독이다. 우리는 광포한 대포에 어머니를 잃었다. 우리의 고양이와 암소와 이와 지렁이, 오직 이것들만이 거대하고 얼음장같이 찬 고독을 견뎌낸다. 아마도 이것들은 우리처럼 그렇게 서로 나란히 붙어 있지 않을 것이다. 아마도 이것들은 세상과 더 많이 함께 있을 것이다. 이 얼빠진 세상과. 그 세상 안에서 우리 심장은 얼어 죽을 지경이다.

---

* 독일어 접속법은 주로 간접화법이나 비현실적인 가정에 쓰인다.

우리 심장은 무엇에 미쳐 날뛰는가? 도망치느라고 그렇다. 우리는 전쟁터와 포구에서 어제 겨우 빠져나왔다, 미친 듯이 도망쳐서. 포탄 구덩이에서 포탄 구덩이로—어머니 같은 구멍들—정신없이 도망치느라 우리 심장은 미쳐 날뛴다. 겁에 질려.

네 심연의 혼란에 귀를 기울여보라. 경악스럽지 않은가? 모차르트 멜로디와 헤름스 닐* 칸타타로 된 혼돈의 합창이 들리는가? 횔덜린도 들리는가? 그를 다시 알아보겠는가? 피에 취해, 가장을 하고, 발두어 폰 시라흐**와 팔짱을 낀 횔덜린을? 병사들의 노래가 들리는가? 재즈와 루터 찬송가가 들리는가?

그렇다면 너의 보라색 심연 위에 머물도록 애써라. 잔디 제방과 타르 지붕 뒤편에 있는 아침은 오직 네 자신에게서만 올 수 있으니까. 그리고 모든 것들의 뒤편에는? 네가 신, 강물과 별, 밤, 거울 혹은 우주, 힐데 혹은 에벨린이라고 부르는 모든 것들의 뒤편에는 언제나 너 자신이 있다. 얼음 같고 고독하게. 가련하게. 위대하게. 너의 웃음. 너의 고난. 너의 물음, 너의 대답. 모든 것들의 뒤편에, 제복 차림이든, 벌거벗었든, 무언가로 가장하였든, 희미하게 흔들거리든, 낯설고 소심하지만 뜻밖에 웅대한 크기로 너 자신이 있다. 너의 사랑이. 너의 두려움이. 너의 희망이.

우리의 심장, 이 가련하고도 멋진 근육이 자기 자신을 더 이상 견딜 수 없다면, 그리고 우리 심장이 너무 연약해지려 한다면, 우리가 내맡겨진 감상에 젖어 그렇게 되려 한다면, 그러면 우리는 정말로 상스러

---

* Herms Niel: 독일의 군가 작곡가.
** Baldur Benedikt von Schirach(1907~1974): 나치 시대 히틀러 유겐트를 이끈 인물이다. 전후에 열린 전범 재판에서 유죄 판결을 받았다.

워진다. 그러면 우리는 가장 사랑하는 여인을 너절한 년이라고 부르게된다. 예수나 또는 밤마다 꿈에 찾아오는 어떤 온화한 이가 착한 사람이 되라고 말하면, 그러면 우리는 우리의 신앙에 무례한 불손을 저지르며 이렇게 묻는다. 좋수다, 예수 선생, 왜 그래야 하는데요? 우리는 참호 앞에 죽어 나자빠진 러시아 놈들과 함께 있어도 신의 품 안에서처럼아주 잘 잔다. 그리고 꿈속에서 모두 다 기관총으로 갈겨버린다. 러시아 놈들도. 이 세상도. 예수도.

그래, 우리의 사전은 결코 아름답지 않다. 하지만 두껍다. 그리고악취가 난다. 화약처럼 쓰고, 러시아 초원의 모래처럼 시큼하고, 똥처럼 아리다. 그리고 전투 경보처럼 요란하다.

우리는 우리의 예민한 독일적 릴케-심장을 거만하게 뽐낸다. 릴케를, 우리의 심장을 드러내고 우리로 하여금 예기치 않은 눈물을 흘리게만드는 잃어버린 낯선 형제 릴케를. 하지만 우리는 눈물의 바다를 불러내기를 원하지 않는다. 그러면 모두 다 마셔버려야 하니까. 우리는 거칠고 무례한 프롤레타리아이기를 원한다. 담배와 토마토를 경작하기를 원한다. 시끄러운 두려움을 원한다, 보라색 침대에 들어서까지, 보라색 여인의 품 안에서까지 그렇게 되기를 원한다. 왜냐하면 우리는 시끄럽고 요란한 말을 사랑하니까. 릴케적이지 않은 말, 우리가 전투의꿈을 꾸지 않게 해주는 말, 밤과 핏물 흐르는 들판과 동경하는 피투성이 여인의 보라색 구덩이에서 우리를 구원해주는 말을 사랑하니까. 전쟁은 우리를 단단하게 만들지 않았다, 그런 걸 믿지 마라, 거칠게 만들지도 않고 가볍게 만들지도 않았다. 우리는 무겁디무거운 밀랍 같은 시체들을 수도 없이 우리의 여윈 어깨로 나르기 때문이다. 우리의 눈물이이런 전투가 끝난 뒤처럼 그렇게 느슨해진 적은 없었다. 그래서 우리는 시끄럽고 요란한 보라색 회전목마를 사랑한다. 재즈가 흐르는, 우리의 구덩이들 위에서 손풍금을 돌리는, 와글거리고 광대 짓하고 보라색이고 알록달록하고 멍청한 회전목마를— 아마도, 광대가 꽥꽥대기 전에 우리는 우리의 릴케-심장을 세 번 부인했다. 우리의 어머니들은 몹시 슬피 운다. 그들은, 그들은 외면하지 않는다. 어머니들은!

우리는 어머니들에게 분명히 말하려 한다.

어머니들아, 죽은 자들이 죽은 것은 지역 최고의 석공이 광장에 세운—주변에 천연 잔디가 깔리고 과부와 상이군인을 위한 벤치가 놓인—대리석 전쟁기념비를 위해서가 아니다. 아니, 그 때문이 아니다. 죽은 자들이 죽은 것은 살아남은 자들이 계속해서 그들의 좋은 방에서 살도록 하기 위해서가, 바로 그 방에 그리고 새 방에 신병 사진과 힌덴부르크* 초상화가 번번이 다시 걸리도록 하기 위해서가 아니다. 아니, 그 때문이 아니다.

그 때문이 아니다, 그 때문에 죽은 자들이 그들의 피를 눈 위에 뿌린 것이 아니다. 이미 아버지들에게 착실하게 전쟁을 준비시켰던 바로 그 교사들이 이제 그 자식들에게도 코맹맹이 소리를 하라고 죽은 자들이 차갑고 축축한 눈 위에 어머니가 주신 그들의 생생히 살아 있는 피를 뿌린 것이 아니다(랑에마르크와 스탈린그라드 사이에는 한 번의 수학 시간밖에 없었다). 아니, 어머니들아, 그 때문에 당신들이 전쟁 때마다 수만 번씩 죽었던 것이 아니다!

솔직히 고백한다. 우리의 도덕은 침대, 젖가슴, 목사, 속치마 따위와 더 이상 아무 관계도 없다— 우리는 착한 사람이 되는 것 말고 더

---

*   Paul von Hindenburg(1847~1934): 독일의 군인이자 정치인으로, 제1차 세계대전의 영웅이며 독일 바이마르공화국 제2대 대통령을 역임했다.

이상 할 수 있는 게 없다. 하지만 '착하다'는 것을 누가 평가할 텐가? 우리의 도덕은 진실이다. 진실은 죽음처럼 새롭고 가혹하다. 하지만 또한 너무나 온순하고, 뜻밖이고, 공정하다. 둘은 모두 벌거벗은 맨몸이다.

네 동료에게 진실을 말하라. 배고프면 그의 것을 훔쳐라. 하지만 그런 다음 그 사실을 그에게 말하라. 네 자식들에게 절대로 성스러운 전쟁이라고 말하지 말라. 진실을 말하라. 붉게 물든 진실을 있는 그대로 말하라. 온통 피와, 총구에서 내뿜는 섬광과, 비명으로 가득한 진실을 말하라. 밤에는 여자를 속여라. 하지만 아침에는, 아침에는 진실을 말하라. 네가 간다고, 영원히 떠난다고 말하라. 죽음처럼 착한 사람이 되어라. 니체보Nitschewo(상관없다), 카푸트Kaputt(망가졌다), 포에버Forever(영영), 파르티parti(떠났다), 페르뒤perdu(사라졌다), 네버모어Nevermore(다시는 없다).

우리는 부정하는 자들이다. 우리는 자포자기해서 아니라고 말하는 것이 아니다. 우리의 부정은 저항이다. 우리는 키스에서 안식을 얻지 못한다, 우리 허무주의자들은. 우리는 무(無) 안에 다시 긍정을 건설해야 하기 때문이다. 우리는 부정의 자유로운 대기 속에 집을 건설해야 한다, 구멍들 위에, 포탄 분화구와 참호와 죽은 자들의 벌어진 입 위에. 깨끗이 청소된 허무주의의 대기 속에 집을 건설해야 한다. 나무와 두뇌로, 돌과 이성으로 이루어진 집을.

우리는 독일이라고 불리는 이 거대한 황무지를 사랑한다. 이 독일을 우리는 사랑한다. 지금 그 어느 때보다도 가장 사랑한다. 우리는 독일을 위해 죽고 싶지 않다. 독일을 위해 살고 싶다. 보라색 심연 위에서. 혹독하고 쓰라리고 잔인한 이 삶을 살고 싶다. 그런 삶을 이 황무지를 위해 받아들인다. 독일을 위해. 그리스도인들이 그들의 그리스도를 사랑하듯이 우리는 이 독일을 사랑하고자 한다. 그 고통을.

우리는 자식을 위해 폭탄에 폭약을 채우는 이 어머니들을 사랑하고자 한다. 우리는 그들의 이 고통을 사랑해야 한다.

신부들, 자신의 영웅을 번쩍이는 제복도 없이 휠체어에 태워 산책시켜야 하는 이 신부들을 사랑하고자 한다― 그 고통을.

영웅들, 단 하루도 맑고 쾌청한 날이 없었고 어떤 전투도 최악이 아닌 때가 없었던 그런 휠덜린의 영웅들― 우리는 그들의 부서진 자부심을, 그들의 변색된 은밀한 불침번 같은 삶을 사랑하고자 한다.

여인, 일개 중대가 밤의 공원에서 이용했고, 지금도 계속 욕설을 퍼붓는, 이 병원 저 병원을 순례해야 하는 이 여인을 사랑하고자 한다― 그 고통을. 그리고 이제 더 이상 웃을 줄 모르는 병사를 사랑하고자 한다.

그리고 손자들에게 한밤중에 자신의 기관총 앞에서 쓰러진 서른한 명의 주검에 대해 이야기하는 할아버지를 사랑하고자 한다.

그들은 모두 두려움을 지니고 있다, 궁핍과 굴종을 지니고 있다. 그들이 아무리 비열해도 우리는 그들을 사랑하고자 한다. 그리스도인들이 그들의 그리스도를 사랑하듯이 그들을 사랑하고자 한다. 그들의 고통을. 그들은 독일이기 때문이다. 그리고 이 독일은 바로 우리 자신이다. 이 독일을 우리는 무(無)에서 다시 건설해야 한다, 심연 위에서. 우리의 궁핍 속에서, 우리의 사랑으로. 왜냐하면 우리는 이 독일을 사랑하니까. 우리가 부서진 도시의 파편을 사랑하듯이― 고통받는 심장의 타고 남은 재를 우리는 사랑하고자 한다. 그 불타버린 자부심을, 시커멓게 탄 영웅의 의상을, 그을린 믿음을, 산산이 부서진 신뢰를, 폐허가 된 사랑을. 무엇보다도 우리는 어머니들을 사랑해야 한다. 그들이 열여덟 살이든 예순여덟 살이든— 왜냐하면 어머니들은 우리에게 파편으로 변한 이 독일을 위해서 쓸 힘을 주어야 하기 때문이다.

우리의 선언은 사랑이다. 우리는 도시의 돌들을 사랑하고자 한다. 태양이 여전히 따뜻하게 데우는, 싸움이 끝난 뒤에 다시 데우는 우리의 돌들을—

우리는 휘이이 소리 내며 부는 큰 바람을 사랑하고자 한다. 여전히 숲에서 노래하는 우리의 바람을, 쓰러진 대들보들도 노래하는 그 바람을—

그리고 뒤편에 릴케의 시가 붙어 있는 노랗고 따스한 창문을— 그리고 보라색 굶주린 아이들이 있는 쥐 들끓는 지하실을— 그리고 안에서 마분지와 나무로 엮은 움막을. 그 안에서 사람들은 먹는다. 우리의 사람들은, 잠도 잔다. 그리고 때때로 노래도 부른다. 그리고 때때로 아주 때때로 웃기도 한다—

이것이 독일이다. 그리고 이 독일을 우리는 사랑하고자 한다, 우리는, 녹슨 철모와 패배한 심장을 갖고서 여기 이 세상에서.

그래, 그렇다. 우리는 이 미치도록 우스꽝스러운 세상에서 아직 다시, 여전히 다시 사랑하고자 한다!

볼프강 보르헤르트에게 던지는 여섯 가지 질문

전후의 독일 문학에 대해, 특히 젊은 작가들에 대해 어떻게 생각하시나요?

현재의 독일 문학은 큰 기회를 맞고 있습니다. 젊은 세대는 이를 이해한 것으로 보입니다.

독일이 국수주의와 군국주의를 극복하리라고 보십니까?

독일 국경에 군대들이 행군하고 국가 안보가 요구되는 한 토론의 여지가 없는 문제입니다.

어떤 것들이 독자들의 흥미를 끄는 주제라고 생각하시나요?

신이 있는가 없는가에 관한 주제나 빵이 있는가 없는가에 관한 주제, 이는 독자에게 달린 문제입니다.

'민주주의'와 '개인의 자유' 개념을 어떻게 정의하십니까?

외국 병력들의 담배꽁초가 거리에 나뒹굴고 있는 한, 그리고 잡지에 인쇄되기 위해서 16쪽 분량의 설문지를 작성해야 하는 한, 민주주의와 개인의 자유에 대해 논쟁하는 것은 무의미합니다.

당신은 신앙심이 깊은 작가입니다. 그것을 감추는 이유가 뭐죠?

물론 저는 신앙심이 깊은 작가입니다. 그 사실을 감추지는 않습니다. 저는 태양을 믿고, 고래를 믿고, 제 어머니를 믿고, 들풀을 믿습니다. 그걸로 충분하지 않나요? 들풀은 그냥 들풀이 아닙니다.

당신은 당신의 희곡 「문밖에서」 서문에서 이 작품은 공연될 수 없는 작품이라고 주장합니다. 이제 동시에 여러 곳의 큰 무대에서 이 작품이 공연되고 있는 것에 대해 뭐라고 말씀하시겠습니까?

여러 극장에서 제 작품이 공연되는 것은 정말 당혹스러운 일입니다. 하지만 그들이 달리 어쩌겠습니까?(그 밖에도 극장 감독들 중에 아버지 로볼트*와 관계를 망치고 싶은 사람은 아무도 없습니다. 그게 다예요!) 제 작품은 그저 플래카드일 뿐입니다, 내일이면 아무도 더 이상 눈길을 주지 않습니다.

---

* 「문밖에서」가 출간된 로볼트 출판사 사장을 말한다.

그러면 결론은 오직 하나!

너희, 기계 앞에서 일하고 공장에서 일하는 남자들아. 그들이 너희에게 내일 더 이상 수도관과 냄비 말고 철모와 기관총을 만들라고 명령하면, 그러면 결론은 오직 하나,

아니라고 말하라!

너희, 판매대에서 일하고 사무실에서 일하는 여자들아. 그들이 너희에게 내일 수류탄 화약을 채우고, 저격용 소총 조준경을 조립하라고 명령하면, 그러면 결론은 오직 하나,

아니라고 말하라!

너희, 공장주들아. 그들이 너희에게 내일 밀가루와 코코아 대신 화약 가루를 팔라고 명령하면, 그러면 결론은 오직 하나,

아니라고 말하라!

너희, 실험실의 연구자들아. 그들이 너희에게 내일 낡은 생명 대신 새로운 죽음을 발명하라고 명령하면, 그러면 결론은 오직 하나,

아니라고 말하라!

너희, 골방 속 시인들아. 그들이 너희에게 내일 사랑의 노래 말고 증오의 노래를 부르라고 명령하면, 그러면 결론은 오직 하나,

아니라고 말하라!

너희, 병상 곁의 의사들아. 그들이 너희에게 내일 남자들이 전쟁에 나갈 수 있다는 진단서를 쓰라고 명령하면, 그러면 결론은 오직 하나,

아니라고 말하라!

너희, 설교단 위의 목사들아. 그들이 너희에게 내일 죽음을 축복하

고 성스러운 전쟁을 말하라고 명령하면, 그러면 결론은 오직 하나,

아니라고 말하라!

너희, 증기선 갑판 위의 선장들아. 그들이 너희에게 내일 더 이상 곡식을 나르지 말고 대포와 탱크를 운반하라고 명령하면, 그러면 결론은 오직 하나,

아니라고 말하라!

너희, 비행장의 파일럿들아. 그들이 너희에게 내일 폭탄과 소이탄을 도시에 떨어뜨리라고 명령하면, 그러면 결론은 오직 하나,

아니라고 말하라!

너희, 재단대에서 일하는 재단사들아. 그들이 너희에게 내일 군복을 재단하라고 명령하면, 그러면 결론은 오직 하나,

아니라고 말하라!

너희, 법복을 입은 판사들아. 그들이 너희에게 내일 군법회의를 열라고 명령하면, 그러면 결론은 오직 하나,

아니라고 말하라!

너희, 역에서 일하는 남자들아. 그들이 너희에게 내일 탄약 열차와 군수송 열차의 출발 신호를 내리라고 명령하면, 그러면 결론은 오직 하나,

아니라고 말하라!

너희, 마을과 도시의 남자들아. 그들이 너희에게 내일 찾아와 징집 명령을 내리면, 그러면 결론은 오직 하나,

아니라고 말하라!

너희, 노르망디와 우크라이나의 어머니들아, 너희, 샌프란시스코와 런던의 어머니들아, 너희, 황하와 미시시피강 변의 어머니들아, 너희,

나폴리와 함부르크와 카이로와 오슬로의 어머니들아, 지구 모든 곳의 어머니들아, 이 세상의 어머니들아, 그들이 너희에게 내일 아이를 낳으라고, 야전병원에서 일할 간호사와 새 전쟁터에서 싸울 신병을 낳으라고 명령하면, 이 세상의 어머니들아, 그러면 결론은 오직 하나,

아니라고 말하라! 어머니들아, 아니라고 말하라!

너희가 아니라고 말하지 않으면, 너희가 아니라고 말하지 않으면, 어머니들아, 그러면,

그러면,

시끄럽고 연무 가득한 항구 도시에서 거대한 배들이 말없이 끙끙 신음하며 침묵하고, 거대한 매머드 시체 같은 익사체가 되어 죽어버린 쓸쓸한 부두 방파제에 부딪치며 게으르게 흔들거리고, 한때 그토록 번쩍이고 굉음을 내던 몸뚱이가 바닷말이며, 해초며 조개로 온통 뒤덮여 부패하고, 공동묘지처럼 갓 썩은 냄새를 풍기며 지칠 대로 지쳐 허약하게 죽어가게 될 것이다―

전차들이 무감각하고 빛바랜 유리 눈깔 새장처럼 바보같이 찌그러지고 칠이 벗겨진 채, 썩어서 지붕에 구멍이 뚫린 차고 뒤편의 할퀴고 찢기고 버림받은 거리에서, 전깃줄과 선로가 뒤엉킨 혼란스러운 철골 뼈다귀 곁에 누워 있게 될 것이다―

썩은 진흙 같은 잿빛의 질척하고 우중충한 정적이, 나뒹굴며 게걸스럽게 자라나, 학교와 대학과 극장 건물에, 운동장과 아이들 놀이터에, 소름 끼치게 탐욕스럽게 멈출 수 없이 내려앉을 것이다―

햇빛을 듬뿍 받은 물기 오른 포도는 허물어진 산비탈에서 썩어갈 것이고, 벼는 메마른 땅에서 말라죽을 것이고, 감자는 더 이상 경작되지 않는 밭에서 얼어 죽을 것이고, 소들은 죽어서 뻣뻣해진 다리를 뒤

집어진 착유용 걸상처럼 하늘로 길게 내뻗게 될 것이다—

연구소에서는 위대한 의사들의 천재적인 발명이 상하고, 부패하고, 희뿌연 곰팡이로 뒤덮일 것이다—

부엌과 침실과 지하실에서는, 냉동실과 창고에서는 마지막 자루의 밀과 마지막 그릇의 딸기와 호박과 체리주스가 썩어갈 것이다— 넘어진 식탁 밑의 산산조각 난 접시에 놓인 빵은 초록색으로 변하고, 기름이 번진 버터는 비눗물 냄새를 풍기고, 들판의 곡식은 녹슨 쟁기 옆에 맞아 죽은 무리처럼 쓰러져 있을 것이고, 연기를 내뿜는 벽돌 굴뚝과 대장간 화덕과 쿵쿵거리는 공장의 연통들은 영원한 잡초로 뒤덮이고, 무너지고— 무너지고— 무너질 것이다—

그러면 마지막 인간은, 갈가리 찢긴 내장과 오염된 폐로, 아무 말 없이, 독살스레 작열하는 태양과 흔들거리는 별들 아래를 홀로 헤매고 다닐 것이다. 한없이 넓은 공동묘지의 무덤들과 거대하고 거친 콘크리트로 뒤덮인 황량한 도시의 차가운 우상들 사이를 홀로, 마지막 인간은, 말라비틀어지고 미쳐버리고 욕하고 탄식하며, 헤매고 다닐 것이다— 왜?라고 절규하는 그의 끔찍한 탄식은 들리지 않은 채 황무지로 흘러가버리고, 허물어진 폐허 사이로 흩날리고, 부서진 교회의 파편들 속으로 스며들고, 토치카에 찰싹 부딪치고, 피 웅덩이에 잠길 것이다, 들리지 않은 채, 아무 말 없이, 마지막 짐승 인간의 마지막 짐승 같은 절규는. 이 모든 일은 내일, 아마도 내일, 아마도 오늘 밤에 벌써, 아마도 오늘 밤에, 도래할 것이다, 만약에…… 만약에……

만약에 너희가 아니라고 말하지 않는다면.

볼프강 보르헤르트의 생애와 작품

한 남자가 독일로 온다.

그는, 그 남자는 오래 떠나 있었다. 아주 오래. 아마도 너무 오래. 그리고 떠날 때와 전혀 다른 모습으로 온다. (⋯⋯) 수많은 밤을 밖에서 추위 속에 기다린 끝에 그는 마침내 집으로 온다.

—「문밖에서」(p. 136)

제2차 세계대전이 다시 독일의 패전으로 기울던 1945년 5월, 스물네 살의 볼프강 보르헤르트는 패잔병이 되어 지옥 같은 전쟁터를 벗어나 고향 함부르크의 집으로 돌아온다. 그리고 2년 뒤 그는 20여 편의 단편과 한 줌의 시 그리고 극작품 「문밖에서Draußen von der Tür」가 전부인 빈약한 규모의 작품을 가지고서 독일 전후 문학의 가장 중요한 작가가 되어 26년의 짧은 삶을 마감한다.

보르헤르트는 26년의 생애 중 스무 살부터 스물네 살까지의 시기를 전쟁터에서 또는 전시 감옥에서 보내야 했으므로 십대의 습작기를 제외하면 본격적으로 창작에 몰두할 수 있던 기간은 군대에서 벗어난 뒤의 2년에 불과했다. 시집을 제외한 작가의 거의 모든 작품들은 전쟁의 경험을 바탕으로 이 2년 동안에 쓰인 것으로 다른 어느 작가의 작품보다도 강하게 발생 시점의 낙인이 찍혀 있는 것으로 평가된다. 보르헤르트의 작품은 인생의 가장 좋은 시기를 전쟁에 빼앗기고 병든 몸으로 귀향한 작가가 전후의 폐허 속에서, 항시 죽음의 그림자가 드리운 가운데 힘겹게 써나간 고통의 기록이라 하겠다.

어린 시절

보르헤르트는 엘베강의 지류인 알스터강이 가로질러 흐르는 함부르크의 한 지역 마을 에펜도르프에서 초등학교 교사인 아버지와 저지독일어를 사용하는 향토 작가인 어머니 사이의 외아들로 1921년 5월에 태어났다. 보르헤르트는 아버지가 교사로 재직하는 에펜도르프의 초등학교를 다녔는데 이 학교는 현재 '볼프강 보르헤르트 초등학교'라고 불린다.

보르헤르트의 부모는 어린 보르헤르트에게 문화적으로 상당히 개방된 환경을 제공했다. 보르헤르트는 어린 시절부터 문학과 예술을 풍부하게 접하며 예술과 자유를 억압하는 모든 권위에 저항하는 성격을 키워나간다.

십대 시절 보르헤르트는 많은 시를 썼다. 생산성은 대단해서 하루에 대여섯 편 이상의 시를 써낼 때도 많았다고 한다. 이 당시 보르헤르트는 애써 생각을 짜낼 필요도 없이 거의 도취 상태에서 일필휘지로 시를 써내려갔으며 나중에 고치거나 다듬는 일도 전혀 없었다고 한다. 스스로 천재라고 믿었던 어린 습작 시인은 프랑수아 비용이나 라이너 마리아 릴케 같은 시인을 모범으로 삼은 시들을 주로 썼으며, 한동안 '볼프 마리아 보르헤르트'라는 필명을 사용하기도 했다. 대부분 자기표현 욕구가 강하고 격정적인 단어들이 자주 등장하는 그의 시들은 간혹 지역 일간지에 발표되기도 했지만 별다른 재능을 인정받지는 못했던 것으로 보인다.

16세 때인 1937년에 보르헤르트는 함부르크 탈리아 극장에서 셰익스피어의 「햄릿」 공연을 관람하고는 강한 감동을 받아 배우가 되겠다는 소망을 품는다. 이듬해에 그는 「햄릿」을 소재로 한 첫 희곡 작품 「어릿광대 요릭Yorick der Narr」을 썼고, 뒤이어 두 편의 습작 희곡을 더 썼다. 특히 작가 스스로 '반국가적'이라고 말했던 두번째 작품 「치즈Käse」는 나치 정권에 대한 소년의 반항심을 겁 없이 드러낸 작품으로 평가받는다. 이 풍자적인 극작품에는 권력욕에 사로잡힌 반문화적 독재자의 세계 정복 계획에 맞서 싸우는 젊은 치즈 소작농이 등장하는데, '보귀'라고 불리는 이 인물은 용감한 활약으로 독재자의 마수에서 세상을 구해 괴테, 횔덜린 같은 정신세계의 인물들로부터 갈채를 받는다. '보귀Wogü'는 보르헤르트의 이름 볼프강Wolfgang과, 「치즈」를 공동으로 집필한 학교 친구 귄터 마켄툰의 이름 귄터Günther의 첫 글자를 따서 지은 것으로 무한한 능력을 꿈꾸는 두 십대 소년의 판타지를 노골적으로 드러내고 있다. 하지만 이 세 편의 초기 작품은 조숙한 천재의 인상을 주기에 미흡하다는 평가를 받는다. 이후로 보르헤르트는 이 세 작품에 대해 단 한 번도 언급하지 않았다.

문학과 연극에 온통 정신을 빼앗긴 탓에 학교 성적이 부진했던 보르헤르트는 상급 학교에 진학하지 못하고 실업학교를 마친 뒤 1939년부터 부모의 주선으로 서점 견습생으로 일하게 된다. 이 무렵에 보르헤르트는 최초로 국가 권력과 갈등을 겪는다. 시에서 동성애를 미화하고 실제로 한 젊은 남성과 관계를 맺었다는 혐의로 게슈타포에게 체포되어 밤새 심문을 받고서 풀려난 것이다. 하지만 보르헤르트는 이에 아랑곳하지 않고 계속해서 정치적인 언급을 쏟아내고 나치 정권에 비판적인 예술가들과 활발히 교류한다. 또한 배우의 꿈을 포기하지 않았던 보르헤르트는 1년 만에 서점 일을 중단하고 본격적인 연기 수업을 받는다.

1941년 봄에 보르헤르트는 마침내 전국연극협회에서 시행하는 배우 시험에 합격해 직업 배우로 활동하기 시작했다. 비록 배우로서 큰 재능을 인정받지는 못했지만 보르헤르트는 이 시기를 자기 생애의 "가장 아름다운 시간"이라고 회고했다. 하지만 곧 제2차 세계대전이 터지고 보르헤르트는 같은 해 6월에 "일생일대의 꿈에서 뜯겨져 나와" 군에 징집된다.

군대와 병원과 감옥 그리고 귀향

보르헤르트는 1941년 7월부터 9월까지 전차 부대 통신병 교육을 받은 뒤 러시아로 이동해 12월에 동부 전선 스몰렌스크에 배치된다. 이곳 전선에서의 고통스러운 경험은 나중에 「예수는 더 이상 함께하지 않는다Jesus macht nicht mehr mit」「아주아주 많은 눈Der viele viele Schnee」 등 여러 단편 작품의 주제가 되었다. 여기서 보르헤르트는 보초를 서던 중 왼손에 총상을 입어 가운뎃손가락을 절단하는 사고를 당한다. 보초를 서고 있는데 갑자기 눈앞에 소련군이 나타나 격투를 벌이던 중에 자기 총에 총상을 입었다는 게 보헤르트 자신의 설명이었지만 그의 상관은 자해를 의심했다. 보르헤르트는 병원에서 치료를 받던 중에 자해 혐의로 체포되어 뉘른베르크 군 교도소에 수감된다. 군사 재판에 회부된 보르헤르트는 사형을 구형받지만 재판부는 그에게 최종적으로 무죄 판결을 내렸다. 하지만 그럼에도 보르헤르트는 군 교도소를 벗어나지 못한다. 조사 과정에서 발견된 편지들에 적힌 반국가적 표현과 나치 정부에 대한 비판이 빌미가 되어 다시 재판에 회부되었고, 이번에는 유죄 판결을 받았기 때문이다. 결국 그는 8개월 징역형을 선고받은 뒤 전선 배치를 조건으로 집행유예로 풀려난다. 보르헤르트는 재판이 진행되는 몇 달 동안 뉘른베르크 군 교도소에 수감되었던 고통스러운 경험을 바탕으로 나중에 그의 대표적인 단편소설 「민들레Die Hundeblume」를 쓰게 된다.

뉘른베르크 군 교도소를 나온 보르헤르트는 부대로 복귀해 그해 겨울 다시 동부 전선에 투입되었다. 하지만 수감 생활로 건강이 나빠진 보르헤르트는 영하 40도를 넘나드는 러시아의 혹독한 추위를 견디지 못하고 두 발에 심한 동상이 걸려 야전병원에 입원하게 되는데, 여기서 황달과 발진티푸스까지 발병해 급기야는 "매일 대여섯 명이 죽어나가는" 스몰렌스크 전염병원으로 이송되는 신세가 된다. 이때의 경험은 단편 「이번 화요일에An diesem Dienstag」에 잘 묘사되어 있다.

그는 머리를 깎였다. 위생병의 손가락은 길고 가늘었다. 꼭 거미 다리 같았다. 손가락 마디들이 조금 불그스레했다. 그 손가락들이 약국 냄새가 나는 무언가로 그를 문질렀다. 그런 다음 거미 다리 같은 손가락들은 그의 맥박을 재서 두툼한 장부에 기록했다. 체온 41.6. 맥박

116. 의식불명. 발진티푸스 의심. 위생병은 두툼한 장부를 덮었다. 장부에는 스몰렌스크 전염병동이라는 제목이 붙어 있었고, 그 아래에는 병상 1,400개라고 적혀 있었다.

운반병들이 들것을 들어 올렸다. 계단에서 그의 머리가 담요 밖으로 삐져나왔다. 계단을 한 개 지날 때마다 이리저리 흔들거렸다. 박박 깎인 머리였다. 그는 러시아 병사들이 죄다 머리를 박박 밀었다고 늘 비웃곤 했었다. 운반병 하나가 코를 훌쩍였다. (p. 267)

얼마 뒤 보르헤르트는 요양을 위해 다시 후방의 병원으로 이송된다. 이곳에서 그는 휴가를 얻어 몇 차례 고향 집을 방문할 수 있었는데 이 기회를 이용해 1943년 7월에 최초의 산문 작품인 「친구를 위한 레퀴엠Requiem für einen Freund」을 일간지 『함부르거 안차이거Hamburger Anzeiger』에 발표한다.

그해 8월 보르헤르트가 두번째 휴가를 받아 함부르크에 나왔을 때 도시의 모습은 완전히 바뀌어 있었다. 그가 나오기 며칠 전에 있었던 연합군의 대대적인 공습으로 도시 대부분이 파괴되었던 것이다. 단편 「빌브로크Billbrook」에서 보르헤르트는 이때의 참상을 이렇게 적고 있다.

그는 커다란 교차로에 서서 뒤를 돌아다보았다. (……) 네 방향으로 끝없이 뻗은 길들을 바라보았다. 집이 없다. 집이 없어! 조그만 집 한 채 없었다. 오두막 한 채도 없었다. 홀로 외롭게 서서 떨고 있는 흔들거리는 담벼락 한 개조차도 없었다. 단지 굴뚝들만이 시체의 손가락처럼 늦은 오후의 하늘을 찌르고 있었다. 거대한 해골의 뼈다귀들처럼. 묘비처럼. 신을 가리키는, 하늘을 위협하는 시체 손가락들. 털이 다 빠지고 말라비틀어진 채 썩어가는 시체 손가락들. 사거리의 네 방향 어디를 보아도 (……) 살아 있는 것은 하나도 눈에 띄지 않았다. (……) 파괴되고 무너지고 터지고 파헤쳐지고 산산조각 난 죽은 것들뿐. 죽은 것들, 사방 몇 킬로미터가 온통 죽은 것들뿐이었다. (p. 109)

건강이 나아질 기미를 보이지 않던 보르헤르트는 결국 더 이상 전선에서의 복무가 불가능하다는 판정을 받게 된다. 이제 그는 연예병이 되어 전방 위문 공연에 투입될 예정이었지만 부대를 떠나기 하루 전날 동료들과의 환송식에서 제국 선전장관 괴벨스를 조롱한 정치 유머가 고발을 당해 다시 체포되었고, 베를린 모아비트 형무소에 투옥된다. 모아비트 형무소에서 정치범, 절도범, 살인범 등의 범죄자들과 한방에 수감된 보르헤르트는 열악한 수감 환경으로 고통받았을 뿐만 아니라 여전히 그를 괴롭히고 있던 황달, 발열 등의 질환에 대한 의사 진료마저 거부당했다. 그는 이곳에서 1944년 1월부터 9개월간 수감 생활을 한 뒤 다시 부대로 복귀해야 했고, 이번에는 서부 전선에 배치되었다.

보르헤르트가 속한 부대는 1945년 3월에 프랑크푸르트에서 연합군과 대치하게 되지만 이미 지휘부가 와해된 독일 군대의 병사들은 별다른 저항 없이 투항했다. 보르헤르트는 프랑스 군의 포로가 되어 포로수용소로 이송되던 중에 탈출했고, 600킬로미터를 도보로 이동한 끝에 병들고 지친 몸으로 1945년 5월 함부르크의 고향 집에 도착한다.

「민들레」

지옥 같은 전쟁터에서 돌아온 보르헤르트는 잃어버린 시간을 만회하고자 하는 의욕에 가득 차서 곧바로 함부르크의 카바레와 연극 무대에서 배우로 그리고 시나리오 작가로 활동을 시작한다. 하지만 극한의 도보 행군으로 두 다리가 상한 데다 황달과 발열도 더욱 심해져서 실제로 배우로 무대에 선 것은 단 한 번에 그치고 곧 병석에 누워서 지내야 하는 신세가 된다. 그럼에도 불구하고 보르헤르트는 언젠가 다시 무대에 서려는 희망을 포기하지 않았고 언제나 자신을 배우로 소개했다.

부모의 집에서 병석에 누워 지내던 보르헤르트는 병세가 점점 더 악화되어 급기야 1945년 12월에 함부르크 엘리자베트 병원에 입원하게 된다. 그는 자신의 병이 쉽사리 낫지 않으리라는 사실을 절감하고 이제 글쓰기에 몰두한다. 엘리자베트 병원에서 보르헤르트는 그의 첫 본격적인 단편소설 「민들레」를 완성한다. 보르헤르트의 첫번째 걸작으로 꼽히는 이 소설에 대해 보르헤르트의 전기를 쓴 작가 페터 륌코르프Peter Rühmkorf는 보르헤르트의 작가로서의 능력이 서서히 발전해간 결과물이라기보다는 작가의 천재적 재능이 어느 한순간 갑자기 발화된 것이라는 평을 내렸다.

「민들레」는 1946년 4월에 『함부르크 자유 언론Hamburger Freie Presse』에 발표되어 세간의 관심을 끌게 된다. 보르헤르트는 함부르크 북서독일방송(NWDR)에 보낸 편지에서 자신의 첫 단편 「민들레」에 대해 "지금까지는 드문드문 서정시들만 발표했지만 여기서는 제가 직접 겪은 일들을 기록했습니다. (……) 배경이 다소 어두울 수도 있지만 어둠은 건설적일 수 없습니다. 해서 저는 제 이야기에 내부로부터 빛을 주어 궁극적으로 긍정적인 힘을 부여하고자 했습니다"라고 고백했다.

보르헤르트의 산문 작품에서 두드러지는 점은 새로운 톤이었다. '보르헤르트 전집' 출판자 베른하르트 마이어-마르비츠Bernhard Meyer-Marwitz는 보르헤르트 산문 작품들의 특징을 이렇게 요약했다. "이 산문 작품들은 단순한 '읽을거리'가 아니다. 그것은 고발이고, 역경에 처해서 내뱉어진 절규이고, 반란이었다. 보르헤르트는 가차 없는 진술과 자주 강력한 효과를 내는 어법을 구사함으로써 모든 관습과 전통을 넘어섰다. 그는 전래의 구속을 타파하고 허위의 외관을 깨부쉈다. 그는 문학적인 관심 이상을 요구했다. 그는 독자들에게 결정을 내리고 입장을 취할 것을 강하게 요구하고자 했다." 이와 같은 새로운 톤은 곧 시대의 적절한 표현으로 받아들여졌다.

1946년 4월에 보르헤르트는 엘리자베트 병원에서 퇴원한다. 하지만 병세가 호전된 것은 아니었다. 당시 독일의 열악한 상황에서는 병원에서도 더 이상의 치료를 기대할 수 없었기 때문이다. 다시 부모의 집에서 침대에 누워 지내며 글을 쓰는 생활이 이어졌다. 그는 고열로 고통받으면서도 쉴 새 없이 글쓰기에 매진하며 기력을 소진해나갔다. 그가 침대에 기대어 앉은 채 손으로 글을 쓰면 아버지가 저녁때 타자로 쳤다. 이런 식으로 그는 1946년부터 1947년 중반까지 수십 편의 작품을 써냈다. 종종 종이가 없어 편지지 뒷면에 쓰기도 했다. 병든 작가의 당시 상황은 단편 「교수들도 아무것도 모른다Die Professoren wissen auch nix」에 잘 묘사되어 있다.

내 옆 책상에서 쿵쿵 망치질 중이다. 몇 시간째. 책상 앞 의자에 90파운드가 앉아 책상 위에 있는 45파운드를 이리저리 망치질한다.

책상 위 45파운드, 그것은 내 뚱뚱하고 무거운 타자기다. 책상 앞 90파운드, 그것은 가볍고 여윈 내 아버지다. 아버지는 몇 시간째 타자기에서 광기의 리듬을 쪼개고 있다. 틱틱거리는 소리는 모두 시한폭탄 소리다. 그리고 그 시한폭탄은 내 머리통이다. (p. 465)

『가로등과 밤 그리고 별』

1946년 12월에는 보르헤르트의 첫 시집 『가로등과 밤 그리고 별 *Laterne, Nacht und Sterne*』이 베른하르트 마이어-마르비츠가 운영하는 함부르크 문고Hamburgische Bücherei에서 출판된다. 단행본으로 출간된 보르헤르트의 첫번째 작품집이기도 한 이 시집에 수록된 열네 편의 시는 보르헤르트가 1940년에서 1945년 사이에 쓴 60여 편 중에서 추린 것이다. 비록 이 시기에 이미 보르헤르트의 작품 세계에서는 산문이 시를 밀어내고 창작의 중심에 위치하게 되지만, 이 시들은 삶을 받아들이는 보르헤르트 특유의 감정을 진솔하고 생생하게 반영하고 있기 때문에 그의 예술적 개성을 드러내는 거울로 평가받는다. 마이어-마르비츠는 이 시집에 대해 이렇게 썼다.

"이 시집에 실린 열네 편의 시는 대체로 느낀 인상들을 가벼운 필치로 그려놓은 수채화이고, 윤곽만을 스케치해놓은 것에 불과하다. 그러나 이 시들의 특징 가운데 한 가지 사실만은 부정할 수 없다. 그것은 바로 시적 표현의 직접성이다. 이 시들은 추체험한 것도 아니고 모범적인 작품들을 모방한 것도 아니다. 이 작품들은 보르헤르트 고유의 것이다. 비록 몇몇 시행 배후에는 훗날 그의 산문에서 아주 끔찍스럽게 돌출하는 어두운 토대를 예감할 수 있게 해주는 대목이 있다. 그러나 마음을 뒤숭숭하게 해놓는 요소들은 아직 드러나지 않는다. 민요풍의 우울과 카바레풍의 들뜬 감흥이 밝음과 어두움 사이에 놓인 이 감각 세계의 경계를 특징짓고 있다."

하지만 『가로등과 밤 그리고 별』이 출간된 뒤로 보르헤르트는 더는 시를 쓰지 않았다. 뿐만 아니라 자신의 시를 모두 없애버리고 출판도 더 이상 하지 않았다.

「문밖에서」

1946년 늦가을에 보르헤르트는 희곡 「문밖에서」를 단 며칠 만에 완성한다. 작품을 쓴 직후에 그는 친구들을 초대해 그들 앞에서 3시간에 걸쳐 전편을 낭독한다. 당시의 상황을 베른하르트 마이어-마르비츠는 이렇게 전했다.

"그는 소재에 너무 매료된 나머지 자신의 건강에 대한 고려를 완전히 망각했다. (⋯⋯) 보르헤르트는 작업을 하다 졸도하기도 했지만 타이핑이 끝난 텍스트를 기어코 우리에게 읽어주었다. 낭독은 세 시간이 걸렸다. 그 자신도 흥분을 억누르지 못했던 이 세 시간의 낭독은 신체적으로 엄청난 부담을 가하는 일이었지만 우리는 아무도 감히 그를 중단시키지 못했다."

작가가 대답을 요구하는 베크만의 절망에 찬 외침으로 낭독을 끝마쳤을 때 그 자리에 모인 친구들 사이에는 감동의 침묵이 흘렀다고 한다. 보르헤르트는 이 작품을 먼저 라디오 방송국에 보냈다. 그리고

1947년 2월 13일, 북서독일방송은 보르헤르트의 희곡 「문밖에서」를 라디오극으로 방송했다. 하지만 정작 작가 자신은 석탄 부족으로 그가 사는 지역에 전기가 끊어진 탓에 자신의 라디오극을 들을 수 없었다. 방송이 나가자 곧 수많은 편지와 엽서가 방송국으로 쇄도했고, 아직 스물여섯 살이 채 되지 않은 볼프강 보르헤르트는 순식간에 출판사와 잡지사의 관심을 한 몸에 받는 유명 작가가 된다. 라디오로 「문밖에서」를 들은 수많은 젊은이는 보르헤르트를 "우리의 작가"로 여겼다. "그는 우리가 느끼고는 있었지만 표현할 줄 몰랐던 것을 말했습니다. 전쟁터에서 집으로 돌아온 베크만이었던 우리는 폐허 속에서 (……) 라디오 앞에 앉아 눈물을 흘렸습니다." "당신과 같은 또래의 동무인 우리, 스탈린그라드와 뎀잔스크, 스몰렌스크와 브야스마의 젊은 하급 장교였던 우리는 숨도 쉴 수 없이 긴장하여 스피커 옆에 앉았습니다. 우리는 당신의 소리를 들었죠. 그리고 이해했습니다! 그리고 며칠 동안이나 이 체험을 간직한 채 여기저기 돌아다니며 골똘히 생각해보았습니다. 당신이 우리의 매우 깊은 곳, 매우 사적인 곳으로 말을 걸어왔다는 느낌이 들었기 때문입니다. 그래서 이제 우리는 그것에 대해 토론을 하기 시작했습니다. 우리는 꽉 막히고 반동적이라고 여겨졌던 우리 가슴 속에서 무엇인가가 풀리고 있음을 느낍니다."

「문밖에서」가 같은 해 11월 21일 함부르크 극장에서 초연되었을 때에도 관객들의 반응은 가히 폭발적이었다. 「문밖에서」의 초연은 파괴된 나라의 버림받은 젊은이들을 위한 장송곡과도 같았다. 보르헤르트는 젊은이들을 대신해서 그들의 고통을 소리쳤고, 그 앞에서 모든 형식적인 비판은 침묵했다. 『슈피겔』지는 함부르크 극장의 초연에 대해 "볼프강 보르헤르트의 「문밖에서」처럼 관객의 마음을 뒤흔들어놓은 극작품은 이제껏 별로 없었다"고 평했다. "배역과 작품과 공연의 현실성은 무자비할 정도로 노골적이다. 관객들은 침묵 속에 공연장을 떠났다." 「문밖에서」는 여러 달이 넘도록 공연 일정에서 내려가지 않았으며 함부르크에서 개봉된 지 일주일 만에 독일과 스위스 등지의 극장 14곳에서 무대에 올리기로 결정했다. 이듬해인 1948년에는 32곳에서 공연될 정도였다.

「문밖에서」의 성공은 보르헤르트의 삶을 완전히 바꾸어놓았다. 이 작품은 말 그대로 그의 문학적 출세작이 되었다. 라디오극이 나간 직후에 로볼트 출판사 대표 에른스트 로볼트는 직접 보르헤르트를 찾아와 출판 계약을 맺었고, 그해 4월에는 함부르크 문고에서 보르헤르트의 첫 산문집 『민들레』가, 11월에는 두번째 산문집 『이번 화요일에』가 로볼트 출판사에서 작가의 사망 직후에 출간되었다.

죽음

병약해진 몸으로 쉴 새 없이 작품을 쏟아내던 보르헤르트는 결국 더 이상 돌이킬 수 없을 정도로 건강이 악화된다. 작가를 진료한 의사들은 더 이상 손쓸 도리가 없어 전전긍긍했다. 특히 영양 부족은 중환자 보르헤르트에게 치명적이기 때문에 영양가 높은 식사가 반드시 필요하다는 처방이 내려졌지만 패전국 독일의 열악한 상황에서는 실현 불가능한 처방이었다. 독일에서는 더 이상 병이 나을 가망이 없다고 판단한 보르헤르트의 친구들은 병든 작가를 스위스로 요양을 보내기로 한다. 하지만 패전국의 시민이 독일 국경을 벗어나 스위스로 가는 일은 쉽지 않았다. 우여곡절 끝에 1947년 9월 보르헤르트는 기차 편으로 스위스로 떠난다. 하지만 그사이 건강이 너무 나빠져서 처음 계획한 다보스의 요양원까지 가지 못하고 국경 근처 바젤의 성 클라라 병원에 급히 입원하게 된다. 낯선 땅 바젤에 고립된 보르헤르트는 상태가 더욱 악화되었고, 1947년 11월 20일 오전 9시에 바젤의 성 클라라 병원에서 숨을 거둔다. 「문밖에서」가 함부르크 극장에서 초연되기 하루 전날이었다.

볼프강 보르헤르트의 마지막 작품은 죽기 불과 며칠 전에 쓴 호소문 「그러면 결론은 오직 하나!Dann gibt es nur eins!」였다. 종말론적인 분위기 속에서 전쟁과 폭력이 지배하는 세상의 어둠에 끝까지 저항할 것을 촉구하는 이 글은 작가의 유언으로 받아들여졌다.

너희, 기계 앞에서 일하고 공장에서 일하는 남자들아. 그들이 너희에게 내일 더 이상 수도관과 냄비 말고 철모와 기관총을 만들라고 명령하면, 그러면 결론은 오직 하나,

아니라고 말하라!

너희, 판매대에서 일하고 사무실에서 일하는 여자들아. 그들이 너희에게 내일 수류탄 화약을 채우고, 저격용 소총 조준경을 조립하라고 명령하면, 그러면 결론은 오직 하나,

아니라고 말하라!

(……)

너희가 아니라고 말하지 않으면,

(……)

그러면 마지막 인간은, 갈가리 찢긴 내장과 오염된 폐로, 아무 말 없이, 독살스레 작열하는 태양과 흔들거리는 별들 아래를 홀로 헤매고

다닐 것이다. 한없이 넓은 공동묘지의 무덤들과 거대하고 거친 콘크리트로 뒤덮인 황량한 도시의 차가운 우상들 사이를 홀로, 마지막 인간은, 말라비틀어지고 미쳐버리고 욕하고 탄식하며, 헤매고 다닐 것이다— 왜?라고 절규하는 그의 끔찍한 탄식은 들리지 않은 채 황무지로 흘러가버리고, 허물어진 폐허 사이로 흩날리고, 부서진 교회의 파편들 속으로 스며들고, 토치카에 찰싹 부딪치고, 피 웅덩이에 잠길 것이다, 들리지 않은 채, 아무 말 없이, 마지막 짐승 인간의 마지막 짐승 같은 절규는. 이 모든 일은 내일, 아마도 내일, 아마도 오늘 밤에 벌써, 아마도 오늘 밤에, 도래할 것이다, 만약에…… 만약에……

　　　만약에 너희가 아니라고 말하지 않는다면. (pp. 608~11)

전집

　　1949년에 로볼트 출판사와 함부르크 문고는 공동으로 보르헤르트의 『전집*Das Gesamtwerk*』을 출간한다. 이 『전집』에는 함부르크 문고에서 나온 첫 시집 『가로등과 밤 그리고 별』(1946년)과 첫 산문집 『민들레』(1947년), 로볼트 출판사에서 단행본으로 펴낸 희곡 『문밖에서』(1947년), 작가가 사망한 직후에 나온 단편집 『이번 화요일에』가 담겼고, 나머지 미발표 시들과 단편들이 「유고 시집」과 「유고 단편집」의 형태로 선별되어 수록되었다. 동독 지역에서는 할레 소재의 중부독일 출판사가 출판 허가권을 얻어 1957년에 이 전집을 출판했다.

　　그 밖에 일부 작품들을 골라서 수록한 선집류도 다수 시장에 나왔는데, 특히 문고판으로 나온 『민들레』와 유고집 『슬픈 제라늄*Die* *traurigen Geranien*』이 큰 인기를 끌었다.

로볼트 출판사에서는 저렴한 가격의 『전집』 특별판을 만들어 『문밖에서와 단편선*Draußen vor der Tür und ausgewählte Erzählungen*』이라는 제목의 포켓북으로 출시하기도 했다. "영화 티켓 한 장 값에 불과한 이 선택지는 볼프강 보르헤르트가 군 형무소에 있을 때와 같은 나이대의 독자들을 위해 마련한 것"이라고 하인리히 뵐Heinrich Böll은 후기에 썼다. 1956년 1월에 처음 나온 이 책은 지금까지 250만 권이 넘게 팔려 독일에서 가장 많이 팔린 포켓북으로 꼽히며 보르헤르트의 인기 확산에 기여했다. 이 특별판은 아직도 계속해서 정기적으로 신판이 나오고 있다.

1949년판 『전집』은 최근까지 특별한 수정 보완 작업 없이 계속 출판되고 있지만 작가가 사망한 지 채 2년도 안 되어 발행된 탓에 원전 비평의 관점에서 부족한 점이 적지 않다는 평가를 받아왔다. 이에 로볼트 출판사는 2007년에 새 『보르헤르트 전집』을 편찬한다. 1949년 전집의 개정 증보판인 새 전집은 전체 텍스트를 작가의 육필 원고와 초판본들에 비추어 비판적으로 다시 검토하고, 1949년 당시에 제거된 구절들을 복원하고, 구전집에 빠진 다수의 초기 시들과 단편들 그리고 유고 시집 『슬픈 제라늄』에 실린 시들을 추가로 수록해 전집으로서의 완성도를 높였다.

보르헤르트 문학의 특징과 영향

오늘날 볼프강 보르헤르트는 소위 '폐허문학'으로 지칭되는 독일 전후 문학의 대표적인 작가로 간주된다. 전쟁의 악몽과 낡은 사회 구조의 붕괴를 뼈저리게 경험한 이 시기의 작가들은 백지 상태에서 문학을 새롭게 시작할 것을 요구했다. 내용과 형식에서 모두 새롭게 출발해야 하는 문학의 목표는 현실을 미화하지 않고 있는 그대로 묘사하는 것이었다.

문체와 주제 면에서 보르헤르트 문학은 표현주의의 영향을 강하게 받아 윤리적이고 다분히 감정적인 저항과 반복을 즐겨 사용하는 강렬한 언어가 특징이다. 희곡 「문밖에서」는 표현주의 희곡에서 주로 사용된 '개방 형식'을 모범으로 삼고 있다.

보르헤르트는 또한 자신이 어니스트 헤밍웨이, 토머스 울프 같은 미국 '쇼트 스토리Shot Story' 작가들의 영향을 받았다고 말했다. 동시대 독일 작가인 알프레트 안더쉬Alfred Andersch는 보르헤르트에 대한 미국 작가들의 영향을 다음과 같이 평했다. "그의 손에 울프, 포크너, 헤밍웨이를 건네준 친구들에게 찬양을 보낸다. 도대체 그가 자신이 하고픈 말들을 비헤르트나 카로사 아니면 헤세나 토마스 만의 언어로 제대로 표현할 수 있었을까?" 그의 단편에서 특징적으로 나타나는 전쟁을 그로테스크하게 과장한 풍자적 문체나 줄거리 없는 모놀로그 등은 실제로 미국 쇼트 스토리의 전통을 상기시킨다. 독일 전후 문학을 대표하는 노벨상 작가 하인리히 뵐은 보르헤르트의 대표작으로 「빵Das Brot」을 꼽으면서 "줄거리의 정점에서 도덕적 진실이 규명되는 노벨레Novelle 스타일의 이야기 방식을 사용하지 않고 그냥 대상을 묘사함으로써 이야기를 풀어나가는 단편소설Kurzgeschichte 장르의 표준"적인 작품이라고 평가했다.

보르헤르트가 다른 작가들에게 미친 영향은 종전 후 새로운 독일

문학의 가능성을 모색하려던 작가와 비평가 들의 모임인 '47그룹'에서부터 시작된다. 알프레트 안더쉬는 초기 47그룹의 전반적인 방향 설정 자체를 "보르헤르트주의"라고 명명하면서 "전후에 찾아온 빈곤의 시기에 글을 쓰기 시작한 대부분의 작가들에게는 단 하나의 스타일, 즉 볼프강 보르헤르트가 결정적으로 각인시킨 문체만이 존재했다"고 말했다. 또 하인리히 뵐은 「문밖에서」 단행본 출간에 부친 후기에서 볼프강 보르헤르트가 "그를 포함하여 전쟁의 모든 사망자들이 더 이상 말할 수 없는 것들"을 그의 텍스트에서 표현하고 있다고도 했다.

'폐허문학'의 다른 대부분의 작품들이 당시의 시대사적 맥락을 넘어서는 의미를 획득하지 못하고 잊혀간 것과 달리 보르헤르트의 작품은 당대를 뛰어넘어 현재까지 계속 읽히고 상연되며 화제의 대상이 되고 있다.

1960년대에 들어 독문학자들의 관심은 그동안 주된 연구 대상이었던 희곡 「문밖에서」부터 단편소설로 옮겨간다. 그의 단편들은 처음에는 전후 문학의 의미에서 연구되었지만 나중에는 장르의 대표적인 예로 평가받으며 교과서에 자주 실리는 작품이 되었다.

비슷한 시기에 동독에서는 보르헤르트에 대한 평가가 크게 달라진다. 전후 세대를 비판적 시각으로 보았던 동독에서는 처음에 보르헤르트에 대한 거부감이 지배적이었지만 차츰 제국주의와 파시즘에 대항하는 투쟁가로서 작가를 인정하기 시작했다. 특히 "아니라고 말하라!"라는 문장이 반복되는 단편 「그러면 결론은 오직 하나!」는 보르헤르트의 사회적·정치적 영향을 가장 잘 보여주는 작품으로 재평가되었다.

국내에서 보르헤르트는 1975년에 김주연 씨가 단편소설 25편과 시 14편을 번역해 『이별 없는 세대』라는 제목으로 처음 소개하고 이듬해인 1976년에 채희문 씨가 희곡 「문밖에서」를 번역해 단행본으로 발표한 이후 현재까지 크고 작은 형태로 계속 번역되면서 독자들의 꾸준한 사랑과 관심을 받고 있다. 국내 독자들의 반응을 살펴보면 보르헤르트의 작품은 전쟁의 고통스러운 경험에 기인한 허무주의적 감상과 이를 극복하려는 작가의 실존주의적 노력이 특히 젊은 세대에게 공감을 불러일으키는 것으로 보인다.

이 책은 2007년에 새로 나온 개정 증보판 『보르헤르트 전집』을 원본으로 삼은 최초의 번역서로서 그동안 국내에 알려지지 않았던 보르헤르트의 여러 단편과 초기 시들을 처음으로 국내 독자들에게 소개한다는 점에서 의미가 크다.

1921	5월 20일, 함부르크에서 출생. 초등학교 교사 프리츠 보르헤르트와 저지 독일어를 쓰는 여성 작가 헤르타(결혼 전 성은 잘코프) 사이에서 태어난 유일한 자녀.
1928	함부르크-에펜도르프에서 초등학교에 입학.
1932	에펜도르프 실업학교에 입학.
1937	3월 7일, 함부르크-에펜도르프의 성 요한 교회에서 견신례 받음.
1938	7학년을 마치고 졸업. 일간지 『함부르거 안차이거_Hamburger Anzeiger_』에 처음으로 시 발표.
1939	4월 1일, C. 보이젠 서점에 견습생으로 입사. 동시에 헬무트 그멜린에게서 연기 수업 받음.
1940	1월 18일, 교회에서 탈퇴. 4월에는 잠시 게슈타포에게 체포되어 심문을 받음.
1941	3월 21일, 제국소극장에서 연기자 시험. 4월 1일부터 6월 초까지 뤼네부르크의 동하노버 주립극장에서 배우로 활동. 6월 6일, 입대. 바이마르-루첸도르프에서 전차 보병 교육 받음.

	10월부터 비테브스크, 스몰렌스크, 브야즈마 등지의 동부 전선에 투입됨.
1942	2월 23일, 왼손에 총상을 입은 뒤 슈바바흐의 야전병원으로 후송. 5월에 자해 혐의로 체포되어 뉘른베르크에 구금.
	7월에 군법회의에서 무죄 판결. 그러나 반국가적 표현 때문에 새로운 재판에서 4개월 징역형. 처벌은 6주간 구속에 이어 전선 배치를 조건으로 집행유예로 변경.
	10월 구속에서 풀려나 잘펠트의 병영으로 갔다가 예나의 수비대로 배치.
	12월 다시 동부 전선에 투입되어 토로페즈 전투에 참가. 발 동상, 황달과 발진티푸스 발병.
1943	1월 28일부터 2월 16일까지 스몰렌스크 전염병 야전병원에 입원. 라돔과 민스크를 거쳐 하르츠 지방 엘렌드 야전병원으로 후송.
	6월 59전차보병-보충대대의 제7요양중대로 이동.
	8월 휴가 기간 중 함부르크에서 카바레 무대 「청동 지하실Bronze-keller」에 출연.
	11월 복무 부적합으로 전역되어 전방 위문 공연에 투입될 예정이었으나, 떠나기 하루 전날 저녁에 언급한 정치 유머가 고발당해 다시 체포됨.
1944	1월 27일, 베를린 모아비트 국군 미결수 구치소에 수감. 거의 아홉 달 동안 미결구류를 산 뒤 "국방력 와해"라는 죄목으로 9개월 징역형을 선고받음. "전선 투입을 목적으로 처벌 유예", 예나의 부대로 복귀.
1945	서부 전선에 배치. 3월에 프랑크푸르트에서 프랑스 군의 포로가 됨. 포로수용소로 이송 도중 탈출해 함부르크로 도보 행군.
	5월 10일, 함부르크 도착. 발열과 황달.

10월 13일, 카바레 공연 「항구의 마도로스Janmaaten im Hafen」에 출연. 11월에는 함부르크 극장에서 공연된 「현자 나단Nathan der Weise」에 조연출로 참여. 건강 상태 악화로 더 이상의 무대 작업이 불가능해짐.

1946   1월부터 4월까지 함부르크 엘리자베트 병원에 입원. 부활절 이후로는 집에서 부모의 보살핌을 받음.

늦가을에 단 며칠 만에 극작 「문밖에서Draußen von der Tür」 집필.

12월에는 시집 『가로등과 밤 그리고 별Laterne, Nacht und Sterne』 출간.

1947   2월 13일, 북서독일방송(NWDR)에서 라디오극 「문밖에서」 방송.

4월에는 산문집 『민들레Die Hundeblume』 출간.

9월 22일, 스위스로 요양 여행, 바젤의 국경을 넘자마자 곧바로 성클라라 병원에 입원.

11월 20일 오전 9시에 병원에서 사망.

11월 24일, 바젤의 회른리 공동묘지에서 장례식을 치른 뒤 화장.

1948   2월 17일 함부르크 올스도르프 공동묘지의 유골함에 안치.

세계문학과 한국문학 간에 혈맥이 뚫려, 세계−한국문학의 공진화가 개시되기를

21세기 한국에서 '세계문학'을 읽는다는 것은 무엇을 뜻하는가? 자국문학 따로 있고 그 울타리 바깥에 세계문학이 따로 있다는 말인가? 이제 한국문학은 주변문학이 아니며 개별문학만도 아니다. 김윤식 · 김현의 『한국문학사』(1973)가 두 개의 서문을 통해서 "한국문학은 주변문학을 벗어나야 한다"와 "한국문학은 개별문학이다"라는 두 개의 명제를 내세웠을 때, 한국문학은 아직 주변문학이었다. 한데 그 이후에도 여전히 한국문학은 주변문학이었다. 왜냐하면 "한국문학은 이식문학이다"라는 옛 평론가의 망령이 여전히 우리의 의식을 장악하고 있었기 때문이다. 그렇게 생각하고 그렇게 읽고, 써온 것이었다. 그리고 얼마간 그런 생각에 진실이 포함되어 있는 것도 사실이었다. 그러나 천천히, 그것도 아주 천천히, 경제성장이나 한류보다는 훨씬 느리게, 한국문학은 자신의 '자주성'을 세계에 알리며 그 존재를 세계지도의 표면 위에 부조시키고 있었다. 그런 와중에 반대 방향에서 전혀 다른 기운이 일어나 막 세계의 대양에 돛을 띄운 한국문학에 위협적인 격랑을 밀어붙이고 있었다. 20세기 말부터 본격화된 '세계화'의 바람은 이제 경제적 재화뿐만이 아니라 어떤 나라의 문화물도 국가 단위로만 존재할 수 없게 하였던 것이니, 한국문학 역시 세계문학의 한 단위라는 위상을 요구받게 되었던 것이다.

그러니 21세기 한국에서 세계문학을 읽는다는 것은 진정 무엇을 뜻하는가? 무엇보다도 세계문학이라는 개념을 돌이켜 볼 때가 되었다. 그동안 세계문학은 '보편문학'의 지위를 누려왔다. 즉 세계문학은 따라야 할 모범이고 존중해야 할 권위이며 자국문학이 복종해야 할 상급 문학이었다. 그리고 보편문학으로서의 세계문학의 반열에 올라간 작품들은 18세기 이래 강대국의 지위를 누려온 국가의 범위 안에서 설정되기가 일쑤였다. 이렇게 해서 세계 각국의 저마다의 문학은 몇몇 소수의 힘 있는 문학들의 영향 속에서 후자들을 추종하는 자세로 모가지를 드리워왔던 것이다. 이제 세계문학에게 본래의 이름을 돌려줄 때가 되었다. 즉 세계문학은 보편문학이 아니라 세계인 모두가 향유할 수 있도록 전 세계 방방곡곡에서 씌어져서 지구적 규모의 연락망을 통해 배달되는 지구상의 모든 문학이라고 재정의할 때가 되었다. 이러한 재정의에는 오로지 질적 의미의 삭제와 수량적 중성화만 있는 게 아니다. 모든 현상학적 환원에는 그 안에 진정한 가치를 향해 나아가고자 하는 지향성이 움직이고 있다. 20세기 막바지에 불어닥친 세계화 토네이도가 애초에는 신자유주의적 탐욕 속에서 소수의 대국 기업에 의해 주도되었으나 격심한 우여곡절을 겪으며 국가 간 위계질서를 무너뜨리는 평등한 교류로서의 대안-세계화의 청사진을 세계인의 마음속에 심게 하였듯이, 오늘날 모든 자국문학이 세계문학의 단위로 재편되는 추세가 보편문학의 성채도 덩달아 허물게 되어, 지구상의 모든 문학들이 공평의

체 위에서 토닥거리는 게 마땅하다는 인식이 일상화까지는 아니더라도 최소한 정당화되고 잠재적으로 전망되는 여건을 만들어내게 되었던 것이다.

또한 종래 세계문학의 보편문학적 지위는 공간적 한계만을 야기했던 게 아니다. 그 보편문학이 말 그대로 보편성을 확보했다기보다는 실상 협소한 문학적 기준에 근거한 한정된 작품 집합에 머무르기 일쑤였다. 게다가, 문학의 진정한 교류가 마음의 감동에서 움트는 것일진대, 언어의 상이성은 그런 꿈을 자주 흐려왔으니, 조급한 마음은 그런 어둠 사이에 상업성과 말초적 자극성이라는 아편을 주입하여 교류를 인공적으로 촉진시키곤 하였다. 이제 우리는 그런 편법과 왜곡을 막기 위해서, 활짝 개방된 문학적 관점을 도입하여, 지금까지 외면당하거나 이런저런 이유로 파묻혀 있던 숨은 걸작들을 발굴하여 널리 알리고 저마다의 문학을 저마다의 방식으로 감상할 수 있는 음미의 물관을 제공해야 할 것이다. 실로 그런 취지에서 보자면 우리는 한국에 미만한 수많은 세계문학전집 시리즈들이 과거의 세계문학장을 너무나 큰 어둠으로 가려오고 있었다는 것을 절감한다.

이와 같은 인식하에 '대산세계문학총서'의 방향은 다음으로 모인다. 첫째, '대산세계문학총서'의 기준은 작품의 고전적 가치이다. 그러나 설명이 필요하다. 이 고전은 지금까지 고전으로 인정된 것들에 갇히지 않는다. 우리가 생각하는 고전성은 추상적으로는 '높은 문학성'을 가리킬 터이지만, 이 문학성이란 이미 확정된 규칙들에 근거한 문학성 (그런 문학성은 실상 존재하지 않거니와)이 아니라, 오로지 저만의 고유한 구조를 통해 조직되는데 희한하게도 독자들의 저마다의 수용 기관과 연결되는 소통로의 접속 단자가 풍요롭고, 그 전류가 진해서, 세계의 가장 많은 인구의 감성을 열고 지성을 드높일 잠재적 역능이 알차게 채워진 작품의 성질을 가리킨다. 이러한 기준은 결국 작품의 문학성이 작품이나 작가에 의해 혹은 독자에 의해 일방적으로 결정되는 것이 아니라, 세 주체의 협력에 의해 형성되며 동시에 그 형성을 통해서 작품을 개방하고 작가의 다음 운동을 북돋거나 작가를 재인식시키며, 독자의 감수성을 일깨워 그의 내부에 읽기로부터 쓰기로의 순환이 유장하도록 자극하는 운동을 낳는다는 점을 환기시키고 또한 그런 작품에 대한 분별을 요구한다.

이 첫번째 기준으로부터 두 가지 기준이 덧붙여 결정된다.

둘째, '대산세계문학총서'는 발굴하고 발견한다. 모르거나 잊힌 것을 발굴하여 문학의 두께를 두텁게 하고, 당대의 유행을 따라가기보다는 또한 단순히 미래를 예측하기보다는 차라리 인류의 미래를 공진화적으로 개방할 수 있는 작품을 발견하여 문학의 영역을 확장할 것을 목표로 한다. 이는 또한 공동선의 실현과 심미안의 집단적 수준의 진화에 맞추어 작품을 선별한다는 것을 뜻한다.

셋째, '대산세계문학총서'가 지구상의 그리고 고금의 모든 문학작품들에게 열려 있다면, 그리고 이 열림이 지금까지의 기술 그대로 그 고유성을 제대로 활성화시키는 방식으로 진행되는 것이라면, 이는 궁극적으로 '가장 지역적인 문학이 가장 세계적인 문학'이라는 이상적 호환성을 추구한다는 것을 가리킨다. 이는 또한 '대산세계문학총서'의 피드백에도 그대로 적용될 것이다. 즉 '대산세계문학총서'의 개개 작품들은 한국의 독자들에게 가장 고유한 방식으로 향유될 터이고, 그럴 때에 그 작품의 세계성이 가장 활발하게 현상되고 작용할 것이다.

이러한 기준들을 열린 자세와 꼼꼼한 태도로 섬세히 원용함으로써 우리는 '대산세계문학총서'가 그 발굴과 발견을 통해 세계문학의 영역을 두텁고 넓게 하는 과정 그 자체로서 한국 독자들의 문학적 안목과 감수성을 신장시키는 데 기여할 것을 기대하며, 재차 그러한 과정이 한국문학의 체내에 수혈되어 한국문학의 도약이 곧바로 세계문학의 진화로 이어지게끔 하기를 희망한다. 이는 우리가 '대산세계문학총서'를 21세기의 한국사회에서 수행하는 근본적인 소이이다. 독자들의 뜨거운 호응을 바라마지않는다.

'대산세계문학총서' 기획위원회